Lisa Reiser-Wötzel. Aufgekratzt durchs Leben. Mein Leben mit Neurodermitis. Hamburg, Fehnland Verlag 2021

1. überarbeitete Neuauflage
ISBN: 978-3-96971-075-3

Dieses Buch ist auch als eBook erhältlich und kann über den Handel oder den Verlag bezogen werden.
ePub-eBook: ISBN 978-3-86282-306-2

Lektorat: Elisabeth Hofmann, acabus Verlag
Cover: © Marta Czerwinski, acabus Verlag
Covermotive: http://pixabay.com/

Bibliografische Information der Deutschen Nationalbibliothek: Die Deutsche Nationalbibliothek verzeichnet diese Publikation in der Deutschen Nationalbibliografie; detaillierte bibliografische Daten sind im Internet über https://dnb.d-nb.de abrufbar.

Der Fehnland Verlag ist ein Imprint der Bedey & Thoms Media GmbH, Hermannstal 119k, 22119 Hamburg.

Lisa Reiser-Wötzel

Aufgekratzt durchs Leben

Mein Leben mit Neurodermitis

 Fehnland-Verlag

Für Werner

Meine Sauerstoffflasche,
mit der ich jeden Achttausender des Lebens locker
bezwinge;

Meine Bowlingkugel,
mit der ich täglich alle Neune des Lebens abräume;

Mein Fußball,
mit dem ich jeden Tag einen Volltreffer ins Tor des
Lebens lande.

Vorwort

Vom Segeln habe ich keine Ahnung.

Umgekehrt sagt Ihnen vielleicht der Begriff „Neurodermitis" ebenso wenig.

Mit diesem Buch möchte ich das ändern.

Dabei halten Sie kein medizinisches Lehrbuch in Händen, das Ihnen fachkundige Ratschläge erteilt oder Therapieanleitungen liefert. Sollten Sie Therapievorschläge herauslesen, beruhen sie einzig und allein auf meinen subjektiven Erfahrungen. Insofern kann ich Ihnen auch keine Garantie für die Wirksamkeit der beschriebenen Therapien geben.

Ich möchte Sie, die mit keiner Hautkrankheit belastet sind, einladen, für einige Zeit in meine Haut zu schlüpfen.

Betroffenen möchte ich ein „Ja, genau, das kenne ich so gut!" entlocken, sie mögen sich in meinen Beschreibungen ein Stück weit selbst erkennen.

Besonders aber möchte ich es den Eltern mit Neurodermitiskindern an die Hand geben, die versucht sind, mit dem praktischen Kortison das Problem aus der Welt zu räumen. Hier lesen Sie, was sie Ihrem Kind vielleicht ersparen können.

Dies ist kein larmoyanter Krankenbericht, sondern eine erfrischende Auseinandersetzung mit der eigenen Krankheit. Letztendlich ist es eine Konfrontation mit einer schwierigen Situation, die auch auf jegliche andere Krise im Leben anwendbar ist. Insofern mögen auch andere, vom Schicksal gebeutelte, von den Tools profitieren, die mir selbst bei der Überwindung halfen.

Mein Beispiel macht deutlich, dass man diese Krankheit und auch andere Schwierigkeiten mit Humor und hin und wieder einem Schuss Sarkasmus sehr wohl „überleben" kann.

Von der Haut ausgebremst

Hier lag ich wie eine ägyptische Mumie: auf dem Rücken, die Arme fest an den Körper gepresst. So hat man die königlichen Gemahlinnen der Pharaonen bestattet. Ob sie allerdings auch die Hände zu Fäusten geballt und die Augen fest zugepresst hatten, weiß ich nicht.

Wenn ich mich jetzt nicht rührte, dann könnte ich mir vorstellen, alles wäre normal. Ich bräuchte nur die Bettdecke zurückzuschlagen, aus dem Bett zu hüpfen und in den neuen Tag zu starten. Doch allein der Versuch, die Augen aufzuschlagen, würde mir wieder einmal bewusst machen, dass da etwas mit meiner Haut nicht stimmen konnte. Ich bräuchte schon eine helfende Hand, um nur die verklebten Augenlider auseinanderzubringen. Also ließ ich sie lieber geschlossen.

Eigentlich sollte ich jetzt in der Schule sein. Besonders, weil heute der erste Tag nach den großen Sommerferien war. Noch dazu der Start in die Kollegstufe. Zeitlich müsste ich jetzt gerade meine erste Stunde Latein-Leistungskurs haben.

Dieser überraschende Krankenhausaufenthalt wäre für klassische Drückeberger ein echtes Meisterstück gewesen. Erst die gesamten Sommerferien auf Kur in Davos und kaum zwei Tage zu Hause, gleich ein neuer Hautschub, der für Ferienverlängerung sorgte. Wahrscheinlich fällt es jedem normal Denkenden schwer, sich vorzustellen, dass ich mich mit heller Begeisterung den ganzen Vormittag durch diverse lateinische Schriftsteller und Philosophen geackert hätte. Mein Eifer wäre nicht zu bremsen gewesen.

Stattdessen lag ich jetzt hier rum.

Diesmal bin ich im Schwabinger Krankenhaus gelandet. Das war ein Neues auf meiner Liste.

Meiner Mutter habe ich auch schon wieder zusätzlichen Ärger gemacht. Immerhin konnte sie sich jetzt zweiteilen. Nach seinem Schlaganfall vor einem guten halben Jahr lag nämlich mein Vater zeitgleich mit mir in der Reha am anderen Ende der Stadt. Mein Bruder war auch keine wirkliche Entlastung, weil er zu dieser Zeit seine Bundeswehrzeit im Offizierskasino absaß und nur abends stinkend wie ein leibhaftiges Pommes Frites nebenan ins Bett fiel. Und meine Oma saß obendrein unbeaufsichtigt daheim und konnte jederzeit in dementer Verwirrung eine Spritztour zur nächsten Autobahn machen, um sich begeistert mit den Händen winkend auf die Fahrbahn zu werfen.

Und ich lag hier unnütz rum und verursachte noch mehr Sorgen.

Am meisten ärgerte mich, dass jetzt mein ganzer schöner Plan umsonst war. Immerhin hatte ich die Sommerferien in der Davoser Hochgebirgsklinik ausgeharrt, um ordentlich fit für den Schulstart im September zu sein, und jetzt war ich hier schon wieder als Notfall eingeliefert worden.

Ich war ein absolutes Wunschkind. Zumindest für meine Mutter. Nach meinem dreieinhalb Jahre älteren Bruder Rudi schoss ich als kleiner Wonneproppen namens Elisabeth hinterher und machte das ersehnte Pärchen komplett. Als sich aber bereits nach einem halben Jahr an meinen Handgelenken und Armbeugen rote Flecken zeigten und sich abzeichnete, dass ich eine steile Neurodermitis-Karriere hinlegen könnte, stellten meine Eltern erschrocken die weitere Produktion ein. Außerdem hatte mein Vater schon die Fünfzig überschritten und beschied sich deshalb gerne mit zwei überschaubaren Sprösslingen. Meine Mutter hingegen hätte nach eigener Aussage auch ein halbes Dutzend verkraftet.

Nach Auftreten der ersten geröteten Hautflecken konsultierte meine Mutter mit mir einen Arzt, der zunächst Pflegesalben verschrieb. Später wurde Kortison beigemischt. Außerdem legte man meiner Mutter eine sorgfältige Hautpflege nahe; eine Aufforderung, der sie gewissenhaft nachkam. Überhaupt wurde alles vermieden, was meinen Hautzustand hätte verschlechtern können.

Wir wohnten in einem Einfamilienhaus mit großem Garten, in dem wir Kinder uns ganzjährig vergnügten. Mein Bruder übernahm hierbei das Kommando. Er ersann ausgeklügelte Wettkämpfe wie Speerwerfen mit selbstgeschnitzten Wurfgeschossen aus Bambus oder Zeitrennen auf Langlaufskiern kreuz und quer durch den Garten, bei denen er bei sich gerechterweise immer einige Sekunden oder Zentimeter abzog oder dazuzählte, um faire Wettkampfbedingungen mit der kleinen Schwester zu schaffen. Trotzdem unterlag ich meistens, was mich aber keineswegs frustrierte. Die Hauptsache war, ich durfte überhaupt mitmachen.

Mit anderen Kindern spielten wir kaum, was mich überhaupt nicht störte, denn ich hatte ja meinen Bruder, mit dem es nie langweilig wurde. Obendrein bot der Garten immer genug Abwechslung. Erst viel später wurde mir bewusst, dass dieses Glück möglicherweise recht einseitig

empfunden wurde, denn sicherlich war es für Rudi oft mehr als lästig,
ständig die Schwester im Schlepptau zu haben, was aber wiederum von
meinen Eltern gern gesehen und unterstützt wurde. Allzu oft wurde ich
meinem Bruder gegen seinen Willen aufs Auge gedrückt.

Wieder eilten meine Gedanken ein paar Stunden zurück, als mich
meine Mutter in der dermatologischen Abteilung des Schwabinger Krankenhauses abgeliefert hatte. Ich trug meinen bewährten
alten Schlafanzug unter der normalen Kleidung. Der x-mal gewa-
schene Stoff schmiegte sich einigermaßen erträglich an die offene
und nässende Haut. In den üblichen Wartezimmern fiel man in
diesem Aufzug und mit fleckigem Gesicht meist unangenehm auf
und so schlug ich gewohnheitsmäßig die Augen beim Eintreten
nieder, um nicht den Blicken der Wartenden ausgesetzt zu sein.
Hier aber nahm niemand Notiz von mir. Wie angenehm!

Nach einigem Warten wurde ich von einer sehr netten Krankenschwester ins Arztzimmer geschoben. Professor Doktor so-
undso ließ meist auf sich warten. In der Zwischenzeit saß ich
wie ein Häufchen Elend zusammengesunken auf meinem Stuhl,
meine Mutter daneben. In zwei Monaten wurde ich zwar 18,
aber in solchen Situationen klebte ich meist wie ein flügellahmes
Küken am Rock meiner Mutter.

Endlich rauschte ein weißgewandeter Herr ins Zimmer, über-
flog kurz die unübersehbaren Makel meiner Haut und bat mich,
den Körper frei zu machen. Das war es, was ich am meisten
fürchtete. Wenn einer mal das Gefühl ausgekostet hatte im grellen Scheinwerferlicht einer Neonröhre, das gnadenlos die roten
Flecken und Schuppen der malträtierten Haut in Szene setzt, den
prüfenden Blicken eines Mediziners ausgesetzt zu sein, der hätte
eigenhändig sämtliche Glühbirnen aus der Fassung geschraubt.

Schon als Kind vermied ich es tunlichst, mich bei eingeschaltetem Licht
unter die Dusche zu wagen. Das Bad wurde einen Spalt geöffnet, damit
ich drinnen alles schemenhaft erkennen konnte und nicht unversehens
irgendwo am Beckenrand einen Salto schlug. Dann konnte es losgehen
mit der Körperpflege.

Ich legte im Halbdunkel schnell meine Kleider ab und hüpfte unter die
Dusche, um mich danach in Windeseile abzutrocknen und einzucremen.
Es war mir immer schon unangenehm, über meine Haut zu streichen,

was leider zum Eincremen unerlässlich war. Als kleines Kind stellte ich mich deshalb mit geschlossenen Augen vor meine Mutter, streckte die Arme zu beiden Seiten aus und kommandierte: „Eincremen".

Auch Spiegel fanden bei mir keinerlei Verwendung. Hing einer wirklich gerade so unpassend platziert, dass ich mich beim Vorbeilaufen unweigerlich darin sehen musste, dann starrte ich auf den Boden und schob mich geschwind in Todesverachtung an ihm vorbei.

Später löste sich das Spiegelproblem dadurch, dass sich die Dioptrienzahl meiner Augen parallel zu meinem Lebensalter entwickelte. Angekommen bei sieben Dioptrien, verschwimmt selbst ein zerklüftetes Gesicht zu einer angenehm rosafarbigen Masse. Ich setzte also erst die Brille auf die Nase, sobald ich mit der Morgentoilette fertig war.

Bis zum heutigen Tag sind mir im Übrigen Spiegel mit grellen Außenspots in Badezimmern ein Gräuel, die jeden Pickel zur Monsterwarze anschwellen lassen. Da bevorzuge ich doch eine schummrige Badezimmeratmosphäre, die einen gnädigen Schleier über zerklüftete Hautreliefs breitet. Sicher würde mir jede Frau im fortgeschrittenen Alter da zustimmen.

Da stand ich nun wie eine frierende Schaufensterpuppe, die man bei Eiseskälte versehentlich vor dem verschneiten Laden vergessen hatte. Trotz der auf Hochtouren laufenden Heizungen ließen mich die Entzündungen der Haut innerlich vor Kälte schlottern.

Dies alles schien den Mediziner nicht sonderlich zu beeindrucken, immerhin sah er stündlich derartige Fälle. Er umrundete mich eher mit wissenschaftlichem Interesse. „Akuter Schub", ließ er mit Kennerblick vernehmen.

Welch bahnbrechende Erkenntnis!

Er ordnete stationären Aufenthalt mit hochkonzentrierter Kortisonbehandlung an. Dann würde man weitersehen. Also das Übliche. Ich hatte es mal wieder mit einem abgeklärten Mediziner zu tun, dem meine Not nicht sonderlich aufs Gemüt zu drücken schien. Wenige ließen einen Hauch Menschlichkeit durchschimmern, wenn sie mich zumindest mit einem mitleidigen Blick zur Türe begleiteten.

Unmittelbar später fand ich mich – nackt bis auf die Unterhose – im Behandlungszimmer auf einem Papierdeckchen platziert wieder. Man hätte mich für eine besonders exquisite Praline halten können. Dort kleisterten mich zwei behandschuhte

Krankenschwestern flächendeckend dick mit Kortisoncreme ein, die sie großzügig aus einer Familienpackung drückten. Die Portionen hätten auch zur Oberflächenbehandlung einer Flugzeugtragfläche gereicht. Parallel dazu kippten sie mir in der Größe einer Ketchupflasche Kortison in flüssiger Form über den Kopf, massierten es hinter verklebten Ohren und am Nacken ein. Nach dieser Behandlung steckten sie mich in ein Operationshemd und verfrachteten mich in ein Einzelzimmer, wo ich mich in besagter Mumienstellung wiederfand.

So traf mich dann kurz darauf auch meine Mutter an, als sie nach einem Besuch bei meinem Vater wieder bei mir vorbeischaute. Inzwischen befand ich mich in einem Zustand, in dem sich wohl Schlangen befinden, die kurz vor der nächsten Häutung stehen: Ich kam mir vor, als würde ich gleich aus der Pelle platzen. Erklärenderweise muss ich hinzufügen, dass ich bis zu diesem Klinikaufenthalt meine Haut täglich mit Massen von Fett in jeglicher Form beschmiert hatte. Angefangen von Linola-Fett bis hin zu reinem Schweinefett hatte ich an Dickmachern für die Haut nichts ausgelassen. Galt es doch immer als oberstes Gebot, die knochentrockene Haut von außen mit Fett zu versorgen. So hatten es mich immerhin die zahllosen Hautärzte gelehrt, die ich bis dato konsultiert hatte.

Nun befand sich meine Haut plötzlich in einem unerträglichen Spannungszustand. Offenbar hatte ich es dieses Mal mit Kortison ohne Fettzugabe zu tun. Ich traute mich kaum, die Augen aufzuschlagen. Gleich würde die oberste Hautschicht platzen.

Erstaunlicherweise lag ich relativ relaxed unter der Decke. Normalerweise hätte mich dieser hilflose und untätige Zustand in tiefste Verzweiflung gestürzt. Doch kurze Zeit vorher hatte mir eine nette Schwester putzige rosa Pillen gebracht, die sie mir einverleibte und die – wie ich später erfuhr – Psychopharmaka waren. Ich nannte sie nur meine Glücksperlen, denn sie ließen mich den ganzen Tag sorglos dösen. Selbst eine nebenan hochgehende Bombe hätte ich weggelächelt. Irgendwie waren sämtliche Horrorszenarien über verpasste Unterrichtsstunden unter einer seligmachenden Wolkendecke verschwunden.

So schwebte ich die nächsten Tage durch den Klinikpark, schenkte den dreimal pro Tag ihren Schmierdienst erfüllenden Krankenschwestern einen dankbaren Blick und war angenehm überrascht, dass sich unter der großflächig abschuppenden Haut eine neue, fleckenfreie gebildet hatte. Nach einer Woche konnte ich wieder in die Schule.

Zu diesem Zeitpunkt hatte ich für die Zukunft zumindest eine Erkenntnis gewonnen: Ich würde meine Haut nie wieder derart mit Fett zukleistern, dass sie darunter nicht mehr nach Luft schnappen konnte. Unter der Fettschicht entzündete sich die Haut nur umso schneller und wegen des von außen zugefügten Fettes stellte sie außerdem ihre eigene Produktion irgendwann vollends ein. Jahrelang hatten mich die Hautärzte mit rückfettenden Bädern und aus Fett und Kortison zusammengepanschten Salben eingedeckt. Die fettfreie Behandlung besserte das Hautbild grundlegend.

Zu Hause erwartete mich die übliche Misere.

Vor einem halben Jahr hatte ein Hirnschlag meinen fast 70-jährigen Vater beinahe vollständig aus dem Verkehr gezogen. Während ich anfangs die Vorstellung unerträglich fand, mein Vater bräuchte fortan zum Laufen einen Stock, hätte ich mich darüber ein halbes Jahr später wie ein Schneekönig gefreut. Die Realität sah so aus, dass mein Vater es nie mehr schaffen würde, ohne fremde Hilfe zu laufen. Wenigstens konnte er sprechen.

Nach wochenlangen Krankenhausaufenthalten hatte meine Mutter seine Unterbringung in einer Rehaklinik durchgekämpft. Trotzdem blieb er bettlägerig. Danach wurde er zu Hause betreut, wo die ganze Familie mit anpacken musste und später durch etliche Tagesschwestern unterstützt wurde.

Mein Vater verbrachte den Hauptteil des Tages im Bett liegend, den linken Arm spastisch eingezogen auf der Bettdecke drapiert. Diverse Versuche, ihm eine größere Beweglichkeit im Rollstuhl schmackhaft zu machen, scheiterten kläglich. Spätestens nach einer halben Stunde zappelte er unruhig mit dem gesunden Bein und schielte sehnsüchtig in Richtung Bett. Da halfen kein gutes Zureden meiner Mutter, keine sonstigen Anreize, keine Tricks und auch kein strenger Ton.

Unser Familienleben änderte sich drastisch.

Meine Mutter betrieb damals schon seit Jahren eine eigene Steuerkanzlei, die in einem Raum unseres Hauses untergebracht war. Zusätzlich hatte sie noch ein weiteres Büro gleich neben dem Wohnzimmer, sodass sie ständig zwischen ihrer eigenen Arbeit und der Betreuung meines Vaters hin und her pendelte.

Ihre eigene Mutter, damals auch schon 85 Jahre alt, wohnte auch mit im Haus und versorgte nach ihren Kräften den Haushalt.

Ich war ein fröhliches und pflegeleichtes Kind. Während sich mein Bruder in einem stillen Eckchen verträumt stundenlang seinem Spielzeug widmete, rumpelte ich tatendurstig und grobmotorisch durchs Kinderzimmer. Angeblich war das erste Wort, das mir einigermaßen verständlich über die Lippen kam, ein entrüstetes „leine!!!" (das „A" verschluckte ich wohl im Eifer des Gefechtes), als ich energisch die helfenden Händen beiseiteschob, die mir zur Seite stehen wollten. Ich packte die Dinge schon immer gerne selbst an.

Äußerlich unterschied ich mich kaum von anderen Dreikäsehochs, mein Bruder hingegen entwickelte sich schon in frühester Zeit von einem äußerst schnuckeligen Baby zu einem noch smarteren Bübchen. Rudi geriet dabei mit seinem schmalen, fast römisch geschnittenen Gesicht und den schwarzen Haaren ganz nach meiner Mutter, während ich den pausbäckigen Eierkopf samt den runden Gesichtszügen meines Vaters geerbt hatte. Charakterlich wie auch äußerlich waren wir kaum als Geschwister auszumachen.

Ich gestehe, dass mein Bruder kein leichtes Leben mit mir hatte. Einerseits war ich zwar willige Vollstreckerin seiner Vorschläge, andererseits aber verlor ich schnell die Laune, wenn die Sache nicht nach meinen Vorstellungen lief – vor allem, wenn ich nicht gewann. Obendrein war ich schwer zu körperlicher Anstrengung zu motivieren, wenn nicht ein offensichtlicher Nutzen dabei rausprang. Mangelnde körperliche Kraft ersetzte ich durch unlautere Kampfmittel wie Zwicken und Beißen, wogegen Rudi stets heftig, aber dennoch wirkungslos protestierte. Ich erinnere mich an eine Situation, in der ich Rudi dermaßen geärgert hatte, dass er mich zu Kitzeln anfing und ich mir dabei unglücklicherweise den Kopf an einer Tischkante stieß. Ein anderer Bruder hätte mir wohl an den Kopf geworfen, dass es mir recht geschähe, er hingegen lief völlig panisch im regennassen Garten auf Strumpfsocken herum, weil er die Sanktionen meiner Mutter fürchtete.

Umgekehrt hing ich mit abgöttischer Liebe an meinem Bruder und versuchte, es ihm in allem gleichzutun. Er blieb mein großes Vorbild, dem es nachzueifern galt und dem ich unbedingt gefallen wollte.

Inzwischen hatte mich wieder vollständig der Schulalltag eingeholt.

Ich hatte selbstverständlich die Fächerkombination meines Bruders gewählt – Latein und Griechisch. Darin machte ich auch mein Abitur. Ich liebte die alten Sprachen und knobelte gerne an Übersetzungen.

Daneben beschäftigten wir uns im Unterricht ausführlich mit Philosophie und Ethik. All das interessierte mich sehr. Fragen nach dem Sinn des Lebens wurden gestellt, Weltanschauungen genauer unter die Lupe genommen und es wurde um Antworten gerungen – eine Herangehensweise, die ich von zu Hause in dieser Form nicht kannte. Dort gab es feste Regeln und Schwarz-Weiß-Standpunkte; hier durften alle Meinungen vertreten werden, um sie hinterher gegeneinander abzuwägen.

Englisch hingegen behagte mir überhaupt nicht. Besonders abstoßend fand ich die Lehrmethode, bei der in comicmäßiger Aufmachung dümmliche Konversationen zwischen fiktiven Personen stattfanden. Stundenlang wurden leiernde Kassettenrekorder angeworfen, aus denen in einen öden Dialog verwickelte piepsige Frauenstimmen in Kombination mit dröhnendem Männerbass schallten. Höhepunkt der Demütigungen waren allerdings die Sitzungen im Sprachlabor, wo jeder Schüler wie im Hühnerkäfig, mit Kopfhörern bestückt, krampfhaft bemüht war, die vorgegebenen Sprachmuster nachzuleiern. Ein vernehmliches Klicken in der Leitung signalisierte das Zuschalten der Lehrkraft und spornte zu Höchstleistungen und vermehrten Schweißausbrüchen an.

Als dreijährige Göre sah ich mich an der Hand meiner Mutter fröhlich die Wege im herbstlichen Krankenhauspark entlanghüpfen. Nach der anfänglichen Neurodermitis-Diagnose und schulmedizinischer Behandlung mit Pflege-und Kortisonsalben fand meine Mutter den Erfolg dieser Therapien jedoch äußerst unbefriedigend. Durch diverse Allergietests hatte man bei mir außerdem Allergien gegen Tierhaare, Hausstaubmilben und Blütenpollen festgestellt. Das volle Allergikerprogramm. Trotz Behandlung der Haut nach Vorschrift der Ärzte, trotz hautfreundlicher Baumwollkleidung und viel frischer Luft war meine Haut immer mehr oder weniger an den bekannten Körperstellen wie Gesicht, Hals, Armbeugen und Kniekehlen gerötet, aufgekratzt und schuppend. Hinzu kam ein quälender Juckreiz, der mich ständig unbewusst an mir herumschaben ließ.

Oft versuchte meine Mutter, meine Hände festzuhalten, um mich so vom Kratzen abzuhalten. Das hatte zur Folge, dass ich mich wütend los-

*riss und mir die Nägel mit vermehrter Gewalt in die Haut rammte. Erst
wenn Blut floss, trat Erleichterung ein. Ganz besonders aggressiv reagierte ich, wenn meine Mutter anfing, sanft über meine Haut zu streicheln,
um meine Kratzattacken abzumildern. Diese Berührungen empfand ich
als so unangenehm wie Stromschläge. Jedes Mal stieß ich wutentbrannt
meine Mutter von mir. Dann kratzte ich mich umso energischer.*

*Schließlich suchte meine Mutter nach alternativen Behandlungs-
möglichkeiten. Bei ihren Nachforschungen stieß sie auf das Krankenhaus für Naturheilweisen in München, dessen Behandlungsmethoden
aus klassischer Homöopathie bestanden.*

*Der dortige Professor hatte mich für vier Wochen stationär aufge-
nommen, wobei offiziell meine Mutter als Patientin eingetragen war,
weil eigentlich keine Kinder behandelt werden durften. So teilten die
ersten zwei Wochen meine Mutter und ich ein Krankenzimmer, die
nächsten beiden leistete mir mein Vater Gesellschaft. Das Einzige, was
mir von dieser Zeit angenehm in Erinnerung blieb, war das Gefühl,
endlich einmal im Mittelpunkt zu stehen. Kein Bruder im Umkreis, der
mir die Show stahl, kein Büro, mit dem ich meine Mutter teilen musste.
Ich genoss es in vollen Zügen, der kleine Star der Abteilung zu sein,
denn als einzigem Kind wurde mir von allen Seiten Aufmerksamkeit
und Zuwendung entgegengebracht.*

*Die Behandlung beschränkte sich im Wesentlichen auf die Einnah-
me von kleinen Kügelchen, sogenannter Globuli, die ich auf der Zunge zergehen lassen sollte. Zunächst tat sich nicht viel, dann aber trat
eine deutliche Verschlechterung des Hautzustandes ein, welche uns
der Arzt als völlig normale Körperreaktion bereits angekündigt hatte.
Wie bei jeder homöopathischen Behandlung trat zunächst eine Erst-
verschlechterung ein, bevor die Heilung einsetzen sollte. Meine Haut
verlangte nach ihrem gewohnten Kortison und war äußerst gereizt, als
sie begriff, dass es damit vorbei war.*

*Trotzdem wurde keinen Millimeter von der Behandlung abgerückt.
Nach dem vierwöchigen Krankenhausaufenthalt wurde die Behandlung
zu Hause ambulant weitergeführt, wobei der behandelnde Arzt meiner
Mutter harte Zeiten angekündigt hatte.*

*Die nächsten Wochen und Monate bewiesen, dass der Arzt nicht zu
viel versprochen hatte.*

*Meine Eltern hatten sich beide aus eigener Kraft aus kleinen Verhältnis-
sen hochgearbeitet und es zu Wohlstand gebracht. Mein Vater stammte*

aus Thüringen und hatte sich dort als Kind einer alleinerziehenden Mutter – was zur damaligen Zeit kein leichter Stand war – von der Schuhfabrik zum Wirtschaftsprüfer hochgearbeitet. Aus einer ersten Ehe flüchtete er Anfang der Fünfzigerjahre nach München und heiratete meine Mutter. Als Landpomeranze aus der Oberpfalz war sie in der Großstadt München ebenfalls herablassender Behandlung und Häme ausgesetzt. Bei ihrem Vater hatte sie durchgesetzt, als Einziges von vier Kindern ihr Abitur machen zu dürfen. Danach absolvierte sie eine Lehre bei einer Treuhandgesellschaft in München. Dort lernte sie meinen Vater kennen und lieben und schon bald vereinte beide der Ehrgeiz, es im Leben weiter zu bringen als ihre Eltern. Mit Unterstützung meines Vaters studierte meine Mutter noch erfolgreich Betriebswirtschaft. Nachdem die Karriereziele erreicht waren, wollten sie sich gemeinsam ein schönes Heim schaffen. Sie erwarben ein Grundstück, errichteten ein Eigenheim und brachten dort auch die Steuerkanzlei unter, die meine Mutter eröffnet hatte.

Auf als Möbelersatz dienenden Obstkisten wurde der erste Hausstand begründet. Die Wochenenden verbrachten sie in Buchungsjournale vertieft oder bei Mandantenbesuchen. Obwohl mein Vater hauptberuflich für die Treuhandgesellschaft wegen größerer Wirtschaftsprüfungen in ganz Deutschland unterwegs war, unterstütze er meine Mutter am Wochenende in ihrer Kanzlei. In ihrer Freizeit legten sie zusammen den Zierobst- und Gemüsegarten an, der sich auf etlichen Quadratmetern um das Grundstück zog.

Trotz des Altersunterschiedes von 14 Jahren bestand meine Mutter auf eigenen Kindern. Wäre es nach meinem Vater gegangen, hätte er gut und gerne darauf verzichtet.

Die große Leidenschaft meines Vaters waren die Berge, und viel lieber verbrachte er mit meiner Mutter die karge Freizeit in den Bergen, als sich um den quengelnden Nachwuchs zu sorgen. Er war selber als Einzelkind groß geworden und hatte außer seiner Mutter kaum Verwandtschaft – und wenn, befand sich diese in der damaligen DDR, die für meinen Vater als Landesflüchtling verbrannte Erde bedeutete.

Meine Mutter hingegen hatte sich gegen sämtlichen Widerstand ihrer erzkonservativen, katholischen Familie für einen geschiedenen, erheblich älteren und zu allem Überfluss auch noch evangelischen Mann entschieden. Das Missfallen ließ man sie auch von allen Seiten spüren.

Sie sah sich schon seit Kindesbeinen an von einer Schar eigener Kinder umgeben, und sosehr sie sich auch den Wünschen und Vorstellungen meines Vaters unterwarf, am Kinderwunsch hielt sie eisern fest.

Der ausgehandelte Kompromiss gestand ihr die Kinder zu, ohne dass mein Vater seine Bergwanderungen vernachlässigen musste. An den Wochenenden verschwand mein Vater oft mit seinen Bergkameraden auf ausgiebige Touren, während meine Mutter mit uns zu Hause blieb.

Obwohl meine Mutter von ihrem Wesen her eine sensible Person ist, hatte sie sich im Laufe ihres Lebens einen Überlebenspanzer angelegt, auf den ich als Kind in Form unnachgiebiger Strenge stieß. Als große, sportliche Frau verströmte sie nur in besonderen Momenten mütterliche Wärme oder Herzlichkeit, was ich aber als Kind nicht sonderlich vermisste, denn ich war nicht besonders anschmiegsam. Mir genügten der Gute-Nacht-Kuss oder eine flüchtige Umarmung.

Vor meinem Vater hingegen hatte ich nicht nur große Scheu und Respekt, sondern richtiggehende Angst. Meine Strategie lautete, möglichst keine Aufmerksamkeit zu erregen. Das klappte meist auch recht gut. So selten, wie ich meinen Vater sah, konnte ich ihm leicht aus dem Weg gehen.

Zu der Zeit nämlich, als ich ein Kleinkind war, arbeitete mein Vater außerhalb von München und verbrachte dementsprechend die Wochentage in seinem Bungalow, den er in der Nähe seiner Arbeitsstelle in Niederbayern gebaut hatte. Wir Kinder hatten also einen Wochenendpapi, der entweder mit hochrotem Kopf im Garten werkelte oder in die Berge verschwand. Vor unserem Erscheinen hatten meine Eltern offensichtlich ein ausschweifendes Sozialleben geführt und stets ein gastfreundschaftliches Haus gepflegt. Mein Vater war streckenweise ein äußerst geselliger Mensch und fühlte sich in großer Runde wohl. Meine Mutter hingegen schätzte die Zweisamkeit und ein intensives Familienleben, was zur Folge hatte, dass nach unserer Geburt Freundschaften mit Paaren überwiegten, die ebenfalls Kinder in unserem Alter hatten.

Zu unserem Haushalt gehörte außerdem meine Oma, die Mutter meiner Mutter, die sie nach dem Tod ihres Vaters aus ihrer oberpfälzischen Heimat nach München geholt hatte. Meine Oma, eine resolute und in meinen Augen wenig herzliche Person, schmiss den Großteil des Haushaltes, vor allem oblag ihr das Kochlöffelressort. Wochentags führte meine Oma das Kommando im Haushalt, kam mein Vater allerdings am Wochenende heim, musste sie sich zähneknirschend seinem Kommando beugen. Meine Mutter machte gute Miene zum bösen Spiel und versuchte, nach allen Seiten die Wogen zu glätten.

In eine klassische Streitsituation gerieten sie stets am Vormittag des Heiligen Abends. Mit schöner Regelmäßigkeit gerieten meine Oma und mein Vater an diesem Tag aneinander, woraufhin meine Oma sich heulend in ihr Zimmer zurückzog und sich weigerte, den Heiligen Abend gemeinsam mit uns zu verbringen. Derweil polterte mein Vater unten im Wohnzimmer.

Das Ergebnis war, dass sich beide Kontrahenten nach einer nervenaufreibenden Vermittlungsaktion meiner Mutter des Abends vor dem Weihnachtsbaum einfanden, meine Oma hörbar vor sich hin schniefend, mein Vater leise grummelnd.

Nach meinem Krankenhausaufenthalt begannen nervenaufreibende Wochen. Vor allem in den Nächten wurde mein Juckreiz unerträglich. Wenn ich des Nachts vom Kratzen wach wurde, tappte ich schlaftrunken aus dem Kinderzimmer und wackelte schnurstracks vors elterliche Ehebett, in dem wochentags meine Mutter alleine lag.

Jammernd rüttelte ich sie wach und bekniete sie so lange, bis ich zu ihr ins Bett schlüpfen durfte. Erst im Rückblick erkenne ich den Automatismus dieser Aktion, denn auf diese Weise sicherte ich mir immer den begehrten Platz im Ehebett. Letztendlich setzte bei mir wie von selber in der Nacht das Kratzen ein, was mir einen alibimäßigen Grund lieferte, das Bett meiner Mutter aufzusuchen. Ich wage fast zu behaupten, dass ich die Nächte wesentlich kratzfreier verbracht hätte, wenn sich meine Mutter nicht hätte erweichen lassen und mich ins eigene Bett zurückgeschickt hätte.

Nach einiger Zeit begann meine Mutter, mir über Nacht die Arme bis zu den Ellbogen mit elastischen Binden einzuwickeln, damit meine Kratzaktionen nicht in kürzester Zeit von Erfolg gekrönt wären. Allerdings stellte sich schnell die Untauglichkeit dieser Maßnahme heraus, denn durch die Hitze, die sich unter den Binden entwickelte, trat der Juckreiz noch viel stärker auf und ich zerrte und riss so lange wütend an den Binden herum, bis die Arme wieder freigelegt waren und ich noch erbitterter meine Krallen einsetzen konnte.

Erstaunlich, dass meine Mutter diesen Zustand über einige Monate durchhielt. Immerhin hatte sie trotz erheblichen Schlafdefizits durch mein nächtliches Unterhaltungsprogramm einem Vollzeitjob nachzugehen, ihre eigene Mutter in Schach zu halten, damit sie nicht den gesamten Haushalt und die Kontrolle an sich riss, und nebenbei auch noch meinen Bruder im Auge zu behalten. Nach einem guten halben Jahr streckte sie allerdings die Waffen und brach die Behandlung ab.

Damit sich meine Haut von ihrem katastrophalen Zustand erholen konnte, riet ihr der Kinderarzt, mit mir ans Meer zu fahren. Den Hinweis, dass für meine Haut entweder ein Aufenthalt in den Bergen oder am Meer sehr förderlich wäre, hatte sie nun schon von einigen Ärzten erhalten, und sie beschloss letztendlich, diesem Rat nachzugehen.

Um meinen Vater ans Meer zu locken, musste einiges an Überzeugungsarbeit geleistet werden. Da ihm ein permanenter Aufenthalt nicht zuzumuten war, wurde er dazu verdonnert, wenigstens den Chauffeurdienst zu übernehmen.

Als Verstärkung holte meine Mutter eine ältere Nichte ins Boot, die zu unserer Betreuung abgestellt wurde; eine Aufgabe, mit der sie sich nicht sonderlich anfreunden konnte und die sie auch nicht gewissenhaft erledigte. Sie schäkerte lieber mit den Kellnern vor Ort.

So verbrachten wir zwei mehr oder minder harmonische Wochen im italienischen Bibione beim Strandurlaub.

Ich kann mich nur noch erinnern, dass ich das Wasser scheute wie der Teufel das Weihwasser, denn der Kontakt mit Salzwasser brannte wie Feuer. Das Spielen im Sand, die vielen anderen Kinder und neuen Entdeckungen am Strand waren aber so aufregend, dass ich mich nicht weiter von dieser Einschränkung beeindrucken ließ. Ich pflügte trotzdem eifrig durch den Sand und baute mit Rudi Sandburgen und Bewässerungskanäle.

Die Haut stabilisierte sich einigermaßen und nach Ablauf der Ferien startete ich ein fast normales Leben, auch wenn phasenweise wieder Verschlechterungen an der Haut auftraten und mit Kortisonsalben in Schach gehalten werden mussten.

Wie gewohnt nahm mich die Schule völlig in Anspruch, sodass ich von der wenig angenehmen Lage zu Hause kaum Notiz nahm. Ich richtete mein volles Augenmerk darauf, möglichst gute Noten daheim abzuliefern.

Obwohl das Abitur nahte, verschwendete ich keinen einzigen Gedanken daran, was danach kommen sollte. Mein Planungshorizont reichte maximal bis zur nächsten Klausur. Besondere Interessen oder Fähigkeiten konnte ich bei mir auch nicht ausmachen. Aufgrund dieser Ungewissheit starrte ich auf das bevorstehende Abitur wie das Kaninchen auf die Schlange.

Die Aufmerksamkeit meiner Mutter wurde zu dieser Zeit zum großen Teil von anderen Aufgaben in Anspruch genommen, was mir im Grunde genommen äußerst gelegen kam. Ich empfand die Gespräche am Mittagstisch, zu denen sich meine Mutter extra Zeit nahm – wie ich mit einer Prise schlechten Gewissens zugeben muss –, als bedrängend und beklemmend. Meist drehte sich das Thema um Schulaufgaben, die als Nächstes anstanden, oder um Noten, die wir gerade erhalten hatten. Ich vermied es, von irgendwelchen Vorkommnissen aus der Klasse zu berichten, denn ich wusste, dass meine Mutter mit ihrer konservativen Einstellung die meisten Äußerungen meiner Mitschüler inakzeptabel gefunden hätte.

Offenbar hatten meine Eltern bei der Auswahl unseres Gymnasiums völlig übersehen, dass es sich hierbei um eine Bildungseinrichtung handelte, die den überwiegenden Prozentsatz des Lehrapparates aus Alt-68-Beständen rekrutierte. Ebenso stammten die meisten Schüler aus Elternhäusern, die einem alternativ-intellektuellen Lebensstil frönten. Ich hatte also schon allein deshalb einen schweren Stand, weil ich stets mit gebügelten Cordhosen, braven Halbschuhen und Flanellblusen durch die Schulgänge schlich, während sich die anderen in löchrigen Jeans und ausgelatschten Turnschuhen über meinen biederen Aufzug das Maul zerrissen. Meine erste, weiße Jeans bekam ich auf längeres Drängen hin um meinen 18. Geburtstag herum. Eine richtige Bluejeans besaß ich zu Schulzeiten überhaupt nicht. Mein Bruder im Übrigen ebenso wenig.

Einmal in der Woche, wenn der Sportunterricht stattfand, tauschte ich außer Sichtweite des Hauses meine Turnschuhe gegen meine Straßenschuhe. Diese Tage schwebte ich fast durch die Gänge, denn ich bekam den Hauch eines Eindrucks davon, wie toll es war, mit einem ansatzweise standesgemäßen Outfit in der Schule aufzuschlagen.

Sobald ich das Mittagessen in Anwesenheit meiner Mutter hinuntergeschlungen hatte, verzog ich mich auf mein Zimmer. Dort brütete ich den Rest des Nachmittags über den Hausaufgaben. Zwischendurch las ich immer Bücher, die ich schnell unter dem Schreibtisch verschwinden ließ, wenn meine Mutter die Treppe heraufkam.

Dann gab es immer eine Kaffeepause, in der mein Vater im Rollstuhl an den Tisch geschoben wurde und seinen Kuchen verdrückte. Diese Angewohnheit blieb ihm bis in seine letzten Tage erhalten. Da mein Vater mit der thüringischen Kuchenkultur aufgewachsen war, galt bei uns zu Hause ein Tag ohne Kuchen als verlorener Tag. Wir alle stürzten uns mit Begeisterung auf Mohnstreusel und Käsekirsch und ließen notfalls eher das Mittagessen ausfallen, als auf ausgedehnte Kuchengelage zu verzichten.

Ich selber war schon immer ein rechter Süßschnabel. Dummerweise hatte meine Mutter gemerkt, dass sich erhöhter Zuckerkonsum negativ auf meinen Hautzustand auswirkte, sodass ich besonders von Schokolade und Co. weitgehend ferngehalten wurde.

Dieser unfreiwillige Verzicht ließ mich in der Nacht von wagenradgroßen Nutellabroten phantasieren.

Die ersten Monate seiner Krankheit verbrachte mein Vater überwiegend in Spitälern. Bis zum Schluss hoffte meine Mutter, sein Zustand würde sich verbessern. Mühsam schlurfte er in kleinen Tippelschrittchen an der Hand meiner Mutter eine halbe Zimmerlänge weit, bevor er schon wieder sehnsüchtig auf die nächste Sitzgelegenheit schielte. Nie entwickelte er selbstständig irgendeinen Ehrgeiz, seine Übungen regelmäßig zu absolvieren. Ich hatte oft den Eindruck, mein Vater war felsenfest davon überzeugt, eines Tages aufzustehen und wieder normal laufen zu können. Eifrig schmiedete er Pläne, was er dann mit mir alles unternehmen wollte. Wir anderen schauten uns dann meist untereinander betreten an und ließen meinen Vater in seinem Glauben. Keiner wagte, seine Aussagen in Frage zu stellen.

Wenn man meinen Vater aus früheren Zeiten kannte – einen energiegeladenen, willensstarken Menschen –, erinnerte an dem schwächlichen, anhänglichen Greis, der meiner Mutter wie eine Klette am Rockzipfel hing und zwischen weinerlichen Gefühlsausbrüchen und erbittertem Starrsinn schwankte, nichts mehr an den Mann von früher. Die äußerliche Veränderung war eklatant. Früher ein gut genährter, immer knackig brauner Typ, war er nun innerhalb eines Jahres zu einem schmächtigen, hinfälligen, bleichen Gespenst zusammengeschrumpft, das mit weit aufgerissenen Augen, die sich mir bis in die Seele bohrten, um sich starrte. All die Tränen, die er in früheren Jahren niemals vergossen hatte, stürzten nun aus seinen Augen, wenn er in lautlosem Weinen den Mund aufriss.

Sein Anblick quälte mich unsäglich. Oft wünschte ich mir meinen „alten" Vater zurück. Auch wenn wir nie eine besonders herzliche Beziehung hatten. Oft fürchtete ich seine Strenge und spürte, dass er im Grunde kein besonderes Interesse an mir hatte.

In meiner Kindheit verbrachten wir die Sommerferien im Bungalow meines Vaters mit großem Garten und Schwimmbad im Freien. Ringsum des Geländes erstreckten sich Wälder und Äcker, die uns als großer Freiluftspielplatz dienten.

Meistens waren wir vier Kinder, denn oft durften die Söhne meiner Tante mit uns die Ferien verbringen.

Die jüngere Schwester meiner Mutter war meine Lieblingstante und ich fühlte mich besonders zu ihr hingezogen, weil sie viel nachgiebiger und weicher als meine Mutter war. Wie ich war auch sie ihr Leben lang bemüht, die Zuneigung meiner Mutter zu erringen. Allerdings mit kläglichem Erfolg, denn ich hatte nie das Gefühl, dass meine Mutter sie voll akzeptiert hatte. Sie hatte in jungen Jahren einen in den Augen meiner Mutter „falschen" Mann geheiratet und war in einem kleinen Kaff im bayrischen Wald als Friseuse versauert – eine recht zweifelhafte Karriere.

Trotzdem versuchte meine Mutter stets, meiner Tante Vergünstigungen zukommen zu lassen. Sie nahm sie beispielsweise mit in die Stadt, wenn sie sich selber etwas zum Anziehen kaufen wollte, und schenkte dann meiner Tante das gleiche Kleidungstück, das sie sich selbst gekauft hatte.

Weil die Finanzlage im Hause meiner Tante meist etwas angespannt war, durften ihre beiden Söhne oft mit uns ihre Ferien verbringen. Dann begleitete uns ihre Schwiegermutter, die wir nur als Tante Marie kannten. Sie führte dort den Haushalt.

Die beiden Cousins waren jeweils etwas jünger als mein Bruder und ich; insofern war die Konstellation ideal. Ganz natürlich bildeten sich zwei Pärchen, die wie zwei Kletten zusammenhingen: mein Bruder und Cousin Markus, ich und mein Cousin Willi. Mit Willi hatte ich eine gute Wahl getroffen, denn er war ein äußerst williger Spielkamerad, der sich selten meinen Wünschen widersetzte.

Wenn mein Vater morgens das Haus verließ, hatten wir sturmfreie Bude. Am Mittag sahen wir ihn dann im Anzug an der Außenmauer entlanglaufen und wussten, ab jetzt hieß es: Klappe halten! Tante Marie fütterte dann die ganze Bande ab und danach zog sich mein Vater zum Mittagsschlaf in sein Arbeitszimmer zurück. Wehe, eines von uns Kindern wäre auf die Idee gekommen, jetzt ungestüm durchs Haus zu poltern. Wenn mein Vater danach von seinem Chauffeur abgeholt wurde, konnten wir wieder ungestört ausschwärmen.

Ich kann mich nicht erinnern, dass mein Vater mit uns begeistert auf dem Boden herumgerutscht wäre. Das Einzige, was ich äußerst an ihm schätzte, waren Geschichten aus seiner Jugend. Immer, wenn sich die Gelegenheit bei einer Wanderung oder bei einem Spaziergang ergab, bettelte ich so lange, bis mein Vater wieder einen Schwank aus seiner Jugend zum Besten gab. Besonders in diesen Momenten nannte er mich dann zärtlich „Knötchen". Dieser Name stammte noch aus einer Zeit, in der ich genauso hoch wie breit war. Es war wohl seine Art, mich als kleinen Knirps zu bezeichnen. Diesen Namen liebte ich und wenn er mich damit ansprach, wusste ich, er hatte gute Laune.

Er hatte einen unerschöpflichen Fundus der wildesten Geschichten auf Lager, die allesamt bewiesen, dass er in seiner Jugend ein ziemlich heißer Feger gewesen sein musste. Ich lauschte stets hingerissen seinen Streichen, wäre aber selber nie auf die Idee gekommen, ihm nachzueifern. Das hätte ich mich aus Angst vor elterlichen Sanktionen nie getraut. Im Grunde seines Herzens war mein Vater wesentlich liberaler und toleranter als meine Mutter, was sich aber wenig in unserer Erziehung niederschlug, weil sich mein Vater die meiste Zeit außer Haus aufhielt. Im Übrigen wurde diese Nachgiebigkeit durch seinen absoluten Leistungsanspruch überlagert, der meinen Bruder und mich vor ihm zittern ließ.

Die häusliche Situation wurde angespannter. Das Zusammenleben mit meinem Vater wurde mit den Monaten immer unerträglicher für mich. Meine Mutter verbrachte nach dem Mittagessen die Nachmittage bei meinem Vater im Krankenhaus. Dazu kam noch die Belastung mit meiner Hautkrankheit. Sie ließ sich mit Kortisonsalben noch einigermaßen in Schach halten, geriet aber zunehmend außer Kontrolle.

Obwohl meine Mutter nie klagte, war ihr anzumerken, dass sie am Limit lief. Rudi und ich versuchten zwar, ihr ein wenig Druck abzunehmen, doch im Endeffekt waren wir hilflos. Das Einzige, womit wir sie effektiv entlasten konnten, waren Besuche im Krankenhaus, damit sie selber ein wenig früher nach Hause gehen konnte.

Die ganze Angelegenheit wurde dadurch erschwert, dass ich anfangs keinen Führerschein besaß. Obwohl ich in dem Jahr, als mein Vater erkrankte, bereits 18 wurde, war angesichts der häuslichen Situation nicht an Fahrstunden zu denken.

Eines Tages sollte ich meinen Vater mit dem Fahrrad im Krankenhaus besuchen. Als ich verschwitzt und am ganzen Körper juckend das Krankenzimmer betrat, schlug mir ein entsetzlicher Gestank entgegen. Mein Vater hing nur mit einem weißen OP-Hemd bekleidet vornübergebeugt im Nachtstuhl. Die dünnen Beine in weißen Stützstrümpfen schleiften völlig verdreht am Boden. Rotz lief in breiten Bahnen bis auf die Armplatte des Stuhles. Die längeren Haare vom Hinterkopf hingen wirr bis über die Nase. Dieser Anblick verfolgte mich lange.

Als er mühsam versuchte, den Kopf zu heben, traf mich ein stierer, resignierter Blick. In diesem Moment zerschnitt es mir das Herz vor Mitleid und Pein. Ich konnte förmlich spüren, wie sein Stolz gebrochen über der Lehne hing. Am liebsten hätte ich ihn im Arm gewiegt wie ein kleines Kind und ihm den Rotz von der Nase gewischt. Aber ich konnte nicht. Ich stand wie angewurzelt in der Tür.

Dann lief ich nach draußen, um eine Schwester zu holen. Ich wusste nicht, wie ich mich verhalten sollte. Hätte ich ihn alleine aus seiner misslichen Lage befreien müssen? Mein schlechtes Gewissen plagte mich. Ich wusste doch, dass er sich von uns wesentlich lieber versorgen ließ als von fremden Personen. Trotzdem konnte ich einfach nicht auf ihn zugehen, konnte nicht seine Hand nehmen, scheute mich vor jeder Berührung. Gleich darauf piesackte mich erneut das schlechte Gewissen. Was war ich für eine undankbare und grausame Tochter!

Es zerriss mich vor Scham und vor Mitleid. Trotzdem hockte ein verstockter Teil in mir, der all die Zurückweisungen und die Strenge meines Vaters aus früherer Zeit nicht vergessen konnte. Gleichzeitig schalt ich mich, dass ich nicht vergessen und verzeihen konnte. Ich vermied den Blickkontakt mit meinem Vater und dennoch zogen mich seine Augen magisch an. Ich wollte ihn oft fragen, wie er sich fühlte, ob er mit seinem jetzigen Zustand zufrieden wäre, ob man ihm irgendeine Freude machen könnte. Ich blieb stumm.

Noch immer sah ich in ihm die Respektsperson, die er über all die Jahre für mich gewesen war. Unangreifbar und hart gegen sich selber und andere. Nie eine Träne verdrückend, nie um Mitleid bittend, nie um eine Antwort verlegen. Jetzt das Kontrastprogramm. Ich musste feststellen, dass sich mein Vater auch charakterlich verändert hatte. Er, der unabhängige, freiheitsliebende Mensch, war nun ein abhängiges, hilfloses Wesen. Dies machte ihn aggressiv und ungerecht. Dabei nahm er keinerlei Rücksicht auf die Befindlichkeit oder Belastbarkeit seiner Familie. Vor allem von meiner Mutter verlangte er unerbittlich 24-stündige Anwesenheit. Kaum war sie eine halbe Stunde aus dem Haus, tyrannisierte er sein Umfeld so lange, bis sie wieder an sein Bett trat. Und falls sie mal länger als eine Stunde abwesend sein musste, verlangte er, mit ihr zu telefonieren.

Ich sah seine Hilflosigkeit, fühlte fast körperlich die Demütigung, die er jeden Tag über sich ergehen lassen musste, wenn er gewaschen und aufs Klo gebracht wurde. Er, der furchtlose, unerschrockene Mann von früher, zitterte jetzt vor jedem Luftzug. Ich litt mit ihm wegen seiner Unbeweglichkeit.

Ich war mir nicht sicher, ob sein verändertes Wesen wirklich von der Krankheit herrührte, wie meine Mutter immer wieder betonte, oder ob sein Verhalten uns gegenüber reine Bosheit war. Ob da irgendeine Schlechtigkeit in ihm schlummerte, die nun an die Oberfläche trat. Ich kam zu keinem befriedigenden Ergebnis. Ich erlaubte mir nie, allzu schlecht über meinen Vater zu denken, aber ich konnte nicht umhin, mir einzugestehen, dass es Momente gab, in denen ich meinen Vater für all das hasste, was wir mit ihm Tag für Tag erleben mussten. Oft wünschte ich mir, er wäre gleich beim Schlaganfall verstorben. Erwischte ich mich bei derartigen Gedanken, duckte ich mich im selben Augenblick vor dem Keulenschlag meines schlechten Gewissens. Ich fühlte mich charakterlich schlecht und schwach, weil ich mit seinem Zustand nicht besser umzugehen wusste.

All diese Zerrissenheit und Seelenpein spiegelte sich auf meiner Haut wider. Ich brauchte immer größere Mengen Kortison.

In der Schule zog ich mich noch mehr zurück. Oftmals hatte ich Mühe, dem Unterricht zu folgen, denn meine „Glücksperlen", die ich täglich einwarf, machten mich müde und antriebslos. Nach gut eineinhalb Jahren der „neuen" Zeitrechnung beschlossen meine Mutter und ich gegen Ende der Sommerferien, für eine Woche nach Griechenland zu fahren. Zu Hause hatten wir inzwischen Caritasschwestern, die den Haushalt, meine Oma und meinen Vater versorgten. Die Ärzte hatten meiner Mutter ans Herz gelegt, ein wenig auszuspannen, und für meine Haut würde das Meerwasser sicher auch eine Erleichterung bringen. Damit mein Vater nicht die Möglichkeit hatte, ständig hinter meiner Mutter herzutelefonieren und damit umgekehrt auch meine Mutter nicht die Möglichkeit hätte, bei jedem Telefonat meines Vaters an sofortigen Urlaubsabbruch zu denken, hatten wir ein weit entferntes Ziel gewählt.

Es war keine geringe Herkulesaufgabe für die Ärzte, meinen Vater von der Notwendigkeit zu überzeugen, dass meine Mutter ein paar Tage Erholungsurlaub nötig hätte. Nur mit äußerstem Widerwillen ließ er sich seine Zustimmung abringen. Zumindest mussten ihm die täglichen Telefonate zugesichert werden.

Somit stand unserem Urlaub nichts mehr im Wege.

Die ersten amourösen Abenteuer

Wir wählten in Griechenland eine kleine Insel, die uns Bekannte empfohlen hatten. Unsere kleine Pension erwies sich als einfach, aber völlig ausreichend für unsere Bedürfnisse. Der Ort Nea Styra bestand aus einer „Hauptstraße" aus festgetretenem Lehm, die etwa 300 m lang sämtliche Sehenswürdigkeiten des Ortes mit einschloss. Diese bestanden aus einer Bäckerei, einem kleinen Restaurant und einem Tante-Emma-Laden mit einem Angebot, das sich von frischem Knoblauch bis zu importiertem Duschgel erstreckte.

Statt dem lauten Schotterstrand vor der Pension wählten wir ein lauschiges Plätzchen in den Dünen. Dort verbrachten wir meist mehrere Stunden, was für meine Mutter eine reife Leistung war. Sie mied normalerweise die Sonne und war überdies keine begnadete Schwimmerin.

In ihrer Kindheit hatte sie in irgendeinem Weiher notdürftig gelernt, sich über Wasser zu halten. Ihr spektakulärer Schwimmstil war von weitem zu erkennen, wenn sie mit hochgerecktem Kopf in hektischen Brustzügen durchs Wasser pflügte. Es war keine gute Idee, sie dabei aus ihrem Takt zu bringen oder sich an ihren Hals klammern zu wollen, denn dann drohte sie vollends abzusaufen. Mit ihrem unkonventionellen Schwimmstil hatte sie bei meinem Vater nicht unbedingt Pluspunkte gesammelt, der umgekehrt bereits in seiner Jugend ein passionierter Schwimmer gewesen war.

Aus besagtem Grund wurde die Aufgabe, uns Sprösslingen das Schwimmen beizubringen, vertrauensvoll meinem Vater in die Hände gelegt. Zunächst hatten Rudi und ich einmal die Woche einen Schwimmkurs besucht, den Feinschliff hingegen erhielten wir von unserem Vater. So wurde in den Sommerferien der kleine Pool zum Übungsgelände umfunktioniert. Dabei ging mein Vater unerbittlich zu Werke.

Eines Tages stand Kopfsprung auf dem Trainingsprogramm. Während sich Rudi leidlich geschickt anstellte, zog ich mich jedes Mal wie ein Klappmesser zusammen, wenn ich mich vom Beckenrand abstoßen sollte. Gefühlte Stunden verbrachte ich am Rande der Verzweiflung bei dem Versuch, doch noch ein kopfsprungähnliches Manöver hinzulegen. Mein Vater dirigierte das Ganze vom Beckenrand aus und ließ mich immer wieder auf den Beckenrand krabbeln, wenn ich nach einem verunglückten Versuch im Wasser zappelte. Doch trotz unzähliger Erklärungsversuche meines Vaters schaffte ich es nie, mich im entscheidenden Moment zu strecken, um im eleganten Kopfsprung ins Wasser zu tauchen. Aber ungeachtet meiner blauen Lippen und allmählich zwischen den Fingern wachsenden Schwimmhäuten, gab mein Vater nicht auf. Selbst vorsichtige Ablenkungsmanöver seitens meiner Mutter bewirkten keine Unterbrechung der Trainingseinheit.

Als ich irgendwann zu schlapp war, um noch Versagen oder einen neuen Wutausbruch zu fürchten, stieß ich mich mit dem Mut der Verzweiflung vom Beckenrand ab und mir glückte der erste, fehlerfreie Kopfsprung.

Wie üblich blieben wir unter uns. In der Regel kommt man im Urlaub schnell mit Leuten ins Gespräch, doch solche Versuche blockte meine Mutter mit einer nüchternen, nicht besonders kommunikativen Art ab, sodass wir meist nach einiger Zeit nicht mehr behelligt wurden. Das störte mich unheimlich, denn ich war in dieser Beziehung eher wie mein Vater gestrickt. Meine Mutter hingegen zog mich schnell in eine andere Richtung, wenn potentielle Gesprächspartner auf uns zusteuerten. Sie ist und bleibt ein Familienmensch, der sich einzig und allein darauf konzentriert – heute wie damals –, die Familie um sich zu scharen.

Abends liefen wir manchmal noch etwas die große „Strandpromenade" entlang, die höchstens von ein paar streunenden Hunden frequentiert wurde nebst ein paar Dorfbewohnern, die sich auf Klappstühlchen vor dem Haus postiert hatten. Neben diesem beschaulichen Strandleben waren die einzigen Highlights des Urlaubs einige Ausflüge, die von unserem Pensionswirt organisiert wurden. So hatten wir mit einem kleinen Fischerboot entfernte, einsame Buchten angesteuert, wo wir abends wieder abgeholt wurden. Auch eine Busfahrt zur Ausgrabungsstätte von Olympia stand auf unserem Programm.

Schon die ersten Tage war uns ein Ehepaar mit Sohn aufgefallen, das offenbar im selben Ort untergekommen war, die Reise aber mit dem eigenen Auto angetreten hatte – das ließ zumindest der Katamaran auf ihrem Hänger vermuten. Wir sahen sie öfter am Strand herumwerkeln, um das Gefährt zu Wasser zu lassen. Sie schienen auch ein eher zurückgezogenes Leben zu führen und nur manchmal begegnete uns der Sohn, der ein paar Jahre älter zu sein schien als ich, auf der Strandpromenade mit dem Fotoapparat in der Hand. Mehr als ein freundlicher Gruß fiel nie.

An der Busfahrt nach Olympia nahmen die drei ebenfalls teil und zufälligerweise saßen wir im Bus hintereinander. Viel war aus den Gesprächen nicht zu entnehmen, es war nur klar, dass es Österreicher waren, was wir aber dem Grazer Autokennzeichen schon vorher entnommen hatten. In Olympia schlenderten wir ebenfalls aneinander vorbei und wechselten ein paar Worte miteinander.

So verstrichen die Tage und eines späten Nachmittags, als meine Mutter bereits gegangen war und ich allein in den Dünen lag und ein Buch las, tauchte auf einmal Helmut, der Sohn, auf und setzte sich zu mir in den Sand. Furchtbar peinlich war mir das schon allein aus dem Grund, weil ich oben ohne in der Sonne lag, um möglichst die ganze Haut von der Sonne bescheinen zu lassen. Das hatte ihr in den letzten Tagen in Kombination mit dem Meerwasser sehr gut getan.

Also drehte ich mich auf den Bauch und wir quatschten gut eine Stunde lang über Gott und die Welt, bis mir die aufgestützten Ellbogen einschliefen und ich ziemlich abrupt zum Aufbruch drängte. Naiv, wie ich mit meinen inzwischen 19 Lenzen war, kapierte ich immer noch nicht, dass sich der Typ eventuell stärker für mich interessierte. Ahnungslos erzählte ich meiner Mutter von der Begegnung und sie war es, die mich auf diesen Gedanken brachte. Trotzdem war ich von dieser Erkenntnis nicht sonderlich beeindruckt. Immerhin sollten wir am nächsten Tag die Heimreise antreten und was sollte sich da schon in der Kürze der Zeit ergeben?

Als wir aber dann am nächsten Tag mit gepackten Koffern an der Anlegestelle der Fähre standen, die uns zum Festland übersetzen sollte, tauchte auf einmal Helmut mit einer Fotokamera bewaffnet auf und erklärte, er wolle uns auf die Fähre begleiten. Die Flammen am Horizont ließen auf einen Waldbrand schließen, den er sich genauer anschauen und von dem er gegebenenfalls auch einige Fotos schießen wollte. So verbrachten wir noch eine vergnügliche Überfahrt, bevor wir die Busfahrt nach Athen zum Flughafen antraten. Beim Abschied drückte mir Helmut seine Adresse in die Hand, mit der Bitte, ihm doch einmal zu schreiben.

Dieser Aufforderung kam ich auch sofort nach, als ich zu Hause ankam, denn ich schrieb gerne Briefe, oder besser gesagt, ich bekam gerne Post. Wenn ich mich also als Erste ins Zeug legte, bestand die große Wahrscheinlichkeit, dass ich auch ein solches Exemplar zurückbekam. Ich verfasste also einige nette Zeilen, mit Anekdoten unserer Rückkehr gewürzt, und siehe da, wie zu erwarten wartete nach einigen Tagen ein Brief auf mich. Reichlich von den Socken war ich allerdings, als ich darin eine ziemlich klare Liebeserklärung fand. Nun war ich von solchen Ergüssen bisher noch nie in meinem Leben verwöhnt worden, weshalb diese Nachricht in meinem Gemüt wie eine Bombe einschlug. Wenn ich von einer kleinen Geschmacksverirrung auf dem Gymnasium absah, hatte sich noch nie ernsthaft ein männliches Wesen für mich interessiert.

Während meiner Kindheit war es mir reichlich egal, wie ich aussah. Außerdem war es oftmals wenig ersichtlich, ob ich nun ein hübsches oder weniger hübsches Gesicht hatte, denn meist prangten rote Flecken und aufgekratzte Stellen an Hals, Wangen und Stirn, die ein eindeutiges Urteil diesbezüglich erschwerten. Es war mir jedenfalls völlig egal, wie ich auf meine Umwelt wirkte, denn ich hatte meist sowieso nur mit meinem Bruder zu tun, der meinen wechselnden Hautzustand kannte.

Erst im Kindergarten registrierten mich die ersten anderen Kinder und zeigten mit dem Finger auf mich, was ich aber nicht besonders ernst nahm. Hartnäckiger wurden dann allerdings die Fingerzeige in der Grundschule. Im Besonderen tauchte ein frecher Bengel ständig vor mir auf und behauptete, ich hätte die Krätze. Denselben Jungen sah ich oftmals beim sonntäglichen Kirchgang, wenn er mit brav gezogenem Scheitel neben seinem Vater stand und recht scheinheilig tat. Spätestens ab diesem Zeitpunkt waren mir allzu große Frömmler suspekt.

Um meine Frisur schwelte ein ständiger Kampf mit meiner Mutter. Ich wollte immer lange Haare haben, besonders aber einen Pony, der mir möglichst bis auf die Nase reichen sollte. Am liebsten wäre es mir gewesen, er hätte das gesamte Gesicht verdeckt. Ich bemerke im Rückblick, dass dies nicht von besonderem Selbstbewusstsein zeugte.

Meine Lieblingstante, die zusammen mit ihrem Mann im bayrischen Wald ein Friseurgeschäft betrieb, geriet ständig zwischen die Fronten, weil sie einerseits meinem Wunsch entsprechen wollte, andererseits aber die Anweisung meiner Mutter erfüllen musste. Das hieß in mei-

nem Fall, dass der Pony bis einen Fingerbreit über den Augenbrauen gestutzt wurde. Was, gelinde gesagt, bescheuert aussah.

Als wir einmal in den Sommerferien bei meinem Vater waren und mein Onkel, der Friseur, uns vier Kindern die Haare schneiden sollte, bat ich ihn, mir dieselbe Frisur zu verpassen wie meinem Bruder und den Cousins: raspelkurz. Anfangs etwas verunsichert, tat mir mein Onkel den Gefallen, und so erfreute ich mich des schockierten Blickes meiner Mutter, als ich ihr mit meiner „Protestfrisur" unter die Augen trat. Da war nun nichts mehr rückgängig zu machen.

Ein einziges Mal durfte ich mir dir Haare wachsen lassen, was nach einem quälend langen Jahr zu zwei mageren Mäuseschwänzchen geführt hatte, die etwas kläglich von überdimensionalen Haarspangen gehalten an meinen Backen baumelten. Da musste sogar ich einsehen, dass sich meine feinen, fusseligen Haare nicht zu einer Pracht à la Rapunzel eigneten. Obendrein stellte sich ziemlich schnell heraus, dass bei Ekzemen auf der Kopfhaut ständig Schuppen in den Haaren hingen. Ich lief also weiterhin mit Kurzhaarfrisur und gestutztem Pony durch die Gegend.

Während meiner Grundschulzeit stellte sich dann eine rasant zunehmende, quasi galoppierende Kurzsichtigkeit ein, die mir ein entzückendes Hornbrillenmodell einbrachte, was meine Chancen auf eine Modelkarriere weiter schmälerte.

Das erste Mal, dass ich mir der Wirkung meines Erscheinungsbildes auf andere Leute schmerzlich bewusst wurde, war bei der alljährlichen Weihnachtsfeier im Betrieb meines Vaters. Auf diesen Anlass freute ich mich bereits die ganze Adventszeit, denn mein Vater hatte eine Kinderweihnachtsfeier für Betriebsangehörige ins Leben gerufen, bei der ein kindgerechtes Theaterstück zur Aufführung kam, in dessen Anschluss sich jedes Kind einen Beutel mit Süßigkeiten abholen durfte. Nachdem bei uns zu Hause außer dem nachmittäglichen Kuchen keine Süßigkeiten auf den Tisch kamen, wartete ich alter Süßschnabel schon wie ein Flitzebogen auf den Tag, an dem ich mir meinen Beutel mit heiß ersehnten Köstlichkeiten unter den Nagel reißen durfte.

Wir strömten ins Theater, wo schon sämtliche Mitarbeiter und Geschäftspartner meinen Vater mit unterwürfiger Höflichkeit und schleimigem, österreichischem Schmäh begrüßten. Die Firma war eine deutsch-österreichische Kooperation, weshalb zu gleichen Teilen Deutsche und Österreicher vertreten waren. Alle hatten sich in festtäglichem Putz aufgebrezelt und überhäuften sich mit Nettigkeiten. Mir war der ganze Aufwand zuwider, zumal ich schnell registrierte, dass man uns nur besondere Aufmerksamkeit schenkte, weil wir die Kinder vom Chef waren.

An diesem besagten Tag allerdings wanzte sich eine besonders aalglatte Dame an meine Mutter und deutete mit folgenden Worten auf meinen Bruder: „Ach, was für ein ENTZÜCKENDER kleiner Junge ihr Rudi geworden ist, so ein hübsches Kind!" Dann streifte sie mich mit einem vernichtenden Seitenblick, während ich mich etwas zerknautscht und mit fleckigem Gesicht an meinen Bruder drückte. Ihrem Gesichtsausdruck konnte ich mühelos entnehmen, dass ich dieses Kompliment nicht auch für mich in Anspruch nehmen durfte. Es versetzte mir einen Stich, was auch meine Mutter registrierte und mich geistesgegenwärtig von der Dame wegzerrte, um meine Aufmerksamkeit auf die langen Reihen von bunten Papiertüten zu richten, in denen das geballte Glück für ein siebenjähriges Mädchen schlummerte.

Schnell war das unangenehme Erlebnis wieder vergessen, als ich voller Aufmerksamkeit das Theaterstück verfolgte und dann mit stolzgeschwellter Brust die Papiertüte wie einen kostbaren Schatz mit beiden Händen zum Auto schleifte. Es gab nichts Schöneres, als beim matten Licht der Rückbank meine Hände in die Tiefen der Tüte zu versenken und eines nach dem anderen die Schätze des Inhalts ans Tageslicht zu fördern. Da gab es Lebkuchen, Kinderschokolade, Gummibärchen, Kaugummi und Schachteln mit Schokotäfelchen, Schokoriegeln und Nikoläusen. Ich fühlte mich wie im Himmel.

Zurück aber zu meinen männlichen Eroberungen.

Nach den bisherigen Schilderungen dürfte eigentlich inzwischen klar sein, dass es sich bei mir um einen extremen Fall von einem Spätzünder handelte. Bis weit ins Gymnasium interessierte ich mich überhaupt nicht für Männer, es sei denn, sie waren als Spielkameraden zu gebrauchen. Ich umgab mich sogar sehr gerne mit Jungen, denn die Mädchen zickten mir zu sehr, kletterten selten auf Bäume und waren auch sonst eher Spaßbremsen. Außerdem war ich die Gesellschaft meines Bruders und der beiden Cousins gewohnt.

Völlig verdutzt war ich dementsprechend, als ich ungefähr in der sechsten Klasse den ersten heimlich zugesteckten Liebesbrief eines Klassenkameraden erhielt, der mich in höchsten Tönen anhimmelte. Einerseits war ich geschmeichelt, andererseits war ich stets auf der Hut, dass seine Briefchen nicht von meiner Mutter entdeckt wurden. Ich versteckte also die gesammelten Werke in einer kleinen Blechdose auf dem Speicher. Zum Wegschmeißen konnte ich mich doch nicht sogleich entschließen,

da mir schwante, dass ich nicht so schnell einen ähnlich geschmacksver-
irrten Jungen treffen würde. Wer wusste schon, ob ich nicht sehr lange
vom Lesen dieser netten Zeilen würde zehren müssen?

Natürlich ging mir betreffender Junge überwiegend aus dem Weg
und hätte nie im Traum gewagt, das Wort an mich zu richten. Die
Sache wurde dann abrupt beendet, als unsere Kunstlehrerin einen an
mich verfassten Brief abfing und durchlas.

Ich setzte sofort zu meiner Verteidigung an und sagte, dass ich
nichts mit der Sache zu tun hätte und dass dieser Typ sowieso nicht
ganz dicht wäre. Ich hatte aber nicht damit gerechnet, dass ich an eine
Alternativtante geraten war, die mir allen Ernstes ins Gewissen redete,
dass ich die Liebe ernst zu nehmen hätte und nicht die Gefühle des an-
deren verletzten dürfte. Außerdem sollte ich mich darüber freuen, dass
mir jemand solche Gefühle entgegenbrächte. Ich versuchte ihr dann zu
erklären, dass ich es lächerlich fände, wenn dieser Typ von Liebe reden
würde, weil ich überhaupt nichts damit anzufangen wüsste. Bevor sie
mir einen vertieften Einblick in ihr Liebesverständnis geben konnte,
erlöste mich zum Glück der Pausengong von weiteren Peinlichkeiten.
Lange nach dem Abitur erfuhr ich, dass besagter Junge ins Kloster ge-
gangen war. Ich denke mal nicht, dass ich ihm dauerhaft das Herz ge-
brochen habe.

Der Briefwechsel zwischen Helmut und mir versüßte mir fortan den öden Schulalltag und die unsägliche Situation zu Hause. Sehnsüchtig wartete ich auf den wöchentlich eintreffenden
Brief. Ich erzählte ihm von der Schule, mischte kleine Anekdoten und Geschichten dazwischen, berichtete von Gelesenem
oder Gehörtem.

Helmut war vier Jahre älter als ich, studierte in Graz Tiefbau
und wohnte bei seinen Eltern. Ein solider, angenehmer Mensch,
gegen den meine Mutter kaum etwas einwenden konnte. Außerdem hatte sie ja Helmut samt seinen Eltern gesehen und sich
selbst davon überzeugen können, dass Helmut ein grundehrli-
cher Typ war, der mir sicher nicht übel mitspielen würde.

Das Kennenlernen mit Helmut während des Griechenland-
urlaubs schien mir eine Ewigkeit her. Inzwischen rückte Weihnachten immer näher und wie üblich wollte ich die zwei Wochen
Schulferien in Davos verbringen.

Nach den eher eingeschränkten Badefreuden in Bibione und angesichts der Tatsache, dass sich mein Vater als bergaffiner Typ niemals auf regelmäßige Badeferien einlassen würde, suchte man nach einer Ferienwohnung in den Bergen. Mein Vater hatte schon die ganzen Jahre zuvor mit dem Engadin geliebäugelt, aber die Mieten bzw. Kaufpreise für dortige Objekte waren für meine Eltern unerschwinglich. Außerdem hatten uns die Ärzte geraten, einen möglichst hochgelegenen Ort in den Bergen zu wählen, denn ab einer gewissen Höhe haben auch die kleinen fiesen Hausstaubmilben, die mir zu Hause zusetzten, keine Überlebenschance. Anscheinend geht den kleinen Plagegeistern dort oben die Puste aus.

Schließlich ergatterten meine Eltern eine Ferienwohnung in Davos. Wir übernahmen sämtliches Mobiliar und Einrichtungsgegenstände und verbrachten fortan jeden Urlaub dort oben.

Obwohl ich als Kind in der frischen Höhenluft regelrecht aufblühte und die Symptome der Haut wesentlich zurückgingen, war ich von den ständigen Ferienaufenthalten dort oben alles andere als angetan. Das hatte gewichtige Gründe. Im Sommer hieß die Devise Bergsteigen bzw. Bergwandern, im Winter wurden wir auf die Skier geschnallt.

Ich war zwar ein bewegungsfreudiges Kind, aber die täglichen Wanderungen gingen mir gelinde gesagt ziemlich auf den Zeiger. Ich möchte nicht wissen, wie oft ich meine Eltern nervte, wenn ich sie nach den Gründen fragte, warum wir uns den Berg hinaufquälten, um dann danach doch wieder hinunterzulaufen. Ich erhielt nur unbefriedigende Antworten. Vor allem hatte ich auch noch einen denkbar schlechten Stand in der Familie, denn mein Bruder entpuppte sich schon bald als begnadeter Bergwanderer, der mindestens so enthusiastisch wie meine Eltern die Berge raufstürmte.

Da half nichts, ich musste mit. Maulend stapfte ich hinter den dreien her. Was mich besonders auf die Palme brachte, war der Umstand, dass nie darauf Rücksicht genommen wurde, wenn ich mal am Wegesrand ein Blümchen oder einen Stein begutachten wollte. Mein Vater zog immer in stetem Tempo den Berg hoch und hielt nicht eher, als er auf dem Gipfel oder vor einer Weggabelung stand. Es war manchmal zum Verzweifeln. Einzig die Gipfelrast konnte mich einigermaßen für erlittene Strapazen entschädigen. Schon in der Früh packte ich mit Feuereifer die bewährte Brotzeitbüchse, die mit Tomaten, Gurke, Salami und Käse nebst Brot und – dem Allerwichtigsten – einer Tafel Schokolade bestückt wurde. Gab es weiße Toblerone, war es ein besonderer Festtag. Dies war mein kleiner Gipfel, der mich vorwärtstrieb. Kaum hatte mein Vater einen geeigneten Rastplatz bestimmt, ließ ich geduldig das Käse- und Salamiessen über mich ergehen, bis als Belohnung endlich die Schokolade ausgepackt wurde, die in ein Stück Semmel verpackt zum Festessen wurde.

Sosehr ich auch in meine Trickkiste griff, beim Aufstieg war meinen Eltern kein Laut zu entlocken. Nicht mal ein Lied wollten sie anstimmen. Ich verstand das alles nicht. Zu gerne hätte ich mir die langweilige Zeit des Aufstiegs mit Quatschen verkürzt, aber statt ordentlichen Antworten bekam ich von beiden nur ein keuchendes Schnaufen oder Prusten zu hören. So konnte wahrlich kein ordentliches Gespräch in Gang kommen.

Der Abstieg allerdings entschädigte mich für vieles. Da musste meine Mutter in den sauren Apfel beißen und mit mir in voller Lautstärke die spärlichen Lieder schmettern, die sie aus ihrer Kindheit vorgekramt hatte. Die Texte vom Jäger aus Kurpfalz und sonstigen Schnulzen ihrer Jugend konnte ich auswendig. Leider war unser Repertoire reichlich eingeschränkt. Nach drei Stücken mussten wir zum Wiederholen ansetzen. Später wurde mir klar, warum sich mein Vater und mein Bruder stets eiligst über die Wiesen davonmachten, wenn wir unser Liedgut auspackten.

Fiel meinem Vater dann aber auf halbem Weg noch ein kleiner Abstecher ein, der uns wieder eine geschlagene Zusatzstunde kostete, wurde ich mit einem zugesicherten Eisbecher am Ziel bei Laune gehalten. Dieses Versprechen wurde auch stets von meinen Eltern eingelöst. Hier tauchte ich selig in Vanille- und Heidelbeereisbecher ein und der Stress der letzten Stunden war vergessen. Zumindest bis zum nächsten Morgen, an dem mir die nächste Bergtour bevorstand.

In Davos gab es auch ein schönes Freibad, das inmitten eines kleinen Parks lag. Inständig bekniete ich meine Eltern, dort einen ganzen Tag verbringen zu dürfen. Weil sich aber meine Eltern kaum länger als eine halbe Stunde auf einem Handtuch parken ließen, wurde vereinbart, dass nur einmal die Woche ein Schwimmbadtag eingelegt wurde. Das war zwar in meinen Augen kein großes Zugeständnis, aber immerhin besser als sieben Tage die Woche Bergwandern.

Rückte ein solcher Tag heran, war ich die Einzige, die bestgelaunt ihr Ränzlein schnürte und zielstrebig dem Schwimmbad entgegensteuerte. Meine Mutter war kaum zu bewegen, einen Zeh ins Wasser zu halten, mein Vater hingegen ließ sich eher zu einem Sprung ins Nass verleiten. Statt aber mit uns herumzuplanschen, zog er mit dem nöti-

gen Ernst Bahn um Bahn, falls er nicht von anderem, spielwütigem Nachwuchs daran gehindert wurde. Wir spielten Federball auf dem Rasen und waren kaum aus dem Wasser zu bekommen. Highlight des Tages blieb aber zweifellos der gigantische Eisbecher auf der Terrasse, der des Nachmittags behaglich geschlabbert werden durfte. Wenn doch nur jeder Tag ein Schwimmbadtag gewesen wäre!

Schlimmer als die langweiligste Bergtour war das winterliche Urlaubsprogramm. Dann wurden wir nämlich auf die Skier geschnallt. Nachdem sich meine Eltern beide in Eigenregie mehr oder weniger erfolgreich das Skifahren beigebracht hatten, bestanden sie bei ihrem Nachwuchs auf dem Standpunkt, die Sache von Grund auf professionell anzugehen. Wir Kinder wurden also beide in die Skischule geschickt. Rudi war natürlich mit seinen drei Jahren Vorsprung in einer höheren Klasse als ich. Während er schon auf richtigen Bergen loslegen durfte, verbannte man mich auf den Idiotenhügel.

Rudi wurde von meinen Eltern mit zur Bergbahn genommen, ich hingegen wurde unter die Obhut meiner Oma gestellt und von ihr zum Idiotenhügel geschleift. Schon da ging das Gezeter bei mir los. Da hatte ich aber bei meiner Oma keine Chance, denn die Mütze tief in die Stirn gezogen, zog sie mich im Schlepptau bis zum Skilift. Dort wurden wir in Gruppen eingeteilt und es begann das lästige Aufwärmen: an den Händen fassen und Kniebeugen machen. Nach der dritten Kniebeuge spätestens siegte die Erdanziehung und ich musste von den Umstehenden mit vereinten Kräften wieder in die Senkrechte gezogen werden. Stets war ich die Kleinste, die in einen signalroten Skianzug gepresst, drei rote Wollkugeln ihrer Skimütze vor der Nase bommelnd, mit steifen Beinchen hinter dem Skilehrer her rutschte. In der Mittagspause wurde ich bereits von Oma am Hang abgefangen und ins kleine, rappelvolle Restaurant verfrachtet, wo wir uns in eine Ecke gezwängt Suppe und Wienerwürstchen reinzogen. Stets von einer kichernden Kinderschar belächelt, die mir später am Hang wieder reindrückte, was ich für ein Baby sei, weil meine Oma mich noch füttern müsste.

Das war allerdings nichts gegen spätere Attacken, als ich mich als Jugendliche im Skikurs von hämischen norddeutschen Rotznasen umringt sah, die mir das Leben zur Hölle machten. Erst wurde mir auf dem Skihelm mit den Skistöcken rumgehämmert. Als ich dann mittags den Skihelm abnahm, war ich erst recht ins Zentrum allgemeiner Bosheiten gerückt, denn in den höchsten Tönen wurde mein sagenhaftes Aussehen kommentiert. Ganz zu schweigen von der mittelalterlichen

Skiklamotte. Vollends outete ich mich mit meinen braven Spaghetti und meiner Limo, während sich die anderen nur Pommes und Cola reinzogen, was mir von zu Hause strikt verboten war. An den Katzentisch gedrängt, würgte ich in Windeseile mein Essen runter und musste aufpassen, dass mir nach einem Gang aufs Klo nicht die Spaghetti versalzen und die Limo ausgekippt war.

Niemals hatte ich auch nur den Hauch einer Chance, auf der Piste einen Platz hinter dem Skilehrer zu ergattern. Wie die Berserker stachen die Jungs und Mädels auf Kommando hinter dem Lehrer her, kaum dass dieser seine Skier wieder in Richtung Abfahrt positioniert hatte. Mir blieb nur der Job des Lumpensammlers, der als Letzter der Truppe hinter den anderen her hechelte. Ich brauche nicht extra zu erwähnen, dass sich die meisten weigerten, mit mir Schlepplift zu fahren.

Zu Hause wunderten sich meine Eltern, dass ich mich mit Händen und Füßen gegen die täglichen Skischulbesuche wehrte und morgens mit Trödeln versuchte, den Skibus zu verpassen. Es gelang mir nie, meinen Peinigern zu entkommen und niemals wagte ich es, meinen Eltern davon zu berichten. Mir wurde ja immer Rudi als leuchtendes Vorbild vor Augen gehalten, der ohne zu Murren, ja vielmehr mit andächtiger Begeisterung, täglich zu seiner Skigruppe pilgerte. Er war selbstverständlich in der höchsten Skiklasse angelangt, während ich es nie bis ganz in den Rennkurs schaffte. Wahrscheinlich wäre es auch für Rudi nicht zumutbar gewesen, wenn er auf einmal in seiner etablierten Gruppe mit seiner kleinen Ramboschwester im Schlepptau aufgeschlagen wäre.

Weihnachten rückte näher und Helmut fragte vorsichtig an, wie ich denn zu einem Treffen stünde. Rudi und ich wollten wie jedes Jahr die Weihnachtszeit in Davos verbringen. Rudi hatte dort seine Freunde vom Skikurs und ich musste unbedingt an die Bergluft, denn die Zeit von den Sommerferien bis zu Weihnachten war für meine Haut sowieso jedes Jahr eine harte Belastungsprobe. Den Sommer über verbrachte ich so viel wie möglich an der Sonne und an der frischen Luft. Da hielt sich die Haut einigermaßen im Lot. Wenn aber die kühle Jahreszeit begann, mit der steigenden Feuchtigkeit und der Heizungsluft in den Räumen, konnte man fast zusehen, wie sich meine Haut von Woche zu Woche verschlechterte. Ich wartete also immer schon sehnsüchtig auf die Weihnachtszeit, wenn ich dem ganzen Dilemma für zwei Wochen entfliehen konnte.

Natürlich waren wir früher immer mit der ganzen Familie nach Davos gefahren, hatten dort oben sogar den Heiligen Abend verbracht. Seit der Krankheit meines Vaters war es damit vobei. Vor allem war es unmöglich, meine Mutter länger als zwei Tage von meinem Vater loszueisen. Inzwischen war er ohne die permanente Anwesenheit meiner Mutter dermaßen unleidlich geworden, dass solche Experimente tunlichst vermieden wurden. Weil auch meine Oma inzwischen mit ihren knapp 90 Lenzen den Anstieg zur Davoser Wohnung schnauftechnisch nicht mehr bewältigen konnte, durften Rudi und ich alleine fahren. Helmut wurde eingeladen, uns zu begleiten. Er sagte begeistert zu. Auf dieses Angebot meiner Mutter hatte ich nie zu hoffen gewagt.

Helmut kam mit dem Zug aus Graz nach München, dort luden wir ihn zu uns ins Auto. Schnell zeichnete sich ab, dass Rudi und Helmut nicht die dicksten Freunde werden würden. Man hielt höfliche Distanz.

Ich vermutete stark, dass Rudi vor unserer Abfahrt von Mami schärfste Verhaltensregeln eingetrichtert bekam; kaum waren wir in Davos eingetroffen und wollten zur Zimmerverteilung schreiten, verkündete Rudi die schon vorab mit meiner Mutter getroffene Vereinbarung, dass Helmut im Schlafzimmer meiner Eltern zu schlafen hätte, ich im Zimmer meiner Oma und Rudi in unserem Kinderzimmer. Helmut fügte sich maulend in sein Schicksal.

Nur zur Erinnerung: Wir waren 19 und 23 Jahre alt. Zwischen uns kam es in den nächsten Tagen zu vorsichtiger Annäherung. Da waren zwei liebestechnische Greenhorns aufeinander gerumpelt. Obwohl mich Helmut trotz Rudis Anweisung, das Zimmer nicht zu verlassen, des Morgens in meinem Zimmer besuchte, blieb es bei schüchterner Knutscherei. Mich erstaunte, dass Rudi Helmut mit einem fast kindischen Misstrauen begegnete und ihn bei jeder Gelegenheit taxierend beäugte. Helmut ließ diese offensichtlich kühle Behandlung mehr als kalt. Wir gingen zusammen Ski fahren und bemerkten immer mehr Gemeinsamkeiten, teilten die Liebe zu den Bergen (die sich inzwischen bei mir eingestellt hatte) und kochten abends zusammen. Rudi war die meiste Zeit mit seinen Freunden unterwegs und traf sich auch abends mit Kollegen und Bekannten.

Eines Abends kamen Helmut und ich auch in den Genuss einer Einladung. Eine Freundin von Rudi hatte sturmfreie Bude und dementsprechend etliche Freunde zum Fondue-Essen zusammengetrommelt. Man wusste, dass Rudi wohl eine Schwester hatte, aber zu Gesicht hatten sie mich noch nie bekommen. In einem Anfall von Großzügigkeit oder – was ich eher vermutete - weil sie die Hütte noch nicht voll hatten, durfte er auch Helmut und mich mitbringen. Leicht skeptisch, aber dennoch voller Neugier, rüsteten wir uns für das Abendevent.

Als wir – ich wie immer ungeschminkt und in Cordhose, Helmut in rustikalem Holzfällerhemd und mit braven Halbschuhen – zu Rudi ins Auto stiegen, traf uns sogleich sein taxierender Blick. Spätestens jetzt hätten wir umdrehen sollen.

Sobald wir die hell erleuchtete Empfangshalle des Chalets betraten und uns von gut aussehenden, im neuesten Modetrend gewandeten Schicksen umringt sahen, war ein Rückzug ohne maximalen Gesichtsverlust nicht mehr möglich. Also ließen wir uns höflich an einen dunklen Ecktisch platzieren, wo wir nicht allzu unangenehm auffielen. Zumindest hatten wir beide genügend Lästerstoff für abendfüllende Gespräche. Auch wenn ich nicht in Rudis Haut stecken wollte, der sich für seine biedere Verwandtschaft wohl in Grund und Boden schämte, verbrachten wir einen ziemlich unterhaltsamen Abend. Von weiteren Einladungen wurde allerdings abgesehen.

Bei der Heimfahrt von Davos wurde Helmut am Münchener Hauptbahnhof in den Zug gesetzt, was mir sehr entgegenkam. Schon allein der Gedanke daran, wie er wohl auf unsere häusliche Situation, besonders aber auf meinen Vater reagieren würde, verursachte mir ziemliche Bauchschmerzen. Diese Angst erwies sich später als vollkommen unbegründet, denn Helmut ging völlig unkompliziert mit der Situation um.

Von meiner Mutter wurde die Beziehung weiterhin toleriert, hatte sie doch erkannt, welch ausgleichenden Einfluss Helmut auf mich hatte. Solange meine schulischen Leistungen nicht litten, war gegen unsere Verbindung nichts einzuwenden.

Auch in der Schule hatte sich die Lage entspannt. Mit meinen Noten war ich zufrieden, außerdem hatte ich eine nette Freundin gefunden. Gisela war mir ans Herz gewachsen, denn sie hatte sich damals bei unserer vorgezogenen Abiturreise – wir hatten die Wahl zwischen Athen, Rom und Paris und ich hatte mich für Athen entschieden – als fürsorgliche und hilfsbereite Person erwiesen.

Schon die Bahnfahrt nach Athen hatte meine Haut auf eine harte Bewährungsprobe gestellt. Das Schwitzen in den Abteilen, die aufgedrehte Stimmung und die stundenlange Fahrt ohne Möglichkeit, die Haut einzucremen (beim allgemeinen Angebalze und Geflirte steigerte eine fettige, glänzende Creme auf dem Gesicht nicht unbedingt die Marktchancen), hinterließen bereits bei Ankunft in Athen deutliche Spuren. Übernachtungen in fremden Betten und in ungewohnter Umgebung waren zuverlässige Verstärker für eine weitere Verschlechterung.

Bereits nach zwei Tagen rief besagte Gisela meine Mutter an, um sich zu erkundigen, was sie in der Apotheke gegen meine Hautausbrüche besorgen könnte. Lange Zeit verbrachte sie mit mir im Hotelzimmer, während die anderen auf Ausflügen unterwegs waren. Sie war ein einfühlsamer, hochintelligenter Mensch und trotzdem von Selbstzweifeln zerfressen. Irgendwie spürten wir gegenseitig unsere Haltlosigkeit und lehnten uns wie zwei Strohhalme aneinander. Noch heute pflege ich regen Mailkontakt mit ihr. Sie hat übrigens einen Mann mit starker Neurodermitis geheiratet. Sie ist ein Mensch, der mit so einer Krankheit wunderbar umzugehen versteht.

Bis zu Beginn der Kollegstufe gab es in unserer Klasse zwei Fraktionen: Die „Rechten" und die „Linken". Wobei letztere den erheblich größeren Teil ausmachten. Während die „Rechten" meist aus zwei oder drei ziemlich intelligenten Jungen bestanden, die mit bewundernswerter Hartnäckigkeit ihren Standpunkt gegen die Masse vertraten, war der Rest ein zusammengewürfelter Haufen aus Kommunisten, Ökotanten und Grünen, zusammengefasst unter dem Begriff „Turnschuhfraktion". Ich hatte keine Chance, von den „Rechten" akzeptiert zu werden. Ich bewunderte ihren Mut, sich gegen die Übermacht der „Linken" durchzusetzen und sämtlichen Anfeindungen zu trotzen. Trotzdem wagte ich es nie, mich auf ihre Seite zu stellen, obwohl ich ahnte, dass ich dort noch am ehesten dazugehörte. Umgekehrt erinnerten sie mich an die eingefahrenen Gleise, die meine Eltern befuhren, und obwohl ich niemals ausscherte, liebäugelte ich doch mit Protest.

Insofern versuchte ich, mich den „Linken" anzubiedern. Mich beeindruckte ihre Offenheit, ihre trotzig vorgetragene Meinung. Überhaupt imponierte mir, dass sie zu allen Themen eine dezidierte Meinung hatten, die sie mit rhetorischer Schärfe lautstark artikulierten. Ich versuchte, mir ihren Stil einzuprägen, ihre Formulierungen zu imitieren. Wahrscheinlich war ich ein völlig gesichtsloser Mitläufer, der den anderen nach dem Mund redete. Mir fiel ziemlich schnell auf, dass man sich damit keine Freunde machte.

Aber ich wollte doch um jeden Preis gefallen!

Bei meinen Eltern funktionierte das doch auch ganz gut. Zu Hause nickte ich brav bei ihren Reden und spendete Beifall.

Warum schlug mir mit der derselben Strategie in der Schule keine Sympathie entgegen?

Natürlich übersah ich völlig, dass ich weder rhetorisch noch argumentativ an die Wortführer der „Linken" heranreichte. Außerdem war an meinem Outfit unschwer zu erkennen, auf welcher Seite ich eigentlich stand. Kam es überdies wirklich einmal zu Sitzblockaden oder sonstigen Protestbewegungen, war ich die Erste, die den Schwanz einzog, denn ich konnte keinen Verweis riskieren. Nicht auszudenken, wenn meine Eltern davon Wind bekommen hätten, dass ich mit linker Gesinnung sympathisierte. Trotzdem verfolgte ich weiter die unzähligen Gesprächsrunden meist als passiver Teilnehmer, versuchte, den vorgetragenen Thesen zu folgen, war beeindruckt vom Selbstbewusstsein der Rednerinnen und Redner, die so alt waren wie ich und mir doch um Jahre erwachsener und reifer erschienen. Was ich aber immer häufiger bemerkte und was mich an all den schönen Reden von Basisdemokratie, Mitbestimmung und Toleranz erheblich störte: Gerade von denjenigen, die sich am lautesten für die Rechte Benachteiligter einsetzten, wurde ich am heftigsten ausgegrenzt.

Ich zog mich immer weiter zurück, beobachtete das zwischenmenschliche Miteinander aus sicherer Entfernung und mümmelte auf dem Schulhof allein an meinem Pausenbrot. Gerne hätte ich mich in diesen Zeiten zu meinem Bruder geflüchtet, der nur ein paar Gänge weiter mit seinen Freunden saß, aber Rudi hatte mir unmissverständlich klargemacht, dass er nicht auch noch in der Schule Lust auf die lästige kleine Schwester hätte. So schielte ich immer mal wieder sehnsüchtig in die Richtung, wo sein Klassenzimmer lag.

Wehmütig dachte ich manchmal an meine erste und beste Freundin zurück, die mir all die Jahre bis in die Grundschule meine Kindheit versüßt hatte.

Ein paar Ecken weiter von unserer Straße hatte Julie gewohnt. Sie muss damals um die 10 Jahre alt gewesen sein. Etwa in meinem Alter. Ich weiß nicht mehr genau, wo ich ihr über den Weg gelaufen bin, aber es war Sympathie auf den ersten Blick. Bis dato hatte ich als einzigen

Spielkameraden meinen Bruder. Mit anderen Kindern auf der Straße zu spielen war für uns ungewohnt. Dann tauchte auf einmal Julie auf. Mit einem Schlag war mein Leben abwechslungsreich und fröhlich.

Julie wohnte in einem großen Haus. Ihre Mutter war eine chaotische Amerikanerin, die nachmittags nie zu Hause war. Den Vater sahen wir auch sehr selten, aber er war ein äußerst sympathischer, ruhiger Mann, zu dem ich sofort Vertrauen fasste. Er war Schweizer. Die vier älteren Geschwister waren schon alle ausgezogen, so wohnten nur noch Julie und ihre jüngere Schwester Jenny zu Hause.

Einmal in der Woche durfte ich zu Julie zum Spielen gehen. Ihr Haus stand am Waldrand und bot uns in seinem Chaos ein unerschöpfliches Reservoir an Spielmöglichkeiten. Wir tappten auf Stelzen durch den Garten, saßen auf der Schaukel, hüpften mit Springseil oder Gummi und durchstreiften den Waldrand. Bekamen wir Hunger, plünderten wir den Kühlschrank, der stets voll mit geheimnisvollen Leckereien war, die ich von zu Hause nicht kannte. American Icecream, Käse aus der Tube, fettige Cracker und schlappe Brötchen. Dazu eiskalte Pepsi und klebriges Süßzeug. Ein Traum!

Julie blieb mein gutgelaunter Kobold, der mit widerspenstigen, dunklen Locken durchs Leben hüpfte und mich in ein fröhliches, sorgenfreies Dasein zog. All die Hänseleien in der Schule konnten mich nicht mehr erschüttern, hatte ich doch Julie, die sich einen Teufel darum scherte, wie ich aussah. Mir selber war es genauso egal. So stopfte ich mit Begeisterung jeglichen Süßkram in mich hinein, den ich außer Haus ergattern konnte, obwohl ich genau wusste, dass ich diese Schlemmereien wieder bitter büßen musste. Auf Zucker wie auch auf Zitrusfrüchte reagierte meine Haut besonders ungnädig. Aber das war mir egal, solange ich herzhaft in Schoko und Co. eintauchen konnte.

Diesbezüglich waren auch die Aufenthalte in Zwiesel bei meiner Tante und meinen beiden Cousins ein wahres Eldorado, denn dort gab es schon zum Frühstück den wahren Knüller: Nutella bis zum Abwinken. Dazwischen massenweise Gummibärchen und Schaumküsse. Das Highlight jeden Tages allerdings wurde in der Nacht zelebriert, als ich mit meinem kleinen Cousin im Bett lag und die heimlich gekauften Kabapulverdosen mit Zucker mischte und das Ergebnis in den Mund schaufelte. Meine Mutter war stets sehr besorgt, dass ich nach meinen dortigen Aufenthalten wieder mit einer Haut wie ein Streuselkuchen zu Hause aufschlug. Allerdings wurden die dortigen Besuche sowieso bald abrupt unterbunden. Meine Eltern waren nicht gerade erfreut, als sie mitbekommen hatten, dass ich mich im Friseurladen meiner Tante nützlich machte und mir ein paar Pfennige verdiente, indem ich den Kundinnen die Wickler aus dem Haar dröselte. Man musste meinem drohenden Abdriften in die Arbeiterklasse beizeiten Einhalt gebieten.

Als Julie dann nach der dritten Klasse mit ihrer Familie wieder nach Kalifornien zog, brach für mich eine Welt zusammen. Diesen Verlust verdaute ich lange nicht, obwohl wir uns noch über Jahre gegenseitig Briefe schrieben und uns sogar einmal in der Schweiz trafen, als sie mit ihrer Familie dort zu Besuch war. Allerdings endete dieser Besuch in einem Drama. Doch davon später.

Letzte schulische Hürden und völlig orientierungslos

Ich näherte mich mit Riesenschritten dem Abitur. Rudi hatte mir mit einem 1,0 Notendurchschnitt eine hohe Messlatte gesetzt.

Während er mit Leichtigkeit nur die besten Noten abräumte, bewegte ich mich zwar auch im oberen Drittel, kam aber nie an seine Leistungen heran.

In früheren Jahren war mein Bruder dazu angehalten, der kleinen Schwester bei schulischen Schwierigkeiten mit Rat und Tat zur Seite zu stehen. Will heißen, Rudi fungierte als mein privater Nachhilfelehrer, was ihn nicht unbedingt zu Begeisterungsstürmen hinriss. Natürlich war es praktisch, dass wir nachmittags zusammen Tür an Tür lernten, denn bei einer Schwierigkeit brauchte ich nur schnell ins angrenzende Zimmer zu gehen und Rudi um Rat zu fragen. Wenn mir langweilig war oder ich mit meinen Aufgaben nicht recht vorankam, hockte ich mich in seinem Zimmer auf die Heizung und quatschte auf ihn ein. Meist gelang es mir nach kurzer Zeit, ihn aus der Konzentration zu reißen und in ein Gespräch zu verwickeln. Mir blieb schleierhaft, warum er darüber nicht genauso begeistert war wie ich.

Schlimm waren die Wochenenden, an denen er mit mir üben sollte. Er gab mir oft ein handgeschriebenes Blatt mit Aufgaben. Meist sollte ich irgendwelche mathematischen Berechnungen anstellen. Zu seiner Verteidigung muss gesagt werden, dass er sich stets bemühte, mir die Aufgaben in einer farbigen Verpackung zu liefern. So kann ich mich erinnern, dass eine beliebte Aufgabenstellung folgendermaßen begann: „Zwei Bergsteiger wollen einen 8540m hohen Berg besteigen und nehmen statt Sauerstoffflaschen Weinflaschen mit hinauf." Nach weiteren Angaben war am Schluss zu berechnen, mit welchem Alkoholpegel die Bergsteiger in 7400 Höhenmetern umdrehen müssen. Ich verzweifelte regelmäßig an diesen Übungen, worauf sich Rudi regelmäßig tierisch über meine Begriffsstutzigkeit aufregte. Obwohl sonst ein ruhiger, ausgeglichener Typ, mutierte er beim Korrigieren meiner Aufgaben zum emotionalen Zombie. Mit dem Rotstift wütete er auf meinem Übungsblatt, gestikulierte wild mit den Händen und brüllte mich mit geschwollener Zornesader an, wie unsagbar dumm ich doch wäre, wenn nach Minuten noch immer nur ein müdes Schulterzucken von mir kam.

Weitere Highlights des Amusements waren seine Diktate, die er der aktuellen Tagespresse entnahm. Ich erinnere mich gut an einen Artikel über die RAF, wo er den für mich unverständlichen Namen „Brigitte Mohnhaupt" in „Brigitte Meier" umbenannte.

Als ich in die Grundschule kam, begann ich nach kurzer Zeit die Samstagvormittage zu fürchten, denn mein Vater hatte sich zur Aufgabe gemacht, dem Kind ordentliches Deutsch beizubringen. Zu diesem Zweck musste ich vormittags vor seinem Schreibtisch antanzen. Dann bekam ich ein Aufsatzthema. Zunächst Erlebnisaufsätze, dann Bildergeschichten, später dann Erörterungen oder Gedichtinterpretationen. Das erste Jahr begann ganz harmlos mit Erlebniserzählungen.

Spätestens, wenn ich seinen Schreibtisch mit dem aufgetragenen Thema verließ, war mein Kopf wie leergefegt. Trübsinnig hockte ich vor meinem weißen Blatt und überlegte krampfhaft, welche großen Abenteuer ich wohl erlebt hätte. Mehr als einige banale Episoden kamen mir nie in den Sinn. Ich zernagte verzweifelt meinen Bleistift, bohrte in der Nase, in der verzweifelten Hoffnung, der ultimative Gedankenblitz würde sich endlich einstellen.

Nach gefühlten drei Stunden brachte ich schließlich eine klägliche halbe Seite aufs Papier, die ich meinem Vater ängstlich auf den Schreibtisch schob. Dann begannen einige Minuten bangen Wartens, in denen mein Vater den Rotstift zückte und an meinem Meisterwerk herumkritzelte. Ich muss gestehen, sein Urteil war meist vernichtend. Selten fand mein Machwerk auch nur ansatzweise Gnade vor seinen Augen. Bessere Formulierungen wurden eingefügt, ganze Passagen waren neu zu verfassen. Mit diesen Anweisungen zog ich mich wieder zurück und verfasste eine zweite, verbesserte Version. Erst dann begann der entspannende Teil des Wochenendes.

Als Rudi und ich einige Jahre Latein und Griechisch hatten, wurde für uns beide Stefan engagiert. Er war der Sohn unseres Hausarztes, der in München Medizin studierte und uns jeweils am Freitagnachmittag Nachhilfe in Latein und Griechisch gab. Erst war Rudi an der Reihe. Schätzungsweise musste sich Stefan ziemlich ins Zeug legen, um Rudi noch etwas beizubringen. Immerhin regnete es auch schon vor Stefans Einsatz ununterbrochen Einser. Wahrscheinlich war die Intention dieser Aktion, diesen Zustand für den Rest seiner Schullaufbahn sicherzustellen. Ein Ziel, das selbstmurmelnd eingehalten wurde.

Nachdem sich Stefan bei Rudi schon ziemlich verausgabt hatte, schob er mit mir dann zumindest fachlich eine ruhige Kugel. Ich fieber-

te schon jede Woche diesen beiden Stunden entgegen. Bei Stefan lernte ich so ziemlich alles – außer Latein.

Nein, ich will nicht ungerecht sein, die erste halbe Stunde verbrachten wir mit alibimäßigem Übersetzen. Dann lenkte ich ihn geschickt auf Themen, die mir wesentlich interessanter schienen. Stefan war ein äußerst geduldiger, in meinen Augen umfassend gebildeter Mann, der wirklich auf jedem Wissensgebiet belesen war. Ich sog seine Informationen auf wie ein nasser Schwamm. Natürlich brachte ich den äußerst korrekten Stefan ziemlich oft in arge Bedrängnis; das schlechte Gewissen drückte ihn gewaltig, als er nach zwei Stunden zur Entlohnung zu meiner Mutter schritt und mir „nur" den Unterschied zwischen dumm und debil beigebracht hatte. Stefan leistete in jedem Fall einen unschätzbaren Beitrag zu meiner Allgemeinbildung, ganz abgesehen davon, dass ich seine sanfte, niemals aufbrausende Art schätzte, die in wohltuendem Kontrast zu Rudis Wutausbrüchen stand. Stefan zuliebe strengte ich mich in Latein und Griechisch besonders an. Immerhin konnte ich nicht riskieren, dass mein schlechtes Abschneiden auf ihn zurückfiel. So viel Solidarität war ich ihm unbedingt schuldig.

Die letzten Wochen vor dem Abitur verselbstständigte sich zunehmend mein Kortisonkonsum. Auch die Glückspillen warf ich immer unkontrollierter ein. Für Hautprobleme hatte ich jetzt überhaupt keine Zeit. Jetzt musste ich fürs Abitur lernen.

Am Ende hatte ich ein vorzeigbares Zeugnis in der Tasche. Auch meine Eltern waren mit dem Ergebnis zufrieden.

Gleich nach den Prüfungen wollte ich mit einer befreundeten Schulkollegin eine Woche nach Italien. Billig und per Zug erreichbar lautete die Devise. Wir wählten ein abgeschabtes Hotel in irgendeinem italienischen Kaff. Zuvor hatten mir meine Eltern zögernd ihre Einwilligung gegeben und mir die Reise finanziert. Mir das Geld selber zu verdienen und dann einfach ohne zu fragen loszufahren, wäre mir nie in den Sinn gekommen. Mir war überhaupt nicht bewusst, dass ich seit zwei Jahren volljährig war.

Sabrina, die mich begleitete, war eine auffallende, dunkelhaarige Schönheit, die in null Komma nichts eine Garde Verehrer hinter sich herzog. So gerieten in ziemlich kurzer Zeit unsere Strandbesuche zum Spießrutenlauf. Kaum hatten wir ein leeres Fleckchen mit unseren Handtüchern belegt, waren wir auch schon von einer Traube Männern umringt, die uns zutextete. Genauer gesagt, wollten sie Sabrina in ein Gespräch verwickeln, ich spielte nur den Anstandswauwau und wurde auch genau so behandelt. Ohne meine Anwesenheit wären sie viel leichter ans Ziel gekommen. Wahrscheinlich war ich auch für Sabrina eine ziemliche Spaßbremse, denn ich riet ihr heftig von irgendwelchen Dates ab. Außerdem weigerte ich mich, sie des Abends in zwielichtige Diskotheken zu begleiten.

Ich spürte genau, dass ich in ihren Augen maximal als Sicherheitsfaktor fungierte, sodass die Männer sie nicht gleich auf dem Heimweg vernaschten. Ich selber fühlte mich zum ersten Mal in meinem Leben gänzlich abgelehnt, unattraktiv und zum Schattendasein verdammt. Nie hatte ich Zurückweisung so grausam empfunden wie in Situationen, in denen sechs gut aussehende Italiener mit leuchtenden Augen Sabrina anbaggerten, während ich wie ein explodierter Wellensittich danebenstand und bestenfalls einen genervten Seitenblick ergatterte. Das tat weh.

Ich zog mich zurück und verbrachte viel Zeit auf dem Zimmer. Die Kühle dort war für meine aufgekratzte Haut angenehmer als das Schwitzen in der Sonne.

Vollends kippte die Stimmung, als Sabrina eines Morgens im Badezimmerspiegel einen kleinen Pickel auf der Nase erblickte, der die Chancen auf männliche Eroberungen an jenem Tag zu schmälern drohte. Ich hockte derweil mit leise vor sich hinschuppendem Gesicht auf dem Bett. Tränen schossen mir in die Augen. Ich flüchtete unter die Bettdecke, bis ich mich wieder einigermaßen im Griff hatte. Mein Stolz ließ nicht zu, mir irgendeine Blöße zu geben.

Die restlichen Tage verliefen im Bestreben, sich möglichst aus dem Weg zu gehen. Kaum waren wir wieder zu Hause, brach unser Kontakt völlig ab.

Auch später lernte ich immer wieder gut aussehende Frauen kennen, die sich ganz bewusst mit einer Schar hässlicher Geschlechtsgenossinnen umgaben. Offenbar suchten sie diesen Kontrast, damit ihre eigene Schönheit umso strahlender hervorstach.

Kaum hatte ich das Abitur über die Bühne gebracht, fiel ich in ein tiefes Loch. Natürlich hätte ich jetzt wie mein Bruder Betriebswirtschaft studieren können. Die Angst vor den vielen Matheprüfungen am Anfang hielt mich allerdings davon ab.

Ich war sicher, dass ich sie nicht schaffen würde. Dann hörte ich mich bei meinen Schulkameradinnen um und erfuhr, dass die meisten Unentschlossenen sich für ein Jurastudium entschieden hatten. Recht lag mir aber überhaupt nicht. Keine Sekunde verschwendete ich einen Gedanken darauf, kein Studium anzufangen und eine anderweitige Ausbildung zu wählen. Nach dem Abitur musste zwangsläufig ein Studium folgen. Die Frage blieb nur, welches?

Ich hatte noch die stundenlangen Studiumsdiskussionen meines Vaters mit Rudi im Ohr. Mein Bruder liebte Latein und Griechisch und hatte deswegen mit Altphilologie geliebäugelt. Dieser – in den Augen meines Vaters – brotlose Zeitvertreib wurde meinem Bruder aber schnell ausgeredet. So hatte er schließlich Betriebswirtschaft gewählt.

Eine andere Schulfreundin von Rudi hatte meinem Vater erklärt, dass sie Medizin studieren wolle. Endlose Gespräche und heftige Ausbrüche meines Vaters brachten mich schnell zur Erkenntnis, dass mein Vater als Vertreter eines gelebten Sozialdarwinismus niemals damit einverstanden wäre, wenn ich ein Studium mit dem Motiv wählen würde, anderen helfen zu wollen. Derartige Argumente pflegte er mit einem brüllenden Lachen wegzufegen und sich über weichgespülte Gutmenschen lustig zu machen, die niemals der rauen Realität standzuhalten vermochten. Bei Sozialpädagogik stellten sich ihm endgültig die Nackenhaare auf.

Nie traute ich mich zu sagen, dass ich sehr gerne einen sozialen Beruf ergriffen hätte. Einmal erwähnte ich, dass ich mir vorstellen könnte, Krankenschwester zu werden. Zur Erleichterung meines Vaters schied dieser Wunsch wegen meiner Neurodermitis aus. Desinfektionsmittel oder andere Substanzen hätte meine Haut langfristig nicht vertragen.

Wenn mein Vater gesund gewesen wäre, hätte er mich sicher schon längst nach meinen Studienabsichten befragt. Auch wenn ich damit unweigerlich in seine Schusslinie geraten wäre, hätte ich mich doch zumindest damit auseinandersetzen müssen. So aber schob ich die Entscheidung immer wieder vor mir her, auch wenn mir die Ungewissheit gleichzeitig Bauchschmerzen bereitete. Meine Mutter wiederum war so mit der Krankheit und Pflege meines Vaters beschäftigt, dass sie froh war, den üblichen

Alltag zu bewältigen. Der dritte, der mir noch hilfreich zur Seite hätte stehen können, nämlich mein Bruder, war zu dieser Zeit mit seinem eigenen Studium und der Loslösung vom Elternhaus beschäftigt.

In meiner zunehmenden Verzweiflung nahm ich das Studienbuch zur Hand, um mich wenigstens über die angebotenen Studienfächer zu informieren. Naturwissenschaftliche Fächer fielen von vornherein weg. Ich versuchte, mich an meinen Stärken zu orientieren, aber das Einzige, das mir hierbei positiv einfiel, war Musik.

Musik war mir jedoch bis auf Weiteres verleidet.

Meine Mutter stammte aus einer sehr musikalischen Familie, weshalb Rudi und ich auch von Kindesbeinen an Klavierunterricht bekamen. Ganz in unserer Nähe hatte meine Mutter eine junge Klavierlehrerin ausfindig gemacht. Ihre Strategie bestand darin, uns sämtliche Stücke auswendig lernen zu lassen. Dann wurde jedes einzelne Stück in monatelanger Kleinarbeit so lange auf Perfektion getrimmt, bis es einem zum Hals raushing.

Mit Metronom und ausgefeilter Fingertechnik konnten wir dann ein kleines Repertoire von Stücken in glänzender Perfektion zum Besten geben. Sollten wir allerdings ein einfaches Kinderlied vom Blatt spielen, versagten wir kläglich. So mussten wir jedes Klavierstück Note für Note in mühseliger Kleinarbeit entziffern, während meine Mutter jedes noch so schwere Stück mit Leichtigkeit vom Blatt spielte. Das frustete gewaltig. Manche unserer Gäste waren von unserem Vorspiel geblendet und wähnten uns als kleine Wunderkinder, wenn wir selbstvergessen unsere Stücke auswendig in die Tasten hämmerten. Nach Runterspulen unseres Repertoires herrschte allerdings betretene Stille.

Erschwerend kam hinzu, dass besagte Klavierlehrerin eine reichlich humor- und farblose Tante war, die überhaupt keinen Spaß verstand, wenn ich in den Unterricht kam, ohne ihre nervtötenden Tonleitern geübt zu haben.

Im Gegensatz zu Rudi fiel mir das Klavierspielen sehr leicht. Während bei Rudi selbst das perfekt gespielte Stück irgendwie hölzern und mechanisch klang, durfte ich mir eine gewisse Musikalität zugute halten, die das Stück an Tiefe gewinnen ließ. Während also Rudi eifrig und verbissen seine Etüden und Fingerübungen klimperte und trotzdem nicht im Unterricht glänzte, schaffte ich es mit kaum einer halben

Stunde Übung, die gestrenge Dame einigermaßen zufriedenzustellen. Das machte mich dann doch ein wenig stolz, war es doch die einzige Disziplin, in der ich meinem Bruder überlegen war.

In regelmäßigen Abständen wurden an einem anderen Ort sogenannte Hauskonzerte abgehalten, wo wir vor einem kleinen Publikum unsere Stücke zum Besten geben mussten. Initiatoren hierfür waren ein alter Drache von Mutter, bei der meine Klavierlehrerin auch angestellt war, nebst ihrem etwas verkümmerten Sohn, die beide stets in der ersten Reihe Platz nahmen und mit Argusaugen jede gespielte Note beobachteten. Nach einem Knicks oder einer Verbeugung hatte man am Klavier Platz zu nehmen und dann mit möglichst viel Gefühl und möglichst wenigen Fehlern sein einstudiertes Stück vorzutragen. Vor Anspannung und Nervosität war ich jedes Mal völlig durchgeschwitzt. Ich hasste diese Auftritte.

Nach elf Jahren weigerte ich mich, weiterhin zum Unterricht zu gehen. Dennoch hat meine Mutter bis heute nicht aufgegeben, mich für dieses Instrument zu begeistern. Meine Klavierlehrerin aber hat in diesem Punkt ganze Arbeit geleistet.

Beim Schmökern im Studienführer stieß ich dann auf Alte Geschichte und Ägyptologie. Pharaonen hatten mich schon immer in ihren Bann gezogen. Obwohl man dieses Interesse kaum als Hobby bezeichnen konnte, war es doch meine einzige Neigung, die von meinem Vater wohlwollend beobachtet und gefördert wurde. Er war es, der mir zahlreiche Bücher zu diesem Thema geschenkt hatte.

Überhaupt zog mich das Altertum magisch an. Es begeisterte mich, Zeugnisse von Menschen in Händen zu halten, die so lange vor uns auf Erden ihre Spuren hinterlassen hatten. Mich interessierte, wie die Welt durch ihre Augen aussah. Dabei faszinierte mich am meisten, dass die Menschen zu allen Zeiten dieselben Fragen nach Herkunft und Sinn des Lebens gestellt hatten.

Ich war schon immer ein wissbegieriger Mensch, der gerne durch Erfahrungen anderer Menschen neue Erkenntnisse dazugewann. Ich war beeindruckt vom Wissen der Antike, das ich mit Weisheit gleichsetzte. Ich wollte selber lesen, was uns frühere Völker zu sagen hatten. Deshalb war ich auch so am Erlernen der alten Sprachen interessiert; ich wollte mir mein eigenes Bild von diesen Aussagen machen. Ein eigenes Bild, das nur entstehen konnte, wenn ich die Originalsprache entschlüsseln konnte und nicht auf eine bereits festgelegte Übersetzung angewiesen war.

Zunächst hatte ich mich auch zu einem Altphilologiestudium hingezogen gefühlt, aber dann wäre die einzige Berufsperspektive Lehrerin gewesen. Allein die Vorstellung, vor einer Horde Jugendlicher einen Vortrag zu halten, trieb mir den Schweiß auf die Stirn. Ich entschied mich also für Ägyptologie mit Nebenfach Archäologie. Ich schlug mit dieser Studienwahl zwei Fliegen mit einer Klappe: Zum einen wählte ich Fächer, die mich wirklich interessierten, zum anderen hoffte ich mit dieser Wahl, meinem Vater zu gefallen. Ich übersah dabei aber völlig, dass ihn nichts mehr interessierte.

Ein Vorgeschmack aufs Paradies

Nach meiner etwas verunglückten Woche in Italien bekamen wir einen Anruf von einer Bekannten, deren Freundin ebenfalls Neurodermitis hatte. Obwohl Bettinas Vater in einem Krankenhaus als Professor arbeitete, hatte er die Krankheit seiner Tochter dennoch nicht in den Griff bekommen. Jetzt sollte Bettina nach dem Abitur für drei Wochen ans Tote Meer fahren – und ich sollte mit. Zu zweit wäre so ein Aufenthalt doch sicher angenehmer!

Ich hatte schon öfter von den sagenhaften Erfolgen des Toten Meeres gehört und war sofort Feuer und Flamme. Von meinen Eltern hatte ich eine sehr leicht bräunende Haut geerbt, die sich auch im schlimmsten Hautzustand unter Sonnenbestrahlung relativ leicht erholte. Ich hatte schon oft in Krankenhäusern beobachtet, dass viele Neurodermitiker die Sonne mieden oder nur in langärmeliger Kleidung das Haus verließen. Das konnte ich überhaupt nicht nachvollziehen, denn meine Haut war glücklich, wenn sie ohne Kleidung in die Sonne durfte. Sie war mein Allheilmittel, zumindest solange ich sie nicht so stark mit Kortison einschmierte. Ich fand nämlich heraus, dass die Sonne kaum positive Wirkung zeigte, wenn die Haut mit Kortison zugekleistert war. Dann konnte sie nicht schwitzen und spannte unangenehm und juckte stark. Wenn ich dagegen mit wenig Kortison in die Sonne ging, wurde die oberste Hautschicht mit einem leichten Sonnenbrand in eine feste Hautplatte verwandelt, die sich nach wenigen Tagen vollständig ablöste und eine wunderbar weiche, gesunde Haut darunter zum Vorschein kommen ließ.

Als es bei dieser Reise um die Finanzierung ging, wurde ich von meiner Krankenkasse zu einem Vertrauensarzt geschickt, der mir die Kur sofort bewilligte. Unsere gemeinsame Reise konnte nun beginnen.

Natürlich barg diese Unternehmung für uns beide ein gewisses Risiko, bisher kannten wir uns nur vom Hörensagen und zwei kurzen Treffen. Trotzdem mochte ich Bettina von Anfang an wegen ihrer ungezwungenen, lockeren Art, und ihr ging es wohl ähnlich.

Für uns beide war es zum einen der erste Flug, zum anderen die erste Reise ohne Eltern, was schon an eine Sensation grenzte für zwei Mädchen aus derart gut behüteten Elternhäusern. Am

Flughafen schauten wir uns schon im Terminalbereich verstohlen um, ob wir noch andere Hautkranke am Aussehen erkennen konnten. Nach kurzer Zeit entdeckten wir etliche Leute, die deutlich an Schuppenflechte erkrankt waren. Wir hatten den Eindruck, dass man sich untereinander wie alte Bekannte begrüßte.

Bettina und ich begannen uns zu entspannen. Die lockere Atmosphäre beruhigte uns. Unsere Verbindung gestaltete sich vom ersten Augenblick an als Glücksfall.

Sie war eine gute Gesprächspartnerin und lachte gerne. Ihre Haut war viel sensibler und feiner als meine und dementsprechend waren bereits kleine Hautveränderungen deutlich zu erkennen. Besonders der Hals war bei ihr sehr in Mitleidenschaft gezogen. Dies war für sie besonders unangenehm. Als passionierte Geigenspielerin, musste sie ihr Instrument unters Kinn klemmen, wobei Reibung erzeugt wurde und sich der Hautzustand an dieser Stelle verschlechterte.

Als wir in Israel unsere Nasen aus dem Flugzeug streckten, wehte uns ein heißer, trockener Wind entgegen, der für die nächsten drei Wochen einiges an Hitze versprach. Trotzdem werde ich diesen ersten Eindruck nicht vergessen, denn ich fühlte mich vom ersten Augenblick an wie zu Hause. Ich liebte trockene Hitze!

Nachdem der Bus des Reiseveranstalters mit sechs Personen belegt war, ging die Fahrt los. Es dauerte nicht lange, da hatten wir die Ausläufe der Stadt hinter uns gelassen. Stundenlang fuhren wir durch karges, wüstenartiges Gelände. Nach gut drei Stunden Fahrt waren wir am Ziel: Rechter Hand erstreckte sich das Tote Meer mit einer riesigen Wasserfläche, die das gleißende Licht reflektierte.

Wer eine Stadt oder auch nur einen kleinen Ort erwartet hatte, wurde bitter enttäuscht. Drei oder vier einsame Hotels klebten am Straßenrand.

Unser Hotel wurde als erstes angesteuert. Bettina und ich wurden abgeladen. Drinnen bekamen wir ein Doppelzimmer zugewiesen und richteten uns erstmal gemütlich ein, bevor wir wieder auf die Straße traten, um unsere nähere Umgebung zu erforschen. Was sich unseren Blicken bot, war eine reichlich ernüchternde Angelegenheit. Das Tote Meer wurde durch eine orange Plastikplane, die rund um das Ufer gespannt war, vor unseren Blicken abgeschirmt. Dort drin war das sogenannte „Solarium", das für die nächsten drei Wochen unser bevorzugter Aufenthaltsort sein sollte.

Abgesehen von der geteerten Hauptstraße, gab es nichts, wo man hätte spazieren gehen können. Wir platzierten uns also in die Hotellobby, die sich langsam vor dem Abendessen mit Kurgästen füllte. Zum ersten Mal seit langem erweckte unser Anblick keinerlei Aufmerksamkeit, denn, was wir hier zu sehen bekamen, spottete jeder Beschreibung. Da liefen Leute mit roten, verbrannten oder hellen Hautflecken durch die Gegend, als wäre es das Normalste der Welt. Wir sahen jegliche Formen von Sonnenbrand und schuppenden Hautpartien. Da verblassten unsere sonst so auffälligen Rötungen oder Schuppen neben diesem geballten Aufmarsch von merkwürdigsten Hautformen. Wir beobachteten staunend, mit welcher Selbstverständlichkeit diese sonstigen Brandmale zur Schau gestellt wurden.

Schnell hatte man uns in die allgemeinen Gespräche einbezogen und wir wurden sogleich als „Neuros" angesprochen, die im Vergleich zu den wesentlich häufigeren „Schuppis" die Minderheit bildeten. Daneben gab es die Vitiligo-Kranken, die eigentlich eine makellose Haut hatten, abgesehen von blendend weißen Flecken, die nicht bräunten. Diese zogen sich meist über den ganzen Körper. Weil die Mehrzahl der Leute tief gebräunt war, liefen sie wie gescheckte Kühe durch die Gegend.

Es gab keine Berührungsängste oder Hemmungen. Wir wurden ausgiebig nach unserer Herkunft und unserem Privatleben ausgefragt, was uns unter normalen Umständen wohl mehr als peinlich gewesen wäre. Hier schien das alles völlig normal zu sein. Wir merkten schnell, dass sich die Leute mit einer unheimlichen Offenheit untereinander austauschten. Extrem viele Pärchen räkelten sich auf den Sesseln, die intensiv Händchen hielten oder sich anderweitig befummelten.

Ein Mann mittleren Alters, dessen Freundin in seinem Arm lümmelte, zog uns schließlich länger ins Gespräch. Im Verlauf der Unterhaltung stellte sich heraus, dass sich die beiden hier alljährlich für vier oder sechs Wochen zur Kur verabredeten und die gemeinsame Zeit aus vollen Zügen genossen, während die jeweiligen Partner nichts ahnend zu Hause hockten.

Ich war einigermaßen geschockt. Dazu blieb mir aber nicht allzu viel Zeit, denn was wir an diesem Abend noch zu sehen bekamen, hätte mich sonst in einen Dauerschockzustand versetzt. So langsam schwante mir, was es mit dem Begriff „Kurschatten" auf sich hatte. Dies hier war allerdings die verschärfte Version. Hier konnte nämlich nicht unvermutet sonntags die bessere Hälfte zum Blitzbesuch aufschlagen.

Nach dem Abendessen traf sich die versammelte Mannschaft in der hoteleigenen Diskothek. Dort vernaschten dann meist ältere, weibliche Kurgäste mit krokotaschenhafter Fassade die jungen arabischen Kellner. Man zeigte viel Haut und scherte sich keinen Deut um die entstellenden Flecken. Einige, die schon längere Zeit hier verbracht hatten und inzwischen eine fast völlig abgeheilte, nahezu fleckenlose und gut gebräunte Haut hatten, wirkten besonders unbeschwert und euphorisch und flirteten und tanzten voller Enthusiasmus. Bettina und ich beobachteten dieses Treiben vorerst aus sicherer Entfernung.

Am nächsten Morgen mussten wir uns nach dem Frühstück in einem beim Solarium gelegenen Flachbau einfinden, worin sich das medizinische Zentrum befand. Nachdem die Kuren allesamt von Krankenkassen finanziert wurden, hatte eine ordnungsgemäße, medizinische Betreuung stattzufinden, die sich allerdings nach kurzer Zeit als reine Alibidisziplin herausstellte. Man bekam nach oberflächlicher Hautinspektion zwei Tiegel Hautcreme ausgehändigt, außerdem sollte man gemäß einem individuellen Zeitplan das tägliche Sonnenpensum steigern. Da meine Haut ziemlich sonnenverträglich war, durfte ich mit einer Stunde Solarium beginnen, was ich dann auf drei bis vier Stunden täglich steigerte.

Zweimal die Woche war Hautkontrolle im Gesundheitszentrum. Die für mich erstaunlichste Anweisung war, dass ich mich als Neurodermitiker auf keinen Fall ins Tote Meer wagen sollte. Ein herber Rückschlag! Ich hatte mich schon auf dem Rücken liegend mit einer Zeitung im Toten Meer planschen sehen. Später sollte ich mich noch schmerzlich daran erinnern, dass diese Anweisung durchaus ihre Berechtigung hatte.

Bettina durfte zwar nur sehr kurz in die Sonne, trotzdem tigerten wir beide kurz nach der Hautkontrolle mit hoteleigenen Badetüchern und einem überdimensionierten Trinkwasserbehälter ins Solarium.

Streng nach Weiblein und Männlein getrennt gingen wir in unser Abteil, wo uns eine Vielzahl weißer Plastikliegen begrüßte, die gut zur Hälfte mit nackten Frauen belegt war. Wir standen beide mit offenem Mund da und staunten. Es waren sämtliche Formen und Altersgruppen vertreten, die alle in den komischsten Verrenkungen und Stellungen auf ihren Liegen hingen. Die einen hielten wie Gottesanbeterinnen die Handflächen in die Sonne, andere lagen auf dem Bauch und hatten zwei Drittel des Körpers mit Tüchern abgedeckt, wieder andere kauerten auf allen vieren auf der Liege und hielten ihren Allerwertesten in die Sonne. Wir kamen uns vor wie auf einem fremden Planeten. Und hier sollten wir also den Großteil unserer Zeit verbringen.

An manchen Stellen des Solariums waren riesige Ventilatoren angebracht, die die brütende Hitze in einen heißen Föhn umwälzten. Grüppchen von Frauen saßen auf den Liegen zusammen, andere hatten sich unter den Duschen platziert, um alle paar Minuten an den langen Stricken zu ziehen, die ihnen einen Schwall Wasser über den Kopf gossen. Ein kleiner, verdeckter Pfad führte wohl zum Wasser, das aber vom Solarium aus nicht einzusehen war.

Bettina und ich schnappten uns zwei freie Liegen und platzierten uns, in der Gewissheit, die Hitze nicht länger als zehn Minuten aushalten zu können, vor einem Ventilator. Zunächst schälten wir uns etwas verschämt aus der Klamotte; weil uns aber niemand beachtete, verloren wir schnell sämtliche Hemmungen. Nach einer halben Stunde hatte Bettina schon ihr heutiges Sonnenmaß erfüllt und packte ihre Sachen zusammen, um den Rest des Tages im schattigen Hotel zu verbringen.

Nach kurzer Zeit bekam ich ein gutes Gespür dafür, wie viel Sonne mir gut tat, und hielt mich nicht mehr groß an die ärztlichen Anweisungen. Nur hätte ich gut daran getan, das Kortison bereits einige Wochen vor Reiseantritt abzusetzen. Dann hätte sich die Haut schneller gebessert. So aber schuppte sie sich nicht richtig und etliche Entzündungen hielten sich hartnäckig. Trotzdem waren das trockene Klima und die Sonne ein Eldorado für mich. Ich lebte auf, schlief trotz ratternder Klimaanlage die Nächte durch und begann zu erahnen, was die Faszination am Toten Meer ausmachte.

Wer immer in einer makellosen Haut steckt, wird kaum nachvollziehen können, welche Seelenpein es bedeutet, eine ramponierte Haut mit sich herumzutragen. Ständig das Bestreben, die Haut vor den Blicken der Leute zu verbergen. Die Scham davor, die Jacke auszuziehen, weil womöglich Schuppen zu Boden rieseln. Am Schlimmsten aber waren die mitleidigen Blicke wohlmeinender Mitmenschen.

Besonders entnervend waren junge, eifrige Ärzte, frisch von der Universität, die sich mit geballtem Fachwissen brüsteten und in ihrer Selbstverliebtheit nicht einmal ahnten, welche seelischen Wunden sie dem Patienten mit ihrem Verhalten zufügten. Ich habe selten, sehr selten wirklich mitfühlende, sensible Mediziner kennengelernt, die mir die Scham nahmen und einfühlsam mit meiner Unsicherheit umgingen.

Bei einem der unzähligen Arztbesuche geriet ich mit meiner Mutter ins Sprechzimmer eines jungen Arztes, der mich wie üblich in die Kabine zum Entledigen der Kleider geschickt hatte. Als ich dann auf einem auf dem Boden ausgebreiteten Papiertuch vor ihm stand, schritt er mit auf dem Rücken verschränkten Armen und hochinteressiertem Blick um mich herum.

Ich warf meiner Mutter flehende Blicke zu.

„Da haben wir ja eine ganz klassische Neurodermitis in ihrer schönsten Ausprägung", flötete er mit schlecht verhohlener Begeisterung. „Auch wenn ich Ihnen kaum Hoffnung auf Besserung machen kann, in einigen Fällen verschwindet die leidige Angelegenheit bei der ersten Schwangerschaft. Wobei …" Hier unterbrach er seinen Vortrag und maß mich mit einem mitleidigen Blick. Ich konnte mir unschwer ausmalen, wie er den angefangenen Satz gedanklich beendet hatte: Wobei ich bezweifle, dass sich ein so „geschmacksverirrter" Mann finden lässt.

Hier am Toten Meer bildeten alle eine Schicksalsgemeinschaft. Jeder kannte die Einschränkungen des täglichen Alltags. Keiner traute sich zu Hause in öffentliche Bäder oder an Seen. Keiner wollte sich den neugierigen Blicken aussetzen. Nun diese Unbeschwertheit, die Normalität, mit Sommerkleidung herumzulaufen, ohne irgendwelche Aufmerksamkeit zu erregen. Dazu kam noch der mindestens genauso wichtige Aspekt, dass sich mit dem Abheilen der Haut ein völlig neues Hautgefühl einstellte. Auf einmal löste ein Windhauch auf der Haut keinen Juckanfall mehr aus, sondern wurde zum angenehmen Gefühl. Das Streicheln über die Haut wurde zum ganz neuen Erlebnis. Je mehr sich die Haut erholte und die Flecken verschwanden, desto mehr schälte sich auch ein neues Selbstbewusstsein aus der Pelle.

Jetzt wurde mir auch klar, warum ich mich anfangs wie in einem großen Puff wähnte. Ausgehungert nach Bestätigung, Berührung und Liebe stürzten sich Männlein und Weiblein mit Begeisterung aufeinander, um all die Defizite auszugleichen, die sich während des restlichen Jahres angesammelt hatten.

Ich sah verschämte, verunsicherte Menschen im Hotel ankommen. Nach einiger Zeit schwebten dieselben Personen mit strahlenden Gesichtern über die Tanzfläche und unterhielten ausgelassen ganze Tischrunden.

Nach einiger Zeit rückten auch Bettina und ich ins Interesse der anwesenden Männerwelt, obwohl wir uns beide immer noch etwas abseits vom allgemeinen Getümmel hielten. Besonders Bettina mit ihrer unkomplizierten Art und ihrer ansteckenden Fröhlichkeit kam bei Männern gut an. Ein großer, gut aussehender Typ hatte sich ihre Eroberung in den Kopf gesetzt und kam öfter zum Abendessen an unseren Tisch. Mir war er mit seiner schleimigen Art eher unsympathisch, aber Bettina ließ sich seine Schmeicheleien gerne gefallen. Die Entzauberung kam aber ziemlich plötzlich, als ihm eines Abends ein Kellner unbeabsichtigt einen Teil der Suppe auf die Hose goss. Er legte einen dermaßen peinlichen, völlig überzogenen Auftritt hin und beschimpfte den armen Kellner lautstark vor allen Leuten, der sich völlig verschüchtert an sein Tablett klammerte. Nach dieser Aktion war Bettina von dem Interesse an ihrem Casanova geheilt.

Ich selber war gegen eventuelle Annäherungsversuche ziemlich immun, einerseits, weil ich sie völlig panisch gleich im Keim erstickte, andererseits, weil ich zu Hause bestens mit Helmut versorgt war. Bis ans Tote Meer gelangten seine wöchentlichen Briefe, die mir jeweils schon von Weitem aus meinem Fach an der Rezeption entgegenleuchteten.

Im Gegensatz zu mir schlug die Kur bei Bettina überhaupt nicht an, denn ihre helle Haut reagierte mit Sonnenallergie und Pusteln auf die ungewohnte Bestrahlung. So lief sie die meiste Zeit mit weiß getünchter Haut herum, eingeschmiert mit einer Lotion aus Kalkzusatz, die auch von anderen Patienten auf sonnenverbrannte Haut aufgetragen wurde.

Meinen Traum vom Baden im Toten Meer musste ich nach einem schmerzhaften Versuch begraben. Am letzten Tag der drei Wochen wagte ich mich mit vermeintlich abgeheilter Haut ins

Wasser, das mich durch den extrem hohen Salzgehalt wie öliges Brackwasser einhüllte. Auch wenn das badewasserwarme Nass keinerlei Erfrischung bot, ließ ich mich doch selig nach hinten fallen, um dann wie ein Korken an die Oberfläche zu ploppen. Ich wollte gerade eine angenehme Entspannungshaltung einnehmen, als sich ein nicht mehr zu ignorierendes Brennen am ganzen Körper bemerkbar machte. Auch wenn äußerlich keine Wunden oder Aufschürfungen auf meiner Haut erkennbar waren, schien mir doch, als kröche das Salz in jede Ritze meiner Haut. Wie von der Tarantel gestochen stob ich unter allgemeinem Gelächter aus dem Wasser, um mich eine halbe Stunde unter die Süßwasserdusche zu stellen, bis sich das Brennen einigermaßen gelegt hatte.

Die „Schuppis" hingegen aalten sich genüsslich mehrere Male pro Tag in der Brühe. Durch das Baden im Salzwasser wurde die Haut um einiges sonnensensibler, weshalb die mit Schuppenflechte befallenen Stellen unter Sonnenbestrahlung regelrecht „ausgebrannt" wurden.

Ich hingegen beließ es zunächst bei diesem einmaligen Ausflug ins Wasser. Es hatte sich bereits bewahrheitet, dass bei Neurodermitikern allein die Luft und die Sonne eine Heilung bewirkten.

Am Ende unseres Aufenthaltes stieg ich mit dem sicheren Gefühl in den Flieger, einen Ort gefunden zu haben, an dem sich meine Haut wohl fühlte, egal, in welchem Zustand sie auch immer sein mochte. Für Bettina hingegen blieb es bei diesem einmaligen Versuch; ihr hatte der Aufenthalt keine Besserung gebracht.

„Urlaubsfreuden" und die Haut läuft aus dem Ruder

Zu Hause angekommen, stellte sich bei mir der Effekt ein, der sich oft nach schönen, aber kurzfristigen Fluchten aus dem Alltag einstellt: Die Realität schlug wie eine dunkle Wolke aus Krankheit, Siechtum und Freudlosigkeit über mir zusammen.

Zum Glück hatte Helmut im Sommer Semesterferien, sodass er die meiste Zeit bei mir in München verbrachte. Zu meinem großen Entzücken besaß er ein Motorrad, das wir zu täglichen Ausflügen rund um München nutzten. Wie ein siamesischer Zwilling klebte ich ihm fortan am Rücken, genoss ein völlig neues Lebensgefühl, wenn ich mich mit vollem Körpereinsatz in die Kurven legte und den Fahrtwind im Gesicht spürte. Leider wurde das Tragen des Helmes schon bald zum großen Problem. Zum einen verschlimmerte sich der Heuschnupfen, wenn sich allzu viele Pollen darunter verirrt hatten, und zum anderen bewirkte der Luftstau unter dem Helm, dass das Gesicht unerträglich zu jucken begann. Oft hätte ich mir am liebsten den Helm vom Gesicht gerissen, um den Fahrtwind in den Haaren zu spüren und das Gesicht zu kühlen. Das Helmproblem hinderte mich allerdings nicht daran, Motorradfahren zu meiner absoluten Leidenschaft zu erklären, sehr zum Leidwesen meiner Mutter, die mich vor ihrem geistigen Auge ständig schon halb am nächsten Baum kleben sah.

Für September hatten mich Helmuts Eltern eingeladen, mit ihnen zwei Wochen in Griechenland zu verbringen. Weil meine Mutter die beiden selber in Griechenland kennengelernt hatte, ließ sie mich bereitwillig mitfahren. Sie wusste mich bei ihnen in besten Händen.

Ich war schon einige Male zuvor jeweils für ein Wochenende mit dem Zug nach Graz gefahren. Die Familie wohnte auf einer kleinen Anhöhe in einem winzigen Häuschen, das eigentlich aus zwei Räumen bestand. Trotz der einfachen Behausung fühlte ich mich bei Helmuts Eltern stets wohl und willkommen. Leider hatte sich schon nach der ersten Nacht herausgestellt, dass mir irgendetwas in diesem Haus nicht behagte, wovon heftige Ausschläge auf der Haut zeugten.

Das konnte die verschiedensten Ursachen haben, die es jeweils detektivisch zu ermitteln galt. Es konnte an der Bettwäsche liegen, die mit einem „fremden" Waschmittel gewaschen worden war, oder an den Schimmelflecken im feuchten Gemäuer. Oder am ungewohnten Essen und dem feuchten Grazer Klima im Allgemeinen. Ich fand es nie heraus. Länger als zwei Tage konnte ich mich dort nicht aufhalten, ohne eine massive Hautverschlechterung zu riskieren. So blieb Helmut nichts anderes übrig, als mich in München zu besuchen.

Nun sollte ich aber für zwei Wochen mit nach Griechenland fahren. Zuvor hatte ich als knapp 20-jährige meiner Mutter mit hochrotem Kopf erklärt, dass ich jetzt ganz gerne zu einem Frauenarzt gehen würde, um mir die Pille verschreiben zu lassen. Nach knapp einem Jahr Freundschaft ließ sich Helmut nicht mehr ohne stichhaltige Argumente von der Bettkante stoßen. Die Sache musste endlich in Angriff genommen werden, auch wenn ich mich noch so sehr vor meiner Mutter genierte, als ich dieses heikle Thema aufs Tapet brachte.

Nachdem auch noch diese Hürde genommen war, ging es auch schon per Bahn nach Graz. Am nächsten Tag starteten wir mit dem Auto samt Katamaran nach Griechenland.

Vater und Sohn waren begeisterte Wassersportler und fuhren fast täglich mit dem Boot aufs Meer; Helmut hatte überdies auch noch sein Surfbrett eingepackt. Für entsprechende sportliche Betätigung war also gesorgt. Ich selber allerdings sah dieser Aktion mit gemischten Gefühlen entgegen, denn meine Haut hatte sich bereits kurz nach Ankunft in der Ferienwohnung zu einer mittelmäßigen Katastrophe entwickelt. Ich begann einen aussichtlosen Kampf mit Kortison gegen einen Hautzustand, der immer mehr aus dem Ruder lief. Am ersten Tag in der Sonne flüchtete ich nach einer Stunde mit einem Juckanfall ins Zimmer. Meine Haut war angeschwollen und der Juckreiz unerträglich.

Trotz all dieser Schwierigkeiten galt die Devise, den anderen Mitreisenden möglichst Entspannung zu signalisieren. Wenn ich nicht ständig bekräftigt hätte, die Sache wäre völlig im Griff, hätten sie mich wahrscheinlich zum nächsten Arzt geschleppt.

Zu allem Überfluss kam der Tag, an dem ich mit Helmut das Lager teilte, in einem Augenblick, als wir die Wohnung für einige Stunden zur freien Verfügung hatten.

Am besten bedecken wir dieses Erlebnis ganz schnell mit einem Deckmäntelchen des Vergessens, denn die einzige Erinnerung, die mir blieb, war ein Juckanfall am ganzen Körper, den die diversen ungewohnten Körpersäfte auf meiner Haut ausgelöst hatten. Ich stand mindestens zwei gefühlte Stunden unter der eiskalten Dusche, um den davor erlittenen Schock meiner Haut mit einem Kälteschock zu betäuben. Es gelang mir nicht ansatzweise. Trotzdem gaben wir nicht so schnell auf, meine Haut zu überlisten, ihr gut zuzureden und sie gnädig zu stimmen. Diese ganze Aktion empfand ich als einzige Katastrophe. Ich durfte mir nur nichts anmerken lassen!

Um meine Haut noch völlig aus dem Gleichgewicht zu werfen, wollte mich Helmut unbedingt auf eine lauschige Bootsfahrt mitnehmen. Die Absicht war sicher eine löbliche, aber die Ausführung geriet für mich zum Alptraum. Die Haut war an vielen Stellen schon so aufgekratzt, dass allein die Vorstellung vom Kontakt mit Salzwasser mir das Wasser in die Augen trieb.

Wir versuchten zu improvisieren und steckten mich in Regenkleidung, die verhindern sollte, dass ich mit Salzwasser in Berührung kam. So schwang ich mich also bei schönstem Sonnenschein gewandet wie eine signalfarbene Rettungsboje auf den Katamaran und wir legten ab. Die Dichtheit des Materials ließ allerdings zu wünschen übrig. Innerhalb kürzester Zeit wähnte ich mich mit vollem Körpereinsatz in einen Ameisenhaufen getaucht. Tapfer lächelnd bewunderte ich Helmuts Wendemanöver, während ich auf wundgescheuerten Knien nervös auf dem wankenden Untergrund herumrutschte, ständig knapp davor, mich schreiend in die Fluten zu stürzen. Wie ich im Anschluss darauf in einer einsamen Bucht einen romantischen Sonnenuntergang bewundern konnte, ohne Helmut die Begeisterung an diesem Erlebnis zu nehmen, das macht mich im Nachhinein fast ein wenig stolz.

Während des ganzen Aufenthaltes war nichts Süßes vor mir sicher. Natürlich gab es bei uns zu Hause den nachmittäglichen Kuchen, sonst aber wurde ich mit Süßkram kurzgehalten. Wir hatten nie eine Schublade mit Gummibärchen, Schokoriegeln oder Negerküssen. Hier in Griechenland gab es natürlich keine Schokolade, aber Helmut und ich stürmten die örtlichen Bäckereien, um uns mit Gebäck einzudecken, das mit einer dicken Puderzuckerschicht überzogen war. Bereits das Frühstück begann mit pappigen Schlabbersemmeln, die dick mit Butter und Honig bestrichen wurden. Helmuts Mutter war begeistert, dass es mir so gut schmeckte. Nach all dem Ärger mit meiner Haut dachte ich, dass es sowieso schon egal wäre, ob ich jetzt noch ein wenig Zucker einwarf oder nicht.

Kaum zu Hause angekommen, verließen mich die kläglichen Reste meines immer noch erstaunlich sonnigen Gemütes. Mit wachsender Panik musste ich zusehen, wie selbst pfundweise aufgetragenes Kortison seine Wirkung verfehlte. Später erfuhr ich, dass sich Kortison ähnlich einer Droge verhält: Eine immer höhere Dosis ist erforderlich, um dieselbe Wirkung zu erzielen. Auf die Länge der Jahre hatte sich meine Haut so an die ständige Kortisonration gewöhnt, dass einerseits die körpereigene Produktion völlig eingestellt wurde, andererseits irgendwann ein Punkt erreicht war, an dem nicht mehr die gewünschte Hautverbesserung eintrat. Meine Haut war inzwischen dünn wie Papier, riss selbst bei einem harmlosen Stoß an der Tischkante, zusätzlich hatte sie keinen Säureschutzmantel mehr, sodass sich Bakterien ansiedelten, die zusätzlich Entzündungen hervorriefen. Ich wusste zum Schluss nicht mehr, ob meine Haut von der Neurodermitis entzündet oder von sonstigen Bakterien infiziert worden war.

Ich musste handeln, und zwar sofort. Viele Alternativen gab es nicht. Die Schulmedizin war mit ihrer Weisheit am Ende und meiner Mutter konnte ich auch keinen Vorwurf machen, nicht nach anderen Behandlungsmöglichkeiten gesucht zu haben. Ich hatte Eigenblutbehandlungen, Akupunktur, Bioresonanz und diverse homöopathische Behandlungen über mich ergehen lassen und war nach gescheiterten Versuchen stets wieder beim Kortison gelandet. Gerade Homöopathen scheute ich, denn meist trat bereits nach kurzer Zeit und trotz niedrigster Dosierung eine Verschlechterung ein, die ich nur mit geballtem Kortison wieder unter Kontrolle bringen konnte.

Ein einziger Arzt brachte einen psychosomatischen Aspekt ins Spiel und riet meiner Mutter, doch mal unsere Familienkonstellation genauer unter die Lupe zu nehmen. Ich erinnere mich gut, dass sich meine Mutter erbost ihren Weg aus seiner Praxis bahnte, mit den erbitterten Worten auf den Lippen, dass ihr kein Arzt erklären müsste, wie sie ihre Kinder zu erziehen habe.

Zusammenhänge mit der Ernährung wurden in keiner der aufgesuchten Kliniken thematisiert. Mir selber hatte ein Professor aus dem Schwabinger Krankenhaus erklärt, dass es ein Märchen wäre, dass die Ernährung irgendeinen Einfluss auf die Neurodermitis hätte. Zwar wurden bei mir diverse Allergietests gemacht, die auch immer wieder die gleichen Ergebnisse brachten, nämlich Unverträglichkeiten auf Hausstaub, Tierhaare und Blütenpollen, andere Lebensmittel wurden aber nur einmal getestet und brachten offenbar kein Ergebnis. Wegen meines starken Heuschnupfens wurde ich über drei Jahre desensibilisiert. Zu diesem Zweck fuhr mich meine Mutter einmal wöchentlich zum Arzt, um mir Spritzen in beide Arme geben zu lassen. Auch diese Behandlung blieb erfolglos.

Ich wusste nicht mehr weiter, ich wusste nur, dass es bereits Mitte September war und ich in wenigen Wochen fit sein musste, um mein Studium anfangen zu können. Die Zeit drängte.

Ich entschloss mich, es noch einmal im Krankenhaus für Naturheilweisen zu versuchen. Dort, wo ich bereits als Dreijährige zusammen mit meiner Mutter behandelt worden war. Sehr dunkel erinnerte ich mich an durchgekratzte Nächte und eine völlig entnervte Mutter. Doch auch sie riet mir, mich erneut diesem Professor anzuvertrauen, bei dem sie damals die Behandlung abgebrochen hatte.

Ich ließ mir einen Termin geben. Als mich der Professor zu Gesicht bekam, wurde ich sofort stationär aufgenommen. Für ihn war klar, dass ich umgehend von all dem Kortison wegkommen müsste. Zu diesem Zweck ordnete er zunächst eine einwöchige Nulldiät an, um den ersten Hautausbruch nach Absetzen des Kortisons abzubremsen. Ich schluckte also Glaubersalz und verbrachte die nächsten Stunden auf dem stillen Örtchen. Ich ergab mich in mein Schicksal. Schlimmer konnte es nicht mehr kommen, dachte ich.

Ich blieb insgesamt zwei Wochen in der Klinik. Die Haut entspannte sich, als ich nichts aß und nur literweise Gemüsebrühe schlabberte. Das wollte ich mir für den Ernstfall merken. Bei Entlassung legte man mir nahe, einen Naturheilarzt zur weiteren Behandlung aufzusuchen sowie eine Ernährungsumstellung zu beginnen. Vor allem sollte ich Milch, Weizen und Zucker meiden.

In diesem Zusammenhang erinnerte ich mich an einen früheren Krankenhausaufenthalt, bei dem ich das einzige Mal mit einer Auslassdiät auf eine Nahrungsmittelunverträglichkeit getestet worden war. Ich bekam einen Tag nur Lebensmittel einer bestimmten Gruppe zu essen und musste dann Reaktionen beobachten. Zwischendrin waren immer einige Tage „Neutralisation" angesagt, wo jeweils Reis mit gut abgekochtem Rindfleisch auf dem Menüplan stand. Von damals hatte ich also noch im Kopf, dass dieses Essen wohl relativ allergenarm sein müsste. Weil aber diese beiden Lebensmittel nicht unbedingt auf meiner kulinarischen Hitliste auf Spitzenrängen rangierten, war diese Erkenntnis rasch in Vergessenheit geraten.

Alle Lebensmittel, die ich von nun an zu mir nehmen sollte, sollten möglichst naturbelassen bleiben. Konservierungsstoffe und andere künstliche Zusätze waren tabu. Nicht sehr beglückt zog ich von dannen, war doch Essen eines der wenigen Dinge gewesen, das mir zu Zeiten katastrophaler Haut ein kleines Glücksgefühl beschert hatte.

Nach meiner Entlassung suchte ich einen von einer Bekannten empfohlenen Naturheilarzt auf, der mich in der Zeit meines „Kortisonentzuges" begleiten sollte. Soweit ich mich erinnern kann, bezog er aus irgendeinem exotischen Land Spritzen, die die Entgiftung des Körpers unterstützen sollten. Mir schwante Übles, als mich dieser Arzt gleich in der ersten Sprechstunde auf schlimme Wochen oder Monate einschwor. Hautreaktionen der härteren Sorte waren nicht auszuschließen. Bangen Herzens fragte ich mich, wie ich dann wohl einen einigermaßen normalen Alltag gestalten sollte. Konnte ich das Studium durchziehen? Trotzdem sah ich keine Alternative und startete die wöchentliche „Spritzentour".

Zum gleichen Zeitpunkt begann auch mein erstes Semester, dem ich mit Freuden entgegensah. Die Ziel- und Planlosigkeit der letzten Monate hatten mich eher verunsichert, als mir ein Gefühl von Freiheit zu bescheren. Ich war es gewohnt, einen streng vorgezeichneten Weg zu beschreiten, und allzu große Eigenverantwortung oder Unsicherheit warf mich schnell aus der Bahn. Wieder mit einem Ziel vor Augen marschierte ich glücklich das erste Mal an die Uni.

Die Studienrichtung Ägyptologie wurde nicht im Hauptgebäude der Universität München gelehrt, sondern befand sich ausgelagert in der Nähe des Königsplatzes, nahe der Antikensammlung.

Ich hatte mir meinen Stundenplan nach bestem Wissen zusammengestellt und war vor allem auf die neuen Sprachen wie altägyptisch und koptisch gespannt, die mich besonders interessierten.

Völlig irritiert war ich allerdings, als in der ersten Stunde magere acht Personen den Unterrichtsraum bevölkerten. Noch baffer war ich, als der dozierende Professor uns mit freundlichen Worten zum Verlassen des Raumes aufforderte, sollten wir jemals in Erwägung ziehen, mit diesem Studium Geld verdienen zu wollen. Danach schilderte er uns in drastischen Bildern die derzeitige Lage auf dem Arbeitsmarkt und beraubte uns jeglicher Hoffnung, nach Abschluss dieses Studiums einen Arbeitsplatz zu ergattern.

Nach dieser ermunternden Vorankündigung, von der sich allerdings keiner der acht Teilnehmer abschrecken ließ, startete der Unterricht. Die Materie machte mir von Anfang an Spaß, die Bilderschrift entpuppte sich als kompliziert und vielschichtig, trotzdem entsprach sie meiner Vorliebe für Knobeleien.

Nachdem ich mein Studium voller Enthusiasmus begonnen hatte, konnte ich nach wenigen Wochen die Verschlechterung der Haut nicht länger ignorieren. Während der Körper in früheren Zeiten „nur" mit entzündeten Flecken übersät war, die mehr oder weniger juckten, überzog die Entzündung inzwischen die gesamte Hautoberfläche. Das Schlimmste war, dass die Entzündungen an den meisten Stellen zu nässen begannen. Statt des Juckreizes begann die wunde, offene Haut zu schmerzen. In jedem Fall besser als das quälende Gejucke. Die gelbliche Lymphflüssigkeit, die aus kleinen Bläschen auf der Haut austrat, verströmte allerdings einen unerträglichen Geruch, sobald das Zeug auf der Haut trocknete. Ich reagierte zunehmend sensibler auf diesen süßlichen Geruch, der mir das Gefühl gab, ich würde bei lebendigem Leib verfaulen.

Besonders die Nächte wurden zu echten Survival-Manövern. Kaum hatte ich die Bettdecke über mich geschlagen, begannen die verkrusteten Stellen zu nässen und neues Sekret trat aus der Haut. Ich vermied tunlichst, die Bettdecke zu lüften, denn dann benebelte mich eine Woge verpesteter Luft, die mir fast den Atem nahm. So lag ich dann stundenlang in der Dunkelheit, versuchte mich nicht zu rühren und durch den Mund zu atmen.

In den langen schlaflosen Stunden wälzte ich düstere Gedanken. Ich hasste meinen Körper, der mir ständig Ärger machte, und hasste mich selbst wegen meiner Machtlosigkeit, die Situation zu ändern. Ich haderte mit mir und dem Schicksal und war wütend und trotzig zugleich. Gefühllos wie eine Mumie lag ich im Bett und brütete deprimiert vor mich hin.

Des Morgens kam ich gerädert und benommen zu mir, scheute mich aber, aus dem Bett zu steigen. Wie immer würde dann die unangenehme Prozedur folgen, die festgeklebte Haut vom Schlafanzug zu lösen, was mich abgesehen vom Schmerz wieder in eine Wolke von Verwesung einhüllen würde. Es fiel mir zunehmend schwer, mich selber anzufassen und ich fiel in Phasen früherer Kindheit zurück, in denen ich mich von meiner Mutter von oben bis unten eincremen ließ.

Wer nie mit einer kranken Haut zu kämpfen hatte, kann nicht nachvollziehen, dass der optische Eindruck noch das geringste Problem ist.

Viel schlimmer war das Gefühl, in einer kranken Haut leben zu müssen. Ein gesunder Mensch spürt die Haut nicht, es sei denn, er wird berührt oder gestreichelt, und dann ist diese Empfindung meist positiv, außer er greift auf die heiße Herdplatte. Ich dagegen registrierte jeden einzelnen Lidschlag, der sich als unangenehmes Ziehen bemerkbar machte, weil das obere Lid in der Lidfalte eingerissen war. Oder ich spürte ein Brennen und Ziehen, wenn ich den Kopf wandte, wobei die lädierte Haut am Hals schmerzhaft gedehnt wurde und erneut riss.

War die Haut an der Stirn entzündet, ertrug ich es nicht, wenn auch nur ein einzelnes Haar in die Stirn fiel; bereits dieser kleine Kontakt löste einen unerträglichen Juckreiz aus.

Der Aufenthalt über Weihnachten in Davos brachte keinerlei Besserung. Was ich mit gesunder Haut besonders genoss, nämlich mir den Fahrtwind beim Skifahren um die Ohren pusten zu lassen, wurde zum Alptraum, wenn die Haut von einem Neurodermitisschub entzündet war.

Ende Januar war ich nicht mehr in der Lage, regelmäßig an die Uni zu gehen.

Auch meine Mutter beobachtete voller Besorgnis meine Entwicklung. Die häusliche Lage hatte sich keineswegs entspannt, auch wenn jetzt zum großen Teil externe Caritasschwestern halbtags die Pflege meines Vaters übernahmen.

Meine Oma konnte nur noch dazu eingesetzt werden, bei meinem Vater zu sitzen. So fand ich meinen Vater oft in einer missmutigen Stimmung, wenn er von meiner Oma „bewacht" wurde, die sich auf einem Stuhl neben seinem Bett postiert hatte. Wenigstens wurde ihr so der Eindruck vermittelt, noch eine tragende Rolle in der Familie zu spielen. Ihre Altersdemenz verschlechterte sich aber rapide.

Obwohl Ärzte meiner Mutter des Öfteren nahegelegt hatten, meinen Vater doch in ein Pflegeheim zu geben, weigerte sie sich standhaft, ihn fremden Händen zu überlassen. Kaum hatte man ihn nach monatelangen Krankenhausaufenthalten nach Hause geholt, wurde in seinem Arbeitszimmer ein Krankenhausbett aufgebaut, wo er die ersten Monate zubrachte.

Während er tagsüber einen lethargischen Eindruck machte, erwachte er des Nachts zu neuem Leben, wenn er in Panik geriet, kaum dass sich Dunkelheit im Zimmer breitmachte. Nachdem ihn der Hirnschlag in den frühen Morgenstunden ereilt hatte, fürchtete er, ihm könnte Ähnliches ein zweites Mal zustoßen. Ich erlebte oft, dass er während seiner Krankenhausaufenthalte über Nacht in ein gesondertes Zimmer geschoben wurde, weil er sämtliche Zimmergenossen mit seiner ständigen Unruhe in den Wahnsinn trieb. Weitere drastische Maßnahmen waren das Abstellen seiner Nachtklingel. In seiner Panik hatte er im Minutentakt den Alarmknopf gedrückt.

In den ersten Monaten zu Hause kam er auf die grandiose Idee, sich durch Klopfzeichen in der Nacht bemerkbar zu machen. Dabei schlug er mit seiner gesunden Hand hinter sich an die Wand, sodass es bis zu unseren Schlafzimmern im ersten Stock hörbar war. Abwechselnd kümmerten wir uns in den Nächten um ihn. Eine Nacht ging meine Mutter hinab, die nächste mein Bruder, die dritte ich.

Es kam vor, dass er einige Male in der Nacht klopfte. Sobald man verschlafen bei ihm am Bett angelangt war, handelte es sich meist bloß um eine kleine Handreichung: Es juckte der Arm und musste gestreichelt werden, das Bein drückte und musste höher gelagert werden oder er hatte Durst und verlangte Wasser. Natürlich klopfte er dann auch tagsüber.

Im zweiten Jahr schafften wir es zu dritt, meinen Vater über die Treppe bis in den ersten Stock zu schleifen, wo er wieder im Ehebett schlafen konnte. Das Zimmer meines Bruders lag nebenan und durch die dünne Holzwand hörte er, dass mein Vater meine Mutter in der Nacht stundenlang unterhielt. Er nahm keinerlei Rücksicht darauf, dass sie am Tag darauf wieder im Büro sitzen musste, während er den halben Tag ver-

schnarchen konnte. Für die Empfindungen seiner Mitmenschen fehlte ihm jegliches Gespür. Die negative Veränderung seines Wesens schritt voran. Während ihm vorher ein offener, liberaler Geist innegewohnt hatte, wurde er zunehmend verstockt und engstirnig.

Inzwischen war mein Vater zum verstärkten Sprachrohr meiner Mutter mutiert, die generell die Seriosität der Damen anzweifelte, die Rudi anschleppte. Wobei ich mit objektivem, schwesterlichem Blick bestätigen kann, dass er sich mit durchwegs völlig normalen, sozialverträglichen Frauen umgab. Im Nachhinein wurde mir klar, dass mein Bruder für meine Mutter langsam in die Rolle eines Partners schlüpfte, der sie in all den Dingen beraten sollte, die sie vorher mit meinem Vater besprochen hatte. Natürlich war Rudi mit dieser Rolle völlig überfordert. Gleichzeitig wachte sie eifersüchtig über meinen Bruder, war er doch der einzige, verlässliche Halt in ihrem Leben. Sie hatte in ihrem Umfeld keine weiteren Bezugspersonen, denen sie sich anvertraut hätte. Überhaupt wurden interne Probleme, sofern sie existierten, nicht nach außen getragen.

Mein Bruder war ebenfalls die wichtigste Bezugsperson für mich. Ich hing an ihm mit abgöttischer Zuneigung. In dieser Zeit war ich besonders glücklich, dass Rudi wieder im Haus wohnte. Die Wochen seiner Grundausbildung bei der Bundeswehr, die er in einer anderen Stadt verbracht hatte, waren für mich unerträglich. Vor der Strenge meiner Mutter hatte ich Angst und mein Vater fiel als Vertrauensperson sowieso aus. All meine Zuneigung konzentrierte sich seit Jahren auf meinen Bruder. Ich konnte immer auf seine Loyalität zählen, wenn er mir einen großen Gefallen erwies, indem er meinen Eltern in einem Gespräch unter vier Augen meine schlechten Noten beichtete. So verharrte ich oft zitternd im Nebenraum, während Rudi meinen Eltern die Fünf in Mathe zeigte und sie bat, mich nicht auszuschimpfen. Seiner Fürsprache war es oft zu verdanken, dass ich nur mit einem strengen Blick bedacht wurde, der mir aber ebensoviel Schrecken einjagte wie eine gehörige Strafpredigt. Er schaffte es jedes Mal, die Wogen zu glätten, meine Eltern zu beruhigen und ihnen offenbar verständlich zu machen, dass bei mir noch nicht Hopfen und Malz verloren wären.

Ich war gerade in die fünfte Klasse des Gymnasiums gekommen. Nach einigen Wochen schrieben wir die ersten Schulaufgaben. Unter anderem stand ein Aufsatz in Deutsch auf der Tagesordnung, den ich in meinen Augen ganz gut zu Papier brachte. Als dann nach einer Wo-

che die korrigierten Arbeiten ausgeteilt wurden, prangte zu meinem grenzenlosen Entsetzen eine fette Drei rechts oben auf dem Blatt. Den bauchigen Schwung der Note, die ich in wachsender Panik anstarrte, werde ich nie vergessen. Der Unterricht brandete wie ein fernes Rauschen an meinen Ohren vorbei, ich war wie gelähmt und wusste nicht, wie ich mich mit dieser Note heimtrauen sollte. Immerhin war ich von der Grundschule her gewohnt, stets Einser und Zweier zu Hause abzuliefern. Dies war meine erste Drei und noch dazu in Deutsch, worauf mein Vater besonderes Gewicht legte.

Als ich mich nach dem Unterricht nicht von meinem Platz rührte und hemmungslos zu weinen begann, wurde langsam unser Klassenlehrer auf mich aufmerksam. Das Einzige, was er aus mir herausbekam war, dass ich mich mit einer Drei nicht zu meinem Vater nach Hause trauen würde. Der Lehrer, nicht etwa ein geschniegelter Anzugträger, sondern eher ein Vertreter der Alt-68er-Fraktion mit Jeans und ungebügeltem Hemd, den man sich eher in einer Lichterkette eingereiht als vor einer Klasse dozierend vorstellen konnte, wollte sogleich die Initiative ergreifen. Ihm schwante, dass bei uns zu Hause Erziehungsmethoden herrschten, die er in keinem Fall billigen konnte, und wollte ein ernstes Wörtchen mit meinem Vater reden.

Sobald mir klar wurde, dass dieser Lehrer drauf und dran war, tatsächlich bei meinen Eltern zu Hause anzurufen, versiegten meine Tränen von einer Sekunde zur nächsten. Wenn meine Eltern glaubten, ich hätte mich in der Schule über sie beschwert, wäre das der Supergau. Wer weiß, welches Donnerwetter dann über mich hereingebrochen wäre. Angesichts dieses Szenarios erschien es mir nun als vergleichsweise leichte Übung, meinen Eltern diese Drei zu beichten. Ich bekniete also den Lehrer, es wäre alles nicht so schlimm und ich würde ganz sicher keinen Ärger von meinen Eltern bekommen. Anscheinend schien ihm meine Erklärung einigermaßen plausibel, denn er ließ mich schließlich kopfschüttelnd von dannen ziehen.

Während in anderen Familien die älteren Geschwister oft den Weg freimachen für größere Freiheiten oder Rechte, wovon dann die nachfolgenden Geschwister profitieren, hatte mir Rudi stets in puncto Leistungsbereitschaft, Anpassungsfähigkeit und Gebaren eines gut erzogenen Kindes jeweils eine Messlatte gelegt, die nicht zu toppen war. Daneben konnte ich nur abfallen. Mir wurde erklärt, ich dürfte dies oder jenes nicht machen, denn

Rudi hätte das in meinem Alter auch nicht gemacht. Dummerweise ging mein Bruder auch nie in Diskotheken oder auf schräge Partys. Wie konnte ich also erwarten, dass mir hierfür die Erlaubnis erteilt worden wäre? Ich kannte die Einstellung meiner Eltern und erübrigte mir die demütigende Fragerei, auf die ich sowieso nur eine Absage kassiert hätte.

Als Student aber wurde mein Bruder, der schon immer ein echter Hingucker war, von einem Schwarm Verehrerinnen belagert, die um seine Gunst buhlten. Lange war er sich seines Aussehens und seiner Wirkung auf Frauen nicht bewusst, denn er war im Grunde ein äußerst schüchternes Kerlchen geblieben. Langsam aber streckte er die Fühlerchen in Richtung Frauen aus und stieß mit seiner Wahl bei meiner Mutter zunehmend auf Widerstand. Das war etwas völlig Neues in seinem Leben und brachte ihn in Gewissenskonflikte. Einerseits war er es gewohnt, sich stets nach den Vorstellungen meiner Eltern zu richten, andererseits erwachte in ihm auch ein eigener Geschmack, den er sich nicht mehr vorschreiben lassen wollte.

Die Konflikte häuften sich. In dieser Zeit gewann ich wohl in Rudis Augen an Wert. Immer öfter suchte er bei mir Trost und Zuspruch, wenn er sich von meinen Eltern ungerecht behandelt fühlte. Ich spürte seine Verzweiflung und Zerrissenheit, denn ich kannte sie selber nur zu gut. Oft schlich er sich des Nachts zu mir auf den Speicher, um sich bei mir auszuweinen. Trotz meiner eigenen Probleme genoss ich die neue Rolle. Mein Bruder brauchte mich. Auf einmal hatten sich die Positionen gedreht und ich war die Stärkere, an die Rudi sich anlehnen konnte. Die alte, vertraute Zweisamkeit, die schon in früher Kindheit zwischen uns bestand, stellte sich wieder ein. Wie zwei Strohhalme klammerten wir uns aneinander und versuchten, uns ein wenig Geborgenheit und Verständnis zu geben.

Manches Mal machte ich den Ansatz, meinen Eltern die Position von Rudi zu erklären, für ihn um Verständnis zu werben. Ich erinnere mich an eine glühende Rede, die ich am Bett meines Vaters im Beisein meiner Mutter hielt. Es ging dabei darum, Rudi das Zweitauto zu überlassen, um seine derzeitige Freundin in Passau zu besuchen. Meine Eltern rückten aber das Auto nicht raus, weil sie von der Dame in Passau wenig begeistert waren und Rudis Besuch zumindest erschweren wollten. Nach einem emotionalen

Plädoyer für die Lage meines Bruders wies mich mein Vater mit den Worten aus dem Zimmer, dass sie meine Meinung nicht im Geringsten interessiere. Ich floh heulend nach oben.

In einem Anflug von Trotz ließ sich mein Bruder übrigens von einem zwielichtigen Typen einen schrottreifen Audi 100 andrehen, mit dem er gerade mal 20 Kilometer vor die Stadtmauern Münchens kam, bevor dieser den Geist aufgab.

Ein herber Rückschlag für seine emanzipatorischen Ansätze.

Meine Lage hatte sich im Frühjahr inzwischen so weit verschlechtert, dass ich nur noch zu Hause war. Inzwischen kämpfte ich neben der nässenden Haut auch mit ständigem Frieren. Wie bei einem Sonnenbrand stellte sich jetzt Schüttelfrost ein. Ich verbrachte also die Tage unten im Schwimmbad, weil dort ein angenehm warmes Klima herrschte. So hockte ich vor mich hinbrütend stundenlang auf der Heizung.

Meine anfängliche Wut hatte einer tiefen Resignation Platz gemacht. Nichts interessierte mich. Ich suchte keinen Kontakt nach außen, verschloss mich immer mehr. Einerseits konnte und wollte ich mit niemandem über meine Gefühle reden, andererseits hätte ich mir nichts sehnlicher gewünscht, als dass jemand meine Situation wahrgenommen und mich darauf angesprochen hätte.

Mit Freunden oder Freundinnen hatte ich schon lange keinen Kontakt mehr. Der Einzige, den ich an mich heranließ, war Helmut. Er ließ nicht in seinem Bemühen nach, mir das Leben erträglicher zu machen. Immer noch verbrachte er die Semesterferien bei uns, fuhr mich zum Arzt oder ging mit mir spazieren, auch wenn ich mit meinen offenen Kniekehlen und der verklebten Haut kaum mehr in der Lage war, ohne Schmerzen zu laufen.

Trotzdem wurde mir seine Anwesenheit oft unerträglich, denn ich schämte mich immer mehr, jemandem mit meinem Aussehen unter die Augen zu treten. Der Druck, den mir diese Vorstellung auferlegte, war fast noch größer als die Freude darüber, Gesellschaft zu haben. Ich bemerkte, dass ich zunehmend unausgeglichen und ungerecht reagierte. Einmal stieß ich Helmut mit harschen Worten von mir, er solle sich doch eine andere Freundin suchen, und im nächsten Augenblick hing ich ihm wieder heulend am Hals. Helmut ließ ungerührt meine Ausbrüche über sich ergehen, um mir immer wieder zu versichern, dass er sich sicher nicht vom Acker machen würde. Dabei machte er mir das schönste Kompliment, das mir seither ein Mann gemacht hatte: Er würde einfach in meine Augen schauen und die wären immer gleich schön, egal, wie schlimm mein Gesicht aussehen würde.

So schwankte ich zwischen Verzweiflung und Depression, niemals aber kam mir in den Sinn, die Behandlung abzubrechen, denn ich wusste instinktiv, dass ich diesen Ausbruch durchstehen müsste. Es gab keine Alternative.

In den Stunden tiefster Verzweiflung schwor ich mir, nie, nie und nimmer eigene Kinder in die Welt zu setzen, denn ich wusste inzwischen, dass die Möglichkeit bestand, diese Krankheit weiterzuvererben. Bei Arztbesuchen wurde ich immer gefragt, ob jemand in der Familie diese Krankheit hätte. Da gab es aber niemanden. Weder Allergien noch Heuschnupfen waren jemals vorher in unserer Familie aufgetreten. Aber ich trug diese ganzen tickenden Zeitbomben mit mir herum, zumindest die Veranlagung zu Allergien und atopischen Hauterscheinungen. Kein Mensch garantierte mir, dass ich sie nicht weitergeben würde. Ich würde nicht damit klarkommen, mein Kind zu sehen, das unter dem gleichen Juckreiz litt wie ich selber. Ich allein wusste, wie man sich in so einem Zustand fühlte. Dieser Anblick allein würde bei mir selber einen neuen Schub auslösen. Da war ich sicher. Außerdem wünschte ich mir für meine Zukunft kein konventionelles Familienleben. Dieses setzte ich mit erzwungenen oder falschen Gefühlen und unter den Teppich gekehrten Problemen gleich.

Gleichzeitig schwor ich mir, wenn ich mal über die Maßen glücklich wäre, nie zu vergessen, wie es sich auf der Talsohle des Lebens anfühlte. Nie wollte ich überheblich werden, sondern mich auch über bescheidenes Glück und vor allem Gesundheit freuen.

Immer mehr quälte mich die Anwesenheit von Helmut auch aus dem Grund, weil ich ihm nicht bieten konnte, was er sich von mir wünschte. Ich fing an, Rollen zu spielen, die mich mehr Energie kosteten, als wenn ich alleine gewesen wäre. Im Grunde wollte ich nur in Ruhe gelassen und vor allem nicht angefasst werden.

Mitte März war klar, dass ich mein Studium an den Nagel hängen würde. Meine Mutter sann auf eine Möglichkeit, mich zu beschäftigen und von meinem momentanen Zustand abzulenken. Schon vor einiger Zeit hatte sie vorsichtig angefragt, ob eines von uns beiden Kindern daran Interesse hätte, irgendwann ihre Steuerkanzlei zu übernehmen. Wir hatten dabei beide gleichermaßen entschieden abgelehnt, denn die trockene Angelegenheit einer Steuererklärung war ganz sicher nicht unsere Sache. Täglich hinter Akten zu brüten glich einer Horrorvorstellung. Trotzdem machte mir meine Mutter den Vorschlag, bei einem befreundeten Kollegen nachzufragen, ob ich eventuell in seiner Steuerkanzlei eine Lehre beginnen könnte. Dann hätte ich wenigstens einen Abschluss. Die Lehrzeit wäre außerdem im Vergleich zu einem Studium in relativ kurzer Zeit zu beenden, sodass ich mich danach um meine Gesundheit kümmern könnte. Inzwischen war ich 21 und fühlte die Zeit in Untätigkeit vorbeirinnen. Im jetzigen Zustand musste mich jeder „normale" Arbeitgeber abblitzen lassen.

Schweren Herzens gab ich meine Einwilligung, bei dem Kollegen anzufragen, ob er mich als Auszubildende annehmen würde.

Ein „Traumjob" und der Griff nach dem letzten Rettungsanker

Meine Mutter wurde sich schnell mit Herrn Schmid handelseinig und ich durfte meine neue Wirkungsstätte in Augenschein nehmen und vor allem meine neuen Arbeitskolleginnen kennenlernen. Mir wurde ein Büro unter dem Dach zugewiesen, das ich mit einer Kollegin teilen sollte. Im kleinen Nebenraum stand der Buchungscomputer, im Erdgeschoß waren die beiden Sekretärinnen zugange, die sich ebenfalls ein Zimmer teilten. Das Büro des Chefs war auf gleicher Ebene, nebenan eine kleine Küche mit Aufenthaltsraum.

Schon bei Unterzeichnung des Vertrages wurde vereinbart, dass großzügig gehandhabt werden sollte, wenn ich wegen des Hautzustandes tageweise nicht zur Arbeit erscheinen könnte. Zunächst aber war ich fest entschlossen, mir keinen Fehltag zu erlauben. Wofür ich dagegen nicht garantieren konnte, war das Tragen der entsprechenden Businessklamotte. Weil aber für mich sowieso kein Kundenkontakt vorgesehen war, sah man großzügig über die alten, verblichenen Sweatshirts und die weiten Jeans hinweg, die ich anfangs noch tragen konnte, die aber mit der Zeit von Schlafanzugoberteilen und Schlabberhosen abgelöst wurden.

Meine Zimmerkollegin rümpfte angeekelt die Nase, als ich mich ihr gegenüber am Schreibtisch niederließ. Der strenge Geruch, der mir von der eingetrockneten Lymphflüssigkeit anhaftete, ließ sich auch nicht mit Seifengeruch übertünchen. Beide Sekretärinnen stammten aus dem Umland von München und witterten in mir eine „Möchtegern-Studierte" mit Abitur, die es galt von vornherein in ihre Schranken zu weisen. Überdies strömte mir nicht unbedingt Sympathie entgegen, weil ich quasi unter dem Schutz des Chefs stand. Niemand fühlte sich bemüßigt, mir irgendeine Arbeit zuzuweisen. Ich saß also verloren an meinem Schreibtisch und drehte Däumchen. Schließlich machte ich Abrechnungen für die Sekretärinnen, die ich jeweils mit einem roten Haken versehen zurückerhielt. Ich durfte auch nur mit besonderer Genehmigung unten bei den Sekretärinnen auftauchen, denn die beiden waren stets bis über beide Ohren in Arbeit vergraben. Das gaben sie zumindest vor.

Meine Zimmerkollegin war alles andere als begeistert, dass sie ihre bis dahin sturmfreie Bude mit mir teilen musste, stand sie doch ab jetzt unter meiner Beobachtung, was private Telefonate und sonstigen Zeitvertreib erheblich erschwerte. Als sich nach einer Woche mein Chef persönlich nach meinem Befinden erkundigte, wagte ich zaghaft, über mangelnde Arbeit zu klagen. Das war ein Fehler!

Meine bis dahin zumindest reserviert-korrekte Kollegin mutierte zur Giftspritze, da es nun ihrem Aufgabenbereich unterlag, mich mit Arbeit zu versorgen. Sie verfiel auf die Idee, mich sämtliche Buchungen in den Computer eingeben zu lassen. Damit schlug sie zwei Fliegen mit einer Klappe: Zum einen war ich mit langweiliger Arbeit versorgt, die sie selber ungern übernahm, zum anderen war ich in die kleine Abstellkammer verbannt. Mir war inzwischen alles egal. Ich trabte brav am Morgen an, auch wenn ich die halben Nächte nicht geschlafen hatte. Man klatschte mir Buchungslisten auf den Schreibtisch und ich verkroch mich hinter den Computer, wo ich dann stundenlang vor mich hindöste und zwischendrin ein paar Zahlen eintippte. Meine Effizienz tendierte gegen null.

Ein echter Horror war allerdings die Toilette. Sie war mit einem dunkelbraunen Veloursteppich ausgelegt, der sich rings um die Kloschüssel zog. Nachdem dieser Ort die einzige Möglichkeit bot, mich ordentlich zu kratzen, verbrachte ich dort gefühlte Stunden, nicht etwa, um mich stundenlang zu kratzen, sondern um danach meine Schuppenspuren zu beseitigen. Nach einiger Zeit lieh ich mir verschämt den Staubsauger aus, was meine Bemühungen wesentlich erleichterte.

Die Berufsschule, in die ich einmal die Woche trabte, stellte sich für mich als erstaunlich positiv heraus. Ich saß dort neben einem netten Mädchen, das ebenfalls nicht dem gängigen Schönheitsideal entsprach. Sie zeigte großes Verständnis für mein Aussehen. Wir wurden ein gutes Team.

Seit Herbst hatte ich radikal meine Ernährung umgestellt. Wenn ich Reformhäuser stürmte, hatte ich stets allergenarme Nahrungsmittel im Auge. Außerdem informierte ich mich ausführlich über Nahrungsmittelzusammensetzungen und mögliche Zusatzstoffe. Bald wurde ich zum Profi in Sachen Ernährung. Ich fing an, selber Brot aus Reismehl zu backen, verzichtete auf Zucker und Milchprodukte. Als sich die Haut trotzdem im Laufe der Zeit immer weiter verschlechterte, reduzierte ich meine Kost schließlich auf Reis und gekochtes Rindfleisch oder Huhn, was ich einigermaßen lustlos in mich hineinstopfte. Auch wenn meine Haut unverändert schlecht blieb, hielt ich eisern am neuen Speiseplan fest. In diesem Punkt stimmte ich mit meinem Vater überein: Als ihm von meiner Mutter aus diättechnischen Gründen sogar die Knäckebrote rationiert wurden, schaltete er auf stur und aß überhaupt nichts mehr. Diese Reaktion konnte ich gut nachvollziehen. Wenn mir zur Auswahl stand, ein winziges Stückchen Kuchen oder ein kleines Stück Schokolade pro Tag essen zu dürfen, verzichtete ich lieber gleich ganz darauf. Kaum den geliebten Geschmack im Mund, würde mir der Verzicht nur umso schwerer fallen. Entweder die ganze Torte oder gar nichts.

Getrunken wurde im übrigen Kräutertee in allen Variationen und Wasser. Auswärts aß ich nie, in die Arbeit nahm ich mein Essen mit.

Ende April bemerkte ich eines Tages ein beklemmendes Gefühl in der Lungengegend. Ich schnappte nach Luft, obwohl ich keineswegs außer Puste war. Jetzt hatte ich mir auch noch Asthma eingehandelt. Oft hatte ich andere Patienten in Krankenhäusern beobachtet, wie sie nach einem akuten Anfall wie Ertrinkende an ihren Sprays saugten. Ich wusste, dass Asthma nur eine andere Erscheinungsform von Neurodermitis war, die sich nicht auf der Außenhaut des Körpers, sondern auf der Lungenhaut abspielt. „Ein Mediziner wird Ihnen sicher die perfekte Erklärung liefern können." Für mich bedeutete es nur ein weiteres Übel.

Über Pfingsten ließ ich mich in der Steuerkanzlei beurlauben, weil ich mich in Davos in der dortigen Höhenklinik untersuchen lassen sollte. Dort waren sie auf Asthma spezialisiert. Ich hatte gehofft, allein der Aufenthalt in den Bergen würde mir Erleichterung bringen. Zähneknirschend nuckelte ich dann doch in kurzer Zeit am Kortisonspray. Das erschien mir als echter Rückschritt und ich befürchtete, die ganze Spritzenaktion beim Naturheilarzt wäre damit zunichte gemacht. Dieser beruhigte mich aber. Vorrangig wäre jetzt, das Asthma in Schach zu halten. Ich verlängerte meinen Aufenthalt um zwei Wochen mit dem Ergebnis, dass ich mir zutraute, zu Hause mit Asthmasprays auszukommen, die kein Kortison enthielten. Dies gelang besser, als ich erhofft hatte.

Allerdings wurde dieser Sommer zur echten Zerreißprobe für alle Beteiligten. Besonders an meiner Mutter nagte die ständige Doppelbelastung mit Büro und Betreuung meines Vaters. Ende August überredeten wir sie, für ein paar Tage auszuspannen und allein eine Woche nach Davos zu fahren. Nach langem Zögern willigte sie schließlich ein und wir einigten uns darauf, dass ich während dieser Zeit im Ehebett bei meinem Vater schlafen sollte. Am Vormittag sollte die Caritasschwester kommen, die den ganzen Tag bei uns blieb. Den Abend mit Zubettbringen des Vaters und die Nacht wollten Rudi und ich alleine stemmen.

Meine Mutter fuhr ab, nicht ohne meinem Vater zu versichern, dass sie sich mehrmals am Tag melden würde. Kaum war meine Mutter aus dem Haus, fing mein Vater zu quengeln an, warum sie sich nicht schon längst gemeldet hätte. Ich vermute stark, meine Mutter hat die Hälfte dieser „Erholungswoche" am Telefon verbracht. Mein Vater machte uns vom ersten Augenblick an unmissverständlich klar, dass wir bestenfalls ein unzulänglicher Ersatz für meine Mutter wären. Trotzdem versuchten wir nach Kräften, ihn bei Laune zu halten.

Die Nächte waren am schlimmsten. Kaum hatten wir meinen Vater ins Bett verfrachtet und ich mich neben ihm zum Schlafen gelegt, begann er eine angeregte Unterhaltung. Das heißt, er begann einen Monolog. Er erzählte Episoden aus seiner Jugend, die ich bereits zig Mal gehört hatte, und scheuchte mich aus dem Bett, um dies oder jenes zu holen. Kaum war ich in einen leichten Schlummer gesunken, zog er mich am Ärmel und begann von Neuem, auf mich einzureden.

Als sich der Morgen näherte und ich endlich in einen erschöpften Schlaf fiel, rüttelte er ungeduldig an mir, um mir zu signalisieren, dass es Zeit sei, endlich aufzustehen. Er wollte sofort ins Bad gebracht werden. Auf meine Einwände, dass es doch noch sehr früh am Morgen wäre und ich noch ein wenig schlafen wollte, tickte er völlig aus und veranstaltete ein Gezeter und warf mir vor, ein echter Faulpelz und Langschläfer zu sein. In diesem Moment hätte ich ihm am liebsten ein Kissen aufs Gesicht gedrückt. Im nächsten Augenblick war ich entsetzt, dass ich mir solche Gedanken erlaubt hatte. Voll schlechtem Gewissen ging ich bei der Morgentoilette besonders rücksichtsvoll mit ihm um. Innerlich gor es in mir. Am liebsten wäre ich aus der Haut gefahren.

Ich weiß nicht, wie ich diese Woche durchgehalten habe, ich weiß nur, dass ich meiner Mutter heulend in die Arme sank, obwohl ich mir vorher fest vorgenommen hatte, mir nichts anmerken zu lassen.

Ab Herbst wurden auch meine Auftritte in der Steuerkanzlei von Herrn Schmid immer spärlicher. Ich fror ständig, war übermüdet und ein Nervenbündel. Ich kam an meine Grenzen. Ich wollte nicht mehr. Ich konnte nicht mehr. Ich fühlte mich wie lebendig eingemauert und wollte doch so gerne leben. Ich fühlte mich in unserem Haus und selbst in meinem eigenen Körper wie in einer Gruft. Ich wusste nicht, wie ich diesem Zustand entrinnen konnte, mir war nur klar, dass ich das alles nicht mehr lange durchhalten würde, ohne an Schlimmeres zu denken. Auf einmal schien mir alles sinnlos. Sinnlos, auf diese Art weiterzuleben. Sinnlos, zu kämpfen, mir alles zu versagen, auf Besserung zu hoffen, die vielleicht nie eintrat. Gleichzeitig erschreckte es mich, wie leicht ich doch kleinzukriegen war. Trotzdem konnte ich nicht leugnen, dass mein Kampfeswille nachgab, dass ich immer größere Schwierigkeiten hatte, mich jeden Tag neu zu motivieren, aus dem Bett zu steigen. Ich flüchtete mich gedanklich in die Kindheit, in der ich am liebsten das freie Leben eines Indianers gelebt hätte.

Bereits als Kind hatte ich heimlich sämtliche Bessi-Comics verschlungen, die ich von meinen Cousins ergattern konnte; später kamen dann Silberpfeil und Co. dazu. Comics waren bei uns zu Hause als „Schundlektüre" verpönt, deshalb musste ich auf die abgelegten Heftchen von Willi und Markus zurückgreifen, die jeweils unter der Hand in unser Haus geschleust wurden.

Indianer waren dabei meine besonderen Favoriten. In der weiten Prärie herumzustreifen, in Tipis zu übernachten und jeden Abend am Lagerfeuer zu sitzen, das war für mich der Inbegriff von Freiheit. Schon bald verbrachte ich mit Willi die Ferien in Davos nur noch beim Indianerspielen. Kaum hatten wir das lästige Wandern hinter uns gebracht, schlüpften wir in unsere Kampfmontur aus ausrangierten Küchenschürzen, Perücken

aus dem Friseurgeschäft meiner Tante und selbst gemachten Totempfäh-
len, die wir uns aus abgeschälten Ästen und bunten Bändern fertigten.
Dann machten wir Jagd auf die verhassten Bleichgesichter. Mein anfäng-
licher Name „weiße Feder" erschien mir nach kurzer Zeit viel zu friedfer-
tig und ich taufte mich schleunigst in „Wildes Pony" um. Willi schlich
als „Schwarzer Puma" hinter mir her. In unserem Indianerhaushalt hatte
schon früh die Emanzipation Einzug gehalten und so hatte beim Kriegsrat
stets meine Stimme das größte Gewicht.

Später, im Gymnasium, entdeckte ich Karl May für mich. Die weni-
gen Verfilmungen hatte ich schon diverse Male an Sonntagnachmitta-
gen sehen dürfen. Während sich andere Teenies irgendwelche poppigen
Milchbubis auf Postern an die Wand pinnten, war Lex Barker mein
erklärter Schwarm. Vergebens hoffte ich, er würde eines Tages mit ei-
nem gesattelten Pferd vor unserem Haus aufkreuzen und mich mit in
die Prärie nehmen. Als Ausgleich verschlang ich sämtliche Karl May
Bände, die mir mein Bruder hinterlassen hatte. Lesen wurde zur Lei-
denschaft. Die Nachmittage, die ich an meinem Schreibtisch verbrin-
gen musste, um meine Hausaufgaben zu machen, verwendete ich zum
überwiegenden Teil mit Bücherlesen. Noch heute steht die komplette
Sammlung unverändert in meinem alten Zimmer.

In meinen Überlegungen tauchte immer öfter das Tote Meer auf.
Dort, so dachte ich, wäre der einzige Ort, an dem es mir besser
gehen würde. Kaum hatte sich dieser Gedanke in meinem Kopf
eingenistet, sann ich darauf, ihn umzusetzen. Inzwischen war
ich seit gut einem Jahr bei keinem Schulmediziner mehr in Behandlung. Wenn ich jetzt einem normalen Hautarzt in die Hände fiele, würde mich dieser sofort bis über den Hals in einem
Kortisontopf versenken. Ich erinnerte mich aber an den netten
Vertrauensarzt der AOK, der mir die erste Kur am Toten Meer
bewilligt hatte. Ich wollte alle Hebel in Bewegung setzen, bei
ihm vorstellig zu werden.

Mir wurde bewusst, dass ich erneut selbst aktiv werden
musste, um etwas an meiner Situation zu ändern. Instinktiv
wusste ich auch, dass ich in diesem Haus niemals gesund werden würde. Umgekehrt hätte mich mein schlechtes Gewissen
umgebracht, wenn ich Rudi und meine Mutter in diesen Verhältnissen im Stich gelassen hätte. Außerdem, wo sollte ich hin?
Mir war nie in den Sinn gekommen, auszuziehen. Dazu hätte ich

die Zustimmung meiner Mutter gebraucht und vor allem ihre finanzielle Unterstützung. Nie hätte ich mich getraut, mich mit einer solchen Bitte an sie zu wenden.

Trotzdem musste ich handeln, denn meine Energiespirale drehte sich erbarmungslos in Richtung Nullpunkt. Wenn ich nicht rechtzeitig handelte, würde ich keine Kraft mehr haben, meinen Zustand zu ändern.

Es gelang mir, einen Termin bei meinem Vertrauensarzt zu ergattern. Seit Wochen vertrug ich nur noch weiche Betttücher auf der Haut, worüber ich ein Schlafanzugoberteil meines Vaters zog. Darüber kam ein weites Sweatshirt. In diesem Aufzug stellte ich mich in der Praxis vor. Als ich meinem Zwiebellook entstiegen war, schlug der Arzt die Hände über dem Kopf zusammen. Er wollte mich sofort in eine Klinik einweisen, woraufhin ich wie ein Schlosshund zu heulen begann. Er war meine letzte Hoffnung gewesen, wenn er mich jetzt wieder in die Kortisontempel schickte, waren all die letzten Monate umsonst gewesen.

Ich bekniete ihn, mich ans Tote Meer fahren zu lassen. Ich redete wie eine Geisteskranke auf ihn ein. Meine Verzweiflung muss ihn gerührt haben, denn er ließ mich schließlich auf eigenes Risiko fahren. Er warnte mich, dass ich mir jederzeit durch den dreckigen Sand dort eine Infektion einfangen könnte, die gefährlich wäre. Mir war alles egal. Ich wollte einfach ans Tote Meer. Er schrieb mir für den Notfall Antibiotika auf und entließ mich mit besorgtem Blick. An mir rauschte alles wie in Trance vorbei. Ich wusste nur, ich würde ans Tote Meer fahren. Ich würde tatsächlich ans Tote Meer fahren!

Den Bewilligungsschein wie eine Trophäe in der Hand, schwebte ich aus dem Sprechzimmer, nicht ohne das Versprechen abgegeben zu haben, nach der Kur wieder bei ihm zu erscheinen. Vorher hatte er mich mit meiner Zustimmung von allen Seiten abgelichtet, um meinen momentanen Hautzustand zu dokumentieren.

Nachdem ich geklärt hatte, ob eine weitere Beurlaubung in der Steuerkanzlei möglich war, was mir sofort bewilligt wurde, und ich bei der Berufsschule ebenfalls auf keinen Widerstand stieß, schien der Reise nichts mehr im Wege zu stehen.

Am Morgen meiner Abreise versagte mir zum ersten Mal in meinem Leben der Kreislauf. Meine Mutter fischte mich vom Boden auf und war nahe daran, mich wieder ins Bett zu stecken und die gesamte Reise abzublasen. Verbissen setzte ich die Abfahrt durch. Am ganzen Körper vor Schüttelfrost zitternd legte ich die weichen Tücher und die Schlafanzugjacke um, schlüpfte in weite Hosen und ließ mich von meiner Mutter zum Flughafen chauffieren.

Nie vergesse ich das Gefühl, als mich beim Aussteigen aus dem Flugzeug wieder ein warmer Föhnwind empfing. Mein von der trockenen Luft im Flugzeug eingerissenes Gesicht verzog sich zu einem breiten Grinsen. Ich war angekommen!

Meine Mutter hatte mir bereitwillig den Aufschlag für ein Einzelzimmer gezahlt. Mir war sehr wichtig gewesen, mich in meinem Zimmer ungezwungen bewegen zu können. Vor allem, weil ich in meinem jetzigen Zustand auch für tolerante Personen nicht unbedingt die Traumbesetzung für ein Doppelzimmer war.

Zum ersten Mal seit langer Zeit bewegte ich mich wieder in der Öffentlichkeit, als ich in meinem Schlafanzug den Speisesaal des Hotels betrat. Hatte ich zuerst befürchtet, in meinem ungewöhnlichen Aufzug aufzufallen, wurde ich schon bald eines Besseren belehrt. Meine Tischpartner erkundigten sich interessiert und ausgiebig nach meinem Zustand, erste Krankenberichte und Erfolge wurden ausgetauscht. Die Solidarität untereinander gab mir ein gutes Gefühl und ließ mich alle Hemmungen vergessen.

Am nächsten Tag stand der obligatorische Vorstellungstermin beim medizinischen Zentrum auf dem Plan. Man riet mir dringend, Kontakt mit Sand und Dreck zu meiden und mir im Hotel stets frische Handtücher zu besorgen.

So trat ich meinen ersten Gang ins Solarium an. Ich war froh, dass mir alles vom Vorjahr bereits bestens vertraut war. Ich besetzte eine Liege und richtete mich auf meine ersten zehn Minuten Sonnenbestrahlung ein. Als ich meine Kleidung auf einen Hocker neben mir platziert hatte, stürzte sich ein Schwarm Fliegen darauf. Wegen der großzügigen Begrünung hingen Schwärme von Fliegen über dem Solarium, die nun von meinem Gewand, das wahrscheinlich ähnlich wie ein Misthaufen roch, angezogen wurden.

Kaum hatte ich mich vorsichtig auf meine Pritsche niedergelassen, wurde ich auch schon als besonders leckeres Festessen ausgemacht. Unzählige Fliegenbeinchen auf meiner Haut verursachten ein unerträgliches Gefühl. Wild schlug ich um mich.

Meine Nerven, sowieso schon reichlich dünn in letzter Zeit, hielten diese Behandlung keine fünf Minuten durch. Ich flüchtete weinend aus dem Solarium.

Am Ausgang wurde ich von zwei Frauen gestoppt, die meine Bemühungen beobachtet hatten und mich dazu bewegten, auf meine Liege zurückzukehren. Widerstrebend ließ ich mich von ihnen mitziehen. Sie wiesen mich an, mich auf die Liege zu legen, animierten zwei weitere Frauen, an meiner Seite Platz zu nehmen und hielten mit Fliegenklatschen den Luftraum über mir frei. Ohne auch nur eine Bitte ausgesprochen zu haben, wurde mir angeboten, diesen Job nun täglich zu übernehmen, wenn ich mich zu einer bestimmten Uhrzeit im Solarium einfände. Gelebte Solidarität unter Hautkranken! Ich war überglücklich.

Nach einer Woche hatte sich die nässende Haut geschlossen und ich trat in die „Häutungsphase" ein. Wie eine Schlange verlor ich täglich Unmengen von Haut, die sich in dicken Streifen vom Körper schälte. Ich war über mein Einzelzimmer froh und bedauerte die Zimmermädchen, die jeweils Berge von Schuppen und braun gefärbten Handtüchern abtransportieren mussten. Ich verstand nie, wie man in einem Hotel mit Hautkranken strahlendweiße Handtücher ausgeben konnte.

Nach der zweiten Woche war an die Stelle der alten, nässenden Haut eine wunderbar weiche, neue getreten. Nach der dritten Woche fing ich an, mein Leben zu genießen. Ich schwatzte angeregt in der Hotellobby und freundete mich mit diversen Mitstreiterinnen an. Wir wurden ein eingeschworenes Team. Ich schloss mich Ausflügen nach Jerusalem und Massada an und machte erste Fortschritte beim Abtanzen in der Wüstendiskothek, was allerdings mangels Routine eher einem hilflosen Hüftwackeln ähnelte.

In der achten oder neunten Klasse gab es die ersten Discopartys, die von Klassenkameraden organisiert wurden. Meist stand mein Name nicht auf der Liste der geladenen, anbaggerwürdigen Discomäuse und so hörte ich nur am nächsten Tag von neuen Paarkonstellationen, die sich nach dem Bäumchen-Wechsel-Dich-Prinzip im Wochenrhythmus neu formierten.

Ein äußerst netter, gutmütiger Typ, mit dem ich seit einem Jahr die Schulbank teilte und ein unschlagbares Team bildete, weil sich meine Latein- und seine Mathekenntnisse auf die fruchtbarste Weise ergänzten, lud regelmäßig die gesamte Klasse zur hauseigenen Party ein. Diese fand im Keller seines Elternhauses statt. Tagelang drückte ich mich davor, bei meiner Mutter um Erlaubnis für eine Teilnahme zu bitten. Erstaunlicherweise bekam ich ihre Zustimmung beim ersten Mal ausgesprochen problemlos; das größere Problem sollte sich erst am Tag danach zeigen.

Da wurde ich von meinen Klassenkameraden süffisant gefragt, ob ich auch wirklich brav um 22:00 Uhr im Bett gelegen hätte. Meine Mutter stand nämlich um 21:30 Uhr zum Abholen vor der Haustür. Ganz groß wurde mein Problem aber, als die nette Mutter meines Klassenkameraden meine Mutter hereinbat, um ihr zu demonstrieren, wie gut sich die jungen Leute doch amüsierten. Hierzu führte sie meine Mutter in den abgedunkelten Kellerraum, wo sich bei ohrenbetäubender Musik irgendwelche schwitzenden Leiber aneinanderrieben. Noch Tage später war diese in den Augen meiner Eltern niveaulose Vorstellung Tagesgespräch an unserem Mittagstisch. Das war mein letzter Discobesuch.

Enthüllungen und das Ende ist auch ein Anfang

Nach vier Wochen stand ich mit abgeheilter Haut glücklich am Flughafen.

Die beklemmende Atmosphäre zu Hause konnte mich nicht erschüttern, auch wenn sich nach kurzer Zeit die Haut wieder verschlechterte. Trotzdem hatte ich das Gefühl, dass langsam auch meine strenge Diät Erfolg zeigte, denn die Ausbrüche wurden nie mehr so schlimm wie vor Reiseantritt.

Gleich nach meiner Rückkehr tanzte ich bei meinem Vertrauensarzt an. Als ich freudestrahlend in sein Sprechzimmer stürmte, hätte ich ihn am liebsten umarmt. Er war von dem sichtlichen Erfolg so angetan, dass er meine Haut wiederum photographisch festhielt, damit er für zukünftige Anträge gerüstet war. Die Vertrauensärzte waren angehalten, die Patienten zuerst in die deutschlandweiten Einrichtungen zu verfrachten, die auch mit Solebad und Lichttherapie arbeiteten. Das Klima vom Toten Meer ließ sich aber nicht kopieren.

In meiner Euphorie konnte ich auch besser mit der häuslichen Situation umgehen.

Vor der Krankheit meines Vaters hatten meine Eltern einen großen Bekanntenkreis gepflegt. In den ersten Wochen nach Vaters Erkrankung gingen unzählige Genesungswünsche ein, Blumen wurden abgegeben und man erkundigte sich telefonisch nach seinem Zustand. Nach einigen Wochen nahm diese Anteilnahme merklich ab. Nach nunmehr knapp vier Jahren war eine Handvoll Freunde übrig geblieben, die sich zumindest telefonisch nach seinem Befinden erkundigten. Die meisten der Bekannten hatten sich mit zum Teil haarsträubenden Argumenten zurückgezogen.

So hatte beispielsweise eine Familie schriftlich erklärt, dass sie meinen Vater lieber so, wie er früher war, in Erinnerung behalten wollte, als mit seinem momentanen Zustand konfrontiert zu werden. Es war erschreckend, wie wenig sich Menschen mit Krankheit und körperlichem Verfall auseinandersetzen wollten.

Ich beobachtete bei den spärlichen Besuchen oft, wie sich eine gespannte, hilflose Atmosphäre breitmachte, in der die Besucher krampfhaft ein „lockeres" Gespräch in Gang zu bringen versuchten, ständig bemüht, den groß aufgerissenen Augen meines Vaters auszuweichen. Ich machte ihnen keinen Vorwurf, denn ich wusste selber, wie schwer es war. Trotzdem lernte ich schnell, zwischen den verschiedenen Reaktionen zu unterscheiden, spürte, wenn Bedauern und Anteilnahme von Herzen kamen und nicht nur Lippenbekenntnisse waren.

Ich erinnere mich, als der ehemalige Chauffeur meines Vaters zu Besuch kam. Er konnte meinem Vater nur stumm die Hand reichen, dann übermannte es ihn. Die Hand meines Vaters umklammernd rang er nach Fassung und fiel schließlich in das Schluchzen meines Vaters ein, bevor sich ihre Blicke in gemeinsamer Verzweiflung ineinander verkrallten. Seine Menschlichkeit, seine Anteilnahme rann wie ein warmer Strom meinen Rücken hinunter.

Hatte man anfangs den Eindruck, mein Vater würde die Besuche genießen, schottete er sich nach einiger Zeit immer mehr von der Außenwelt ab. Obwohl er durchaus in der Lage gewesen wäre, per Rollstuhl stundenweise herumgefahren zu werden, lehnte er dies kategorisch ab.

Als sich mein Vater nun wegen einer Operation, bei der ihm ein Herzschrittmacher eingesetzt werden sollte, in der Klinik befand, statteten mein Bruder und ich ihm einen abendlichen Besuch ab.

Als wir am Bett meines Vaters saßen, machte sich bei ihm eine auffällige Unruhe breit. Sein Blick irrte im Zimmer umher. Irgendetwas schien ihm auf der Seele zu brennen. Mehrere Male setzte er zum Reden an, schließlich sagte er, er müsse uns etwas sagen: Er wäre schon einmal verheiratet gewesen und hätte eine Tochter aus erster Ehe, die in Berlin wohne.

Man hätte eine Stecknadel fallen hören können. Ich starrte meinen Vater entgeistert an. Ich konnte nicht glauben, was ich da hörte. Meine erste Frage war, wie denn die Tochter hieße. „Ruth" war die Antwort. Da fiel mir schlagartig eine Begebenheit vor Jahren ein, als ich meinen Vater gefragt hatte, welcher weibliche Vorname ihm denn gefiele. Er hatte damals wie aus der Pistole geschossen „Ruth" geantwortet.

Ich bestürmte meinen Vater mit Fragen, vor allem, warum sie uns nie etwas davon erzählt hätten. Mein Vater sagte, das wäre eine Vereinbarung zwischen meinen Eltern gewesen, uns erst die ganze Geschichte zu erzählen, wenn wir beide erwachsen wären. Aber das waren wir doch längst! Dann interessierte mich natürlich, ob er noch Kontakt mit seiner Tochter hätte. Dieser schien sich aber in sporadischen Briefen zu erschöpfen. Ich konnte nicht fassen, warum er nicht darauf gedrängt hatte, engen Kontakt mit seiner Tochter zu halten, aber er verteidigte sich damit, dass meine Mutter nicht damit einverstanden gewesen wäre.

Als ich mit meinem Bruder schließlich zum Auto ging, wirbelten tausend Gedanken durch meinen Kopf. Völlig entsetzt war ich dann allerdings, als mir Rudi gestand, dass er zufällig bereits vor einem Jahr erfahren habe, dass da eine weitere Tochter existierte. Er hatte rein zufällig Dokumente herumliegen sehen, die auf ihre Existenz hindeuteten. Ich war noch fassungsloser, dass er mir niemals etwas darüber erzählt hatte.

Zu Hause angekommen, konfrontierte ich meine Mutter mit der Neuigkeit. Sie war sichtlich entsetzt, dass mein Vater offenbar ohne ihr Wissen dieses Geheimnis ausgeplaudert hatte.

Die Unterhaltung endete ziemlich schnell in lautstarkem Streit. Ich warf meiner Mutter unmissverständlich vor, der Tochter den Vater vorenthalten zu haben. Sie verteidigte sich umgekehrt ebenso lautstark mit dem Argument, dass ich das alles nicht beurteilen und im Übrigen die ganze Situation nicht einschätzen könnte. Mir stünde nicht zu, über ihr Verhalten ein Urteil zu fällen. Das sah ich absolut nicht ein. Dass dieses Thema tabu war, merkte ich schnell. Meine Mutter hatte als junge Frau aus erzkonservativem Elternhaus gegen den Willen ihrer Eltern einen geschiedenen, evangelischen und auch noch wesentlich älteren Mann geheiratet. Das war auf geballten Widerstand in der gesamten Familie gestoßen. Deswegen konnten sich mein Vater und seine Schwiegermutter nicht riechen. Jetzt wurden mir so einige Sachen klar.

Immer stärker aber wurde mein Wunsch, auch die Sicht der Gegenseite zu hören und meine Halbschwester zu finden. Sie musste von unserer Existenz wissen. Dies konnte ich einigen Bemerkungen entnehmen. Dass sie verheiratet war, wusste ich ebenfalls. Ihren Nachnamen hatte mein Bruder bei seiner zufälligen Entdeckung aufgeschnappt. Trotzdem versuchte er, mich mit allen Mitteln von weiteren Nachforschungen abzuhalten. Die Loyalität meiner Mutter gegenüber war stärker als seine Neugierde. Der wahre Grund für seine Zurückhaltung war allerdings, dass er die Schwierigkeiten scheute, die sich aus weiterem

Nachbohren ergeben konnten. Auf seine Hilfe brauchte ich also nicht zu zählen.

Vorerst wollte ich die Dinge auf sich beruhen lassen, auch wenn ich mir im Stillen ein Kennenlernen wunderbar ausmalte. Vielleicht ähnelten wir uns äußerlich. Immerhin war ich optisch ganz die Tochter meines Vaters. Zum jetzigen Zeitpunkt wollte ich aber einfach nicht noch mehr Öl ins Feuer gießen, merkte ich doch, dass meine Mutter sehr unter dieser Situation litt. Einerseits wollte ich ihr nicht wehtun, andererseits war die Neugierde in mir so stark, dass ich mich nicht von meinen Nachforschungen abbringen lassen wollte. Ich musste nur eine bessere Gelegenheit abwarten. So unternahm ich zunächst nichts, behielt aber mein Ziel ganz genau im Auge.

Bald stand Weihnachten vor der Tür, ein Fest, das ich seit der Erkrankung meines Vaters eher fürchtete als herbeisehnte. Der Heilige Abend unter dem Weihnachtsbaum, wenn mein Vater im Rollstuhl zusammengekauert, mit aufgerissenen Augen auf die brennenden Kerzen starrte, hatte etwas schrecklich Beklemmendes.

Auch wenn man allseits bemüht war, die alte Feierlichkeit mit Hilfe traditioneller Abläufe heraufzubeschwören, lag doch über dem ganzen Zimmer ein Hauch absoluter Trostlosigkeit. Obwohl ich am liebsten den gesamten Christbaum abgefackelt hätte, formten meine Lippen doch die altbekannten Lieder und meine Hände legten meinem Vater den filetierten Fisch auf den Teller. Rituale einer glücklichen Zeit. Einzig meine Oma hing in seliger Verzückung vor dem Baum, als schien sie von der veränderten Atmosphäre nicht das Geringste mitzubekommen. Ich war froh, als ich mit Rudi und Helmut nach Davos flüchten konnte. Nach meiner Rückkehr holte mich mein Alltag bei Herrn Schmid rasch wieder ein.

Anfang Februar allerdings verschlechterte sich nicht nur die Haut, auch das Asthma kehrte mit erneuter Heftigkeit zurück. In den letzten Wochen hatte ich mich gedanklich immer weiter davon entfernt, meine Ausbildung in der Steuerkanzlei bis zum Ende durchzuziehen. An manchen Tagen fragte ich mich, was ich dort eigentlich verloren hätte. Immer widerwärtiger wurden mir die scheinheiligen Schleimereien eines Herrn Schmid, der mich als Einzige mit seinen cholerischen Ausbrüchen verschonte.

Nicht nur die allgemeine Arbeitsatmosphäre wurde zunehmend unerträglich, auch die Arbeit an sich – sofern man mich überhaupt mit einband – war trist und monoton. Ich glaubte, an den trockenen Zahlen zu ersticken. Auch dort fühlte ich mich wie lebendig eingemauert.

Wie so oft zwang mich das Aufflackern meiner Krankheit zu einer Entscheidung.

Mit Helmut wollte ich für ein paar Tage nach Davos fahren, um mich wieder einigermaßen ins Lot zu bringen. Der Abschied von meinem Vater verlief unspektakulär. Schon oft hatten wir uns in den vergangenen Monaten voneinander verabschiedet.

Nach zwei Tagen rief meine Mutter nachmittags bei uns an. „Der Papi ist nicht mehr", waren ihre Worte. Dann versagte ihr die Stimme. Sie bat mich, den Hörer an Helmut weiterzureichen.

Was sie mit ihm besprach, weiß ich nicht. Ich war wie betäubt und fühlte nichts. Keine Trauer, keinen Schmerz, keine Verzweiflung. Überhaupt kein Gefühl. Helmut sah mich voller Mitgefühl an, unsicher, wie ich auf die Nachricht reagieren würde.

Ich weiß nicht mehr, worüber ich in dieser Nacht mit Helmut sprach. Wir lagen wach im Bett und ich war immer noch damit beschäftigt, zu begreifen, dass ich in ein Zuhause zurückkehren würde, in dem mein Vater nicht mehr existierte. Es erschien mir unvorstellbar. Ich malte mir aus, ich würde heimkommen und da würde er wie immer im Bett liegen und mich begrüßen. Mir die Hand entgegenstrecken und auf seine Weise zu erkennen geben, dass er sich freute, mich zu sehen. Ich wusste nicht, was auf mich zukam. Organisatorische Fragen schossen mir durch den Kopf, derer ich mich sofort schämte. Wie konnte ich angesichts dieser Situation solch triviale Gedanken wälzen? Ich schalt mich gefühllos und abgestumpft. Nicht fähig, angemessen um meinen Vater zu trauern.

Am nächsten Tag fuhr mich Helmut nach Hause. Als wir ankamen, begrüßte mich meine Mutter mit einer wortlosen Umarmung. Ich konnte nicht weinen.

Mein Bruder war ebenfalls nach Hause gekommen. Auch er war nicht daheim, als mein Vater starb. Er war mit seiner ungeliebten Freundin ein paar Tage weggefahren und nun auf dem schnellsten Wege heimgekehrt.

Ich sah seinem Blick an, dass ihn das schlechte Gewissen quälte, gegen den Willen meiner Eltern gefahren zu sein. Egal, was auch immer ich gesagt hätte, um ihn zu trösten, ich hätte ihn nicht von dieser Last befreien können. Das quälte mich.

Die nächsten Stunden suchten wir Adressen heraus, verfassten Trauerzirkulare und sprachen über die bevorstehende Beerdigung. Nach einiger Zeit wagte ich, meine Mutter zu fragen, wie sie die letzten Stunden meines Vaters erlebt hätte. Das war die falsche Frage zur falschen Zeit. Meine Mutter geriet völlig aus der Fassung. Hilflos versuchten wir, sie zu trösten.

Gegen Abend stellte sie uns frei, in die Aussegnungshalle zu fahren, um meinen Vater ein letztes Mal zu sehen. Ich stimmte sofort zu, Rudi ebenfalls. So fuhren wir an einem dämmrigen Februarabend zum Friedhof, um von unserem Vater Abschied zu nehmen. Als der Mesner den Sargdeckel emporhob, um den Blick auf den Inhalt freizugeben, wagte ich kaum, den Blick auf meinen Vater zu richten. Bei seinem Anblick, wie er da so klein und schmächtig lag, zog sich mein Herz vor Mitleid zusammen. All die Bitterkeit der letzten Monate schmolz in einer Woge von Mitgefühl dahin. Eingebrannt ist mir dieser Anblick bis heute.

Am Tag der Beerdigung gab es nur eine kurze Ansprache vor der zugigen Aussegnungshalle, wo der Sarg meines Vaters aufgebahrt war. Scharen von Menschen waren auf dem kleinen Friedhof versammelt. Aus der Firma meines Vaters war sogar ein eigener Bus angereist.

Als wir zum offenen Grab zogen, begann es leise zu schneien. Ich stand eingepfercht zwischen meiner Mutter und Rudi, während unzählige Grabreden an mir vorbeirauschten. Als ich neben mir meine Mutter haltlos schluchzen hörte, löste sich auch meine Erstarrung und salzige Tränen rannen wie Feuer über mein gerade abgeheiltes Gesicht. Ich weiß nicht, wie viele Hände ich schüttelte, wer mir sein Beileid aussprach. Ich klammerte mich weder an Rudi noch an Helmut. Ich kämpfte mit meinem eigenen Empfinden, stand wie ein Stock neben den beiden, ohne meine Hand zu einem von ihnen ausstrecken zu können.

Das leere Haus erschien mir bedrückender als zu Lebzeiten meines Vaters. Kaum betrat ich einen Raum, der nun in öder Verlassenheit lag, erschien vor meinem geistigen Auge der kranke Vater, wie er mich aus großen Augen anstarrte. Seine Augen schienen mich durch das ganze Haus zu verfolgen, seine Präsenz war fast körperlich auszumachen, auch wenn nur noch das Krankenbett von seiner einstigen Anwesenheit zeugte. In manchen Augenblicken hielt ich unwillkürlich inne, als ob ich auf das Klingeln der Glocke wartete, mit der er einen von uns ans Bett rief.

Ich war froh, dass mich meine Mutter mit Helmut für ein paar Tage erneut nach Davos schickte, um ein wenig Abstand zu gewinnen. Besonders erleichtert war ich aber, dass sie nicht von mir erwartete, ihr Trost zu spenden. Wie sollte ich sie trösten? Noch war viel zu wenig Zeit vergangen, um überhaupt über das Geschehene reden zu können. Jeder brütete über seinen eigenen Gedanken und war froh, wenn das Thema nicht angeschnitten wurde. Auch mit meinem Bruder war es nicht möglich, ein Gespräch über irgendwelche Gefühle zu führen. Selbst Helmut gegenüber konnte ich mich nicht öffnen. Immer häufiger zog ich mich auch vor ihm in mein Schneckenhaus zurück. Ich vertraute meinen eigenen Verarbeitungsstrategien und ging, wann immer möglich, in den Wald und hing meinen Gedanken nach.

Trotz des Aufenthalts in Davos verschlechterte sich meine Haut gravierend. Wieder setzte ich all meine Hoffnung auf das Tote Meer. Es war Anfang März und ich versuchte, meine Mutter davon zu überzeugen, dass ich unbedingt sofort wieder dorthin müsste. Es war klar, dass mir die Krankenkasse nicht schon wieder die Kosten einer Kur bezahlen würde. Ich fiel meiner Mutter um den Hals, als sie mir einen dreiwöchigen Aufenthalt finanzierte.

Das war aber nicht die einzige Entscheidung, die ich mit mir herumtrug. Ich wollte endlich raus aus der Steuerkanzlei. Trotz der momentanen Verschlechterung hatte sich meine Haut so weit stabilisiert, dass ich mir endlich eine normale Vollzeitausbildung ohne Unterbrechungen zutrauen konnte. Ich besann mich auf meine Vorlieben für Sprachen.

Schließlich landete ich beim Sprachen- und Dolmetscherinstitut, wo ich mich zur Fremdsprachenkorrespondentin ausbilden lassen wollte. Hauptsprache: Spanisch, Nebensprache: Englisch. Das Semester sollte im Herbst beginnen. Nach weiteren zwei Jahren konnte ich auch noch die Übersetzerprüfung machen. Die Arbeit am Text war mir lieber als das Gequatsche in der Fremdsprache, weshalb ich unbedingt Übersetzerin werden wollte.

Mit der Anmeldung in der Tasche quittierte ich meinen Dienst bei Herrn Schmid. Keiner weinte dem anderen eine Träne nach.

Meine Mutter und Rudi reagierten positiv auf meine Entscheidung.

Dann stieg ich auch schon voller Vorfreude in den Flieger nach Israel.

Dieses Mal erwischte mich der Zauber des Toten Meeres mit Haut und Haaren. Im wahrsten Sinne des Wortes. Bereits nach einer Woche waren die verbliebenen Hautflecken völlig abgeheilt. Nach einer weiteren Woche spielte meine Haut endlich nicht mehr die Hauptrolle in meinem Leben.

Zum ersten Mal nach langer Zeit konnte ich den Blick wieder nach außen richten. Es wurde zur Normalität, mich des Morgens ohne langwierige Wasch- und Schmieraktion aus dem Bett zu schwingen. Ich schlüpfte in kurze Hosen und T-Shirt, um postwendend das Frühstücksbuffet zu stürmen. Ich verwendete keine Sekunde darauf, einen Spiegel zu konsultieren und mich über meine rotfleckige Gesichtshaut aufzuregen. Es gab keine roten Flecken. Das spürte ich auch ohne Spiegel. Auch bezüglich meiner Ernährung tat ich mir keinen Zwang an. Mied ich sonst Zucker, Weißmehl und Milch, fegte ich dort einmal übers Buffet, um mich mit Pfannkuchen, Ahornsirup und Blätterteigröllchen mit Nussfüllung einzudecken. Die Haut blieb makellos.

Nach der dritten Woche hatte ich einen fast schwarzen Teint angenommen, der einen ziemlichen Kontrast zu meinen blauen Augen bildete. Ich wurde von allen Seiten angebaggert. Natürlich genoss ich die ungewohnte Aufmerksamkeit, reagierte aber nicht auf plumpe Komplimente. Mich zogen eher ältere Männer an, deren Gesprächen ich schon immer gerne gelauscht hatte. Immer hoffte ich, das eine oder andere für mich Wertvolle aufzuschnappen und von ihrer Lebenserfahrung zu profitieren.

Es bildeten sich kleine Gruppen, die ihre Freizeit und die Abende gemeinsam verbrachten. Dieses Mal waren zwei ältere Männer dabei. Mit dem einen stieg ich vor Sonnenaufgang auf einen Berg, um von dort oben den Sonnenaufgang über dem Toten Meer zu beobachten. Mit dem anderen wagte ich mich endlich zum zweiten Mal ins Meerwasser. Es brannte zwar immer noch, aber ich ließ mich trotzdem stolz auf dem Rücken treiben, denn das war für mich ein deutliches Zeichen, dass meine Haut nun wirklich gut verheilt war.

Ich begann die abendlichen Zusammenkünfte zu genießen, an denen wir in Gruppen von Hotelbar zu Hotelbar zogen und auch einige Abstecher in die hauseigenen Diskotheken machten. Auch wenn meine Tanztechnik immer noch nicht ausgefeilt war, bereitete mir doch die Bewegung zur Musik ein angenehmes Körpergefühl. Ich fühlte mich frei und schwerelos, spürte den Bass bis in den Magen und mir war, als könnte ich für einige Zeit den Kopf abschalten, um mich ganz auf meine Empfindungen zu konzentrieren.

In unserer Gruppe war auch ein großer, witziger Typ aus Wangen im Allgäu, der tonangebend die Runde unterhielt und sich immer neue Unternehmungen einfallen ließ. Er war ein paar Jahre älter als ich und von Beruf Fotograf, also ein ziemlich kreativer, künstlerisch veranlagter Typ, der mich faszinierte. Mit dieser Art Mann hatte ich bis dato wenig zu tun gehabt.

Ich liebte gute Kommunikation und verbalen Austausch. Helmut lag das Herz nie auf der Zunge. Zu Themen, die mich interessierten, äußerte er sich selten und spärlich. Zwar hatte er zu allem eine Meinung, aber er eignete sich nicht dazu, nächtelang über Weltanschauungen zu diskutieren. Umgekehrt konnte ich seiner Technikbegeisterung wenig abgewinnen.

Mit Tom öffnete sich mir eine neue Welt. Mir gefiel vor allem seine unbeschwerte, fröhliche Art, mit der er auch die anderen aus der Gruppe mitriss. Ich freute mich, als er sich eines Abends anbot, mich als persönlicher Bodyguard von einem Hotel zum anderen zu begleiten. Des Nachts war die einzige Verbindungsstraße zwischen den Hotels unbeleuchtet, sodass wir uns immer grüppchenweise auf den Weg machten. Ich wollte dieses Mal schon früher nach Hause und so machten wir uns zu zweit auf den Weg. Vollends selig war ich, als er mich unterwegs in die Arme zog. Von diesem Abend an verbrachten wir die restliche Zeit gemeinsam. Absolutes Highlight war ein Ausflug ans Rote Meer, wo ich tagsüber kaum aus dem Wasser zu kriegen war. Es fühlte sich wie reiner Samt auf meiner Haut an.

Am Ende meines Aufenthaltes hatte ich mich gegen Helmut und für Tom entschieden. Dabei blieben Gewissensbisse nicht aus, denn ich wusste, wie viel ich Helmut verdankte. Aber mein Entschluss stand fest, als ich in München den Flughafen verließ.

Ich fürchtete mich vor dem Brief, den ich Helmut schreiben und in dem ich ihm die neue Lage erklären musste. Immer wieder schob ich ihn vor mir her. Schließlich verfasste ich ein armseliges Werk, in dem ich ihn nur bitten konnte, nicht allzu enttäuscht über meinen Entschluss zu sein. Letztlich waren all meine Erklärungsversuche umsonst. Ich hatte mich von ihm getrennt und wusste, dass ihn das sehr schmerzen würde.

Unbewusst hatte ich damit auch einen Schlussstrich unter all die letzten Jahre gezogen. Jahre mit meinem Vater, Jahre der Krankheit und des Ausharrens in einer unerträglichen Situation. Ich streifte diese Erinnerungen ab wie eine alte Pelle, die einem zu eng und bedrückend geworden ist. Helmut war das Opfer, das dieser Prozess mit sich brachte. Er gehörte in meinem Empfinden mit in diesen Topf alter Erinnerungen. Ich wollte die letzten Jahre mit meinem Vater auslöschen, die Zeiten mit der unkontrollierten Hautkrankheit. Es gab nichts an Helmut auszusetzen, nichts, was eine Trennung gerechtfertigt hätte. Er hatte all die harten Zeiten mit mir ausgesessen, die Lorbeeren seines Ausharrens sollten andere einfahren. Zur damaligen Zeit war ich mir dessen nicht bewusst, zu sehr war ich mit meinen eigenen Empfindungen beschäftigt. Lange verfolgte mich mein schlechtes Gewissen. Trotzdem denke ich rückblickend, dass ich damals überhaupt nicht in der Lage war, eine emotionale Bindung, überhaupt ein tieferes Gefühl für jemand anderen zu entwickeln. Ich fühlte mich innerlich wie abgestorben.

Später verfolgte ich aus der Ferne, dass Helmut nach einiger Zeit eine neue Freundin fand, mit der er inzwischen auch zwei Kinder hat.

Dieses Wissen minderte zwar nicht mein Schuldgefühl, entlastete mich aber trotzdem innerlich.

Bereits nach zwei Wochen trat ich meinen ersten Besuch bei Tom in Wangen an. Ich hatte darauf bestanden, zunächst zu ihm zu fahren, denn ich war mir nicht sicher, wie meine Mutter auf ihn reagieren würde. Natürlich war er ein umgänglicher Typ, aber ich hatte inzwischen oft bei meinem Bruder mitbekommen, dass dessen Freundinnen nicht mit offenen Armen empfangen wurden. Um deshalb irgendwelchem Ärger von vornherein aus dem Weg zu gehen, nahm ich dafür gerne die Autofahrt in Kauf.

Tom hatte eine kleine Wohnung im Erdgeschoss des Hauses seiner Eltern. Den ersten Abend waren wir beide bei ihnen oben zum Essen eingeladen. Wahrscheinlich wollten sie nach echter Elternmanier die neue Errungenschaft des Sprösslings näher unter die Lupe nehmen. Tom hatte im Vergleich zu mir junge, aufgeschlossene Eltern, die mich sofort wie ihre eigene Tochter behandelten. Bis spät in die Nacht unterhielten wir uns blendend. Tom maulte später, ich hätte eigentlich ihn besuchen wollen und nicht seine Eltern. Insgeheim wünschte ich mir, meine Mutter hätte jemals meine Freunde so herzlich in Empfang genommen.

Die erste Zeit mit ihm war herrlich. Wir gingen gemeinsam ins Freibad, streiften durch Wangen und machten Abstecher an den Bodensee. Im Garten seiner Eltern konnten wir uns stundenlang in der Sonne bräunen lassen. Tom war ebenso sonnenverliebt wie ich und nutzte jede freie Minute, um sich bei schönem Wetter die Haut bescheinen zu lassen.

Ich erinnerte mich gut, in welchem Zustand er am Toten Meer angekommen war. Eine starke Schuppenflechte hatte fast lückenlos seinen ganzen Körper überzogen. Sein gesamtes Leben war auf die Krankheit abgestimmt. Zu Hause hatte er sich ein Solarium eingerichtet. Die freie Zeiteinteilung als selbstständiger Fotograf kam ihm zugute, sodass er jeden Sonnenstrahl im Freien nutzen konnte. Seit Jahren fuhr er einmal im Jahr im Frühsommer ans Tote Meer. In dieser Zeit heilte seine Haut vollständig ab. Nur die dunkler gefärbte Haut an den betroffenen Stellen erinnerte an seine Krankheit.

Nach wenigen Wochen bemerkte ich, dass sich auf seiner Haut neue Flecken bildeten. Anfänglich klein wie Stecknadelköpfe wurden sie schnell groß wie Eurostücke.

Wenn wir in der Sonne lagen, schmierten wir uns gegenseitig ein. Wie am Toten Meer benutzte Tom Teersalben, um die Sonnenwirkung noch zu verstärken. Bei ihm setzte eine fast hektische Betriebsamkeit ein, die auftauchenden Flecken in Schach zu halten. Er stürzte sich in Salzbäder und legte sich bei schlechtem Wetter unters Solarium, bis die Haut fast verbrannte. Es nützte alles nichts; die Flecken schienen durch nichts aufzuhalten zu sein. Zuerst überspielte er ihr Erscheinen mit verdoppelter Fröhlichkeit, die ich aber sehr schnell als innere Panik entlarvte. Besuche bei Freunden wurden eingeschränkt, wir hielten uns vermehrt bei ihm zu Hause auf, was mich allerdings nicht störte. Mir war keine Minute mit ihm langweilig.

Trotzdem merkte ich, wie er sich immer mehr verkrampfte, auch wenn er weiterhin den gutgelaunten Sonnyboy mimte. Auch mit seiner Krankheit war Tom ein attraktiver Mann, nie ließ ich Zweifel daran, dass mich die Veränderung seiner Haut keineswegs stören würde. Ich versuchte, auf seine Bedürfnisse einzugehen, gab ihm Raum und Rückzugsmöglichkeiten, wenn er sich einigeln wollte. Ich spürte seine Unsicherheit und seine Ängste, kannte seine wechselnden Stimmungen, die zwischen überschäumender Euphorie und abgrundtiefer Verzweiflung schwankten. Ich meinte, in einen Spiegel zu blicken, wenn er mich von sich stieß, um mich im nächsten Augenblick weinend um Verzeihung zu bitten. Ich fühlte seine Verzweiflung, versuchte ihn nicht zu bedrängen, litt still an seiner Seite, unfähig, ihm zu helfen. Kaum entschlüpfte mir ein mitleidiger Blick, reagierte er mit Hass und Zurückweisung, fühlte er sich doch dadurch noch minderwertiger.

Ich verstand ihn so gut. Ich hatte gehofft, ihm eine Hilfe und Stütze zu sein, da ich doch in derselben Situation steckte wie er. Nur jemand wie ich konnte doch überhaupt nachvollziehen, was in ihm vorging. Ich musste erkennen, dass diese Absicht zum Scheitern verurteilt war. Mir fehlte die innere Stärke, um seine Stimmungen auffangen zu können. Ich konnte nicht umhin, seine Zurückweisungen auf meine Person zu beziehen, fühlte ich mich doch selber schnell ungeliebt und zurückgewiesen. Sein Verhalten schien mir zu bestätigen, dass es keinen Grund gab, mich liebenswert zu finden. Erschwerend kam hinzu, dass sich mein Hautzustand kontinuierlich verbesserte, während sich seine Flecken von Woche zu Woche vermehrten.

Von Anfang an waren wir nie körperlich enthemmt übereinander hergefallen. Wir pflegten eher ein intensives Kuscheln, das uns beiden sehr wohl tat. In diesem Punkt fühlte ich mich bei Tom gut aufgehoben, nie vermittelte er mir das Gefühl, mich sexuell zu bedrängen. Wir waren beide damit beschäftigt, die Nähe des anderen zuzulassen und uns dabei wohl zu fühlen.

Im Laufe der Zeit zog sich allerdings Tom immer mehr von mir zurück, ließ sich nicht mehr anrühren und rollte sich wie eine Katze im Bett zusammen. Es war an ihn nicht heranzukommen. Ich verstand es als Ironie des Schicksals, dass ich jetzt eine Ahnung davon bekam, wie sich wohl Helmut in meiner Nähe gefühlt haben musste.

Aus einem gesprächigen, witzigen Typen wurde in nur wenigen Wochen ein zurückgezogener, aggressiver Mensch, der einen inneren Kampf ausfocht. Ich wusste instinktiv, dass ich nicht der Grund für sein Verhalten war. Er haderte mit sich selbst. Einerseits zog es ihn zu mir hin, andererseits fürchtete er sich vor meiner Zurückweisung. Auch wenn ich die Hilferufe registrierte, die er in meine Richtung aussandte, war ich unfähig, sie richtig zu beantworten. Für ein solches Unterfangen fehlte mir die Souveränität. Ich wollte ihm gerne eine Hängematte bieten, in die er sich hätte fallen lassen können. Wusste aber selber, dass auch ich in seiner Lage nicht fähig gewesen wäre, mich fallen zu lassen. Wir waren uns zu ähnlich, um die gegenseitigen Defizite ausgleichen zu können. Wir litten an denselben Mängeln.

Ich wusste, wie er reagieren würde, wenn er immer mehr unter Druck geriet. Der Druck kam nicht von außen, den größten Druck machte er sich selber. Als auch noch seine Eltern anfingen, sich auf meine Seite zu stellen und sein Verhalten zu kritisieren, war das Fass bereits übervoll. Mir war klar, dass es sein Stolz nicht zulassen würde, von mir abgesägt zu werden. Lieber wollte er selber alles in die Tonne treten, von dem er glaubte, er würde es sowieso nicht halten können. Er wusste, dass er sich nicht von seinen Ängsten und Zweifeln befreien konnte. Ich wusste, dass ich an denselben Ängsten und Zweifeln litt und ihm nicht das Grundvertrauen geben konnte, welches er so dringend nötig gehabt hätte. Es wurde immer schwieriger für ihn zu sehen, wie ich mit glatter Haut neben ihm in der Sonne lag, während auf seiner die Flecken wie Pilze aus dem Boden schossen.

Eines Abends, als ich zu Hause war, rief er an und beendete in dürren Worten unsere Beziehung. Ich hörte, dass er wohl nicht mehr ganz nüchtern war und drängte darauf, mit ihm am nächsten Tag darüber zu sprechen, aber er legte wortlos den Hörer auf.

Obwohl ich längst wusste, dass unsere Beziehung keine Zukunft hatte, war ich doch über das plötzliche Ende traurig. Vor allem deswegen, weil ich wusste, einen unglücklichen Menschen zurückgelassen zu haben.

Der Beginn meiner Ausbildung lenkte mich von meiner gedrückten Stimmung ab. Ich stürzte mich mit Begeisterung auf meine neue Aufgabe. Allerdings waren meine Mitschülerinnen gewöhnungsbedürftig. Klartext gesprochen, waren die meisten unnahbare, verwöhnte Zicken, die auf angenehme Weise die Zeit überbrückten, bis eine standesgemäße Partie am Horizont erschien. Außerdem waren unter den Schülerinnen etliche zweisprachig aufgewachsene Mädchen, die glaubten, auf der Schule leichtes Spiel zu haben.

Die erste Zeit gestaltete sich für mich ziemlich frustrierend. Im Unterricht wirbelte mir ein Schwall spanischer Worte um die Ohren, der wie wilde Schallwellen um meinen Kopf brandete. Kaum setzte ich im Geiste an, mühsam eine Antwort zu formulieren, prasselte das gewünschte Ergebnis schon von allen Seiten auf mich ein. In einer Schnelligkeit, die an einen Peitschenknall erinnerte. Ich war verzweifelt und voller Panik, dass ich die nächsten Wochen hoffnungslos den Anschluss verpassen würde. War ich vom Gymnasium strukturierten Satzaufbau gewohnt, wurde mir hier die Grammatik in chaosartiger Manier vor den Latz geknallt. Während ich gewohnt war, Sätze streng zu konstruieren, schnatterte hier jeder ungeordnet los. Ich fühlte mich völlig fehl am Platz. Hatte ich schon wieder das falsche Fach gewählt?

Nach wenigen Monaten, in denen ich mich nicht beirren ließ und stur meine Wörter und Redewendungen paukte, drehte sich plötzlich der Wind. Bei den ersten Übersetzungen kam mir mein lateinischer Hintergrund zugute. Grammatikalische Ausdrücke waren mir geläufig, von denen die meisten Schülerinnen keine Ahnung hatten. Ich begann aufzuholen.

Neue Aktivitäten und erste Ausbruchversuche

Als der Winter vor der Tür stand, kam ich zufällig bei einem Sportgeschäft in unserer Nähe vorbei, das im Schaufenster nach Skilehrern für die kommende Saison suchte. Es wurde eine hauseigene Ausbildung angeboten, bevor man dann die organisierten Fahrten mit Skibussen am Wochenende begleiten sollte. Ich informierte mich eingehender und nahm an einem Auswahlverfahren teil, das an einem der nächsten Wochenenden auf dem Stubaier Gletscher stattfand.

Obwohl sich meine Haut dank der strengen Ernährung gut hielt, sann ich nach einer Möglichkeit, am Wochenende frische Bergluft schnuppern zu können. Ich konnte mein Glück kaum fassen, als ich beim Vorfahren in die Gruppe gewunken wurde, die eine Ausbildung erhielt. Im Nachhinein versöhnte mich dieser Erfolg mit dem ungeliebten Skikurs in Davos.

An den nächsten Wochenenden steuerte unsere Gruppe der Neueinsteiger den Stubaier Gletscher zur Ausbildung an. Tagsüber standen wir bibbernd am Hang und rutschten in Formation den Hang hinunter, abends wurden wir mit der nötigen Theorie gefüttert.

Auch wenn ich eine alte Schulfreundin aus der Grundschule unter den Neulingen wiedertraf, hielt ich mich doch von der allgemeinen Gruppendynamik fern. Ich war immer noch kein Freund von organisierten Massenveranstaltungen. Das abendliche Unterhaltungsprogramm fand meist ohne mich statt. Allzu große Vertraulichkeit und schnelle Verbrüderung mochte ich nicht.

Ich suchte im Alleinsein Schutz. Besagte Freundin gewann den einzigen Mann für sich, der mich auch interessiert hätte. Ich durfte mir in der Dunkelheit anhören, wie sie nebenan übereinander herfielen, und kuschelte mich einsamer denn je in meinen Schlafsack. Dieses Gefühl war mir bis jetzt trotz der ersten zaghaften Eroberungen nie fremd geworden und so begrüßte ich es wie einen altbekannten, aber ungeliebten Freund. Weil ich auch essenstechnisch aus dem Rahmen fiel und diesbezügliche Fragen ruppig beantwortete, schaffte ich mir auch sonst keine zusätzlichen Sympathien. Trotzdem machte mir das Skifahren Spaß und ich sehnte das Ende der Ausbildung herbei, um mein Wissen in der Praxis zu testen.

Nach Einkleidung in die konforme Skilehrerkleidung starteten im Dezember die ersten Busfahrten. Es war eine Sache, sich um 5:00 Uhr aus dem Bett zu quälen, sich bei finsterer Nacht auf den Weg zum Bus zu machen, um dort von einer Horde Kindern mit dazugehörigen Eltern empfangen zu werden, die zunächst einigermaßen geordnet in den Bus zu pferchen waren. Dann mussten die beunruhigten Eltern über das Ziel und den Ablauf des Tages informiert werden. Eine andere war, dann eine zweistündige Busfahrt mit Dauerberieselung von Bibi Blocksberg oder Benjamin Blümchen auszuhalten, während man ständig beschäftigt war, die Kinder bei Laune zu halten.

Am Zielort angekommen, waren die verschiedenen Ausrüstungsgegenstände den jeweiligen Besitzern zuzuordnen, was wiederum das eine war. Den jeweiligen Besitzern diese Gegenstände auch noch gegen ihren Widerstand ordnungsgemäß anzulegen, war dann wieder etwas ganz anderes. Standen schließlich alle Kinder in Skimontur und den richtigen Skiern an der Bergbahn, hätte ich mich am liebsten oft zum Schlafen in den Bus gelegt.

Jetzt aber ging die Arbeit erst richtig los.

Ich hatte bisher überhaupt keine Erfahrung mit Kindern. Jetzt hatte ich auf einmal acht an der Backe, die auch noch sichtbare Fortschritte auf der Piste machen sollten. Es blieb keine Zeit, mir Gedanken zu machen, ob ich zur Erzieherin taugte oder wie ich mich am pädagogisch wertvollsten verhalten sollte. Ich musste ran. Und zwar sofort.

Jegliches Zögern untergrub sofort meine Autorität. Das merkte ich ziemlich schnell. Also schritt ich souveränen Schrittes voran, auch wenn ich selber kaum wusste, wie ich die nächsten Stunden gestalten sollte.

Müde machen war meine Devise. Also gab es keine großen theoretischen Erklärungen, sondern es wurden mehrere Kilometer zurückgelegt. Skilift rauf und runter. Pausen wurden nur zum Pinkeln geduldet, was sich allerdings als gröberes Problem entpuppte. Kaum hatte ich nach der letzten Pipiaktion die Skihütte verlassen, kniff fünf Minuten später der Nächste die Beine zusammen, um mir sein dringendes Bedürfnis anzukünden.

Zum Glück bestand meine Truppe meist zu 80 Prozent aus Jungs und so ging ich nach einiger Zeit dazu über, die Kerle einfach am

Pistenrand zum Pinkeln zu parken. Ständiges An- und Abmontieren der Skier hätte mich sonst den halben Vormittag gekostet.

Obwohl ich mich stark von den übrigen weiblichen Skilehrerinnen unterschied, die im Vergleich zu mir einen ziemlichen Kuschelkurs fuhren, hingen doch einige Jungs mit echter Begeisterung an mir. Es war für mich ein ungewohntes, schönes Gefühl, wenn sich die Kerle darum prügelten, mit mir Lift fahren zu dürfen. Vielleicht schätzen sie, dass ich für jeden Blödsinn zu haben war. Sprungschanzen waren heiß begehrt, selbst wenn es nur ein windiger Hügel war. Wir fuhren ohne Stöcke oder nur mit einem Ski. Schneeballschlachten und Einseifen ging immer.

Ich tobte selber ausgelassen über die Piste und vergaß oft, wann es Zeit zum Mittagessen war. Diese Stunde kostete mich mehr Nerven als alles Übrige. Praktischerweise waren alle von Pommes und Cola begeistert, was ich im großen Stil orderte. Bioköstler wurden gnadenlos niedergebrüllt. Selbst mein beherztes Eingreifen richtete wenig aus. Diese Gruppendynamik kannte ich nur zu gut. Ich schloss besonders die Einzelgänger ins Herz und kümmerte mich um sie. Ich erinnerte mich gut an die Zeit, in der ich mich auch nach erwachsener Rückendeckung gesehnt hatte. Dieses Bemühen bescherte mir zusätzliche Sympathien, was von den übrigen Skilehrern mit Verwunderung registriert wurde.

Im Übrigen war mein Verhalten den Kindern gegenüber sicher mehr als unbeholfen. Es fiel mir schwer, mich auf eine kindliche Sichtweise einzulassen. Ich behandelte die Kinder eher wie normale Erwachsene. Ich verstand mich nicht auf Duzi-Duzi-Gespräche. Hatte ich Erwachsene im Skikurs, fühlte ich mich wohler, denn ihre kopflastige Art, Skifahren zu lernen, kam mir entgegen. So erklärte ich bereitwillig Theorie und Ausführung und machte dazu auch gerne Trockenübungen. Auch wenn mir die Kinder gut taten mit ihrer unkomplizierten Art, fühlte ich mich doch wohler bei den Erwachsenen, die die ganze Sache rein intellektuell angingen. Ich verließ mich auch lieber auf den Kopf als auf den Bauch. Außerdem misstraute ich Kindern nach wie vor zutiefst, konnte ich doch immer wieder beobachten, wie nicht-konforme Einzelgänger ausgegrenzt und gemobbt wurden. Das kannte ich selber gut genug.

Essenstechnisch nahm ich während dieser Zeit einige Kilos zu. Zum einen hätte ich ohne ein kleines Polster die nervliche Belastung kaum ausgehalten. Zum anderen bekam ich mit meiner speziellen Diät in sämtlichen Skihütten Probleme. Ich schlang daher am späten Abend zu Hause all das hinunter, was ich tagsüber verpasst hatte. Zwischendurch konnte ich auch den Verlockungen im Bus nicht widerstehen, wenn selbstgebackener Kuchen rumgereicht wurde. Wochentags hielt ich mich dafür umso strikter an meine Diät. Ich experimentierte weiter, aber vorerst gab es nur ein paar schlecht sortierte Reformhäuser; die große Biowelle hatte uns noch nicht erreicht. Wenigstens blockierten dort noch keine Radhelm tragenden Rentner oder Lila-Latzhosen-Mamas die Gänge.

Nach meinem exzessiven Rindfleischkonsum während der Zeit der strikten Diät griff ich jetzt öfter zu Hühnerfleisch, das ich in einer Brühe kochte. Es gab nichts Gebratenes oder Paniertes, ich kochte auch das Gemüse nur in Salzwasser. Obst mied ich weitgehend, denn die Fruchtsäure bekam mir überhaupt nicht. Und für Bananen oder Birnen konnte ich mich nicht erwärmen; Apfelmus hing mir zum Hals raus.

Im Restaurant entdeckte ich Salat für mich. Der hatte bei uns zu Hause ein Stiefmütterchendasein geführt, was sich auf die gewöhnungsbedürftige, süße Salatsoße meiner Oma zurückführen ließ. In dieser Pampe wurden die armen Salatblätter stundenlang ertränkt, bevor sie schlapp zu Tisch getragen wurden. Auch mit den neumodischen Salatsorten wusste Oma recht wenig anzufangen und so landete Chicorée, in feine Röllchen geschnitten, braun angelaufen und bitter auf unseren Tellern. Jetzt aber mümmelte ich das Grünzeug mit Behagen. Die cremigen Salatsoßen vertrug ich am besten. Fortan waren Restaurantbesuche kein Problem mehr.

Zu trinken gab es literweise Kräutertee. Gesüßt nur mit Süßstoff Natreen, den ich hervorragend vertrug. Damit war schon ein großes Problem gelöst: Immer wenn mich das Verlangen nach Süßem überkam, schlürfte ich süßen Tee.

Meine Haut blieb konstant gut. Jetzt wurde ich mutiger.

Schon als Kind zogen mich Pferde magisch an. Alles, was vier Beine hatte, schloss ich ins Herz. Die starke Tierhaarallergie hatte aber jeden Reitversuch im Keim erstickt.

Meine drängende Bitte nach einem Haustier wurde mit Snoopy, einer griechischen Landschildkröte, erfüllt. Ich übernahm sie von einer Bekann-

ten, die das Interesse an ihr verloren hatte. Ich verstand bald, warum. Snoopy war stinklangweilig. Ein kalter Panzer grinste mich an, wo ich doch weiche Kuschelhaare streicheln wollte. Bei Zimmertemperatur war ihr Kaltblut gerade mal so defensiv in Wallung, dass ich ihr in Zeitlupentempo ein halbes Kleeblatt eintrichtern konnte. Wenn sie minutenlang ihr Maul aufsperrte, konnte auch ich ein Gähnen nicht unterdrücken. Ich mochte sie nicht. Ich wollte was zum Streicheln und Liebhaben.

Meine Eltern hatten zwar spät, aber begeistert mit dem Reiten angefangen und ich hängte mich an ihre Fersen, wenn sie zum Pferdestall aufbrachen. Ich wünschte mir nichts sehnlicher, als auch reiten zu dürfen.

In Davos gab es einen Reitstall, in dem meine Eltern in den Ferien Reitunterricht nahmen. Sie hatten Gruppenunterricht in der Halle oder gingen auf geführte Ausritte. Den Stall führte ein Ehepaar, das drei Kinder hatte, die meist sich selbst überlassen um den Stall tobten. Die beiden Mädchen waren beide in meinem Alter und so durfte ich oft mitkommen, um von der Tribüne aus den Unterricht zu beobachten oder mit ihnen um den Stall herum zu spielen. Nachdem schließlich auch mein Bruder Reitstunden nehmen durfte, drängelte ich so lange, bis ich auch aufs Pferd durfte. Ich wollte meinen Eltern beweisen, dass ich überhaupt keine Tierhaarallergie hatte.

Als wir das Auto vor dem Stall geparkt hatten, schlug mir der strenge Geruch von Heu und Mist entgegen. Ich schlüpfte begeistert in den Stall und flitzte zwischen den Pferden herum. Ich studierte die Namensschilder an den Pferdeboxen und überlegte, ob der Name auch zu dem darin stehenden Pferd passte. Ich lernte die Namen auswendig, merkte mir besonders schöne und ersann neue.

Jetzt begann sich meine Nase zu regen. „Alles Einbildung", redete ich mir ein und hielt die Luft an. Das half allerdings nicht lange. Als der Niesreiz langsam unerträglich wurde, hielt ich mir mit einer Hand die Nase zu. Das erste „Hatschi" war dennoch nicht zu verhindern. Unkontrolliert begannen meine Augen zu tränen. Dann fühlte sich meine Haut an, als wäre sie mit Juckpulver eingerieben worden. Bloß nicht zu scheuern anfangen, sonst konnte ich nicht mehr aufhören. Also ablenken und rumlaufen, dann hätte dieses Gejucke keine Chance.

Als ich meiner Mutter nach kurzer Zeit mit hochrotem Kopf und tränendem Blick unter die Augen trat, runzelte sie die Stirn. Schon war ich wieder weggeflitzt, um erst hinter der nächsten Pferdebox zu niesen. Sonst hätte sie mich gleich aus dem Stall gescheucht.

Inzwischen wurde mein Pferd gesattelt. Ich nutzte derweil die Zeit, um mich im Kaninchenstall umzuschauen. Die Gelegenheit war günstig, denn meine Mutter war gerade mit ihrem eigenen Pferd beschäftigt und konnte mich nicht wieder mit strengem Blick wegziehen.

Wenn ich eine Katze erwischte – die besonderen Feindbilder meiner Mutter, die wohl in ihrer Kindheit schlechte Erfahrung mit einem aggressiven Kater gemacht hatte –, schnappte ich mir das überrumpelte Tier, hob es hoch und presste es stolz an mich. Meine Wange an das weiche Fell zu schmiegen und die Finger über die zarten Beine streichen zu lassen war mein höchstes Vergnügen. Wenn mich meine Mutter in der Nähe einer Katze erwischte, hatte ich schlechte Karten. Ich musste sie sofort aus den Händen lassen, was mich jedes Mal vor Wut innerlich aufheulen ließ. Warum konnte sie mir nicht ein bisschen Freude gönnen? Wer musste denn niesen? Mir war es doch egal, ob ich ein bisschen mehr oder weniger zu schniefen und zu kratzen hatte. Die Freude hätte dieses kleine Übel leicht wettgemacht.

Stolz thronte ich dann auf dem Pferd, wenn es auch nur ein mickriges Pony war. Ich zog jede Minute dort oben hinaus und wiegte mich glückselig auf dem Pferderücken im Takt des Trabs. Viel zu schnell war die Stunde vorbei.

Von nun an durfte ich in den Ferien einmal die Woche mit zum Reiten gehen. Neben dem öden Bergwandern waren diese Stunden die echten Highlights jeden Urlaubs.

Meine Mutter ging nach wie vor zweimal die Woche zum Reiten. Ich ging anfangs mit in den Stall, um zu testen, wie ich inzwischen auf die Stallluft reagieren würde. Schon einmal während der Schulzeit durfte ich wenige Male mit meiner Mutter und deren Freundin früh morgens um 6:00 Uhr mit zum Ausreiten. Die beiden hatten im Stall eine Sondergenehmigung und durften sich zwei Pferde zum Ausreiten fertig machen.

Was war ich glücklich, als mich meine Mutter einige Male mitnahm. Reiten konnte ich zwar nur leidlich, aber fehlendes Können machte ich mit doppelter Begeisterung allemal wett.

Meine Mutter ritt außerdem zweimal die Woche in einem anderen Reitverein in der Halle. Dort gab es Gruppenunterricht. Nach wenigen Probestunden trat auch ich dem Verein bei und ging zweimal die Woche schon frühmorgens um 8:00 Uhr in die Stunden. Problemlos konnte ich mein Pferd satteln und hielt eine

Stunde ohne Niesen oder Kratzen durch. Es war für mich ein kleines Wunder. Eine begabte Reiterin war ich allerdings nicht. Ich hatte eine schlechte Körperhaltung und hing mit rundem Rücken auf dem Pferd.

Sosehr ich mich auch anstrengte, aus mir wurde keine Profireiterin.

Die Sprachenschule begann mir nun viel Spaß zu machen. Inzwischen war ich sicher, das richtige Fach gewählt zu haben. Auch mit einigen Klassenkameradinnen freundete ich mich zaghaft an.

Mit meiner Mutter kam es immer mal wieder zu latenten Konflikten, denen ich aber aus dem Weg zu gehen versuchte. Mit ihr konnte ich schlecht diskutieren. Während mein Vater nie um Argumente verlegen war und, zwar unerbittlich, aber dennoch fundiert, seine Meinung äußerte, haperte es bei meiner Mutter an argumentativer Rhetorik. Fühlte sie sich in die Enge gedrängt, was sehr schnell passierte, biss sie sich an Standardsätzen fest oder zog sich auf sicheres Terrain zurück. Ihr strikter Schwarz-Weiß-Kurs ärgerte mich zunehmend, wollte ich doch die Dinge differenzierter betrachten. Am Ende meiner langen Ausführungen wurde ich dann mit einer Antwort konfrontiert, die mir bewies, dass sie mich überhaupt nicht verstanden hatte. Ich fühlte mich ohnmächtig und wütend.

Mein Bruder kam mir dabei selten zu Hilfe, denn er war mit seinen eigenen Problemen beschäftigt. Außerdem waren ihm Konflikte jeglicher Art suspekt. Auch er wohnte noch zu Hause und umgab sich regelmäßig mit Studienkollegen, die sich bei uns an den Nachmittagen zum Lernen trafen.

Unter ihnen war auch ein in meinen Augen interessanter Typ, der immer in Ledermontur und Motorrad zum Lernen antrat. Ich musterte ihn heimlich. Von seinen langen Haaren zeugte nur ein dünner Zopf, der ihm weit über den Rücken reichte. Immer öfter lauschte ich seinen Ausführungen vom Nebenzimmer aus. Er schien zu allen Themen etwas beitragen zu können.

Zaghaft versuchte ich, mit ihm ins Gespräch zu kommen. Ich zeigte mich von seinen Ausführungen beeindruckt. Ihn umgekehrt beeindruckte wohl eher meine unverhohlene Bewunderung. Ich suchte nach Themen, die ihn interessieren könnten und stellte mich unwissend, aber lernwillig. Dieses Verhalten schmeichelte seinem

Ego. Immer öfter suchte er von sich aus den Kontakt zu mir. Der große Durchbruch kam, als ich ihm gestand, dass er mir keine größere Freude machen könnte, als mich einmal auf seinem Motorrad mitzunehmen. Bereitwillig holte er mich zu einer Spritztour ab. Als er mich danach ziemlich professionell abknutschte, machte ich mir Hoffnung, dass ich ihm doch nicht völlig egal war.

Georg – so hieß er – war so ganz anders als all die Männer, die ich vorher kennengelernt hatte. Er war für mich nicht einschätzbar. Das reizte mich. Diese Nuss wollte ich knacken, nicht unbedingt in dem Sinne, dass ich ihn mir als Eroberung ans Revers stecken wollte, sondern ich wollte ergründen, wie dieser Mann tickte. Er war weder einer bestimmten Parteiströmung zuzuordnen noch einer besonderen Geisteshaltung. Besonders imponierte mir, dass er sich niemals dem allgemeinen Mainstream anpasste. Er versuchte, sich von den Dingen ein eigenes Bild zu machen. In meinen Augen umwaberte ihn der Duft eines gereiften Mannes. Nicht zuletzt schmeichelte es mir umgekehrt, dass er offensichtlich von meinem Aussehen mehr als angetan war, denn er ergriff stets besitzergreifend meine Hand und zog mich hinter sich her, als wollte er aller Welt demonstrieren, dass ich die auserwählte Partnerin an seiner Seite war.

Als er von meiner Diät erfuhr, schleifte er einen handverlesenen Korb Grünzeug quer durch die halbe Stadt, um mir eigenhändig eine biologisch ausgewogene Mahlzeit aufzutischen. Natürlich nahmen wir diese auf dem Boden ein und hörten nebenher Heavy Metal. Für meine bis dato eher konservativen Männererfahrungen war das ziemlich harter Tobak. Trotzdem konnte ich seinen Stil nie gänzlich festmachen. Es war ein Mix aus Asia, Anarchismus und Makrobiotik.

Georg wohnte quer durch die halbe Stadt in einem 20-stöckigen Hochhaus. Dort bewohnte er im Dachgeschoss ein winziges Einzimmer-Appartement. Dessen Ausstattung irritierte mich beim ersten Besuch erheblich. Ich sah mich einem reichlich biederen Interieur gegenüber, das mich eher an die Zinntellersammlung meiner Großmutter denn an einen rockigen Freak erinnerte. Wo ich kreative Unordnung erwartet hatte, lagen alle Gegenstände auf Kante auf ihrem Platz.

Georgs Sozialleben ähnelte dem meinen, was ich ihm nicht unbedingt zum Vorwurf machen konnte. Trotzdem hatte ich doch erwartet, dass er einige Freunde um sich scharen würde. Außer einer befreundeten türkischen Familie, die er wohl eher dem Exotenstatus zuliebe an Land gezogen hatte, gähnte um ihn herum Leere. Ich merkte schnell, dass er sich selber Gesellschaft genug war.

Angesichts seines durchtrainierten Bodys schwante mir, dass er auf Optik und Ästhetik allergrößten Wert legte. Nicht unbedingt eine weiche Hängematte für mich, auch wenn momentan meine Haut kaum Anlass zur Sorge gab. Trotzdem war ich ständig auf neue Hautflecken gefasst. Noch saßen mir zu sehr die letzten Jahre im Nacken.

Bis heute ist mir nicht ganz klar, was Georg letztendlich an mir fand. Zumindest war ich eine willige Bewunderin. Es imponierte ihm obendrein, dass ich Spanisch lernte und an den Wochenenden im Winter Skikurse gab.

Ich erinnere mich gut an unseren ersten gemeinsamen Urlaub in Davos, wo ich ihn, der noch nie auf Skiern gestanden hatte, mit zum Skifahren nahm. Mit der alten Skiausrüstung meines Vaters stürzte er sich todesmutig hinter mir einen Hang abseits der normalen Pisten hinunter. Es war eine ziemlich knifflige Angelegenheit durch harschigen Schnee und Latschenkiefern, aber Georg hechtete mit Spitzkehren und vollem Körpereinsatz in einem Tempo hinter mir her, sodass ich kaum auf ihn warten musste. Berstend vor Ehrgeiz glich er mangelnde Technik mit Kraft aus. Unten präsentierte er mir ein breites Siegerlächeln, das mir wohl signalisieren sollte, welch tollen Hecht ich mir da geangelt hatte.

Die ersten Sympathien verspielte ich mir bei ihm, als er mich eines Tages zu einem geheimnisvollen Training mitnahm. Wochenlang hatte er ein Geheimnis daraus gemacht, welchen Sport er praktizierte, um diesen Traumbody zu formen. Er schleifte mich in eine riesige Sporthalle, wo er als Taekwondo-Trainer Kindern Unterricht gab. Ich durfte beim Training mitmachen und fungierte jedes Mal als seine Partnerin, wenn er Übungen demonstrierte. Damit blamierte ich mich bei den Kids bis aufs Blut, denn meine Gelenkigkeit glich einem rostigen Stahlträger, der sich mühsam zur Brücke bog. Betont lässig überspielte er meine Schwächen, trotzdem entging mir nicht, dass er vor Wut schäumte. Vielleicht hätte ich ihm schon vorher von meinen untauglichen Ballettversuchen erzählen sollen.

In puncto frühkindlicher Talentförderung ließ meine Mutter nichts unversucht, um meine geheimen Stärken zu entdecken und zu fördern. So besuchte ich neben Schwimm- und Klavierunterricht auch im zarten Grundschulalter eine Ballettschule. Diese war in den Räumen des Pfarrheims verkehrstechnisch günstig in unmittelbarer Nähe von uns untergebracht.

Die jungen Eleven durften sich in einem kleinen Kämmerchen umziehen, wo als größte Attraktion Frau Kaisers High Heels aufgereiht waren, die wir nacheinander andächtig durchprobierten. Ebenfalls befand sich dort eine kleine Orgel, die mit kräftigem Fußblasebalg betrieben werden musste. Während ich also einige Mädels zum Treten engagierte, klackerte ich oben ein paar Töne in die Tasten. Eigentlich hätte ich es ganz gut in diesem Umkleideraum ausgehalten, aber irgendwann mussten wir nebenan in einem kleinen Kellerraum zum Unterricht antreten. Besonders grausam erschien mir, dass sich von allen Seiten Spiegel rings um die Wände zogen, sodass man stets mit der eigenen Jammergestalt bildlich konfrontiert war.

Während sich die anderen Mädchen problemlos die Füße hinter den Kopf schnallten, versuchte ich mit hochrotem Kopf die Gräten ein wenig in die angegebene Richtung zu verbiegen. Weit kam ich dabei nie. Räder, die ich schlagen sollte, glichen eher hilflosen Froschhüpfern. Während die anderen wie anmutige Gazellen durch den Raum schwebten, steppte ich wie ein Bleifuß gleich einem Walross hinterher. Da half es nichts, mich in quietschgelbe Tutus und rosafarbene Spitzenschuhe zu zwängen. Mein Talent blieb hartnäckig verborgen. Nach zehn grausamen Jahren ereilte mich schließlich ein gnädiger Wachstumsschub, der mich mit einem Schlag aus dem Kreis der zartgliedrigen Püppchen hinauskatapultierte. Endlich durfte ich mit erhobenem Haupt meinen Abgang machen. Es galt als hinreichend bewiesen, dass ich nicht zum sterbenden Schwan taugte.

Zu Hause verschärfte sich erneut die Lage. Oma drehte mental völlig ab. Des Öfteren schwärmte jetzt Rudis Lernkreis in alle Himmelsrichtungen aus, um meine ausgebüchste Oma einzufangen. Ständig wähnte sie sich am falschen Ort und versuchte mit allen Mitteln, nach Hause zu kommen. Weinend flehte sie meine Mutter an, sie doch endlich heim zu lassen. Oft fand ich meine Mutter selber in Tränen aufgelöst auf dem Sofa sitzen. Zum Schluss erkannte meine Oma nicht einmal mehr die eigene Tochter.

Zum Glück verfiel eines Tages ein Schulfreund meines Bruders auf die Idee, meiner Oma in den Mantel zu helfen, als sie ihm wieder einmal unter der Hand anvertraut hatte, dass sie hier gegen ihren Willen festgehalten werde. Dann nahm er sie bei der Hand und verließ mit ihr das Haus. Als er mit ihr einmal um den Block gelaufen war, klingelte er wieder mit ihr am Arm bei uns und führte sie die Treppen hinauf in ihr Zimmer. Meine Oma war ihrem Retter überaus dankbar.

Als sie schließlich bettlägerig wurde und medizinisch betreut werden musste, wurde sie ins Krankenhaus gebracht. Während sich meine Mutter noch um einen Pflegeplatz für sie bemühte, verstarb sie. Nach gut einem Jahr ereilte also ein zweiter Todesfall die Familie. Über den Tod meiner Oma war ich eher erleichtert, denn erschüttert.

Immer öfter dachte ich ans Ausziehen. Ich fühlte mich nicht länger verpflichtet, zur Entlastung meiner Mutter zu Hause auszuharren. Georg, der sehr auf meine Selbstständigkeit drängte, unterstützte dieses Vorhaben vehement. Auf die Suche ging ich allerdings alleine. Ich hätte mir mehr praktische Unterstützung von ihm gewünscht, aber alles, was von seiner Seite kam, war der Druck, doch endlich Nägel mit Köpfen zu machen. Ich wusste, was von mir erwartet wurde. Also ging ich auf Wohnungssuche und tat auch in kurzer Zeit zwei Optionen auf: Die eine wäre ein Zimmer in einer WG einer Mitstudentin der Sprachenschule gewesen, die andere ein kleines Zimmer unter dem Dach, das eine Schulfreundin meines Bruders aufgeben wollte, weil sie mit ihrem Freund zusammenzog.

Die Diskussionen mit meiner Mutter waren deutlich heftiger geworden, als wir nur noch zu dritt zu Hause wohnten. Zu Lebzeiten meines Vaters und meiner Oma fühlte ich mich stets schuldig, wenn ich meiner Mutter zu ihren Problemen noch zusätzlich Ärger machte. Jetzt aber widersetzte ich mich immer öfter ihren Anweisungen, verteidigte meine Frisur und meine Kleidung, versuchte zaghaft, liberalere Ansichten zu vertreten und stieß damit immer öfter auf Widerstand. Fuhr ich mit meinem impulsiven Temperament aus der Haut, trug mir meine Mutter diesen Ausbruch noch Wochen nach. Dann schwänzelte ich wieder stundenlang um sie herum, bis ich sicher war, sie wieder einigermaßen versöhnt zu haben. Ich fühlte mich unverstanden und nicht richtig, wie ich war. Ich sollte vernünftiger sein und strebsamer, nicht so aufbrausend und hitzköpfig. So hätte mich meine Mutter sicher lieber gemocht.

Wehmütig dachte ich an meinen Vater, der zwar alles in allem seine Schwächen hatte, aber mir in diesen Punkten ähnlicher war. Mir war lieber, jemand wusch mir kurz und kräftig den Kopf, um dann sogleich völlig versöhnt und gelassen zur Tagesordnung überzugehen. Ich beschuldigte meine Mutter, schon immer meinen Bruder vorgezogen zu haben, entsprach er doch mit seiner diplomatischen und gelassenen Art viel eher ihrem Temperament.

Einerseits wollte ich ausbrechen, andererseits fühlte ich meine finanzielle Abhängigkeit wie ein Mühlrad um den Hals. Ich wusste nur zu gut, wie sehr mich meine Mutter finanziell unterstütze und wie wenig ich in der Lage war, mich selber durchzubringen. Ich konnte jederzeit in die Wohnung in Davos, hatte keinen Nebenjob wie andere Studenten und bekam obendrein noch die Gebühren der Sprachenschule bezahlt. Meine Mutter hielt mir also in jeglicher Weise den Rücken frei.

Anders hätte ich das Studium auch kaum geschafft, denn psychisch war ich nicht sehr belastbar. Prüfungen stressten mich, ebenso Unstimmigkeiten mit anderen Mitschülerinnen oder Probleme mit meiner Mutter. Ich kam sehr schnell aus meinem seelischen Gleichgewicht. Und sofort hatte ich Sorge, der Druck könnte sich wieder negativ auf meine Haut auswirken. Noch war alles in einem sehr instabilen Gleichgewicht, das durch jede Kleinigkeit kippte. Ich schielte immer noch ständig nach allen Seiten, nach meiner Mutter, nach Rudi und nach Georg, ob ich auch deren Erwartungen erfüllte. Von den Erwartungen in der Schule ganz zu schweigen.

Als meine Mutter wegen eines kleinen Eingriffs in der Klinik war, wollte ich die Gelegenheit nutzen, um ihr von meinen Auszugsplänen zu berichten. Ich brauchte dazu ihre finanzielle Unterstützung und vor allem ihre Zustimmung. Das WG-Zimmer konnte nicht länger für mich freigehalten werden und so musste ich in die Offensive gehen. Als ich mit ihr durch den Krankenhauspark ging, fasste ich mir ein Herz und erzählte von meinen Plänen. Ich redete mich um Kopf und Kragen, versuchte, sie mit Argumenten zu ködern, legte meine Beweggründe dar. Meine

Mutter hörte sich alles sehr ruhig an. Am Ende meinte sie, ich sollte machen, was ich meinte, machen zu müssen. Sie würde mir keine Steine in den Weg legen.

Mehr konnte ich von meiner Mutter nicht erwarten. Eigentlich hätte ich jetzt zu Hause hocherfreut das Feld räumen können. Aber ich konnte nicht. Ich wollte von ihr hören, dass es richtig war, was ich tat. Dass sie meinen Auszug gut fände. Dass ich all ihre Unterstützung hätte.

Ich konnte es nicht ertragen, etwas zu tun, womit sie im Grunde ihres Herzen nicht einverstanden war.

Nach etlichen Jahren schrieb mir meine alte Freundin Julie aus der Grundschule, sie wäre mit ihrer Familie über die Weihnachtsferien in Luzern. Ich hatte Julie seit ihrem Wegzug nach Kalifornien in der vierten Klasse nicht mehr gesehen. Ich war untröstlich, als sie weg war. Trotzdem schrieben wir uns regelmäßig Briefe. Jetzt bot sich endlich die Chance, sie wiederzusehen. Sofort vereinbarten wir, dass sie mich in Davos besuchen sollte.

Wie war ich glücklich, als ich sie am Bahnhof vom Zug abholen und in die Arme schließen konnte. Wir verstanden uns, als hätten wir uns gestern das letzte Mal gesehen. Schon bald erklärte sie mir, dass sie leider nicht länger bei mir bleiben könnte, denn ihre Mutter wollte, dass sie noch am selben Tag wieder nach Luzern käme. Anderenfalls würde sie die Flugtickets für den Rückflug nach Amerika zerreißen. Diese Aussage überraschte mich nicht, denn ich wusste von früher, dass Julies Mutter eine ziemlich hysterische Zicke war.

Julie schlug mir deshalb vor, mit ihr im Zug nach Luzern zu fahren und dort noch zwei Tage mit ihr zu verbringen. Meine Skier könnte ich auch mitnehmen, dann könnten wir dort ebenso gut Ski fahren wie in Davos. In Luzern würde uns ihr Vater vom Bahnhof abholen und ich könnte bei ihnen wohnen.

Sofort fragte ich meine Mutter um Erlaubnis. Ich schilderte ihr die verzwickte Lage und bat sie, mich doch mit Julie fahren zu lassen. Im selben Moment, als ich meine Bitte vorbrachte, zog meine Mutter erstaunt die Augenbrauen hoch und fragte mich, ob ich nicht wüsste, dass morgen Abend Silvester wäre. Silvester würde immer die ganze Familie zusammen feiern, da könnte ich doch nicht fehlen. Immerhin wären wir an Silvester bisher immer zusammen gewesen. Obwohl das stimmte und mir auch einleuchtete, war dies die einzige Möglichkeit, Julie noch ein paar Stunden länger zu sehen.

Ich wusste nicht, wie ich mich entscheiden sollte. Julie bedrängte und bat mich so sehr, dass ich schließlich einwilligte, obwohl mir klar war, dass meine Mutter dagegen war. Trotzdem ließ sie mich fahren, auch wenn sie mir deutlich zu verstehen gab, dass sie meine Entscheidung keineswegs billigte.

Schon im Zug saß ich wie auf Kohlen. Von Julies Familie wurde ich in Luzern herzlich in Empfang genommen. Ich bekam ein Bett in Julies Zimmer und spät am Abend kuschelten wir uns gemeinsam in die Kissen. Die ganze Zeit peinigte mich mein schlechtes Gewissen. Ich fand keine Ruhe. Immer wieder fragte ich Julie, ob meine Mutter mir böse wäre. Obwohl Julie stets verneinte, steigerte sich meine Panik. Ich fing wie wild zu kratzen an. Ich weinte und heulte wie eine Wahnsinnige. Schließlich stopfte sich Julie das Kissen über die Ohren, um meinen Ausbruch nicht länger anhören zu müssen. Nach einiger Zeit stand die versammelte Familie in unserem Zimmer, was mir dann zwar ziemlich peinlich war, aber nichts an meinem Gekratze änderte. Nach einer durchwachten, durchkratzen Nacht verfrachtete mich Julies Vater wieder in den Zug zurück nach Davos, froh, diese offensichtlich hysterische Freundin wieder los zu sein. In Davos wurde ich von meiner Mutter freudestrahlend in die Arme geschlossen und am Silvesterabend ganz besonders verwöhnt.

Ich sagte beide Zimmer ab.

Als meine Mutter vom Krankenhaus wieder zu Hause war, wurde das Thema Auszug nicht weiter berührt. Man ging stillschweigend zur Tagesordnung über. Mit meinem zögerlichen Verhalten erntete ich keine Pluspunkte bei Georg. Auch in anderen Dingen erklärte er mir unmissverständlich, dass er Entwicklungen von mir erwartete. Ein brisanter Punkt war dabei mein bis dahin praktizierter Blümchensex, der ihn langsam tierisch langweilte. Ich beobachtete und lernte, was von mir erwartet wurde. Mein Körper, das unbekannte Wesen, erfüllte mechanisch seine Aufgabe. Wirkliches Gefühl kam nie auf.

Welche Gedanken ich dabei wirklich wälzte, ahnte Georg nicht mal im Ansatz. Mich beschäftigte einzig und allein, wie ich meine sensible Gesichtshaut am effektivsten vor seinem Vollbart schützen konnte. Andernfalls hatte ich Tage zu tun, die aufgescheuerte Haut wieder ins Lot zu bekommen. Andere Körperflüssigkeiten hinterließen einen unerträglichen Juckreiz auf der

Haut, der mich nachts heimlich ins Bad trieb, um mich ungestört kratzen zu können. Selbst eiskalte Duschen brachten keine wirkliche Besserung. Außerdem war es jeglicher romantischen Stimmung höchst abträglich, sofort nach Vollzug ins Bad zu stürzen, um den ganzen Glibber per Dampfstrahler vom Körper zu fluten. Mein Liebesleben verursachte mir ziemliche Bauchschmerzen.

Georg konnte überhaupt nicht ertragen, wenn ich etwas konnte, wovon er keine Ahnung hatte. Skifahren war nur das erste Beispiel. Jetzt waren ihm meine Spanischkenntnisse ein Dorn im Auge. Kaum brabbelte ich meine ersten spanischen Sätze, wollte auch er unbedingt Spanisch lernen. Unser nächstes Urlaubsziel stand somit fest, denn er wollte unbedingt einen Sprachkurs machen. Zumindest ging jetzt mein Traum in Erfüllung, mit dem Motorrad in den Urlaub zu fahren. Sechs Wochen wollten wir durch Spanien kurven, danach trat Georg einen dreiwöchigen Crashkurs in Valencia an. Währenddessen sollte ich mir eine Arbeit suchen, bis wir zusammen wieder die Heimfahrt antreten wollten.

Diese Fahrt sollte gleichzeitig eine Feuerprobe für meine Haut sein. Bisher konnte ich höchstens zwei Nächte in einem fremden Bett schlafen, ohne eine massive Hautverschlechterung zu riskieren. Jetzt hatte ich es mit einer verschärfteren Version zu tun. Im Zelt war nämlich höchstens eine Katzenwäsche und minimale Hautpflege möglich. Dazu kam das umständliche Hantieren mit Kontaktlinsen, die ich aber nicht zugunsten einer Brille zu Hause lassen wollte. Der Anblick hätte mir einige Minuspunkte in Sachen Attraktivität eingebracht, was Georg sicher nicht goutiert hätte.

Als er mir meinen kleinen Seitenkoffer vorbeibrachte, in den ich das gesamte Gepäck für sechs Wochen packen sollte, verfluchte ich innerlich meine Haut und meine Augen. Allein die Cremetöpfe und Linsenflüssigkeiten nahmen 80 Prozent des Platzes ein. Was hätte ich darum gegeben, mich einfach am Abend irgendwo auf eine Luftmatratze zu werfen, ohne mich umständlich zu waschen, verschiedene Cremes aufzutragen und die Linsen in verschiedenen Flüssigkeiten zu verstauen. In der Früh dann dieselbe Prozedur. Einfach mal die Augen aufzuschlagen und in die Klamotte springen? Ging nicht!

Kurz vor Reisebeginn war ich in der Stadt unterwegs, als ich einen Schulfreund von Rudi traf. Christoph kannte ich bereits von den Einfangaktionen meiner Oma. Er war ein großer, stets dynamischer Typ, der immer als Organisator der verschiedenen Partys in Erscheinung getreten war, zu denen Rudi mitgeschleift wurde. Oft sah ich sehnsüchtig aus dem Fenster, wenn Christoph mal wieder mit einer Horde Mädels im Auto vor unserem Haus parkte, um Rudi in die Karre zu laden. Sein erklärtes Lebensmotto: maximaler Ertrag bei minimalem Einsatz. Wenn er sich mit Kippe im Mund und Schlapphut, zwar nicht eben elegant, aber ziemlich souverän, aus dem Auto wuchtete, fand ich das doch beeindruckend cool.

Diesem Typ begegnete ich zufällig in der Fußgängerzone, wo er mich spontan auf einen Kaffee einlud. Ziemlich erstaunt, aber umso beglückter, nahm ich das Angebot gerne an. Ich berichtete von meinen Reiseplänen. Anscheinend hörte ich mich nicht unbedingt überzeugt an, denn am Ende wünschte mir Christoph etwas süffisant eine entspannte Reise.

Vielleicht war das Reiseprojekt doch etwas ambitioniert: Etliche Faktoren kamen zusammen, die mich ins Schleudern bringen konnten. Neben der mangelnden Körperpflege konnte ich mir auch mein Essen nicht selber zubereiten. Außerdem hatte ich jetzt rund um die Uhr einen Menschen um mich, was ich überhaupt nicht gewohnt war. Ich hatte immer noch das starke Bedürfnis, mich stundenweise zurückzuziehen. Dieser Drang war in den letzten Jahren nie schwächer geworden, egal, ob ich einen Partner hatte oder nicht. Sooft ich auch darüber nachsann, ich fand keine Erklärung für mein Verhalten. Ich fragte mich, ob ich vielleicht irgendeinen sozialen Knacks hatte.

Meine Mutter reagierte erstaunlich gelassen auf meine Urlaubspläne, offenbar hatte meine wilde Entschlossenheit Eindruck auf sie gemacht. Dies war die erste Reise, die ich mir über Studentenjobs finanzierte. So schleppte ich Paletten und angelte irgendwelche Algen aus öffentlichen Gewässern, wienerte Badewannen in Hotelzimmern oder kopierte tonnenweise Broschüren.

Nach der sonnigen Abfahrt überspielte ich die ersten Tage bei Dauerregen im Zelt noch souverän. Brav applaudierte ich der selbstgestrickten Prosa, mit der mich Georg unterm prasselnden Zeltdach beglückte. Obwohl doppelt in Plastiktüten eingeschlagen, wurde unser Gepäck klatschnass.

Klaglos mümmelte ich Baguette am laufenden Meter. Angesichts des Essensangebotes schien mir trockenes Brot noch das geringste Hautrisiko zu bergen. Dafür streikte meine Verdauung. Das Gegenmittel aus der Apotheke war dann wohl etwas zu großzügig bemessen. Die nächsten Nächte pendelte ich zwischen Zelt und sanitären Anlagen an Georgs Hand, der mich brummelnd hinter sich herzog, damit ich nicht in linsen- und mondloser Finsternis ins falsche Zelt einbrach.

Der halbe Vormittag verging mit Zeltabbau und Beladen des Motorrades. Nach Erreichen des nächsten Campingplatzes begann das Prozedere in umgekehrter Reihenfolge. Lag ich endlich schlapp auf meiner per Mund aufgeblasenen Luftmatratze, ging der Stress erst richtig los. Immerhin wollte eine neue Stadt kulturell erobert werden.

Nach zwei Wochen kam ich auf die glorreiche Idee, mich fortan in Apotheken mit Babygläschen zu versorgen. Jetzt hatte ich wenigstens ein Problem im Griff. Der Inhalt war zwar reichlich fad, aber immerhin allergenarm und leicht verdaulich. Während ich über diese Lösung mehr als beglückt war, brummelte Georg missmutig von eingeschränktem Lebensgefühl, wenn er sich im Restaurant beim romantischen Candle-Light-Dinner einer Gläschen löffelnden Begleiterin gegenübersah.

Ich beklagte mich nie, versuchte mich Georgs Wünschen und Vorschlägen in jeder Weise unterzuordnen. Damit war ich zu Hause immer am besten gefahren. Jetzt allerdings wurden von mir eigene Vorschläge, Ideen und Pläne erwartet. Ich konnte nicht verstehen, warum er immer genervter reagierte, je mehr ich versuchte, seine Wünsche vorauszuahnen und mich entsprechend zu verhalten. Schließlich war ich darin durch jahrelanges Training ein Vollprofi.

Je mehr ich fürchtete, seine Zuneigung zu verspielen, desto unterwürfiger reagierte ich. Ich stand permanent unter Druck. Gleichzeitig versuchte ich, die Probleme, die sich wegen meiner Haut und Ernährung ergaben, von ihm fernzuhalten. Letztendlich überwand ich mich und ging mit ihm in Restaurants essen, obwohl ich genau wusste, welche Konsequenzen mir am nächsten Tag blühten. Ich griff sogar wieder zum Notfallkortison, um aufkommende Hautflecken in Schach zu halten. Doch all mein Bemühen um Georg nützte nichts: In Valencia kam es zum Eklat.

Dort sollte ich mir Arbeit suchen, solange Georg mit seinem Sprachkurs beschäftigt war. Ich versuchte mein Glück als Aupair. Schließlich fand ich einen Herrn, bei dem ich mich um den Haushalt kümmern sollte. Georg bestand darauf, mit in dessen Wohnung zu übernachten. So konnte er sich das Geld für die Übernachtung bei der Sprachenschule sparen. Das Thema Geld hatte schon an anderer Stelle Anlass zu Diskussionen gegeben. Ehrlich gesagt, war Georg in meinen Augen ein ausgemachter Geizkragen. Trotzdem fügte ich mich seinem Wunsch. Er wuchtete also seinen Koffer in mein Zimmer. Mit diesem Arrangement war aber mein Arbeitgeber überhaupt nicht einverstanden und setzte uns schließlich beide vor die Tür.

Laut Aussage von Georg hätte ich unsere Interessen nicht entschieden genug vertreten. Außerdem hätte er keine Lust mehr, weiterhin mein Kindermädchen zu spielen.

Als wir zusammen am Strand lagen, wurde mir die Kündigung unserer Beziehung mit sofortigem Vollzug verkündet. Ich heulte wie ein Schlosshund, während Georg regungslos und angewidert neben mir lag. Aus seinen Blicken sprach blanke Verachtung.

Passend zur Stimmung hatte sich der Himmel eingetrübt und es setzten sintflutartige Regenfälle ein. Georg stopfte meine Sachen aus seinem Koffer in zwei Plastiktüten und überließ mich meinem Schicksal.

Inzwischen glich der Bahnhof von Valencia einem Flüchtlingslager, denn die meisten Züge fielen wegen der starken Regenfälle aus. Ich organisierte mir ein Bahnticket und suchte eine billige Absteige in Bahnhofnähe, mehr verkrafteten meine Finanzen nicht. Die nächsten drei Tage Dauerregen verbrachte ich in meinem billigen Zimmer, vor dessen Tür sich der etwas heruntergekommene, aber nette Besitzer auf einem Klappstühlchen postiert hatte, um unliebsamen Besuch abzuschrecken.

In dieser Zeit schwankte ich zwischen heulendem Elend und trotzigem Stolz. In Tränen aufgelöst löffelte ich meine Babyfläschchen, Minuten später dagegen hackte ich wieder voller Wut Schnitze aus meiner Wassermelone.

Nach gramerfüllten Tagen ergatterte ich endlich einen Zug in Richtung Heimat, was mir trotz meiner negativen Stimmung ein winziges Gefühl der Erleichterung bescherte. Georg sollte ich nie wiedersehen.

Reichlich demoralisiert und geknickt traf ich zu Hause ein. Gleichzeitig aber auch wütend auf mich und meine Unfähigkeit, Rückgrat zu zeigen. Zu Hause nahm mich meine Mutter kommentarlos in Empfang. Wahrscheinlich war sie heilfroh, dass ich den Typen los war. Ohne das Thema weiter anzusprechen, gingen wir wieder zur Tagesordnung über.

Während ich mich einerseits immer weiter von meiner Mutter zurückzog, ließ ich mir doch keine Gelegenheit entgehen, Grundsatzdiskussionen vom Zaun zu brechen. Immer wieder wollte ich mit ihr über ihre Einstellung reden. Wollte sie dazu bewegen, die Dinge aus einem anderen Blickwinkel – letztendlich meinem Blickwinkel – zu sehen. Stets zog sie sich bei Unsicherheit auf ihre fest gemauerten Grundsätze zurück. An denen prallte ich ab. Ich kam keinen Millimeter voran. Dies führte dazu, dass sich in mir eine ohnmächtige Wut und Hass aufstauten, weil ich mich nicht verständlich machen konnte. Am liebsten hätte ich sie gepackt und durchgeschüttelt. Mein Ton wurde aggressiver.

Kurz nach meiner Rückkehr aus Spanien brannten mir bei einer Auseinandersetzung mit ihr sämtliche Sicherungen durch. Ich schrie, wie ich noch nie in meinem Leben geschrien hatte. Ich schrie so lange, bis es meine Mutter mit der Angst bekam und einlenkte. Ich schwankte zwischen Verzweiflung und ohnmächtigem Hass. Ich kam mir vor, als säße ich in einem Zug, und nebenan auf einem Parallelgleis führe meine Mutter in einem anderen. Ich versuchte, mit ihr Kontakt aufzunehmen, aber das ratternde Geräusch übertönte jede Kommunikation. Alles, was ich tun konnte, war, hektisch zu winken, um mich bemerkbar zu machen. Aber nicht einmal das registrierte meine Mutter, die nur stur in eine Richtung zu blicken schien.

Eine neue Eroberung und der Wert der Freundschaft

Als ich nach einiger Zeit Christoph über den Weg lief, zeigte der sich fast schadenfroh über den Ausgang meiner Urlaubsreise. Mit großem Mitgefühl war bei ihm nicht zu rechnen.

Seine Besuche bei uns häuften sich auffällig. Nach und nach wurde ich in die Einladungen zu irgendwelchen Partys und Treffen miteinbezogen. Schon immer hatte ich mich im Freundeskreis meines Bruders nach Belieben bedient. Es fiel also nicht weiter auf, dass ich jetzt auch öfter zu Christoph ins Auto geladen wurde.

Um ihn scharte sich ein harter Kern von Freunden. Dazu gehörte in erster Linie Vladimir, ein Tscheche, der vor Jahren über die grüne Grenze zum Studium nach München geflohen war. Wenige Zeit später gesellte sich sein Bruder Peter dazu. Anfangs hatten die beiden bei einer Autovermietung gejobbt, wo sie Christoph kennengelernt hatten. Des Weiteren war da noch Thomas, der ebenso wie Christoph Jura studierte.

Nach glücklich bestandenem Abitur hatte Christoph messerscharf erkannt, dass er die einzig herausragende Gabe, mit der er über die Maßen gesegnet war, zu Geld machen sollte. Während jeder Normalsterbliche noch am Luftholen war, hatte Christoph bereits These, Ausführung und Begründung in einer sprachlichen Maschinengewehrsalve seinem Gegenüber um die Ohren geschossen. Selbst dem Beschränktesten musste einleuchten, dass Christoph der geborene Anwalt war.

Thomas, sein Studienkollege, war sicher der Intelligentere von beiden, Christophs Sprachgewalt aber musste er sich beugen. Zusammen bildeten die beiden die perfekte Symbiose. Regelmäßig trafen sie sich zur gemeinsamen Arbeitsgruppe. Fast täglich stieß dann auch Vladimir zu vorgerückter Stunde dazu. Nicht etwa, um die beiden in ihren Studien zu unterstützen, sondern um den obligatorischen Kasten Weißbier zu liefern, der dann im Laufe des Abends gemeinsam gekippt wurde.

Christoph wohnte im herrschaftlichen Haus der Erbengemeinschaft seiner Mutter in Nymphenburg. Die Eltern bewohnten das obere Stockwerk, während sich Christoph und sein jüngerer Bruder Matthias den mittleren Stock teilten. Florian, der ältere Bruder und angehende Arzt, studierte in Erlangen.

Vladimir war der Einzige, der eine eigene, kleine Wohnung besaß. Er war mit einer geschätzt halb so alten Abiturientin namens Mausi liiert, die ebenfalls aus einer wohlhabenden Familie stammte und in unmittelbarer Nähe von Christoph wohnte. Mausi hatte trotz ihrer jungen Jahre den gutmütigen Vladimir voll unter Kontrolle. In puncto Selbstbewusstsein konnte man sich bei ihr ein Scheibchen abschneiden. Selbst eher von durchschnittlichem Aussehen stand sie im Schatten ihrer schönen älteren Schwester. Auch Mausi hatte unter Neurodermitis zu leiden, was unsere gegenseitige Sympathie weckte. Ich mochte ihre unbekümmerte, zupackende Art.

Nach und nach hatte es sich eingebürgert, dass Vladimir, Peter und Christoph zu uns in die hauseigene Sauna kamen. Bei der nachfolgenden kalten Platte samt Weißbier gesellte auch ich mich mit an den Tisch. Völlig fasziniert lauschte ich den Ausführungen von Christoph und Vladimir, die mit witzigen Schwänken aus ihrem Leben die ganze Runde bei Laune hielten. Auch Rudi wurde vom Redeschwall der anderen an die Wand genagelt. Meist fand er sich sowieso in der Rolle des Zuhörers, der sich von den Beiträgen der anderen unterhalten ließ. Hin und wieder gab er einen passenden, geistreichen Kommentar von sich, bevor er für die nächsten Minuten wieder in Schweigen versank.

Meine Rolle beschränkte sich im interessierten Zuhören. Nie hätte ich gewagt, ins Gespräch einzugreifen. Mit der Zeit wurde ich mutiger und traute mich, kurze Kommentare einzuwerfen, die manchmal sogar einen Lacher in der Runde auslösten. Darauf war ich dann den ganzen Abend stolz.

Zur Oktoberfestzeit war ein gemeinsamer Wiesnbesuch geplant, an dem neben der bekannten Truppe auch Rudis ältester Busenfreund Hans teilnehmen sollte. Hans war über Jahre Rudis ständiger Begleiter gewesen, dessen Strategie seit Jahren war, die Mädels abzugreifen, die bei Rudi nicht landen konnten.

Immer hatte mich Hans zwar freundlich, aber nicht mit gesteigertem Interesse behandelt.

Als wir nun im Pulk über die Wiesn schweiften und die allgemeine Stimmung schon einigermaßen gelockert war, fand ich mich in der grotesken Situation, dass Christoph meine rechte Hand umklammert hielt, Hans meine linke. In schöner Eintracht wurden jetzt von beiden Seiten meine Hände bearbeitet. Wandte ich mich nach rechts, grinste mich Christoph zaghaft schief an, drehte ich mich auf die andere Seite, machte mir Hans schöne Augen.

Für Hans hatte ich allerdings nur ein verächtliches Grinsen übrig. Immerhin hatte er zehn Jahre Zeit gehabt, mich als interessant und anbaggerwürdig zu erachten. Jetzt, mit passender Fassade, passte ich wohl plötzlich in sein Beuteschema. Diese Art Männer konnte mir gestohlen bleiben.

Wenig später setzte starker Gewitterregen ein, was den ganzen Trupp allerdings nicht daran hinderte, sich in die offene Piratenschaukel zu wagen. So saßen wir dann als einzige Insassen aneinandergepresst, während uns der prasselnde Regen ins Gesicht klatschte. Christoph bestand auch diese Feuertaufe, während sich Hans, um seine Kleidung besorgt, schutzsuchend ans Kassenhäuschen presste. Es war völlig klar, für welchen Kandidaten mein Herz schlug.

Eines Tages waren wir auf Thomas' Geburtstagsparty eingeladen. Wir liefen wieder in kompletter Mannschaft auf. Als ich zu später Stunde die Einzige war, die keinen Alkohol gekippt hatte, sollte ich Christophs Auto nach Hause lenken. Sein alter Saab war mit einer Lenkradschaltung ausgestattet, die ich nicht so ganz im Griff hatte. So fuhren wir im Teamwork nach Hause: Christoph schaltete, ich kuppelte. Mehr schlecht als recht hoppelten wir unter dröhnendem Gelächter der anderen im Fond nach Hause. Dies war die erste Nacht, die ich unter seinem Dach verbrachte. Er war es auch, der mich als Erster „Lisa" nannte. Bisher war ich von meiner Familie immer als „Elisabeth" angesprochen worden, während man mich in der Schule „Lissy" nannte. Elisabeth mochte ich überhaupt nicht und auch mit „Lissy" konnte ich mich nicht anfreunden. „Lisa" gefiel mir ausnehmend gut. In meinem Umfeld setzte ich durch, fortan nur noch mit diesem Namen angeredet zu werden.

Als er nach etlichen Tagen vor versammelter Truppe demonstrativ den Arm um mich legte, war klar, dass wir fortan wohl zusammen waren.

Irgendwelches Liebesgeflüster hatte ich zwar nicht aus seinem Mund vernommen, aber die besitzergreifende Geste machte den anderen klar: Die gehört zu mir!

Es brach eine herrliche Zeit an. Es verging kein Tag, an dem nicht Christophs verbeulter Saab vor unserem Haus parkte, um mich abzuholen. Ich fragte nie nach dem Programm, das hatten die Männer längst unter sich geregelt. Oft kam ich tagelang nicht nach Hause. Für mich war es völlig neu, in einen Freundeskreis eingebunden zu sein. Auch wenn ich mich meist in der gewohnten Rolle der Zuhörerin fand, lauschte ich aufmerksam und interessiert, denn mich faszinierte die Eloquenz der Anwesenden, die sich gegenseitig die Bälle im Gespräch zuspielten oder bei ernsteren Themen Argumente austauschten. Ich lernte stetig dazu. Was ich aber vor allem zu schätzen lernte, war der Wert der Freundschaft. Ich beobachtete fasziniert, mit welch aufrichtigem Interesse besonders Vladimir und Christoph aneinanderhingen. Der Umgang miteinander war geprägt von Hilfsbereitschaft und ehrlicher Anteilnahme. Jeder konnte sich blind auf den anderen verlassen. Auch der Umgang mit Geld gestaltete sich unkompliziert. Waren wir abends in irgendwelchen Kneipen unterwegs, wurde die Rechnung durch die Beteiligten geteilt, wir Mädels wurden immer eingeladen. Nie fühlte sich einer übergangen oder benachteiligt.

In meiner Familie hatte Freundschaft nie einen besonders hohen Stellenwert gehabt. Zwar besaßen meine Eltern einen großen Bekanntenkreis, aber ich hatte ja selbst erlebt, wie schnell er sich nach der Krankheit meines Vaters in Luft aufgelöst hatte. Mein Vater hätte mehr Wert auf Freundschaften gelegt, aber seine alten Kontakte nach Thüringen waren durch die schwierige Grenzsituation seit Jahren abgerissen. Meine Mutter hingegen hatte sich voll auf die Familie gestürzt. Das genügte ihr völlig.

Ich selbst hatte bis auf Julie und einer guten Schulfreundin nur wenige stabile Freundschaften gehabt, obwohl ich mich immer nach intensivem Austausch gesehnt hatte. Ich eignete mich schlecht für klassische Frauenfreundschaften. Für hintergründiges Taktieren fehlte mir jegliches Gespür. Mit meiner allzu direkten Art konnten die Wenigsten umgehen.

Meine Mutter tolerierte Christoph. Obwohl es gegen ihn sicher einige Vorbehalte gab, war es ihm gelungen, sie mit seinem beredten Charme um den Finger zu wickeln. Seiner argumentativen Überzeugungskraft und seinem souveränen Auftreten hatte sie wenig Widerstand entgegenzusetzen.

Während dieser Zeit sehnte ich mich wieder vermehrt nach meinem Vater. Christoph hatte ihn erst als kranken Mann kennengelernt. Ich stellte es mir spannend vor, die beiden in einem Streitgespräch zu beobachten. An Themen hätte es sicher nicht gemangelt, denn in vielen Punkten lagen ihre Einstellungen meilenweit auseinander. Ich war mir nicht sicher, wer von beiden bei einem Wortgefecht argumentativ die Oberhand behalten hätte.

Mit meinem Vater konnte man ordentlich argumentieren, er wäre nicht ausgewichen wie meine Mutter.

Ich bemühte mich nach wie vor, das Gespräch mit meiner Mutter nicht abreißen zu lassen, auch wenn der Ausgang meist frustrierend blieb. Trotzdem muss ich uns beiden zugute halten, dass wir nie aufhörten, uns miteinander auseinanderzusetzen.

Wenn ich mir in solchen Situationen meinen Vater herbeiwünschte, hielt ich mir im gleichen Atemzug vor Augen, dass ich ihn eigentlich kaum gekannt hatte. Ich sehnte mich nach Klarheit, nach jemandem, der mir die Person meines Vaters näher bringen konnte.

Jetzt war es an der Zeit, meine Halbschwester ausfindig zu machen. Dabei konnte ich immer noch nicht auf die Hilfe meines Bruders hoffen. Im Gegenteil, er konnte überhaupt nicht verstehen, warum ich in der Vergangenheit wühlen wollte. Ich umgekehrt konnte genauso wenig verstehen, dass er sich so überhaupt nicht dafür interessierte.

Mein einziger Anhaltspunkt war Ruths Familienname und dass sie in Berlin leben musste. Also schnappte ich mir auf dem Postamt ein Berliner Telefonbuch und schrieb mir sämtliche Telefonnummern ihres Nachnamens heraus. Dann telefonierte ich die Nummern ab. Jedes Mal fragte ich, ob dort eine Frau mit Vornamen Ruth wohnte, deren Geburtsname Wötzel lautete.

Nach ungefähr 15 erfolglosen Telefonaten erwischte ich die richtige Nummer. Kaum hatte ich die Auskunft erhalten, dass ich an der richtigen Adresse war, legte ich auf. Ich traute mich nicht, am Telefon zu sprechen. Meine größte Sorge war, dass Ruth vielleicht gar keinen Kontakt mit mir wollte. Immerhin hätte ja gut möglich sein können, dass sie noch ein Hühnchen mit meinem Vater zu rupfen hatte.

Ich schrieb ihr also einen Brief, in dem ich fragte, ob ich sie über meinen Vater befragen dürfte. Mit bangem Herzen wartete ich auf Antwort, die sie an Christophs Adresse richten sollte. Christoph unterstützte mich voll und ganz in meinem Forscherdrang und hatte mir seine Adresse als Anlaufstelle für unsere Briefe zur Verfügung gestellt.

Es vergingen wenige Tage, bis auch schon Antwort kam. Ich erfuhr aus Ruths erstem Brief, dass sie sehr wohl von unserer Existenz wusste, aber angehalten worden war, keinen Kontakt zu uns aufzunehmen. Trotzdem hatte sie immer darauf gehofft, dass entweder Rudi oder ich irgendwann doch nach ihr suchen würden. Sie war also hocherfreut, von mir zu hören.

Zaghaft erzählten wir uns in unzähligen Briefen unsere gegenseitigen Lebensgeschichten. Auf meinen Vater war sie wirklich nicht gut zu sprechen. Trotzdem gab sie mir offen und ehrlich Auskunft. Umgekehrt interessierten sie besonders die Jahre, die ich mit meinem Vater verbracht hatte. Schnell waren wir uns einig, dass wir uns endlich persönlich kennenlernen sollten. Ich musste irgendwie nach Berlin kommen.

Eines Tages stellte mich meine Mutter mit kalkweißem Gesicht zur Rede, wie ich dazu käme, mit Ruth Kontakt aufzunehmen. Zufällig hatte sie Ruths Briefe auf meinem Schreibtisch entdeckt. Ich war über zwei Dinge gleichermaßen entrüstet: Zum einen, dass sie auf meinem Schreibtisch gekramt hatte und zum anderen, dass sie mir den Kontakt verbieten wollte. Es kam zu einer lautstarken Auseinandersetzung. Die Fronten zwischen uns traten deutlicher denn je zutage. Ich warf ihr vor, aus egoistischen Gründen Ruth den Vater vorenthalten zu haben. Mit diesem Vorwurf stach ich in ein Wespennest. Meine Mutter geriet völlig außer sich. Triumphierend bekräftigte ich, dass ich mir keineswegs den Kontakt zu Ruth verbieten ließ.

Dass ich mit meiner Aktion bei meiner Mutter eine Schublade aufriss, die sie seit Jahren krampfhaft geschlossen hielt, war mir zu diesem Zeitpunkt nicht bewusst. Bewusst war mir nur, dass ich etwas gefunden hatte, womit ich meine Mutter in die Defensive treiben konnte. Einen wunden Punkt in ihrem Leben, der sie angreifbar machte. Ich wäre nicht Lisa gewesen, hätte ich nicht mit Freude in dieser Wunde gebohrt. Im Nachhinein wurde mir klar, wie sehr ich meine Mutter verletzt haben musste. In der damaligen Situation kümmerte mich das wenig. Hauptsache, ich konnte meine aufgestaute Wut und Aggression loswerden. Als Folge ließ ich mich zu Hause immer weniger blicken.

Unsere Truppe hatte diverse Stammlokale, die regelmäßig, sprich täglich, frequentiert wurden. Sämtliche Teilnehmer bevorzugten dabei deftige, bayrische Küche. Man spachtelte ordentlich und spülte mit Weißbier nach. Ich hingegen orderte völlig ungerührt Pfefferminztee und gemischten Salat. Nach einiger Zeit war das völlig normal. Für die anderen war ich die Garantie, dass sie auch in volltrunkenem Zustand unbeschadet nach Hause kamen.

Meine Fahrkünste hatte ich unter Christophs Ägide perfektioniert. Er duldete keine Stümper am Steuer. Er selbst praktizierte einen recht eigenwilligen Fahrstil. Die erste Zeit schwitze ich Blut und Wasser, wenn er unter Zeitdruck rückwärts durch Einbahnstraßen bretterte. Mit der Zeit versuchte ich, mich bei derartigen Aktionen möglichst zu entspannen. Ich hielt am besten die Klappe, wenn ich mir nicht einen gehörigen Rüffel einfangen wollte. Hatte ich schon erwähnt, dass Christoph zu cholerischen Anfällen neigte?

Wir kannten uns noch nicht lange, als mich Christoph zum Skifahren einlud. Thomas sollte auch mitkommen.

Nach einer kurzen Nacht durchforsteten wir bei Christoph den elterlichen Keller. Dort sollte der Gepäckträger für seinen alten Saab schlummern. Wenn wir mit diesem kultigen Gefährt zum Skifahren wollten, mussten die Skier aufs Dach. Als wir das Teil dann aus dem übrigen Müll im Keller gezogen und unsere Skisachen raus auf die Straße zum Auto geschleift hatten, machte sich Christoph dran, den Gepäckträger auf dem Dach zu montieren.

Es ließ sich schwer sagen, ob Christoph im schlaftrunkenen Zustand nicht die richtigen Hebel ansetzte oder sich das Eisengestell vom langen Lagern verzogen hatte. Tatsache blieb, dass es sich als unmöglich herausstellte, das Ding auf dem Dach anzubringen. Ich konnte nur hilflos zusehen, wie Christoph das Gestell wütend auf dem Dach herumschob, es immer wieder hochhob, um es dann unter lautstarkem Gefluche mit erneuter Wucht aufs Dach zu knallen. Als seine Bemühungen fruchtlos blieben, hieb er das Teil mit einem letzten Kraftakt dermaßen aufs Dach, dass an einer Stelle der Lack absprang. Mit der Wucht des Aufpralls hatte er offenbar das Gestell wenigstens so deformiert, dass es sich in sein Schicksal ergab und irgendwie mit dem Autodach verschmolzen schien.

Zufrieden betrachtete Christoph den festsitzenden Gepäckträger.
Dann öffnete er die Beifahrertür und holte ein kleines Döschen aus dem
Handschuhfach. Seelenruhig und mit wahrer Hingabe überpinselte er
dann mit flüssigem Lack das Loch, das er wenige Sekunden vorher ei-
genhändig ins Dach geschlagen hatte.

Während der ganzen Aktion hatte ich mich bedeckt im Hintergrund
gehalten. Es war nicht ratsam, durch eine unqualifizierte Bemerkung
Christophs Zorn auf sich zu ziehen. Schweigend drückte ich mich ins
Auto, wo Christoph schon pfeifend hinterm Steuer saß und die ganze
Aktion von eben völlig vergessen zu haben schien.

Vladimir platzte mit der Neuigkeit heraus, dass er in der
Tschechei ein altes Hotel von seinem Großvater erben würde.
Dieses war zwar während der Zeit des Eisernen Vorhangs ent-
eignet und zu einem Erholungsheim für Parteibonzen umfunktioniert worden, jetzt aber ging es wieder in Vladimirs Besitz über.
Das Hotel war laut Aussage von Vladimir in einem jämmerli-
chen Zustand, befand sich aber im reizvollen Riesengebirge in
der Nähe von einigen Wintersportanlagen.

Die nächste Zeit wurde darüber diskutiert, wie es Vladimir
schaffen könnte, das Hotel neu zu eröffnen. Hierzu scheute er
keine Mühen. Zwischen Uni und diversen Studentenjobs stöber-
te er auf Flohmärkten und schaffte von dort Baumaterial und
alte Möbel nach Benecko. Vor Ort überwachte er die Renovie-
rungsarbeiten. Das erste gemeinsame Silvester wollten wir alle
im Riesengebirge feiern, wo auch Vladimirs Eltern samt Schwester wohnten und Vladimirs Bruder Peter sich inzwischen auf einem kleinen Hügel nebenan ein eigenes Haus gebaut hatte.

Wieder wurde Christophs Saab beladen; dieses Mal thronte
auf dem Gepäckträger eine Magnum-Sektflasche – unser Beitrag
zur Silvesterfeier. Thomas fuhr selbstverständlich mit uns, ebenso waren Vladimir, Peter und Mausi mit von der Partie. Glücklicherweise waren trotz Visumpflicht die Grenzkontrollen schon
nicht mehr so streng, sonst hätten wir den Zoll mit unserer auffälligen Karre und den noch auffälligeren Insassen nicht so leicht
passieren können.

Wir kurvten einigermaßen orientierungslos über dumpf-
graue Dörfer, die in Trostlosigkeit versanken. Dank Vladimirs
aussagekräftiger Wegbeschreibung gelang es nach geraumer

Zeit, den richtigen Waldpfad einzuschlagen. Zuerst trafen wir bei Vladimirs Eltern ein, die im hinterletzten Winkel am Ende eines Trampelpfades wohnten. Vladimirs Vater war Förster, ein alter Haudegen, der schon mit dem Jagdgewehr auf russische Hubschrauber gezielt hatte, wie er uns nicht ohne Stolz berichtete.

Bevor wir uns häuslich niederließen, sollte erst das Gepäck zu Peters Haus verfrachtet werden, wo wir auch nächtigen sollten. Dieses Unterfangen gestaltete sich schwieriger als vermutet. Immerhin lag dieses Haus auf einem Hügel, auf den natürlich keine Zufahrtstraße führte. Die Autos mussten also irgendwie über eine verschneite Wiese den Hügel hinauf. Diese Aufgabe bewältigten die Golfs der übrigen noch einigermaßen souverän. Christophs Wagen allerdings musste vollständig entladen, das gesamte Gepäck auf dem Rücken den Hang raufgeschleift und das Automobil selbst im Rückwärtsgang mit mir auf der Motorhaube hochgefahren werden.

Die nächste Katastrophe wartete, als im Haus die Heizung angeworfen wurde und plötzlich die Heizungsrohre ausliefen. Wir standen also in knöcheltiefem Wasser und schöpften.

Wenigstens hatte Vladimirs Mama inzwischen die Fleischtöpfe zum Brodeln gebracht. Als wir dann zu fortgeschrittener Stunde wieder unten bei den Eltern einliefen, bog sich der Tisch unter der üppigen Pracht. Mit einem schnellen Blick scannte ich das Essensangebot. Die Familie war zum größten Teil Selbstversorger und lebte von Braten mit Knödeln. Der Braten variierte je nachdem, was dem Vater gerade vor die Flinte gelaufen war. Ein Blick auf die Schwester, die mir mit ausladenden Hüften und teigig-bleichem Gesicht entgegenkam, hätte mich gleich stutzig machen sollen. Deren kleine Tochter hatte zwar noch eine ranke Gestalt, als sie uns aber ein strahlendes Lächeln schenkte, grinste uns eine Reihe braun verfärbter Zähne entgegen.

„Sind ja nur die Milchzähne und sie mag so gern Süßes", gab die Schwester rechtfertigend Auskunft, als sie unsere betretenen Blicke bemerkte.

Da stand ich nun unvermittelt vor einer gewaltigen Versorgungslücke. Glücklicherweise schaltete sich Vladimir ein und entlockte der Mutter durch vorsichtiges Nachfragen, dass massenweise Grünzeug im Keller lagerte: Die guten alten Krautfässer! Immerhin konnte ich zwischen Rot- und Weißkraut wählen.

Die Nacht verbrachte ich größtenteils auf dem zugigen WC. Mein Darm war zwar einiges an Grünzeug gewohnt, bei tschechischem Kraut versagte er allerdings den Dienst.

Damit war die Aufgabe für den nächsten Tag klar definiert: Lisa mit Lebensmitteln zu versorgen. Dazu schleppte Vladimir uns nach Prag.

Wirklich erfolgreich war die Jagd nach brauchbarem Grünzeug in der Großstadt jedoch nicht. Nach einer nervenaufreibenden Jagd quer durch die Stadt, inzwischen reichlich demoralisiert und verzweifelt, entdeckte Vladimir in einem Lebensmittelladen den kläglichen Rest der letztjährigen Apfelernte. Die verschrumpelten Kostbarkeiten wurden unter allgemeinem Jubelgeschrei eingesackt. Auch beim Einkehren in wunderschön holzgetäfelte Restaurants zeigte sich schnell, dass Vegetarier in Prag nur geringe Überlebenschancen hatten. Während die Übrigen reihenweise kalte Platten niedermähten, begnügte ich mich notgedrungen mit den dekorativen Gürkchen. Jetzt wusste ich, woher der bleiche, ungesunde Teint der Tschechinnen kam, der sogar mit der doppelten Portion Make-up nur schwer zu überspachteln war. Wenigstens vertrug ich normale Milch in Maßen. So nuckelte ich Vollmilch von Vladimirs Mutter, während die anderen selbst gebrannten Schnaps kippten.

Besonders schlimm waren für mich die Nachmittage, an denen Vladimirs Mutter mit geballter böhmischer Backkunst auffuhr. Da bogen sich die Tische vor Kolatschen mit Powidl, Striezel und sonstigem Weihnachtsgebäck. Ich schielte sehnsüchtig auf die Pracht vor meiner Nase. Lächelnd gab ich vor, es würde mir nichts ausmachen, wenn die anderen vor meinen Augen diese Köstlichkeiten verputzten. Braten und Co. ließen mich ziemlich kalt, ebenso wenig konnte mich der noch so perfekt gedrehte Serviettenknödel beeindrucken. Der Süßschnabel in mir allerdings war nicht so leicht totzukriegen.

Trotzdem blieben diese Tage unvergesslich. Erwähnt sei hier nur der Jagdausflug mit Vladimirs Vater, der im Morgengrauen einen kapitalen Hirsch erlegte, den Vladimir und Christoph quer durch den Wald zu Tale schleiften. Nur unter Einsatz größtmöglicher Diplomatie gelang es mir, Vladimirs Vater davon abzuhalten, mir die Hirschzähne als Schmuck fassen zu lassen. Es wäre mir dann doch zu schräg vorgekommen, mir die kariösen Beißerchen eines tschechischen Platzhirsches um den Hals zu hängen.

Vollends aufgehoben und glücklich fühlte ich mich, als am Silvesterabend unser großes Sekt-Baby geköpft und mit dem Jagdgewehr das neue Jahr begrüßt wurde.

Mit der Zeit begann ich, die Konstellation in Christophs Elternhaus zu durchschauen. Sein Vater, von dem er im Übrigen den ausgeprägten Jähzorn geerbt hatte, hatte als mittelloser Student ein Töchterlein aus altem Adel umgarnt. Als ungeplanter Nachwuchs ins Haus stand, wurde geheiratet. Christophs Vater gab schweren Herzens sein Studium auf, um die Familie durchzubringen. Er leitete als Reiseleiter Studienreisen. Christophs Mutter beschäftigte sich neben ihren drei Söhnen mit schöngeistigen Dingen. Sie interessierte sich für Kunst und förderte in diversen Gremien klassische Musik. Wie Christoph wirklich zu seiner Mutter stand, wurde mir nie ganz klar. Einerseits hatte ich das Gefühl, er würde ihre manchmal kindlich-naive Art aus tiefstem Herzen verachten. Trotzdem war auch er gefangen in den familiären Verhältnissen, denen er auf seine Weise zu entfliehen trachtete. Ich hatte den Eindruck, als würden zwischen Vater und Sohn unausgesprochene Differenzen schwelen, auch wenn Christoph den Herzenswunsch seines Vaters erfüllt hatte, Jura zu studieren.

Soweit ich herausgehört hatte, lebte der Vater in seinen Söhnen die eigenen Studienträume aus. Florian studierte Medizin, Christoph Jura und der Jüngste Mathematik; alles Fächer, die auch ihr Vater als Studienrichtungen bevorzugte.

Ich fühlte mich oft mit Christoph verbunden, der in seiner Sandwichposition einen irgendwie unglücklichen Eindruck machte. Florian, der angepasste, erfüllte hundertprozentig die Erwartungen seines Vaters. Mit seinem ausgeglichenen und diplomatischen Wesen war er der gefällige Typ, der gut bei Leuten ankam. Der jüngere Bruder war schon früh seinen eigenen Weg gegangen. Und so eckte Christoph mit seinem aufbrausenden, unangepassten Wesen oft zu Hause an, forderte sogar immer wieder provokativ den Widerstand seines Vaters heraus. Trotzdem suchte er im Grunde ständig dessen Anerkennung und das Bekenntnis, er hätte denselben Stellenwert wie seine Brüder.

In diesem Dilemma fühlte ich mich ihm sehr verbunden. Auch ich hatte immer das Gefühl, dass ich mit meiner vorlauten, direkten Art nicht die Erwartungen meiner Mutter erfüllte. Ich versuchte ähnlich verzweifelt wie Christoph, ihr zu entlocken, dass sie mich gerade wegen meines Wesens schätzte. Bei Christoph kam dazu, dass er seinem Vater in vielen Dingen ähnlich war. Dieser hielt seinem Sohn ständig einen Spiegel vor, worauf Christoph ganz besonders allergisch reagierte.

Von Vladimir hingegen fühlte er sich angenommen und akzeptiert. Es gab mir sehr zu denken, ob ich nicht auch meine Strategie ändern und mir außerhalb von Christophs Clique Freunde suchen sollte, die mich so mochten, wie ich war. Das würde mir erhebliche Mühen ersparen. Bis jetzt hatte ich all meine Energie darauf verwendet, meiner Mutter und Rudi Anerkennung abzutrotzen. Mit bestenfalls mäßigem Erfolg.

Christoph war beileibe kein romantischer Typ. Sein Verhalten weiblichen Wesen gegenüber war sicher nicht von mangelndem Selbstbewusstsein geprägt. Ihn zog das Weibliche magisch an. Allerdings mangelte es ihm an grundlegender Kenntnis der weiblichen Psyche.

Schwesterliche oder mütterliche Schulung gleicht derartige Mängel in der Regel zuverlässig aus. Christophs Mutter war offensichtlich in diesem Punkt keine gute Lehrmeisterin. Soweit ich sie kannte, hatte sie selber eine Erziehung genossen, die heikle Fragen unbeantwortet ließ. Die weibliche Psyche war also für Christoph ein eher unbekanntes Terrain, dem er sich aber ständig mit Begeisterung näherte.

Mir kam es vor, als agierte er wie ein kleines Kind, das man vor eine Maschine mit bunten Knöpfen gesetzt hatte. Völlig ahnungslos, welcher Knopf welche Funktion hatte, betätigte er jetzt aufs Geratewohl die verschiedenen Knöpfe, immer in der spannenden Erwartung, welche Reaktion die Maschine wieder ausspucken würde.

Ich war weit davon entfernt, meine Wünsche oder Bedürfnisse kundzutun. Sicher hätte ich mir gewünscht, dass Christoph mir wenigstens hin und wieder ein Kompliment gemacht oder beim nebeneinander Herlaufen in der Stadt meine Hand gesucht hätte. Solche Dinge konnte man schlichtweg vergessen. Das höchste der Gefühle war ein lässig um die Schulter geschlungener Arm. Wobei diese Haltung auch nur zum Einsatz kam, wenn nach exzessivem Weißbiergenuss sein gerader Gang aus dem Gleichgewicht zu geraten drohte.

Ich war gewohnt, Menschen genau zu beobachten. Mit der Zeit verstand ich, Christophs kleine Gesten der Zuneigung zu erkennen. Ich registrierte das kurze Aufblitzen seiner Augen, wenn ich zum verabredeten Zeitpunkt in der Kneipe einlief. Ich bemerkte den prüfenden Blick in die Runde, wenn er wieder eine seiner Schoten abgelassen hatte, ob seine Rede auch den erwünschten Eindruck erzielt hatte. In allem war greifbar, wie sehr er sich nach der Anerkennung seiner Freunde sehnte.

Meine war ihm ohnedies sicher. Ich spürte, dass ich einen kapitalen Fehler machte, wenn ich ihn allzu sehr in der Gewissheit wog, dass er mich bombensicher im Sack hätte. Trotzdem war ich nicht fähig, ihm Kontra zu geben. Oftmals schrammten seine Kommentare hart an der Grenze des Erträglichen. Nicht nur einmal wäre ich ihm am liebsten ins Wort gefallen und hätte ihn zur Rede gestellt, welchen Mist er gerade verzapft hätte. Alles Verweichlichte, allzu Soziale war ihm zutiefst zuwider. Allzu emotionale, hysterische Reaktionen von Frauen ernteten beißende Kommentare, die ihn gefühllos wirken ließen. Er war ein guter Schauspieler. Hinter der schroffen Fassade schlummerte ein galanter Ritter, der nur darauf wartete, in die Rüstung zu springen, um seine Herzensdame zu retten. Ich mochte sein jungenhaftes, schiefes Grinsen, wenn es ihm allzu emotional wurde.

Mir waren allzu gefühlsbetonte Ausbrüche ebenfalls suspekt, ich misstraute jedem noch so kräftigen Lippenbekenntnis, wenn mich stattdessen das Gefühl beschlich, dass der Typ es nicht ehrlich mit mir meinte. Da verzichtete ich gerne auf öffentliche Demonstrationen der Zusammengehörigkeit, wenn ich nicht das Gefühl hatte, das Herz wäre tatsächlich auf meiner Seite. Von jeher hatte ich eher angewidert Paare beobachtet, die sich in aller Öffentlichkeit von oben bis unten abschleckten. Ich hielt generell Menschen gerne auf Sicherheitsabstand. Das gerade unter Frauen so beliebte ständige Betatschen verursachte mir eher Übelkeit denn Wohlgefühl. Mit dieser Einstellung konnte ich allerdings nicht bei allen Männern landen, denn bereits Georg hatte bemängelt, dass ich niemals von mir aus die Initiative zu körperlicher Annäherung ergriffen hatte. Damit hatte offensichtlich Christoph kein Problem, denn unsere horizontale Beziehung schien ihm durchaus zu behagen.

Als der Sommer vor der Tür stand, plante ich eine weitere Reise ans Tote Meer. Noch einmal hatte sich meine Mutter großzügig bereit erklärt, die Kosten zu übernehmen. Ich suchte mir deswegen ein preiswertes, einfaches Hotel, das eine knappe Stunde Busfahrt entfernt in einem kleinen Ort namens Arad lag. Den kannte ihn von früheren Besuchen, als ich einige Male Busfahrten vom Toten Meer aus unternommen hatte, um im dortigen Einkaufszentrum frisches Obst zu kaufen. Arads abendlicher Unterhaltungswert tendierte gegen null. Mit der nötigen Lektüre ließ sich das gut überbrücken. Für mich war das Wichtigste, genügend Luft und Sonne zu tanken.

Als ich mich vor meiner Abreise bei Christoph verabschiedete, musste ich insgeheim grinsen, als er mir verschämt einen schmucklosen Schuhkarton in die Hand drückte. Nach dem Öffnen grinste mir ein alter, abgenagter Stoffhase entgegen. Mit einem schiefen Grinsen offenbarte Christoph, dies sei Lulatsch, sein heißgeliebter Hase aus Kinderzeiten. Lulatsch sollte am Toten Meer gut auf mich aufpassen.

Da war sie, die weiche Seite. In diesem Moment wäre ich ihm am liebsten spontan um den Hals gefallen. Trotzdem hielt ich mich an unsere üblicherweise zur Schau getragene Coolheit, die eine solche Reaktion verbot.

Die drei Wochen am Toten Meer genoss ich aus vollen Zügen. Nach den Wochen permanenter Geselligkeit mit Christoph entdeckte ich an den Abenden die Einsamkeit für mich wieder neu. Ich fuhr meist mit dem letzten Bus um 16.00 Uhr vom Toten Meer in Richtung Hotel und zog mich in mein Zimmer zurück. Auf dem Bett liegend zelebrierte ich das genüssliche Lutschen an meinem Schokoriegel, das für mich das Highlight jeden Tages war. Zu Hause hätte ich mich nie getraut, Schokolade anzurühren. So aber nuckelte ich an diesem Teil eine gute Stunde herum. Ich konnte mir sicher sein, dass keine negative Hautreaktion zu erwarten war.

Danach liebte ich es besonders, noch ein wenig bei untergehender Sonne in die Wüste zu spazieren. Kurz nach den letzten Häusern begann die karge Wüstenlandschaft, die sich unendlich in die Ferne zog. Ich war von diesem Anblick magisch angezogen, setzte mich oft auf einen Felsen und ließ die Stimmung auf mich wirken. Ich fühlte die immer noch warme, trockene Luft über meine Haut streicheln und dachte, dass mir dieses Gefühl kein Mann der Welt bescheren könnte. So hing ich meinen Gedanken nach und freute mich, diese schönen Stunden genießen zu dürfen. Danach wälzte ich mich durch meine mitgebrachten Bücher oder genoss mit Walkman im Ohr stundenlang den Anblick der in der Nacht versinkenden Wüste von meinem Fenster.

Ich kehrte mit makelloser, fast schwarz gebräunter Haut nach Hause zurück.

Mit dieser sanierten Haut marschierte ich zielstrebig ins Schwabinger Krankenhaus, um mich in diesem Zustand dem Chefarzt zu präsentieren, der mich vor nunmehr sechs Jahren zu Beginn der Kollegstufe stationär aufgenommen hatte. Seine Worte klangen mir noch in den Ohren, dass ich nie, niemals ein Leben ohne Kortison führen könnte. Außerdem sollte ich mir endlich den Blödsinn aus dem Kopf schlagen, dass die Neurodermitis durch irgendeine Diät zu beeinflussen wäre. Ich erinnerte mich an sein mitleidloses Grinsen, seine herablassende Art und vor allem an die nachfolgenden Schmierorgien mit Kortison.

Ich ließ mir einen regulären Termin geben und baute mich dann vor seinem Schreibtisch auf. Er erkannte mich nicht. Das hatte ich auch nicht erwartet. Nach meinen Ausführungen schien ihm dann ein Licht aufzugehen. Ich erklärte ihm, dass ich der lebhafte Beweis wäre, dass Neurodermitis sehr wohl mit einer Diät in Griff zu bekommen wäre und dass ich seit nunmehr fünf Jahren kein Kortison mehr angerührt hätte. Das Ergebnis könnte er ja jetzt selber in Augenschein nehmen.

Er maß mich mit einem uninteressierten Blick und forderte mich auf, unverzüglich sein Sprechzimmer zu verlassen. Eine Aufforderung, der ich nur zu gerne nachkam. Auf dem Weg nach draußen musste ich an seiner Sprechstundenhilfe vorbei, die mich schon vor sechs Jahren gesehen hatte. Sie folgte mir auf den Gang und drückte mir verschämt die Hand, wobei sie äußerte, wie sehr sie sich über meine offensichtliche Genesung freute. Ich spürte ihre warme Hand noch lange nachdem ich gegangen war in der meinen.

Dann standen auch schon die Abschlussprüfungen zum Fremdsprachen-Korrespondenten ins Haus. Im Schriftlichen hatte ich keine Probleme, umso mehr im Mündlichen. Ich hatte größte Hemmungen, frei heraus loszuplappern. Bei der mündlichen

Prüfung krampfte ich meine eiskalten Hände ineinander, während ich zögerlich und abgehackt meine Sätze ausstieß. Als sich nach mir die Tür zur Beratung schloss, war ich fast sicher, mit Pauken und Trompeten durch die Prüfung gerasselt zu sein. Ich schaffte es knapp, sollte aber unbedingt an meiner Sprachfertigkeit feilen. Jetzt standen mir noch zwei Jahre Fachakademie bevor, dann konnte ich die Übersetzerprüfung machen.

Ein familiärer Neuzugang, Kuchengelage und Silvesterfreuden

Zunächst überwog bei mir die Erleichterung über die bestandene Prüfung.

In dieser Zeit fiel der Entschluss, zum ersten Mal zu Ruth nach Berlin zu fahren. Christoph hatte sich angeboten, mich zu begleiten. Mit seinem alten Saab wollten wir auch diese Strecke bewältigen. Bei meiner Mutter meldete ich mich unter einem Vorwand ab. Ich hatte kein schlechtes Gewissen, denn ich fühlte mich im Recht, diesen wichtigen Teil der Vergangenheit zu erforschen.

Die holprige Transitstrecke und die Zollformalitäten erfüllten mich mit bangem Erstaunen. Bisher war ich nur ein einziges Mal in Berlin gewesen. Damals aber mit der Bahn.

In der neunten Klasse stand für jeden Schüler eine Klassenfahrt ins geteilte Berlin auf dem Programm. Ich hatte Angst, dass sich die ungewohnte Umgebung und das fremde Bett auf meiner Haut bemerkbar machen würden.

Wir waren in einer einfachen Pension in Zimmern mit Stockbetten untergebracht. Natürlich Männlein und Weiblein fein säuberlich getrennt. Zumindest war es so von den begleitenden Lehrern geplant. Gerade hatten sich aber in unserer Klasse Pärchen gebildet, die diesen Aufenthalt nutzen wollten, um näher auf Tuchfühlung zu gehen.

Beim einzigen, beklemmenden Ausflug in die DDR durften wir in Ostberlin in kleinen Gruppen ausschwärmen. Wir waren ausschließlich damit beschäftigt, unseren Zwangsumtausch an Bargeld unters Volk zu bringen. Unsere Gruppe verfiel auf zwei glänzende Möglichkeiten. Zum einen deckten wir uns mit Schreibblöcken ein, die mit ihrem leichten Graustich einen alternativen Touch verströmten. Mit dem übrigen Geld stürmten wir die Bäckereien. Unglaublich, wie gut das Gebäck schmeckte. Ich schlemmte mich durch die ganze Auslage und sackte auch noch Tüten für den Heimweg ein. Wenn schon keine Männer für mich abfielen, kam es auf ein paar Flecken mehr oder weniger auch nicht mehr an.

Abends allerdings begann für mich der unangenehme Teil des Tages. Bevor wir ins Bett gesteckt wurden, rotteten sich die unattraktiven Mädels wie ein aufgeschreckter Hühnerschwarm in einer Ecke zusam-

men. Die angesagten Girlies dagegen hingen mit irgendwelchen Typen auf den Gängen herum, um sich mit ihnen optimalerweise bis in die Schlafräume vorzuarbeiten.

Zu dieser Zeit war meine Haut in einem so trockenen Zustand, dass ich sie jeden Abend mit einer dicken Schicht Schweinefett einschmierte. Natürlich tat ich das erst, wenn ich ohne Kontaktlinsen im Bett lag. Nach vollzogener Prozedur überraschte mich eines Abends eine Bande Jünglinge im Bett, die auf der Suche nach irgendeinem heißen Feger die Schlafzimmer durchforsteten. Sofort tauchte ich in Panik unter die Bettdecke. Weil man jedoch unter der verdächtigen Wölbung die steile Braut vermutete, wurde mir unter Gejohle gewaltsam die Bettdecke entrissen. Ich wäre am liebsten vor Scham im Boden versunken, als mein gurkenmaskenähnlicher Zustand enthüllt wurde. Die Erscheinung des Leibhaftigen hätte keine durchschlagendere Wirkung erzielt: Die Jungs flohen in Panik aus dem Zimmer.

Als wir bei der angegebenen Adresse vorfuhren, wurde ich merklich stiller. Die Anspannung stieg. Kurz vorher hatte ich noch die ganze Fahrt aufgeregt geplappert. Kurz darauf öffnete sich die Haustür und eine Frau trat mir mit einem breiten Lachen entgegen. Es war Ruth. Da gab es gar keinen Zweifel. Ich erkannte sofort die Ähnlichkeit mit meiner Oma väterlicherseits. Und natürlich auch mit meinem Vater. Wir schlossen uns lachend in die Arme, bevor mich Ruth ins Haus zog, damit ich auch den Rest der Familie begrüßen konnte. Als da wären Jo, Ruths Angetrauter, und die beiden Söhne.

Es gab ein großes Hallo. Wir hielten uns nicht lange mit befangenem Smalltalk auf, denn wir fanden sofort einen Draht zueinander. In gewisser Weise war es ein merkwürdiges Gefühl, einem Gesicht gegenüberzusitzen, das man einerseits noch nie gesehen hatte, das einem aber trotzdem vertraut vorkam.

Es dauerte nicht lange, da zogen sich die Männer mit Christoph in den Garten zurück, während wir beide das Leben unseres Vaters von zwei Seiten her aufrollten. Ruth lieferte mir den ersten Teil, der mir bis dato völlig unbekannt war. Ich steuerte den Rest bei, vor allem die Zeit, in der Vater krank war, bis zu seinem Tod. Wir gingen dabei mit großer Offenheit und ohne jegliche Wertung zu Werke. Wir tauschten zunächst Fakten aus; die Zeit für irgendwelche Interpretationen sollte erst viel später kommen. Es war, als würde ich meinen Vater noch einmal völlig neu kennenlernen. Da gab es Seiten an ihm, die mir völlig unbekannt waren. Umgekehrt bestätigten sich aus den Schilderungen Ahnungen, die ich vorher nur aus seinem Auftreten und Verhalten geschlossen hatte.

Besonders interessierte mich natürlich, ob und wie Vater und Tochter über all die Jahre Kontakt gepflegt hatten. Ich erfuhr, dass er sich in spärlichen Briefen erschöpft hatte, die sie sich gegenseitig geschrieben hatten. Ein einziges Mal hatten Vater und Tochter eine Woche beim Zelten verbracht. Mit mäßigem Erfolg.

Trotzdem berührte es mich eigenartig, als ich den Ordner mit seinen gesammelten Briefen in Händen hielt und mühsam seine so vertraute Handschrift entzifferte, die von Belanglosigkeiten seines Alltags berichtete. Ich versuchte zu ergründen, warum es ihn nie gedrängt haben mochte, seinen einzigen Enkel zu sehen. Ruths ältester Sohn war ein Adoptivkind, wie ich später erfuhr. Erst danach kam der leibliche Sohn Timo auf die Welt. Hätte ich jetzt meinen Vater vor mir gehabt, ich hätte ihn mit Fragen bombardiert. Das war es, was ich am heftigsten bedauerte, dass er mich der Möglichkeit beraubt hatte, ihn persönlich nach seinen Beweggründen zu fragen. Ich konnte nur spekulieren, was ihn zu seinem Verhalten bewogen, warum er sich für meine Mutter entschieden hatte, was er bei ihr gefunden und offenbar vorher vermisst hatte.

Am nächsten Tag fuhren wir gemeinsam zu Ruths Mutter. Sie war nur ein Jahr jünger als mein Vater. Sie lebte auch in Berlin, in einer kleinen Wohnung in der Nähe von Ruth. Es war ein noch viel merkwürdigeres Gefühl, vor einer Haustür mit meinem Familiennamen zu stehen und mir vorzustellen, dass mit dem Namen Wötzel nicht meine Mutter gemeint war. Ruth hatte mir erzählt, dass ihre Mutter nach der Scheidung von meinem Vater nicht mehr geheiratet, sondern sich ganz ihrer Tochter gewidmet hatte.

Als sie mich schließlich begrüßte, war ich erstaunt, wie vital und lebensfroh sie wirkte. Trotz ihres fortgeschrittenen Alters unterhielt sie problemlos eine ganze Tischrunde und pflegte einen lockeren, humorvollen Stil. Ohne Bitterkeit berichtete sie bereitwillig von ihrer Ehe mit meinem Vater, schilderte ausgelassene Feste genauso wie harte Kriegsjahre, in denen sie als Selbstversorger auf dem Land außerhalb Berlins gelebt hatten. Ich war völlig überrascht, mit welcher Selbstverständlichkeit sie mich in die Arme schloss, und musste an meine Mutter denken, die einer derartigen Geste Ruth gegenüber nie fähig gewesen wäre.

Trotz ihrer unterschiedlichen Charaktere verband die beiden Frauen meines Vaters eine Gemeinsamkeit: Sie waren beide dominante Persönlichkeiten. Meine Mutter hatte ehrgeizig und zielstrebig ihre Berufskarriere verwirklicht, Ruths Mutter hingegen hatte in schwierigen Zeiten als Alleinerziehende ihre Tochter großgezogen. Sie war Zeit ihres Lebens Krankenschwester gewesen und hatte stets Vollzeit gearbeitet. Mir war auf einmal klar, warum sich meine Eltern so ablehnend verhalten hatten, als ich vor Jahren als Berufswunsch Krankenschwester geäußert hatte.

Nach weiterem Nachforschen glaubte ich zu wissen, was meinen Vater zu meiner Mutter hingezogen hatte. Mit einem Hochschulstudium und ihrem beruflichen Ehrgeiz ließen sich seine eigenen Lebenspläne viel besser verwirklichen als mit Ruths Mutter, die mit ihrem Beruf und auch mit ihrem Hang zum angenehmen Leben kaum einen finanziellen Beitrag zum gemeinsamen Haushalt hätte beitragen können. Ich wusste, wie wichtig meinem Vater ein eigenes Grundstück und ein sorgenfreies Leben waren. Mit meiner Mutter hatte er eine bedingungslos loyale Partnerin an der Seite, die ihn in all seinen Wünschen unterstützte.

In vielen Dingen sind Ruth und ich uns sehr ähnlich, in anderen total verschieden. Mit Sport hält Ruth es wie Churchill. Ich dagegen kann kaum auf meinem Stühlchen stillsitzen. Das Schneiderhandwerk hatte Ruth zum Beruf gemacht. Als ich das hörte, musste ich laut lachen, denn ich sah mich immer noch als Schülerin hilflos an einem völlig verschnittenen Stoffteil herumhantieren, das ich entnervt durch die Nähmaschine jagte. In unseren Interessen sind wir grundverschieden.

Ruth hat den grünen Daumen meines Vaters geerbt. Ihr Garten ähnelte verblüffend unserem eigenen. Was uns hingegen eindeutig verband, war die unerfüllte Sehnsucht, die Anerkennung unseres Vaters zu gewinnen.

Dieses Defizit merkte ich ihr nach wenigen Minuten an, als sie mir berichtete, wie sie sich ständig mit väterlichen Freunden umgeben hatte. In ihren jungen Jahren eine bildschöne Frau, war sie häufig an Männer geraten, die nur an ihrem Äußeren interessiert waren. Sie aber sehnte sich von Herzen danach, um ihrer Person willen gemocht zu werden. Nach gescheiterten Beziehungen wählte sie schließlich Jo als Lebenspartner. Jo, der Junge aus der Nachbarschaft, der stets für sie da war, wenn sie sich nach einer gescheiterten Liebesbeziehung bei ihm ausweinte. Sie suchte Beständigkeit und Geborgenheit, die sie bei Jo fand. All die farbenprächtigen, männlichen Schmetterlinge, die sie umschwirrten, konnten ihr nicht den Rückhalt und die Aufmerksamkeit schenken, nach der sie sich in ihrem Innersten sehnte. In diesem Punkt verstand ich sie so gut.

Nachdem ich umgekehrt einiges von unserem Familienleben berichtet hatte, bekräftigte Ruth, dass sie trotzdem froh wäre, ohne meinen Vater aufgewachsen zu sein. Ohne Leistungsdruck hatte sie bei ihrer Mutter ein wesentlich angenehmeres Leben als ich geführt.

Ruth amüsierten besonders meine Essgewohnheiten. Weil meine Nahrungsquelle direkt vor ihrer Haustür spross, schlenderte ich einmal pro Tag durch den Garten, um mich an ihrem Grünzeug gütlich zu tun. Ich schnibbelte mit Begeisterung Salat, Tomaten, Gurke und das passende Würzkraut dazu, welche ich dann aus wassereimergroßen Salatschüsseln in mich hineinschlang.

Viel von Berlin sahen wir in den beiden Tage nicht, weil wir die meiste Zeit diskutierend auf dem Sofa verbrachten. Als wir uns verabschiedeten, war klar, dass wir Kontakt halten wollten. Zunächst wieder in brieflicher Form; zu einem späteren Zeitpunkt wollte mich Ruth auch in München besuchen. Ich fuhr mit der Gewissheit ab, das für mich Richtige getan zu haben. Das Bild meines Vaters war um etliche Farben reicher geworden.

Mein Bruder war inzwischen von zu Hause ausgezogen. Gerade hatte er sein Studium mit Bestnoten abgeschlossen. Er hatte die Wahl zwischen verschiedenen Jobangeboten gehabt und sich für eine kleine, aber exklusive Beraterfirma mit Sitz in München entschieden. In einem schönen Viertel in der Innenstadt hatte er sich zusammen mit einem Arbeitskollegen eine Dreizimmerwohnung gemietet. Sie befand sich im vierten Stock eines Altbaus.

Nach meinem ersten gescheiterten Versuch einer eigenen kleinen Wohnung witterte ich jetzt meine zweite Chance. Ich wusste, dass Rudi und sein Kollege beruflich ständig durch die Welt kurvten. Die Wohnung stand also die meiste Zeit leer. Ich fasste mir also ein Herz und fragte meinen Bruder, ob ich mich denn hin und wieder dort tagsüber aufhalten könnte. In derartigen Dingen hatte sich Rudi stets großzügig gezeigt und tatsächlich, er händigte mir umgehend einen Zweitschlüssel aus. Schmunzelnd bemerkte er, dass ich ja des Öfteren ein wenig nach dem Rechten schauen könnte. Über diesen Hinweis sah ich aber geflissentlich hinweg, denn ich kannte das Chaos, das mein Bruder innerhalb Minuten zu verbreiten imstande war. Als ich das erste Mal die Wohnung betrat, war klar, dass sein Kollege ihm in puncto „Ordnung" ebenbürtig war.

Dies störte mich allerdings nicht im Geringsten. Ich ließ mich voll Behagen an Rudis Schreibtisch nieder und drapierte meine eigenen Sprachbücher um mich herum. Dann lehnte ich mich zurück und musterte zufrieden meine Umgebung. Obwohl die Wohnung alles andere als wohnlich war – die beiden Herren hatten kein wirkliches Händchen für die behagliche Gestaltung der Zimmer –, fühlte ich mich doch sehr wohl in der Stille der Räume. Ich fühlte mich unbeobachtet, konnte in Büchern schmökern, die mich interessierten, konnte schlafen oder dösen, ohne dass jemand unvorbereitet auftauchen konnte. Ich fühlte mich frei und unabhängig. Zumindest bildete ich mir das in den Stunden ein, die ich dort verbrachte. Diese Behausung wurde meine kleine Oase, mein Rückzugsort, an den ich immer öfter gleich nach der Schule fuhr, um dann erst später am Abend heimzukehren. Trotzdem blieb das schlechte Gewissen meiner Mutter gegenüber, mich so selten zu Hause blicken zu lassen.

Im ersten Jahr an der Fachakademie wurde der Druck merklich größer. Vor allem das Sprechen fiel mir schwer. Es wurmte mich, dass ich keine hervorragenden Leistungen mehr brachte. Von zu Hause drohte glücklicherweise kein zusätzlicher Druck. Meine Mutter war schon froh, dass ich nun ohne Unterbrechung meine Ausbildung durchzog. Die Haut zeigte sich stabil, endlich drängten andere Themen in den Vordergrund. Was mich allerdings beschäftigte, war meine Diät, die ich in Form von Salatbergen, Gemüse und ausgewählten Milchprodukten weiter durchzog. Trotzdem fiel es mir immer schwerer, an all den süßen Verlockungen vorbeizulaufen.

In der Straße unserer Dolmetscherschule befand sich ein kleines Café, das mit Kuchen und Torten aus eigener Produktion im Schaufenster lockte. Als ich gerade einmal eine gute Hautphase hatte und bester Stimmung war, lenkte ich meine Schritte unwillkürlich in den Laden. Schon lange hatte mich der von einer Schokoschicht überzogene Marmorkuchen angelacht. Was heißt angelacht, er hatte mir unmissverständlich klargemacht, dass er ruckzuck verputzt werden wollte. Dieses Mal konnte ich seinem Lockruf nicht mehr widerstehen. Ich zog mich also in die hinterste Ecke des Cafés zurück und bestellte mir ein Stück dieses sagenhaften Kuchens. Kaum hatte ich mir das leckere Teil einverleibt, befielen mich schon die ersten Ängste, wie wohl meine Haut auf diesen außerplanmäßigen Zuckerkonsum reagieren würde.

Ich wusste von Bulimie. Das hätte mir gerade noch gefehlt. Trotzdem musste ich eine Lösung finden, dieses Kuchenteil möglichst schnell wieder loszuwerden. Mit der Kotzerei wollte ich gar nicht erst anfangen. Ich marschierte also nebenan in die Apotheke und besorgte mir Abführtee. In Rudis Wohnung braute ich mir solch ein Gesöff und spülte noch einen halben Liter Wasser hinterher. Die Wirkung ließ nicht allzu lange auf sich warten. Ich verabschiedete mich ohne Wehmut von meinem Kuchen, dem ich in meinem Magen nur einen kurzen Aufenthalt gestattet hatte.

Auf meiner Haut bildeten sich keine juckenden Flecken. Ich war erleichtert und glücklich, mir hin und wieder eine kleine Sünde leisten zu können, ohne eine Hautverschlechterung zu riskieren. Ich glaubte, eine gute Lösung gefunden zu haben. So hielt ich fortan nach außen weiterhin strenge Diät, an manchen Tagen jedoch pflügte ich mich quer durchs Kuchenbuffet. Nein, es waren nie Berge, die ich in mich hineinstopfte. Ich stopfte auch nicht in wilder Hast, sondern ließ mir die Bissen minutenlang auf der Zunge zergehen. Die Wohnung von Rudi eignete sich bestens, um mir an manchen Tagen einen netten Kaffeeplausch mit mir selber zu gönnen.

Rudi freundete sich mit einem überaus netten Mädchen namens Katja an. Auch wenn sie zehn Jahre jünger als er war, hatte ich den Eindruck, sie wäre ihm an Reife weit überlegen. Als er sie das erste Mal bei uns zu Hause anschleppte, war ich vom ersten

Augenblick an von ihr fasziniert. Sie hatte eine enorme Ausstrahlung, eine wohltuende Sanftheit, die mich völlig in den Bann zog. Immer wenn sich die Gelegenheit ergab, versuchte ich, ein paar Worte mit ihr zu wechseln.

Trotz ihrer Sanftheit hatte sie sehr früh selbstbewusst beschlossen, Geigerin zu werden. Gefördert wurde sie von ihren Eltern wenig. Um sich ihre Geigenstunden zu finanzieren, verzichtete sie auf sonstige Annehmlichkeiten. Sie ging unbeirrt ihren Weg, was mich schwer beeindruckte. Das war es, was mir fehlte, was ich nie in mir gespürt hatte: ein Ziel, das sich ganz klar und deutlich vor meinem geistigen Auge definiert hätte. Ich suchte verzweifelt nach diesem Fixpunkt, der mir Bestimmung und Sinn zumindest in beruflicher Hinsicht beschert hätte. Noch immer zweifelte ich in manchen Augenblicken, ob ich mit meinem Sprachstudium wirklich richtig lag. Ich sollte besser sagen, mit meinem Sprachstudium glaubte ich mich schon richtig positioniert zu haben, aber mir war völlig schleierhaft, was ich nach Abschluss damit anfangen sollte.

Über diese Schwierigkeiten hinaus hatte Katja auch noch mit familiären Problemen zu kämpfen, da zwei ihrer Familienmitglieder unter Depressionen litten. Sie hielt die Fäden ihrer Familie in den Händen und versuchte, jedem das zu geben, was ihm gut tat. Ich verglich mich oft mit ihr und realisierte beschämt, in welcher komfortablen finanziellen Situation ich bei meinen Eltern aufgewachsen war. Nie hatte ich mir Gedanken darüber machen müssen, woher das Geld für Urlaube, meine Nachhilfestunden oder meine Klavier- und Cellostunden kam. Gleichzeitig fühlte ich umso mehr das Mühlenrad an schlechtem Gewissen und Verpflichtung meiner Mutter gegenüber, die mir seit Kindesbeinen dieses Leben ermöglichte.

Mit Katja begann sich zaghaft eine Freundschaft anzubahnen. Ich weiß nicht, was sie zu mir hinzog, ich konnte nur umgekehrt sagen, dass sie über eine unglaubliche Sensibilität verfügte, zu erahnen, was in mir vorging. Manchmal konnte ich meine Stimmung und Gefühle kaum in Worte kleiden, ganz abgesehen davon, dass ich sowieso nie über sehr persönliche Dinge mit anderen Leuten sprach. Saß ich allerdings Katja gegenüber, wusste ich aus der Art, wie sie mir offen in die Augen blickte, dass sie verstand, was ich nicht auszudrücken vermochte.

Ich fühlte mich in diesen seltenen Augenblicken, als blickte mir jemand in die Seele. Ein Gefühl, das ich vorher nicht kannte. Ich fühlte mich einfach in ihrer Anwesenheit wohl. Auch wenn sie nicht direkt mit mir im Gespräch war, genügte es mir, ihre wohltuende Präsenz zu spüren.

Katja und ich waren in unserem Temperament grundverschieden. Auch wenn ich mich wegen meiner Erziehung zurückhielt, war ich doch eigentlich der Typ, der mit seiner Meinung undiplomatisch herausplatzte. Mit geradliniger Offenheit, die nicht jedermanns Geschmack war. Natürlich spielte sich dies alles bei mir nur im Inneren ab, wenn ich Situationen und menschliches Miteinander beobachtete. Ich mischte mich selten ein, aber wenn mich jemand gefragt hätte, wäre mein Kommentar gnadenlos dem Gegenüber um die Ohren geflogen. Bei Katja hingegen konnte ich mir kaum vorstellen, dass sie jemals laut werden konnte. Sie wirkte als wohltuender Puffer zwischen sämtlichen Konflikten, die sich in ihrem Beisein abspielten. Besonders aber schätzte ich ihre Fähigkeit, aus kargen Möglichkeiten das Optimale herauszuholen.

Als ich künftig Rudis Wohnung betrat, lachten mir an jeder Ecke winzige Veränderungen entgegen, die ihre Handschrift trugen: selbstgepflückte Blumen, besonders schöne Tannenzapfen oder ein geschickt drapierter Hut. Glich die Wohnung vorher einem sterilen Bunker, strahlte sie jetzt einen zarten Charme aus. Überdies ordnete sie mit wenigen Griffen Rudis Chaos. Ich hoffte, die beiden würden ewig zusammen bleiben.

Dezember rückte heran und Vladimir hatte inzwischen sein Hotel so weit saniert, dass er nach Weihnachten die ersten Gäste begrüßen konnte. Die Zimmer hatten inzwischen jeweils eigene Bäder, die Hoteleinrichtung war komplett und auch die Küche stand bereit, Gäste zu bewirten. Woran es ihm aber erheblich mangelte, war williges und fähiges Personal. Weil er die Mehrzahl der Kellner eher knutschend mit dem Küchenmädchen als beim Dienst am Gast erwischt hatte und er auch sonst höllisch aufpassen musste, dass nicht die Kasse in einem unbewachten Augenblick Beine bekam, ließ er einen Hilferuf an seinen Freundeskreis los. Auf seine Bitte hin beschlossen wir, im Rudel anzutreten und den Laden in den ersten zwei Wochen nach Weihnachten zu schmeißen. Vladimir umarmte uns übers Telefon.

Wir rauschten also nach Weihnachten in bewährter Formation an. Mit von der Partie waren Thomas samt Freundin Blanca, Christoph und ich, Vladimirs Bruder Peter, Mausi und deren Schwester samt Freund. Mit dieser Mannschaft schien es uns ein Klacks, die Gäste bei Laune zu halten.

Erfreulicherweise hatten sich bei Vladimir Gäste aus der ehemaligen DDR einquartiert. Wir hofften deshalb berechtigterweise, dass sich ihre Ansprüche an Komfort und Küche in Grenzen hielten.

Kaum waren wir am Abend vollzählig im Hotel eingelaufen, stellte sich heraus, dass es zwar sehr erfreulich war, dass Vladimir sämtliche Hotelzimmer hatte belegen können, für unser müdes Gebein blieb allerdings kein Platz. Für vier von uns machte er noch zwei Besenkammern frei. Andere schob er in seine eigene Wohnung unterm Dach, für Christoph und mich blieb nur der Kühlraum neben der Küche. Wahrscheinlich dachte sich Vladimir, Christoph mit seiner wärmenden Speckschicht wäre die perfekte, mobile Isomatte für mich. Seine Rechnung ging nicht mal ansatzweise auf. Nach einer schlaflosen Nacht rebellierte Christoph, forderte mit steifem Nacken und wundem Kreuz umgehend ein bequemeres Nachtlager, andernfalls würde er in einen unbefristeten Arbeitsstreik treten. Man sollte sich nie einen Juristen als Freund suchen! Die Drohung wirkte. Vladimir trat uns sein eigenes Bett ab und nächtigte selber im Gastraum.

Unsere Arbeitskraft war vor allem in der Küche gefordert. Kaum hatten wir nach unserer Ankunft unser Gepäck verstaut, als mir auch schon eine gut gefüllte Schüssel Zwiebeln in die Hand gedrückt wurde, die ich für das Abendessen zu schälen und hacken hatte. Man hatte mir diese tränenreiche Aufgabe zugedacht, weil ich die Einzige war, die dank Kontaktlinsen vor einem akuten Tränenausbruch gefeit war. Vladimir schwang höchstpersönlich die Kochlöffel. Improvisation wurde bei ihm groß geschrieben. Leider sollten meine geschnippelten Zwiebeln an diesem Abend nicht mehr zum Einsatz kommen. Denn als gerade das Spaghettiwasser kochte, fiel der Strom aus. Das erste von unzähligen Malen in den nächsten Tagen. Schnell wurde umdisponiert und halb gefrorene Wienerwürstchen ins noch heiße Wasser gelassen. Die Gäste mümmelten sie brav mit einer dicken Scheibe Brot. Mausi und ich lächelten um die Wette, um die täglichen kulinarischen Tiefschläge mit doppeltem Charme wettzumachen. Auch wenn wir in den nächsten Tagen an Routine zulegten, konnte man beileibe nicht von einer eingespielten Küchenmannschaft reden.

Von Vladimirs Vater wurden wir mit Frischfleisch versorgt. Täglich musste die Speisekarte auf die jeweilige Beute abgestimmt werden. Meist hatten wir Reh unters Volk zu bringen. Vladimir und ich setzten uns jeden Morgen zu einer konspirativen Sitzung zusammen, um die Speisekarte per Hand zu verfassen. Mich hatte man zu dieser Arbeit verdonnert, weil man meine Klaue am besten lesen konnte. Meist bestand unser größtes Problem darin, Reh in möglichst vielen Varianten anzubieten. So füllten wir die Speisekarte mit Rehbraten, Rehschnitzel und Rehgeschnetzeltem. Die meisten Variationsmöglichkeiten boten die sättigenden Beilagen, denn Knödel und Spätzle gab es in verschiedenen Ausführungen. Das nötige Grünzeug für meinen eigenen Speisezettel hatte ich mir dieses Mal vorsichtshalber gleich von zu Hause mitgebracht, um nicht auf die verschrumpelten Rüben des hiesigen Angebots angewiesen zu sein.

Das Silvestermenu allerdings geriet zur echten Bewährungsprobe. Zu den einquartierten Gästen kamen Leute aus dem Ort, um sich Vladimirs inzwischen legendäre Kochkünste für einen besonderen Abend zu gönnen. Die Küche geriet an den Rand ihrer Kapazität. Auch wenn Mausi und ich mit adretter Klamotte optisch alles gaben, geriet die Speisenfolge in kürzester Zeit in ungeordnetes Chaos. Die zeitliche Abstimmung war seit Tagen unser neuralgischer Punkt. Kurzerhand wurden Suppe und Nachtisch serviert, bis danach das Hauptmenu mit zeitlicher Verzögerung gereicht werden konnte. Zur Erklärung dieses Lapsus gingen Mausi und mir langsam die Argumente aus. Ständig Stromausfall und krankes Küchenpersonal konnte als Ausrede nicht mehr herhalten. Vladimir kam schließlich auf die glorreiche Idee, jeweils eine Gratisrunde auszugeben, was einerseits die Lage entspannte und andererseits die Geschmacksnerven gnädig stimmte. Die Situation war gerettet!

Als dann zu fortgeschrittener Stunde auch noch ein röhrender Kassettenrekorder angeworfen wurde und man die Tische zusammenschob, um eine improvisierte Tanzfläche zu schaffen, war die Stimmung am Überkochen. Wir Mädchen wurden mit sächsischen

Komplimenten überschüttet, die wir huldvoll lächelnd entgegennahmen, während wir unser müdes Gebein übers Parkett schoben.

Am Ende buchten die Gäste gleich wieder fürs nächste Jahr. Vladimir konnte stolz auf seine Truppe sein.

Leider ereilte Christoph während dieses Aufenthaltes ein heftiger Gichtanfall. Zu viel Bier, Eisbein und Sauerkraut. Mit schmerzverzerrtem Gesicht lag er missgelaunt auf seinem Zimmer, was der Stimmung zwischen uns nicht unbedingt förderlich war. Meine Versuche, ihn zu trösten oder aufzumuntern, scheiterten kläglich. Entweder er grunzte unwillig oder er wies mich mit rüden Worten zurecht, keinen Müll zu reden, denn das würde seine Situation auch nicht erträglicher machen. Ich ließ ihn also schmollen und leiden, fühlte mich aber gleichzeitig hilflos. Dieses Gefühl belastete mich.

So war ich trotz allem Erfolg froh, als wir im neuen Jahr den Heimweg antraten. Ich musste mich ans Steuer klemmen und hatte einen nörgelnden Christoph hinten quer im Auto, der bei jeder Bodenwelle leise vor sich hin wimmerte. Bodenwellen gab es übrigens auf dortigen Straßen am laufenden Meter. Ich brachte Christoph auf direktem Weg nach Hause, wo er bereits von seinem Bruder Florian in Empfang genommen wurde, der ihm als Arzt eine Gichtspritze in den Allerwertesten jagte.

Zu Hause angekommen, sollte ich die letzten Ferientage mit Rudi und meiner Mutter in Davos verbringen. Ich war an diesem Abend alleine und mein Frust nach der Heimreise entsprechend groß. Ich fühlte mich hohl und leer. Verspürte auch keine gesteigerte Lust, am nächsten Tag in die Berge zu fahren, obwohl ich eigentlich eine leidenschaftliche Skifahrerin war.

In dieser Stimmung vertilgte ich den Kuchen einer Nachbarin, die uns jedes Jahr zu Weihnachten mit ihrer hauseigenen Produktion versorgte. Eine Schachtel Weihnachtsplätzchen schob ich gleich hinterher. Danach fühlte ich mich noch mieser und schlürfte vollends geknickt meinen Abführtee. Das Grummeln meines Bauches wiegte mich in den Schlaf, bis ich mitten in der Nacht schon einen Teil der süßen Verführungen wieder los war.

Das neue Jahr hatte denkbar schlecht begonnen.

Schleichende Entfremdung und wiedererwachte Gefühle

Der Kontakt zu Rudi entwickelte sich nicht so, wie ich es mir erhofft hatte. Ich dachte mir, dass es auch sein Bedürfnis wäre, mich öfter in der Stadt zu treffen. Sein Arbeitsplatz befand sich nämlich in unmittelbarer Nähe meiner Sprachenschule. Ich machte einige Ansätze, unangemeldet in seiner Firma aufzukreuzen, merkte aber an seiner Reaktion ziemlich schnell, dass diese Aktionen auf wenig Gegenliebe stießen. Ich fühlte mich in solchen Situationen schnell in meine Kindheit zurückversetzt.

Mein Bruder war von Kindesbeinen an der geborene Ästhet. Schönen Dingen zugeneigt, schätzte er die Haptik edler Gegenstände und ein Ambiente, das die Sinne ansprach. Genau wie mein Vater war er ein Gourmet, dem es nicht egal war, ob er auf dem Teller in schlappen Pommes Frites oder knusprigen Bratkartoffeln stocherte. Selber mit einer entsprechenden Optik gesegnet, schätzte er ansehnliche Menschen in seiner Nähe. Mir gegenüber gerieten seine Gefühle in eine Zwickmühle. Einerseits empfand er für mich als Schwester Mitleid, wenn ich mit zerkratztem Gesicht vor ihm auftauchte. Umgekehrt war er aus ästhetischer Sicht von meinem Anblick abgestoßen.

Schon als Kind habe ich beobachtet, dass es da zwei sehr unterschiedliche „Arten" von Menschen gibt: Die einen gingen völlig normal und ungezwungen mit mir um, wenn ich mich ihnen mit Neurodermitis-Gesicht präsentierte. Sie schauten mir unbefangen mit offenem Blick in die Augen, als ob sie nicht registrierten, dass meine Gesichtshaut nicht der Normalität entsprach. Die anderen wagten kaum, mich direkt anzuschauen, vermieden Blickkontakt, und wenn sie doch mein Gesicht mit einem kurzen Blick streiften, bemerkte ich einen unsicheren, mitleidigen und gleichzeitig abgestoßenen Gesichtsausdruck.

Rudi zählte zur letzteren Fraktion. Ich konnte förmlich zusehen, wie Mitleid und Ekel auf seinem Gesicht einen Kampf ausfochten. Sensibel, wie er war, erlaubte er nie mehr als den Bruchteil einer Sekunde dem Ekel die Oberhand. Schon packte ihn das schlechte Gewissen. Schließlich konnte die arme Schwester nichts für ihr zerkratztes Gesicht. Trotzdem verletzte mich dieser Blick sehr, denn ich wusste, wie er eigentlich über mein Aussehen dachte.

Sollte er mir als Kind zum Abschied oder zur Begrüßung einen Kuss geben, hielt er mir stets mit zusammengepressten Augen die Backe hin, auf die ich dann möglichst schnell einen Kuss zu drücken hatte. Man konnte ihm förmlich die Erleichterung ansehen, wenn er diese Prozedur überstanden hatte.

Wenn ich mich doch in seine Büroräume gewagt hatte, registrierte ich mit äußerstem Unbehagen das Umfeld, in dem er seiner täglichen Arbeit nachging. Ich machte erste Bekanntschaft mit dem Innenleben einer Unternehmensberatung. Natürlich war es mir nur möglich, Eindrücke vom Ambiente und den dort beschäftigten Personen einzufangen. Einblicke in Art oder Inhalt der Tätigkeit, in die Unternehmenskultur oder ähnliche Interna blieben mir verwehrt.

Trotzdem registrierte ich sehr genau, wie der menschliche Umgang untereinander ablief. Einerseits erstaunte mich, dass sich die Kollegen untereinander duzten und auch sonst im Miteinander einen lockeren Ton anschlugen. Andererseits merkte man selbst an kurzen Wortwechseln, dass sich die Gesprächspartner eines ausgewählten Vokabulars bedienten. Bayrisch gefärbte Mundart war tabu, entweder man unterhielt sich in astreinem Hochdeutsch oder in Englisch. Bei all der vordergründigen Offenheit misstraute ich den meisten Kollegen, die ich in Rudis Beisein kennenlernte. Ich spürte ihr völliges Desinteresse an meiner Person, spürte ihren taxierenden Blick, der in Sekundenschnelle ein eindeutiges Urteil über mich fällte. Ich verstand schnell, dass ich hier nur mit ausgeprägtem Intellekt oder mit ausgesuchter Schönheit punkten konnte. Mit beidem konnte ich nicht aufwarten.

Die geballte Schönheit saß in Form von dekorativen Vorzimmerdamen im Eingangsbereich. An ihnen huschte ich stets mit eingezogenem Kopf vorbei. Ich konnte weder klamottentechnisch noch in puncto Arroganz mit ihnen mithalten. Ich stellte mir immer öfter die Frage, wie sich Rudi in diesem Umfeld wohl fühlen konnte.

Auch seine Freundin Katja schien sich kaum in dieses Umfeld integrieren zu lassen. Zumindest hörte ich von Partys, auf denen sich Rudi gemeinsam mit Katja als Paar zu präsentieren hatte. Ich fühlte mit ihr, wenn sie mir von solchen Events berichtete, wo sie stundenlang stumm an seiner Seite ausgeharrt hatte. Ich konnte den Grund nicht ausmachen, warum sich Rudi auf dieses Umfeld einließ. Wahrscheinlich war es der Tribut an seinen neuen Job. Mit seinen alten Schulfreunden traf er sich immer seltener, was zum großen Teil auch dadurch begründet war, dass er schlicht und ergreifend ständig im Ausland unterwegs war. Das Flugzeug wurde sein tägliches Transportmittel. Trotzdem registrierte ich die schleichende Entwicklung mit Unbehagen, denn ich spürte, dass wir uns immer weiter voneinander entfernten. Mir waren die Hände gebunden. Ich konnte nur mit Bedauern und einem Gefühl von Hilflosigkeit zusehen, wie dieser Prozess unaufhaltsam voranschritt. Rudi umgekehrt bemerkte diese Entfremdung sicher nicht. Dafür war er zu beschäftigt.

Der Arbeitskollege, mit dem er gemeinsam seine Wohnung gemietet hatte, war mir äußerst unsympathisch. Bei meinen nachmittäglichen Besuchen in Rudis Wohnung lief er mir zwar nie über den Weg, doch wenn ich ihn doch hin und wieder zu sehen bekam, behandelte er mich stets mit ausgesuchter Herablassung. Wenigstens hatte mich Rudi ihm zu Anfang als seine Schwester präsentiert, die nun ab und zu in der Wohnung anzutreffen wäre. Ich bin sicher, er hatte es im nächsten Moment vergessen und hätte auf Putzfrau getippt, wenn wir uns zufällig in der Wohnung über den Weg gelaufen wären.

Auch mit Christoph verstärkten sich die Unstimmigkeiten. Ich hatte von Anfang an das Gefühl, er würde mich für die Eigenschaften mögen, die in mir schlummerten. Er wünschte sich sicherlich eine spritzige, kommunikative Person, die ihm nicht nach dem Mund redete, sondern kontra gab. Auch wenn es mich zunehmend nervte, mir seine Machosprüche im Freundeskreis anhören zu müssen, wagte ich doch nie, ihn diesbezüglich zu kritisieren oder ihm vor versammelter Mannschaft über den Mund zu fahren. Je mehr er versuchte, aus mir die kampfeslustige, unerschrockene Lisa herauszukitzeln, die er in mir vermutete, desto mehr versteifte und verschloss ich mich. Ich präsentierte mich nach außen als immer verständnisvolle Freundin, die nachsichtig lächelnd Christophs Reden über sich ergehen ließ. Manchmal schien es fast, als trüge er besonders dick auf, um mich zu provozieren. Trotzdem kam von meiner Seite keine Reaktion außer einem gequälten

Lächeln. Ich hasste mich selber für meine Unfähigkeit, Farbe zu bekennen und mich endlich auf die Hinterbeine zu stellen.

Mir war klar, dass sich kein Mann mit bloßer Bewunderung halten ließ.

Das Tragische an unserer Situation war, dass ich spürte, Christoph würde die Person lieben, die ich wirklich war, aber nach außen nicht zeigen konnte. Bei meinen Eltern hatte ich das Gefühl, mir mein eigentliches Wesen abtrainieren zu müssen, um geliebt zu werden. Wie sollte ich so schnell den Schalter umlegen und auf einmal mein eigentliches Naturell aus der Schale pulen, die mich so lange geschützt hatte.

Ich kam mir wie ein Vogel mit gestutzten Flügeln vor, den Christoph in der Hand hielt. Vermeintlich aufmunternd patschte er auf mich ein, um mich zum Wegfliegen zu ermutigen. Das konnte nicht funktionieren. Er hätte mich sacht auf seiner Hand sitzen lassen und geduldig warten sollen, bis die Flügel nachgewachsen wären. Dann wäre ich ganz von alleine abgehoben.

Das eine Drama war, dass Geduld nicht Christophs Stärke war. Das andere, dass Christoph die falschen Hebel betätigte. Anstatt mich zu ermutigen, drängte er mich immer weiter in eine sprachlose Defensive.

Überdies waren Christoph und ich nur noch umgeben von unserem Freundeskreis unterwegs. Gab es auch schon früher kaum Gespräche unter vier Augen, von Unternehmungen als Paar ganz zu schweigen, beschränkte sich unser gemeinsamer Kontakt auf die Horizontale. Gelebte Zweisamkeit? Fehlanzeige!

Manchmal stellte ich mir die bange Frage, wer eigentlich die Person war, die da täglich an meiner Seite saß. Ich wusste kaum etwas von seinen Interessen; Gefühle zu thematisieren erwartete ich schon lange nicht mehr.

Ich begann an seiner Seite zu leiden. Immer mehr schätzte ich die Anwesenheit von Vladimir und Thomas, die mehr zu ahnen schienen als Christoph, was in mir vorging. Trotzdem hätte ich mich ihnen niemals anvertraut. Solche Intimitäten hätte ich nie vor ihnen ausgebreitet. Das machte ich mit mir selber aus.

Immerhin fühlte ich mich in diesem Freundeskreis wohl, unterhielt mich gerne mit Christophs Eltern oder mit seinem Bruder und dessen Freundin. Mit der Zeit war es mir sogar egal, ob Christoph dabeisaß oder nicht.

Als der Sommer vor der Tür stand, bekam ich noch einmal von meiner Krankenkasse eine Kur am Toten Meer bewilligt. Dieses Mal war ich wieder in einem der Hotels unten direkt am Solarium einquartiert, das ich schon von früheren Besuchen kannte. Ich freute mich auf diese drei Wochen Sonne und heilsame Luft, auch wenn mein Hautbild inzwischen so stabil war, dass es mit meinen früheren Besuchen nicht mehr zu vergleichen war. Dies sollte mein vorerst letzter Aufenthalt dort werden, falls sich die Haut so stabil halten sollte wie in den letzten Jahren.

Auch wenn ich inzwischen wusste, was mich am Toten Meer erwartete, stieg ich doch wieder mit derselben grenzenlosen Vorfreude in Israel aus dem Flieger. Ich sog die samtene, heiße Luft in vollen Zügen ein und träumte versonnen über der kargen Wüstenlandschaft, die sich meinen Augen präsentierte.

Wie immer schien ich alle Sorgen weit hinter mir gelassen zu haben. Ich tauchte ein in den geschützten Mikrokosmos, der mich wie mit einer unsichtbaren Nabelschnur mit den übrigen Hautkranken verband. Ihre Gemeinschaft umgab mich wie ein schützender Kokon, unter dem die Probleme des Alltags verschwanden.

Ich begrüßte alte Bekannte, ließ mich auf neue Krankengeschichten ein und versuchte, die Neulinge auf ihrem Weg durch die ersten Tage zu begleiten. Inzwischen war ich selber ein alter Hase und erinnerte mich gut, wie sehr ich es zu Beginn geschätzt hatte, wenn mich einer an der Hand nahm, bis ich selber die Tagesabläufe im Griff hatte.

Dieses Mal musste ich nicht bangen, dass meine Haut nicht innerhalb der drei Wochen abheilen würde, denn bereits nach wenigen Tagen war ich tief gebräunt, ohne dass sich die Haut auch nur einmal geschuppt hätte. Ich war selig und genoss das gesellschaftliche Leben in vollen Zügen.

Bereits nach den ersten beiden Tagen hatte man einen groben Überblick, welche Bekannten sich dieses Mal zur selben Zeit eingefunden hatten. Spätestens im Solarium lief man sich unweigerlich über den Weg. Inzwischen brauchte ich nicht mehr stundenlang in unbequemer Haltung auf den Sonnenliegen auszuharren, um einige hartnäckige Stellen auf der Haut bescheinen zu lassen. Deshalb ließ ich mich auch öfter direkt am Ufer des Toten Meeres nieder, wo sich Männlein und Weiblein in züchtiger Badebekleidung einfanden.

Es dauerte nicht lange, da erspähte ich einen alten Bekannten, dem ich lieber nicht über den Weg gelaufen wäre. Es war Tom.

Seine Gestalt, die die anderen überragte, war schon von weitem zu erkennen. Auch wenn um diese Jahreszeit immer mit ihm am Toten Meer zu rechnen war, flößte mir sein Anblick doch Unbehagen ein. Im selben Augenblick kam ich mir lächerlich vor. Ich hatte überhaupt keinen Grund, mich unbehaglich zu fühlen. Schließlich war er derjenige, der unsere Beziehung beendet hatte.

Auch Tom hatte mich bestimmt schnell ausfindig gemacht, denn wir umschifften uns großräumig. Ich konnte langsam nachvollziehen, warum stets davor gewarnt wurde, firmenintern amouröse Beziehungen einzugehen. Ich bekam eine Ahnung davon, wie unangenehm es sein musste, unvermittelt vom Verflossenen in der Kantine das Essenstablett in den Rücken gerammt zu bekommen.

Ich fühlte mich wie ein Promi, der ständig auf der Hut war, ob er nicht von irgendwelchen Paparazzi verfolgt wurde. Nach anfänglicher Unsicherheit eignete ich mir aber eine gewisse Gleichgültigkeit an. Ich hatte einfach keine Lust mehr, meine Aktivitäten dahingehend abzustimmen, ob sie mich in Toms Nähe bringen könnten. Das war mir dann doch zu kindisch.

Als ich eines Abends mein Zimmer aufschloss, fand ich einen Brief, den jemand unter der Tür hindurchgeschoben hatte. Ich erkannte die Handschrift sofort. Jetzt war ich aber doch gespannt, was mir Tom zu sagen hatte. Vielleicht fand ich ja darin einen Ortsplan, in dem die Wege, die jeder von uns beiden begehen durfte, fein säuberlich mit zwei verschiedenen Farben markiert waren, damit wir uns die nächste Zeit sicher nicht begegneten. Ich rechnete mit allem. Was ich allerdings zu lesen bekam, hatte ich nicht in meinen kühnsten Träumen erwartet.

Da beschrieb ein zerknirschter Tom den inneren Kampf mit sich selbst. Einerseits wie von einem Magneten zu mir hingezogen, andererseits blockiert von der Angst, ich könnte ihn irgendwann wegen seiner Haut in die Wüste schicken. Keine Frage, der Kerl konnte schreiben. Schon allein diese Tatsache stimmte mich versöhnlich. Ich verstand ihn ja nur zu gut. Offenbar hatte er sich an dem Abend, als er mir per Telefon den Laufpass gegeben hatte, vorher gehörig Mut angetrunken, um sein Vorhaben auch ganz sicher in die Tat umzusetzen. Den späteren Katzenjammer und die Reue hatte er gefühlsmäßig in ein Fass gepackt, auf dessen Deckel er die ganzen Monate seit unserer Trennung gesessen hatte. Als er mich nun wieder live vor Augen hatte, war das Fass unter ihm hochgegangen. Jetzt flog ihm gerade der Inhalt um die Ohren. Ich wäre eine emotionale Kühltruhe gewesen, wenn mir dieser Text nicht geschmeichelt hätte.

Tom bat mich am Abend um eine Unterredung auf dem Sonnendeck unseres Hotels, das in der Nacht verwaist war und einen sensationellen Blick auf den Sternenhimmel erlaubte. Dort hatten wir uns schon früher getroffen. Ich wusste, worauf die Sache hinauslief. Hätte ich dem ganzen einen Riegel vorschieben wollen, hätte ich niemals zu diesem Treffen gehen dürfen. Ich weiß nicht, was mich dazu bewog, trotzdem zu gehen. Möglicherweise sehnte ich mich einfach nach Bestätigung und Anerkennung von einem Mann. Bestätigung, die mir Christoph seit geraumer Zeit nicht mehr gegeben hatte. Vielleicht wollte ich mir auch die Genugtuung abholen, dass mich ein beschämter Tom um Verzeihung bat.

Wie dem auch sei, ich steuerte zu verabredeter Stunde das obere Deck an. Ich sah Tom dort im Mondlicht bereits auf mich warten. Bevor ich noch die lässige Begrüßung, die ich mir zurecht gelegt hatte, loswerden konnte, hatte mich Tom auch schon in die Arme geschlossen. Wie ein warmer Sommerregen spülten seine Zärtlichkeiten meine Gewissensbisse weg. Es tat einfach gut und ich wehrte mich nicht. Wir redeten nicht nur an diesem einen Abend über das, was zwischen uns vorgefallen war. Sehr ehrlich versuchte er zu analysieren, warum er damals so reagiert hatte. Ich verstand ihn, er brauchte es mir gar nicht zu erklären, immerhin bewegten mich dieselben Ängste. Trotzdem hatte ich gehofft, dass er mir gerade deshalb vertrauen konnte.

Die nächsten Tage bis zum Ende meines Aufenthaltes wich Tom nicht von meiner Seite. Ich hatte ihm vom ersten Moment an reinen Wein eingeschenkt und erklärt, dass zu Hause mein Freund auf mich wartete. Dass ich nicht wüsste, wie ich mich entscheiden würde. Dass ich hin- und hergerissen wäre. Trotzdem genoss ich erneut die Zeit mit ihm. Er war wieder ganz der alte Tom, der mit seiner Spritzigkeit und seinen witzigen Einfällen für Unterhaltung sorgte. Ich genoss unbeschwerte Tage und versuchte, den Gedanken an zu Hause weit von mir zu schieben.

Neben der Sonne vom Toten Meer tankte ich an Toms Seite Anerkennung und Wertschätzung, die ich wie ein trockener Schwamm aufsog. Mir wurde klar, welche Defizite sich seit dem Zusammensein mit Christoph aufgestaut hatten. Ich hinterfragte umso mehr meine Beziehung und war am Ende der drei Wochen fast geneigt, wieder zu Tom zurückzukehren.

Als er mich in der Nacht, in der ich von unserem Transferbus zum Flughafen abgeholt wurde, verabschiedete, las ich die Angst in seinen Augen, ich könnte mich gegen ihn entscheiden. Wir vereinbarten, dass ich an einem bestimmten Wochenende in einem Monat zu ihm fahren sollte. Wenn ich nicht käme, wüsste er, dass ich mich gegen ihn entschieden hatte. In der Zwischenzeit wollte ich keinen Kontakt zu ihm, denn ich hoffte, ich würde während dieser Zeit herausfinden, ob ich ihn vermisste oder nicht. Mehr konnte und wollte ich ihm nicht zusichern.

Als ich am Münchner Flughafen von Christoph in Empfang genommen wurde, erwartete mich die übliche, kumpelhafte Begrüßung. Betont forsch spielte er jegliche Gefühlswallung herunter, ging frotzelnd über drohende Emotionsausbrüche hinweg. Er meinte es nicht böse. Er konnte nicht anders. Verdoppelte sich sein ohnehin schon sagenhafter Redefluss zum Wortbombardement, konnte man sicher sein, dass Christoph gerührt war oder sich freute. So weit hatten meine Interpretationskünste inzwischen Fortschritte gemacht.

Ich brauchte generell immer ein wenig Zeit, bis ich mich wieder an einen Menschen gewöhnt hatte, den ich tagelang nicht gesehen hatte. Erst musste ich das soeben Erlebte gefühlsmäßig sortieren, bevor ich mich wieder auf Vorheriges besinnen konnte. Weil wir beide sowieso unverzüglich in den Freundeskreis eintauchten, entstand für mich keine peinliche Situation, in der ich Christoph gegenüber möglicherweise reserviert aufgetreten wäre. Außerdem wäre ihm das sowieso nicht aufgefallen.

Nach der Erfahrung mit Tom wusste ich zwei Dinge: Zum einen fehlten mir intensive Gespräche und ein Austausch mit Christoph, zum anderen gierte ich nicht mehr so direkt nach dessen Zuneigungsbeweisen, weil Tom mir meine leeren Depots gefüllt hatte. Das verschaffte mir eine stärkere Position Christoph gegenüber, was mich seine spitzen Bemerkungen locker hinnehmen ließ.

Die Tage verstrichen und noch immer kam ich zu keinem Ergebnis. Je länger ich von Tom getrennt war, desto mehr erschienen wieder vor meinem geistigen Auge die Erfahrungen der ersten Trennung. Ich versuchte, mir den wortkargen, in sich gekehrten Tom vorzustellen, fragte mich, ob er sich nicht zu Hause wieder mit jedem neu erscheinenden Hautflecken in diesen Tom verwandeln würde. Ich fragte mich, warum er nicht schon beim ersten Mal erkannt hatte, dass er mir vertrauen konnte. Offenbar war es gerade mangelndes Vertrauen gewesen, das ihn zur Trennung veranlasst hatte. War es nicht sehr wahrscheinlich, dass wir zum zweiten Mal ins selbe Fahrwasser steuerten? Ich wälzte pausenlos Gedanken.

Am Samstag, bevor ich zum abgemachten Zeitpunkt zu Tom fahren sollte, war die Hochzeit von Thomas angesetzt. Thomas hatte sich in eine etwas exaltierte Mitschülerin aus meiner Sprachenschule verliebt, die er nach nur einem Jahr Bekanntschaft heiraten wollte. Auch wenn Blanca mit ihren südamerikanischen Wurzeln in unseren Augen keine Traumbesetzung war, sorgte sie doch mit ihren emotionalen Ausbrüchen, ihrer unberechenbaren Eifersucht und ihrer bestechenden weiblichen Logik für allgemeine Heiterkeit. Auf jeden Fall würde die Ehe kurzweilig werden. So viel stand fest.

An besagter Hochzeit fungierte Christoph als Trauzeuge. Nach der Trauung durfte die gesamte Hochzeitsgesellschaft inklusive einer emotional aufgewühlten Delegation aus Südamerika zu Tisch schreiten. Nach üppigem Gelage sollte dann zu südamerikanischen Rhythmen das Tanzbein geschwungen werden.

Die Stimmung zwischen Christoph und mir war schon den ganzen Tag lang reichlich angespannt. In meinem Kopf wälzte ich noch immer die offene Frage, ob ich am nächsten Tag zu Tom fahren sollte. Ich beobachtete von meinem Platz aus völlig abwesend das ausgelassene Treiben auf der Tanzfläche. Ich verspürte keinerlei Lust, mich ins Getümmel zu stürzen. Unter all den Menschen befiel mich eine lähmende Einsamkeit. Ich beobachtete emotionslos, wie Christoph beim Tanzen ungelenk seine Glieder verrenkte, nachdem er mich vorher erfolglos auf die Tanzfläche zu schleifen versucht hatte. Mir war gar nicht bewusst, dass ich den anderen als totale Spaßbremse vorkommen musste. Quälende Fragen schossen mir durch den Kopf. Würde jemand bemerken, wenn ich aufstand und einfach verschwand? Was tat ich hier überhaupt? Warum konnte ich mich niemandem mitteilen, wo hier doch nahezu alle Menschen versammelt waren, von denen ich dachte, ich läge ihnen am Herzen? Immer tiefer versank ich in Zweifel und Selbstmitleid. Fühlte mich ausgegrenzt. Wie ein Zuschauer, der sich draußen an der Fensterscheibe die Nase platt drückt, während drinnen die Party steigt.

Ich kam zu der Erkenntnis, dass es mit selber schwerfiel, zu vertrauen. Ich hegte Zweifel an der Aufrichtigkeit von Toms Gefühlen mir gegenüber. Ich musste mir eingestehen, dass ich vergeben konnte, aber nicht vergessen. Ich wusste, dass ich im Grunde genauso hätte handeln können wie er, und ich verachtete mich dafür. Weil ich mich selber gut genug kannte, konnte ich auch nicht sicher sein, dass er sich nicht wieder in seine alte Schutzhaltung zurückziehen würde, wenn er mit sich selber nicht mehr klarkam.

In diesen Minuten kam ich zu dem Entschluss, am nächsten Tag nicht zu ihm zu fahren. Ich wollte und konnte keine weitere Enttäuschung mit ihm riskieren. Wir hatten eine Chance gehabt und nicht genutzt. Eine weitere hätte mich von Anfang an mit Unsicherheit und Misstrauen belastet, die ich nie wieder losgeworden wäre. Bei der kleinsten Unstimmigkeit hätte ich gefürchtet, die Entwicklung liefe wieder in die gleiche fatale Richtung wie beim ersten Mal.

Die zweite Erkenntnis war, dass ich mich mit der Schwierigkeit, eine Entscheidung zu treffen, selbst entlarvt hatte. Wenn ich mich so dermaßen schwertat, mich zwischen den beiden Männern zu entscheiden, dann war sicher keiner von beiden der Richtige für mich. Ich war traurig ob dieser Erkenntnis, vor allem, weil ich keine Konsequenzen daraus ziehen konnte. Ich merkte, dass ich niemals stark genug war, mich aus eigener Kraft von Christoph zu trennen. Einerseits überwog nach wie vor das Prinzip der Hoffnung, dass hinter all den unbefriedigenden Aspekten unserer Beziehung Potenzial für mehr steckte. Zum anderen hing ich an „unserem" Freundeskreis, den ich nicht missen wollte. Aus meinem Dilemma wusste ich keinen Ausweg. Also beließ ich alles beim Alten.

Mit meiner Mutter konnte und wollte ich über derartige Probleme nicht reden. Heute weiß ich, ich gab ihr auch nie eine Chance, mir zu beweisen, dass sie mich in der damaligen Situation gut hätte beraten können.

Abenteuer Spanien

Der Druck, besser Spanisch zu sprechen, wurde immer größer. Ich entschied mich also, ein Auslandsjahr in Granada einzulegen. An diesem weit im Süden gelegenen Ort hoffte ich, dass auch die Haut vom warmen Klima profitieren würde.

Ich hatte Angst vor diesem Schritt. Noch nie war ich in einem fremden Land auf mich alleine gestellt gewesen. Noch dazu ein ganzes Jahr. Umgekehrt war es höchste Zeit, das schützende heimische Nest zu verlassen. Andere waren schon oft durch fremde Länder getourt.

Mal wieder machte sich bei mir ein Gefühl von Versagen breit.

Umso wichtiger war, dass ich diese Aktion jetzt ohne Zögern anpackte.

Vielleicht wollte ich auch Christoph mit dieser Entscheidung das Signal geben: Schau her, die kleine graue Maus stellt sich endlich auf die Hinterbeine!

Ich wusste, entschlossenes Handeln imponierte ihm.

In Granada hatte ich eine kleine Pension ausfindig gemacht, die meine erste Anlaufstelle sein sollte. Dort buchte ich für einen Monat zu einem horrenden Preis ein Zimmer mit Halbpension.

Christoph brachte mich zum Flughafen. Ich hatte einen teuren Direktflug nach Granada gebucht. Einen Flug nach Málaga zu buchen und dann weiter per Bus nach Granada zu fahren: Diesen organisatorischen Kraftakt in einem fremden Land traute ich mir nicht zu. Bisher war ich gewohnt, mich ohne Nachdenken ins Auto zu setzen. Meine Eltern würden die richtige Route schon auswählen.

Der Abschied von Christoph gestaltete sich reichlich emotionslos. Uns gegenseitig kurz drückend wurde ich auch schon in Richtung Passkontrolle geschoben.

Eine verzweifelte Traurigkeit machte sich in mir breit. Eifrig konzentrierte ich mich darauf, munter um mich zu blicken. Ich wollte Christoph bloß keinen Anlass für beißenden Spott liefern.

Am Bestimmungsflughafen gelandet, teilte ich mir mit zwei Studenten ein Taxi. Schon bald begrüßten mich die Lichter der abendlichen Stadt. An einer verkehrsreichen Kreuzung inmitten der Stadt hielt der Fahrer und bedeutete mir auszusteigen. Hier sollte meine Pension sein? Ich schaute mich Hilfe suchend um. Oben am fünften Stockwerk wies mir ein Schild den Weg zur gesuchten Pension.

Kaum oben aus dem Lift getreten, schoss mir eine kleine, schnauzbärtige Kugel entgegen, die sich als Eigentümer der Pension zu erkennen gab. Bevor ich mühsam die ersten spanischen Worte formte, hatte mich Manolo schon in gewöhnungsbedürftigem Deutsch begrüßt. Später erfuhr ich, dass er eine Zeit lang in Deutschland gearbeitet hatte. Fortan verpasste er keine Gelegenheit, mit seinem „geschliffenen" Deutsch zu glänzen.

Sogleich wurde ich ins Wohnzimmer bugsiert, wo in ohrenbetäubender Lautstärke der Fernseher lief. Bei unserem Eintritt verstummten die Studenten ringsum. Manolo zerrte mich wie eine Trophäe in die Mitte des Zimmers und ließ eine Salve Spanisch auf seine Zuhörer los, bevor er mich energisch in Richtung Wandschrank schob. Hier musste ich seine Sammlung deutscher Miniaturautomobile begutachten – natürlich BMW und Benz an vorderster Front.

Seine erste Frage: „Welches Auto?", offenbarte mir, dass er die Menschen nach ihren jeweiligen Pferdestärken einzustufen pflegte. Als er mir als Antwort „einen alten Golf" entlockt hatte, bekniete er mich die nächsten Wochen, ihm dieses Gefährt für einen Freundschaftspreis abzutreten. Es war ihm nicht klarzumachen, dass die Karre schrottreif war und nicht zum Repräsentieren taugte. Er ließ nicht locker.

Überhaupt war alles grandios, was aus Deutschland kam. Das musste sich auch seine Frau Marie anhören, die mir soeben vorgestellt wurde. Marie hatte in etwa Manolos Ausmaße. Mir schwante, dass ich mir hier in Salzwasser gedünstete Rübchen abschminken konnte. Hinter Marie drückten sich zwei Kinder ins Zimmer, Marie-Carmen und Raphael. Ich schätzte sie zwischen vier und acht Jahre.

Bevor Carmen mir ihre Puppe zum Frisieren in die Hand drücken konnte, wurde ich in mein Studentenzimmer gebracht, das sich als einziges auf dem gleichen Stockwerk befand. Die Zimmer der übrigen Studenten lagen alle eine Etage höher. Anscheinend wollte Manolo damit seine besondere Wertschätzung zum Ausdruck bringen. Dass mein Zimmer gleich gegenüber der Küche lag, unterstrich diese wohlwollende Geste. Dem Aussehen nach zu urteilen, nahm die Nahrungsaufnahme einen nicht geringen Stellenwert in seinem Leben ein.

Dann stand ich auch schon in meinem Zimmer, von einer frei herabbaumelnden Glühbirne in grausam kaltes Licht getaucht. Ein Bett, ein Schrank, ein Tisch samt Stuhl. Außenrum schmuckloses Weiß. Gegenüber Blick auf grauen Beton. Das undichte Fenster vibrierte durch den Verkehrslärm klappernd.

Zufrieden blickte Manolo um sich, wuchtete meinen Koffer aufs Bett und zog die Tür hinter sich zu.

Da stand ich. Wie gelähmt starrte ich auf die Leuchtreklame gegenüber. Mein erster Gedanke war Flucht. Bloß weg hier! Hier sollte ich die nächsten Wochen verbringen? Diese Vorstellung trieb mir Tränen in die Augen. Mein Blick versuchte Halt zu finden an weißen Wänden, glitt ab und verschleierte sich. Hastig nestelte ich an meinem Brustbeutel, kramte ein paar Münzen hervor, stürzte am Wohnzimmer vorbei aus der Wohnung, die Treppen runter und zur nächsten Telefonzelle. Kaum hatte ich meine Mutter an der Strippe, löste sich meine Anspannung in einem Tränenfluss. Meine ganze Verzweiflung sprudelte aus mir heraus.

Ich erinnerte mich an eine weitere Begebenheit aus meiner Ballettstunde:

Nach diversen Bodenübungen klebten wir kleinen Eleven an der Stange. Schon seit geraumer Zeit drückte mich ein dringendes Bedürfnis. Eigentlich kein Problem, man brauchte nur schnell zu Frau Kaiser zu gehen und zu sagen, man müsste geschwind auf die Toilette, und schon durfte man nach draußen schlüpfen.

Meine Gedanken kreisten allein um die Frage, wann ein geeigneter Zeitpunkt wäre, mich vorne bei Frau Kaiser abzumelden. Kaum glaubte ich, loszulaufen, schon war die günstige Gelegenheit wieder vorbei. Ich schob die Entscheidung vor mir her, bis sich der gewaltige Druck letztendlich in einem Geplätscher löste. Wie vom Schlag gerührt starrte ich hilflos an mir herunter. Jetzt war das eingetreten, was ich unter allen Umständen vermeiden wollte: die Aufmerksamkeit aller auf mich zu ziehen. Wie ich an der Hand von Frau Kaiser vorbei an den kichernden Mädchen in die Umkleide geschleift und in trockene Sachen gesteckt wurde, weiß ich nicht mehr. Ich weiß nur noch, dass ich ohne anzuhalten nach Hause rannte. Wie eine Erlösung vor meinem geisti-

gen Auge erschienen mir die Arme meiner Mutter. Als ich ihr endlich heulend um den Hals hing, löste sich eine unglaubliche Anspannung. Ich fühlte mich wohl, geborgen und sicher.

Auch mit Mitte 20 funktionierte diese Art der Beruhigung. Als ich mich bei meiner Mutter ausgeheult hatte, machte sich bei mir innerlich eine wohltuende Ruhe breit. Wie immer hatte sie in einer solchen Situation versucht, mich zum Durchhalten zu animieren, mich zu trösten. Kaum hatte ich den Hörer auf die Gabel gelegt, war ich einerseits froh, mein inneres Gleichgewicht wiedergefunden zu haben. Andererseits war ich unzufrieden mit mir selber, weil ich schon wieder als kleines Weichei Schutz unter Mutters Rockzipfel gesucht hatte. Bezeichnenderweise war ich keine Sekunde auf die Idee verfallen, mich in dieser Situation an Christoph zu wenden. Das hätte mein Stolz nie zugelassen. Außerdem wäre von ihm höchstens ein süffisanter Kommentar zu erwarten gewesen.

Des Abends versammelten sich sämtliche Studenten in der Küche gegenüber, wo sie von Marie fachgerecht abgefüttert wurden. Ich brauchte nur meine Nase aus dem Zimmer zu strecken, um zu wissen, dass Pommes und Co. auf dem täglichen Speisezettel standen. Soweit es meine Spanischkenntnisse zuließen, brabbelte ich von Diät und Lebensmittelallergie, um mich von der abendlichen Völlerei zu entschuldigen. Schon wähnte Marie einen Frontalangriff auf ihre Kochkünste. Ich beruhigte sie eiligst, dass ich selbstverständlich keinen Preisabschlag für die Halbpension einzufordern gedächte. Geld war ihr dann doch wichtiger als verletzter Hausfrauenstolz. Dass ich mich selbst von Maries Fleischtöpfen abgeschnitten hatte, warf jedoch ein ernstes Versorgungsproblem auf.

Am nächsten Tag unternahm ich den hilflosen Versuch, meiner kargen Klosterklause einen halbwegs wohnlichen Anstrich zu verleihen. Ich investierte in eine kleine Tischlampe und ein wackeliges Regal. Das ständig klappernde Fenster wurde mit Knetgummi abgedichtet.

Das Essensproblem löste ich einfach und effektiv mit Konserven. In Maries Heiligtum einzudringen, um zu fragen, ob ich mir selber etwas zubereiten könnte, schien mir ein Sakrileg zu sein. So wurde ich zum perfekten Dosenöffner und mampfte mich einmal quer durch die Gemüsepalette; zwischendurch gab es Obst. Mit einem kleinen Tauchsieder braute ich mir Tee.

Die Sprachschule entpuppte sich als Auffangbecken internationaler Studenten. Auf den Gängen wurden sämtliche Sprachen gesprochen, außer Spanisch.

Anschluss zu finden war überhaupt kein Problem. Sehr schnell hatten mich zwei Österreicherinnen angesprochen. Natürlich sprach man Deutsch. Thema verfehlt! Das war ja nun das Letzte, was ich hier suchte. Ich war scharf auf spanische Gesprächspartner. Wenn ich mich den hiesigen Gepflogenheiten angeschlossen hätte, hätte ich nach Unterrichtsschluss mit den anderen Sprachschülern in irgendwelchen Kneipen abgehangen und Deutsch oder Englisch geredet.

Zunächst gefiel mir dieser Tagesablauf ganz gut, nach einer Woche aber begann sich mein schlechtes Gewissen zu regen, denn wenn ich so weitermachte, dann käme ich mit denselben lausigen Sprachkenntnissen wieder zurück, mit denen ich hier angetrabt war.

Die Studenten in meiner Pension versammelten sich des Abends vor dem Fernseher. Dabei wurde wild durcheinander gequatscht. Keiner machte sich die Mühe, der etwas begriffsstutzigen Deutschen ein paar Sachverhalte in Zeitlupentempo zu erklären.

Das Kino kam mir als rettender Einfall. Da hörte ich zumindest Spanisch, auch wenn ich selber die Klappe halten musste. Ich fing also an, die Abende im Kino zu verbringen. Zusätzlich machte ich einen Anschlag am schwarzen Brett, wo ich eine Sprachtandem-Schülerin suchte. Kaum wollte ich den Zettel montieren, tippte mir auch schon ein dunkelhaariges Mädchen strahlend auf die Schulter. Julia lernte an der Sprachenschule Deutsch und erklärte sich sofort bereit, mit mir ein Tandem zu bilden. Das war der Durchbruch!

Fortan trafen wir uns täglich und sprachen abwechselnd Deutsch oder Spanisch. Wie ich schon bald feststelle, war Julia für spanische Verhältnisse ein ungewöhnliches Mädchen. Sie war äußerst gewissenhaft und ehrgeizig. Außerdem versetzte sie mich nie. Für die übrigen zählten Party und Männer. Julia hingegen praktizierte Yoga und hatte ziemlich konservative Ansichten. Ein bisschen mehr Pep hätte sogar ich mir gewünscht. Nichtsdestotrotz profitierten wir beide von unserem täglichen Sprachprogramm. Als uns irgendwann die Themen ausgingen, brachten wir auch Bildergeschichten oder Zeitungsartikel mit und diskutierten deren Inhalt.

Bereits nach der ersten Nacht auf fremdem Terrain hatte meine Haut unmissverständlich signalisiert, dass sie sich nicht so leicht in die neue Situation zu fügen gedachte. Ich schlief auf meinen auf dem Bett ausgelegten Kleidern, um möglichst wenig mit dem fremden Bettzeug in Kontakt zu kommen. Trotzdem erwachte ich morgens mit den ersten Flecken am Hals. Die per Eilpost gesendete Bettwäsche von zu Hause brachte nur partielle Verbesserungen. Keine frische Luft drang des Nachts ins Zimmer; wegen des Verkehrslärms musste ich mit geschlossenem Fenster schlafen. Die mangelnde Hygiene tat ihr übriges. Zu Hause konnte ich in Ruhe duschen und danach die diversen Cremes auftragen. Hier musste ich das Bad mit der ganzen Familie teilen. Kaum hatte ich einen günstigen Zeitpunkt abgepasst, in dem es nicht belagert war, mühte ich mich mit einem kläglichen Rinnsal ab, das trostlos aus dem Hahn tröpfelte. Währenddessen bollerten draußen schon die nächsten Anwärter ungeduldig gegen die Tür.

Das Schlimmste aber war der häusliche Terror von Seiten der beiden Sprösslinge. Die kleinen Racker hatten ihr Kinderzimmer Wand an Wand neben meinem. Nachdem die Familie außer zum Einkaufen anscheinend nie das Haus verließ, reagierten die beiden ihre überschüssigen Energien zu Hause ab. Stundenlang kickte Raphael mit seinem Fußball gegen die Wand. Marie-Carmen glaubte, in mir die perfekte Friseuse für ihre umfangreiche Kollektion Barbiepuppen gefunden zu haben. Die übrige Zeit schoss sie wie eine Heulsirene durchs Haus.

Nach einer Woche eröffnete mir Manolo, dass er in der nächsten Zeit seinen Kindern zum ersten Mal die Alhambra zeigen wollte. Die Familie wohnte seit Jahren in dieser Wohnung. Die Alhambra befand sich in 200 Metern Luftlinie Entfernung. Selbstverständlich fuhr man mit dem Auto. Kein Wunder, dass die beiden Gören den Teint von käsigen Nachtschattengewächsen hatten.

Ich war es nicht gewohnt, ständig Gesellschaft um mich zu haben. Ich brauchte einen Ort, an den ich mich zurückziehen konnte, um Ruhe zu finden. Die ganze Sache riss mir vehement an meinen Nerven.

Ebenso unbefriedigend war die Essenssituation. Das kalte Gemüse aus der Dose gefiel auf Dauer meiner Verdauung so wenig, dass ich wie bei meinem ersten Aufenthalt in Spanien darauf verfiel, mich mit Babygläschen über Wasser zu halten. Irgendwann konnte ich Erbsen und Möhrchen im Glas nicht mehr sehen. Auch der durchgedrehte Rahmspinat mit Kartoffeln brachte nicht den durchschlagenden Gaumengenuss. Es war höchste Zeit, sich eine neue Unterkunft zu suchen.

Das Angebot der beiden Österreicherinnen, zu ihnen zu ziehen, lehnte ich schweren Herzens ab. Dann würde ich wieder nur Deutsch reden. Schließlich brachte mich ein Bekannter aus der Sprachenschule mit Zelanda und Filo in Kontakt.

Zelanda war in meinem Alter, geschieden und wohnte in einer Wohnung, die ihrer Mutter gehörte. Zur Finanzierung ihres Lebensunterhaltes vermietete sie zwei Zimmer. Mit Filo teilte sie ihr Schlafzimmer, das andere vermietete sie an mich. Davon konnte sie locker leben. Wohnzimmer, Bad und Küche stand zur gemeinsamen Benutzung.

Zelanda war ein zierliches, kleines Mädchen, dessen zarte Fassade nicht über ihren unbeugsamen Charakter hinwegtäuschen sollte. Filo war ein spargeldürres Mädchen und maß gut 1,90 Meter. Irgendeine Wachstumsstörung hatte sie in jungen Jahren bis zur Decke sprießen lassen. Aus einem kleinen Dorf stammend, waren die Eltern mit dieser Tochter vollkommen überfordert. Filo hatte keine Ausbildung und arbeitete als Kindermädchen bei reichen Spaniern. Beim ersten Anblick hatte ich sie ins Herz geschlossen, denn ich konnte mir vage vorstellen, welchen Anfeindungen sie ständig ausgesetzt war. Wie ein Riese überragte sie die wuseligen Spanier, warf ihre lange Mähne trotzig in den Nacken und bewahrte sich ihre herzliche, mütterliche Art. Wie ich ihren Erzählungen entnehmen konnte, wurde sie von ihren Arbeitgebern als billige Putzfrau missbraucht. Trotzdem schritt sie mit erhobenem Kopf täglich zur Arbeit, froh, ihren Eltern nicht weiter auf der Tasche zu liegen. Filo imponierte mir unheimlich.

Wieder einmal beschlich mich das altbekannte Gefühl von Versagen und Minderwertigkeit, wenn ich es mit meinem privilegierten Leben verglich. Wie wenig hatte ich aus meinen Möglichkeiten gemacht. Anstatt dies als Ansporn zu nehmen und konkrete Berufspläne für mein Leben zu schmieden, versank ich in Lethargie und Selbstmitleid.

Einerseits war ich wie gelähmt und verzweifelt, andererseits wusste ich ziemlich genau, was von mir erwartet wurde. Ich war hierhergekommen, um Spanisch zu sprechen. Also schob ich alle düsteren Gedanken vehement beiseite und fokussierte dieses Ziel. Diese Strategie hatte mich zwar nie besonders glücklich gemacht, aber so hatte ich mich von Teilziel zu Teilziel gehangelt. Wohin mich die kleinen Etappen letztendlich bringen würden, davon hatte ich immer noch keine Ahnung.

Mit der neuen Wohnung hatte ich einen goldenen Griff getan. Über mangelnde Unterhaltung konnte ich mich nicht mehr beklagen. Des Abends diente nämlich Zelandas Wohnung als Auffangbecken diverser Mädchen aus der Nachbarschaft, die sich dem gestrengen Regiment ihrer Elternhäuser entzogen, um sich ungestört bei uns ausquatschen zu können. Bevorzugtes Thema: Männer. Wo man sie aufgabelte, wie man sie rumkriegte, welche Macken sie hatten und wie sie generell tickten. Ein unerschöpfliches Thema.

Schule war ein lästiges Übel, das es auszusitzen galt, bis man einen passablen Heiratskandidaten an der Angel hatte. Die wenigsten schlossen die Schule ab, 30 Prozent Jugendarbeitslosigkeit in Granada sprach für sich.

Als Älteste mit der vermeintlich größten Erfahrung männertechnisch gesehen, sollte ich umfassend über mein Liebesleben Auskunft geben. Mangelnde Sprachkenntnisse bewahrten mich vor größeren Peinlichkeiten.

Die hiesige Doppelmoral ließ mich schmunzeln: Zu Hause tippelten die Mädchen brav des Sonntags zur Messe. Sex vor der Ehe – undenkbar! Kaum waren sie aber unter sich, fielen sämtliche Schranken. Kleines Beispiel: Als Zelandas Mutter zu einem ihrer unangekündigten Kontrollbesuche aufkreuzte, wurde Zelandas Freund flugs ins Schlafzimmer unters Bett bugsiert. Der arme Kerl durfte erst wieder sein Versteck verlassen, als die Mutter ihren ausgedehnten Kaffeeplausch beendet hatte.

So verbrachte ich meine Abende am runden Tisch, wo ich neben laufendem Fernseher versuchte, dem sich überschlagenden Stimmengewirr zu folgen. Vergaß ich zu berichten, dass sämtliche Mädchen ständig an der Kippe hingen? Nach spätestens einer Stunde war die Luft im Wohnzimmer zum Schneiden.

Samstagabend dann das Highlight der Woche: Die Partymeile wurde gestürmt. Dort mussten sich die während der Woche ausgeklügelten Strategien in der Praxis bewähren. Bereits am Nachmittag begann man generalstabsmäßig die Fassade aufzuhübschen. Das Bad stand unter Dauerbelagerung. Bis um 23:00 Uhr waren dann alle entsprechend zurechtgemacht, um sich in die Schlacht um die begehrtesten Junggesellen zu stürzen. Jetzt kam meine Zeit. Die wenigen Stunden bis zum Morgengrauen gehörte mir die verwaiste Wohnung ganz allein.

Sonntags schlief man bei zugezogenen Gardinen bis nachmittags um drei, bevor man verkatert nach der ersten Zigarette griff.

Die Nacht zum Tag machen und dann pennen bis in die Puppen – das war kein Leben nach meinem Geschmack.

Ich sehnte mich nach frischer Luft und Bewegung. Erste Ansätze waren allerdings kläglich gescheitert. Als ich versuchte, mir einen Weg aus der Stadt in Richtung umliegender Felder zu bahnen, wurde ich von Bauern kopfschüttelnd wieder in die Stadt gelotst. Keiner konnte sich vorstellen, was ich allein auf einsamen Feldwegen verloren hatte.

Auf der Suche nach einem Plätzchen, wo ich mich ungestört in die Sonne legen konnte, traf ich auf verlassene Behausungen von Sinti und Roma. Wie aus dem Nichts wurde ich dort von einer Bande Kinder belagert, die mich schnell das Weite suchen ließen. An den Wochenenden fuhr ich dann mit öffentlichen Bussen ans Meer, wo ich mich wenigstens ein paar Stunden lang sonnen konnte. Mit den Österreicherinnen unternahm ich Ausflüge in die Sierra Nevada, wo wir an Planierraupen vorbei den Berg hoch marschierten und uns dabei zum Gespött der Bauarbeiter machten. Sportliche Ambitionen pflegten Spanier nämlich dergestalt auszuleben, dass sie sich in voller Radmontur per Bus den Berg hochkarren ließen, um sich dann von oben todesmutig mit dem Bike den Berg hinunterzustürzen.

Beim sonntäglichen Picknick wurde gleich neben dem Auto auf dem staubigen Standstreifen die karierte Decke ausgebreitet und die umfangreichen Kühlboxen aus dem Kofferraum gewuchtet. Dann wurden die Omas auf Klappstühlchen geparkt und die Männer bewaffneten sich mit Blasebalg und rostigen Bratspießen.

Spät abends fand man sich dann wieder zu Hause ein, stinkend wie ein Räucherstäbchen und gemästet wie eine Weihnachtsgans.

Mein Traumland Spanien bekam langsam Risse.

Alle Versuche, meinen Hautzustand einigermaßen unter Kontrolle zu halten, scheiterten kläglich. Es war das Gesamtpaket an ungewohnter Umgebung, Mangel an Hygiene, frischer Luft und verträglichem Essen, das meine Haut zum „Blühen" brachte. Dies alles schlug sich umgekehrt auf meine seelische Verfassung nieder und so schloss sich ein Teufelskreis, wo Ursache und Wirkung nicht mehr voneinander zu unterscheiden waren.

Am Anfang hatte ich noch engagiert in der Küche gewerkelt, hatte Kartoffeln gekocht und Gemüse geschnippelt. Nach kurzer Zeit allerdings widerte mich der Anblick des Herdes an, auf dem fingerdick ranziges Fett schwamm. Beim Öffnen des Kühlschranks schlug einem der Geruch angemoderter Lebensmittel entgegen. Hier lebte man von Keksen, die in Milchkaffe eingetunkt wurden, von matschigen Pommes und schlaffen Burgern.

Irgendwann schaffte ich es nicht mehr, an den verlockenden Auslagen von Konditoreien vorbeizukommen. Der kurzzeitige Genuss von Käsekuchen und Donuts tröstete mich für einen Augenblick, bevor mich die Reue danach umso tiefer in den seelischen Abgrund zog.

Die einzigen Highlights dieser Tage waren Briefe von Christoph, die ich tagelang herbeisehnte, waren sie doch die einzige Kommunikation zwischen uns. Telefonieren von öffentlichen Zellen aus war einfach zu teuer.

Meinen einzigen Heimflug trat ich Weihnachten an. Schon Tage vorher hatte ich eine Nulldiät durchgezogen, um die Haut einigermaßen ins Gleichgewicht zu bringen. Die Horrorvorstellung, mit angeschlagener Haut zu Hause einzulaufen, ließ mich die Tage in eiserner Disziplin durchhalten. Zusätzlich machte ich erste Erfahrungen mit Spanischen Saunen, wo ich wie die übrigen Insassinnen mit bis an die Ohren hochgezogenem Handtuch bei lauen 60 Grad auf den ersten Schweißtropfen wartete. Dementsprechend mäßig war der Hauterfolg.

Ich kam einen Tag früher nach Hause, als ich meinen Freunden verkündet hatte, weil ich Christoph als Überraschung am

Abend von der Weihnachtsfeier seiner Kanzlei abholen wollte. Der Schuss ging voll nach hinten los, denn er zeigte sich bestenfalls mäßig überrascht, als ich ihn vorzeitig unter einem Vorwand vor die Tür des Restaurants gelockt hatte.

Wesentlich herzlicher fiel die Begrüßung im übrigen Freundeskreis aus. Man hatte sogar zusammengelegt und Christoph und mir eine Übernachtung im Hotel spendiert, damit wir ungestört unser Wiedersehen feiern konnten. So nett die Geste gemeint war, statt prickelnder Erotik absolvierten wir ein paar horizontale Pflichtübungen. Die ungewohnte Zweisamkeit ließ mich beim Frühstücksbuffet unbehaglich an meinem Milchkaffee nippen, während sich Christoph schweigend durch das umfangreiche Angebot pflügte. Ohne den schützenden Kokon des Freundeskreises trat unser beider Sprachlosigkeit beklemmend deutlich zutage.

Die restlichen Tage bis zum Rückflug verbrachte ich mit meiner Mutter und Rudi in Davos.

Am letzten Abend saßen wir zu dritt im Restaurant, als eine Woge von angestauter Bitterkeit, mühsam gewahrter Fassade und grenzenloser Enttäuschung sich in einem Sturzbach aus Tränen Bahn brach. Mein Damm aus Disziplin und zur Schau getragener Gleichgültigkeit wurde wie von einer Naturgewalt weggefegt. Ich verlor völlig die Kontrolle, blinzelte hilflos hinter Tränen, brachte kein Wort über die Lippen. Beide bestürmten mich mit Fragen. Die blitzartige Erkenntnis, dass ich mich ihnen nicht anvertrauen konnte, dass ich wie in einem Käfig saß und ihnen maximal die Hand durch die Gitterstäbe reichen konnte, löste erneut hysterisches Weinen aus. Ich war so allein, so verzweifelt. Da saßen die beiden in greifbarer Nähe und trotzdem fühlte ich mich wie von der Außenwelt abgeschnitten.

Nach einer Weile fand ich meine Fassung wieder. Es gelang mir sogar, ihnen eine akzeptable Erklärung aufzutischen! „Die fremde Sprache, die fremden Leute machen mir zu schaffen. Mir fehlen die Berge und die gewohnte Umgebung, besonders aber mein Freundeskreis." Diese Erklärungen klangen nachvollziehbar und plausibel. Dass ich in Spanien völlig aus dem Takt geraten war, dass ich nichts mehr unter Kontrolle hatte, weder Essverhalten noch soziale Kontakte oder meine Beziehung, das verschwieg ich.

Während ich vernünftig klingende Erklärungen abgab, war ich innerlich in hysterisches Dauergebrüll ausgebrochen.

In stoischer Ergebenheit packte ich meinen Koffer. Schon auf dem Rückflug stopfte ich wahllos sämtliche Süßigkeiten in mich hinein, die mir in die Finger kamen. Wie meine Haut reagierte, wie irgendjemand auf mich reagierte, war mir völlig egal. Wie in Trance schleppte ich mich nach meiner Ankunft die Stufen zu meiner Wohnung hinauf und drehte den Schlüssel im Schloss.

Als ich den Koffer in mein Zimmer wuchten wollte, fand ich Zelanda bei zugezogenen Vorhängen schlafend in meinem Bett. Anscheinend hatte sie den Tag meiner Ankunft im wahrsten Sinne des Wortes verpennt und grunzte mir jetzt unwillig entgegen, als ich sie am Nachmittag so unsanft aus meinem Bett vertrieb. Sie hatte beileibe kein schlechtes Gewissen, dass sie sich während meiner Abwesenheit in meinem Zimmer eingenistet hatte.

Der neue Start hätte nicht schlechter laufen können. Ich irrte lust- und planlos durch die Stadt, bevor ich mich am Abend wieder in die Wohnung wagte. Tränenüberströmt hockte Zelanda im Wohnzimmer vor dem Fernseher, wo sie stundenlang ihr Hochzeitsvideo in Endlosschleife abspulte. Erst als mich Filo beiseitenahm, erfuhr ich, dass sich einen Tag zuvor ihr Ex-Ehemann selbst aus dem Leben befördert hatte. Wohl aus Liebeskummer, weil er Zelanda nicht dazu bewegen konnte, zu ihm zurückzukehren. Deswegen also seine häufigen Besuche in letzter Zeit. Sollte er doch froh sein, die kleine Kratzbürste los zu sein. Zugegeben, eine zynische Bemerkung.

Die Stimmung war jedenfalls mehr als gedrückt. Vorbei die lustigen Abende, an denen sich ein Haufen gackernder Weiber vor den Fernseher drängte.

Ich versuchte mühsam, mich auf Kurs zu halten, traf mich noch häufiger mit Julia, um wenigstens meine Spanischkenntnisse zu optimieren.

Ein kleiner Lichtblick erschien mit Christophs nächstem Brief, den ich hoffnungsvoll wie üblich mit einem Bratspieß aus dem Briefkasten angelte, weil keiner den Schlüssel hatte. Der Inhalt zog mir allerdings vollends den Boden unter den Füßen weg. In dürren Worten wurde mir da die Beendigung unserer Beziehung mitgeteilt, weil sich Christoph inzwischen frauentechnisch umorientiert hatte.

Im ersten Schock stürzte ich zu Julia, der ich mich schluchzend an den Hals warf. Von der sonst so distanzierten, kontrollierten Fassade war nicht mehr viel übrig. In ihrer Hilflosigkeit rief sie meine Mutter an und gab mir den Hörer in die Hand. In einem halbstündigen Gespräch schwappte ich ihr all meine Verzweiflung vor die Füße. Rotz und Wasser liefen mir übers Gesicht. Ich konnte mich nicht beruhigen.

Es ging mir nicht um Christoph. Es ging nicht um verletzte Gefühle, um Zurückweisung meiner Zuneigung. Es ging ums Scheitern. Ich war wieder mal im Leben gescheitert. Meine „Aufgabe" war es gewesen, diesen Mann zu halten, mich so zu verhalten, dass ich seiner Vorstellung einer perfekten Partnerin entsprach. Schon wieder die bittere Erfahrung, nicht „richtig" zu sein, nicht die richtigen Eigenschaften, nicht das richtige Verhalten aufzuweisen. Ich hatte mir ein sportliches Ziel gesetzt und mir fehlten neben körperlichen Voraussetzungen Technik, Einsatz und Siegeswille zum Erreichen dieser Herausforderung.

Ich hatte mich einfach nicht genügend angestrengt. Ich hatte mich nie genügend angestrengt. Hätte ich mehr Einsatz gezeigt, hätte ich dieselben Ziele wie mein Bruder erreichen können. Er wurde geliebt, er war diplomatisch, er war smart. Da hatte ich so ein perfektes Vorbild direkt vor Augen und beim Vergleich schnitt ich jedes Mal so jämmerlich ab. Ich war wütend auf meine Unfähigkeit, auf mein Unvermögen, auf meine Faulheit.

In meiner Verzweiflung konnte ich nicht mehr differenzieren, warf Berufliches und Privates ungefiltert in einen großen Topf, trat mich selber in einem Rundumschlag gezielt in die Tonne. Keine Sekunde wäre mir in den Sinn gekommen, dass Beziehungen auf anderen Gesetzmäßigkeiten basieren. Ich war sicher, es ginge um perfekte Anpassung. Ich hatte doch bei meinen Eltern gelernt, dass ich am meisten geliebt wurde, wenn ich ihrem Bild einer Traumtochter am nächsten kam. Zumindest hatte ich mir das eingebildet und verinnerlicht.

Keine Sekunde kam ich auch nur auf die Idee, wegen meinen Eigenschaften geliebt zu werden. Hatte ich überhaupt Eigenschaften, die „zu mir" gehörten? Wer war ich überhaupt?

Die Tatsache, Christophs Zuneigung verspielt zu haben, tat kaum weh im Vergleich zur Vorstellung, dass ich den gesamten Freundeskreis verloren hatte. Mir war bewusst, dass es Christophs Freunde waren, die sich bei einer Trennung auf seine Seite schlagen würden. Die Vorstellung, heimzukommen und vor dem sozialen Nichts zu stehen, ließ mich schier durchdrehen.

Jetzt gerieten meine Essgewohnheiten völlig aus dem Ruder. Ich aß drei Tage nichts, um mich dann am vierten mit ungesundem Zeug vollzustopfen, das ich mittels Abführtee möglichst schnell wieder loswurde. Trotz andauerndem Bauchweh und Übelkeit funktionierte ich weiter nach außen, als ob nichts geschehen wäre. Nach meinem ersten Ausbruch sollte mich Julia kein zweites Mal in solch einer Verfassung zu Gesicht bekommen. Ich stürzte mich vehement in Arbeitseifer, verbrachte Stunden über Vokabelheften und Tageszeitungen.

Die letzten Wochen verflogen wie in Trance. Meine Haut ignorierte ich so weit wie möglich, behandelte sie, als ob sie ein Fremdkörper wäre. Ließ ihr zwar die notwendige Pflege zukommen, scherte mich aber nicht um ihren Zustand.

Langsam bürgerten sich auch wieder die abendlichen Gesprächsrunden der Mädchen ein. Inmitten der anderen hockte ich, lauschte nach rechts und links, schnappte hier und da einen Gesprächsfaden auf. Ungeniert gab ich hier und da meinen Kommentar dazu, lachte über eine besonders flapsige Bemerkung und bog mich mit den anderen über einen gelungenen Witz. Ich gehörte dazu! Mühelos flossen mir spanische Floskeln aus dem Mund, ohne auch nur eine Sekunde nach einem passenden Wort suchen zu müssen.

Ich war selig! Die vorherige Lethargie streifte ich ab wie eine alte Pelle. Neue Zuversicht durchflutete mich. Nur noch meine zerkratzte Haut störte mich. Das Ende meines Aufenthaltes rückte in greifbare Nähe und ich wollte unbedingt mit gesunder Haut nach Hause zurückkehren. Deswegen entschloss ich mich, die letzten Wochen am Meer zu verbringen. Ich besann mich auf meine alten Strategien und kümmerte mich mit Nachdruck darum, meine Haut zu entlasten. Als erstes kehrte ich zu meinen alten Essgewohnheiten zurück. Das bedeutete zwar Babygläschen und Wassermelone, aber in meiner euphorischen Stimmung hätten mich auch Tage bei Wasser und Brot nicht geschreckt.

Nach einer herzlichen Verabschiedung von den Mädchen in meiner Wohnung mietete ich mich mit Sack und Pack in einem kleinen, billigen Hotel in Almunecar ein, dem nächstgelegenen Ort am Strand. Da die eigentliche Saison noch nicht begonnen hatte, war ich der erste und einzige Gast. Tagsüber legte ich mich stundenlang an den Strand, nippte dann in der leeren Hotellobby an meinem Milchkaffee, während ich mir aus spanischer Lektüre unbekannte Formulierungen in ein Vokabelheft notierte. Abends wählte ich aus Möhrchen mit Reis oder Rahmspinat mit Kartoffeln mein lukullisches Abendmahl, bevor ich mich bis Mitternacht im Fernsehraum von spanischer Lotterie und kitschigen Liebesfilmen berieseln ließ.

Die Stunden in Einsamkeit, lange Spaziergänge mit Musik im Ohr und die ständige Beschäftigung mit Lesen und Hören brachten mich vollends ins seelische Gleichgewicht.

Ich knobelte stundenlang über besonders kniffligen Artikeln, probierte mich in ausgefeilten Formulierungen und schäkerte zwischendurch mit den Kellnern im Café, die sich keinen Reim darauf machen konnten, wie man es alleine drei volle Wochen in einem leeren Hotel aushalten konnte. Sie wollten mich zu Ausflügen in die Umgebung oder Streifzügen durchs Nachtleben animieren, bissen aber auf Granit.

Mit Freuden stellte ich fest, dass sich meine Haut stabilisierte, eine tiefe Bräune annahm und ich mich wieder rundum wohl in meinem Körper zu fühlen begann.

Meine glückliche Stimmung steigerte sich noch beträchtlich, als mein Bruder seinen Besuch ankündigte. Ich wusste, dass er sich bei seinem aufreibenden Job die Zeit förmlich aus den Rippen schneiden musste und schätzte diese Geste umso mehr. Per Mietwagen kurvten wir nach Granada, durchstreiften die altbekannten Cafés, besuchten die Alhambra und andere Sehenswürdigkeiten und legten einen Abschiedsbesuch in meiner alten Wohnung bei Zelanda und Filo ein.

Ich musste innerlich bis über beide Ohren grinsen, als ich die vollzählige Runde versammelt sah, einzig mit der Absicht, den begehrten deutschen Junggesellen mit einer geballten Ladung weiblicher Reize zu bezirzen. Ständig musste ich als Dolmetscher herhalten. Jede wollte seine Aufmerksamkeit auf sich ziehen und schnatterte wild auf ihn ein. Da gurrten grell geschminkte Lippen und schmachtende Augen hingen an jeder seiner Bewegungen. Auch wenn sich Rudi in dieser Ansammlung weiblicher Verlockungen mit Behagen sonnte, die Nervenstärke, dieser Attacke auf Dauer standzuhalten, besaß er nicht. Umgekehrt sonnte ich mich in seinem anerkennenden Blick, der mir besagte, dass er über meine geläufige Konversation inmitten dieses Lärmpegels ziemlich beeindruckt war.

Natürlich eröffnete ich ihm auch meine Ängste bezüglich meiner Rückkehr nach München. Er wusste, dass ich praktisch vor dem Nichts stand. Ich rutschte in der Sprachenschule wegen des Auslandsjahrs in einen neuen Klassenverband, hatte weder eine Beziehung noch einen Freundeskreis. Die Vorstellung, wieder bei meiner Mutter einzuziehen, verursachte mir zusätzliche Bauchschmerzen. Den letzten Punkt entschärfte Rudi aber auf traumhafte Weise, indem er mir ein Zimmer in seiner eigenen Wohnung anbot – und zwar ohne etwas dafür bezahlen zu müssen! Er selber ging bei meiner Rückkehr für ein Jahr nach Fontainebleau zur MBA-Ausbildung. Sein eigenes Zimmer hatte er für das Jahr seiner Abwesenheit an Thorsten, einen Medizinstudenten, vermietet, ein weiteres gehörte immer noch seinem Arbeitskollegen Jens. Das kleine dritte Zimmer stellte er mir zur Verfügung. Meine erste WG-Erfahrung in Deutschland! Mit dieser Perspektive fühlte ich mich gewappnet, den Heimflug anzutreten.

WG-Alltag und eine beglückende Freundschaft

Zu Hause erwartete mich völlige Leere. Natürlich hatte mich meine Mutter in Empfang genommen und versucht, mir die neue Situation schönzureden. Im Rückblick hatte sie sicher recht. Dieser Neustart war keine Katastrophe, sondern bot neue Chancen, neues Glück. In der damaligen Situation aber sah ich alles Grau in Grau.

Seit Spanien hatte ich mit Christoph nur wenige Male über Julia als Mittelsmann Kontakt. Ich konnte mich nicht dazu durchringen, mit ihm ein Gespräch zu führen. Zu tief war die Verletzung, zu sehr fürchtete ich nach wie vor, die Fassung zu verlieren und mich dadurch zusätzlich lächerlich zu machen. Sehr schnell allerdings hatte ich mich nach meiner Rückkehr der Freundschaft von Vladimir und Thomas versichert. Deren Beteuerungen, an unserer Freundschaft festhalten zu wollen, gaben mir neue Zuversicht und Energie. Ich würde das schon packen. Auch alleine.

Mit 26 Jahren zog ich also mit einem Bett, Schrank und Schreibtisch in die Wohnung meines Bruders. Meine Mutter hatte dieser Vereinbarung stillschweigend zugestimmt. Ich denke, sie wollte durch unnötige Diskussionen oder Einwände meine angespannte Lage nicht weiter verschärfen. Damals war ich nur erleichtert, dass sie mir keine Steine in den Weg legte. Heute bin ich ihr überaus dankbar, dass sie die Einfühlsamkeit besaß, mich im rechten Augenblick ziehen zu lassen, auch wenn nach dem Tod der Oma meine Mutter als Einzige in meinem Elternhaus zurückblieb.

Schweren Herzens sagte ich auch Rudi Adieu, als er nach Fontainebleau aufbrach. Natürlich hatten wir im Alltag wenig Kontakt, aber allein die Vorstellung, ihn in derselben Stadt zu wissen, hatte mich getröstet.

Wenigstens hatte ich mit Thorsten, meinem neuen Mitbewohner, einen echten Glücksgriff getan. Dieser Mensch war ein echter Quell der Lebensfreude. Immer wieder riss er mich aus trüben Gedanken. Natürlich kam ich nie auf die Idee, ihn mit meinen Problemen oder Stimmungen zu belasten. Meinen Mitmenschen spielte ich immer eine muntere Lisa vor. Mein Innenleben, meine Ängste und Zweifel gingen nur mich etwas an.

Mit Jens kam ich höchst selten in Kontakt, jettete er doch ständig in Beratermanier um die Welt. Ich kann nicht sagen, dass ich ihn sonderlich vermisste. Nach einiger Zeit vermietete er sein Zimmer auch an andere Kollegen, die unvermittelt in unserer Wohnung auftauchten. Thorsten und mich kümmerte das wenig, wir waren beide froh, von all diesen Typen möglichst wenig mitzubekommen.

Trotzdem war so ein WG-Leben auf Dauer nichts für mich. Wieder war es das Alleinsein, das ich schmerzlich vermisste. Mit Thorsten in der Wohnung war das ein Ding der Unmöglichkeit. Wenn ich des Abends aus der Sprachenschule kam, schnappte er sich ein Glas Wein und leistete mir in meinem Zimmer Gesellschaft. Oder er schnappte sich seinen Teller und verzehrte die Spaghetti bei mir auf dem Boden. Selbstverständlich schaute er mir beim Kochen über die Schulter, legte sich zu mir beim Fernsehen und schwang unaufgefordert philosophische Reden oder berichtete von seinem Klinikalltag. Thorsten war eine Frohnatur, die man einfach gern haben musste. Gern hätte ich allerdings ein wenig Zeit für mich gehabt oder zwischendurch die Tür zu meinem Zimmer zugemacht. Fehlanzeige! Thorsten und ich standen ständig in Rufkontakt.

Wieder beschlichen mich Zweifel, ob bei mir alles in Ordnung wäre, denn ich konnte mir auf diesen Drang nach Alleinsein keinen Reim machen. Eigentlich sollte ich mir sämtliche Finger abschlecken, so einen angenehmen, unkomplizierten Mitbewohner zu haben. Er bezog mich in all seine Aktivitäten ein, sodass nie ein Gefühl von Leere oder Ausgeschlossensein entstehen konnte. Warum konnte ich mich nicht einfach entspannen?

Thorsten gegenüber nahm ich mich viel mehr zurück als meiner Mutter gegenüber. Nie wollte ich ihm das Gefühl geben, dass mir seine Gesellschaft eigentlich zu viel war. Die einzige Verschnaufpause gewährten mir die Wochenenden, an denen seine italienische Freundin zu Besuch kam. Da konnte ich sicher sein, dass er vor dem frühen Nachmittag nicht aus seinem Zimmer kommen würde, um dann im Bademantel in bester Laune Espresso aufzubrühen.

In meiner neuen Klasse lebte ich mich schnell ein. Ich suchte keine näheren Freundschaften, genügte mir doch der Kontakt mit Thorsten. Außerdem war mein Bedarf an weiblichem Geschnatter nach meinen Monaten unter spanischen Mädels gedeckt. Trotzdem machte ich mir Gedanken, wie ich die Lücke, die der Verlust des Freundeskreises von Christoph gerissen hatte, schließen konnte. Ich verfiel auf die Idee, im Münchner Stadtmagazin eine dementsprechende Anzeige zu schalten, irgendwie war es an der Zeit, wieder meine Fühlerchen in Richtung Männerwelt auszustrecken:

„All die selbstverliebten Goldkettchenträger, eitlen Platzhirsche oder alternativen Plüschtiger wenden sich bitte an umstehende Konkurrenz. Ein sympathischer, sportlicher Typ in Ski- und Wanderschuhen wäre mir wesentlich lieber!"

Gespannt wartete ich auf Post.

Schon bald gehörte Langeweile der Vergangenheit an. Ich tauchte ein in eine Flut von Briefen, aus denen ich mir die potenziellsten Kandidaten rausfischte. Die besten hob ich mir zunächst auf, an den „mittelmäßigen" wollte ich meine Date-Tauglichkeit prüfen und gegebenenfalls optimieren. Immerhin hatte ich null Erfahrung auf diesem Gebiet. Es kam mir zugute, dass ich in einer Gegend mit hoher Kneipendichte wohnte. Fast täglich verbrachte ich nun die Abende im gemütlichen Gespräch mit einzelnen Kandidaten.

Es war unglaublich, wie viele nette Männer sich da auf dem Heiratsmarkt herumtrieben. Ich schöpfte neue Hoffnung. Mit der Zeit begann mir die Sache richtig Spaß zu machen. Meine anfänglich etwas geschraubt-hilflosen Gespräche gewannen an Lässigkeit, meine unauffällige Spießerklamotte bekam einen verwegeneren Touch. Fuhr ich zu Hochform auf, kamen endlich auch die in den Jahren bei Christoph antrainierten schlagfertigen Kommentare zum Einsatz. Die Resonanz war einigermaßen erstaunlich. Auf einmal konnte ich mich vor interessierten Kandidaten kaum retten! Thorsten verstand die Welt nicht mehr. In neuester Zeit stürzte er des Abends, wenn ich heimkam, mit einem Anrufzettel in mein Zimmer. Ungläubig staunend berichtete er mir, dass schon wieder unzählige Männer eine Nachricht für mich hinterlassen hatten. Konnte es sein, dass diese zurückgezogene Maus ein Doppelleben führte?

Auf eine enge, verpflichtende Beziehung war ich zunächst gar nicht aus. Ebenso wenig auf einen One-Night-Stand. Auf so einen schon überhaupt nicht. Ich ließ ungern jemand Fremden gleich so nahe an mich heran. Zuerst musste ich wissen, ob ich mit dem Typen auch im Gespräch und in den gemeinsamen Werten harmonierte.

In kürzester Zeit hatte ich auch am Wochenende einen vollen Terminkalender. Man nahm mich mit zum Skifahren, ins Kino und zum Spazierengehen. Ich hielt mir alle Optionen offen, fühlte mich auch nicht zu einem speziellen Kandidaten hingezogen. Zwischenzeitlich hatte ich auch bei einem Urlaub in Davos einen netten Schweizer auf der Piste kennengelernt, der starkes Interesse an mir signalisierte. Ich wollte ihn an einem Wochenende besuchen, als Peter, den ich nun schon öfter getroffen hatte, auf Tuchfühlung ging. Ich sagte dem Schweizer ab und ließ mich auf eine Beziehung mit Peter ein. Anders kann man das wohl nicht bezeichnen, denn richtig verliebt war ich nicht. War ich überhaupt jemals richtig verliebt gewesen?

Peter, ein sportlicher, attraktiver Mann, stellte zunächst keine Forderungen an mich. Er war unkompliziert und beugte sich gerne meinen Wünschen und Anregungen. Nach den Jahren unter ständigem Erfolgsdruck bei Christoph war Peter vergleichsweise eine mentale Hängematte. An seiner Seite konnte ich meine leeren Akkus aufladen. Bei unseren Gesprächen war ich diejenige, die den Ton angab, das Thema wählte oder die Richtung des Gespräches lenkte. Nach Jahren, in denen ich in einer anregenden Diskussion darauf lauerte, in einer winzigen Sprechpause der anderen einen Kommentar unterzubringen, textete ich jetzt einen mit Hingabe lauschenden Peter zu.

Anfangs entging mir in meiner Begeisterung, dass meine sprachlichen Salven im besten Fall mit minimalem Feedback gekontert wurden. Viel zu sehr berauschte ich mich an meiner eigenen Wortgewalt, die ich jetzt gegenüber einem „wehrlosen Opfer" voll ausleben konnte. Ich genoss es, drei Jahre harte Rhetorikschule unter Christoph gekonnt an den Mann zu bringen. Beziehung bestand für mich schon immer zum überwiegenden Teil aus Kommunikation.

Zunächst genoss ich die neue Leichtigkeit des Seins. Ein bisher ungekanntes Gefühl von Ebenbürtigkeit, wenn nicht gar Überlegenheit beflügelte mich und verdrängte die quälenden Selbstzweifel, die ich jahrelang genährt hatte.

Während ich eines Tages im Unterricht den Ausführungen eines Lehrers lauschte, hörte ich zufällig, wie sich zwei Mädchen hinter mir über Pferde und Ausreiten unterhielten. Unwillkürlich spitzte ich die Ohren. Reiten war noch immer meine ganz große Leidenschaft, die leider während meines Aufenthaltes in Spanien völlig zum Erliegen gekommen war. Umso begehrlicher folgte ich dem Gespräch.

Als ich mich umdrehte, blickte ich in die offenen Augen eines Mädchens, das mir schon des Öfteren durch seine lockere und sympathische Art aufgefallen war. Wie sich herausstellte, wohnte Daniela etwas außerhalb von München und konnte bei benachbarten Bauern reiten, wo sie auch selber Reitunterricht gab. Sehr schnell waren wir uns einig, dass wir zusammen ausreiten wollten. Irgendwie war da auf beiden Seiten sofort Sympathie.

In einem kleinen Dorf bei München hatte Daniela eine kleine Einliegerwohnung im Haus ihrer Eltern. Vielleicht zog mich besonders an, dass Daniela genauso war, wie ich gerne gewesen wäre. Eine außerordentlich hübsche Frau mit nussbraunen, langen Haaren, meergrünen Augen und einem lässigen Kleiderstil. Sie war in einer Beziehung mit einem etwas unkonventionellen amerikanischen Musiker, der meist bei ihr campierte und auf seinen großen musikalischen Durchbruch wartete. Ebenso wie ich aus „gutem Hause" stammend, hatte sie sich von den bürgerlichen Vorstellungen ihrer Eltern weitgehend gelöst und ihren eigenen Weg gesucht. Im Gegensatz zu mir lehnte sie jede finanzielle Unterstützung ihrer Eltern ab und hielt sich neben der Sprachschule mit allerlei Studentenjobs und Reitstunden über Wasser.

Trotzdem spürte ich, dass auch sie zerrissen war zwischen dem Wunsch, ein unabhängiges, freies Leben zu führen, das nicht unbedingt den Vorstellungen ihrer Eltern entsprach. Auf der anderen Seite nagte das schlechte Gewissen. Es erinnerte sie immer wieder daran, dass sich ihre Eltern einen anderen Weg für ihre Tochter gewünscht hatten, als mit einem brotlosen Musiker auf Existenzminimum zu leben.

So beobachtete ich ihren täglichen Spagat zwischen dem Erfüllen der Erwartungen ihrer Eltern und dem Ausleben der eigenen Vorstellungen mit einer Mischung aus schmerzlichem Verstehen und anerkennendem Respekt. Auf eine diplomatische und doch in der Sache bestimmten Art schaffte sie es, beide

Seiten gleichermaßen zufriedenzustellen. Sie zollte ihren Eltern Respekt, forderte ihn aber auch umgekehrt für ihre eigenen Entscheidungen ein.

Ich hingegen schwankte zwischen zwei Extremen: Entweder versteifte ich mich innerlich auf eine Meinung, äußerte sie aber nicht, weil ich viel zu unsicher war. Später knallte ich sie zwar meinem Gegenüber an den Kopf, ließ mich aber dennoch nicht auf eine Diskussion ein, weil ich mir nicht zutraute, die passenden Argumente parat zu haben. Oder aber ich unterwarf mich von vornherein der am stärksten vertretenen Meinung, weil ich nicht gegen den Strom schwimmen oder unangenehm auffallen wollte.

Bei Christoph hatte ich gekuscht und mich ohne Gegenwehr seiner Meinung unterworfen, bei Peter trumpfte ich auf und nagelte ihn bei schwacher Gegenwehr an die Wand. Es gab nur oben oder unten. Entweder selber bestimmen oder bestimmt werden. Ein ausgewogenes Verhältnis, ein argumentatives „Sich Auseinandersetzen" kannte und konnte ich nicht!

Ich fand mich zum Kotzen.

Inzwischen trabte mit Riesenschritten die Abschlussprüfung heran. Daniela und ich wollten uns gemeinsam auf die Prüfung vorbereiten. Dazu trafen wir uns am Vormittag bei ihr, lernten zusammen, gingen eine Runde reiten und stürzten uns wieder auf die Bücher. Zwischendrin kamen Freunde von Daniela zu Besuch, von denen wir uns gerne zu einem Schwatz ablenken ließen. Sie pflegte ein offenes Haus und hatte unzählige Freunde, die gerne bei ihr hereinschneiten. Jeder war willkommen und durfte an unserer Runde teilnehmen. Jeder wurde bewirtet und ins Gespräch einbezogen. Jeder durfte bleiben, solange er wollte.

Ich fühlte mich als Teil von allen, obwohl ich doch Daniela erst seit kurzer Zeit kannte. Umgekehrt konnte ich nie ergründen, warum sich Daniela in meiner Gesellschaft wohl fühlte, warum sie überhaupt meine Gesellschaft suchte. Sie hatte derart viele Freunde, dass sie kaum Bedarf an einer weiteren Freundschaft haben konnte. Trotzdem verbrachten wir inzwischen ganze Tage zusammen. Für mich eine herrliche Zeit.

Die Kombination aus Reiten und Arbeiten entsprach meinem Wesen, nie länger als zwei Stunden konzentriert an einer Sache arbeiten zu können. Außerdem harmonierten wir intellektuell bestens. Wir überboten uns in der Kreation ausgefeilter Formulierungen, die wir uns begeistert an den Kopf warfen. Bei beiden haperte es allerdings an zielgerichtetem Eifer und striktem Pauken von Vokabeln. Derartige Lücken schlossen wir aber zuverlässig mit phantasievollem Erschließen unbekannter Textstücke. Natürlich blieb auf unseren weitläufigen Ausritten genügend Zeit, uns ausführlich kennenzulernen. Es gab kaum ein Thema, über das wir uns nicht austauschten. Immer mehr entdeckte ich in Daniela eine Seelenverwandte, die ich lange vermisst hatte. Neben Katja hatte ich nun eine zweite Freundin gefunden, von der ich sicher war, sie würde mir auf Lebenszeit erhalten bleiben.

Die schriftlichen Prüfungen begannen. Wir konnten beide nicht abschätzen, wie es für uns gelaufen war. Jetzt hieß es wochenlang auf die Ergebnisse warten, denn erst nach Bestehen der schriftlichen Prüfungen wurden wir zu den mündlichen zugelassen. Immer noch war ich täglich draußen bei Daniela. Wir setzten unsere gemeinsamen Tage im selben Stil fort, allerdings konzentrierten wir uns jetzt eindeutig aufs Reiten und Quatschen.

Allmählich trudelten bei den anderen die Ergebnisse per Post ein. Die Wenigsten hatten bestanden. Mein Verstand weigerte sich, ein mögliches Scheitern auch nur ansatzweise in Erwägung zu ziehen. Nicht, weil ich mir ein Durchfallen nicht vorstellen konnte, sondern weil mir vor dem schwarzen Loch graute, das sich unwillkürlich vor mir auftun würde.

Nach wenigen Tagen hatte sich die bange Ungewissheit in grenzenloser Erleichterung aufgelöst: Ich hatte bestanden!

Sofort verkündigte ich Daniela am Telefon völlig aufgelöst die freudige Nachricht und setzte mich ins Auto, um zu ihr zu fahren. Ich vermutete, dass auch sie heute ihre Benachrichtigung erhalten würde. Als ich eintraf, umarmte sie mich strahlend und gratulierte mir zu meinem Glück. Sie selber schnappte sich eine knappe Stunde später ihren eigenen Brief aus dem Briefkasten. Zitternd öffnete sie ihn. Ihre Züge erstarrten. Sie war durchgefallen.

Nie werde ich ihren Blick vergessen, der von Trauer verdunkelt war, nie ihre Reaktion, mit der sie die aufkommenden Tränen unterdrückte und stattdessen meinen Arm nahm, um mir zu signalisieren, dass sie sich trotzdem für mich und mein Weiterkommen freue. Diese menschliche Größe angesichts ihrer eigenen Traurigkeit beeindruckte mich unheimlich. Sie nahm sich selber zurück, konnte sich sogar aufrichtig mit mir freuen.

Meine eigenen Gedanken hingegen kreisten permanent um das eigene Ego, das eigene Vorwärtskommen, ohne dass mich die Menschen rings um mich herum tangierten. Einzig ein schlechtes Gewissen zwang mich, mir hin und wieder über die Befindlichkeiten anderer Leute Gedanken zu machen. Diese Szene mit Daniela schloss ich tief in mir ein. Zu dieser Empathiefähigkeit musste ich auch kommen. Zu dieser menschlichen Größe. Wohin meine Entwicklung gehen sollte, war jetzt zumindest klar.

Zwei Jahre später hatte Daniela ihren Abschluss als PTA in der Tasche. Jetzt konnte ich mich mit ihr freuen.

Krise an allen Fronten und Willkommen schöne, neue Arbeitswelt

Nach den mündlichen Prüfungen durfte ich mir das Etikett „staatlich geprüfte Übersetzerin" anheften. Ähnlich wie nach dem Abitur wich die anfängliche Euphorie schnell einem lähmenden Gefühl von Angst. Wiederum stand ich zwar mit einem offiziellen Wisch in der Tasche da, wusste aber nichts damit anzufangen. Wer konnte mir helfen?

Mein Bruder machte seinen MBA in Fontainebleau und war froh, dass ich die Prüfungen bestanden hatte. Wenn ich ganz ehrlich bin, hatte ich im Stillen gehofft, Rudi würde mir dank seiner hervorragenden Beziehungen die eine oder andere Unterstützung anbieten. Allerdings war ich viel zu stolz, ihn darauf anzusprechen. Ich bildete mir ein, er müsste eigentlich selbst darauf kommen. Als nichts passierte, zog ich mich gekränkt und enttäuscht zurück. Ich redete mir ein, nicht auf seine Hilfe angewiesen zu sein. Wäre er jetzt mit einem Hilfsangebot gekommen, hätte ich sogar abgelehnt. So tickte ich. Einerseits hatte ich eine hohe Erwartungshaltung und war sehr schnell verletzt, wenn die Reaktion meines Gegenübers nicht meinen Vorstellungen entsprach. Bot man mir hingegen Hilfe an, wies ich das Angebot oft stolz zurück. Dieses Verhalten verbaute mir einiges im Leben.

Meine Mutter umgekehrt gab sich redlich Mühe, sich in ihrem Bekanntenkreis umzuhören, wo man mit meiner Ausbildung irgendwo Tritt fassen könnte. Ihre Bemühungen verliefen erfolglos. Ich war immer noch nicht gewohnt, Verantwortung für mein Leben zu übernehmen. Stets wartete ich darauf, dass mich jemand an die Hand nahm oder mir auf dem silbernen Tablett eine Lösung für mein aktuelles Problem lieferte. Die Schule selber ließ mich mit der Stellensuche allein. Bisher hatte ich mich darauf versteift, bei einer potentiellen Arbeitsstelle müssten unbedingt meine Spanischkenntnisse zum Einsatz kommen. Stellen mit diesem Profil gab aber der Markt nicht her. Ich hatte ja nicht einmal eine Vorstellung davon, was ich überhaupt machen wollte, geschweige denn, auf welche Stellenanzeige ich mich bewerben sollte.

Mir fehlte jegliche Fantasie.

Wie jedes Kind hantierte auch ich gerne mit bunten Stiften und Wachsmalkreide. Wenn wir bei anderen Leuten zu Besuch waren und uns selber beschäftigen sollten, bekamen Rudi und ich oft ein Blatt Papier und Stifte in die Hand und durften dann unserer Kreativität freien Lauf lassen.

Zeichnen war nicht gerade meine Stärke. Wenn es mir noch einigermaßen gelang, Bäume und Häuser aufs Papier zu bringen, scheiterte ich vollends bei Gesichtern. Um mich nicht länger mit unbefriedigenden Ergebnissen auseinandersetzen zu müssen, verfiel ich auf die Methode, meine Personen mit einheitlichen Gesichtern und Frisuren auszustatten. So tippelte jetzt die gesamte Damenwelt mit rundem Gesicht, Punktaugen und mit Einheitstolle übers Papier.

Mit der Zeit fand ich derart Geschmack an meinen Mädels, dass sie in unzähliger Ausführung meine Malblöcke zierten. Als sich mein Vater eines Tages aus einem anderen Grund schrecklich über mich aufregte, zerrte er einen von meinen Malblöcken auf den Tisch, piekste mit dem Finger auf eine von meinen Schönheiten und knallte mir an den Kopf: „Du bist genauso fantasielos und langweilig wie all diese dummen Mädchen, die du dauernd malst." Und er zeichnete verächtlich mit den Fingern den Bogen der Haartolle nach rechts und links in die Luft, während ich schluchzend in Tränen ausbrach. Diese Worte brannten sich mir unauslöschlich ins Gedächtnis.

Hatte ich im Dezember meine Abschlussprüfung gemacht, saß mir bereits im Januar die Angst im Nacken, nie eine Anstellung zu bekommen. Nie hätte ich mir erlaubt, mich monatelang auf Kosten meiner Mutter auf die faule Haut zu legen. Dies war ein Punkt, der mir seit geraumer Zeit im Magen lag. Einerseits wollte ich ein selbstbestimmtes Leben in Eigenregie führen, andererseits hing ich ständig am finanziellen Tropf meiner Mutter, woraus mir Verpflichtungen entstanden. Ich wusste, wie sich meine Mutter eine anständige Tochter vorstellte. Anders als bei meinem Bruder erschien mir aber die Chance, jemals völlig frei von der finanziellen Unterstützung meiner Mutter zu sein, als reine Utopie. Warum ? Weil sie mir allein für die Gesunderhaltung meiner Haut unzählige Dinge zur Verfügung stellte, die ich mir allein nie hätte leisten können. Dazu gehörte primär die Möglichkeit, ständig nach Davos in unsere Wohnung zu fahren, überdies finanzierte sie Hautpflegemittel, Saunabesuche und all die alternativen Behandlungsmethoden, die ich seit Jahren in Anspruch nahm. Ich fühlte mich wie ein Vogel im Käfig. Zwar im goldenen Käfig, aber auch goldene Gitterstäbe vermochten mich nicht darüber hinwegzutäuschen, dass ich ein Gefangener war.

Der Hass auf meine Haut, die mir derartige Zwänge auferlegte, steigerte sich ins Unermessliche.

All diese Spannungen und Ängste schlugen sich auch seit geraumer Zeit in meinem Essverhalten nieder. Seit ich nicht mehr zu Hause wohnte, kannte ich keine geregelten Mahlzeiten mehr. Thorsten und ich bedienten uns nach Lust und Laune aus dem Kühlschrank. Offiziell hielt ich eine strenge Diät, die sich immer noch zum überwiegenden Teil aus Obst, Gemüse und Salat zusammensetzte. Morgens begann ich mein Frühstück mit Milchkaffee aus Sojamilch, einem Apfel und einem gekochten Ei, später in den Pausen lebte ich von Tomaten, Karotten und Äpfeln, zu Hause verschlang ich Salatberge und literweise Sojamilch. Bisher hatte meine Verdauung diese Rosskuren erstaunlich gut durchgehalten.

Mit Peter zog ein echter Süßschnabel bei uns ein. In unserer WG-Küche stapelten sich kistenweise Joghurtschokolade, Nutella und Schokokekse. Weil wir abwechselnd bei mir und ihm übernachteten, hortete er an beiden Orten seine Vorräte. Hinzu kamen italienische Leckereien von Thorsten, dessen Freundin ihn großzügig aus Italien versorgte.

Hatte mich Christophs Schweinebraten samt Weißbier völlig kalt gelassen, hatte ich jetzt ständig diese Köstlichkeiten vor Augen. In meinen Wahnvorstellungen begann das Nutellaglas die Hüften zu kreisen und lustvoll den Deckel zu heben, während sich die Schokolade schon fast selbstständig aus der Silberfolie zu schälen begann. Schaffte ich es anfangs noch, die lockenden Versuchungen mit einem verächtlichen Seitenblick zu ignorieren, sprang mir doch nach kurzer Zeit in einem schwachen Moment der erste Schokoriegel förmlich von allein in den Mund. Das war der Anfang vom Ende.

Es schlichen sich Tage ein, an denen ich mich hemmungslos durch unsere Vorräte mampfte. Selbst vor Thorstens italienischen Keksen machte ich keinen Halt, was mich des Öfteren in die unangenehme Situation brachte, ihm die rasante Abnahme seiner gehorteten Keksvorräte erklären zu müssen. Unweigerlich musste dann Peter als Sündenbock herhalten. Natürlich hieß es ständig auf der Hut sein, dass mir keiner meiner Männer auf die

Schliche kam. An Tagen, wo mich der Süßhunger ereilte, meldete ich mich für den ganzen Tag bei Peter ab. Hätte mir gerade noch gefehlt, dass ich mir in seinem Beisein des Abends meinen Abführtee einverleiben musste.

Niemals wäre ich auf die Idee gekommen, mich an Pizza, Burger oder Fritten schadlos zu halten. Mich interessierten allein Kuchen, Keks und Co. Ich schlug mir das Zeug nie tonnenweise in den Magen. Trotzdem kam über den Tag gerechnet doch einiges zusammen. Abends dann schlürfte ich als „Reinigungsritual" meinen Abführtee, der mir zwar eine Menge Bauchweh, aber letztendlich auch ein reines Gewissen und vor allem eine beschwerdefreie Haut bescherte. Manchmal kam ich mir vor wie eine Schlange, die sich tagelang auf die Lauer legte und darbte, bis sie schließlich ein ganzes Schaf auf einmal verputzte. Dann rollte sie sich die nächsten Tage zufrieden im Schatten zusammen und verdaute den Leckerbissen.

Trotzdem belastete mich die Wohnsituation zunehmend. Ich sehnte mich nach einer eigenen Bleibe.

Das Problem löste sich von selber, als sich Thorstens praktisches Jahr dem Ende neigte und er zum weiteren Studium nach Italien zog. Rudi hatte nach seinem Abschluss in Fontainebleau einen Job in Zürich angenommen. Dorthin zog es ihn auch aus privaten Gründen, denn er hatte sich – sehr zu meinem Leidwesen – von Katja getrennt und eine Züricherin an Land gezogen. Er wollte also seine Wohnung in München auflösen. Unvermutet sah ich mich schon auf der Straße landen.

Da kam mir Vladimir zu Hilfe.

Wie nach meiner Rückkehr aus Spanien versprochen, hatten Vladimir und Thomas eisern an unserer Freundschaft festgehalten. Ich konnte immer auf ihre Unterstützung zählen.

Als Vladimir vor Jahren nach München kam, hatte er sich als erste Bleibe eine kleine Dachgeschosswohnung gemietet, die ehemals Eisenbahnangestellten als Unterkunft diente. Inzwischen hatten dort etliche seiner Freunde gewohnt. Gerade aber stand die Wohnung leer. Dort konnte ich als Vladimirs Untermieterin für billiges Geld einziehen. Er hätte mir keine größere Freude machen können!

Endlich war ich völlig unabhängig. Eine herrliche Vorstellung!

Objektiv betrachtet, hätte ich verdammt glücklich sein müssen. Ich hatte meinen Abschluss in der Tasche, eine schnuckelige kleine Bleibe und einen Freund, mit dem ich mich überall sehen lassen konnte.

Peter war bei uns zu Hause zwar nicht mit Enthusiasmus, aber mit freundlichem Wohlwollen aufgenommen worden. Nach all der Aufregung mit Christoph war endlich ein verlässlicher Partner aufgekreuzt, der mir sicher auch die nächsten Jahrzehnte treu zur Seite stehen würde. Aber wollte ich das überhaupt?

Was ich suchte, war intensiver Austausch mit einer Person, die mich verstand. Zwar hatten Peter und ich ähnliche Interessen – wir schätzten beide die Natur, bewegten uns gerne, machten zusammen Sport und verbrachten die Abende lieber daheim, als uns ins Nachtleben zu stürzen –, dass er aber über wenige soziale Kontakte verfügte, missfiel mir von Anfang an. Bei Christoph war ich in einen Freundeskreis eingebunden gewesen. Peter hingegen hatte nur ein paar flüchtige Bekannte im Tennisclub, ein paar Arbeitskollegen, aber keinen fest bestehenden Freundeskreis.

Nach einem technischen Studium arbeitete er beim Vermessungsamt in München, mit der Perspektive, auch die nächsten 30 Jahre dort zu verbringen. Irgendwie war ihm beruflicher Ehrgeiz fremd. Er hatte sich gemütlich in seinem Amt eingerichtet. Mit seinem Zimmerkollegen pflegte er wie ein alteingesessenes Ehepaar einen strikt durchgeplanten Tagesablauf. Von den morgendlichen Ertüchtigungen auf der Isomatte vor dem Schreibtisch bis hin zum rituell eingeläuteten Feierabend.

Peter hatte die Wohnung seiner Eltern in der Nähe von München übernommen, die sich selber als Rentner auf einem großen Bauernhof in Niederbayern niedergelassen hatten. Dort verbrachten wir viele Wochenenden, denn ich mochte seine Eltern sehr, die mich von Anfang an ins Herz geschlossen hatten.

Oftmals verzog sich dort Peter nach dem gemeinsamen Frühstück zum Zeitunglesen aufs Sofa, während ich noch Stunden bei seinen Eltern in angeregtem Gespräch um den Frühstückstisch saß. Jetzt war mir auch klar, warum Peter meist den passiven Gesprächspart übernahm: Er hatte es bei seinen Eltern nicht anders gelernt. Die beiden waren äußerst gesprächig und interessiert, sodass für Peter nie die Notwenigkeit bestand, sich aktiv am Gespräch zu beteiligen. Er ließ sich lieber sanft von beiden Seiten berieseln.

Seine Münchner Wohnung war seit dem Auszug seiner Eltern unverändert. Beim Anblick der Kuckucksuhr und den bunten Porzellantellern wähnte ich mich oft in Großmutters guter Stube.

Leider vermisste ich nicht nur spannende und engagierte Dialoge, ich vermisste vor allem auch Esprit, Engagement und Feuer. Wehmütig erinnerte ich mich, wie in Christophs Freundeskreis mit Leidenschaft und Temperament diskutiert wurde. Einerseits schwelgte ich in Dauerharmonie, andererseits drohten mir bei Gesprächen die Augen zuzuklappen.

Mit der Zeit beschlich mich das dumpfe Gefühl, ich wäre für Peter beliebig austauschbar. Irgendwie war ihm völlig egal, wer da am Tisch saß, Hauptsache, die Frau war einigermaßen ansehnlich und sozial verträglich. Mochte er überhaupt mein Wesen, meine Person? Kannte er mich überhaupt? Machte er sich die Mühe, das ergründen zu wollen? Wollte er nicht ganz einfach eine angenehme Person an der Seite, die keinen Ärger machte und keine großen Anforderungen an ihn stellte?

Manchmal dachte ich wehmütig an Helmut. Im Rückblick erkannte ich, dass er der Einzige war, der mich um meiner Person willen geliebt hatte. Entweder hatte ich mich einer Idealvorstellung von Frau angepasst oder ich war bestenfalls ein Mittel gegen Einsamkeit und nicht Alleinsein-Können.

Traurig war ich, dass ich das erst ziemlich spät erkannt hatte. Trotzdem war ich froh um diese Erkenntnis. Noch war ich am Ausprobieren und hatte mich nicht fest an einen Mann gebunden.

Zumindest wusste ich jetzt, dass mir ein Mann wie Christoph lieber war als einer wie Peter. Es beleidigte mich fast, dass Peter mit so wenig zufriedenzustellen war. Ich begann schleichend vor ihm den Respekt zu verlieren. Verleugnen konnte ich auch nicht länger, dass ich auf der Suche nach einem Menschen war, der mir Halt und Orientierung gab. Ich wollte keinen Abnicker und Jasager, sondern einen Mann, mit dem ich mich reiben und auseinandersetzen konnte. Auch einen, der mir geistig und rhetorisch überlegen war. Tief in meinem Herzen war ich nicht der Typ Frau, die einen der „neuen" Männer wollte, der als zahnloser Softie hinter seiner Frau herwischte. Das alte Rollenbild passte mir. Sollten mir doch sämtliche Feministinnen ins Gesicht springen.

Gleichzeitig kämpfte ich mit meinem schlechten Gewissen Peter gegenüber, der mir doch eigentlich alles bot, was sich eine Frau wünschen konnte. Ich schalt mich undankbar und arrogant, dass ich dieses Glück nicht einfach annehmen und genießen konnte. Trotzdem blieb ich tief drinnen unzufrieden.

Hinzu kam, dass ich auf einmal ganz unversehens von Peters Seite Druck bekam, mit dem ich überhaupt nicht gerechnet hatte.

Meine horizontalen Qualitäten wurden zunehmend bemängelt, für nicht ausreichend befunden, ja sogar ganz grundsätzlich kritisiert. Fast musste ich schmunzeln, als mir Passivität zur Last gelegt wurde. Mich erstaunte, dass sich jemand darüber überhaupt Gedanken machte. Ich hatte völlig unterschätzt, welchen Stellenwert Peter diesem Manko beimaß.

Mit mir konnte man das Pflichtprogramm abwickeln. Reichte das nicht? Vielleicht hatte ich das Glück gehabt, mit dieser Einstellung bei meinen bisherigen Partnern kein Missfallen zu erregen. Zumindest hatte sich noch keiner so offen wie Peter darüber beschwert. Jetzt begannen bei mir die Zweifel zu nagen. Als ich versuchte, mich diesbezüglich mehr ins Zeug zu legen, reagierte mein Körper mit eindeutiger Ablehnung: Die Innenseiten meiner Oberschenkel entzündeten sich und fingen an zu nässen.

Die alten Hautprobleme hatten mich wieder eingeholt.

Essenstechnisch führte ich weiterhin ein Doppelleben: Offiziell und im Beisein von Peter hielt ich mich eisern an meine Diätvorschriften. War ich allein und schlug die Unzufriedenheit wie eine Woge über mir zusammen, wühlte ich mich durch Kuchenberge und veranstaltete meine privaten Kaffeekränzchen.

Auch hier nahm meine Aggressivität zu. Der tatsächliche Genuss ging zunehmend flöten, weil ich ständig Gefahr lief, aufzufliegen. Mit Kuchen war mein Hunger nach Wertschätzung und Anerkennung nicht zu stillen.

Meine Zuversicht, einen erfüllenden, spannenden Job zu ergattern – von dem ich allerdings nicht mal eine vage Vorstellung hatte – wich zunehmend finanziellem Druck. Bitter war die Erkenntnis, dass ich einer der letzten Jahrgänge war, der keine Computerausbildung genossen hatte. Die meisten Stellen im Sekretariat, auf die ich mich nun bewarb, erforderten aber Schreibmaschinen- und Computerkenntnisse, oft natürlich auch Berufserfahrung.

Nach diversen Absagen bewarb ich mich schließlich in meiner Verzweiflung bei Zeitarbeitsfirmen. Weitere Bewerbungen blieben erfolglos.

Letztendlich bot mir ein junger Chef einen Arbeitsvertrag an, wenn ich binnen eines Monats Schreibmaschinenschreiben im Zehnfingersystem beherrschte. Ich unterzeichnete und schnappte mir Rudis alten Computer. Die nächsten Wochen verbrachte ich mit geduldigen Fingerübungen, die mich an die verhasste Zeit meiner Klavierstunden erinnerten.

Nach einem Monat trat ich mit klopfendem Herzen und schwitzigen Händen bei meinem ersten Arbeitseinsatz an. Ich sollte bei einer Biotechnologie-Firma eine ausgefallene Sachbearbeiterin ersetzen. Ich tippte tagelang Adressen und Telefonnummern in den Computer. Es folgten weitere Einsätze bei diversen Firmen und Agenturen. Nie dauerten meine Einsätze länger als eine Woche. Schließlich landete ich bei einem jungen Architekten, der sich gerade in seinem Wohnzimmer selbstständig gemacht hatte. Er brauchte für administrative Arbeiten und den Aufbau eines Büros eine Assistentin. Zentral in der Innenstadt gelegen, hatte er sich auf zahlungskräftiges, aber auch anspruchsvolles Klientel fixiert.

In seinem Büro herrschte eine völlig andere Arbeitseinstellung, als ich in den bisherigen Firmen erlebt hatte. Mein junger Chef ließ mir völlig freie Hand, erwartete aber am Ende des Tages entsprechende Resultate. Das war ganz nach meinem Geschmack. Ich wurde aufgefordert, selber Anregungen und Vorschläge zu liefern, wie die Strukturen optimal geschaffen werden könnten. Man ließ mich an Gesprächsrunden teilnehmen, die mich allein wegen ihrer rhetorischen Brillanz ansprachen, selbst wenn ich von der Materie wenig Ahnung hatte.

Leider benötigte mein Chef nur eine Halbtageskraft, sonst hätte er mir eine Weiterbeschäftigung in seinem Büro angeboten.

Trotzdem hatte ich endlich eine Vorstellung davon bekommen, wie ich in Zukunft gerne arbeiten wollte.

Dann schickte man mich zu Siemens.

An der Pforte wurde ich von einer netten Dame in meinem Alter mit luftigem Sommerröckchen und hochhackigen Pumps in Empfang genommen. Etwas betreten musterte sie meine schlichte Aufmachung, bevor sie mit aufreizendem Hüftschwung vor mir herstöckelte. Ich sollte ihren Platz einnehmen, bis sich eine Nachfolgerin finden ließ, da sie selber durch einen internen Aufstieg in eine andere Abteilung versetzt worden war. Ihr „sitzengelassener" Chef war von ihrem Weggang wenig begeistert. Zwischen den beiden herrschte eisige Distanz. Mich würdigte mein neuer Vorgesetzter keines Blickes.

Ein hoffnungsvoller Anfang.

Keine fünf Minuten der Einweisung waren verstrichen, als ich mich auch schon alleine an meinem Platz fand. Zum Glück nahm mich eine ältere Sekretärin unter ihre Fittiche, die mir gegenübersaß. Ohne ihre Hilfe wäre ich grausam gegen die Wand gefahren.

Sehr schnell lernte ich, dass die gesamte interne Organisation strengen Gesetzmäßigkeiten unterworfen war. Arbeitsabläufe waren genormt, Abweichungen von hausüblichen Gepflogenheiten wurden nicht toleriert. Hatte man den gesamten Ablauf intus, konnte man getrost das Hirn abschalten. Mein Chef, Herr Jäger, erwartete, dass ich mich in kürzester Zeit einarbeitete. Immerhin war er reichlich genervt, dass sich durch den Weggang seiner Sekretärin ein eingespieltes Team zerschlagen hatte. Beide stammten aus Österreich; von dort hatte sie Herr Jäger als seine Sekretärin mitgebracht, als er nach München versetzt wurde. Seine Familie wohnte weiterhin in Österreich, er selber hatte sich in Firmennähe eine Wohnung gemietet.

Mich hatte es also zu den „Halbleitern" verschlagen. Eine treffende Beschreibung für mein Umfeld. In der Siemensinternen Hierarchie relativ weit oben angesiedelt, leitete Herr Jäger die Abteilung „Qualitätssicherung", die circa 25 Mitarbeiter zählte. Seine Dienststellenleiter beschäftigten zwei weitere Sekretärinnen. Ich war allein für die Belange von Herrn Jäger zuständig. Darüber wachte er eifersüchtig.

Während ich mich im Schnellverfahren mit den gängigen Computerprogrammen vertraut machte, konnte ich hautnah miterleben, wie die hauseigenen Anwärterinnen auf meinen Posten von Herrn Jäger auf Herz und Nieren geprüft wurden. Kolonnen abgewiesener Bewerberinnen zogen an meinem Schreibtisch vorbei. Meist waren ihm die Damen schlicht und ergreifend zu alt. Irgendeine abgetakelte Schabracke im Vorzimmer widersprach seinem ästhetischen Empfinden. Keine der Bewerberinnen fand Gnade vor seinen Augen. Wie außerdem die internen Buschtrommeln verrieten, wurde Herrn Jäger ein leicht cholerischer Führungsstil nachgesagt.

Nach vier Wochen erfolgloser Suche baute sich schließlich Herr Jäger vor meinem Schreibtisch auf und bot mir an, ganz bei ihm einzusteigen. Um mir diesen Posten zu verschaffen, wollte er auch die hartnäckigsten internen Bewerberinnen abwimmeln. Dann wäre der Platz frei für mich. Ich sollte ihm getrost das Anliegen überlassen, er würde schon die richtigen Hebel in Bewegung setzen. Dabei schaute er mir mit einer vermeintlich unwiderstehlichen österreichischen Charmeoffensive tief in die Augen, wozu er sogar kurz seine Brille lüftete.

Nach der ersten Schrecksekunde war mir klar, dass ich in den nächsten Wochen keinen leichten Stand haben würde, sollte ich es wagen, sein großzügiges Angebot auszuschlagen. Meine Entscheidung war schnell gefällt. Bei einem großen Konzern einen festen Arbeitsplatz zu ergattern, erschien mir in meiner Situation wie ein Sechser im Lotto. Ich sagte also Herrn Jäger zu, der sich umgehend um einen Arbeitsvertrag für mich bemühte.

Kurz bevor es zur Unterzeichnung kam, erhielt ich einen Anruf von meinem vorherigen Arbeitgeber, dem Architekten. Er hatte sich in den letzten Monaten so etabliert, dass er mir eine Vollzeitstelle in seinem Büro anbieten konnte. Jetzt hatte ich plötzlich zwei Jobangebote in der Hand. Wie sollte ich mich bloß entscheiden?

Natürlich war klar, wofür mein Herz schlug. Liebend gerne hätte ich das Angebot des Architekten angenommen. Er bot mir die Möglichkeit, in einem Umfeld zu arbeiten, in dem Niveau und menschlicher Umgang stimmten. Inzwischen hatte ich mich mit der Vorstellung notgedrungen abgefunden, dauerhaft in einem Sekretariat zu landen. Wahrscheinlich war ich zur damaligen Zeit wirklich zu fantasielos, mir eine andere Tätigkeit vorzustellen. Der Architekt imponierte mir vor allem menschlich. Außerdem legte er bei seiner gesamten Korrespondenz Wert auf sprachlichen Schliff. Ich erlebte, wie er sich wichtige Geschäftsbriefe ausdruckte und an die Wand pinnte, um sie mehrmals am Tag durchzulesen und sprachliche Verbesserungen anzubringen. Dementsprechend wusste er meine ausgefeilten Formulierungen zu schätzen, was mich über andere dröge Arbeiten im Sekretariat hinwegtröstete.

Bei Herrn Jäger hingegen erwartete mich hundert Prozent dröge Büroarbeit. Der Fokus lag eindeutig auf irgendwelchen Computer-Grafikprogrammen, die ich kaum beherrschte. Pro Tag wurden ein paar E-Mails versandt, Besprechungen anberaumt und die spärlichen Dienstreisen organisiert. Für die Bewältigung der hausinternen Post reichten ein paar Standardformulierungen und für die Chipproduktion in Singapur waren meine rudimentären Englischkenntnisse schon fast überqualifiziert.

Aber die Tätigkeit an sich war nur ein relativ unbedeutender Aspekt bei meiner Entscheidungsfindung. Ich ließ die letzten Monate und Jahre Revue passieren. Hauttechnisch hatte ich mich einigermaßen stabilisiert, wobei ich diesen Zustand nur halten konnte, wenn ich weiterhin eisern an meiner Diät festhielt.

Als ich meinen Arbeitsvertrag bei der Zeitarbeitsfirma unterschrieb, schwor ich mir, fortan endlich Schluss zu machen mit meinen unregelmäßigen Kuchenattacken. Seit einiger Zeit rebellierte alles in mir gegen Abführtee. So konnte es nicht weitergehen. Wenn ich „richtig" zu arbeiten anfing, konnte ich mir derartige Aussetzer nicht mehr leisten. Da musste ich funktionieren. Wenn mich also die Lust auf Süßes packte, erlaubte ich mir ab sofort nur noch „gesunde" Lebensmittel. Dann gab es zum Beispiel einen Pott Reisbrei mit Sojamilch oder ich mümmelte gekochte Kartoffeln. Das funktionierte erstaunlich gut. Seitdem ich von Abführtee und Kuchenattacken die Finger ließ, blieb auch der Appetit auf Süßes aus. Am meisten aber hielt mich die Vorstellung bei der Stange, dass ich fortan einen Job zu erfüllen hatte, der meine volle Aufmerksamkeit erforderte.

Allein die Mittagsversorgung warf bei meinen Arbeitsstellen erhebliche Probleme auf. So gingen die Kollegen des Architekturbüros mittags ins Restaurant oder schnappten sich auf die Schnelle einen Burger an der Ecke.

Bei den schnell wechselnden Stellen während der Zeitarbeit war es für mich kein Problem, mich vom allgemeinen Verbund auszuklinken und auf einer Parkbank oder in einem Nebenraum meine mitgebrachten Karotten und Kartoffeln zu verzehren. Da ich sowieso immer nur eine vorübergehende Erscheinung war, legte niemand großen Wert darauf, näher mit mir ins Gespräch zu kommen.

Bisher hatte ich vermieden, meine Hautprobleme und die damit einhergehende Diät an die große Glocke zu hängen. Wollte ich aber langfristig im Architekturbüro arbeiten, musste ich Farbe bekennen. Außerdem grauste mir vor der allgemeinen Kleiderordnung. Ich hatte im Sommer beim Architekten gearbeitet, wo ich mit allerlei langen Kleidern eine gute Figur machte. Was machte ich aber in der Winterzeit, wo ich mich in Seidenstrümpfe und Röcke zwängen musste, die mir ein unerträgliches Hautgefühl bescherten. Für einen „Normalo" scheint es eine Lappalie zu sein, aber die Vorstellung, einen ganzen Tag in Seidenstrümpfen herumzulaufen, trieb mir den Angstschweiß auf die Stirn. Schon der Gedanke an steife Blusenkragen und kratzige Wollpullover verursachte einen mentalen Kratzanfall. Glücklicherweise hatte ich einen gesunden Teint, denn hätte ich mir das Gesicht mit Make-up zuspachteln müssen, wäre spätestens nach zwei Tagen eine Überdosis Kortison zur Schadensbegrenzung nötig gewesen.

Groß und schlank mit braungebranntem Teint und blauen Augen: Das waren meine körperlichen Vorzüge, die zum guten Glück den Einsatz von Make-up und Nagellack überflüssig machten. Außerdem war ich sowieso eher der sportliche und legere Typ, der lieber in löchrigen Jeans und Turnschuhen durchs Leben stiefelte. Liebliches Pastell und Goldkettchen in Herzchenform über drallen Formen baumelnd überließ ich lieber den neuen Kolleginnen bei Siemens.

Auch wenn mich meine Vorgängerin bei Herrn Jäger in ziemlich aufgetakelter Montur empfangen hatte, trugen die meisten Sekretärinnen eher biederen Hausfrauenschick und verspieltes Barbiedesign zur Schau. Hier fiel ich sicher weniger auf als unter den geschmackvoll gekleideten Angestellten im Architekturbüro.

Viel mehr aber als die Kleider- und Essensfrage beschäftigte mich der Gedanke, ich könnte auf die Dauer den Anforderungen des Architekten nicht genügen. Nüchtern betrachtet gab es keine Anhaltspunkte für derartige Befürchtungen, aber ich traute mir generell wenig zu. Nicht auszudenken, wenn das gute Bild, das der Architekt bisher von mir hatte, nach und nach Schaden nehmen würde. Dann lieber einen schnellen Schnitt, damit er mich wenigstens in bester Erinnerung behielt.

Meine größte Angst aber saß mir in Form meiner unberechenbaren Haut im Nacken. Jeder Diätfehler, jeder geänderte Lebensumstand und vor allem jeglicher Stress konnte neue Hautschübe auslösen. Schon zu Schulzeiten hatte ich die leidige

Erfahrung gemacht, dass Leistungsdruck und Anforderungen, die ich vermeintlich nicht erfüllen konnte, sich stets auf meiner Haut abzeichneten. Sollte ich im Architekturbüro wegen Krankheit ausfallen, würde ich sicher eine größere Lücke reißen als bei Siemens, wo mich Dutzende Kolleginnen ersetzen konnten. Außerdem hatte ich im Hinterkopf, dass ich bei Siemens auch in die hauseigene Krankenkasse aufgenommen werden würde. Dies war ein interessanter Aspekt für mich.

Nach Rat der Ärzte sollte ich für ein ausgeglichenes Seelenkostüm sorgen, ohne große emotionale Ausschläge nach oben oder unten. Außerdem ein Arbeitsumfeld, das mich nicht unter Druck setzte. Ich frage mich wirklich, wer sich nach so einem Leben sehnte? Ein phlegmatischer Beamter vielleicht? Also ich wollte jedenfalls leben, mit all den Ausschlägen nach oben und unten, die das Leben zwar nicht ganz einfach, aber sicherlich bunt machen.

Eigentlich wollte ich weder zum Architekten noch zu Siemens. Hatte ich mich all die Jahre durch verschiedene Schulen gequält, um jetzt Anforderungen zu erfüllen, die ich mir in einem halben Jahr hätte aneignen können? Ich war wie gelähmt. Einzig der Gedanke schob sich für mich in den Vordergrund, dass ich mein eigenes Geld verdienen würde. Immerhin hegte ich die Illusion, ich könnte mich endlich finanziell völlig unabhängig von meiner Mutter machen.

Am 1. Oktober unterzeichnete ich schließlich meinen Arbeitsvertrag bei Siemens.

Die Einzige, die sich dabei ernsthaft Sorgen um meinen Geisteszustand machte, war Daniela.

In meiner kleinen Dachwohnung hatte ich mich inzwischen gut eingelebt. Eines Tages signalisierte mir meine Mutter, dass sie mal gerne sehen würde, wo ich hauste. In unserer WG hatte mich meine Mutter kein einziges Mal besucht. Es schien, als wollte sie nicht wahrhaben, dass Rudi und ich inzwischen ausgezogen waren.

Wir vereinbarten also einen Nachmittag. Ich erinnere mich gut an den Blick, als sie mein kleines Reich betrat. Auf der vordersten Sitzkante meines Campingstühlchens klemmend, streiften ihre Augen das rosa gekachelte Bad, das von jedem Platz meines Wohnzimmers gut einsehbar war, weil die Badezimmertür fehlte.

„Hier wohnst du also." Mehr brachte sie in der halben Stunde ihres Aufenthaltes nicht heraus. Zu sehr schien sie der Zustand des Zimmers zu schocken.

Kurz bevor sie die Flucht ergriff, fasste sie sich ein Herz und machte mir den Vorschlag, ich könnte in das Haus ihrer Mutter ziehen, das sie von ihr geerbt hatte. Seit etlichen Jahren war das kleine Reihenhäuschen vermietet, jetzt aber hatten die Mieter gekündigt. Ich kannte dieses kleine Häuschen, wenige Kilometer entfernt in Planegg, sehr wohl. Ich war als Kind bereits dort gewesen. Beim ersten Blick hatte ich mich in die kleine Idylle dort verliebt. Schon damals sagte ich voller Überzeugung zu meiner Mutter: „Da möchte ich mal wohnen!"

Nach der ersten freudigen Überraschung leuchteten sofort rote Warnlämpchen vor meinem geistigen Auge auf. Wohnte ich erstmal dort, war ich wieder viel abhängiger von meiner Mutter als in der jetzigen Wohnsituation.

Ich überlegte nur kurz und sagte dann: „Gerne ziehe ich in dieses Häuschen, weil es schon immer mein Traum war, aber nur unter zwei Bedingungen: Zum einen machen wir einen regulären Mietvertrag, in dem ganz genau der Mietpreis und die übrigen Bedingungen festgelegt sind. Zum anderen entscheide ich allein, wer in diesem Haus ein- und ausgeht. Außerdem wirst du dort nicht unangemeldet aufkreuzen. Sollte dir das nicht recht sein, ist das überhaupt kein Problem, denn ich habe keine Veranlassung, hier auszuziehen."

Das saß. Ich sah meine Mutter förmlich wie unter einem Keulenschlag zusammenzucken. Trotzdem bewahrte sie Fassung und meinte beim Gehen, dass sie sich alles durch den Kopf gehen lassen würde.

Zwei Monate später zog ich zu einem lächerlich niedrigen Mietpreis in das kleine Häuschen, hatte einen fixen Mietvertrag in der Tasche und war glücklich wie lange nicht mehr, denn ich wusste, dass mir meine Mutter damit ganz bewusst einen Herzenswunsch erfüllt hatte. Ich schämte mich, dass ich mich bei ihr nicht offen und aufrichtig dafür bedanken konnte.

Nach kurzer Zeit verlief mein Leben in festen Bahnen. Die ersten Monate startete ich so früh wie möglich meinen Dienst bei Siemens, damit ich das Ganze schnell hinter mir hatte. Ich gewöhnte mir an, die Mittagspausen durchzuarbeiten, denn ich konnte mich nicht dazu durchringen, im Pulk mit den anderen Sekretärinnen in die Kantine zu trotten, um dort in einer bahnhofähnlichen Atmosphäre meinen Salat zu mümmeln. Nein, ich wollte nicht arrogant sein, wollte mich nicht aus der Gemeinschaft ausschließen, aber ich verbrachte nach wie vor am liebsten meine Mittagspause alleine.

Nebenan war ein Friedhof, wo ich mich bei schönem Wetter auf eine Bank setzte. Bei schlechtem Wetter verzog ich mich für Minuten ins angrenzende Besprechungszimmer, dessen Schlüssel ich praktischerweise verwaltete. Seit geraumer Zeit bekämpfte ich über den Tag aufkommende Hungergefühle mit Unmengen von Tee. Das hatte zum einen den Vorteil, nie wirklich hungrig zu sein, zum anderen aber wusste ich, dass sich viel Trinken immer positiv auf meine Haut ausgewirkt hatte. War der Stoffwechsel gut durchgespült, brauchten nicht mehr so viele Giftstoffe über die Haut ausgeschieden zu werden.

Schon bald animierte mich niemand mehr, die Mittagspause mit ihm zu verbringen. Was über mich getuschelt wurde, war mir herzlich egal. Ich war zu allen gleichermaßen höflich und hilfsbereit. Von Anfang an hatte ich mir vorgenommen, Berufliches und Privates strikt voneinander zu trennen. Bald erfuhr ich, dass die anderen Kolleginnen sich auch privat trafen. Ohne unhöflich zu sein, klemmte ich diese Ansätze sofort ab. Es war nicht mein Ding, mit erlebnishungrigen Frauen durch Bars zu ziehen. Bei Gesprächsthemen wie untreue Ehemänner, Mode oder die neuesten Szenetempel konnte ich nichts beitragen. Schon allein äußerlich stach ich wie ein bunter Hund heraus. Wenn ich mir mit schlanker Taille mein Mineralwasser aus der Teeküche schnappte, während die anderen mit ausladenden Hüften über den neuesten, ausgeklügelten Diätplänen brüteten, folgten mir missmutige Blicke. Wahrscheinlich tuschelte man hinter meinem Rücken über die komische Spinatwachtel, die da neuerdings in Jägers Vorzimmer waltete.

Mein Chef goutierte meine kommunikative Zurückhaltung keineswegs, denn er selber schleimte sich in österreichischer Manier an jeden ran, von dem er sich Profit erhoffte. Tagelang hing er networkend am Telefon. Die restliche Zeit verbrachte er mit seinem liebsten Spielzeug: dem Computer. Mindestens einmal pro Woche hatte der leidgeprüfte Abteilungsadministrator anzutraben, um die neuesten technischen Finessen auf seinen Computer zu laden.

Pünktlich um 16:00 Uhr ließ ich buchstäblich meinen Bleistift fallen und verließ fluchtartig die Stätte meines Wirkens. Jetzt fing für mich der Tag an.

Das erste halbe Jahr ging ich nach der Arbeit regelmäßig zum Reiten. Die Abende verbrachte ich meist mit Peter; wir pendelten zwischen beiden Wohnungen.

Es kam mir vor, als würde mein Leben unspektakulär an mir vorbeilaufen.

Völlig neue Gefühle und ein notwendiges Ende

Im Frühjahr wollte ich zum ersten Mal mit meiner Mutter für ein paar Tage zum Reiten an den Bodensee fahren. Peter blieb als passionierter Nichtreiter zu Hause. Meine Mutter hingegen war schon früher etliche Male dort gewesen, weil der Reitlehrer, der auch in Davos seit Jahrzehnten einen Reitbetrieb führte, jedes Jahr mit einigen seiner Pferde für ein paar Wochen ins weitläufige Thurgau zum Ausreiten ging. Er wohnte dort bei einem Freund, der einen Gasthof betrieb, die Pferde hatte er nebenan in einem kleinen Stall untergebracht. Vor der Krankheit meines Vaters waren auch meine Eltern begeisterte Teilnehmer gewesen.

Hoch zu Ross über saftige Wiesen schaukelnd, sich des Abends im Restaurant beim Gastwirt Eddy verwöhnen lassen, nette Leute kennenlernen, das schien mir für ein paar Tage ein herrliches Programm zu sein. Da es im winzig kleinen Ort keine Übernachtungsmöglichkeiten gab, quartierte ich mich mit meiner Mutter bei der Bäckerin ein, die eine kleine Kammer für uns freimachte. Hans, den Reitlehrer, samt seiner ganzen Familie kannte ich ja seit Jahren bestens aus Davos.

Man traf sich bereits zum Frühstück bei Eddy im Restaurant, danach wurden die Pferde verteilt und schon ritten wir los. Es waren über die Jahre immer wieder die gleichen Gesichter, die sich bei Eddy zusammenfanden. An die Tatsache, dass wir die einzigen Deutschen waren, hatten wir uns schnell gewöhnt.

Zuweilen wurden wir von den Schweizern misstrauisch beäugt. Dass die Eidgenossen meist auf unser Völkchen nicht sonderlich gut zu sprechen waren, hatte ich in Davos über all die Jahre am eigenen Leib erfahren. Manchmal konnte man es ihnen aber auch nicht verdenken, denn gerade mit der norddeutschen Offenheit trat man den zurückhaltenden Schweizern gnadenlos auf die Füße. Als kaufkräftige Touristen gern gesehen, als Menschen weniger; mit dieser Erfahrung hatte ich inzwischen zu leben gelernt. Meine Gegenstrategie war, sich von anfänglicher Zurückhaltung nicht sonderlich abschrecken zu lassen und immer höflich auf die anderen zuzugehen. Noch ein wenig Charme um dieses Päckchen herumgewickelt und die Sache konnte eigentlich nicht schieflaufen.

Eines Tages war auch ein älterer Herr namens Robert mit der Truppe unterwegs, den ich bereits kannte, denn seine Frau und er gingen im Davoser Reitstall ein und aus. Dort standen ihre eigenen Pferde und sie waren oft mit meinen Eltern bei Eddy ausgeritten. Meine Eltern waren sich in ihrem Urteil einig, dass es sich um einen äußerst sympathischen Mann handelte, der leider mit der falschen Frau verheiratet war. Des Abends, wenn die Runde gerade in bester Stimmung war, wurde Robert von seiner Frau ins Bett zitiert. Als Hotelier von Rang und Namen lebte er mit ihr und den zwei Kindern in Klosters auf großem Fuß. Er war mir schon als Kind aufgefallen, weil er unter den eher kleinwüchsigen Schweizern durch seine Körpergröße hervorstach.

Bei einem unserer Ausritte hatte ich ein etwas widerspenstiges Pferd erwischt, dem ich ganz gerne mit einer Gerte die Flausen ausgetrieben hätte, wenn ich mich nicht dummerweise unbewaffnet aufs Pferd gewagt hätte. Robert, der hinter mir ritt, hatte offenbar meine missliche Lage bemerkt, denn plötzlich hörte ich hinter mir ein kräftiges Knacken. Als ich mich umdrehte, sah ich gerade, dass Robert einen biegsamen Ast von seinen Zweigen befreite, den er mir galant als Gertenersatz in die Hand drückte.

Ab da trafen wir immer öfter wie zufällig aufeinander; Gelegenheiten ergaben sich täglich genug. Tagsüber ritten wir nebeneinander, abends war Robert zufällig mein Tischnachbar. Irgendetwas zog mich magisch an seine Seite; ich lauschte gerne seinen Worten, fühlte mich aber auch einfach nur wohl, wenn er neben mir her ritt. Vor dem Abendessen gingen wir im angrenzenden Wald spazieren, eines Tages nahm er mich in den nächstgrößeren Ort mit, wo sich auch all die anderen bei einem Pferderennen zusammengefunden hatten.

Zeitgleich freundete ich mich mit Eddy, dem Gastwirt, an. Etwas jünger als Robert, hatte er seine Frau vor Jahren verloren und lebte als Individualist in einem selbst entworfenen runden Erdbau oberhalb seines Restaurants. Eddy verhehlte nicht sein Interesse an mir.

Meine Mutter hatte die Entwicklungen sicher die ganze Zeit mit wachem Auge beobachtet, denn nach einiger Zeit ließ sie beiläufig die Bemerkung fallen: „Na, mir scheint, da hast du gleich zwei Eroberungen gemacht." Und: „Was für ein Glück, dass Robert seine Frau zu Hause gelassen hat."

Am letzten Abend wollte sich Robert nur kurz unser kleines Zimmerchen bei der Bäckerin anschauen und stieg zu mir in den Dachstock, wobei er ins Straucheln geriet. Nach einer kurzen, hilflosen Geste landeten wir beide auf dem Bett. Wohlgemerkt AUF dem Bett. Wie als ob er sich besinnen müsste, rappelte er sich nach einer ersten Umarmung hoch und stürzte fluchtartig aus dem Zimmer.

So trennten wir uns. Vorläufig. Als ich am nächsten Tag abfuhr, ahnten wir beide, dass da etwas Unaufhaltsames ins Rollen gekommen war.

Zu Hause im Alltag funktionierte ich. Des Morgens wurde ich an unsichtbaren Fäden hochgezogen, um dann in regelmäßiger Routine ein Programm abzuspulen, das nicht mein eigentliches Leben betraf. Außerdem fühlte ich eine zunehmende Kluft zwischen mir und meinem Körper. Nach außen merkte niemand, was sich in mir abspielte. Ich war die stets gutgelaunte, lebensfrohe Lisa, die sich durch den Tag lachte. Des Abends fiel ich immer öfter völlig ausgepumpt aufs Sofa, unfähig, mich zu einer weiteren Abendaktivität aufzuraffen.

Inzwischen waren drei Jahre bei Siemens vergangen und ich hatte in der Zwischenzeit an die 20 Kilo verloren. Dies war ein schleichender Prozess, denn ich verspürte tagsüber keinen Appetit mehr, wenn ich fast ohne Pause meinen Büroalltag hinter mich brachte. Nach Feierabend schaufelte ich vor dem Fernseher Unmengen von Salat und Gemüse in mich hinein, um den bisher makellosen Zustand meiner Haut nicht zu gefährden. Außerdem mochte ich nach wie vor Salat. Ich liebte das Rascheln und Knacken der Blätter zwischen meinen Zähnen.

Des Nachts plagten mich Blähungen und Durchfälle, die auch noch den ganzen nächsten Vormittag anhielten. War ich sämtliches Grünzeug endlich losgeworden, folgten ein paar ruhige Stunden, in denen ich das meiste zu schaffen versuchte, was ich im Büro zu erledigen hatte.

An den Wochenenden quälte ich mich in langen Spaziergängen durch die Gegend, in der Hoffnung, der gefühlten Sinnlosigkeit meines Daseins zu entkommen. Die eigentliche Arbeit, die ich täglich zu erfüllen hatte, erschien mir völlig trivial und sinnentleert.

Oftmals verließ ich um 16:00 Uhr das Firmengelände und stellte mir die bange Frage nach der Bilanz des heutigen Tages. Hatte ich mich anfangs noch mit Elan und Eifer auf meine überschaubaren Aufgaben gestürzt, stellte sich im Laufe der Zeit eine seltsame Lähmung ein, die mich stundenlang untätig vor dem Computer verharren ließ. Gleich zu Beginn hatte ich gemerkt, dass ich die anfallenden Arbeiten in maximal zwei Stunden erledigen konnte. Die Devise lautete daher, die Arbeit sorgfältig einzuteilen, um nicht bereits vor der Mittagspause untätig herumzusitzen. Als ich aber die anderen Sekretärinnen heimlich beobachtete, merkte ich, wie sie mit ganz ähnlichen Problemen kämpften: Schnell in betriebsame Hektik verfallen, wenn der Chef um die Ecke bog, und sich wieder entspannt zurücklehnen, wenn er in die nächste Besprechung entschwand. Oder sich sinnlose Tätigkeiten suchen. Surfen im Internet erfreute sich natürlich auch vermehrter Beliebtheit, obwohl es von den Vorgesetzen offiziell nicht gerne gesehen wurde.

Im ersten Jahr hatte ich noch versucht, mich ins englische Fachvokabular einzuarbeiten, ein Unterfangen, das nicht unbedingt von Erfolg gekrönt war, denn schon im Deutschen waren mir gewisse technische Vorgänge ein Rätsel. Außerdem waren Speicherchips oder Stresstests nicht unbedingt Themen, die mich zu Begeisterungsstürmen hinrissen.

Nach dem kurzen Kontakt mit Robert wollte ich nicht länger an Peters Seite ausharren. Auch wenn es mir objektiv gesehen an nichts mangelte, fehlte es doch an Grundsätzlichem. Allmählich schwante mir auch, dass Peter ein Familienmensch war, der einer Familienplanung nicht abgeneigt war. Ohne mich! Eine Trennung würde ihn für diesen Weg freimachen. Dieses Argument beruhigte mein schlechtes Gewissen.

Langsam brachte mich seine Unentschlossenheit, ja sogar seine Gleichgültigkeit bei alltäglichen Entscheidungen immer mehr in Rage. Er entschied einfach nichts. So kam es zumindest bei mir an. Ich wollte jemanden, der Farbe bekannte und Nägel mit Köpfen machte, nicht jemanden, der wie ein Chamäleon durchs Leben mäanderte. Er bot keine Angriffsfläche. Mit seiner Nachgiebigkeit und seiner Toleranz, die seiner Harmoniesucht oder Bequemlichkeit geschuldet war, bot er mir keinen Ansatz für fruchtbare Diskussionen.

Im Supermarkt eskalierte schließlich die Situation. Ich hatte Peter gefragt, was ich an jenem Abend kochen sollte und hatte ihm zwei Alternativen zur Auswahl geboten. Seine Antwort lautete: „Ist mir egal, entscheide du." Diese an sich harmlose Bemerkung brachte das Fass zum Überlaufen.

Vor versammelter Supermarktbesatzung und einigen verstörten Kunden nagelte ich Peter verbal ans nächste Kühlregal. Passend. Dort befand sich nämlich auch seit geraumer Zeit schon unsere Beziehung.

Zu Hause angekommen, setzte ich einen völlig verdutzten Peter vor die Tür, der nur noch die verstörten Worte „Lisa, so kenne ich dich gar nicht" vor sich hinmurmelte. Während ich emotional immer noch an der Decke klebte, meldete sich zeitgleich das schlechte Gewissen. Ich dachte an seine Eltern, denen ich soeben die Traumschwiegertochter entrissen hatte. Ich wollte Peter nicht verletzen und doch zum Ausdruck bringen, dass ich einfach nicht mehr konnte. So vertröstete ich ihn auf einen nicht näher definierten Zeitpunkt, an dem ich mich wieder bei ihm melden wollte. Zunächst aber bräuchte ich Abstand. Ich weiß nicht, ob ihm auch schon zu diesem Zeitpunkt klar war, dass dies der Schlussakkord unserer Beziehung war.

In der nächsten Zeit kapselte ich mich völlig von meiner Familie ab.

Meine Mutter und mein Bruder beobachteten mit Sorge meine Entwicklung. Vor allem der deutliche Gewichtsverlust war nicht mehr zu übersehen. Immer provozierender war demnach mein Verhalten, wenn ich bei gemeinsamen Restaurantbesuchen nach wie vor eisern an meinen Salatrationen festhielt. Meine Mutter meinte, ich sollte endlich mal wieder vernünftig essen, inzwischen wäre meine Haut ja makellos und ich bräuchte mich nicht derart auf meine Diät zu versteifen. Ich wiederum argumentierte, dass eben gerade wegen der eisernen Diät meine Haut so makellos wäre.

Unser internes Spielchen artete zum gnadenlosen Machtkampf zwischen uns aus. Ich hatte ein Mittel gefunden, meine Mutter in ihre Schranken zu weisen. Vieles konnte sie steuern, vieles konnte sie beeinflussen, aber sie konnte mir nicht die Löffelchen gegen meinen Willen in den Mund schieben. Ich genoss ihre Ohnmacht. Sollte sie doch am eigenen Leib spüren, wie ich mich all die Jahre in meiner Haut gefühlt hatte.

Mein Bruder dagegen fuhr auf einmal die Schiene mit dem erhobenen Zeigefinger. Er appellierte an meine Vernunft, mir nicht meine Gesundheit zu ruinieren.

Aha, dachte ich mir, sollte ich ihm etwa doch etwas wert sein?

Ich erinnere mich gut an den Höhepunkt dieser Entwicklung. Als wir zu dritt den Geburtstag meiner Mutter feierten, machten wir nach dem Mittagessen einen kleinen Spaziergang und setzten uns unterwegs auf eine Bank. Meine Mutter rechts, Rudi links neben mir. Die ganze Zeit über hatten sich beide redlich bemüht, um das Thema Essen einen weiten Bogen zu machen. Trotzdem lag eine drückende Atmosphäre in der Luft. Irgendwann ging das Fass hoch. Meine Mutter fing rechts hysterisch zu weinen an, während mein Bruder entgegen seiner Art völlig emotional zu brüllen anfing: „Ich schaue nicht länger zu, wie du langsam krepierst!"

Das war es. Endlich hatte ich sie da, wo ich sie immer schon haben wollte. Mein Bruder zeigte Emotion, meine Mutter wusste nicht mehr weiter. Für diesen einen Augenblick warf ich gerne meine Gesundheit, mein ganzes Leben in die Waagschale.

Nach diesem Ausbruch schlüpfte jeder wieder in seine gewohnte Rolle. Aber ich wusste jetzt, was hinter der Fassade schlummerte.

Die Vorstellung, meine Freizeit alleine zu verbringen, schreckte mich keineswegs. Ich konnte meinen Gedanken nachhängen, mit offenen Augen träumen und mich an der Schönheit der Natur erfreuen. Meine bisherigen Beziehungen hatten bei mir allesamt einen schalen Nachgeschmack hinterlassen. In Zukunft würde ich keine Kompromisse mehr eingehen, mich verbiegen oder unter Druck setzen lassen.

Mein Häuschen wurde für mich zur Oase, zum Rückzugsgebiet. Dort fühlte ich mich wohl und geborgen, denn ich hatte mir praktisch die Natur ins Haus geholt und die Zimmer mit Holz, Steinen und Naturmaterialien dekoriert. Niemandem brauchte ich umständlich meine Essgewohnheiten zu erklären, warum ich eine aufwändige Hautpflege betreiben musste, warum ich mich nicht gern in Schale warf oder stylte. Keine biologische Uhr tickte, denn ich wollte ohnehin keine Kinder.

Trotzdem ging mir Robert nicht aus dem Kopf.

Meinen gesamten Urlaub, ja sogar manchmal die Wochenenden, verbrachte ich in Davos. Notgedrungen liefen wir uns sehr schnell wieder über den Weg. War ich im Umkreis des Reitstalles, hielt ich unwillkürlich nach Robert Ausschau. Es war keine große Kunst, ganz zufällig wieder mit ihm zusammenzustoßen. Wir legten es beide darauf an. Auch seinem Umfeld war unser Kontakt nicht verborgen geblieben. Klosters war in dieser Hinsicht ein Dorf.

Als Robert erfuhr, dass ich mich von meinem Freund getrennt hatte, sah ich seine Augen hoffnungsvoll aufblitzen. Spätestens da war die Sache klar. Wir waren ganz einfach zusammen.

Natürlich witterte seine Frau längst die drohende Gefahr. Um am Status quo der heilen Familie nichts ändern zu müssen, klügelte sie einen ausgewitzten Plan aus. Sie bot mir an, in ihrem Haus ein- und auszugehen. Gerne könnte ich mich auch mit Robert treffen oder als Freundin des Hauses im Familienverbund integriert sein, sie aber sei und bleibe die offizielle Frau an seiner Seite. Für sie war nur die soziale Stellung wichtig. Und natürlich die Kohle. Alles andere hätte sie gerne an mich abgetreten.

Soweit ich von Robert mitbekommen hatte, spielte sich deren Eheleben sowieso nur noch auf gesellschaftlicher Ebene ab. Man zelebrierte die Fassade eines harmonischen Familienlebens. Man schlug huldvoll lächelnd in exquisiten Restaurants auf und pflegte die angegriffene Gesundheit auf Mauritius. Robert war ein freigiebiger Mensch und verwöhnte seine Familie nach Strich und Faden. Diese Frau musste ja wirklich höllisch Angst um ihr Luxusleben und ihren gesellschaftlichen Rang gehabt haben. Wenn sie gewusst hätte, wie wenig mich das alles interessierte. Ich hatte nicht vor, irgendwelche Ansprüche an Robert zu stellen, ich fühlte mich einfach an seiner Seite wohl. Unheimlich wohl.

Ja, ich war naiv!

Es lief alles so völlig selbstverständlich mit ihm. Da war keine Anstrengung nötig, besonders eloquent oder witzig zu sein. Nie fragte ich mich, ob ich jetzt im richtigen Augenblick gelacht oder lieber die Klappe gehalten hätte. Ob ich vielleicht zu neugierig gewesen wäre, ob ich ihn mit naiven Fragen genervt, ob ich seine Bedürfnisse richtig interpretiert hätte. Ich wusste instinktiv, was zu tun war. Es war, als ob ich plötzlich Klavier spielen konnte, ohne jemals vorher Noten gelesen zu haben. Die Finger glitten wie von Zauberhand geführt über die Tasten. Bevor ich die Töne anschlug, wusste ich, wie sie klingen würden. Ein Missklang war ausgeschlossen.

Normalerweise tastete ich mein Gegenüber nach seinem Musikgeschmack ab. Danach wählte ich die passenden Stücke aus, von denen ich hoffte, sie würden ihm gefallen. Jetzt spielte ich, was mir gefiel, und es wurde begeistert aufgenommen.

Mit der Zeit wurde ich mutiger und probierte neue Griffe und neue Tonfolgen. Erstaunlich, welches Repertoire ich intus hatte, ohne jemals geübt zu haben. Während ich mich sonst krampfhaft um eine angenehme Melodie bemühte, flossen nun die Töne plätschernd dahin, ohne ein einziges Mal ins Stocken zu geraten.

Einerseits mochte ich Roberts überlegte, ruhige Art, mir meine Wissbegierde zu befriedigen. Andererseits hing er umgekehrt an meinen Lippen, wenn ich ihn in meine Gedankenwelt eintauchen ließ. Am Schönsten aber empfand ich, wenn sich in seinem sonst so beherrschten Gesicht ein leichter Schalk einschlich, der seine Züge jugendlich unbeschwert aufblitzen ließ. Es war, als fiele die verkrustete Fassade von ihm ab, die sich in zahlreichen Jahresringen um sein eigentliches Wesen gelegt hatte.

Tiefschürfenden Wertediskussionen folgten übergangslos Frotzeleien und flapsige Kommentare, die wir uns wie kichernde Teenager um die Ohren hauten.

Während ich nicht groß an die Zukunft dachte und einfach nur die Gegenwart genoss, fing Robert eifrig an, gemeinsame Pläne zu schmieden. In Klosters oder Davos gab es für uns keine Zukunft. Das war klar. Vor Kurzem hatte er in Italien ein Haus erworben, das er gerade umbaute. Dorthin wollte er seinen Lebensmittelpunkt verlagern, dort konnte er sich vorstellen, mit mir zusammen ein neues Leben aufzubauen. Er selber wollte seine künstlerischen Talente ausbauen, denn er malte leidenschaftlich gerne. Mich wollte er zunächst auf die Sprachenschule zum Italienischlernen schicken. Danach sollte ich studieren, worauf auch immer ich Lust hätte, Philosophie, Philologie – die Möglichkeiten waren unbegrenzt. Bald ergingen wir uns gegenseitig in ausschweifenden Tagträumen, die unsere Zukunft in ein rosiges Licht tauchten.

Ein gemeinsamer Auftritt in Klosters oder Davos war unmöglich, ohne die Gerüchteküche anzuheizen. Wir wählten deshalb kreative Treffpunkte. In der Umgebung von Davos durchstreiften wir Pilze suchend entlegene Wälder oder trafen uns in Roberts Jagdhütte, die in Österreich lag. Dorthin schleifte er zu unserem ersten, gemeinsamen Wochenende eine Kiste mit erlesenem Obst, das er bei einem Feinkosthändler geordert hatte. Unwissend, welche Obstsorten ich genau essen durfte, hatte er sicherheitshalber eine Auswahl von allen mitgebracht. Wir streiften stundenlang durch Wiesen und Anhöhen und beobachten Wild.

Ich fühlte mich an die Zeit zurückerinnert, als wir mit Christophs Vater im Riesengebirge auf Pirsch gegangen waren. Da ich die Erfahrung mit dem kariösen Hirschgebiss immer noch leibhaftig vor Augen hatte, ließ sich Robert freundlicherweise dazu bewegen, sein Gewehr im Schrank zu lassen. Uns verbanden gemeinsame Interessen: mit Robert ließ es sich herrlich reden, wir gingen gemeinsam Ski fahren und reiten, liebten die Berge. Aufs Nachtleben konnte ich gut und gerne verzichten, ich liebte von jeher kuschelige Abende zu Hause.

Wie oft bekam ich von ihm Päckchen mit gepflücktem Edelweiß, einem vierblättrigen Kleeblatt und getrockneten Erikasträußen. Keiner verfasste gefühlvollere Liebesbriefe, keiner brachte sie in kraftvolleren Strichen zu Papier. Wenn er mich an Wochenenden in München besuchte, hockten wir kichernd bei strömendem Regen unter einer stinkenden Pferdedecke am See, schaukelten mit Daniela hoch zu Ross über blühende Wiesen und lauschten abends zusammengekuschelt italienischen Schmusesongs.

Obwohl uns gut 30 Jahre trennten, hatte mein Umfeld in München Robert völlig selbstverständlich als Mann an meiner Seite akzeptiert. Besonders meine Mutter erstaunte und beeindruckte mich mit ihrer Reaktion, indem sie Robert herzlich und vorbehaltlos aufnahm. Für die beiden muss es eine merkwürdige Situation gewesen sein, immerhin kannten sie sich schon seit so vielen Jahren und trafen nun in völlig neuer Konstellation aufeinander.

Hatte auch Robert anfangs sicher ein beklemmendes Gefühl, entspannte er sich schnell angesichts der wohlwollenden Reaktion meiner Mutter. Sie spürte wohl instinktiv, dass mir dieser Kontakt wohl tat, und im Beisein von Robert glätteten sich auch zwischen uns die Wogen chronischer Anspannung. Ebenso verstand sich

Rudi blendend mit Robert, sodass wir uns auch in seiner Wohnung in Zürich trafen und sogar im Dreierpack unterwegs waren. Alle Menschen in meinem Umfeld, die mir wirklich am Herzen lagen, gaben unserer Beziehung grünes Licht. Andere interessierten mich nicht, auch wenn ich sehr wohl merkte, dass mir etliche insgeheim einen ausgeprägten Vaterkomplex attestierten.

Natürlich hatte ich einen Vaterkomplex, das ließ sich überhaupt nicht leugnen. Schließlich bekam ich von Robert all die Anerkennung, die mir mein Vater jahrelang verweigert hatte. Sicherlich wäre es Aufgabe meines Vaters gewesen, diesen Part in meiner Kindheit zu übernehmen. Sicherlich bediente Robert Bedürfnisse, die sich bei mir über Jahre angestaut hatten. Und natürlich machte es einen gewaltigen Unterschied, ob dir ein pubertierendes, unsicheres Pickelmonster Komplimente machte oder ein erfahrener, gesetzter Mann. All dessen war ich mir bewusst. Aber wissen Sie was? Es war mir völlig egal, welche Klischees ich gerade bediente. Ich war nämlich einfach glücklich.

Auf einmal fühlte ich mich nicht mehr minderwertig, nicht mehr „verkehrt". Robert gab mir das Gefühl, etwas ganz Spezielles zu sein. Ich musste nicht ständig kontrollieren, ob meine Reaktionen auf Gegenliebe stießen, ob ich den Erwartungen entsprach, die man an mich herantrug. Wie sagt man so schön? Ich konnte ganz ich selber sein. Ein einmaliges, nie gekanntes Gefühl.

Trotzdem zogen sich über unserem Himmel der Liebe die Gewitterwolken zusammen.

Weil Roberts Frau mit ihrem anfänglichen Kuschelkurs mir gegenüber nicht zum gewünschten Ergebnis kam, wurden jetzt ganz offen die Krallen ausgefahren. Wir bekamen Umgangsverbot. Seit geraumer Zeit fühlten sich auch seine erwachsenen Kinder auf den Plan gerufen, den Vater aus der unheilvollen Verbindung zu lösen. Zu diesem Zweck tauchte eines Abends Roberts Sohn bei mir auf, um mich in einem zweistündigen Gespräch davon zu überzeugen, dass sein Vater lediglich seinen senilen Trieben auf ungehörige Art und Weise nachging. Wirkliche Angst hatte man nicht um Roberts Seelenheil. Die eigentliche Sorge war, die heile Fassade der Vorzeigefamilie könnte in der Öffentlichkeit bröckeln.

Sogar Roberts Frau stand schließlich höchstpersönlich vor der Davoser Wohnung. Allerdings traf sie nur auf meinen verdutzten

Onkel und meine Tante, die dort gerade Urlaub machten und nun einen Einblick in das skrupellose Liebesleben ihrer Nichte bekamen. Auch wenn die Reaktion auf all diese Aktionen lediglich darin bestand, unsere Treffen noch konspirativer zu gestalten, konnte Robert diesen inneren Zwiespalt nicht länger ertragen. Vor allem der Druck von Seiten seiner Kinder konnte ihm nicht egal sein. Selbst in den glücklichsten Momenten würde ich die Last seines schlechten Gewissens nicht mindern können. Umgekehrt liebte ich ihn gerade deswegen, weil er nicht der hartgesottene Typ war, dem die Gefühle anderer Leute, besonders aber seiner Kinder, egal waren.

Als ich schließlich mitbekam, dass seine erwachsene Tochter mit Selbstmord drohte, sollte Robert nicht unverzüglich die Verbindung mit mir beenden, spürte ich, dass unsere Beziehung kurz vor der Entscheidung stand.

Bei einem Spaziergang, zu dem wir uns außerhalb von Davos getroffen hatten, überraschte uns seine Frau, die uns heimlich mit dem Fahrrad gefolgt war. Von ihr zur Rede gestellt, sollte sich Robert hier und jetzt entscheiden. Entweder seine Koffer packen und zu mir ziehen, oder bei seiner Familie bleiben.

Roberts Hand zitterte in der meinen, als ich ihm ins aschfahle Gesicht blickte. Ich hatte schon lange Monate Zeit gehabt, mich auf diesen Moment vorzubereiten. Hilfe suchend und wie um Verzeihung bittend hob er den Blick zu mir und mit einem Lidaufschlag signalisierte ich ihm, dass ich wusste, wie er sich entscheiden würde.

Still drückte er meine Hand, bevor er sich abwandte und mit seiner Frau den Waldweg zurücklief. So stand ich lange und blickte beiden nach. Komischerweise war ich erleichtert, weil die Heimlichtuerei ein Ende hatte. Eine klare Entscheidung, auch wenn sie schmerzhaft war, tat mir gut. Ich eignete mich nicht als Dauergeliebte. Von Anfang an hatte ich das unbestimmte Gefühl, dass die Stunden mit Robert geschenkt, aber auch begrenzt waren. Ich hatte nie allzu sehr an die Zukunft gedacht, sondern in vollen Zügen die gemeinsamen Momente ausgekostet, zugehört, gelernt und einfach gelebt. Neben all der Traurigkeit überwog bei Weitem ein Gefühl von grenzenloser Dankbarkeit, dass ich diesen Mann hatte kennenlernen dürfen. Er hatte seine Lebenserfahrung mit mir geteilt. Hatte mir eine Ahnung davon vermittelt, wie eine ideale Beziehung aussehen könnte.

In vielem allerdings diente mir Roberts Leben auch als warnendes Vorbild. Er selber hatte mich eindrücklich darauf hingewiesen, die wichtigen Weichen im Leben sorgfältig zu stellen. Vor allem, was die Wahl des Partners betraf. Immer wieder schilderte er mir, wie er selber Kleinigkeiten im Überschwang der Gefühle ignoriert hatte, wie er langsam und unaufhaltsam in eine Abhängigkeit und Verpflichtung gerutscht war, die sich schließlich wie eiserne Klammern um seinen Hals gelegt hatten.

Fassungslos betrachtete ich die Kälte und Lieblosigkeit, mit denen sich das Ehepaar seit Jahren umschlich. Jeder hatte sich offenbar einigermaßen erträglich in dieser Misere eingerichtet, jeder sich eigene Strategien und Verdrängungsmechanismen angeeignet, um die Eiseskälte zu betäuben, die zwischen beiden herrschte. Unmöglich hätte ich eine solche Situation jahrelang ertragen können. Harmonie war mir ein Grundbedürfnis. Ebenso wichtig war mir dieselbe Art Humor. Wie schrecklich und frustrierend, mit einer Person zusammen zu sein, mit der es sich nicht frotzeln ließ und die jedes meiner Worte auf die Goldwaage legte. Ein Leben als Single erschien mir golden im Vergleich zu einer Beziehung, die bestenfalls aus höflichem Desinteresse und schlimmstenfalls aus täglichem Kleinkrieg bestand. Mit den gewonnenen Erkenntnissen spürte ich, in meiner persönlichen Entwicklung ein gutes Stück weitergekommen zu sein.

Die weiteren Jahre beobachtete ich Robert aus der Ferne und sah, wie er sich völlig in sein Schicksal fügte. Wie er mir einmal sagte, löffelte er die Suppe bis zur letzten Neige aus, die er sich selber eingebrockt hatte. Außer kurzen Gesprächen hielt er sich strikt an sein Versprechen, keinen näheren Kontakt zu mir zu suchen. Zeit meines Lebens wird er mir als warnendes Beispiel vor Augen bleiben, nie zu stolz zu sein, im Nachhinein als falsch erkannte Entscheidungen zu revidieren. Als schlimmste Situation erschien mir die Vorstellung, am Ende meines Lebens vor einem Scherbenhaufen zu stehen, ohne Chance, das Ruder des Lebens noch einmal grundlegend herumzureißen.

Die Nachricht von seinem baldigen Tod traf mich tief.

Noch heute zieht es mich oft zu seinem schlichten Holzkreuz, eingebettet zwischen moosigem Waldboden und dunklen Tannen.

Der ideale Mann und Geschwisterliebe

Robert hatte zwar mein Selbstvertrauen gestärkt, an meiner grundlegenden Selbsteinschätzung und meinen Lebensgewohnheiten hatte sich aber nichts geändert. Im Gegenteil.

Ich hatte das Gefühl, als spielte sich mein eigentliches Leben jenseits meines Körpers ab. Dabei nahm ich keine Rücksicht auf seine Bedürfnisse, ich kannte sie ja nicht. Hauptsache, ich funktionierte in der Arbeit.

Langsam machte sich meine mangelhafte Ernährung negativ bemerkbar. Vor allem die Durchfälle und Bauchkrämpfe verstärkten sich dermaßen, dass ich dazu überging, tagsüber nur noch Tee zu trinken. Ich konnte mir nicht erlauben, während der Arbeit mit Bauchschmerzen wie ein Klappmesser vor dem Computer zu hängen. Wenn ich nichts aß, gab der Bauch Ruhe.

Nach einiger Zeit hatte ich es als besondere Herausforderung betrachtet, möglichst lange ohne Essen durchzuhalten und trotzdem meine Arbeit ordnungsgemäß zu erfüllen. Wenn ich wieder einen Arbeitstag unter diesen erschwerten Bedingungen hinter mir hatte, erfüllte mich dies mit einer Art Befriedigung, die ich aus meiner sonstigen Arbeit nie gezogen hätte.

Trotzdem lernte ich gerade während dieser Zeit verschiedene Männer kennen.

Ich hatte mir im Sommer beim Rollerbladen den rechten Arm gebrochen und war sechs Wochen krankgeschrieben. Diese ungeplante Auszeit beruhigte meinen Bauch und meine Nerven. So bekam ich die Möglichkeit bei herrlichem Wetter jeden Tag allein am See zu liegen. Oder ich hockte mit einem Buch im Café. Das bot natürlich die beste Gelegenheit, um mich anzusprechen. Ich fragte mich oft, warum Mädels immer im Pulk auf Männerfang ausschwärmten. Welcher Mann bitte schön traut sich an so einen Haufen geballter Weiblichkeit?

Einerseits genoss ich die ungewohnte Aufmerksamkeit, andererseits wollte und konnte ich niemanden nah an mich heranlassen. Es erschien mir unmöglich, meinen gewohnten Lebensrhythmus zugunsten eines neuen Mannes aufzugeben. Viel zu sehr hatte ich mich in meiner eigenen, kleinen Welt eingerichtet und fühlte mich glücklich, wenn man mich darin beließ. Wurde ich von Männern angesprochen und zu einem Treffen aufgefordert, ließ ich mich meist darauf ein. Noch immer war in mir diese unbändige Neugierde auf andere Menschen.

Leider ließen sich die meisten Männer nur auf nette Gespräche ein, wenn zumindest eine kleine Hoffnung auf die Horizontale bestand. Ich dagegen hatte überhaupt keinen Bock auf One-Night-Stands. Logischerweise verspielte ich mir sämtliche Sympathien, wenn ich die Bewerber kurz vor Erreichen des Zieles von der Bettkante stieß. Landete ich doch mal in einem fremden Bett, endete die Vorstellung in großem Katzenjammer. Ein frustrierter Kandidat schlug mir bei der frostigen Verabschiedung den treffenden Satz um die Ohren: „Da hockst du im Porsche und kannst nicht Auto fahren!"

Es war mir unmöglich, für jemanden körperliche Gefühle aufzubringen, der mir geistig fremd war.

In dieser Zeit studierte ich weiterhin eifrig die verschiedensten Männertypen. Da waren die gut aussehenden Kerle, die mich mit Besitzerstolz an ihrer Seite stöckeln ließen. Oft waren es selbstverliebte Egomanen, die zu echter Empfindung kaum fähig waren. Oder sie spielten taktische Spielchen, um die eigene Beziehungsangst zu kaschieren.

Ich lernte einsame Schweine kennen, die als Partylöwen getarnt rastlos herumzogen und nach ständiger Bewunderung gierten, die ihnen eine einzige Frau niemals geben konnte. Immer auf der Suche nach der Traumpartnerin, einer eierlegenden Wollmilchsau, die sie endlich glücklich machen könnte. Der eigene Beitrag zum gemeinsamen Glück fiel dabei meist recht mager aus.

Umgekehrt traf ich grundehrliche Typen, die in Schüchternheit erstarrten, bloß um keinen Schritt in die falsche Richtung zu tun. Ich gestehe, dass mich unsichere Typen nicht vom Hocker rissen. Unsicher war ich selber. Eine gewisse Lässigkeit im Umgang mit Frauen sollte „Mann" schon an den Tag legen. Kaum eine peinlichere Situation, als wenn ein Kerl etwas ungeschickt an dir herumfingert.

Zumindest wusste ich, dass ich weder einen schönen noch einen gleichaltrigen Partner haben wollte. Bei ersteren stand ich ständig unter Druck, die äußeren Ansprüche zu erfüllen. Mich quälten immer noch Minderwertigkeitskomplexe, die mir ständig einsäuselten, dass ich einen gut aussehenden Typen sowieso nicht halten könnte. Wenn mich der erste Neurodermitisschub ereilte, würde der sowieso das Weite suchen.

Bei älteren Männern fühlte ich mich wohl, weil sie diese ganze Taktiererei nicht mehr nötig hatten. Sie konnten sich ernsthaft auf einen Partner einlassen, weil sie nicht mehr ständig mit der Befriedigung der eigenen Bedürfnisse beschäftigt waren. All die Dinge, die mir an Robert so behagt hatten.

Mir dämmerte, dass ich in all den Jahren Hautkrankheit kein Gefühl für meinen Körper entwickelt hatte. Es fiel mir schwer, mich als ganzheitliche Person zu betrachten. Ständig versuchte ich, den Körper vom Kopf her unter Kontrolle zu halten. Dennoch fühlte ich mich seinen unberechenbaren Launen völlig ausgeliefert. Die jahrelange Angst vor neuen Hautschüben hatte jedes Vertrauen in meinen Körper untergraben.

Ich musste lernen, meinen Körper anzunehmen, ihn nicht nur als lästigen Ballast zu empfinden.

Theoretisch war mir alles sonnenklar. Bloß mit der praktischen Umsetzung haperte es gewaltig.

Während dieser Phase erschien mein Bruder wieder auf der Bildfläche. Monatelang hatten wir kaum Kontakt gehabt. Von seiner Arbeit als Investmentbanker war er zeitweilig völlig absorbiert.

Soeben war Rudi wegen seiner aktuellen Freundin nach Zürich gezogen. Keine drei Wochen später stellte ihm ebendiese Freundin die Koffer vor die Tür. Man konnte es der Dame nicht verdenken. Wer möchte schon einen Typen, den man nur zu Gesicht bekommt, wenn man sich ein Bild von ihm aufstellt? Hatte man dann endlich mühsam unter Berücksichtigung seiner ausgebuchten Agenda ein Date arrangiert, konnte man sicher sein, dass der Kerl schon beim Warten auf die Vorspeise wegnickte.

Kohle wog nicht alles auf!

Völlig am Boden zerstört hockte er nun in seiner spärlich eingerichteten Wohnung und stellte sein ganzes Lebenskonzept in Frage. Die Trennung von der Freundin war nur der Auslöser für eine generelle Sinnkrise, in die er schlitterte. Tagsüber musste er in seinem Beruf hundertprozentige Leistung abliefern, nachts quälten ihn verdrängte Schuldgefühle und die Frage, ob er sich angesichts seiner beruflichen Situation nicht generell eine Beziehung abschminken könnte.

Seine Anrufe häuften sich. Zuerst beschränkte er sich auf Zeiten, in denen er wusste, dass ich nicht in der Arbeit war. Nach und nach liefen seine Telefonate zu allen Tages- und Nachtzeiten ein. Besonders während der Nacht quälten ihn Schlaflosigkeit, Panikattacken und Schweißausbrüche. Er schwankte zwischen Versagensängsten und tiefer Depression. Inzwischen rief er mich auch während der Bürozeiten an, sodass Herr Jäger bei stets geöffneter Bürotür notgedrungen meine Telefonate hautnah mitbekam. Ich erklärte ihm kurz die Sachlage und konnte zum Glück mit seiner stillschweigenden Toleranz rechnen. Ich hatte Angst um meinen Bruder. Niemals hätte ich in dieser Situation gewagt, ihn abzuwürgen oder ihm zu signalisieren, dass ich selber am Limit lief.

Nach Zeiten, in denen mich mein Bruder kaum registriert hatte, genoss ich nun, dass er mich brauchte.

Ich erinnerte mich an einen alten Traum:

Ich sitze auf dem Pferd. Ziemlich verkrampft. Nicht gerade in einer lockeren Haltung. Welches Pferd ich reite, weiß ich nicht genau. Interessiert mich auch nicht, denn ich bin mit anderen Dingen beschäftigt. Immerhin muss ich den Parcours bewältigen. Dauernd jage ich über irgendwelche Hindernisse. Das erwarten meine Trainer von mir. Und ich möchte doch auch mein Bestes geben.

Vor mir reitet ein tolles Pferd. Meine Güte, wie elegant es die Hindernisse nimmt. Und welch ein prächtiges Tier! Ein schönes Bild, wie Pferd und Reiter über den Platz preschen. Kein Hindernis scheint ihnen zu hoch, kein Sprung zu weit.

Ich beobachte fasziniert diese Vorstellung. Da muss ich hinterher! Ich hefte mich an seine Fersen und versuche, Schritt zu halten. Dauernd hab ich meinen Vordermann im Blick. Schaue mir ab, wie er die Sprünge nimmt. Versuche mich an denselben Sprüngen. Strenge mich an wie blöd, um auch so eine elegante Haltung hinzubekommen. Ich sehe nur gebannt nach vorn, schaue nicht rechts und nicht links, beachte nicht das Pferd unter mir. Ich muss nur dranbleiben und den Trainern auch ein anerkennendes Kopfnicken entlocken. Oder den Applaus der Zuschauer bekommen. Aber die haben alle nur Augen für meinen Vordermann. Ich verstehe das ja auch, ich kann dem da vorne nicht mal böse sein, da muss man einfach hingucken.

Wenn der Typ vor mir sich doch wenigstens mal umschauen und mir einen aufmunternden Blick zuwerfen würde. Aber das kann ich mir abschminken. Der ist viel zu sehr mit sich selbst beschäftigt. Ich habe eher das Gefühl, er möchte mich abschütteln; irgendwie scheine ich ihm lästig zu sein.

Eigentlich total bescheuert, dass ich nicht darauf achte, worüber ich springe. Ob mir die Sprünge nicht eigentlich zu hoch sind. Oder ich nicht lieber in einen Wassergraben springen würde. Oder einfach mal Pause machen möchte. Diese Gedanken erlaube ich mir nicht. Das würden auch meine Trainer nicht zulassen. Wer im Parcours reitet, muss auch springen.

Trotzdem schaffe ich den Anschluss nicht. Kein Beifall fällt für mich ab, mühsam quäle ich mich über die Sprünge. Der Spaß bleibt schon lange auf der Strecke.

Außerdem ist mein Pferd total unberechenbar. Von Anfang an buckelt es, wenn sich nur die Gelegenheit dazu bietet. Es schießt nach rechts und nach links, ich kann es einfach nicht zügeln. Macht mit mir, was es will. So biete ich unfreiwillig eine Lachnummer, denn ich gebe ein jämmerliches Bild ab, wie ich da hinter diesem schnurgeraden Kurs meines Vorreiters hinterherschlingere. Wenigstens durch meine Kapriolen kann ich hin und wieder die Aufmerksamkeit auf mich lenken.

Mit der Zeit habe ich endlich mein Pferd voll im Griff. Jetzt bin ich der Chef und nutze meine neue Macht. Ich lasse mich nicht mehr vom Ungestüm des Pferdes verarschen, jetzt gebe ich die Gangart vor. Und das Pferd läuft und läuft. Nimmt die Hindernisse brav, der Vorreiter ist mir inzwischen aus dem Blickfeld geraten, jetzt reite ich nur noch mit meinem Pferd. Ich jage über den Parcours, knüpple das Tier und verlange ihm alles ab. Herrlich ist es, über die Hindernisse zu fliegen, ich bin wie berauscht. Mein Herz ist leicht, ich spüre den Wind um die Ohren brausen.

Das Pferd unter mir schäumt. Seine Flanken sind schweißbedeckt. So ist es recht, blind bin ich für seine Pein. Da bleibt es auf einmal zitternd stehen, bricht hinten ein. Ich drohe, hinunterzufallen. Erst jetzt komme ich zur Besinnung. Steige langsam ab, betrachte zum ersten Mal mein Pferd. Sehe, dass es eigentlich ein schönes Tier ist. Kluge Augen blicken mich an – es wäre gelaufen, bis es tot umgefallen wäre. Was bin ich doch für ein schlechter Reiter?

Sanft nehme ich das Pferd am Zügel und führe es auf die Weide, lasse es fressen und ausruhen. Gebe ihm Wasser und streichle sein Fell.

Ich weiß jetzt, dass ich nur dieses Pferd habe und auch kein anderes möchte. Vor allem aber weiß ich, dass ich meinen Vordermann nicht einholen muss.

Ich unterstützte meinen Bruder nach Kräften. Es war ein tolles Gefühl, ihm helfen zu können. Nach und nach fand er sein seelisches Gleichgewicht wieder. Die letzten Wochen hatten allerdings meine letzten Kraftreserven aufgebraucht. Morgens schaffte ich es kaum mehr aus dem Bett. Eine unsägliche Schwäche begleitete mich auf Schritt und Tritt. Es erforderte eine immer größere Kraftanstrengung, einen immer größeren Willensakt, den Tag durchzustehen. Es gab Phasen, in denen ich erschöpft vor dem Computer einduselte. Die wenige Arbeit schob ich vor mir her.

Ich fühlte mich wie im Käfig, eingeschlossen in eine Maschinerie, der ich nicht entkommen konnte. Mit niemandem konnte ich darüber reden, niemandem mein Herz ausschütten. Immer noch hielt ich eisern die Fassade aufrecht, obwohl ich deutlich erkennbar abgemagert war. Ein einziges Mal wurde ich von einem Mitarbeiter meines Chefs angesprochen, ob ich irgendwelche Probleme hätte.

Ich verneinte lachend.

Die Wende

Als der Winter kam, entdeckte ich trotz Diät neue Flecken auf der Haut.

In meiner Panik verbrachte ich die Wochenenden wieder in Davos. Herr Jäger legte mir keine Steine in den Weg, als ich bereits Freitagmittag das Büro verließ. Die kurze Luftveränderung hielt meine Haut in Schach und ich entspannte mich wieder.

Wenn ich einsam über die Pisten fegte, kreuzte oftmals ein „lonely hunter" meinen Weg. Die Spreu trennte sich dabei schnell vom Weizen. Ins Gespräch kam einer nur mit mir, wenn er sich auf der Piste nicht abhängen ließ. Gurkte einer im Stemmbogen hinter mir her, fiel er für einen näheren Kontakt von vornherein aus. Ich gestehe, in diesem Punkt war ich knallhart. Was wollte ich mit einem Typen, der sich im Winterurlaub frühestens zum Après-Ski auf der Hütte blicken ließ?

Kürzlich hatte ich im Skilift Klaus, einen hünenhaften Österreicher, kennengelernt, der seit einiger Zeit als Masseur des Davoser Eishockeyteams fungierte und dementsprechend in Davos dauerhaft Quartier bezogen hatte.

Es ergab sich eine lockere Beziehung, die für meine Bedürfnisse nahezu ideal war: Einerseits hatten wir viel Spaß auf der Piste, trafen uns abends noch gemütlich in einer Pizzeria, andererseits war die ganze Liaison völlig zwanglos. Diese Beziehung sagte mir zu. Ich behielt unter der Woche meine völlige Freiheit, wurde nicht kontrolliert oder zu irgendwelchen Liebesbezeugungen genötigt. Am Wochenende hatte ich einen Freizeitpartner und jemanden, mit dem ich mich locker unterhalten konnte. Niemand kam mir zu nahe, niemand konnte mich emotional an die Kandare legen, da ich immer die nötige Distanz und Kontrolle behielt. War ich emotional zu sehr engagiert, bestand immer die Gefahr, dass ich erpressbar werden konnte. Will heißen, hing ich zu sehr an jemandem, lief ich immer Gefahr, mit Liebesentzug erpresst zu werden, wenn ich nicht die Rolle spielte, die von mir verlangt wurde. Davor hatte ich Höllenangst. Weil ich merkte, wie sehr meine Mutter und mein Bruder immer noch seelischen Druck auf mich ausüben konnten, wollte ich mir diesen Zustand nicht auch noch in einer Partnerschaft einhandeln. Besser, ich behielt, was mein Gefühlsleben betraf, immer das Heft in der Hand. Alles andere war mir schlecht bekommen.

Zusätzlich begann ich, sorgsam verschiedene soziale Anker zu setzen. Ich versuchte, mich mit Menschen zu umgeben, die mir Halt und Orientierung gaben. Die mich mit ihrer Lebenserfahrung berieten und mit denen ich mich austauschen konnte. Ich suchte Freundschaften, die mich durchs Leben begleiteten. Freundschaft war für mich ein zentrales Thema, wichtiger als jede Beziehung. Jenseits von allen Gefühlsschwankungen waren Freundschaften Felsen in der Brandung, die mir in allen Lebensstürmen einen sicheren Hafen boten.

Neben meinen beiden Freundinnen in München freundete ich mich mit Hampi an, einem Apotheker in Davos, der sich immer wieder viel Zeit für mich genommen und mich bei Hautproblemen beraten hatte. Wenn er in seinem Labor neue Salben mixte und mir diese zum Testen gab, hatte ich immer das Gefühl, da ist jemand, der wirklich an meinem Wohlergehen Interesse hat.

Oder es gab Urs, mit dem ich in Davos öfter über die Pisten geheizt oder gemeinsam auf dem Pferd gesessen hatte. Uns verband eine Sympathie, die jedem die eigene Freiheit ließ. Spürte ich doch gerade bei ihm, dass auch er Gesellschaft nur punktuell ertrug. Aus welchen Gründen auch immer. So fanden wir uns manchmal am Skilift zusammen, machten ein paar gemeinsame Abfahrten, um uns dann zwanglos wieder jeder in eine andere Richtung zu verabschieden.

Es gelang nur mit sehr wenigen Menschen, ein gegenseitiges Verständnis für die Bedürfnisse aufzubringen, ohne sie verbalisieren zu müssen. Und glücklicherweise hatte ich Eddy als Freund gewonnen, der nach der Trennung von Robert weiterhin bis zum heutigen Tag treu an meiner Seite steht.

Je länger ich mich in der Schweiz aufhielt, desto besser gefielen mir die Schweizer Männer generell. Insgeheim teilte ich die dortigen Männer in zwei Gruppen ein: Die einen waren ziemlich linientreue Schmalspurdenker, die ihr kleines mentales Gärtchen hegten und im besten Fall jeglichen unbekannten Einfluss von außen argwöhnisch beäugten, falls er nicht von vornherein kategorisch abgelehnt wurde. Ihr besonderes Feindbild: die Deutschen. Bei ihnen wurde auch sofort der Sprachphonetik-Schalter auf Hochdeutsch umgelegt, sobald das Gegenüber den ersten hochdeutschen Satz vom Stapel gelassen hatte. Als ob automatisch im eidgenössischen Hirn ein rotes Warnlicht blinkte, das signalisierte: Sprich hochdeutsch! Dein Ansprechpartner ist hilflos und überfordert, wenn er deinem Idiom folgen soll.

Die andere Gruppe hingegen war ein liberales Völkchen, das überall auf der Welt rumschwirrte und mit einem Packen neuer Erfahrungen und Eindrücke wieder zu Hause einlief. Offene Geister, die ständig die Neugierde und Sehnsucht nach Ferne und fremden Kulturen mit sich herumtrugen. Gleichzeitig besaßen sie eine bodenständige, fürsorgliche Art, die ihnen erlaubte, auf die Bedürfnisse anderer einzugehen. Möglicherweise lag das am generellen Umgang miteinander, der mir rücksichtsvoller und respektvoller zu sein schien, als ich von zu Hause gewohnt war.

Verwundert rieb ich mir die Augen, wenn mir eine Schar Schulkinder begegnete, die sich an den Händen fasste und ohne Gerangel und Gekreische glücklich glucksend an mir vorbeizog, oder wenn man sich freiwillig ins hintere Glied stellte, um einer Mutter mit Kind den Vortritt an der Kasse zu lassen.

Vor allem begegneten mir keine Schaumschläger und Maulhelden, die sich in der eigenen Herrlichkeit sonnten.

Vermutlich brauche ich nicht extra zu erwähnen, welcher von beiden Gruppen meine Sympathie galt.

Anfang Januar hatte ich mir eine entzündete Ferse zugezogen. Was die eigentliche Ursache war, blieb mir verborgen. Als ich etwas hilflos durchs Büro humpelte, schickte mich Herr Jäger zum Betriebsarzt, der mir Fußbäder und Salben verordnete. Meine bürotechnische Schaffenskraft litt kaum. Schließlich hackte ich nicht mit Füßen auf den Computer ein. Meine Skiwochenenden in Davos hingegen sah ich in ernster Gefahr.

Als ich in Davos ankam, machte ich vorerst im Wohnzimmer in den Skischuhen Trockenübungen. Einmal Zähne zusammengebissen und rein in den Schuh. Im ruhigen Zustand, auf die Bindung geschnallt, ließ sich der Schmerz aushalten. Das Gehen allerdings wurde zum echten Problem.

Völlig unsportlich ließ ich mich also herab, den Skibus direkt vor unserem Haus zu benutzen. Eigentlich die spöttisch belächelte Alternative für Warmduscher. Jetzt allerdings klammerte ich mich mit verkniffenem Gesicht an die Haltestangen und stellte mit einem Seitenblick erstaunt fest, dass sich um mich herum ausschließlich Anzugträger gruppierten – der WEF-Gipfel tagte dieses Wochenende. Meine Laune besserte sich schlagartig. Der ganze Ort war von internationalen VIPs und deren Entourage belegt. Das versprach freie Pisten.

Nachdem an jenem Tag unklar war, wie lange Klaus beruflich beim Hockeytraining beschäftigt war, hatten wir mittags einen Treffpunkt auf einer Berghütte vereinbart. War er nicht dort, sollte ich später an einem anderen Skilift nach ihm Ausschau halten.

Nur ein weiterer Skifahrer hatte sich in den Bus verirrt. Flüchtig streifte ihn mein Blick. Es schien ein älterer, schon graumelierter Herr zu sein, der mit verspiegelter Brille ein unbekanntes Ziel fokussierte.

An der Endstation boten sich zwei Möglichkeiten, den Berg zu erklimmen: entweder mit der Gondel oder mit dem Doppelsessellift. Obwohl die Gondel näher lag, stakste ich todesmutig in Richtung Sessellift los. Schmerz hin oder her. Die Aussicht auf eine Extraportion Frischluft ließ mich die Zähne zusammenbeißen. Nur käsige, kurzatmige Flachlandtouristen quetschten sich in die Gondel.

Als ich endlich am Einstieg des Sesselliftes angekommen war, flutschte ich in die Bindung, befestigte meinen Walkman und unterzog meine Sonnenbrille einer gründlichen Reinigung, bevor ich sie mir auf die Nase pflanzte.

Als ich endlich auf den Einstieg zusteuerte, stutzte ich. Da stand doch dieser Typ aus dem Bus. Neben ihm hatten sich zwei kleine Jungs aufgebaut. Ich überlegte kurz. Entweder, der Kerl hatte ewig auf seine Kleinen warten müssen, oder das lange Warten galt … MIR!

Das ließ sich leicht herausfinden. In Windeseile schoss ich auf die Rampe zu, passierte den Durchgang und ließ mich in den nächsten Sessel plumpsen. Kaum war ich im Begriff, den Bügel zu schließen, hockte der Typ auch schon neben mir. Aha! Die Sache war klar. Der Walkman würde für diese Fahrt nicht zum Einsatz kommen. Kaum hatte ich mich nämlich zurückgelehnt, dröhnte mir ein „Welle Musik lossesch?" entgegen. Ich antwortete in meinem schönsten Hochdeutsch, dass ich mir eine Kassette mit spanischsprachiger Musik zusammengestellt hätte, damit ich ein wenig die Sprache trainierte. Daraus ergab sich sofort ein lockeres Gespräch. Allerdings fiel der Kerl voll aus dem Rahmen: Er schwatzte einfach stur auf Schwyzerdütsch weiter, völlig ignorierend, dass er sich eigentlich als wohlerzogener Schweizer meinem hochdeutschen Sprachmodus anzupassen hätte. Ich spitzte fasziniert die Lauscherchen. So etwas war mir in den letzten 20 Jahren noch nicht untergekommen.

Als wir uns dem Ausstieg näherten, ließ er unvermittelt einfließen, dass er die „Barmaid" der gegenüberliegenden Hütte kenne und dort erstmal einen Kaffee schlürfen würde.

Diesen Wink mit dem Zaunpfahl ignorierend antwortete ich fröhlich: „Dann machen Sie das mal, ich gehe Ski fahren!" Allzu leicht wollte ich ihm das Anbaggern nicht machen. Sollte er sich eine bessere Ansage einfallen lassen, als die altbekannte Kaffeenummer.

Etwas hilflos stammelnd bemerkte er kurz vor dem Ausstieg, dass er jetzt doch auch lieber erst mal Ski fahren wolle, denn er könne ja auch später noch einen Kaffee trinken. Die erste Runde ging an mich. Hehe.

Zunächst mussten wir uns mit einem weiteren Skilift hochkarren lassen, was wir kurzweilig plaudernd hinter uns brachten. Dann startete endlich die erste Abfahrt. In weiten, elegant geschwungenen Bögen kurvte mein Begleiter in Richtung Liftstation davon. Kein Zweifel, der Kerl verstand sein Handwerk. Kurz entschlossen wählte ich eine Piste ein wenig weiter rechts und schoss ziemlich rasant zur Liftstation.

Unten angekommen, bemerkte ich höhnisch lächelnd, wie er in der Mitte des Hügels etwas hilflos in Richtung Berg nach mir Ausschau hielt. Mit einem fröhlichen Winken machte ich auf mich aufmerksam, als er einen kurzen Blick ins Tal wagte. Irritiert schwang er zu mir ab.

Dann nannte er mir seinen Namen: „Ich heiße übrigens Werner."

Unbeirrt siezte ich ihn weiter. Wohlerzogen, wie ich war, zollte ich seinem Alter Respekt. Vorerst hatte ich meinen Gesprächsstoff seinen fortgeschrittenen Lebensjahren angepasst.

Die nächste Bergfahrt siezte ich ihn weiterhin höflich, riskierte aber doch eine kessere Lippe. Er konterte geschickt. Ziemlich locker für sein Alter, stellte ich belustigt fest.

Bei der nächsten Abfahrt setzte er alles daran, die vorhin erlittene Schmach wettzumachen. In einem Affenzahn spritzte er das gefürchtete enge Tal hinunter. Kaum wollte ich mit einem bewundernden Blick selber hinterherstürzen, als es einen gewaltigen Schlag tat und der Kerl in einer Pulverschneewolke meinen Blicken entschwand. Beide Skier nach allen Seiten katapultierend, kollerte er als menschliche Kugel zu Tal. Das hatte der alte Gockel davon.

Kaum das Lachen verkneifen könnend, sammelte ich pflichteifrig seine Skier ein und brachte sie ihm zur Absturzstelle. Als ich unten bei ihm ankam, hatte er sich gerade hochgerappelt. Während ihm die ganze Soße des Schneewassers übers Gesicht lief, lachte er aus vollem Hals dröhnend los.

Ehe ich mich versah, hatte sich mein Herz losgerissen, seine Ärmchen fest um seinen Hals geschlungen und wollte ihn nie mehr loslassen. Jetzt wusste ich, wie sich Liebe auf den ersten Blick anfühlte!

Das Eis war endgültig gebrochen. Minutenlang bogen wir uns im Lift vor Lachen, dann wieder philosophierten wir hochkonzentriert über den Sinn des Lebens. Es war unschwer festzustellen, dass wir uns beide gleichermaßen wohl fühlten. Eine weitere, kleine Begebenheit warf ein gutes Licht auf ihn: Auf einer Abfahrt bemerkten wir ein kleines Mädchen, das hilflos allein am Hang stand und einen recht verlorenen Eindruck machte. Sofort schwang Werner zu ihr ab und erkundigte sich eingehend, ob ihr irgendetwas fehle oder ob sie auf irgendjemanden warte. Nachdem er sich vergewissert hatte, dass alles seine Richtigkeit hatte, schloss er wieder zu mir auf.

Ich registrierte diese vermeintlichen Kleinigkeiten sehr genau. Sie gaben viel deutlichere Hinweise auf Charaktereigenschaften, als noch so großartige Reden liefern konnten. Mich beeindruckte seine Fürsorglichkeit. Ein echter Schweizer eben.

Mit Unbehagen registrierte ich, dass die Stunde des Treffens mit Klaus näher rückte. Jetzt war ich wirklich in der Zwickmühle. Was sollte ich bloß machen? Klar war, dass ich die Verabredung unbedingt einhalten musste. Nicht auszudenken, wenn mir später ein sitzen gelassener Klaus über den Weg liefe. Sollte das Schicksal entscheiden.

Beiläufig erwähnte Werner, dass er später mit einigen Freunden auf einer nahe gelegenen Skihütte zum Mittagessen verabredet war. Wir hatten keine Adressen oder sonstiges ausgetauscht. Als er mich dann zum verabredeten Zeitpunkt an der Hütte verabschiedete, wo Klaus auf mich warten wollte, bemerkte er süffisant: „Du selber setzt die Prioritäten in deinem Leben." Mit einem bedauerlichen Augenaufschlag preschte er davon.

Mein Herz tippte sich kurz an die Stirn, ließ mich stehen und rauschte hinterher.

Ich eilte in die Hütte und stellte mit einem schnellen Rundblick fest, dass Klaus nicht da war. Die Sache war entschieden. Ich hatte meine Verabredung eingehalten. Klaus hatte seine Chance gehabt. Wir würden uns also später am Skilift treffen. Vorher aber musste ich diesen Traummann dingfest machen.

Bloß wie?

Ich schnappte mir eine Bedienung und lieh mir ihren Block und einen Stift. In Windeseile notierte ich auf dem Zettel:

VERRÜCKT?
Aber ich würde gerne mehr von Ihnen erfahren!!
Tel: 0041 81 …
Grüssli
Lisa

Jetzt hieß es nur noch, ihn auf der von ihm erwähnten Hütte ausfindig zu machen. In Windeseile stieg ich in die Skibindung und schoss zum angegebenen Ort. Als ich die weitläufige, dicht besetzte Terrasse sah, sank meine Hoffnung. Wie um alles in der Welt sollte ich den Kerl bloß in diesen Massen ausfindig machen?

Gerade wollte ich mich frustriert abwenden, als ich in einem entfernten Winkel einen graumelierten Schopf aufblitzen sah und bis hierher ein dröhnendes Lachen zu vernehmen glaubte. Schicksal, lass dich knutschen!

Ohne mich lange zu besinnen, steuerte ich mein anvisiertes Ziel an, tippte Werner kurz von hinten auf die Schulter, schob ihm den Zettel mit der Bemerkung „Entschuldigung, ich glaube, Sie haben etwas vergessen" unter den Teller und stakste ebenso zielstrebig wieder zurück, ohne eine Reaktion abzuwarten.

Kaum hatte ich mich wieder auf meine Skier geschnallt, schallte mir auch schon von hinten ein „Hey, Lisa, hier bist du ja!" entgegen. Als ich mich umdrehte, blickte ich Klaus in die lachenden Augen.

Während des restlichen Nachmittags befiel mich eine merkwürdige Ruhe. Reichlich geistesabwesend kurvte ich neben Klaus her, registrierte kaum seine Bemerkungen. Die Beziehung mit ihm war von einer Minute auf die andere abgeschlossen, egal, was auch immer sich mit Werner ergeben sollte. Mir war nur noch nicht klar, wie ich es Klaus beibringen sollte. Als er sich mit mir wie üblich für den Abend verabreden wollte, lehnte ich ab. So außergewöhnlich, wie dieses Nein war, hoffte ich, Klaus würde auch ohne große Worte verstehen, dass er wieder solo war.

Kaum zu Hause, postierte ich mich neben dem Telefon. Mein erster Anruf galt meiner Mutter. Kaum hatte ich sie an der Strippe, sprudelte es aus mir hervor: „Hallo Mami, stell dir vor, ich habe heute meinen zukünftigen Mann kennengelernt!"

Obwohl meine Mutter inzwischen von ihrer Tochter einiges gewohnt war, verschlug es ihr ob dieser Eröffnung doch kurzfristig die Sprache. Bisher hatte ich stets mit dem nötigen Nachdruck eine ehelose Lebensform propagiert. Völlig egal war mir, dass ich mit einem einzigen Satz meine jahrelang sorgsam zurechtgezimmerte Überzeugung über den Haufen warf. Noch war ich nicht einmal sicher, ob sich Werner überhaupt melden würde. Trotzdem warf ich meine verdutzte Mutter blitzartig aus der Leitung. Gerade dämmerte mir, dass ich keine weitere Minute das Telefon blockieren durfte.

Eine gefühlte Ewigkeit später klingelte der Kasten. Betont lässig hob ich ab. Da schallte mir auch schon Werners wohltönender Bass entgegen. Mein Gefühl hatte mich nicht getäuscht! Nachdem er mit Freunden zum Abendessen verabredet war, wollte er sich mit mir gegen 21:00 Uhr in der Hausbar seiner Unterkunft treffen, die gleich neben unserem Haus lag.

Mir war das berüchtigte „Palace für Snowboarder" als beliebte Unterkunft bei jungen Leuten bekannt, die wenig Wert auf Luxus oder Privatsphäre, dafür umso mehr auf Action und Fun legten. Zum Schlafen kam kaum jemand, weil in den Zimmern auf Stockbetten Party gemacht wurde. Eigentlich entsprach das ja nun nicht gerade seiner Altersklasse. Trotzdem mochte ich den Schuppen, denn er verbreitete den morbiden Charme eines etwas abgeschabten Alpenchalets.

Zum angegebenen Zeitpunkt fand ich mich an besagter Stelle ein, erstaunt, dass mein alter Kumpel Urs, den ich vom Reiten kannte, das Etablissement führte. Die dortige Bar kannte ich ebenso wenig. Kein Wunder. Bisher hatte ja auch das Davoser Nachtleben auf mich verzichten müssen.

In der „Engelibar" kam mir Werner in Jeans und Flanellhemd freudestrahlend entgegen. Um ihn herum ein paar nette Typen, mit denen wir ein lockeres Gespräch begannen. Als nach einiger Zeit Werner kurz verschwand, fragte mich sein Bekannter, wie alt ich eigentlich wäre. Als ich meine 32 Lebensjahre preisgegeben hatte, packte ich die Gelegenheit beim Schopfe.

„Hör mal, wie alt ist eigentlich Werner?", fragte ich freiheraus.

Die Antwort warf mich dann doch kurzfristig aus der Bahn: Der vermeintlich alte Sack war noch keine 40 Lenze alt! Da schien der Zahn der Zeit aber gründliche Arbeit geleistet zu haben.

Nach kurzer Zeit hatten Werner und ich uns in einer tief schürfenden Unterhaltung verloren. Was er mir alles Interessantes berichten konnte! Ich hing gebannt an seinen Lippen. Er war jahrelang UNO-Militärbeobachter gewesen und hatte fast die halbe Welt gesehen. Meine Güte, meine kühnsten Träume wurden wahr. Da war ein Typ, der mir die Welt zeigen, der meinen Wissens- und Tatendrang nicht bremsen würde. Jetzt setzte ich alles auf eine Karte. Eine alles entscheidende Frage brannte auf meinen Lippen. Die musste ich loswerden. An ihr entschied sich alles. Jetzt oder nie.

„Willst du Kinder?"

Für einen Augenblick weiteten sich seine Augen vor Schreck. Die souveränen Gesichtszüge drohten zu entgleisen. Dann hatte er sich auch schon wieder gefangen. Verzweifelt versuchte er, in meinem Blick die „richtige" Antwort zu lesen. Als er nach gefühlten Minuten zögerlich zum Nicken ansetzen wollte, schwenkte er schleunigst auf energisches Kopfschütteln um, als er meinen entsetzten Blick registrierte.

Erleichtert schnaufte ich auf. „Das trifft sich gut, ich will nämlich auch keine!"

Taktvoll fragte er nicht nach dem Grund, sondern stellte fest: „O.k., wir machen einen Deal: Keine Kinder, aber dafür sind wir unabhängig und flexibel. Und du gehst mit mir dahin, wo mich meine Arbeit hintreibt."

Begeistert schlug ich ein.

Nach geraumer Zeit verabschiedeten sich die übrigen Freunde höflich und wir blieben allein an der Bar zurück. Die ersten Küsse registrierten nur ein paar kitschige Putten, die über unseren Köpfen Nachtwache hielten.

Werner brachte mich noch brav bis zu meiner Wohnung, das Plätzchen an meiner Seite im Bett blieb allerdings leer. Gut Ding will Weile haben. Bloß nichts überstürzen. Die Sache war ohnehin klar.

Am nächsten Morgen hatten wir uns zum Skifahren verabredet. Werner ließ es sich nicht nehmen, mich persönlich mit dem Auto vor der Haustür abzuholen. Als ich ihn mit einem dunkelblauen Audi-Cabriolet ankurven sah, wurde mir mulmig zumute.

Wie sollte ich in Skischuhen dieses noble Gefährt besteigen? Bestimmt durfte man die Ledersitze nur in Strumpfsocken betreten.

Ich kannte Schweizer, die den Innenraum ihrer PKWs mit Handtüchern auslegten und beherzt Schäufelchen und Besen auspackten, wenn sich ein Kekskrümel auf den Fußabstreifer verirrte.

Weit gefehlt! Werner riss voll Begeisterung die Beifahrertür auf und hieß mich schwungvoll einzusteigen. Die Holzimitate am Armaturenbrett bekamen zwar ein paar Kratzer ab, aber das schien ihn nicht im Mindesten zu stören. Zweifelt noch irgendjemand daran, dass dieser Typ ein Traum war?

Bis mittags schossen wir beseelt über die Pisten. Dann musste ich mich verabschieden, um die Heimreise nach München anzutreten. Als wir uns trennten, drückte mir Werner seine Visitenkarte in die Hand. Auf die Schnelle las ich da „Projektmanager" und „Werner Reiser". In Sekundenschnelle kam mir der Gedanke: Was für ein genialer Nachname! Hatte ich doch schon befürchtet, mir einen Eidgenossen namens „Vögeli" oder „Haslimeier" eingehandelt zu haben. Wobei ich in diesem fortgeschrittenen Stadium der Verliebtheit wahrscheinlich auch diese Kröte freudestrahlend geschluckt hätte.

Der Mann war einfach mein Schicksal!

Die letzte kleine Verunsicherung traf mich in Form seiner ersten Mail. Als ich die Zeilen vergnügt überfliegen wollte, traf mich fast der Schlag: Dieses Geschreibsel musste der Feder eines Analphabeten entsprungen sein. Die Rechtschreibung hätte vielleicht einem Erstklässler Ehre gemacht, für einen gestandenen

Projektmanager allerdings war das Ergebnis bestenfalls mangelhaft. Mit diesem Stil durchs Berufsleben? Da mussten etliche Damen im Vorzimmer filtern. Ein Anbandeln via Internet wäre jedenfalls an die Wand gefahren. Eigentlich stand ich nicht auf literarische Schmalspurer. Aber Hauptsache, die mündliche Kommunikation passte. Auf Liebesbriefe in lyrischer Form konnte ich notfalls verzichten.

Das nächste Treffen fand auf neutralem Boden statt. Dafür hatten wir die Züricher Wohnung meines Bruders auserkoren. Natürlich war die gesamte Truppe um Rudi herum an meinem Neuzugang interessiert. Deswegen wartete zunächst Rudi in der Wohnung, bevor er von den anderen ganz zufällig abgeholt werden sollte. Ein ausgeklügelter Plan.

Mein Herz schmolz dahin, als Werner mit einem Schälchen Erdbeeren vor der Tür stand. Er hatte sich gemerkt, dass ich die Dinger begierig wie ein Staubsauger einsaugte. Musste kein leichtes Unterfangen gewesen sein, im Hochwinter diese Früchtchen aufzutreiben.

Die Herren begrüßten sich betont cool. Nicht, ohne sich gegenseitig einer eingehenden Gesichtskontrolle zu unterziehen. Nach kurzer Zeit trafen auch die übrigen Herren ein. Nach dem etwas unqualifizierten Kommentar eines Freundes –„Ich dachte, dein Neuer wäre Österreicher"– schob ich die Bande vor die Tür.

Rudi zwinkerte mir beim Rausgehen aufmunternd zu.

Was bietet sich für einen ersten Abend zur Entkrampfung an? Richtig, ein Kinobesuch! Vorher noch einen Happen essen. Wie gut, dass ich ohne große Erklärung jederzeit zu Salat greifen konnte. Zuvor hatten wir uns für die Nachtvorstellung der Titanic Karten besorgt. Als wir zum angepeilten Zeitpunkt ins Kino stürmten, lief bereits ein Film. Nach Einnahme unserer Plätze ertönte ein kurzer Gong: Pause. Wir hatten uns beim Filmstart um eine Stunde vertan. Machte nichts, die Titanic war noch nicht abgesoffen. Als wir zu vorgerückter Stunde bestens gelaunt in die Wohnung meines Bruders zurückkamen, galt es, Rudis Klappsofa in Schlafposition zu bugsieren. Zuvor war ich allerdings ins Bad entschlüpft, um mir die Kontaktlinsen aus den Augen zu fischen. Musste ja nicht jeder gleich zu Beginn wissen, dass ich mit meinen sieben Dioptrien ein wahrer Maulwurf war.

Als ich dann mit ziemlich eingeschränkter Sehschärfe zurück ins Wohnzimmer steuerte, werkelte Werners schemenhaft zu erkennender Körper an diesem Designerteil herum. Keine Ahnung, wo die Scharniere saßen, die den Klappmechanismus auslösen sollten. Als Werner irgendwann doch auffiel, dass ich auf allen vieren wie ein Trüffelschwein mit der Nase am Boden um das Teil robbte, verzweifelt nach irgendwelchen Knöpfen Ausschau haltend, kam ich nicht umhin, mein körperliches Handikap zu beichten. Wir hielten uns beide den Bauch vor Lachen.

Gleich nach dem ersten Kennenlernen hatte ich Werner eine Diskette in die Hand gedrückt, auf der er ein kurzes Porträt seiner Person fand. Schonungslos offen hatte ich sämtliche Facetten seiner Persönlichkeit durchleuchtet. Obwohl ich bei manchen Aussagen nur auf kleine Beobachtungen oder Mutmaßungen zurückgreifen konnte, schien das Ergebnis ziemlich gut getroffen zu sein. Werner zeigte sich schwer beeindruckt.

Ich versuchte, hinter die Fassade dieses strahlenden, gutgelaunten Zeitgenossen zu blicken und entdeckte eine großherzige Seele. Auffallend war eine ständige Unruhe, die ihn bisher durchs Leben getrieben hatte. Momente der Ruhe erstickte er sofort durch hektischen Aktionismus im Keim. Er war ein Typ, der kaum zu Hause angekommen, sofort den Radioknopf betätigte. Offenbar ertrug er nur schwer, sich in solchen Augenblicken auf sich selbst zu besinnen. Diese Rastlosigkeit legte sich schon in den ersten Wochen unserer Beziehung. Anscheinend empfand er meine magere Schulter als Hafen, in dem er vertrauensvoll ankern konnte. Umgekehrt schien mir seine zutiefst positive Lebenseinstellung, sein gesundes Selbstwertgefühl verbunden mit einer fürsorglichen und hilfsbereiten Art ein ideales Fundament für eine vielversprechende Beziehung zu sein.

Werner steuerte Begeisterungsfähigkeit, Neugier und echte Macherqualitäten bei, während ich das Ganze mit einer Mischung aus wachem Geist und einem gehörigen Schuss Schlagfertigkeit garnierte. Neben Lebensfreude und Humor einte uns ein ähnlicher Wertekanon, der uns die Welt aus übereinstimmender Perspektive betrachten ließ. Obendrein liebten wir beide ausgiebige, tief schürfende Gespräche genauso wie flapsiges Gefrotzel.

Sehr bald nach dem ersten Kontakt blieb mir nichts weiter übrig, als die Karten auf den Tisch zu legen. Ich berichtete von meiner steilen Neurodermitis-Karriere und konfrontierte Werner mit meinem eingeschränkten Speiseplan. Ich gab zu bedenken, dass gewisse Reisen oder Outdooraktivitäten mit mir nur bedingt möglich wären, weil ich einem strikten Verhaltensprogramm unterworfen war, wollte ich den guten Hautzustand nicht gefährden. Noch immer waren Nächte im Zelt, mangelnde Hygiene oder eine Situation, die mich nervlich unter Druck setzte, ein Garant für Hautverschlechterungen.

Momentan bewegte ich mich in einem labilen Gleichgewicht. Mein strikter Lebensrhythmus sorgte für eine beschwerdefreie Haut. Ich wusste nicht, wie sich Veränderungen in meiner Lebensgestaltung auf meine Haut auswirken würden.

Natürlich merkte Werner, dass ich mich in meinem momentanen Arbeitsumfeld nicht wohl fühlte. Dass es ungelöste Differenzen mit meiner Mutter gab. Dass ich mit unnatürlich abgöttischer Liebe an meinem Bruder hing. Er registrierte alles und ihm dämmerte schnell, dass ein Leben an meiner Seite kein Zuckerschlecken werden würde. Mit einer eventuellen Hautverschlechterung ließ sich noch recht locker umgehen, wenn man einem makellosen, braungebrannten Teint gegenübersaß, der nicht die kleinsten Anzeichen eines Hautproblems zeigte. Auch wenn mein Vertrauen zu Werner schon nach kurzer Zeit unerschütterlich war, holten mich doch meine alten Ängste von Ablehnung und Verlust wieder ein.

Es begann eine Zeit der Pendelei, in der ich an den Wochenenden meist gen Schweiz tuckerte, sobald mich die Siemens-Mauern am Freitagnachmittag entlassen hatten. Werner kurvte bei seinem Job ständig durch die Lande, sodass es für mich selbstverständlich war, dass ich den Hauptteil der Fahrerei auf mich nahm. Außerdem fühlte ich mich in seiner Wohnung wohl und genoss die Aussicht von seiner Dachterrasse.

Mir kam sehr entgegen, dass auch Werner keine festgelegten Zeiten einhielt, sondern seinen Tag nach Lust und Laune plante. Will heißen, es fielen auch die lästigen Essenszeiten weg. Frühstück fiel bei uns sowieso aus. Wenn uns am frühen Nachmittag ein kleiner Hunger befiel, schnappte sich jeder etwas für ihn Passendes. Ich griff meist zu Papaya, Joghurt und Milchkaffee. Nach langem Durchprobieren verschiedener Obstsorten war ich inzwischen mit wahrer Leidenschaft bei Papayas hängen geblieben. Sie besaßen keine Säure, was für die Haut wichtig war. Abends brutzelte ich Werner ein Single-Menü, während ich selber in meine Salatberge abtauchte. Natürlich musste Werner alleine an seiner Weinflasche nuckeln, denn Alkohol war ebenfalls tabu. Zum einen schmeckte er mir nicht, zum anderen reagierte die Haut katastrophal.

Immer noch präsent war mir mein 22. Geburtstag, an dem ich einige Freunde eingeladen und zur Feier des Tages mit Sekt angestoßen hatte. Die nächsten Tage lief ich mit einem Gesicht wie ein explodiertes Sofakissen durch die Gegend. Seitdem hatte ich keinen einzigen Schluck mehr angerührt.

Laut eigener Aussage störte sich Werner nicht an diesem Zustand. Besuche in Gourmet-Tempeln machten mit mir wenig Sinn. Als Trost sagte ich mir, dass wir wenigstens nicht zu der Art Paaren gehörten, die sich im schicken Restaurant gegenübersitzen und sich über Stunden nur anschweigen. Saßen wir zusammen, sprudelten wir vor Mitteilungsdrang über. Beruhigenderweise blieb das bis zum heutigen Tag so.

Eine unvergessliche Nacht und auf zu neuen Ufern

Auch wenn die Beziehung mit Werner neuen Sinn, eine neue Erfüllung in mein Leben brachte, ließ sich doch nicht übersehen, dass der momentane Zustand an meiner Substanz zehrte.

Was ist das für ein herrlicher Abend! Mit der vertrauten Katja im Biergarten, uns gegenseitig hochschaukelnd in Begeisterung. Nebenbei einen Riesensalat mümmelnd. Erst nach Mitternacht zu Hause. Schnell noch einen Liter Milch kippen und mit Werner eine Stunde am Telefon hängen. Wie genial, jemanden zu haben, dem man seine Freude ungefiltert um die Ohren hauen kann.

Aufgedreht, aber glücklich ins Bett.

Huch?!

Wie spät ist es denn? Erst 3:30 Uhr. Mist!

Autsch!

Moment mal, was ist denn mit meinem Bauch los? Das fühlt sich ja an wie im achten Monat schwanger. Ich bin doch nicht unter die schnellen Brüter gegangen.

Mal aufstehen.

Wie ist das mit den Kugelmenschen? So komme ich mir auch gerade vor. Der Bauch wölbt sich unter meinem Schlafshirt. Wird nicht so schlimm sein. Bauchweh ist ja nichts Neues.

Taps, taps, aufs Klo. Hilft auch nicht. Also wieder ab in die Molle.

Hilfe, jetzt kann ich ja nicht mal mehr gerade auf dem Rücken liegen. Schmerz lass nach, stell dich nicht so an, blöder Bauch. Ich muss schlafen. Autsch, jetzt wird's aber wirklich heavy. Setzen jetzt vielleicht die Wehen ein? Ob es nicht doch diesmal was anderes ist? Ich hab Schiss, dass es immer mehr wird!

Mami anrufen? Um 4:00 Uhr in der Nacht?

Nein, die würde sich nur wieder Sorgen machen.

Warten?

Nee, das steigert nur die Angst.

Aufstehen und Telefon holen.

Ich kann kaum mehr einen Schritt tun.

KLINGEL, KLINGEL, MAMI, seufz.

Kind, was ist denn LOS?

Hab so BAUCHWEH!

Soll ich kommen? Brauchst du einen Arzt?

NEIN, du kannst mir auch nicht helfen. Einen Arzt brauch ich doch nicht! Bleib mal dran, ich geh noch mal ins Bad.

Scheiße, Schwindel, Klo.

Wo bist du?

Zurück zum Telefon: MAMI (kleinlaut), doch lieber einen Arzt, ich schaffe es nicht mehr.

Mami (besorgt): Ich rufe den Notarzt und komm sofort rüber!

O.k.

Mir ist alles egal. Moment, ich bin klatschnass. Zitter, zitter. NEIN, bloß jetzt nicht umkippen. Muss noch an die Haustür, der Schlüssel steckt innen. Kommt sonst niemand rein.

Oh Ewigtreppe, bin ich da wirklich irgendwann in Sekundenschnelle runtergehüpft?

Klammer, Klammer, Geländer, verlass mich nicht!

Endlich an der Tür.

Schlüssel dreh. Ich muss noch weiter, nicht jetzt umkippen.

Ich kann nicht mehr auf Mami warten. Muss raus aus dem Haus. Wohin? Zu den Nachbarn, die sind nett, die helfen mir schon. Krabbel, krabbel, endlich an der Klingel. Macht bloß auf, macht bitte auf!

Ring, Ring. Fenster klappen.

Wer da?

Mensch, ich bin's bloß. AUFMACHEN!

Tippel, tippel, ach, der nette Nachbar. Soweit ich ohne Linsen sehen kann. Wollte ihm schon immer mal in die Arme sinken.

Die besorgte Nachbarin steht auch schon im Nachthemd da.

Ach herrje, wie schauen Sie denn aus?

BAUCHWEH. Gleich zerreißt es mich inwendig.

Wollen Sie sich hinsetzen oder -legen?

NEIN, ich kann nicht sitzen, auch nicht liegen, der Steinboden kommt näher.

Kommen Sie, ich bringe Sie rüber, bis der Arzt kommt. Nicht auf den kalten Boden.

Trägt mich wie ein Klappmesser zu mir. Mami steht auf einmal in der Tür. Gott sei Dank sehe ich ihr Gesicht nicht. Lasst mich hier auf dem Boden, auf dem Teppich.

Legt sie auf die Seite mit angewinkelten Beinen, das entlastet den Bauch, kommandiert die Nachbarin.

Autsch, jetzt hab ich eine Ahnung wie das ist, wenn man gevierteilt wird. Ah, die Lage ist gut. Das Messer im Bauch säbelt nur noch klei-

ne Salamischeibchen, nicht mehr ganze Schinken aus dem Bauch. Wo bleibt bloß der Arzt? Scheiße, klapper, klapper, KALT, zitter, zitter. Eine Bettdecke her, jetzt kommt der Schüttelfrost auf den Schweiß. Die nette Nachbarin kauert inzwischen an meinem Kopf und ich verkrall mich in ihrer Hand. Das tut gut. Endlich steht eine Gestalt im Zimmer, ist sehr nett, will mich auf den Rücken drehen. NICHT anfassen, lasst mich liegen! Das Messer säbelt wieder. Der Typ prüft kritisch den Bauch, der inzwischen Betonhärte angenommen hat.

Was hat sie denn gegessen?

Die üblichen Fragen.

Gib mir doch endlich was! Hockt der sich doch tatsächlich hin und notiert was. HERKOMMEN UND MESSER ANHALTEN!

Was höre ich da?

Sofort in eine Klinik, ich bestelle vom Auto aus den Krankenwagen.

NEEEEIN! Ich will in keine Klinik! Hört denn niemand auf mich? Mami wetzt wie eine Besessene von Zimmer zu Zimmer und packt irgendeinen Kram in die Tasche.

Wo hast du dein Nachthemd?

Meine Güte, ich hab jetzt andere Sorgen. Meine Linsen! Immerhin möchte ich doch sehen, ob der Arzt ein ansehnlicher Typ ist. Haha. Galgenhumor. Mensch, wo bleiben die denn bloß? Messer säbelt munter. Ist überhaupt noch Salami zum Aufschneiden im Bauch? So langsam müssten die Vorräte ausgehen. Der Nachbar hat sich anscheinend inzwischen samt seiner Shorts in die Hose geklemmt und steht schon in Erwartung des Krankenwagens vorne an der Straße. So nette Typen! Endlich höre ich ein Auto. Die bewegen mich jetzt wieder, ich sehe es kommen. Rappel, rappel, irgendwie wird's schräg und dann wieder gerade und dann sehe ich zum ersten Mal einen Krankenwagen von innen. Ein Mann hockt neben mir und steckt mir was an den Finger. Schmerz lass nach, selten eine Fahrt so genossen. Wusste gar nicht, dass eine Straße so viele Schlaglöcher hat. Mami kommt gleich vorne mit.

Gott sei Dank haben sie kein Krankenhaus am Ende der Stadt gewählt. Endlich da. So eine nette Schwester. Arzt kommt auch. Bauch, tast, tast. Blut, abzapf. HAHA, finden keine Vene. Das Spielchen kenne ich. Endlich Erfolgserlebnis. Plopp. Die Infusion läuft. Ultraschall, Röntgen. Geht wirklich schnell. Komisch, der Schmerz wird anders, das Messer säbelt nicht mehr. Mir kommt es vor, als habe das Fahren ins Krankenhaus da irgendwas in Bewegung gebracht. Oh, jetzt beginnt auf einmal eine inwendige Schießübung. Der ganze Bauch vibriert. Rumpel, rumpel, knatter, knatter. Die Ärztin vom Ultraschall ist von so viel Wasser und Luft im Bauch fasziniert. Ein seltenes Bild. Wie schön für sie!

Aber durch die ganze Bewegung wird es wirklich leichter, die Schießübungen sind wesentlich angenehmer als die Schinkenschneiderei. Haha, wahrscheinlich schieße ich gerade auf renitente Darmbakterien, die vor Schreck im Rudel durch die Darmgänge toben.

Endlich alles an Untersuchungen geschafft. Irgendwas gegen Krämpfe bekomme ich auch. Ah, tut das gut!

Zu früh gefreut, jetzt werde ich mündlich mit Fragen bombardiert. Jetzt kommt die alte Leier. Warum so dünn, wie viel Gewicht? Muss wohl eine Antwort geben. Mist, jetzt habe ich es so lange geschafft, ihr das nicht sagen zu müssen und jetzt fällt mir die Ärztin derart in den Rücken. Mami, halt dir bitte die Ohren zu. Ich höre sie förmlich zusammenzucken. Was bin ich froh, dass ich sie nicht sehen kann. Jetzt kommt natürlich die unvermeidliche Aussage.

Sie sind sich schon bewusst, dass Sie Magersucht haben.

Nein, habe ich nicht!

Das sagen sie alle, sagt der Blick der Ärztin.

Dann wieder die ewigen Erklärungen mit der Haut. BLABLA.

Ach so, na ja, aber trotzdem, die Blutwerte sind nicht optimal.

Weiß ich, weiß ich.

Haben Sie einen Arzt, dem Sie vertrauen, sind Sie in Behandlung? Ein anderer Arzt kommt dazu, ist nett, versteht mich sogar wirklich. Wieder alles von vorne. Erklärung? Ich höre was von Darmkolik und einseitige Ernährung und Darm-steigt-aus. Lässt den Gemüsekrempel einfach im Bauch liegen, bis er zu gären anfängt, weil er's nicht mehr schafft. Stress noch dazu und dann passiert so was. Wahrscheinlich war auch was am Essen faul. Irgendeine fiese Bazille, die sich auf meinem Salat festgekrallt hatte und jetzt im Bauch sitzt und hämisch Kinderchen in die Welt setzt.

Bevor der Typ weitere Erklärungen abgeben kann, ist erstmal Klo angesagt. Mann, Krankenpfleger, schieb das Bett 'ne Stufe schneller durch die Gänge, sonst passiert was.

Öfz. Den halben Bauch auf dem Klo gelassen. Bin übergangslos von der 30. Schwangerschaftswoche in die 12. zurückgerutscht. Schmerz ist jetzt zum Minimesser geschmolzen. Zurück zum Doktor.

Also, zur Abklärung und so weiter schlage ich vor, Sie bleiben so lange hier, bis die Ursache geklärt ist.

NEIN, so nicht, Freunde, ich will HEIM! Schmerz ist fast weg. Ich bin gesund. Soll ich Kniebeugen machen oder Männchen, lasst mich bloß heim! Vorsichtig angefragt. Zum Glück ist der nette Arzt da. Säusel, säusel, ich mache ja alles brav, aber heim will ich!

Wir können Sie hier nicht gegen Ihren Willen festhalten. Wenn Sie also wiederkommen, sofort wiederkommen, wenn es nicht besser wird, dann kann ich Sie wohl nicht halten.

Frohlock!

Allerdings kommen noch zwei Kollegen, ich kann das nicht allein entscheiden.

Eigentlich ist mir nicht nach Scherzen zumute. Inzwischen ist auch Mami wieder mit im Raum. Als der Arzt rausgeht wird die Atmosphäre gespannt. Ich spüre förmlich, welche Fragen ihr auf den Lippen brennen. Aber weil sie mich inzwischen gut genug kennt, schüttelt sie nur traurig den Kopf und sagt mit schwankender Stimme, dass sie mir offenbar nicht helfen kann, nie helfen konnte. So wünscht sie sich, dass mir wenigstens Werner helfen kann. Aber JA, mein Werner hilft mir jeden Tag, denn er macht mir keine Vorwürfe, dass ich immer noch nicht das und jenes gemacht oder geschafft habe, sondern er glaubt an mich und nimmt mich genau so, wie ich nun mal bin. Ich kann nur so sein. Und DU, Mami, hilfst mir auch, indem du mich nicht besorgt ausfragst und mir ein schlechtes Gewissen machst, sondern auch darauf vertraust, dass ich schon den richtigen Weg einschlagen werde. Halt mich nicht auf! Ich kann mich nicht aufhalten lassen.

Ich würde sie so gerne trösten, ich wollte nie, dass sie so viele Details erfährt. Durch diesen blöden Zufall kam jetzt einiges aufs Tapet, was ich ihr bis dahin verschweigen konnte. Die anderen beiden Typen lassen sich zum Glück doch noch erweichen. Die Infusion ist auch durchgelaufen und Mittelchen und Zettelchen habe ich auch genügend. Jetzt bloß weg hier. Das Taxi kommt ziemlich schnell und im Regen stürme ich endlich wieder in meine geliebte Bude.

Soll ich dir was besorgen? Brauchst du was? Soll ich dableiben?

Ach, kennst du mich nicht, ich brauche nichts außer ein wenig Schlaf. Nur schlafen. Jägerlein wurde bereits vom Krankenhaus informiert, dass er heute, Freitag, wohl leider auf mich verzichten muss. Die erste Frage war, ob ich Montag aber schon wieder da wäre. Logisch. Davor hat er Schiss.

So verschnarche ich fast den ganzen Freitag. Wollte eigentlich zu Daniela rausfahren. Und Werner sage ich nichts. Zum Glück ist er dieses Wochenende unterwegs.

RING, RING, der Typ hat telepathische Fähigkeiten! Ich fasse es nicht, das kann nur dieser verrückte Werner sein! Jetzt aber zusammengerissen und Bauch eingezogen. Ach so, schön, dass du so happy bist. Das steckt richtig an. Am liebsten würde ich durch den Hörer kriechen. Frag mich bitte bloß nicht, ob es mir gut geht. Was soll ich da sagen? He, mir geht es saugut! Bauch sei mal kurz still. So ein herzliches Gespräch hatten wir selten. Alle sind so lieb zu mir. Daniela ruft an und Katja kommt am Sonntag und hockt bei strahlendem Wetter bei mir im Zimmer. Thomas ruft an, ob ich was brauche, er kann auch kochen. Kicher. So ein Schatz. Und natürlich allen voran Mami. Alle wollen mir was Gutes tun. Ja, Werner, das ist wie eine Wärmflasche auf einen zwickenden Bauch! Aber das allerschönste bleibt die inzwischen vertraute, liebe Stimme, die mir dieses Wochenende so verheißungsvoll für die Zukunft im Ohr klingt und die bedingungslos an mich GLAUBT!

Nach dieser Aktion, die ich letztendlich auch vor Werner nicht verbergen konnte, drängte er dazu, meine Arbeit bei Siemens zu kündigen. Ich sollte zu ihm in die Schweiz ziehen. Auf Dauer wäre die Pendelei für beide zu anstrengend und unbefriedigend, argumentierte er. Ich ahnte, dass dies nur ein vorgeschobener Grund war, mir eine Kündigung schmackhaft zu machen. Dickköpfig und voll falschem Stolz hätte ich nie zugegeben, dass ich körperlich am Rande meiner Kräfte war. Instinktiv tat er das für mich Beste: Er „befreite" mich einerseits ohne Gesichtsverlust von meiner ungeliebten Arbeit, zum anderen schaffte er gleichzeitig eine räumliche Distanz zu meinem bisherigen Umfeld. Beides konnte sich nur positiv auf mein Befinden auswirken.

Meine Mutter machte mir in diesem Zusammenhang das äußerst großzügige Angebot, ein ganzes Jahr das Häuschen in Planegg freizuhalten, sodass ich zunächst bei Werner auf Probe einziehen konnte. Mein gesamter Hausstand blieb in Planegg. Für diese Unterstützung war ich ihr grenzenlos dankbar, denn so konnte ich mich gelassen auf das Abenteuer Schweiz einlassen. Scheiterte der Versuch, konnte ich jederzeit wieder in meinem alten Heim unterschlüpfen.

Die Kündigung bei Siemens wurde zum Freudentag meines Lebens. Als ich die verhassten Pforten das letzte Mal passierte, fiel eine Zentnerlast von meinen Schultern.

Auf die Probe gestellt

So stand ich also zum Jahreswechsel mit meinem Köfferchen vor Werners Tür. Kaum hatte ich mich ein paar Tage eingerichtet, befiel mich auch schon der Druck, mir eine Arbeit zu suchen. Ich kam mir faul vor, wenn ich untätig zu Hause saß. Arbeit zu finden war allerdings nicht leicht. Ohne Aufenthaltsbewilligung lief überhaupt nichts. Noch gab es keine bilateralen Abkommen.

Völlig verzweifelt auf der Suche nach irgendeiner Beschäftigung hätte ich jede Arbeit angenommen. Aber sogar die Bäckerei um die Ecke durfte mich nicht einstellen, als sie mit entsprechendem Gesuch bei der Gemeinde vorsprach. Einen Tamilen zu beschäftigen, wäre kein Problem gewesen, Deutsche hingegen waren nicht erwünscht.

Nach wenigen Wochen begann sich zudem plötzlich meine Haut massiv zu verschlechtern. Zuerst entzündete sich die Oberlippe bis zur Nase. Die typische Neuro-Schnute, wie ich zu sagen pflegte. Parallel dazu röteten sich die Augen. In wenigen Tagen waren sie so verklebt und geschwollen, dass ich keine Kontaktlinsen mehr tragen konnte. Damit nicht genug. Jahrelang hatte ich keine Brille mehr getragen; setzte ich mir jetzt ein Modell auf die Nase, war innerhalb kurzer Zeit die Haut hinter den Ohren offen und nässte. Auch die übrige Gesichtshaut nässte. Ich war verzweifelt.

Stundenweise ging ich nach draußen. Dazu packte ich mir meine dunkelblau getönte, sieben-Dioptrien-Maulwurfbrille auf die Nase. So tigerte ich mit hochgeschlagenem Mantelkragen durch Werners kleines Dorf. Durch meinen etwas zackigen Fahrstil, der die freilaufenden Hühner regelmäßig in Panik versetzte, hatte ich mir bereits den Argwohn der Anlieger zugezogen. Mein jetziger Aufzug verschärfte den Exotenstatus. Offiziell durfte ich nicht bei Werner wohnen. Wir waren also auf die Idee verfallen, mir im grenznahen Konstanz ein Zimmer im Studentenwohnheim zu mieten. Dort parkte ich einen Alibikoffer und passierte öfters den Grenzübergang des Abends, um keinen Verdacht zu erwecken.

Sie finden das übertrieben? Dann haben sie noch keine Bekanntschaft mit der Schweizer Fremdenpolizei gemacht. Unsere Devise lautete deswegen: Bloß kein Aufsehen erregen! War schon schlimm genug, dass sich ein deutsches Mädel einen potenziellen Kandidaten vom eidgenössischen Heiratsmarkt geschnappt hatte. Dadurch hatte ich mir sowieso sämtliche Sympathien der weiblichen Bevölkerung verspielt.

Unsere Situation spitzte sich zu. Tagsüber war ich meist zu Hause. Inzwischen konnte ich nur noch Löcher in die Luft starren. Bücherlesen funktionierte nur eine begrenzte Zeit lang, denn ich musste die Buchstaben im Millimeterabstand vor die Nase halten. Ich erinnere nur an die sieben Dioptrien.

Teetrinken war die einzige Passion, der ich mich hingab. Dies auch aus therapeutischen Gründen, damit der Stoffwechsel etwaige Giftstoffe aus dem Körper spülen konnte.

Parallel gab ich aber die Suche nach einer Arbeit immer noch nicht auf. Inzwischen hatte ich mich auch in Konstanz beworben. Auch wenn ich hierfür täglich 40 Kilometer Anfahrt oder mehr in Kauf nehmen musste. Eine Sekretariatsstelle an der Uni Konstanz erschien mir ein Quantensprung an Verbesserung gegenüber Siemens. Lockere Leute, gutes Klima. Aber auch hier die nächste Ernüchterung: Hatte ich es bis zum Vorstellungsgespräch geschafft, würgte meine Monsterbrille weiteres Interesse binnen Sekunden ab. Wer setzte sich schon eine undurchsichtige Mafiosobraut ins Vorzimmer?

Ein älterer Herr, der Konzertreisen organisierte, wollte mich schließlich unbedingt einstellen. Er zeigte großes Verständnis für meine momentanen Augenprobleme und versprach, mir zwei Monate die Stelle freizuhalten, bis ich meine Gesundheit im Griff hätte. Er wartete vergebens. Als die Zeit abgelaufen war, musste ich schweren Herzens absagen. Meine Augen waren schlimmer denn je.

Jetzt nagte dieser Zustand auch zunehmend an unserer Beziehung. Auch wenn ich versuchte, wenigstens abends die gutgelaunte Lisa zu spielen, so kostete mich diese Vorstellung zunehmend an Kraft, die ich immer weniger hatte. Es musste eine Lösung her. Immer noch pendelte ich zwischen Davos und Werners Wohnung. Kaum war die Haut in Davos wieder einigermaßen abgeheilt, kaum hatten sich meine Augen wieder etwas erholt, fuhr ich wieder zu Werner. Nach einer Nacht war wieder alles im Eimer.

Es musste an Werners Zuhause liegen, dass sich meine Haut so katastrophal entwickelt hatte. Ich begann meinen sowieso schon eingeschränkten Speisezettel erneut mit dem Muskeltest zu überprüfen. Ich machte einen Bluttest über mögliche Nahrungsmittelallergien. Keine neuen Ergebnisse. Jetzt nahmen wir die gesamte Wohnungseinrichtung unter die Lupe. Als erstes flogen Pflanzen und Teppiche raus. Das Bettzeug wurde gewechselt. Schließlich schlief ich auf einer Isomatte bei offenem Fenster auf dem Boden.

Zwischenzeitlich hatte ich Angst, Werner hätte irgendetwas an sich, das ich nicht vertrug. Das hatte ich ja schon mit fremdem Schweiß oder Körpergeruch erlebt. Manchmal reagierte ich darauf mit Hautausschlag. Hier konnte ich zum Glück Entwarnung geben, denn in Davos konnten wir problemlos ohne Hautverschlechterung zusammen sein.

Jetzt blieben noch die Baumaterialien. Werners Wohnung war ein Neubau. Bisher hatte ich nur in älterem Gemäuer gelebt, was mir immer besser bekommen war. Vielleicht vertrug ich die Wandfarbe nicht oder es gab Schimmel in der Wohnung. Die einzige Lösung war ein Umzug. Wir gingen auf Wohnungssuche. Infrage kam nur ein Altbau. Bei jedem Objekt, das wir betraten, saugte ich angestrengt die Luft ein, um zu überprüfen, ob mir der Geruch angenehm war. Mit unserem eigentümlichen Verhalten verschreckten wir wahrscheinlich so einige Vermieter.

Fündig wurden wir dann ein paar Kilometer weiter in einem kleinen Nest, wo wir die Parterrewohnung mit kleinem Garten in einem älteren Haus mieteten. Voller Enthusiasmus stemmten wir den Umzug. Nach drei Tagen brach für mich die Welt zusammen. Dasselbe Spielchen wie im alten Zuhause. Jetzt war ich wirklich am Boden zerstört.

Ernstlich erwog ich, die Waffen zu strecken und nach Planegg zurückzukehren. Ich war drauf und dran, alles hinzuschmeißen. Ich fühlte mich leer und verzweifelt.

Noch immer strahlte Werner Zuversicht und Vertrauen aus, was mich immer wieder mitzog und an eine gemeinsame Zukunft glauben ließ. Unser Zusammenleben drehte sich zu hundert Prozent um meinen Gesundheitszustand. Mein Hirn kreiste ständig um dieselben Themen. Wie in meinen schlimmsten Zeiten schwankte ich zwischen totaler Verzweiflung und gespieltem Galgenhumor. Ich zog mich zurück, auch körperlich. Konnte selbst Werner nicht an mich heranlassen. Werner unternahm diesbezüglich auch keine Anstalten mehr, was mich unheimlich entlastete, denn so spürte ich nicht auch noch den Erwartungsdruck von seiner Seite. Er nahm mit stoischer Gelassenheit meine Ausbrüche hin, meine Stimmungsschwankungen, mein Aussehen. Er nahm mich einfach als Person und als Mensch, dem er in einer schwierigen Situation nicht von der Seite wich. Alle Provokationen, meine Abwehr perlten wie Regentropfen an ihm ab. Schweigend und wissend um meine Qual schloss er mich in die Arme und hielt mich einfach nur ganz fest.

Ich hatte keinerlei Kapazitäten frei, um mich um sein Wohlergehen zu kümmern. Egoistisch um meine Probleme kreisend, hatte ich keinen Blick für seine Bedürfnisse. Wie er seine eigenen Zweifel, seine Verzweiflung verdaute, weiß ich bis heute nicht.

Zunehmend machten mir nicht nur der Hautzustand und permanente Durchfälle zu schaffen. Ich kam in der Früh kaum mehr aus dem Bett. Sollte ich Werner am Morgen mit dem Auto zum Flughafen bringen, klebte ich frierend auf dem Beifahrersitz. Übernahm ich auf dem Rückweg das Steuer, musste ich mich anstrengen, die Straße zu fokussieren. Mein Blick verschwamm. Es gelang mir nur mit Mühe, einen klaren Gedanken zu fassen. All diese Symptome bereiteten mir zunehmend Sorge, was ich aber niemandem gegenüber äußerte.

Weihnachten verbrachten wir in Davos. Eigentlich wollten wir ein paar Tage bleiben, aber Werner bekam Bauchschmerzen und musste notfallmäßig im Krankenhaus am Blinddarm operiert werden. Danach sehnte er sich nach Ruhe, die er in Davos über die Feiertage nicht fand. Er wollte nach Hause. Schweren Herzens fuhr ich ihn hinunter. Ich hatte mich schon einige Zeit in Davos aufgehalten und die Haut war in einem erträglichen Zustand. Ich wollte nicht schon wieder eine massive Verschlechterung riskieren. Dieses Mal nahm ich ein paar Flaschen Leitungswasser aus Davos mit. Ich wollte mir damit zu Hause am Abend meine gewohnte Teeration zubereiten. Voller Angst ging ich ins Bett. Meist erwachte ich am Morgen mit geschwollenen und nässenden Augen.

Am nächsten Tag schnellte ich aus dem Bett, kaum dass ich die Augen aufgeschlagen hatte. Die Blinkerchen funktionierten einwandfrei! Keine nässenden Flecken, keine stinkende Lymphflüssigkeit, die um die Augen eingetrocknet war.

Werner riss mich in die Arme und tanzte mit mir durchs ganze Haus. Wir kreischten und brüllten wie die Bekloppten, bis die ersten Nachbarn mit besorgten Mienen am Balkon erschienen. Uns war alles egal. HEUREKA !!! WIR HATTEN DEN ÜBELTÄTER GEFUNDEN! Es war das TRINKWASSER!

Wir waren selig!

Sofort besorgte ich mir Wasseranalysen aus München, Davos und Neftenbach. Ich wollte beim Vergleich feststellen, welcher Wert in Neftenbach von den übrigen abwich. Er musste ja der Auslöser für meine Probleme sein. Gespannt beugten wir uns über die Ergebnisse. Der Nitratwert aus Neftenbach überstieg um ein Vielfaches die Werte von München oder Davos. Zudem recherchierte ich über Erscheinungen von Nitritvergiftungen. Ich erkannte all die Symptome an mir wieder, die ich dort geschrieben fand. Verschärft hatten meine Lage auch noch die täglichen Salatberge, die ich ahnungslos verputzt hatte. Dort lauerten nämlich zusätzlich Nitrate. Zu allem Unglück hatte ich auch noch das „schlechte" Wasser literweise in mich hineingekippt.

Jetzt wurde alles anders. Nach einem guten halben Jahr blinzelte ich mit blitzenden Guckerchen vergnügt in die Welt, erfreute mich einer zarten, makellosen Babyhaut und war einfach selig.

Auf zugiger Skipiste riss mich Werners Heiratsantrag nicht sonderlich von den Socken. Nach dem, was wir die letzten Monate zusammen durchgemacht hatten, wären wir bescheuert gewesen, wenn wir nicht auch noch die restlichen Jährchen zusammen verbracht hätten. Was konnte uns beide noch umhauen?

Die Hochzeit wurde ein rauschendes Fest. Etwas zu groß für meinen Geschmack, aber Werner wollte unbedingt seine gesamte Vergangenheit versammelt haben. Wundert es da jemanden, dass fast die halbe Schweiz antrabte?

Aus einem alten Gedichtband von Robert wählte ich unseren Hochzeitsspruch:

„Lachen ist schwerer als weinen.
Nur wer geweint hat, lernt lachen."

Kein Spruch hätte unsere Situation treffender beschreiben können.

Obwohl sich durch die Heirat meine Arbeitschancen grundlegend verbessert hatten, signalisierte mir Werner, dass ich mich doch entspannt zurücklehnen sollte. Er spürte offenbar seit langem, dass es mich überhaupt nicht zurück ins Büro zog. Ich war kein Mensch, der stundenlang auf einem Stühlchen ausharrte und voller Begeisterung irgendwelchen Schreibkram über den Tisch schob. So geriet ich immer mehr in einen inneren Zwiespalt. Einerseits genoss ich es, meine Zeit zur freien Verfügung zu haben, andererseits drängte mich mein schlechtes Gewissen, einer sinnvollen Tätigkeit nachzugehen. Sinnvolle Tätigkeit hieß in meinen Augen eine solide Arbeit, mit der Kohle zu machen war. Immer noch hatte ich das Mantra meines Vaters im Kopf: Wer nichts leistet, ist nichts wert!

Zunehmend verlagerte ich meinen eigenen Leistungsanspruch auf die körperliche Schiene. Ich gestand meinem Körper das Minimum an Versorgung zu und forderte gleichzeitig Höchstleistung. Will heißen, ich war beispielsweise im Sommer ständig in Davos auf Bergtouren unterwegs, krabbelte nüchtern auf einen Dreitausender und bekam oben als Belohnung einen Apfel. Ich zog die Zeiten immer mehr hinaus, bis ich tagsüber die erste Mahlzeit einnahm. Je weiter ich diese Zeit in den Nachmittag verschieben konnte, desto besser war der Tag gelaufen. Endlich saß ich vermeintlich am längeren Hebel. Jahrelang hatte mich mein Körper durch seine Hautausbrüche daran gehindert, all das zu tun, was mir Spaß gemacht hätte. Jetzt saß ich an der Schaltstelle und bemaß ihm eine karge Kost zu. Kleine Rache. Sollte er doch mal sehen, wie lustig es ist, zu leiden. Funktionierte er nicht, wurde ich sauer. Anfangs wagte er nicht aufzumucken. Ein zweiter dankbarer Effekt stellte sich ein. Durch die seltenen Mahlzeiten musste ich mich nicht länger mit Durchfällen herumschlagen. Jetzt bekam ich einmal pro Tag Durchfall, nämlich dann, wenn ich abends meinen Salat eingeworfen hatte. Danach war für den Rest der Zeit Ruhe. Mein sowieso schon klägliches Gewicht wurde noch kläglicher. Ich merkte nichts und fühlte mich leistungsfähiger denn je.

In der Nähe hatte ich vor einiger Zeit zwei Pferde aufgetrieben, die ich umsonst unbegrenzt reiten durfte. Parallel dazu hatte ich zusammen mit Werner eine Dauermitgliedschaft bei einem Fitnesscenter angemeldet, in dem ich diverse Kurse belegte und des Abends in die Sauna ging. So streifte ich stundenlang hoch zu

Ross durch Wiesen und Wälder, ging täglich in die Sauna und las zwischendrin anspruchsvolle Artikel, die ich abends mit Werner besprechen konnte. Ich wollte immer ein interessanter Gesprächspartner bleiben. Geistiger Austausch war das Fundament unserer Beziehung und ohne Kinder waren wir glücklicherweise gezwungen, uns immer wieder neuen Gesprächsstoff zu suchen. Schaffte Werner schon die Kohle ran, wollte ich ihm wenigstens eine gutgelaunte, aufgeschlossene und neugierige Partnerin sein, die ihn mitnahm in eine rege Geistes- und Phantasiewelt. Mein Ziel erreichte ich problemlos. Gesprächsstoff ging uns nie aus.

Zwischendrin engagierte sich Werner in der dörflichen Gemeinschaft. Als er schließlich beim jährlichen Turnfest das Weinzelt schmiss und ich als Kellnerin jobbte, waren auch die letzten Vorurteile gegenüber dem ungewöhnlichen Paar ausgeräumt.

Kurz darauf bemerkte ich eine Beule an der Innenseite des Schienbeins, die sich als gutartiger Tumor entpuppte, der kurz vor Weihnachten im Davoser Spital rausoperiert wurde. Leider war offensichtlich ein Pfuscher am Werk, denn der Kerl hatte die Drainage vergessen. Trotz Punktierung lief ich also auch noch nach Wochen mit einer Geschwulst am Bein herum, die nochmals operiert werden musste. Diesmal wurde der Fall ans Kantonsspital Chur verlagert.

Kurz vor dem Operationstermin wurde Werner von seiner Firma gefragt, ob er ab sofort ein Krisenprojekt in Kapstadt übernehmen könnte. Werner überlegte nicht lange und sagte zu. Ab sofort hieß binnen einer knappen Woche. Ich tuckerte also alleine mit dem Auto nach Chur, wurde dort operiert, während sich Werner von Südafrika aus mit der Krankenkasse zur Kostenübernahme herumschlagen musste. Leider stand ich nach drei Tagen vor der unangenehmen Situation, irgendwie mit dickem Verband und Krücken samt Auto nach Hause zu kommen. Rettung nahte in Form meines Bruders, der kurzerhand einen wichtigen Geschäftstermin sausen ließ, sich in den Zug setzte und mich samt Auto heimchauffierte. Das werde ich ihm im Leben nicht vergessen. Mit Mühe konnte ich verhindern, dass meine Mutter aus München als Krankenschwester auftauchte. Lieber schlug ich mich humpelnd und robbend durchs Leben.

Kaum waren die Fäden gezogen und die Wunde verheilt, saß ich auch schon im Flieger nach Kapstadt.

Kapstadt auf wackligen Beinen und
eine wundersame Rettung

In Kapstadt erwartete mich ein freudestrahlender Werner, der mich stolz im Mietauto zu unserer Wohnung chauffierte. Am Rande bemerkte ich, dass im Fußraum des Wagens knöcheltief Wasser stand. Erst nach etlichen Tagen bekamen wir ein anderes Auto. Die nächsten Wochen pilgerte ich stundenlang allein durch die Stadt, versorgte mich in der einzigen Bibliothek mit englischsprachiger Lektüre und checkte einmal pro Tag im Internetcafé meine E-Mails. Bei Dämmerung, sprich um 17:30 Uhr, sollte ich zu Hause sein. Außerdem schärfte mir Werner ein, mich nur auf ausgewiesenen Touristenpfaden herumzutreiben. Dies beherzigte ich auch nach einer unliebsamen Begegnung mit herumstreunenden Straßenkindern.

Abends hockten Werner und ich glücklich in unserer Bude, wo wir die beiden offenen Kamine kräftig anfeuerten. Inzwischen war Herbst in Kapstadt und die Temperaturen dementsprechend frisch. So schafften wir eifrig Brennholz heran und bestückten die Feuerstellen, bis wir uns nur noch schemenhaft durch den Rauch verständigen konnten. Werner tippelte dann als lebendes Räucherstäbchen am nächsten Morgen ins Büro. Am Wochenende erkundeten wir im Mietwagen die Gegend, kurvten kreuz und quer durch die Landschaft und schnupperten in sämtliche Ecken, die uns interessant erschienen. Nach etlichen Wochen besuchte uns mein Bruder, der einen unvergesslichen 40. Geburtstag bei uns feierte.

Mein Speiseplan hatte sich im Vergleich zu daheim kaum geändert. Ich hatte inzwischen Meeresfrüchte für mich entdeckt, die ich mir in Form von Muschelbergen und sonstigem Getier zu Gemüte führte. Seit Wochen plagten mich wieder sturzbachartige Durchfälle. Mein tägliches Programm spulte ich trotzdem ab. Morgens war mir zum ersten Mal im Leben schwindelig.

Keine gute Idee war, mit Werner zusammen ein Freiluftschwimmbecken zu besuchen, das mit Meerwasser gespeist wurde. Nach vier Bahnen im schnatterkalten, circa 16 Grad kalten Wasser konnte ich mich nicht mehr richtig konzentrieren. Werner fuhr mich mit hochgefahrener Heizung kreuz und quer durch Kapstadt, um mich endlich in dicke Bettdecken gepackt mit seinem eigenen Körper zu wärmen. Ich zitterte trotzdem wie Espenlaub.

Ab da ging es mit mir bergab. Die Schwindelanfälle wurden so schlimm, dass Werner des Morgens, bevor er das Haus verließ, Kreislauftropfen und Gemüsebrühe um mich herum platzierte, damit ich nur noch auf die Toilette gehen und ansonsten im Bett bleiben konnte. Kaum bewegte ich mich in die Senkrechte, wurde mir auch schon schwarz vor Augen.

Eines Nachmittags lag ich im Bett und sogar in diesem Zustand begann sich alles um mich zu drehen. Jetzt bekam ich Angst. Ich versuchte, Werner auf dem Handy zu erreichen. Obwohl er sonst immer sofort den Hörer abhob, meldete sich diesmal die Mailbox. Bevor mir die Sinne irgendwie ganz schwanden, rief ich meine Mutter an und sagte, ich bräuchte einen Arzt. Dann legte ich auf. Wie ich im Nachhinein erfuhr, hatte meine Mutter den Ernst der Lage erkannt und meinen Bruder informiert. Welch ein Zufall, dass er ans Handy ging. Das passierte in hundert Fällen vielleicht ein einziges Mal. Zumindest wusste meine Mutter die Adresse unserer Wohnung in Kapstadt, weil sie mir kurz vorher Kontaktlinsen geschickt hatte. So schaffte es Rudi über irgendwelche Ämter, einen Krankenwagen mit dem Auftrag vor unsere Wohnung zu lotsen, mich irgendwie dort rauszuholen, notfalls auch die Tür aufzubrechen, und mich ins beste Krankenhaus zu verfrachten.

Als ich das rettende Klingeln hörte, schaffte ich es noch bis zur Haustür, bevor ich meinen Rettern vor die Füße plumpste. Man hängte mich an eine Infusion und chauffierte mich ins Krankenhaus. Dort fand mich Werner abends nach einem nervenaufreibenden Marathonlauf durch diverse Kapstädter Krankenhäuser. Er musste etliche abklappern, bevor er mich endlich selig schlummernd in Morpheus Armen wiederfand.

Meine Lebensgeister kehrten zurück. Offenbar war ich völlig dehydriert. Also wurde ich erstmal innerlich bewässert. Wenig erfreut war ich, als man mich des Morgens auf die Waage stellte. Da leuchteten magere 40 Kilo auf der Anzeige auf. Von optimalem Kampfgewicht konnte nicht mehr die Rede sein.

Nach drei Tagen kümmerte sich Werner um einen vorgezogenen Rückflug für mich. Er selber musste noch einige Zeit bleiben.

Reichlich klapprig wurde ich nach einem durchwachten Nacht-flug von meinen Schwiegereltern besorgt am Züricher Flugha-fen in Empfang genommen und in unsere Wohnung verfrachtet. Weitere Hilfe lehnte ich strikt ab. Man war nichts anderes von mir gewohnt.

Als Werner endlich zurückkam, hatte sich mein Gesundheits-zustand immer noch nicht gebessert. Schlimm war vor allem, dass ein übler Gestank entwich, wenn ich, nun ja, Luft ablassen musste. Und das musste ich permanent. Auch meiner Haut ent-strömte ein penetranter Geruch. Ich konnte mich selber nicht mehr riechen. Es war eine Katastrophe.

Werner schleifte mich zum Magen-Darm-Spezialisten. Der wollte eine Darmspiegelung machen. Ich konnte mir nicht vor-stellen, wie ich so was in meinem schwachen Zustand überstehen sollte. Dann ging es weiter zum Tropenspezialisten in Zürich. Werner begleitete mich jetzt, denn er fürchtete nicht zu Unrecht, dass mich die Ärzte in die Magersuchtschiene schieben wollten. Sicher hatte ich ein gehöriges Essproblem, aber hier mussten noch andere Ursachen für meinen Zustand vorliegen. Vielleicht hatte ich in Kapstadt irgendetwas aufgeschnappt? Auf die Frage, warum ich dermaßen übel stinken würde, meinte der nette Arzt lakonisch, er hätte noch keinen Furz gerochen, der nach Rosen röche. Im Übrigen sollte ich einfach mehr essen. Die Ergebnisse der Stuhlproben, die ich abgegeben hatte, sollten binnen einer Woche festliegen.

An einem Freitagabend schleppte ich mich mit letzter Kraft mit Freunden zum Abendessen nach Konstanz. Ich wollte Wer-ner nicht jegliche Aktivität abschlagen. In der Nacht fand ich kei-ne Ruhe. Ich wälzte mich trotz meiner Schwäche hin und her. War unruhig. Hatte komische Sinneseindrücke. Fühlte, dass ir-gendetwas mit mir nicht stimmte. Fühlte eine diffuse Angst. Ge-riet innerlich in Panik. Blieb trotzdem liegen, denn ich war vor Schwäche wie gelähmt.

Am Morgen konnte ich nicht mehr aufstehen. Werner trug mich ins Bad und auf die Toilette. Dann rief er den Arzt an, um nach den Ergebnissen der Stuhluntersuchungen zu fragen. Glücklicherweise bekam er ihn am Samstagmorgen an die Mu-schel. Die Ergebnisse zeigten keine Auffälligkeiten. Werner entschied, mich sofort ins Krankenhaus zu bringen. Ich war zu schwach, mich gegen die Horrorvorstellung Krankenhaus zu wehren. Aber mir fiel eine Telefonnummer ein, die ich seit Wochen mit mir herumtrug.

Vor einigen Wochen hatte ich eine gute Freundin, Conny, in Davos besucht. Sie war stets besorgt um meinen Gesundheitszustand. Als wir uns trennten, drückte sie mir einen Zettel mit einer Telefonnummer in die Hand und erzählte dazu folgende Geschichte:

Eines Abends saß sie in einem Café in Davos und kam mit einem jungen Mann namens Claudio ins Gespräch. Schnell unterhielten sie sich angeregt und kamen auf das Thema Freundschaft zu sprechen.

Conny meinte: „Ich habe eine wirklich gute Freundin."

Darauf Claudio, der offenbar über außersinnliche Wahrnehmungen verfügte: „Ja, ich sehe sie hinter dir stehen. Sie ist groß und sehr schlank. Hat die Haare oben zusammengebunden. Aber es geht ihr nicht gut. Ich weiß zwar nicht genau, was sie hat, aber da ist irgendetwas im Bauch. Ich versuche, ihr über Nacht zu helfen. Ruf sie morgen an und frage sie, ob es ihr besser geht. Wenn nicht, gib ihr bitte diese Telefonnummer. Dort soll sie anrufen, wenn es ihr noch schlechter gehen sollte."

Am nächsten Tag hatte sich Conny telefonisch nach meinem Befinden erkundigt. Nichts ahnend jammerte ich ihr vor, wie schlecht es mir ginge. Daraufhin hatte sie mir beim nächsten Treffen diesen Zettel in die Hand gedrückt und gesagt, ich müsste nun selber entscheiden, was ich damit machen wolle.

Die Geschichte erschien mir reichlich skurril. Nie wäre ich auf die Idee gekommen, dort anzurufen.

Jetzt aber ließ ich Werner den Zettel hervorkramen und die Nummer wählen, welche Conny von Claudio erhalten hatte. Welch ein Glück, es meldete sich jemand am anderen Ende der Leitung. Kurz schilderte Werner die Situation. Er sprach einige Minuten mit dem Herrn, dann wurde mir der Hörer weitergereicht.

Ich vernahm die Stimme eines Mannes, der beruhigend auf mich einsprach. Er stellte sich mir als Herr Bieler vor und versicherte, er werde mir helfen. Er wüsste, was ich hätte, was aber momentan keinerlei Rolle spiele. Ich hätte in einem roten Auto etwas aufgeschnappt. Dazu sähe er, dass mein Darm völlig porös wäre und nicht in der Lage, irgendetwas aufzunehmen. Nach ein paar Minuten reichte ich Werner den Hörer wieder zurück.

Bereits in den wenigen Augenblicken unseres Gesprächs kehrte die Klarheit in meine Sinne zurück.

Herr Bieler hatte Werner eingetrichtert, mich keinesfalls in die Klinik zu bringen. Vielmehr sollte er in die Drogerie gehen und Reisschleim besorgen und mir davon so viel wie möglich eintrichtern. Dazu ungesüßten Fencheltee. Nach zwei Stunden sollten wir wieder anrufen, denn in der Zwischenzeit wolle er mir Energie senden.

Werner sprintete los und kochte den Rest des Tages Reisschleim. Zwischendurch hatte er mir die Salatschüssel zur Erleichterung untergeschoben. Mein Darm hatte zum wiederholten Male seinen stinkenden Inhalt rausgerückt. Danach fühlte ich mich schon besser. Nach zwei Stunden konnte ich klar sehen. Nach weiteren zwei Stunden ging ich alleine auf die Toilette.

Fortan telefonierte ich täglich mehrere Male mit diesem wundersamen Herrn, der mir strikte Verhaltensregeln durchgab. Meine Kost bestand zu hundert Prozent aus Reisschleim. Inzwischen zumindest mit Himalayasalz. Dazu Fencheltee und später dann Datteln. Als ich realisierte, dass meine Salatberge und meine heiß geliebten Papayas für die nächste Zeit tabu waren, brach für mich eine Welt zusammen.

Lustlos schaufelte ich tonnenweise Reisschleim in mich hinein. Ich kam zu Kräften. Täglich testete Herr Bieler, was mein Körper benötigte und was der Darm an Nährstoffen aufnehmen konnte. So wurde schließlich Lezithin zugeführt und Sunchlorella Tabletten. Diese gepresste Form von Algen war das Einzige, was mein Darm an Mineralien und Spurenelementen aufnehmen konnte. Parallel dazu wurden mir Leberwickel mit aufgeschnittenen Kartoffeln und zur Anregung der körpereigenen Antibiotikaproduktion lauwarme Milchbäder verordnet. Warum sich Werner auf dem Badewannenrand postieren sollte, verstand ich spätestens, als dieser mich nach wenigen Minuten schweißüberströmt aus dem lauen Wasser zog. So richtig fit war ich wirklich noch nicht.

Nach etlichen Wochen der telefonischen Versorgung meinte Herr Bieler eines Tages, ich wäre nun fit genug, die Reise zu ihm anzutreten. Zur weiteren Behandlung müsste ich vorbeikommen. Er wohnte in der Nähe von Luzern.

Ich schwang mich also ins Auto und steuerte neugierig in seine Richtung. Wer würde mich dort erwarten? Bei der Ankunft in einem alten, abgeschabten Haus kam mir ein kleiner, älterer Mann entgegen und schüttelte mir herzlich die Hand. Nach und nach erfuhr ich, dass Herr Bieler in seinem „alten Leben" Automechaniker war und irgendwann herausgefunden hatte, dass er über heilende Fähigkeiten verfügte. Seither beschäftigte er sich mit Geistheilung, pendelte und berief sich in all seinem Wirken auf christliche Kraft. Woran ich glaubte, war ihm völlig egal. Seine Absicht war zu helfen.

Auf meine drängenden Fragen hin erklärte er mir, dass ich von einer defekten Klimaanlage eines roten Autos die Legionärskrankheit aufgeschnappt hätte. Jetzt erinnerte ich mich an das rote Mietauto in Kapstadt, in dessen Fußraum tagelang Wasser gestanden hatte. Dazu ein völlig kaputter Darm. Er selber wüsste nicht, welche Krankheiten ich genau hätte, er sähe nur den momentanen Zustand des Körpers.

Am Tag unseres Anrufes sah er, was passiert wäre, wenn er nicht eingegriffen hätte: Ich wäre ins Krankenhaus eingeliefert worden, hätte Infusionen bekommen, da die genaue Diagnose unbekannt war. Dann hätte mein Körper Fieber produziert, wozu er vorher zu schwach gewesen wäre. Abends wäre ein Organ nach dem anderen ausgefallen. In der Nacht wäre ich gestorben.

Ich fragte nie nach genaueren Details, fragte nie einen Arzt, ob dieses Szenario überhaupt realistisch war. Es war mir völlig egal. Ich spürte, dass die Situation ernst war. Die Empfindungen jener Nacht standen mir immer noch deutlich vor Augen, ließen sich aber schwer in Worte fassen. Allerdings bin ich seither sicher, dass der Mensch über sehr feine Antennen verfügt, wie es wirklich um ihn steht.

Die ersten Schritte ins gedankliche Neuland
und Rückfälle

Was mich sehr beeindruckte und berührte war der Satz, den Herr Bieler mir gleich zu Beginn unserer ersten Sitzung in ernstem Ton an den Kopf geworfen hatte: „Sie sind ein Fass voller Hass!" Diesen Satz drehte ich seither wie ein ständiges Mantra im Kopf.

Ich schätzte Herrn Bielers Offenheit, die bar jeder näselnden Betroffenheit pfeilgrad ins Mark schoss. Dieser Mensch war ehrlich, redete nicht um den heißen Brei und scherte sich wenig um die Wirkung seiner Worte. Ein Mensch, ganz nach meinem Geschmack!

Hätte mich ein Feng-Shui-Ambiente empfangen, in dem ein Räucherstäbchen abfackelnder Guru seine Gebetskette in asketischer Kralle geschwenkt hätte, ich wäre schreiend geflüchtet. So aber fühlte ich mich angesprochen und angenommen. Herr Bielers zupackende, direkte Art nahm mir jegliche Scheu oder Peinlichkeit. Hier wurde Klartext geredet. Diese Sprache war zwar hart, aber so kam die Botschaft wenigstens unmissverständlich rüber.

In regelmäßigen Abständen telefonierte ich mit ihm; mehrmals im Jahr suchte ich ihn persönlich auf. Die ersten Monate unseres Kontaktes schlugen sich für mich mit keinem Cent zu Buche. Später verlangte er für seine Sitzungen eine Pauschale, die sich gut berappen ließ. Mit Geld ließ sich ohnehin nicht aufwiegen, was er mir Gutes getan hatte. Mich erfüllte eine tiefe Dankbarkeit.

Auch wenn Herr Bieler kein Mann der großen Worte war, verstand ich doch, dass ich etliche Dinge in meinem Leben grundlegend überdenken und vor allem ändern musste. Vieles, was er erzählte, verstand ich nicht. Oft redete er mit verdrehten Augen von Geistern oder sonstigen übersinnlichen Wesen, die er an meiner Seite sah. Solche Aussagen lagen jenseits meiner Vorstellungskraft. Er sprach so selbstverständlich von irgendwelchen Engeln und Himmelswesen, als wären es die netten Kumpels von nebenan. Trotzdem versuchte er niemals, mich in religiöser Hinsicht zu beeinflussen. In seinen Augen waren das Fakten, die keiner Begründung oder Rechtfertigung bedurften.

Bis dato hatte ich mir nur wenige Gedanken über meine religiöse Einstellung gemacht. Der Glaube, den mir meine Mutter vermittelt hatte, bestand in christlichen Werten, die sie mir als Rüstzeug fürs

Leben auf den Weg gegeben hatte. Mit der Institution Kirche an sich hatte ich wie die meisten meiner Altersgenossen wenig am Hut.

Ähnlich wie ich alternativen Selbstfindungsgruppen mit dogmatischem Wahrheitsanspruch misstraute, war mir jeglicher klerikaler Pomp und sakrales Zeremoniell suspekt. Dem kindlichen Glauben entwachsen, hatte ich mir oft Fragen nach dem Sinn des Lebens gestellt. Antworten lieferten mir am ehesten ethische Grundsätze, die ich schon zu Schulzeiten den Schriften alter Philosophen entnommen hatte. Mit Christentum verband ich am ehesten Sprüche wie „Geben ist seliger denn Nehmen" oder „Wenn dich jemand auf die linke Backe schlägt, halte ihm auch noch die rechte hin".

Religion war zwischen meinen Eltern ein Tabuthema gewesen. Für unsere religiöse Erziehung war allein meine katholische Mutter zuständig. In der Weltsicht meines Vaters herrschte das Recht des Stärkeren. Menschen bezeichnete er generell als gezähmte Raubtiere. Er hätte sich schön bedankt, wenn er einem potenziellen Gegner freiwillig beide Backen hätte hinstrecken sollen. Derartiges Verhalten hätte er bestenfalls als bodenlose Dummheit bezeichnet.

Christliches Leben in Reinform war demnach ein aufopferndes Leben im Dienst am Nächsten. So jedenfalls verstand ich meine Mutter. Sich zurücknehmen, bescheiden seine Pflicht erfüllen. Diese Ziele erschienen mir wohl christlich, aber nicht besonders prickelnd. Vor meinem geistigen Auge sah ich verhärmte Nonnen, die, dunklen Nachtfaltern gleich, durch trostlose Krankenhausgänge schwebten. Lebensfreude pur stellte ich mir anders vor.

Herr Bieler lieferte mir nun ein Kontrastprogramm, dessen Wirkung ich mich nicht entziehen konnte. Trotz eines entbehrungsreichen und harten Lebens strahlte er bei aller Bescheidenheit eine Lebenslust und Sinnenfreude aus, die mich faszinierte. Er war der Erste, der mich auf das erste Bibelgebot hinwies: „Liebe Deinen Nächsten WIE DICH SELBST."

Irgendwie war mir der zweite Teil dieses Spruches bisher nie ins Bewusstsein gesickert. Er lieferte mir einen ersten Anhaltspunkt dafür, dass ich nicht sonderlich nett mit mir umging. Prompt fiel mir das Buch von Erich Fromm ein. Dort stand, dass die Grundvoraussetzung jeder Liebesbeziehung die Fähigkeit ist, sich selber zu lieben. Aber ich liebte Werner doch. Wenn ich aber davon ausging, dass es mit meiner Eigenliebe nicht weit her war, konnte ich ja im Umkehrschluss auch Werner nicht lieben. Schwierig. Wusste ich überhaupt, was Liebe war? Die Sitzungen mit Herrn Bieler hatten bei mir einen gedanklichen Prozess ausgelöst, der sich die nächsten Jahre kontinuierlich fortsetzen sollte.

Vorerst war ich allerdings vollständig mit der Sanierung meines Körpers beschäftigt. Herr Bieler half mir bei der Stabilisierung meiner Gesundheit. Er versuchte, meinen Energiestatus zu verbessern und die Körperabwehr zu stärken. Er arbeitete ausschließlich mit Naturprodukten und alten Hausmittelchen. Punktgenau konnte er mir sagen, welche Lebensmittel oder Medikamente ich vertrug.

An meinem Speiseplan änderte sich die nächsten Monate nichts Grundlegendes. Ich lebte von Reisschleim und gekochtem Vollreis. Dazu kamen die Sunchlorella-Algen und Lezithintabletten. Zum Trinken gab es neben Kräutertees vor allem viel reines, kaltes Wasser. Ich blühte auf.

Falls sich jemand über meine reichlich eintönige Kost wundern sollte, gebe ich zu bedenken, dass ich fortan ohne Bauchschmerzen, Blähungen und Durchfälle durchs Leben tobte. Wobei toben wörtlich zu nehmen ist. Meine Lebensqualität machte einen Quantensprung in Richtung Normalität. Ich konnte wieder am normalen Alltag teilnehmen. Hatte ich mich vor einiger Zeit nur noch mit größter Mühe und Willensanstrengung durch den Tag gequält, hatte ich auf einmal Energie zum Bäumeausreißen.

Leider zeichnete sich just zu diesem Zeitpunkt ab, dass sich Werner in seinem Job zunehmend unzufrieden fühlte. Wer Werner kannte, wusste, dass er stets einen Plan B zur Hand hatte, sollte ihm eine berufliche Situation unerträglich werden. Es dauerte also nicht lange, da hatte er intern eine neue Stelle an Land gezogen. Künftiger Arbeitsort: Berlin.

Die neue Abteilung in der Firma erwies sich als goldener Griff. Bereits der Umzug wurde uns quasi aus den Händen genommen.

Vor Ort in Berlin kümmerte sich eine reizende Dame vom Relocation-Service um unser Wohlbefinden. Der Ruf einer verwöhnten Schnepfe eilte mir voraus, als Werner für seine Ehefrau Reitstall und Sauna in unmittelbarer Nähe als „must have" reklamierte. Wir bekamen beides. Obendrein eine schmucke, zentrale Altbauwohnung zur Schnäppchenmiete. Getrost konnten wir fortan jede Ehekrise in den eigenen vier Wänden aussitzen. Angesichts der weitläufigen Räumlichkeiten bestand nie die Gefahr, sich unbeabsichtigt über den Weg zu laufen. Nie vergessen werde ich übrigens den fassungslosen Blick der Umzugshelfer, die ein ganzes Zimmer mit Büchsen voller Reisschleim verpacken sollten. Sie konnten ja nicht wissen, dass es nur in der Schweiz diesen überaus leckeren Reisschleim gab, mit dem ich mich für Monate in Berlin eindecken musste.

Unser Alltag pendelte sich rasch ein. Werner fand wieder Geschmack an seiner Arbeit, und zusammen gingen wir in der Stadt auf Entdeckungstour. Nach den kulturell mageren Jahren in der Schweiz tauchten wir hier ins pralle Leben ein. Mit zunehmender Stabilisierung meiner Gesundheit streckte ich auch wieder meine Fühlerchen in Richtung sinnvoller Tätigkeit aus. Tatsächlich hatte ich mich aber zunächst um einen Reitstall bemüht, in dem ich meinem heiß geliebten Hobby frönen konnte.

Schon nach kurzer Zeit hatte ich dort eine wunderbare Freundin gefunden. Obwohl Caroline selber kaum über Freizeit verfügte, trafen wir uns die nächsten Jahre mindestens einmal wöchentlich bei mir zu Hause, um stundenlang über Gott und die Welt zu debattieren. Caroline war schon von Kindesbeinen an in alle Richtungen gefördert worden. Sie verfügte über ein breites Allgemeinwissen und über eine eloquente, begeisternde Art. Viele Themen im Bereich Literatur und Kultur brachte sie mir näher, von denen ich bislang wenig Ahnung hatte. Sie war ein echter Glücksfall für mich. Parallel dazu ritten wir zusammen aus, trafen uns auch im Stall mehrmals pro Woche. Was sie umgekehrt zu mir hinzog, ist mir bis heute ein Rätsel. Ich genoss es einfach.

Täglich nach der Arbeit traf ich mich mit Werner in einem schnuckeligen, kleinen Café. Ich saß dort schon zwei Stunden vorher und ackerte mich durch Wirtschaftswoche und Tageszeitung. Sie erinnern sich sicher an meinen Vorsatz, Werner immer eine spannende und interessante Gesprächspartnerin zu sein. Mit der Zeit wurde dieses Café zu unserem zweiten Wohnzimmer. Bis heute erkundigt sich der Barkeeper nach dem Geheimnis dieses immer frisch verliebten Paares, das täglich mindestens eine Stunde in angeregter Unterhaltung völlig in sich versunken an ihren Tassen nippte.

Nach knapp zwei Jahren Reisschleim und Co. baute ich nach Herrn Bielers Anleitung meinen Speiseplan langsam aus. Ich entdeckte Soja- und Reismilch für mich neu, die ich literweise aufschäumte und mir in Getreidekaffee des Abends zu Gemüte führte. Des Weiteren stand jetzt im Steamer gekochtes Gemüse auf dem Menüplan und auch wieder in Maßen meine geliebten Papayas. Ging ich aus, konnte ich auch hin und wieder einen Salat verputzen. Das waren dann richtige Festtage. Meine weitere Leidenschaft wurde Caromilchkaffee, der in den meisten Berliner Cafés zum Standardrepertoire gehörte.

Nach und nach fuhr ich meine Reisschleim-Berge runter, um mich wieder vermehrt meinem jungen Gemüse zu widmen. Gleichzeitig ergriff ich das Angebot des Relocation-Services, der mir eine Berufsberatung finanzierte. Die nette Beraterin konfrontierte mich mit der ernüchternden Erkenntnis, dass meine Chancen auf dem hiesigen Arbeitsmarkt ziemlich mager wären. Mir bliebe nur der Rückzug ins Büro. Mit zweifelhaftem Erfolg. Dagegen wehrte ich mich mit Händen und Füßen.

Ich machte daher meine ersten Erfahrungen mit ehrenamtlicher Tätigkeit. Die ersten Versuche waren desillusionierend. Entweder wurde ich von konkurrierenden Ein-Euro-Jobbern gemobbt oder von aggressiven Jugendlichen, die ich betreuen sollte, an die Wand gefahren. Nach wenigen Versuchen gab ich ernüchtert auf. Ich hatte nicht den richtigen Stallgeruch.

Noch immer nagte an mir das quälende Gefühl, beruflich ein völliger Versager zu sein. Wieder versuchte ich durch körperliche Leistung, dieses Manko auszumerzen. Nach und nach glitt ich wieder in die alte Schiene.

Tägliches Reiten verbunden mit ausschließlichem Gemüsekonsum zeigten bald ihre Wirkung: die Durchfälle begannen erneut und das Gewicht sackte ab. Zudem war Werner für ein Jahr von seiner Firma nach England versetzt worden. Weil wir einen erneuten Umzug vermeiden wollten, begann Werner zwischen beiden Orten zu pendeln. Ich war also unter der Woche alleine.

Im Laufe der Zeit brauchte ich des Nachts immer öfter die Hilfe von Herrn Bieler. Schwindlig und schwach klingelte ich ihn aus dem Bett. Früher hatte ich niemals Angst empfunden, egal, wie schlecht es mir ging. Seit besagter Nacht aber stellte sich bei mir Angst pur ein, wenn ich merkte, mein Körper gehorchte nicht mehr. Angst, die ich nicht mehr selber beherrschen konnte. Trotzdem konnte ich an meinem Verhalten nichts ändern.

Ich konnte nicht. Ich konnte einfach nicht!

Wenn Werner am Wochenende da war, versuchte ich, normal zu funktionieren. Zunehmend machten mir die altbekannten Begleiterscheinungen meines körperlichen Zustandes zu schaffen. Ich reagierte immer sensibler auf Geräusche. Oft schien es unerträglich, in einem Café mit normalem Lärmpegel zu sitzen.

Die Lautstärke verursachte mir fast körperliche Schmerzen. Mir war, als dröhnten Schwerlaster über meine Nervenbahnen. Ständig waren meine Sinne aufs äußerste gespannt. Kindergeschrei ließ mich fluchtartig den Raum verlassen. Reize von außen konnte ich nicht mehr abfedern. Am liebsten hätte ich mich in einen wattierten Raum verzogen, der nur noch schwache Außengeräusche hereinließ. Die Welt erschien mir als dröhnender Koloss, der mich unaufhörlich mit ohrenbetäubendem Lärm attackierte.

Ich stand ständig unter Starkstrom. Jede kleinste Anspannung ließ mich entweder haltlos um mich schlagen oder hilflos in Tränen ausbrechen. Ich war zunehmend nicht mehr gesellschaftsfähig. Es kam mir vor, als wäre mein Innerstes nach außen gekehrt. Schutzlos und permanent angreifbar.

So hatte ich mich auch früher oftmals in meiner kranken Haut gefühlt.

Mein Körper fühlt sich kalt an. Innen drin ist es so bitterkalt. Ich friere innerlich. Außen glühe ich. Die Haut ist entzündet und knallrot. Außer einem unangenehmen Spannen fühle ich nichts. Ich fühle mich überhaupt nicht. Ich möchte mich auch nicht fühlen, denn sonst ist die Kälte, die klamme Kälte, die Starre, unerträglich. Mein Gesicht ist eine Maske. Eine unbewegliche Maske. Ich sitze in einem lebenden Gefängnis.

Ich möchte ausfahren aus dieser Haut. Möchte sie abstreifen wie eine Schlange ihre alte Haut. Ich möchte frei sein, aufsteigen in den Himmel, meine Flügel ausbreiten und dahinschweben. Körperlos und frei.

„Sie sind ein Fass voller Hass!" Dieser Satz von Herrn Bieler wurde mein ständiger Begleiter. Schlug Purzelbäume in meinem

Kopf. Ein Fass voller Hass. Wie recht er doch hatte. Ich hasste mich. Und es gab triftige Gründe dafür. Ich hasste mich, weil ich es nicht geschafft hatte, die guten Voraussetzungen, die mir meine Eltern auf den Weg gegeben hatten, beruflich umzusetzen. Ich hasste mich, weil ich mein Potenzial nicht zu nutzen wusste. Weil ich zu stolz war, mir helfen zu lassen. Weil ich die Menschen enttäuschte, die es gut mit mir meinten. Weil ich nicht so war, wie ich sein sollte. Weil ich es aber umgekehrt trotzdem nicht schaffte, mich zu ändern.

In Phase eins habe ich all den Hass nach außen gekehrt. Habe alles und jeden beschuldigt, an meinem Unglück schuld zu sein. Habe meine Familie verantwortlich gemacht, dass sie mich ständig unter Druck setzte und Leistung forderte. Dass sie meine Eigenschaften nicht schätzte. Oder mir zumindest nicht das Gefühl gab, sie zu schätzen. Dass sie mir nicht half. Nicht erkannte, wie sie mir hätte helfen können.

Und später Hass auf das Schicksal. Dass mein Vater just in dem Moment krank geworden war, als ich seine Hilfe für meine berufliche Orientierung gebraucht hätte. Dass gerade ich diese miese Haut abbekommen hatte.

In dieser Opferrolle ließ es sich prima aushalten. Da fühlte ich mich stark und im Recht. Ungerecht behandelt. Ich armes Schwein. Geschlagen mit einem Schicksal, das einen höhnisch lächelnd in den Boden stampft.

Vermutlich lässt sich diese Rolle im Laufe der Zeit so optimieren, dass man gut damit durchs Leben kommt. Man verschanzt sich in seiner eigenen kleinen Welt, in der man als verkanntes Genie durch die Gegend schlurft. Zwar miesepetrig und voller Neid auf die Umwelt, aber insgeheim überzeugt, eigentlich ein wirklich toller Hecht zu sein.

Keine Ahnung, warum mir diese „Gnade" vergönnt war, aber irgendwann wuchs ich aus dieser Rolle raus. Irgendwann konnte ich mich nicht länger darüber hinwegtäuschen, dass ich verdammt noch mal ganz alleine für meine Lage verantwortlich war. Ich allein war schuld an diesem Phlegma. Hatte Tomaten auf den Augen, als eine wunderbare Chance aufreizend an mir vorbei scharwenzelte. War zu feige, zuzugreifen. Zögerte zu lange. Oder hatte tausend Entschuldigungen, warum jetzt nicht der geeignete Moment zum Zugreifen war. Ich war ziemlich kreativ in dieser Hinsicht. Energien gingen da den Bach runter, die man sinnvoller hätte nutzen können. Mit denen man in die Hände hätte spucken und loslegen können.

Ständig wuchs der Hass. Jetzt wendete er sich gegen mich selbst. Womit wir in der zweiten Phase angekommen wären.

In meiner Kindheit hatten sich meine Eltern mein schlechtes Gewissen als willigen Kooperationspartner ins Boot geholt, wenn ich die geforderten Leistungen nicht erbrachte. Jetzt hatte ich ständig das Gefühl, ein kleiner Mann säße mir im Ohr, der mir selbiges einhämmerte. Als ob ich einen kleinen Vaterklon geschluckt hätte, der sich in meinem Hirn eingenistet hatte. Nicht totzukriegen. Dieser Kerl war wie eine Amöbe. Hatte man ihn kurzzeitig mundtot gemacht, schlüpfte er geschwind in eine andere Rolle und tauchte an anderer Stelle genauso renitent wieder auf. Der Typ besaß tausend Leben, hatte tausend Gesichter. Das Schlimmste war: Er hatte immer das letzte Wort.

Auf die Dauer zernagte dieser kleine Mann mein mageres Selbstwertgefühl. Zurück blieben ein paar morsche Knochen, die sich hinter dem letzten Restchen Selbstachtung verschanzten. Diese morschen Knochen stellten sich obendrein von Anfang an die Frage, warum Werner sie so faszinierend fand. Er machte sogar einen recht zufriedenen Eindruck.

Völlige Unzurechnungsfähigkeit schloss ich aus. Dafür war er zu geerdet. In unzähligen Gesprächen versuchte ich, mich diesem Phänomen anzunähern. Versuchte zu ergründen, was er an mir mochte. Versuchte, mich über seine Beschreibungen zu definieren. Wollte durch seine Augen die Person erkennen, die ich war. So wenig ich mich spürte, so wenig hatte ich eine Ahnung, wer ich war. Was mich auszeichnete. Was meine Stärken waren. Gerne wollte ich mich von seiner Begeisterung anstecken lassen. Keinem anderen Menschen vertraute ich so wie ihm. Auf seine Worte war Verlass. Niemals hatte er mich belogen, mir etwas vorgemacht. Mein Vertrauen in ihn war unerschütterlich. Ich sagte mir, dass da doch etwas dran sein müsste, wenn er so felsenfest behauptete, ich wäre ein liebenswerter Mensch.

Diese Hilfskonstruktion sollte mir helfen, mich mit mir selber anzufreunden. Wenn ich schon selber kein Gefühl dafür hatte, welche Person ich war und welchen Wert ich hatte, konnte ich mich doch auf Werners Urteil verlassen. Ich war richtig glücklich, diesen Weg gefunden zu haben. Stürzte mich voll Begeisterung auf diese Gedankenkonstruktion. Versuchte zaghaft, mich richtig gut zu finden.

Mein Kopf folgte willig, mein Gefühl war verstockt. Es verharrte beim alten, miesen Eindruck.

Ich erinnerte mich an Menschen, die behaupteten, hätten sie erst den richtigen Partner, dann wären sie glücklich. Einfach der richtige Mensch an der Seite und alle Probleme lösten sich in Luft auf.

In Werner hatte ich den idealen Partner gefunden. Da gab es keinen Besseren. Ich bekam Anerkennung und Wertschätzung. Wurde mit Zuneigung und Rücksicht überschüttet. Er glaubte an mich und meine Fähigkeiten, schätze mein Wesen und mein Temperament.

Warum konnte ich mich dennoch nicht einfach entspannt zurücklehnen und dieses Glück genießen? Warum konnte ich nicht einfach ein wenig zufrieden sein und auch meinen Körper ein wenig netter behandeln?

Therapieversuche und ein neuer Freund

Apropos mein Körper. Inzwischen ließ er mich immer mehr im Stich. Funktionierte nicht so, wie ich es jahrelang gewohnt war. An einem besonders schlechten Tag, an dem ich mich kaum auf den Beinen halten konnte, hatte ich einen Termin bei einer Heilpraktikerin, die eigentlich mit Alexandertechnik meinen Rundrücken samt hängenden Schultern zurechtbiegen sollte, um meine neu aufgetretenen Rückenschmerzen zu behandeln. Den Tipp hatte ich von einer Reiterin bekommen.

In reichlich maladem Zustand wankte ich in die Praxis. Die Heilpraktikerin verfrachtete mich auf ihre Liege und versorgte mich mit einer Aufbauspritze und anschließender Fußreflexmassage. Mit neuer Energie verließ ich die Praxis.

Frau Unger wurde ein zweiter, kleiner Engel für mich. Mittels eines Bluttestes machte sie sich ein Bild von meinem körperlichen Zustand. Nach etlichen Wochen Behandlung fühlte ich mich kräftiger. Wie sie mir erklärte, hatte sie meinen Körper vom Überlebensmodus in den Normalmodus umgepolt. Sie brachte mich dazu, einige Nahrungsmittel in meinen Menüplan aufzunehmen. Strich andere von der Liste. Meine Ernährung bestand nun zum überwiegenden Teil aus Soja- und Reismilch. Gemüse in gedünsteter Form und Milchprodukten wie Milch, Quark und Frischkäse. Fisch kam frisch dazu. Salat genoss ich weiterhin nur in Maßen. Trotzdem machte ich gewichttechnisch keine großen Aufschwünge.

Nach einiger Zeit verwies mich Frau Unger an einen älteren Kollegen, zu dem ich doch mal zu einer psychotherapeutischen Behandlung gehen sollte. Ganz zwanglos. Von der Krankenkasse genehmigt. Ich sollte es doch mal auf einen Versuch ankommen lassen. Sie hatte die Hoffnung, er könnte mir zu einem besseren Körpergefühl verhelfen.

Seit Jahren hatte ich mich gegen jegliche Form von Therapie gewehrt. Mit Händen und Füßen. Beim Stichwort „Therapie" erschien vor meinem geistigen Auge ein ominöses, schwarzes Sofa. Dort waberte ein aufdringlicher Weißkittel um mich herum, der mich mit Fragen auf selbigem festnagelte. Eine Horrorvorstellung! Lag ich erstmal auf dem schwarzen Sofa, war der Weg in die Klapse vorgezeichnet. Wahrscheinlich hatte ich diese Vorstellung von meinem Vater verinnerlicht, der derartigen Themen kritisch gegenüberstand, was noch vorsichtig formuliert war.

Ich mochte Frau Unger. Vor allem aber vertraute ich ihr.

Als die Kostenübernahme der Krankenkasse gesichert war, vereinbarte ich meinen ersten Gesprächstermin. Ein älterer, sanfter Herr begrüßte mich, mit dem ich nett plaudernd die Stunden verbrachte. Viel Zeit ging zunächst mit der Erstellung eines Stammbaumes drauf. Es folgte die komplizierte Familienkonstellation. Bereitwillig gab ich Auskunft. Ich empfand die Art seiner Befragung als nicht unangenehm. Mir kam es vor, als säße ich mit meinem Opa bei einem guten Tässchen Tee im Wohnzimmer und plauderte angeregt. Zwischendurch ahnte ich, worauf er hinauswollte. Immerhin hatte ich mich schon seit geraumer Zeit mit entsprechender Literatur versorgt. Dass ich ein Kontrollproblem und eine verschobene Selbstwahrnehmung hatte, war mir hinlänglich bekannt. Richtig frustrierend fand ich allerdings, dass sich normalerweise junge Mädels mit so was herumschlugen und nicht unbedingt eine Frau Ende dreißig. Da war ich ja bisher in meiner Entwicklung wirklich weit vorangekommen.

Vom Verstand her konnte ich meine gedankliche Schieflage erkennen. Ging es darum, die gewonnenen Erkenntnisse in die Praxis umzusetzen, scheiterte ich. Artig absolvierte ich Rollenspiele und Perspektivenwechsel. Trotzdem fühlte ich mich genau in dem Augenblick im Stich gelassen, wenn es interessant wurde. Nämlich bei der Umsetzung der gewonnenen Erkenntnisse. Ich kam mir vor, als wäre ich in meine Einzelteile zerlegt, wüsste jetzt, wo welches Teil zu finden war und wie es funktionierte. Das harmonische Zusammenspiel der Teile allerdings blieb mir weiterhin ein Rätsel.

Wie schaffte ich es bloß, eine andere Sicht auf meinen Körper zu bekommen? Wie konnte ich mich mit ihm anfreunden? Wie konnte ich ein besseres Körpergefühl entwickeln? Wie konnte ich mir selbst endlich ein Existenzrecht auf Erden zubilligen? Wie bekam ich endlich Ordnung in diese verquere Gedankenwelt?

Der nette Herr konnte mir nicht weiterhelfen. Als ich die Hälfte der Therapiesitzungen hinter mir hatte, stand uns erneut ein Umzug ins Haus: Diesmal sollte es nach Nürnberg gehen.

Nach nunmehr vier Jahren in Berlin zog es Werner beruflich zu neuen Ufern.

Routine war niemals seine Passion gewesen. Es kribbelte ihn in den Fingern, eine neue berufliche Aufgabe anzupacken. Außerdem fehlten uns zunehmend die Berge. Neun Stunden Fahrt, um endlich einen akzeptablen Hügel zu Gesicht zu bekommen, war eindeutig zu viel.

Im rechten Augenblick tauchte ein Headhunter auf, der Werner für eine neue Aufgabe in einer großen, renommierten Firma gewann. Hätte ich von Anfang an gewusst, dass Siemens dahintersteckte, wäre ich schreiend davongelaufen. So aber war die Sache schon in trockenen Tüchern, bevor ich Wind vom zukünftigen Arbeitgeber bekam. Ich war entsetzt. Werner bei Siemens! Das war, als hätte man eine freiheitsliebende Amazone ins Mädchenpensionat gesteckt. Innerlich schloss ich schon Wetten ab, wie viele Wochen er es dort aushalten würde. Als gutgläubiger Schweizer ahnte er kaum, worauf er sich einließ.

Die anstehenden Aktivitäten lenkten zunächst von den übrigen Themen ab.

In den letzten Monaten hatte ich im Berliner Reitstall, in dem ich fast täglich zugange war, ein Pferd besonders ins Herz geschlossen. Obwohl ich kraft meiner eher nüchternen Grundhaltung mit dem üblichen Möhrengewackel nicht viel am Hut hatte, zog es mich doch magisch zu diesem Vierbeiner hin. Silvester war eine relative Neuanschaffung des Stalles, der sich für den Schulbetrieb mit möglichst billigen Zukäufen eindeckte.

Ich muss hierzu kurz die Hierarchie eines Reitstalles näher beleuchten. Man unterscheidet grob zwei Gruppen: Die Privat- und die Schulreiter. Erstere mit eigenem Pferd, letztere mit Leihpferd. Zwischen beiden Fraktionen gibt es keinerlei Berührungspunkte. Im besten Fall ignoriert man sich großzügig. Im schlechtesten Fall herrscht offene Feindschaft. Schulreitern werden generell reiterliche Fähigkeiten abgesprochen, Existenzberechtigung ist das Einzige, was man ihnen zähneknirschend zubilligt.

Der Schulbetrieb fristet also in jedem Fall ein Schattendasein. Damit lässt sich auch schlecht Geld verdienen. Da sind die finanzkräftigen Damen, die ihre Gäule am liebsten in mit Samt ausgeschlagenen Boxen parken, wesentlich lukrativer. Dementsprechend wird bei den Schulreitern an der Qualität des „Pferdematerials" gespart. Hat man Glück, bringt man sein Pferd kaum vorwärts, hat man Pech, sitzt man auf einem durchgeknallten Buckler.

Silvester war ein Hüne von einem Pferd. Als dunkelbrauner Koloss drehte er in der Halle aufgedreht seine Runden. Dieses Pferd war kaum lenkbar. Die verschiedenen Gänge einzulegen war Glückssache. Sollte galoppiert werden, hoppelte er im Trab mit doppelter Geschwindigkeit neben den anderen Pferden her und versuchte innen zu überholen. Galopp an sich schien er nur ansatzweise zu beherrschen. Mit einem Wort: Ein Traumpferd!

Stand er im Stall, war er ein netter Anblick mit seinem dicken Schweif und den imposanten Ausmaßen. Beim Reiten offenbarte er ziemlich schnell seine Schwächen. Ich weiß nicht, warum ich mich gerade mit ihm anfreundete. Wahrscheinlich, weil ich als größte der Reiterinnen oftmals auf ihm platziert wurde. Vielleicht war es seine hilflose, aber doch sehr angestrengte Art, die mich zu ihm hinzog. Man hatte stets das Gefühl, er wolle alles gut und richtig machen. Allein sein Gebein wusste er offenbar nicht richtig zum Einsatz zu bringen. An sich ein schönes Pferd, machte er sich durch sein hilfloses Getrippel zur Lachnummer der ganzen Truppe. Er war mir einfach sympathisch.

Als das Ende unseres Aufenthaltes in Berlin näher rückte, kümmerte ich mich immer intensiver um dieses Pferd. Auch die anderen hatten inzwischen von meiner Sympathie Wind bekommen. Lächelnder Spott war mir sicher. Trotzdem konnte ich mir zugute halten, dass Silvester unter mir noch die beste Figur abgab. Ich hatte offenbar ein Händchen für ihn.

Als mir Werner an einem Wochenende im Reitstall einen Besuch abstattete, sah er mich meine Runden auf Silvester drehen. Nach dem Unterricht ritt ich an ihm vorbei, wobei er mich anhielt und mir einen Vorschlag machte, der mich völlig sprachlos machte: „Lisa, was hältst du davon, wenn wir Silvester einfach mit nach Nürnberg nehmen?"

Das war ein Witz. Das musste ein Witz sein.

Vorsichtig hakte ich nach. Werner blieb bei seinem Angebot, mir dieses Pferd zu schenken, wenn ich doch so an ihm hing. Ergänzend muss ich erwähnen, dass man munkelte, Silvester würde bald aus dem Schulbetrieb verschwinden. Zu wenige wollten ihn reiten. Was das hieß, war klar.

Werner machte Nägel mit Köpfen. Nach einer Woche war ich stolze Pferdebesitzerin. Da stand ich nun mit diesem Riesengaul und konnte mein Glück kaum fassen. Nach der anfänglichen Euphorie gingen die Probleme erst richtig los.

Natürlich hatte ich das Pferd vor dem Kauf untersuchen lassen. Ganz unbedarft war ich nicht. Der Tierarzt attestierte dem Pferd eine Macke am rechten Vorderfuß. Bei genauem Hinsehen bemerkte man, dass das Pferd den Huf im Trab irgendwie komisch nach vorne schmiss. Man vermutete, dass dem Tier als Fohlen ein Auto in die Seite gefahren sein musste. Deswegen war der gesamte Rücken verschoben und der Fuß in Mitleidenschaft gezogen. Offenbar hatte sich Silvester aber mit seinem körperlichen Handicap arrangiert. Ein zähes Kerlchen also. Das machte ihn umso sympathischer. Der Tierarzt riet dringend vom Kauf ab. Caroline, die ich ebenfalls zur Beratung hinzugezogen hatte, machte mir das großzügige Angebot, Silvester zu übernehmen, falls ich ihn nicht mehr haben wollte oder sonstige Schwierigkeiten mit ihm bekäme. Sie hatte inzwischen neben ihren eigenen zwei Pferden ein Pferd aus einem anderen Schulbetrieb dazugekauft. Da kam es dann auf ein weiteres auch nicht an. Dieses Angebot gab den Ausschlag.

Silvester wurde in „Balu" umgetauft und zum vollwertigen Familienmitglied erhoben. „Balu" deswegen, weil er mich in seiner holprigen, tollpatschigen Art an besagten Bären aus dem Dschungelbuch erinnerte.

Hätte ich geahnt, welches Equipment ein Pferd benötigt, ich hätte mir die Sache noch einmal reiflich überlegt. Zum Glück stiftete Caroline aus eigenen Beständen die Erstausstattung. Sie stand mir auch bei allen weiteren Fragen mit Rat und Tat zur Seite. Langsam konnte ich erahnen, welche Probleme werdende Eltern wälzten. Bloß handelte es sich bei Balu um einen 800 Kilogramm Säugling, den man sich nicht mal schnell im Tragegurt um den Bauch schnallen konnte.

Zunächst aber musste eine geeignete Bleibe in Nürnberg ausfindig gemacht werden. Werner, der unter der Woche bereits in Nürnberg war, schaute sich nach Feierabend in der Gegend um. Der Mietmarkt war reichlich ausgetrocknet. Wir wollten uns in Richtung München positionieren, denn wir liebäugelten mit diversen Abstechern in meine alte Heimat. Nach vier Jahren

Berliner Innenstadt, konnte man mal wieder ein wenig Landluft schnuppern. So unser Plan.

Inzwischen hatte Werner ein Objekt gefunden und den Mietvertrag unterschrieben. Ich wusste, dass wir geschmacklich auf einer Wellenlänge lagen. Nicht nötig, dass ich vorher eine Inspektion durchgeführt hätte. Wirklich schlimm war nur das Wohnzimmer, das mich an einen weißgekachelten Kreißsaal erinnerte. Wir pflasterten alles mit Teppichen zu. Die Pampa außen herum machte mir nichts aus.

Fast noch komplizierter gestaltete sich die Suche nach einem geeigneten Pferdestall. Balu zog schließlich in eine nahe gelegene, exklusive Anlage. Wegen der abgelegenen Lage trotzdem erschwinglich. In Berlin hätten wir für diesen Preis gerade mal eine halbe Hundehütte bekommen. So stolzierte Balu zwischen all den Paradepferden mit wahrer Grandezza umher. Während an den übrigen Boxentüren gewaltige Stammbäume prangten, begnügte sich unser „Kleiner" mit einem schlichten „Balu".

Mitleidig wurden wir belächelt, als wir hoppelnd in der riesigen Halle unsere Bahnen zogen. Ständig schnitten wir den Profis unfreiwillig den Weg ab. Anfeindungen ertrugen wir mit stoischer Ruhe. Als Balu nach einiger Zeit diverse verschobene Wirbel im Rücken eingerenkt wurden, konnte er auf einmal richtig nett galoppieren. Wir tasteten uns ans Ausreiten heran und schweiften schließlich stundenlang durch die Gegend. Unser großes Privileg, denn die anderen trauten sich mit ihren übermotorisierten Gäulen nur im Schritt um die Halle zu tippeln. Jetzt ritt ich lächelnd an ihnen vorbei.

Nie war ich eine begnadete Reiterin gewesen. Daran war zum großen Teil meine schlechte Haltung schuld. Meist hing ich mit hängenden Schultern windschief auf dem Pferd. Da halfen auch keine langen Beine. Einwirkung mit dem Kreuz gleich null.

Durch die Alexandertechnik bei Frau Unger hatte sich meine Haltung um einiges gebessert. Hatte ich früher überhaupt kein Körpergefühl, bildeten sich jetzt bei mir langsam Antennen aus, mich selber zu spüren.

In Berlin hatte ich einmal pro Woche beim therapeutischen Reiten geholfen. Schon damals konnte ich hautnah erleben, wie sich die behinderten Kinder auf dem Pferderücken entspannten. Vielleicht war ich ähnlich behindert. Ich spürte den warmen

Pferdekörper an meinen Schenkeln, fühlte die Bewegung unter mir. Passte mich automatisch den rhythmischen Bewegungen des Pferdes an. Ich spürte die Arbeit meiner Muskeln, fühlte, wie sich mein gesamter Oberkörper aufrichtete. Die Spannung kehrte in den Körper zurück. Allein diese Aufrichtung bewirkte ein neues Gefühl in mir, das ich kaum kannte. Ich war stolz und selbstbewusst, wenn ich hoch oben auf dem Pferderücken saß.

Ich erfuhr sogleich, dass ich durch meine eigenen Bewegungen etwas unter mir bewirken konnte. Experimentierte mit der Reaktion des Tieres. Versuchte, mich in sein Wesen einzufühlen, in sein Temperament. Ich lernte, Geduld zu haben, mich zurückzunehmen, erlebte, dass mein Wille klein und unscheinbar blieb, wenn ich das Pferd nicht als Partner gewann. Belohnt wurde meine Bemühung unmittelbar. Ebenso gnadenlos meine Fehler aufgedeckt.

Langsam entwickelten sich Sensoren, die mir auch im zwischenmenschlichen Bereich halfen. Einlassen, einstimmen auf andere Menschen. Ihre Bedürfnisse und Stimmungen erahnen. In angemessener Form darauf reagieren. Vor allem aber musste ich genügend Kraft haben, um mich entsprechend mit Balu beschäftigen zu können. Unwillkürlich griff ich zu Reiswaffeln und Fleisch, wenn ich nicht nach einer halben Stunde völlig entkräftet vom Pferd sinken wollte.

Erschütternde Erkenntnisse

Von Nürnberg aus konnte ich mich auch wieder mit Katja in München treffen. Keiner konnte sich wie sie in meine Lage einfühlen. Besser als jeder Psychologe erspürte sie, welche Worte sie wählen musste, um mich zu erreichen. In diesem Zusammenhang gab sie mir zum Nachdenken das Wort „Milde" mit auf den Weg. Milde. Milde anderen und mir selbst gegenüber. Zunächst aber vor allem mir selbst gegenüber. Ich drehte das Wort gedanklich hin und her.

Wenn ich die Sache genau betrachtete, war ich immer noch auf dem Trip, meinem Körper all die Jahre „heimzuzahlen", in denen er mir das Leben so völlig versalzen hatte. Ich hatte ihn als Feind, als Gegner empfunden, den es zu bekämpfen galt. Den ich klein halten musste, damit er nicht wieder „Macht" über mich gewann. So war mein Kopf zur zentralen Schaltstelle geworden. Saß oben an den Schalthebeln und dirigierte den Rest „unter sich". Zaghaft versuchte ich, mich in diesen „fremden" Körper zu versetzen. Versuchte, seine „Gedankengänge" zu erahnen.

Wenn ich da hineinhorchte, was schallte mir entgegen?

Ich horchte angestrengt. Zunächst war da ein gequältes Gestöhne. Sofort hackte der Kopf in alter Wucht auf den vermeintlich Verantwortlichen ein: „DU hast mich jahrelang gequält, DU bist schuld, dass ich leiden musste, dass meine Jugend an mir vorbeizog. Wegen DIR konnte ich nicht auf Partys gehen, hockte zu Hause, während sich die anderen amüsierten. DU hast mich betrogen um so viele schöne Stunden, die ich kratzend und scheuernd zu Hause saß und mich nicht vor die Haustür gewagt habe. DU hast verhindert, dass ich reiten, schwimmen und all das machen konnte, wozu ich so große Lust gehabt hätte. DU hast mich zum Gespött der Männerwelt gemacht, die hohnlächelnd an mir vorbeizog. Halt also die Klappe und funktioniere ordentlich, kannst froh sein, wenn ich dir ab und zu einen Brocken hinwerfe!"

Ich erschrak ob der Heftigkeit des Ausbruchs. Doch da ließ sich von unten ein dünnes Stimmchen vernehmen: „Aber ich wollte doch nur darauf aufmerksam machen, dass da irgendetwas nicht in Ordnung war. Dass du unglücklich warst, dass dir etwas gefehlt hat. Wie hätte ich mich denn anders bemerkbar machen sollen? Ich wollte dir nicht schaden, nein, ganz im

Gegenteil. Ich wollte deine Umwelt animieren, genauer hinzuschauen, zu erforschen, warum gerade du diese Hautausbrüche hast. Leider ist meine Rechnung nicht so aufgegangen, wie ich gehofft hatte, aber ich habe es doch so gut gemeint!"

Ich war sprachlos. Betreten. Schämte mich. Blinzelte schüchtern nach unten. Da hockte er, der arme, magere Wurm. Ich war nie auf die Idee gekommen, nach seiner Sicht der Dinge zu fragen. Welchem Irrtum war ich all die Zeit aufgesessen? Ich hatte meinem Körper völlig andere Motive unterstellt. Warum hatte ich nie auf seine Stimme gehört? Warum mich nie um seine Bedürfnisse gekümmert?

Ich überlegte weiter. Würde ich einen anderen Menschen zwingen, ohne Essen stundenlang einen Berg raufzurennen, um ihn dann oben zusammenzustauchen, dass er sich schon jetzt erdreistet, aus dem letzten Loch zu pfeifen? Hätte ich ihn trotz ohnmächtiger Schwäche zu ständigen Höchstleistungen gepeitscht, so lange, bis er wie ein Häufchen Elend am Boden kroch? Hätte ich ihm ungerührt die kalte Schulter gezeigt, wenn er mich um ein Stückchen Brot angebettelt hätte? Hätte ich ihm als Belohnung ein mageres Rübchen hingehalten, wenn er jammernd um eine kleine Belohnung gefleht hätte?

War ich wirklich so hartherzig? War ich wirklich zu solcher Grausamkeit fähig? Das waren ja KZ-Methoden, die ich mir selber unbewusst angetan hatte. Kein Wunder, dass mein Körper irgendwann nicht mehr durchgehalten hatte.

Noch war es nicht zu spät. Natürlich machten sich die Folgeerscheinungen der mageren Kost bemerkbar, aber ich vertraute darauf, dass mein Körper ein guter Kumpel war. Ich war mir sicher, dass er mir nicht die Hand zur Versöhnung wegschlagen würde, wenn ich sie ihm hinstreckte. Wir hatten schon so viel zusammen durchgestanden. Es war an der Zeit, gemeinsam in eine Richtung zu laufen und uns nicht ständig gegenseitig zu blockieren. Mir wurde die schizophrene Situation bewusst, dass ich über Jahre viele Aktivitäten nicht hatte machen können, gerade weil ich zu schlapp dafür war. Bloß war es diesmal nicht die Haut, die mich blockiert hatte, sondern ich ganz alleine.

Einen zweiten Denkansatz lieferte mir mein Bruder. In einem unserer Gespräche, die ans Eingemachte gingen, weil er selber in einer schwierigen Lebenssituation steckte, hatte er mir erklärt, dass ich auch geliebt werden würde, wenn ich nicht krank wäre. Zuerst erschien mir diese Bemerkung reichlich obskur.

Nach längerem Nachdenken entdeckte ich viel Wahres in dieser Aussage. Vielleicht hatte ich mich über Jahre unbewusst in die Rolle der kranken Schwester schieben lassen, sodass ich inzwischen glaubte, ohne diese „Rechtfertigung" kein Existenzrecht zu haben, es nur diesen Grund gab, gemocht oder akzeptiert zu werden. Weil ich in meinen Augen nie einen „wertvollen" Beruf ausgeübt hatte, hatte ich mich selber am körperlichen Existenzminimum gehalten, um ganz „offiziell" die Begründung dafür zu haben, warum ich nichts auf die Reihe bekam. Schrecklich! Je mehr ich nachdachte, desto größere Abgründe taten sich auf.

Beim allerersten Kontakt mit meiner Familie registrierte Werner sehr schnell die reichlich geladene Stimmung zwischen meiner Mutter, meinem Bruder und mir. Zunächst besonders die Aggressivität, mit der ich meiner Mutter begegnete. Unter der Oberfläche alltäglicher Konversation brodelte eine Energie, die beim kleinsten Anlass explodieren konnte. Sobald ich glaubte, dass die Aussagen meiner Mutter in eine gewisse Richtung tendierten, polterte ich mit der geballten Kraft eines gekränkten Schützen los. Noch hatte sie nicht einmal Vorwürfe formuliert, als ich sie auch schon verbal parierte. Werner fand sich oftmals in der Rolle des ehemaligen Militärbeobachters, der mit Blauhelm zwischen den verfeindeten Parteien stand.

Ich spürte, welch große emotionale Macht meine Mutter über mich hatte. Und hasste sie gleichzeitig dafür. Lange unterstelle ich ihr, dass sie mich nicht so annehmen konnte, wie ich war. Ich misstraute ihren mantramäßigen Beteuerungen, dass sie beiden Kindern dieselbe Liebe entgegenbrächte.

Durch Werners Einfluss begann ich meine Überzeugungen zu hinterfragen. Immer wieder versuchte er, bei mir Verständnis für die Haltung meiner Mutter zu wecken. Ungerührt bremste er mich, wenn ich meiner Mutter wieder ungerechtfertigte Vorhaltungen gemacht hatte. Ich begann zu verstehen, warum es zu ständigen Missverständnissen und Frustration auf beiden Seiten gekommen war. Warum konnte ich meiner Mutter nicht glauben, dass sie mit meinem Lebensweg mehr als einverstanden, ja sogar zufrieden und glücklich war? Ständig hämmerte es mir im Kopf, dass sie sich eigentlich eine nette, angepasste Tochter mit Familiensinn samt akademischer Karriere gewünscht hätte. Ich glaubte Stolz in ihrer Stimme schwingen zu hören, wenn sie von den Töchtern anderer Bekannter erzählte, die diesem Schema entsprachen. Und gleichzeitig explodierte ich innerlich vor Trotz, dass ich eben so war wie ich bin. Keine Karrierefrau. Keine Mama. Ohne Faltenrock und Doktortitel. Warum konnte ich mich nicht endlich von diesen alten Zöpfen lösen?

Milde. Katjas Zauberwort. Ich musste meiner Mutter gegenüber Milde an den Tag legen. Milde in dem Sinne, dass ich gerechterweise eingestehen sollte, dass sie genauso von mir das Recht einfordern konnte, so genommen zu werden, wie sie war. Dass sie gut ist, wie sie ist. Ich musste ihr endlich das Gefühl geben, dass ich sie nicht ändern wollte.

Wie konnte ich von ihr etwas einfordern, was ich selber nicht zu geben bereit war? Warum hackte ich ständig auf Eigenschaften herum, die nicht mit den meinen harmonierten? Warum konnte ich nicht die Andersartigkeit akzeptieren und gerade daraus einen Wert ziehen? Warum versuchte ich sie ständig nach meinem Idealbild umzuerziehen? Ein Unterfangen, das nichts außer ständigem Frust und vergeudeter Energie brachte.

Mit der Umsetzung dieser Gedanken änderte sich im Laufe der Zeit die Atmosphäre zwischen uns. Die Bitterkeit wich einem warmen Gefühl von Verstehen, einer neuen Qualität von Zuneigung, frei von schlechtem Gewissen, frei von Pflichtbewusstsein. Zwischen uns entwickelte sich eine ganz neue Beziehung. Ich konnte meiner Mutter auf einmal Gedanken anvertrauen, die ich vorher nie über die Lippen gebracht hätte. Völlig verdutzt war ich dann, als ich von ihr Verständnis, Einfühlungsvermögen und weise Ratschläge erhielt, die ich ihr niemals zugetraut hätte. Ich schämte mich einerseits, jahrelang Tomaten auf den Augen gehabt zu haben. Andererseits genoss ich die intensiven Gespräche und war einfach dankbar, dass wir die Kurve gemeinsam gekratzt hatten.

Natürlich war die Beziehung weiterhin Schwankungen unterworfen, schließlich waren unsere unterschiedlichen Temperamente eine ständige Herausforderung im Zusammenleben. Gegenseitige Erwartungen konnten nicht immer erfüllt werden. In Momenten, in denen wir beide angespannt, müde oder unausgeglichen waren, plumpsten wir wieder ins alte Schema zurück. Trotzdem überbrückte unsere emotionale Nähe sämtliche Abbrüche und Klüfte, die sich durch unsere Unterschiedlichkeit auftaten.

Natürlich war es ein langsamer Prozess. Bis heute falle ich in alte Verhaltensmuster, alte Gepflogenheiten zurück, die immer noch oft in Missverständnis und Frustration enden. Aber hinter allem steht eine wohlwollende Absicht, der Wille, den anderen in seiner Einzigartigkeit zu begreifen und auch so zu belassen.

Langsam kam ich auch dem Schema auf die Spur, das offenbar meine Kindheit bestimmt hatte. Ich hatte mich stets in allem mit meinem Bruder verglichen. Die Messlatte, die er vorgelegt hatte, war von mir kaum zu reißen. Alles schien er auf die Reihe zu bekommen. Angefangen vom smarten Aussehen über die introvertierte, diplomatische Art bis hin zur perfekten beruflichen Karriere deckte er alles ab, was man sich von einem Sohn erträumen konnte. Ich dagegen krebste als müder Abklatsch hinterher. Trotzige Showeinlagen und die chronische Sorge um meine Haut waren mein Garant dafür, mich auch hin und wieder in den Mittelpunkt zu spielen. Wobei die Abfolge von innerem Protest, der Überwindung elterlicher Grenzen, das gleichzeitig einsetzende schlechte Gewissen mit anschließender „Selbstbestrafung" in Form von exzessivem Kratzen ein weiteres Schema bildeten.

In der neunten Klasse ging es für eine Woche ins Landschulheim. Schon im Vorfeld brachen über diese Fahrt heftige Kontroversen aus. Hintergrund: Meine Eltern hatten mitbekommen, dass als Betreuungsperson ein Lehrer mitfahren sollte, der als Alt-68er ein klassisches Feindbild für sie abgab. Nicht daran zu denken, dass ich eine ganze Woche lang seiner schädlichen Indoktrinierung ausgesetzt wäre. Sein linkes Weltbild konnte mir aufrührerische Parolen in den Kopf setzen. Hinzu kam, dass ich während einer ganzen Woche seinem antiautoritären Erziehungsstil ausgesetzt wäre. Man munkelte von konspirativen Diskussionsrunden ums Lagerfeuer, untermalt von friedensbewegtem Gitarrensound.

Mein konservativer Vater lief Amok, als er von diesem Schreckensszenario erfuhr. Tagelang drohte mir das Verbot, nicht an der Klassenfahrt teilnehmen zu dürfen.

Jetzt lief ich Amok. Mein Stand innerhalb des Klassenverbandes mit meinem strengen Elternhaus war sowieso schon ein harter; ein Verbot hät-

te mich vollends zum Gespött der Mitschüler gemacht. Ich zog sämtliche Register der Überzeugungskunst. Schwankte zwischen inständigem Bitten und ungehaltenen Zornausbrüchen. Beides ließ meinen Vater kalt.

Schließlich erkannte meine Mutter doch den Ernst der Lage und bewegte meinen Vater, seine Einwilligung zu geben. Natürlich völlig gegen ihrer beider Willen.

Einerseits abgrundtief erleichtert, andererseits voll schlechtem Gewissen trat ich die Reise an. Natürlich waren die hygienischen Zustände der Berghütte, in der wir untergebracht waren, eine Zumutung für meine Haut. Dazu schaufelte ich begeistert all das Essen in mich hinein, an das ich zu Hause niemals gekommen wäre. Wir buken tonnenweise Schokokuchen mit kreischenden Lebensmittelfarben, mampften nebenher Pommes Frites und spülten alles mit ordentlich Cola runter. Ausgiebige Körperpflege fiel angesichts von zwei Duschen für 50 Leute flach. Großflächiges Eincremen war unbemerkt nicht möglich. Außerdem völlig uncool. Dröhnende Beats von allen Seiten und chronischer Schlafmangel versetzten meine Nerven in hysterisches Dauerflattern. Das Ergebnis war eine explodierende Haut, die sich kaum mehr unter Kontrolle halten ließ. Schabend und nässend kam ich todunglücklich nach Hause. Tränenüberströmt flüchtete ich mich in die Arme meiner Mutter. Dick mit Kortison bestrichen schniefte ich an ihrer Seite. Neben den tröstenden Worten hörte ich doch den versteckten Vorwurf heraus: „Wir haben dir ja gleich gesagt, dass du besser zu Hause geblieben wärst!"

Es war so verdammt schwierig, alte Verhaltensmuster aufzubrechen. Sicherlich war zunächst wichtig, mir der Abläufe bewusst zu werden. Aber das war nur der erste kleine Schritt. Die richtige Arbeit begann erst danach.

Trotzdem schritt der Prozess voran, den Herr Bieler angestoßen hatte.

Auf der Suche nach Orientierung griff ich wieder auf die Lebenserfahrungen anderer Menschen zurück. Aus Biographien und Lebensrückblicken erkannte ich, dass Lebensbrüche und Sinnkrisen oft den Anfang zu grundlegender Neuorientierung bildeten.

Von Beginn unserer Beziehung an war Werner mein großer Lehrmeister. Vieles schaute ich mir bei ihm ab. Er gab mir Denkanstöße, die mich mein eigenes Verhalten hinterfragen ließen. Während ich selber grundsätzlich der Freundlichkeit meiner

Mitmenschen misstraute, ging Werner mit unglaublichem Vertrauen auf andere zu. Während ich stets neidisch argwöhnte, im Vergleich zu anderen mal wieder schlecht weggekommen zu sein, war Werner stets mit seinem Teil zufrieden.

Ich erinnere mich gut an die unerbittliche Schlacht mit meinem Bruder und den beiden Cousins um die größte Puddingportion. Schon damals hatte ich immer das vage Gefühl, die anderen würden einen besseren Schnitt machen. Werner hingegen schob noch seine eigene Portion hinüber und freute sich, wenn es dem anderen schmeckte. Trotzdem hatte er so überhaupt nichts von einem Asketen. Er erwartete auch keine halbstündige Dankesrede für diese großzügige Geste. Woher nahm er nur diese Größe?

Warum konnte ich nicht einfach darauf vertrauen, dass ich schon eine angemessene Portion vom Leben zugeteilt bekäme? Lag es vielleicht daran, dass ich mich selber nicht für würdig hielt, eine ordentliche Portion abzubekommen? Mangelte es mir grundsätzlich an Vertrauen? Mit dem Vertrauen war es doch dasselbe Spielchen wie mit der Liebe. Wie sollte ich zu anderen Vertrauen aufbauen, wenn ich mir selber nicht über den Weg traute?

Ich beobachtete, wie Werner als sprudelndes Füllhorn über seinen Freunden schwebte. Will heißen, er kaufte seine Freunde nicht, nein, er überzeugte mit seiner großzügigen, offenen Art. Nie feilschte er um die Mark, nie fühlte er sich benachteiligt. Dabei ließ er sich nicht ausnutzen. Seine Bilanz zwischen Erwartung und Erfüllung war stets ausgeglichen. Meine Bilanz dagegen endete mit überzogener Erwartung und magerem Gewinn. Noch schlimmer: je höher meine Erwartungshaltung, desto mickriger der Gewinn. Ich fühlte mich ständig im Minus.

Meine Gefühle schwankten zwischen Selbstvorwürfen einerseits und einem Gefühl von Bitterkeit. Eine schwierige Angelegenheit. Der Weg war noch lang.

Außenstehende haben diese Gefühlsstimmungen sicher nicht realisiert. Nach außen war ich die stets bestens gelaunte, optimistische Lisa, die mit Zuversicht und einem immer kessen Spruch auf den Lippen durchs Leben tanzte. Dabei fühlte ich mich in der Tat glücklich und vom Schicksal verwöhnt. Trotzdem konnte ich mir gewisse Verhaltensweisen nicht erklären. Ich fühlte nur, dass da einiges bei mir innen drinnen nicht im Lot war. Aber gerade dafür war ich ja auf der Welt, um dieser Sache auf den Grund zu gehen.

Über Conny suchte ich auch den Kontakt zu Claudio. Immerhin war er es gewesen, der überhaupt erst die Verbindung zu Herrn Bieler hergestellt hatte. Von ihm erhoffte ich mir weitere Antworten auf meine vielfältigen Fragen. Wir freundeten uns näher mit ihm und seiner Frau Andrea an. Neben seinen Antworten auf meine Fragen versuchte ich, eigene Lösungen zu finden.

Mir war bewusst, dass ich über einen ungeheuren Luxus verfügte, mich mit Sinnfragen beschäftigen zu dürfen, während Werner die Kohle für unseren Unterhalt ranschaffen musste. Ich befand mich in einer privilegierten Position. Langsam versuchte ich, dieses Glück von allen Seiten wie ein kostbares Juwel zu betrachten. Versuchte, dem im gleichen Augenblick aufkeimenden schlechten Gewissen nicht zu viel Raum zu geben. Oder das schlechte Gefühl auszuhalten.

Werner half mir in diesem Punkt unendlich viel.

Wir stapften gemeinsam durch den Wald. Eine unserer bevorzugten Aktivitäten am Wochenende. Selbst in Berlin gab es genügend Grünflächen, auf denen man stundenlang spazieren konnte. Hager und schlapp tippelte ich neben Werner her. In den letzten Tagen war ich so kraftlos, dass ich nur mit Mühe mein Sportprogramm hatte durchziehen können. Werner thematisierte mein Verhalten nie. Trotzdem registrierte er meine Gewichtsschwankungen sehr genau. Ich war mal wieder an einem absoluten Tiefpunkt angekommen.

Gerade hatte mir Werner voll Begeisterung über all die Anerkennung berichtet, die er soeben im Job eingefahren hatte. Umso deutlicher fiel daneben meine eigene jämmerliche Bilanz ins Auge. Niemals neidete ich ihm seinen beruflichen Erfolg. Zum Glück konnte ich mich von Herzen mit ihm freuen. Das schmälerte aber nicht meine eigenen Gefühle von Versagen.

Als mir die Tränen vor Frust und Enttäuschung in die Augen stiegen, blieb er stehen. Drehte sich zu mir. Sprach mich direkt an. Fasste mein Gesicht mit beiden Händen. In seinem Blick las ich Sorge und unendliches Mitgefühl. Was er zu mir sagte, werde ich nie vergessen!

„Hör mal, meine Liebe, du sagst ständig, dass du nichts machst, dass du nichts leistest, dass du dich fragst, wozu du überhaupt hier auf Erden rumläufst. Dein Leben bringe niemandem etwas, du fühlst dich klein und dumm. Jetzt werde ich dir mal was sagen. Weißt du eigentlich, wie glücklich du MICH machst? Wie glücklich ich bin, jeden Tag

mit dir verbringen zu dürfen? Wie schön es ist, deine frische, freche Art jeden Tag um mich zu haben, dich glücklich neben mir herlaufen zu sehen? Deinen Witz, deine Schlagfertigkeit. Deine Verletzlichkeit und deine Neugier. Deinen unerschütterlichen Optimismus. Stundenlang mit dir reden können. Von dir verstanden zu werden. Mich bei dir fallenlassen zu können. Mich nicht verstellen zu müssen. Angenommen zu sein, so wie ich eben bin. Gemeinsam mit dir neugierig die Welt entdecken. Zuzuhören, wenn du mir Kleinigkeiten vor Augen führst, an denen ich selber achtlos vorbeigelaufen wäre. Deine Fantasie, deine Begeisterungsfähigkeit. Wie viel muss ich dir noch aufzählen, damit du mir endlich glaubst, welchen Wert du für mich hast? Und selbst wenn du sonst nichts, aber auch gar nichts anderes auf Erden auf die Reihe bekommen hättest, hast du eines verdammt noch mal auf die Reihe bekommen: Du hast MICH glücklich gemacht! Und jetzt behaupte bloß nicht, das wäre nichts. Ich sage dir, wenn du mich auch nur eine einzige Minute auf Erden glücklich gemacht hast, möchte ich nie mehr hören, dass dein Leben keinen Sinn hat. Sag mir, welchen Sinn kann ein Leben mehr haben, als einen anderen Menschen glücklich zu machen?"

Ich schwieg betroffen. Wortlos sank ich ihm in die Arme und presste mich wie eine Ertrinkende an ihn.

Eine neue Freundin und Anerkennung
von ungewohnter Seite

Nach den ersten Wochen in Nürnberg fingen die ersten Hautprobleme wieder an. Diesmal reagierte ich sofort. Es konnte erneut nur am Leitungswasser liegen. Immerhin wohnten wir wieder in ländlichem Gebiet, ähnlich der Lage in der Schweiz. Fortan bezog ich mein Wasser aus dem Supermarkt und meine Probleme verschwanden. Nach einem halben Jahr kehrte auch dort der Alltag wieder ein.

Ich verbrachte viel Zeit im Stall, auch wenn ich dort kaum Anschluss fand. Neben all den privaten Paraderössern blieben mein leicht unbeholfener Balu und ich Außenseiter. Was uns aber nicht weiter störte. Immerhin konnte ich dort im Stall noch zwei weitere Pferde umsonst reiten. Ein Angebot, das ich mit Freuden angenommen hatte.

An einem heißen Augustvormittag drehte ich auf dem geliehenen Friesenhengst Erik alleine meine Bahnen in der riesigen Halle. Schon reichlich durchgeschwitzt angelte ich mir hoch zu Ross meine Wasserflasche von der Bande. Als ich zum Schluck ansetzte, gab die Plastikflasche ein klackendes Geräusch von sich. Ich sah nur noch die flatternde, schwarze Mähne, dann wurde es schwarz. Am anderen Ende der Halle rappelte ich mich verdutzt vom Boden hoch. Uff, die Beine trugen mich noch. Allerdings hing mir mein linker Arm schlaff an der Seite. Mist! Wahrscheinlich ausgekugelt. Ich torkelte aus der Halle, um mir erstmal Hilfe zu holen. Das Pferd stand schnaubend in der Ecke. Draußen wankte ich einer Stallpflegerin in die Arme, die mich auf den Hallenboden bugsierte und einen Notarztwagen rief. Endlose Zeit verstrich, bis sich endlich zwei Gesichter über mich beugten. Schlagartig wurde mir kotzübel, dann fing der Hallenboden zu kreisen an. Als sich der Arzt an meinem Arm zu schaffen machte, schwanden mir gnädig die Sinne.

Etwas benommen fand ich mich unter einer grünen Decke wieder. Wie mir eine Krankenschwester zuflüsterte, musste ich noch auf meine Operation warten. War mir völlig schnuppe. Friedlich döste ich vor mich hin. Schmerzen hatte ich keine.

Ich erwachte irgendwann, als ich in ein Zimmer geschoben wurde. Draußen war es völlig duster. Fand ich komisch. Immerhin war ich vormittags im Stall gewesen. Als nächstes fühlte ich eine feuchte Hundeschnauze an der Backe. Dahinter schob sich Werners vertrautes Gesicht in mein Blickfeld.

„Wo kommt denn jetzt Becky her?" Verdutzt starrte ich auf den Hund unserer Nachbarin, den ich öfter betreut und heftig ins Herz geschlossen hatte. Werner hatte den kleinen Racker an den Schwestern vorbei ins Krankenzimmer geschmuggelt, damit ich beim Aufwachen etwas Kuscheliges an der Seite hätte. Mir schossen Tränen in die Augen.

Nebenan lag meine linke Schulter dick einbandagiert. Von meiner Bettdecke fischte Werner eine Röntgenaufnahme, die er mir unter die Nase hielt. Oha. Vor lauter Nägeln sah man den Knochen nicht. Da hatten sie ja ordentlich was zusammengeschraubt. Ob ich damit noch durch den Metalldetektor am Flughafen kam? Was für blöde Gedanken mir in diesem Moment kamen.

Erst in den nächsten Tagen bekam ich das ganze Ausmaß des Schlamassels zu Gesicht. Quer über die Schulter und den halben Oberarm zog sich eine dicke Narbe. Erst schniefte ich verzweifelt. Schulterfrei ade. Dann siegte der Galgenhumor. Andere trugen teure Tattoos an dieser Stelle. War doch egal, womit ich mir die Optik verschandelte. Im fortgeschrittenen Alter war eben mit diversen Schnitzern zu rechnen. Die lange Narbe von der Tumoroperation am Bein hielt mich auch nicht ab, weiterhin im Mini Bein zu zeigen. Trotzdem wimmerte die Eitelkeit doch ein wenig vor sich hin.

Nach drei Tagen bekam ich dann auch noch eine Schraube in den kleinen Finger. Irgendwas war da wohl auch noch kaputtgegangen, was man anfangs übersehen hatte. Später hieß es, die Strecksehne wäre gerissen. Trotz Schraube blieb der Finger krumm.

Nach zweiwöchigem Krankenhausaufenthalt wäre die Sache fast noch schiefgelaufen. Ich fiel nämlich einem mittelmäßigen Physiotherapeuten in die Hände, der etwas lustlos an meinem Arm herumhantierte. Obendrein verfocht er die These, das ganze Eisen langfristig im Arm zu lassen. Nicht mit mir! So schnell wie möglich wollte ich den Krempel wieder loswerden. Glücklicherweise bekam ich einen heißen Tipp von einem Mädchen im Stall. Sie empfahl mir Peter. Er hatte auch ihr Knie wieder hingebogen.

Peter stand kurz vor der Rente und agierte in seiner eigenen Physiotherapiepraxis als unumschränkter Herrscher. Er ging mir gerade mal bis zum Bauchnabel. Wenn er mich allerdings mit seinen eisgrauen Augen fixierte, gefror mir das Blut im sowieso schon malträtierten Arm. Da gab es keine sanfte Massage. Da wurden die Knochen gebogen, dass die Schwarte krachte. Nie kam ein Lob über seine Lippen, trotzdem bestellte er mich täglich zu sich, obwohl er nur einen Bruchteil seiner Behandlung bei der Kasse abrechnen konnte. Ich spürte, er war einfach daran interessiert, dass ich den Arm wieder hinbekam. Außerdem drängte er darauf, die Platte schnell wieder rauszumontieren. Bereits nach einem halben Jahr nämlich schwoll mein Arm an. Es wurde Zeit, dass ich erneut unters Messer kam.

Während dieses Jahres stand sich Balu gelangweilt die Beine in den Bauch. Nach einigen Monaten hockte ich mich zwar wieder aufs Pferd, allerdings immer mit mulmigem Gefühl. Balu musste ich gegen Bezahlung reiten lassen. Ich fand nur zwei Frauen, die sich freiwillig umsonst auf ihn hockten. Es war ja auch eine Zumutung, ihn zu reiten. Geritten musste er allerdings werden, sonst geriet er völlig aus der Form.

Von einem Tag auf den anderen hatte sich mein Alltag wieder komplett verändert. Jetzt kam mir zugute, dass ich mich schnell auf neue Situationen einstellen konnte. Schon früher hatte es Zeiten gegeben, in denen es wichtig war, mich alleine zu beschäftigen. Durch den Hund der Nachbarin kam ich auf die Idee, mich im nahe gelegenen Tierheim als Gassigeherin zur Verfügung zu stellen. Spazieren war das Einzige, was ich mit meinem lädierten Arm machen konnte. Machte doch viel mehr Spaß, wenn ich dabei ein quirliges, vierpfotiges Energiebündel an der Seite hätte.

Schnell wurden Streifzüge durch den Wald meine neue Leidenschaft. Außerdem war jetzt der richtige Zeitpunkt, nach einem Hund Ausschau zu halten. Schon lange sehnte ich mich nach einem Gefährten, der treu an meiner Seite blieb, wenn Werner durchs Ausland tourte. Ein Hund besaß in meinen Augen zwei unschlagbare Vorteile: Zum einen war er für jede Art von Bewegung zu begeistern – ich hatte nicht vor, mir einen phlegmatischen, kurzatmigen Sofamops zuzulegen –, zum anderen hielt er die Klappe und vermittelte mir trotzdem ein Gefühl von

Zweisamkeit. Ein ähnlich angenehmes Gefühl, wie wenn ich Werner im Nebenzimmer wusste. Das mit dem „Klappehalten" klappte dann allerdings nicht immer.

Eigentlich hätte ich gerne einen Schäferhund gehabt. Den wollte aber Werner nicht. Es musste aber unbedingt ein Hund mit aufgestellten Ohren sein. Im Tierheim entdeckte ich nach einigen Besuchen einen sandfarbenen Hund, der zwar die Statur, aber nicht die Farbe eines Schäferhundes hatte. So konnte ich Werner überlisten. Sah fast aus wie ein Schäferhund, war aber keiner. Irgendein Mix aus Spanien. Perfekt. Einziger Knackpunkt: Die Hündin war schon zweimal nach Vermittlung zurückgegeben worden, weil sie Kinder gebissen hatte. Waren wohl die Gepflogenheiten vom spanischen Straßenstrich, die sie verinnerlicht hatte. Wie sollte ich das bloß Werner beibringen? Es musste aber unbedingt dieser Hund sein!

Nach einer ersten Gassirunde, bei der sie eine Pflegerin vom Tierheim an der Leine führte, kamen mir dann doch Zweifel. Näherte sich in der Ferne ein anderer Hund, gebärdete sich die Dame wie eine wild gewordene Amazone. Mit einer Hand war die Hündin nicht zu bändigen. Sie stand senkrecht und kläffte mit medienwirksam freigelegtem Gebiss wie eine Geisteskranke. Nichtsdestotrotz musste genau dieser Hund her. Erwähnte ich schon, dass ich zu Sturheit neige?

Als Werner realisierte, dass ich die Sache auch ohne seine Zustimmung durchziehen würde, engagierte er einen Hundetrainer. Der sollte sich mal unsere Kandidatin zur Brust nehmen. Nach der ersten in Augenscheinnahme war klar, dass unsere Hündin ein Angstbeißer war. Auch nicht unbedingt eine beruhigende Diagnose. Aber nach zwei intensiven Therapiestunden fühlte ich mich der Aufgabe gewachsen, Ginger in unsere Familie zu integrieren. Freudestrahlend holte ich sie mit Werner heim.

Ich legte all meinen Ehrgeiz in ihre Sozialisierung. Dabei gab es keinen Leckerli-Kuschelkurs, sondern eine knallharte Linie. Nur einer von uns beiden konnte die Hosen anhaben. Keine Frage, wer sich durchsetzte.

Nach einem halben Jahr intensiver Beschäftigung blieb der Erfolg nicht aus: Ginger begleitet mich seither wie ein Schatten, läuft selbst im dichtesten Stadtverkehr ohne Leine an meiner Seite. Sogar Rehe ignoriert sie dicht vor ihrer Nase. Sie hat kapiert, dass der Chef bestimmt, was gejagt wird.

Mein Motto lautete: Maximale Freiheit bei maximalem Gehorsam. Gibt es etwas Jämmerlicheres als einen bewegungsfreudigen Hund, der stundenlang an einer kurzen Leine tippeln muss? Ginger durfte ausschwärmen, laufen, sausen, schnüffeln. Aber bei einem Ruf war sie an meiner Seite. Und dort blieb sie auch, selbst wenn der geilste Hundegigolo an ihr vorbeitänzelte.

Kaum war ein Jahr nach meinem unfreiwilligen Sturz verstrichen, stand mir ein Besuch in der Klinik bevor, um mir die Platte aus dem Arm schrauben zu lassen. Kurz darauf flog auch die Schraube aus dem Finger. Wieder bog Peter im Anschluss meine Gräten zurecht. Bis auf kleinere Einschränkungen hat er die alte Beweglichkeit wiederhergestellt. Dafür werde ich ihm ewig dankbar sein!

Gerade hatte mein Bruder sein Leben komplett umgekrempelt. Für Außenstehende ziemlich plötzlich, für uns vorhersehbar, hatte er sich in einem umfassenden Befreiungsschlag von seiner Bankerwelt verabschiedet. Seinem Leben wollte er eine grundlegend neue Richtung geben. Ein halbes Jahr lang wanderte er von Salzburg nach Nizza über die Alpen. Gerade hatte man mir meine Platte aus dem Arm entfernt, als wir ihn auch schon mit einem Kurzbesuch in Frankreich überraschten. Später hielt er seine Erlebnisse in einem Buch fest, das ihn mit einem Schlag in einer breiten Öffentlichkeit bekannt machte.

Meine erste Reaktion war Entsetzen. Grenzenloses Entsetzen. In mir brodelte es. Seit längerer Zeit hatte ich mich mit dem Gedanken getragen, ein Buch über meine Erlebnisse in der Kindheit und über meine Krankheit zu verfassen. Diese Idee drehte und wälzte ich seit Jahren, schaffte es aber nie, sie umzusetzen. Alles, wirklich alles hatte mein Bruder mir voraus. Beim einzigen Projekt, das ich vor ihm realisieren wollte, kam er mir nun erneut zuvor. All die alten Gefühle von Minderwertigkeit, von verpassten Chancen, von Hass auf meine Untätigkeit brachen wieder hervor. Außerdem mutmaßte ich, dass er ebenfalls Dinge aus unserer Kindheit verarbeiten wollte. Insofern entzog er meinem Buch jegliches Existenzrecht. Meine Motivation sank auf den Nullpunkt.

Nach einem ersten Gefühlsausbruch, den Rudi mit den Worten pariert hatte, dass er nicht warten könne, bis ich endlich mein Buch geschrieben hätte, untersuchte ich mein eigenes Verhalten. Immer noch das Gefühl, zu kurz zu kommen. Immer noch die kleinliche Rechnerei, wer mehr Anerkennung, mehr Lob einheimste. Warum nur konnte ich nicht endlich aufhören, mich mit Rudi zu vergleichen?

Ich wollte doch nicht auf Rudi neidisch sein. Es war allein meine Schuld, dass ich mit dem Buch nicht eher in die Pötte gekommen war. Was erwartete ich überhaupt? Im Grunde genommen war ich schlicht und ergreifend sauer auf mich, dass ich mal wieder gezögert hatte, während andere Leute nicht lange quatschten, sondern handelten. Trotzdem legte ich mein Buchprojekt auf Eis. Im Hinterkopf quälte mich der Gedanke, dass ich sowieso nie an Rudis Erfolg würde anknüpfen können. In kleinen Schritten schaffte ich es dennoch, mich aufrichtig mit Rudi zu freuen. Das war mein größter Erfolg.

Nach seiner Reise suchte Rudi neue Inhalte, neue Ziele, die sein zukünftiges Leben prägen sollten.

Diesen Prozess erlebte ich intensiv mit, denn in zahlreichen Telefonaten arbeiteten wir unsere gesamte Kindheit auf, verglichen Empfindungen und Erfahrungen, stellten unzählige Parallelen fest. Trotzdem hatten unsere unterschiedlichen Charaktere meist zu unterschiedlichen Reaktionen geführt. Dennoch stellte sich bei beiden ein tiefes Gefühl von Verstandenwerden ein. Bei aller Verschiedenheit hingen wir seit jeher in enger emotionaler Abhängigkeit aneinander.

Seit Rudis erster beruflicher Krise, die ich während meiner Zeit bei Siemens hautnah miterlebt hatte, seit der Unterstützung, die ich ihm damals zu geben versucht hatte, wähnte ich mich in der Hoffnung, dass auch ich einen wichtigen Part in seinem Leben spielte. Natürlich hätte ich mir mehr Anerkennung gewünscht. Natürlich hätte ich mehr nach außen getragene Emotionalität erwartet. Und natürlich empfand ich unseren Austausch oftmals einseitig, weil ich stets das Empfinden hatte, er würde von unseren Gesprächen mehr profitieren als ich. Wie oft wehrte ich mich gegen dieses alte Aufrechnen. Immer noch fiel es mir gerade bei Rudi sehr schwer, ihm ohne Erwartungshaltung gegenüberzutreten.

Als offener, impulsiver Typ konnte ich nur sehr schwer mit seiner Introvertiertheit umgehen. Zwar hatte ich auch bei meiner Mutter immer noch Phasen, in denen wir uns aneinander die Zähne ausbissen, aber sie war für mich leichter einzuschätzen. Bei Rudi allerdings stand mir noch ein langer Weg bevor.

Die Kommunikation gestaltete sich schwierig. In unzähligen Gesprächen versuchte ich, mich an ihn heranzupirschen. Dann peitschte ich ihm mit meiner dogmatischen, direkten Art seine Schwächen um die Ohren. Hielt mitreißende Monologe, die wahrscheinlich bei Gericht höchsten Eindruck erzielt hätten. Bei meinem Bruder bewirkten sie höchstens, dass er sich gekränkt in seinem Schneckenhaus verkroch und das Kommunikations-Rollo bis zum Boden herabließ. Davor stand ich dann, konsterniert und erzürnt, dass man meine Empathie, mein Engagement und meinen Einsatz für seinen Seelenfrieden nicht zu würdigen wusste. Im emotionalen Eifer verzapfte ich sicher reichlich Müll, einige Pfeile aber trafen zielgenau seine wundesten Punkte. Mein Auftreten war dem eines echten Schützen würdig. Diplomatie war leider nie meine Stärke gewesen.

Nichtsdestotrotz schälte sich nach all den Businessjahren Rudis alter Kern an die Oberfläche. Uns verband die Sehnsucht nach Anerkennung, die Gefühle von Minderwertigkeit und dem ewigen Nicht-genug-Sein, die uns seit der Kindheit verfolgten. Rudi hatte sie hinter einer erfolgreichen Fassade verborgen. Ich verstand seine Gefühle, seine Empfindungen, kannte ihn sogar besser als Werner. Das gemeinsam Erlebte hatte uns zusammengeschweißt. Noch immer schwankte ich zwischen einer Ambivalenz aus Neid auf seine beruflichen Erfolge und grenzenloser Bewunderung. Sosehr ich mir ebenfalls Erfolg im Business gewünscht hätte, merkte ich doch schnell, dass dies nicht ohne erhebliche private Abstriche zu erreichen gewesen wäre. Zeit, die ich für meine persönliche Entwicklung, für ein Privatleben aufwenden konnte, hatte er im unermüdlichen Kampf um einen Spitzenplatz im Finanzhaibecken verbracht.

Ich bewunderte seine Bescheidenheit, seine Zurückhaltung, die er sich trotz seines Erfolges bewahrt hatte. Nie hatte er sich in meinem Beisein seiner Erfolge gerühmt, nie sein Wissen an die große Glocke gehängt. Beharrlich und diszipliniert hatte er an seinem großen Lebenstraum gearbeitet, irgendwann ein Leben ganz nach seinen eigenen Vorstellungen führen zu dürfen.

Auch wenn ich meinen Bruder schon immer an meiner Gedankenwelt hatte teilhaben lassen, hatte ich doch das erste Mal in meinem Leben das Gefühl, er würde sich wirklich dafür interessieren. Er wälzte Gedanken, über die ich schon vor Jahren gestolpert war. Notgedrungen hatte ich mich seit Jahren mit Problemen konfrontiert gesehen, denen er noch nie im Leben begegnet war: Wie fühlt sich Scheitern an? Wie strukturiere ich meinen Tag? Wie finde ich Anerkennung, wenn mir nicht mehr zahllose Bewunderer an den Lippen hängen? Wie schraube ich den Anspruch an die eigene Leistung herunter, ohne mich dabei als Versager zu fühlen?

Zum ersten Mal schien es mir, kommunizierten wir auf gleicher Augenhöhe. Ich fühlte mich wertgeschätzt und gebraucht wie nie zuvor.

Eine neue Aufgabe und ein schwerer Abschied

Just in dieser Zeit war ich über eine Zeitungsanzeige gestolpert, die in der Region Nürnberg um Lateinnachhilfelehrer warb. Irgendwie zog mich dieser Text magisch an. Mir hatte Latein immer großen Spaß gemacht. Natürlich waren meine Kenntnisse seit dem Abitur reichlich eingerostet, aber nichts sprach dagegen, sie einer Frischzellenkur zu unterziehen. Gleichzeitig befielen mich die alten Ängste, ob ich mir diese Aufgabe überhaupt zutrauen könnte. Schon war ich im Begriff, die Zeitung beiseitezulegen, wegzulaufen. Die Trauben hingen mir zu hoch. Sauer waren sie sowieso. Diesen Weg hatte ich oft gewählt, um mich nicht mit einem möglichen Scheitern zu konfrontieren.

In meinem Bewusstsein drängte sich stets das mögliche Versagen in den Vordergrund. Ein ebenso möglicher Erfolg stand nie im Bereich des Denkbaren. Dies war gleichzeitig die feigste wie auch faulste Lösung. Feige, weil ich mutlos jede Chance verspielte. Faul, weil ich mich bequem auf dem bewährten Status quo ausruhte. Anstatt in die Hände zu spucken und anzupacken, verfiel ich in die alte Lethargie. Zu dieser gesellte sich dann schnell der Neid, wenn ich beim Umherschielen sah, was andere Leute auf die Beine gestellt hatten. Ein unseliger Teufelskreis.

Hier war meine Chance, endlich auszusteigen!

Mit den Endorphinen eines gelungenen Ausrittes im Blut, hängte ich mich schließlich in einem Anfall von Zuversicht und Euphorie ans Telefon. Verblüffend einfach sicherte ich mir einen Vorstellungstermin. Mich erwartete in lockerer Atmosphäre ein sympathischer, unkomplizierter Typ. Er hatte sich als Lehrer selbstständig gemacht und zusammen mit seinem Bruder ein Nachhilfeinstitut an drei verschiedenen Standorten im Raum Nürnberg aufgezogen. Ich wurde vom Fleck weg engagiert, obwohl ich mehrmals im Gespräch auf meine etwas eingerosteten Fähigkeiten hingewiesen hatte.

Ein Personalberater hätte wahrscheinlich ob meiner miesen Performance die Hände über dem Kopf zusammengeschlagen. Anstatt einen gleißenden Spot auf meine Stärken zu lenken, hatte ich ihm eindringlich meine Schwächen unter die Nase gerieben. Ein Wunder, dass sich der Typ nicht abschrecken ließ. Entweder er hatte akuten Mangel an Nachhilfelehrern oder die blauen Augen hatten nicht ihre Wirkung verfehlt.

In der darauffolgenden Woche sollte ich auf meinen ersten Schüler losgelassen werden. Die nächsten Tage verbunkerte ich mich in meinem Kämmerlein und unterzog mich einem Crash-Auffrischungskurs in Latein. Soweit ich in Erfahrung bringen konnte, sollte ich aber von Herrn Messner in sämtlichen Fächern eingesetzt werden. Im naturwissenschaftlichen Bereich hatte ich allerdings ein unumstößliches Veto eingelegt. Mit Tangens und Co. sollten sich andere herumschlagen.

Erst mit dem unterschriebenen Vertrag in der Tasche hatte ich Werner von meinem neuen Engagement berichtet. Werner kannte das schon. Berichtet wurde erst, wenn die Sache bereits eingetütet war. Vielleicht waren das Relikte aus einer Zeit, in der ich die Dinge mit mir selber auszumachen pflegte. Ich brauchte niemanden, der mit mir bibberte oder bangte. Gedanken wälzte ich alleine im stillen Kämmerlein. War die Sache schließlich von Erfolg gekrönt, teilte ich meine Freude gerne mit anderen. Ängste und Sorgen nicht.

Eigentlich war ich früher davon ausgegangen, dass mir nur die „richtige" Person fehlte, der ich mich hätte anvertrauen können. Mit Werner hatte ich aber inzwischen jemand an der Seite, der eigentlich wie für diese Aufgabe geschaffen war. Trotzdem zog ich mich bei übergroßem Druck und in angstvollen Situationen immer noch in mich zurück und konnte auch erst darüber sprechen, wenn die Sache für mich ausgestanden war.

Früher hatte ich mich gegen die Vorstellung gewehrt, dass letztendlich jeder Mensch eine Insel wäre. Diese Vorstellung fand ich anfangs grausam und frustrierend, bedeutete dies doch, dass jeder im Endeffekt auf sich selber angewiesen war. In meinen dunkelsten Momenten fühlte ich aber, dass mir niemand helfen konnte außer ich mir selber. Es kostete mich so viel Energie, anderen zunächst die Ursachen und Umstände meines Problems zu schildern, dass ich schließlich keine Kraft mehr zur Lösung übrig hatte. Ich konnte mich zwar auskotzen und fand sogar mitfühlende Zuhörer, anpacken und bereinigen musste ich die Dinge aber sowieso selber. Natürlich auch dafür Verantwortung tragen, wenn ich mich für den falschen Weg entschieden hatte. Obwohl es umgekehrt schon verdammt verlockend war, die Verantwortung auf einen falschen Ratgeber abzuwälzen.

Wieder erinnerte ich mich an das Zauberwort „Milde", das mich nun seit vielen Jahren begleitete. Es war immer noch besser, selbstständig eine Entscheidung zu treffen und notfalls auch die Konsequenzen auslöffeln zu müssen, als sich von irgendwelchen Ratgebern abhängig und damit unmündig zu machen.

Trotzdem entwickelt jeder seine eigenen Strategien, um sich in ausweglosen, frustrierenden Situationen am eigenen Schopf aus dem Sumpf ziehen zu können. Noch immer hatte ich Phasen, in denen ich mich körperlich schlecht und schwach fühlte. Immer noch machte mir die Verdauung zu schaffen, oftmals plagten mich Blähungen und Durchfälle, wenn ich zu viel Gemüse oder Salat gegessen hatte. Dann musste ich mich zu jedem Schritt aufraffen. Immer noch war es schwer, das richtige Maß, die richtige Nahrungszusammenstellung zu finden.

Die Eintönigkeit meiner Ernährung störte mich allerdings nicht im Geringsten. Ich genoss meine Mahlzeiten, verputzte immer noch mit Wonne Grünzeug und schäumte mir des Abends meine Sojamilch auf. Hielt ich an meiner strengen Routine fest, konnte ich auch sehr schnell an Abweichungen irgendwelche Übeltäter ausmachen, die meiner Haut oder meiner Verdauung schlecht bekamen. Das Wichtigste war für mich, dass ich genügend Power für meine Aktivitäten hatte und gleichzeitig die Haut in gutem Zustand blieb. Mehr wünschte ich mir nicht.

Zwar halfen mir in schwierigen Phasen Gespräche mit anderen Menschen, aus meiner subjektiven Sicht auszusteigen und das Ganze von einer unbeteiligten Warte aus zu betrachten, doch in akuten Phasen der Verzweiflung, des „Schwimmens" zwischen Hoffnung und Resignation, griff ich nach anderen Hilfsmitteln.

Nach wie vor setzte ich auf viel Bewegung. Kam ich im Inneren „zum Stillstand", weil ich zwischen Problemen und deren verschiedenen Lösungsmodellen feststeckte, löste sich „das Innen" leichter, wenn ich äußerlich in Bewegung kam. Ähnlich der Strategie, ganz einfach ans Aufräumen der unmittelbaren Umgebung zu gehen, wenn im Inneren Chaos herrschte.

Seit Ginger bei mir war, zog es mich noch viel öfter in die Wälder. Inzwischen hatte ich sie so weit gebracht, mich auf Ausritte mit Balu zu begleiten. Eine glückliche Zeit brach an.

Meine beiden Vierbeiner waren mein großes Glück. Mit ihnen durch die Natur zu streifen erfüllte mich mit einem Gefühl von innerer Ruhe und Zufriedenheit. Obwohl ich weit davon entfernt war, Tiere als Partnerersatz zu vermenschlichen, begriff ich beide als festen Bestandteil meines Lebens. Balu ermöglichte mir, die Natur von einer anderen, erhöhten Warte aus zu genießen. Im vollen Galopp ließ ich mir den Wind um die Backen pfeifen. Im Winter trieb mir die Kälte die Tränen in die Augen. Selbst wenn ich mich immer auf vertrauten Wegen bewegte, bescherte mir der Wechsel der Jahreszeiten ständig neue Eindrücke.

Wahrscheinlich machte ich einen ziemlich eigenbrötlerischen Eindruck, wenn ich mich vom Stall aus allein auf den Weg machte, um die nächsten Stunden in der Natur zu verbringen. Wobei ich als interessante Begleiterin sowieso ausschied: Ich kannte keine einzige angesagte Bar, hatte keine ausgefeilten Kochrezepte zur Hand und obendrein nicht mal Probleme mit meinem Mann.

Stattdessen lernte ich auf meinen einsamen Streifzügen viel von meinen vierbeinigen Begleitern. Mich faszinierte ihre Bereitschaft, mit mir neue Pfade und Wege zu entdecken, sich meiner Führung anzuvertrauen. Oft waren Gingers warme braune Augen auf mich gerichtet, in Erwartung, dass ich schon den richtigen Weg auswählen und das richtige Tempo bestimmen würde. Angesichts unerwarteter Hindernisse begann Balus unruhiges Ohrenspiel. Er verfiel in tänzelnden, unsicheren Tritt. Ein kleines Erfolgserlebnis war, wenn er sich zwar ängstlich schnaubend, aber trotzdem tapfer an einem unbekannten Objekt vorbeitraute, weil sich meine Gelassenheit auf ihn übertragen hatte. Er setzte Vertrauen in mich. Das tat mir gut.

Was mich auf der anderen Seite faszinierte war die Neugier, welche beide bei unseren Ausflügen an den Tag legten. Da gab es immer wieder so viel Neues zu beschnuppern. Als ob sie mit Kinderaugen jeden Tag die Schönheit der Natur neu entdecken würden. Jedes Kräutlein und jedes Blümchen wurde vorsichtig beäugt, jeder Sonnenstrahl mit einem Freudensprung begrüßt, als sähen sie ihn zum ersten Mal. Ich beobachtete und staunte. Und staunte und freute mich. Ihre Freude war so ansteckend, ihre Neugier so mitreißend. Völlig unmöglich, sich ihrer Begeisterung zu entziehen. Nach einem Ausflug im Wald kehrte ich körperlich angenehm müde, geistig aber erfrischt und aufnahmebereit nach Hause zurück. Nein, ich gehörte definitiv nicht zu den Sportlern, die sich stundenlang an Geräten in muffigen Räumen abarbeiteten. Ich musste raus in die Natur.

Mit Elan und Tatendrang widmete ich mich meinen neuen Schülern. Weil alle Nachhilfelehrer gemeinsam in einem Raum ihre Kinder unterrichteten, konnte ich mir die Lehrmethoden der Kollegen abschauen. Wir waren eine bunt zusammengewürfelte Truppe. Da unterrichtete die gepiercte Rastalocke neben der karierten Lederkrawatte. Die Unterrichtsräume verströmten mit ihrem abblätternden Putz einen morbiden Charme. Da rankten sich kitschige Plastikgirlanden um nüchterne Abflussrohre. Jeder Lehrer fischte sich nach Gutdünken aus einem bunten, chaotischen Stapel Lehrbücher eine Auswahl. Die Tische bogen sich vor dicht beschriebenen Blättern und abgebrochenen Farbstiften. Nebenan schnarrte der Kopierer im Dauerbetrieb. Pädagogisch aufgemotztes Interieur suchte man hier vergebens. Trotzdem schwitzten gebeugte Rücken über kniffligen Aufgaben, und es wurde lautstark über die besten Lösungsmethoden diskutiert.

Am Nebentisch wurde gerade ein hartnäckiger Französischsatz in seine Bestandteile zerlegt. Die Räume schwirrten vor Stimmen, Stifte kratzten übers Papier, fluchend wurde nach der richtigen Formel gesucht. Mein erster Eindruck: Chaos!

Trotzdem nahm mir der unkonventionelle Umgang gleich zu Beginn jegliche Hemmungen. Nach anfänglichem Zögern tat ich es bald meinen Mitstreitern gleich und tauchte heftig gestikulierend in die Kommunikation mit meinem Schüler ein. Schnell gewann ich an Mut. Das Wichtigste war, die Kinder möglichst schnell einschätzen zu können. Natürlich war es nicht immer leicht, verletzende Kommentare zu schlucken oder gegen eine Wand aus Opportunismus und Blockadehaltung anzureden. Ich ließ mich nicht beeindrucken.

Für mich taten sich ganz neue Horizonte auf: Ich bekam einen Einblick in die Welt der Jugendlichen, wurde indirekt mit deren Problemen konfrontiert. Ich konnte mir ein Bild von ihrer Denkweise, von ihren Träumen, Zielen und Idealen machen. Insgeheim verglich ich sie mit meinen eigenen, stellte Parallelen oder Unterschiede fest. Beobachtete Veränderungen und Trends, machte mir im Stillen Gedanken über das Warum und Wieso.

Mit Jugendlichen befasste ich mich sehr gerne. Ihre Neugier und Unbekümmertheit fand ich unverbraucht und inspirierend. Kleine Kinder interessierten mich weniger. Ich brauchte Ansprechpartner, die bereits reflektierten, sich Gedanken über ihre Umwelt machten. Frische, unkonventionelle Ideen überraschten und faszinierten mich, genauso wie mich abgestumpfte Angepasstheit und Denkfaulheit nachdenklich stimmten.

So unterschiedlich die Kinder in ihren Neigungen und Begabungen, so schillernd war die Palette an Erfahrungen, die ich sammeln durfte. Im Umgang mit den Schülern ebenso wie in der Lehrmethode ließ uns Herr Messner völlig freie Hand. Wir mussten keine Listen über Leistungsnachweise führen, keine Rechenschaft über den Inhalt des Unterrichts ablegen. Schüler und Eltern mussten mit dem Output zufrieden sein, das allein zählte.

Obwohl ich im Lauf der Zeit über einen Stamm an Schülern verfügte, hatte ich doch nie einen geregelten Stundenplan. Vormittags klingelte bei mir das Telefon und Herr Messner informierte mich, welche Schüler nachmittags auf mich warteten. Eigentlich war ich ständig auf Abrufbereitschaft, was mich aber nicht störte. Bis Mittag war ich mit meinen beiden Vierbeinern beschäftigt, nachmittags konnte ich mich ungestört meinem Unterricht widmen. Abends stand Sauna auf dem Programm. Ein perfekter Tagesrhythmus!

Das Unterrichten machte mir nicht nur außerordentlich Spaß, es möbelte auch mein Selbstwertgefühl gehörig auf. Ich traue mich kaum, es zu sagen, aber anfangs konnte ich fast nicht glauben, wie begriffsstutzig manche Schüler waren. Unruhig begann ich auf meinem Stühlchen zu zappeln, wenn die richtigen Antworten nach gefühlten Minuten immer noch auf sich warten ließen. Hastig formulierte ich um, überprüfte kritisch meine Erklärungen, suchte verzweifelt nach Lücken in meiner Didaktik.

Mit der Zeit fiel es mir langsam wie Schuppen von den Augen: So dumm, wie ich mich im Vergleich zu Rudi immer gehalten hatte, war ich gar nicht! Eine wahre Offenbarung! Da turnten ja unzählige Gestalten auf Erden, die nicht im Ansatz einen so rasanten Output hatten wie ich. Diese Erfahrung bewirkte zweierlei: Ich bremste meine angeborene Ungeduld im Umgang mit den Schülern und unterzog gleichzeitig meine eigenen Leistungsansprüche einer kritischen Prüfung. Erfreut registrierte ich, dass sich nicht etwa ein Gefühl von Arroganz und Hochmut einstellte, sondern eine angenehme Entspanntheit. Mir war, als würde jahrelanger Druck von meinen Schultern genommen.

Diese Lockerheit konnte ich auch an meine Schüler weitergeben. Ich wähnte mich nicht ständig auf dem Prüfstand, hatte nicht dauernd Angst, mir könnte eine Wissenslücke oder Schwäche nachgewiesen werden. Ich klammerte mich nicht mehr streng an vorgefertigtes Unterrichtsmaterial oder sonstige Vorgaben. Immer mehr experimentierte ich mit eigenen Ideen, versuchte, die Schüler bei ihren individuellen Vorlieben und Stärken zu packen. Eine spielerisch veranlagte Schülerin bekam dann halt ein Puzzle mit lateinischen Wortfetzen und ein kleiner Fußballfan suchte mir Satzglieder aus dem Kicker. Glücklich war ich, als die Kinder mir freudestrahlend ihre Aufgaben präsentierten.

Natürlich gab es auch Fälle, an denen ich mir die Zähne ausbiss. Kleine Phlegmas, die unter keinen Umständen aus ihrer Lethargie zu locken waren. Verwöhnte Null-Bock-Prinzessinnen, die mit verkniffenem Schmollmund jegliche Bemühung boykottierten. Aber diese Misserfolge nahm ich nicht mehr persönlich.

Trotzdem war es für mich nicht leicht zu akzeptieren, dass mich manche Kinder anstrengend, fordernd und streng fanden. Ich machte mir aber keinen Kopf mehr darum, ob ich bei allen gleichermaßen gut ankam. Gefallen um jeden Preis wollte ich nicht. Wie im richtigen Leben gab es nun mal Charaktere, mit denen ich schlechter zurechtkam. Es konnte ja nicht sein, dass man sich mit allen bestens verstand. Diesem Trugschluss war ich lange aufgesessen. Je mehr ich mich aber nach allen Seiten verbog, um es allen recht zu machen, desto mehr büßte ich auch noch die Sympathien der „richtigen" Freunde ein, die sich verständlicherweise vor den Kopf gestoßen fühlten, wenn ich offensichtliche Idioten mit derselben Freundlichkeit behandelte.

Gerade wollte ich mich in meinem Glück behaglich zurücklehnen, als neues Ungemach drohte. Balu war in der Halle im Galopp einfach zur Seite weggeknickt und umgefallen. Zum Glück verletzte sich die Freundin nicht, die ihn gerade ritt. Beide fanden sich verdutzt, aber unversehrt auf dem Hallenboden wieder. Trotzdem gab mir dieser Vorfall Anlass zur Sorge und ich konsultierte einen Tierarzt. Bisher war ich immer davor zurückgeschreckt, das offenbar nicht ganz funktionsfähige Bein von Balu genauer untersuchen zu lassen. Jetzt aber wurde ich mir der Verantwortung bewusst, die ich nicht nur den beiden Freundinnen gegenüber hatte, die ihn regelmäßig ritten, sondern auch mir selbst gegenüber. Einen weiteren, unsanften Abgang würde meine Schulter sicher nicht gut wegstecken. Wenn dieser Riesengaul mich unter sich begrub, war ich platt wie eine Flunder.

Gespannt beobachtete ich den Tierarzt, als er Balu unzähligen Tests unterzog. Er verband ihm die Augen, stellte ihn auf drei Beine, testete auf viele Arten seine Reaktion. Das Ergebnis war niederschmetternd. Balu war eine tickende Zeitbombe. Offenbar hatte das Pferd keine Kontrolle über das rechte Vorderbein. Bei unebener Unterlage oder Trittunsicherheit konnte es jederzeit unter mir wegknicken. Es brachte sich nicht automatisch ins Gleichgewicht, wie das bei gesunden Pferden instinktiv geschah. Der Tierarzt beglückwünschte mich, dass mir bisher noch nichts passiert war. An meiner Stelle würde er das Schicksal nicht länger herausfordern. Das Untersuchungsergebnis und die Empfehlung des Tierarztes ließ ich mir schriftlich geben. Ich musste das schwarz auf weiß haben, so kapierte ich es vielleicht leichter.

Ich flüchtete in den Wald. Während ich ziellos durch die Gegend lief, versuchte ich den Schlag verstandesmäßig zu verdauen. Von Gefühlen ließ ich mich selten übermannen. Der Verstand arbeitete. War es gut oder schlecht? Ich machte mich sofort daran, die neue Situation nach allen Richtungen auszuleuchten.

Was sollte ich mit Balu machen? Wie sollte es weitergehen?

Ich klammerte mich an die Tatsache, dass Balu bei mir eine schöne Zeit verbracht hatte. Wäre er im Schulbetrieb in Berlin geblieben, würde er sicher schon auf himmlischen Koppeln galoppieren.

Viele Möglichkeiten hatte ich nicht. Alt war Balu noch nicht. Kerngesund obendrein. Natürlich konnte ich ihn für die nächsten Jahre irgendwo auf die Weide stellen. Wobei ich weiterhin die volle Verantwortung trug und laufende Kosten. Als ich die vorsichtige Überlegung anstellte, Balu einschläfern zu lassen, tobte eine Welle der Entrüstung durch den Stall. Mir wurde Hartherzigkeit, mangelnde Tierliebe und rein ökonomische Denkweise an den Kopf geworfen.

Inzwischen hatte ich aber mit Werner diverse Weiden für Pferderentner einer Inspektion unterzogen. Das Ergebnis war in den wenigsten Fällen erfreulich. Da dümpelten abgehalfterte Mähren abgestumpft in irgendeinem Eck. Manche Tiere waren von der Herde an den Rand gedrängt worden und fristeten ein eher jämmerliches Dasein. Dann doch lieber ein paar schöne Jahre und dann Schluss. Zumindest war das meine Einstellung. Wie immer war Werner mein bester Ratgeber. Wir diskutierten die Möglichkeiten, erwogen gemeinsam das Für und Wider. Vor ihm brauchte ich mich nicht moralisch zu rechtfertigen, er kannte mich gut genug, um meine Beweggründe nachzuvollziehen.

Die winzige Wahrscheinlichkeit, Balu als Beistellpferd vermitteln zu können, tendierte gegen null. Wer wollte schon einen wahren Riesen durchfüttern, bloß um ein wenig Gesellschaft für das eigene Pferd zu haben. Hätte es sich um ein Pony oder einen Esel gehandelt, ich hätte ihn sicher unterbringen können.

Schließlich hörte ich mich auch bei Daniela in München um. Sie gab mir den entscheidenden Tipp, Balu ins Internet zu stellen. Vielleicht zeigte ja irgendjemand Interesse an einem Pferd, auch wenn es nicht mehr reitbar war. Nach wenigen Tagen hätte ich Balu an einen Herrn in Niedersachsen geben können, der ein Jugendheim leitete und Balu gerne gehabt hätte, um Kinder auf ihm herumführen zu können. Nur ein wenig im Schritt. Die beigefügten Fotos der Stallungen machten allerdings einen recht verwahrlosten Eindruck. Außerdem mochte es Balu gar nicht, wenn Kinder an ihm herumzerrten. Das war sicher kein Schicksal, das ihm schmecken würde.

Da erhielt ich eines Tages einen Anruf einer Dame aus Ostfriesland, die Pferde mit Handicaps aufnahm und bis zum Lebensende pflegte. Ich konnte zunächst nicht glauben, was ich da hörte. Ihre kleine Tochter hatte Balus Bild im Internet entdeckt und lag nun ihrer Mutter in den Ohren, dieses Pferd unbedingt retten zu wollen.

Nach etlichen Telefonaten war der Deal perfekt. Balu wurde von der Dame auf eigene Kosten mit einem Pferdetaxi abgeholt und in eine nahe gelegene Pferdeklinik gebracht, um abzuklären, ob man aus ärztlicher Sicht noch etwas für Balu tun könnte. Danach sollte er zu ihr auf den Hof gebracht werden und in ihre Herde aufgenommen werden. Frau Wagner hatte bereits etliche

Pferde aus dem Tierschutz aufgenommen. Ponys, Hunde und Katzen komplettierten ihren Privatzoo. Zwischen uns entstand ein reger Mailkontakt. Wir tauschten unsere Lebensgeschichten aus, wurden uns immer sympathischer. Ich konnte mein Glück kaum fassen. Balu würde einen herrlichen Lebensabend fristen, konnte sich auf ostfriesischen Weiden austoben und hatte obendrein Gesellschaft. Ich war restlos glücklich!

Als nach wenigen Wochen der Abholtransporter auf den Hof fuhr, schaffte ich es noch, Balu ruhig in den Wagen zu geleiten. Dann taten sich auch bei mir die Schleusen auf. Als er aus meinem Blickfeld entschwand, heulte ich Rotz und Wasser. Zum Glück sah mich niemand.

Ein halbes Jahr später besuchten wir Balu in seiner neuen Heimat. Leider war Frau Wagner gerade zu dieser Zeit im Ausland, aber wir konnten uns mit eigenen Augen ein Bild von seinem Glück machen. Ich bin sicher, er weinte mir keine einzige Träne nach. Selbst die schönsten Ausritte waren ein müder Abklatsch im Vergleich zu der unendlichen Freiheit, die er hier genoss.

Wahrscheinlich war ich doch ein kaltschnäuziger Eisblock, denn nach wenigen Wochen Pferdeabstinenz siegte die Sehnsucht, wieder auf einem Pferderücken zu sitzen. Ein eigenes Pferd hingegen wollte ich nicht mehr. Balu blieb einzigartig.

Die beiden Freundinnen, die Balu geritten hatten, nahmen mich mit in die Nähe von Nürnberg, wo es einen herrlichen Stall gab, in dem an die zweihundert Pferde in Offenstallhaltung auf der Weide lebten. Nach der Erfahrung mit Pferdehaltung in Einzelhaft schienen mir diese Tiere das große Los gezogen zu haben. Nachts standen sie in einer riesigen Herde auf großen Weiden, tagsüber waren sie in zwei großen Ställen untergebracht, in denen sie sich frei bewegen konnten.

Inge und Hans, die Besitzer, hatten ihren Laden hervorragend im Griff. Es herrschte strikte Aufgabentrennung: Hans war für die landwirtschaftliche Bewirtschaftung zuständig, Inge kümmerte sich um die Pferde und gab Reitunterricht. Ihre offene, unkomplizierte Art machte sie mir vom ersten Augenblick an sympathisch. Man durfte sogar in Zweiergruppen ohne anderweitige Begleitung ausreiten. Schnell fand ich die überaus nette Birgit, mit der ich mich regelmäßig zum Ausreiten verabredete. In meiner aussichtslosen Situation vor wenigen Wochen hätte

ich mir nie träumen lassen, dass sich solche Möglichkeiten ergeben könnten. Wieder einmal die Erfahrung, dass Loslassen oft
ungeahnte, neue Chancen eröffnete.

Warum also kleben wir so oft am vermeintlich optimalen Status quo und versuchen, ihn wie unter einer Schicht Siegellack zu
konservieren?

Geschwisterliche Verstrickungen

Kaum hatte ich mich bei Inge und in der neuen Situation bequem eingerichtet, als mir Werner eröffnete, sich von Siemens trennen zu wollen.

„Ich kann mich doch nicht so ganz mit der dortigen Firmenkultur identifizieren", druckste er heraus.

Mit Mühe konnte ich ein süffisantes Lächeln unterdrücken. Das dortige Umfeld reagierte geschockt, dass man sich freiwillig aus der großherzigen Siemensfamilie und den inzwischen erworbenen Privilegien verabschieden wollte. Unter all seinen Eigenschaften liebte ich an Werner besonders, dass er nicht bestechlich war und eisern an seinen Prinzipien und Werten festhielt.

Nach vier Jahren ländlicher Idylle im fränkischen Outback zog es uns wieder Richtung Großstadt. Unser Ziel war München. Dort hatte Werner ein Jobangebot einer kleinen Unternehmensberatung an Land gezogen. Zum ersten Mal war der gewünschte Wohnort ausschlaggebend für die Jobwahl. Bisher war es immer umgekehrt gewesen.

Noch immer existierte das kleine Reihenhäuschen, wo ich zu meiner Siemens-Zeit gewohnt hatte. Wir kündigten den derzeitigen Mietern wegen Eigenbedarfs und gaben der Familie noch ein Jahr Zeit, sich eine neue Bleibe zu suchen. Die Zwischenzeit überbrückten wir mit Pendeln.

Zum wiederholten Male sollte ich, nun in Nürnberg, alles zurücklassen, was ich mir mühsam aufgebaut hatte. Wo ich doch gerade so glücklich mit meinem Leben war. Trotzdem musste ich Werners Einwand zustimmen, dass wir uns in Nürnberg nie so richtig heimisch gefühlt hatten. Insofern freute ich mich auf meine alte Heimat, auf das liebgewordene Häuschen, in das wir nun gemeinsam einziehen wollten. Wieder einmal schauten wir nach vorne, hielten uns vor Augen, was wir durch unseren Umzug an Lebensqualität gewinnen würden, freuten uns auf unsere alten Freunde und die Nähe zu den Bergen. An meiner Wehmut änderte das nichts.

Vor einigen Monaten hatte sich Rudi nach seinem Rückzug aus dem Bankerleben mit dem Erwerb einer kleinen, idyllischen Berghütte in der Nähe von Klosters einen Lebenstraum erfüllt.

Sein Plan, diese Hütte, das „Gemsli", zusammen mit seiner damaligen Partnerin zu bewirtschaften, zerschlug sich, als die Beziehung kurz vor Saisonstart zerbrach.

Spontan bot Werner seine Hilfe an. Rudi konnte sein Glück kaum fassen, als Werner kurzerhand den Antritt seiner neuen Arbeitsstelle in München um etliche Monate verschob, damit wir gemeinsam bei Rudi auf dem Gemsli mit anpacken konnten. Kaum hatten wir alles in die Wege geleitet, wollte Rudi der Beziehung eine zweite (oder dritte oder vierte) Chance geben. Ziemlich unsanft wurden Werner und ich wieder ausgebootet. Noch Wochen vorher hatte ich mein Glück kaum fassen können. Den Sommer auf einer Berghütte zu verbringen, war schon immer mein großer Kindheitstraum gewesen.

Sommerferien in Davos. Im besten Teeniealter von etwa 13 Jahren zählte Wandern nicht unbedingt zu meinen favorisierten Outdooraktivitäten. Leider scherte sich die wanderwütige Familie nicht um meine Wünsche. Mein momentaner Ferienfavorit war ein kleines Pferd im dortigen Reitstall, auf dem ich mir einige Reitstunden erkämpft hatte. Der spontane Entschluss meines Vaters, einige Tage in Zermatt zu verbringen, riss mich jäh aus meinen reiterlichen Tagträumen. Unfassbar, dass ich gerade jetzt mein heiß geliebtes Pferd sausen lassen sollte, weil meine Eltern in einer nostalgischen Anwandlung ihr ehemaliges Bergparadies wiedersehen wollten.

Natürlich war mein Bruder begeistert, wurde ihm doch in Aussicht gestellt, dort seinen ersten Viertausender besteigen zu dürfen. Eine echte Unterstützung für mich. Rudi schwebte, das Gipfelglück vor Augen, mit glückseligem Gesicht durch die Gegend. Voller Elan mietete man sich kurzfristig in einer kleinen Pension in Zermatt ein. Während meine Familie auf der Bahnfahrt mit vielen Ahs und Ohs ihre Köpfe aus dem Fenster hängte, verschanzte ich mich schmollend hinter meiner sauertöpfischen Miene. Wenn sie mir schon die Freude verdarben, spielte ich jetzt eben meine familiäre Paraderolle als saure Gurke.

Bei unserer Ankunft konnte ich mich einer kleinen Schadenfreude nicht erwehren, als meine Eltern vergeblich hinter der gestylten Häuserkulisse das kleine, verschlafene Bergdorf suchten, das sie in ihrer Erinnerung vor Augen hatten. Dauerregen und eine unbeheizte Unterkunft taten ihr Übriges. Ohne dass ich mein destruktives Potenzial zum Einsatz bringen musste, war die Stimmung auf dem Tiefpunkt.

Gewandert wurde trotzdem. Wozu gab es ordentliche Regenkleidung? Zudem musste an Rudis Kondition für seinen Viertausender gefeilt werden. Da feilte die ganze Familie eben mit. Rudis Erstbesteigung wurde einem erfahrenen Bergführer in die Hände gelegt, der auch schon vor gefühlten Jahrhunderten meine Eltern zu höchsten Gipfelstürmen begleitet hatte. Dieser alte Haudegen bewirtschaftete auch die Berghütte, von der aus der Aufstieg in Angriff genommen werden sollte.

Irgendwie hatte dieser alte Bergler nicht nur ein Händchen für Gipfelstürme, sondern auch einen Blick für die menschliche Psyche. Ziemlich schnell erkannte er an meinem gequälten Grinsen, dass mir eine seelische Aufmunterung nicht schaden konnte. Spontan machte er meinen Eltern den Vorschlag, uns beide Kinder mit auf seine Hütte zu nehmen. Am ersten Tag wollte er mit Rudi eine kleinere Wanderung machen, am darauffolgenden Tag dann mit ihm auf den Viertausender. Währenddessen konnte ich auf der Hütte bleiben und dort meine Zeit verbringen.

Allein die Aussicht, zwei Tage der Obhut meiner Eltern zu entfliehen, ließ mich jedem noch so zweifelhaften Vorschlag begeistert zustimmen. Meine Eltern brachten uns also auf die Hütte und machten sich nach einer Brotzeit beruhigt an den Abstieg, wussten sie uns dort oben doch in bester Obhut. Mein Bruder machte sich gleich mal ans Holzhacken. Ein Fehler, den er am nächsten Tag mit eingeschränkter körperlicher Konstitution zu büßen hatte.

Ich war endlich mir selbst überlassen und streunte durch die Hütte, erkundete dunkle Ecken, zog jede Tür auf und landete schließlich in der Küche. Ich schaute begeistert zu, wie Herr Lerjen in einem großen Suppentopf rührte. Natürlich wollte ich mitmachen.

„Such dir einfach Arbeit", ermunterte er mich anzupacken und zu tun, was mir in den Sinn kam.

Zuerst knöpfte ich mir den Schuhkasten vor, in dem Berge von Hausschuhen auf die müden Übernachtungsgäste warteten. Ich räumte alles auf den Boden, wischte die Fächer aus und sortierte dann alles nach Größe und Farbe. Herr Lerjen war von meinem Werk begeistert. Tatendurstig schwärmte ich über die umliegenden Wiesen und kam mit Armen voller Blumen zurück, die ich auf den grob gezimmerten Tischen drapieren wollte. Auf dem Speicher entdeckte ich verstaubte Gläser, die ich kurzerhand zu Blumenvasen umfunktionierte. Herr Lerjen ließ mich lächelnd gewähren. Wie schmuck der Laden dadurch aussah!

Jetzt trudelten die ersten hungrigen Bergsteiger ein und wollten verköstigt werden. Ich lief zur Hochform auf. Mit vor Aufregung hoch-

*rotem Kopf balancierte ich die gefüllten Suppentassen durch die Gänge,
um sie dann erleichtert und mit strahlendem Grinsen den Gästen vor
den Bauch zu schieben. Selig war ich, wenn man mir mit einem freundlichen Lächeln dankte.*

*Bis die letzten Gäste im Bett waren, schrubbte ich mit Herrn Lerjen
zusammen das Besteck in der Spüle und deckte den Frühstückstisch
für den nächsten Morgen ein. Dann sank ich todmüde und glücklich
neben Rudi in die Koje. Früh am nächsten Morgen werkelte ich an der
Seite einer netten Frau, die sich um das Frühstück kümmerte. Herr
Lerjen hatte sich schon im Morgengrauen mit Rudi zur Bergtour auf-
gemacht.*

*Als ich mich schweren Herzens nach zwei Tagen von Herrn Lerjen
verabschiedete, hatte ich einen neuen Traum: Hüttenwirtin!*

Aus diesem Traum hatte mich mein Bruder soeben ziemlich unsanft gerissen. Obendrein waren die alten Konflikte zwischen
uns wieder aufgebrochen. Wir umkreisten uns im alten Schema:
Während der Trennungszeit von seiner Freundin hatte ich ihm
rund um die Uhr für die telefonische Seelenmassage zur Verfügung gestanden. Weil wir im Grunde mit ähnlichen Defiziten zu
kämpfen hatten, kannte ich seine Gefühle nur zu gut. Aufgrund
meiner eigenen Erfahrungen versuchte ich, ihm einen Weg aus
diesem Gefühlschaos zu bahnen. Ich litt mit ihm.

War seine gefühlsmäßige Talsohle allerdings durchschritten,
brach der Kontakt von seiner Seite schlagartig ab. Offensichtlich
schämte sich Rudi dann im Nachhinein, dass er sich seiner Schwester geöffnet und Rat erbeten hatte. So wenigstens war mein subjek-
tives Empfinden. Ich im Gegenzug erwartete für meine „geleiste-
ten Dienste" seine offen gezeigte Anerkennung. Darauf wartete ich
allerdings lange. Je mehr ich ihn erbittert um einen kleinen Zunei-
gungsbeweis bedrängte, umso mehr zog er sich in sein Schneckenhaus zurück. Davor baute ich mich dann erzürnt auf, um ihm mit
meiner geballten Wortkraft eins über die Rübe zu ziehen, sollte sich
auch nur ein kleines Fühlerchen in meine Richtung ausfahren.

Es war zum Verrücktwerden! Immer hatte ich von meinem
tollen Bruder geschwärmt, hatte ihn in leuchtenden Farben dar-
gestellt, ihn auf ein Podest gehoben. Warum machte er das umgekehrt nicht genauso? Tief drinnen nagte sogar die Angst, dass
er sich meiner schämte.

Werner versuchte mir währenddessen zu erklären, dass unser geschwisterliches Verhältnis sowieso enger und herzlicher wäre als normal. Mit seinen Geschwistern hatte er nie einen ähnlich intensiven Austausch gepflegt. Im Umfeld zeigte mir Werner an unzähligen Beispielen, dass ein abgeklärtes, distanziertes Verhältnis zwischen Geschwistern eher der Norm entspräche als unsere enge Verbundenheit. Ich wollte das nicht verstehen. Ich konnte einfach Rudis Verhalten nicht akzeptieren. Ich konnte mir nicht einreden, dass es mich nicht verletzte. Jedes noch so nüchterne, rationale Argument biss sich an meinem emotionalen Starrsinn die Zähne aus.

Das Verhältnis zu meinem Bruder nagte an mir. Im Grunde hatte ich ihn als Vaterfigur angenommen, von dessen Anerkennung alles abhing. Auch wenn ich mit Werner in unzähligen Gesprächen dieses verzwickte Verhältnis von allen Seiten beleuchtete, rauschte ich immer wieder gnadenlos in die alten Verhaltensmuster.

Am meisten aber schämte ich mich Werner gegenüber. Hier war ein Mann, der mich mit Liebe und Anerkennung überhäufte und ich Idiot hockte vor Rudis Mauseloch, drapierte liebevoll Käsestückchen vor dem Eingang, machte mit piepsigem Stimmchen auf mich aufmerksam, damit er in einer Anwandlung von Neugier und Genervtheit mal kurz den Kopf aus dem Loch streckte. Rudi selber merkte von meinen Anstrengungen nichts, war er es doch gewohnt, von allen Seiten Aufmerksamkeit und Zuspruch einzufahren. Außerdem war mir rational sehr wohl klar, dass es auch nicht seine Aufgabe war, der Schwester Anerkennung zu zollen.

Unser unterschiedliches Temperament erschwerte die Kommunikation zusätzlich. Konfrontationen empfand Rudi als äußerst unangenehm. Meine direkte, gnadenlos offene Art verbunden mit meinem zielsicheren Talent, seine wundesten Punkte zu treffen, machte mich sicher nicht zur angenehmen Gesprächspartnerin. Sosehr ich mich auch verstellte, bettelte, mich anpasste oder verbog, sosehr ich auch schüttelte und rüttelte, nie schwappte aus dem Fass dieser große Schwall geballter, überschäumender Zuneigung, auf den ich so sehnlich gewartet hatte.

Die Lösung konnte nur sein, dass ich mich endlich von dieser verdammten Gier nach Anerkennung lösen musste. Ich wusste doch inzwischen, dass mir Anerkennung von außen nie dieses innere Defizit füllen konnte. Auch ein erfüllender Beruf würde mich nicht zufriedener machen. Nicht Reichtum und auch keine Schönheit. Selbst die Anerkennung von Werner hatte das nicht geschafft.

Woher kam nur dieses Gefühl von Mangel, dieses Gefühl von Minderwertigkeit?

Die Sache musste ich von innen angehen, ich musste meine Einstellung ändern. Meine Einstellung mir selber gegenüber. Denn offenbar hatte ich noch nicht genügend Vertrauen in meine eigene Person. Sonst bräuchte ich mir doch nicht ständig von außen die Rückmeldung zu holen, dass ich doch eigentlich eine ganz nette Person wäre.

Solange ich nicht selbst davon überzeugt war, konnte mich auch kein anderer davon überzeugen.

Glückliche Wendungen

Nach einem knappen Jahr bei der Unternehmensberatung in München stellte ich bei Werner erste Veränderungen fest. Anstatt zufrieden und glücklich den Umzug und die Zukunft in München zu planen, versank Werner in seltsame Lethargie. Zuerst maß ich diesen Befindlichkeiten keine allzu große Bedeutung bei. Ich schob seine gedämpfte Stimmung auf den Umstand, dass momentan bei uns vieles im Umbruch war. Möglicherweise zerrte auch die ständige Pendelei von Nürnberg nach München an seinen Nerven. Trotzdem beobachtete ich die Entwicklung.

Hatte er mir bisher täglich bereitwillig und ausführlich von seinem Arbeitstag berichtet, zeigte er sich jetzt wortkarg und einsilbig. Das war ja völlig neu!

So leicht ließ ich mich nicht abwimmeln. Zuerst hatte ich es mit einem Bombardement aus Fragen probiert. So war ich nicht weitergekommen. Jetzt stellte ich es raffinierter an. Ich schnitt allgemeine Themen an, um mich dann letztendlich doch wieder über Umwege an die neuralgischen Punkte heranzupirschen. Darin bin ich ziemlich gut. Dabei interessierte mich das Arbeitsumfeld genauso wie die Art der Tätigkeit. Nette Kollegen schien er zu haben und der Arbeitsinhalt füllte ihn laut seiner Aussage ebenfalls aus. Ich war zunehmend ratlos.

Nach einem Routinearztbesuch wurde dann bei Werner Bluthochdruck festgestellt. Meine Ahnung hatte mich also nicht betrogen, er musste einem ungeheuren Druck ausgesetzt sein. Auch wenn er die Diagnose bagatellisierte und Tabletten schluckte, war er offenbar ins Nachdenken gekommen. Ich traf ihn immer öfter in grübelnder Stimmung vor. Gnadenlos zerrte ich ihn dann vom Sofa und schleifte ihn in den Wald. An der frischen Luft und mit der Bewegung löste sich am ehesten seine Zunge.

Eines Tages hatte ich ihn nach langem Umkreisen und Nachbohren endlich so weit, dass er die Katze aus dem Sack ließ: Verbale Kommunikation war stets seine Stärke gewesen, die er auch als Berater gut ausspielen konnte. Allerdings machte ihm die schriftliche Aufbereitung zu schaffen. Hier traten seine Defizite als gebürtiger Schweizer zutage. Viele seiner Formulierungen flossen in holprigem Deutsch aufs Papier. Bei Aufträgen, bei denen ihm eine Assistentin zur Seite gestellt wurde, fiel dieses Manko nicht ins

Gewicht. Blieb er aber auf sich alleine gestellt, geriet er ins Schlingern. Hinzu kam, fast im Stundentakt seine Leistung dokumentieren zu müssen. Der Druck lastete immer schwerer auf ihm.

Zum ersten Mal in seinem Leben peinigten ihn Versagensängste. Außerdem vermisste er den Halt eines feststehenden Teams. Ständig als Berater in fremde Firmen geschickt zu werden und dabei als Einzelkämpfer isoliert im Fokus der Belegschaft zu stehen, behagte ihm überhaupt nicht. Ihm fehlte sozialer Kontakt, den ihm ein wechselnd zusammengewürfeltes Team nicht beständig bieten konnte. So aber fühlte er sich von Kollegen abgeschottet, tippelte einsam in die Kantine und saß des Abends allein im Restaurant. Werner war kein Einzelkämpfer.

Zum Glück blieben wir immer im Gespräch. Trotzdem beobachtete ich mit Sorge, wie er in ein seelisches Loch zu trudeln drohte. Ich ließ ihn nicht aus den Augen, versuchte mich auf seine Bedürfnisse einzustellen.

Das größte Problem bestand anfangs für mich darin, seine schwankenden Stimmungen nicht auf meine Person zu beziehen. Ständig suchte ich in meinem Verhalten nach Fehlern, die seine Veränderung ausgelöst haben könnten. Werner versicherte mir aber immer wieder, dass ich nicht die Ursache seiner Probleme wäre. Nach und nach glaubte ich ihm und entspannte mich.

Zusammen suchten wir nach Gründen, die seine Krise ausgelöst haben könnten und entwarfen Strategien, wie er sich aus diesem seelischen Tal befreien könnte. Ist man selber in einer solchen Situation gefangen, verliert man schnell den objektiven Blick. Jetzt konnte ich ihm eine klarere Sicht auf die Zusammenhänge verschaffen.

Die Lage verschärfte sich, als Werner auf ein Projekt in der Pharmaindustrie angesetzt wurde. Hier wurde mit Bandagen gekämpft, denen Werner zwar gewachsen war, aber nicht gewillt, sich deren Spielregeln zu unterwerfen. Die Unternehmenskultur, die Arbeitsethik, alles widerstrebte ihm grundlegend.

Glücklicherweise musste er nicht länger in dieser Situation ausharren. Mit seiner Berufserfahrung standen ihm Alternativen zur Wahl. Obwohl er erst vor wenigen Monaten die neue Stelle angetreten hatte, dachte er an Kündigung. Dann allerdings war sein künftiger Arbeitsort wieder völlig offen. Wir hatten aber jetzt alle Weichen in Richtung München gestellt, der Umzug war geplant und sollte in einem halben Jahr über die Bühne gehen. Wir konnten das Ganze nicht mehr rückgängig machen. Außerdem wollten wir beide dorthin.

Wir einigten uns darauf, den Umzug wie geplant durchzuziehen und notfalls weiteres Pendeln in Kauf zu nehmen, falls Werner arbeitstechnisch in einer anderen Stadt tätig sein müsste. Ich wusste, dass er seinen Elan, seine Lebensfreude und seinen Enthusiasmus nur entwickeln konnte, wenn ihm sein Job Anerkennung und Erfüllung brachte. Hierzu konnte ich wenigstens einen kleinen Teil beitragen und ihn ermutigen, keine Rücksicht auf mich zu nehmen. Ringsum hatten wir hin und wieder gehört, wie die Versetzung eines Mitarbeiters oft an der Blockadehaltung der Partnerin scheiterte. Mit meiner Rückendeckung fasste Werner neuen Mut und machte sich engagiert an die Arbeitssuche. Vorher hatte er seinen Job bei der Unternehmensberatung gekündigt und wurde mit sofortiger Wirkung freigestellt. Jetzt hatte er einen Zeitpuffer, um sich zu erholen und Kräfte und neue Ideen für seine berufliche Zukunft zu sammeln.

Zeitgleich startete bei Rudi die erste Saison auf dem Gemsli. Nach kaum zwei Wochen warfen seine beiden Teilzeitkräfte im Service das Handtuch. Die Abgeschiedenheit in den Bergen war den beiden Partymäusen wohl aufs Gemüt geschlagen. Händeringend suchte er kurzfristig nach Ersatz. Er klopfte zaghaft bei mir an.

Gekränkter Stolz hin oder her. Ich bot mich als Springerin an. Die Nachhilfe in Nürnberg war nach meiner Kündigung am Auslaufen, der Umzug nach München stand erst im Oktober ins Haus. Sooft ich es mit den letzten Nachhilfestunden vereinbaren konnte, düste ich nach Davos und stürzte mich ins Arbeitsdirndl. Schnell hatte man mir das Bedienen der Kasse und sonstige Arbeitsabläufe beigebracht, als ich auch schon mit dem Tablett in der Hand über die Terrasse fegte.

Natürlich wusste ich, dass man mir als Schwester vom Chef mit größerer Nachsicht begegnete als unter normalen Umständen. Ich war von Profis umgeben, die betreten den Blick senkten, wenn sie mich ungelenk die Teller balancieren sahen. Ich gab trotzdem mein Bestes. Der Umgang mit den Gästen, die Bewegung an der frischen Luft, die herrliche Bergkulisse um mich herum. Ich genoss die neue Atmosphäre, blühte auf.

Abends fuhr ich todmüde, aber selig, mit quietschenden Bremsen den steilen Bergpfad hinab. Zum Glück konnte ich in unserer Wohnung in Davos übernachten, die nur wenige Kilometer entfernt lag. Dort hatte ich meine gewohnte Umgebung und konnte meine Akkus wieder aufladen.

Sosehr ich die Gesellschaft tagsüber auf dem Gemsli genoss, am Abend sehnte ich mich nach Ruhe. Wenn sich die kleine Truppe der Angestellten im Aufenthaltsraum neben der Küche zusammenfand, suchte ich mir oft einen stillen Ort auf den umliegenden Hügeln, um wenige Minuten meinen Gedanken nachzuhängen. An diesem Bedürfnis nach Einsamkeit hatte sich nichts geändert.

Auch meine Essgewohnheiten schlossen mich aus der Gemeinschaft aus. Immer noch mümmelte ich alleine meine mitgebrachten Möhrchen und Reisfladen und schlürfte dazu Tee aus der Thermoskanne. Was man über mich redete, bekam ich nicht mit. Mich schützte die Rolle der Schwester. Nach etlichen Wochen glücklicher Arbeit wuchs meine Dankbarkeit meinem Bruder gegenüber, der mir diese wunderbare Chance geboten hatte.

Jetzt kam uns zugute, dass Werner freigestellt war. Sooft er es mit seiner Arbeitssuche vereinbaren konnte, war er in Davos und besuchte mich auf dem Gemsli. Seine Anwesenheit wirkte sich dabei stets Umsatz fördernd aus. Entweder stand er an der Spüle und sorgte für Nachschub an frischem Geschirr, oder er quatschte sich mit seiner kommunikativen Art über die Terrasse. Einzelne ältere Damen, Bikergruppen und alte Schweizer Bekannte hingen dabei gleichermaßen an seinen Lippen und konsumierten eifrig. Arbeit ging auf dem Gemsli nie aus. Nebenbei ging er mit Rudi zum Holzhacken, suchte Pilze und Kräuter für die Küche oder reparierte Sonnenschirme. Die körperliche Arbeit tat ihm gut und lud seine leeren Akkus wieder auf.

Ich selber geriet oft an die Grenzen meiner Belastbarkeit. Manchmal merkte ich während der Arbeit, dass meine Kräfte schwanden. Da halfen ein paar hastig verschlungene Datteln und der unbedingte Wille, mir vor den anderen nicht die geringste Blöße zu geben. Angestrengt lächelnd brachte ich dann meine Dienstschicht zu Ende, glücklich und mit großer Zufriedenheit erfüllt, wenn ich mich von den Gästen verabschieden konnte.

Manchmal wartete dann bereits Werner in Davos auf mich. Anfangs hatte ich große Mühe, mich daran zu gewöhnen, dass ich nach einem anstrengenden Arbeitstag nicht allein in der Wohnung war. Hin und wieder reagierte ich fast ungehalten über seine bloße Anwesenheit. Im selben Augenblick peinigte mich schon mein schlechtes Gewissen, wenn ich ihm nach einer liebevollen Frage ruppig über den Mund gefahren war. Mir schien, als wäre bei der Arbeit mein Nervenkostüm scheibchenweise von mir abgeblättert und ich stünde abends völlig nackt da.

Ich fühlte mich in die Zeiten von Untergewicht zurückversetzt, als mich selbst kleinste Geräusche körperlich gepeinigt hatten. In der Stille dröhnten meine Ohren und wenn ich die Augen schloss, flatterten die Lieder unruhig. Grelles Licht ertrug ich ebenso wenig wie jede Art von Lärm.

Am liebsten bewegte ich mich ruhig und konzentriert in der Wohnung, packte mich in bequeme Hauskleidung und beobachtete Ginger, die zusammengerollt auf ihrem Bettchen lag. Von diesem Hund strömte eine angenehme Ruhe aus ähnlich der frischen Luft, die der Wald verbreitete. Ihre Anwesenheit verschaffte mir ein Gefühl von Geborgenheit und stiller Anteilnahme, ohne dass ich gezwungen war, zu kommunizieren. Einerseits musste und wollte ich mich mit Werner austauschen, andererseits kostete es mich Energie, die ich in diesem Moment nicht hatte. Es dauerte lange, bis Werner meine diesbezüglichen Bedürfnisse erahnt hatte.

In Phasen, in denen es mir besonders schlecht ging, wenn ich das unbedingte Bedürfnis nach Alleinsein hatte, waren Werner und ich auf einen genialen Trick verfallen: Betrat man unsere Wohnung, fiel der Blick sofort auf eine Obstschale, die im Eingangsbereich platziert war. Immer lagen dort Bananen, denn Werner aß sie leidenschaftlich gerne. Wenn ich mich in einer Rückzugsstimmung befand, legte ich einfach die Bananen neben die Schale. War ich hingegen fit und gerüstet für einen angeregten Austausch, lagen die Bananen in der Schale.

Ohne groß zu überlegen oder nachzufragen wusste Werner schon beim Betreten der Wohnung, wie es um mein Kommunikationsbedürfnis stand. Lagen die Bananen neben der Schale, ging er mir aus dem Weg, ließ mich in Ruhe und wartete, bis ich die Bananen wieder in die Schale legte. Zwar mutet das reichlich merkwürdig an, aber dadurch

entschärfte sich manche Situation, in der ich früher unwillig oder pam-
pig reagiert hatte, weil ich mich nicht anders abzuschotten wusste.

Auch wenn ich diese „Macke" des unbedingten Alleinseins nie ganz ablegen konnte, besserte sich die Situation mit den Jahren deutlich. Zum Glück war Werner ähnlich gestrickt. Deswegen besaßen wir auch nie ein Gästezimmer. Auch wenn wir uns beide als egoistische Eigenbrötler outeten, wir hatten zwar gerne Besuch, aber ein paar Stunden waren genug. In unserer gegenseitigen Anwesenheit fühlten wir uns doch am wohlsten.

Oft genügte uns zu wissen, dass sich der andere irgendwo in der Wohnung aufhielt. Jeder wuselte in seinem Zimmer herum und hatte dabei doch das wohlige Gefühl, nicht allein zu sein.

Durch einen alten Bekannten ergatterte Werner schließlich einen neuen Job: Für eine Finnisch-Schweizer-Firma führte er für internationale Projekte einheitliche Standards ein. Er pendelte zwischen München, Zürich und Helsinki. Perfekt!

Kaum war im Herbst die erste Saison auf dem Gemsli abgeschlossen, stand auch schon der Umzug nach München an. Inzwischen besaßen wir eine gewisse Routine. Bereits nach wenigen Wochen hatte sich unser Alltag in München eingespielt.

Leider ließen sich unsere sozialen Kontakte nicht in dem Maße reanimieren, wie wir uns dies anfangs erhofft hatten. Hier wartete niemand mit offenen Armen auf uns. Auch wenn es immer schwierig war, an einem neuen Wohnort Tritt zu fassen, hatten wir es uns in München einfacher vorgestellt. Ich konnte auf meine beiden alten Freundinnen Katja und Daniela zurückgreifen. Mehr brauchte ich nicht.

Werner hingegen fand schwer Anschluss. Manchmal hatte ich den Eindruck, die Münchner würden seiner offenen, herzlichen Art misstrauen, mit der er auf Menschen zuging. Man vermutete unlautere Absichten hinter seiner verdächtig freundlichen Fassade. Werner umgekehrt fühlte sich durch die misstrauische Ablehnung vor den Kopf gestoßen.

Ich versuchte, ihm einige Kontakte zu vermitteln. Ich hätte Werner gerne ein soziales Umfeld geschaffen, in dem er sich wohl fühlte. Wenigstens fanden wir ein Fitnesscenter mit Sauna und Schwimmbad, in dem wir uns täglich nach seiner Arbeit trafen. Zusätzlich aber fehlten Werner Freunde zum Biken oder Tennisspielen. Auch der Kontakt zu seinem Freundeskreis in der Schweiz war inzwischen etwas eingerostet.

Wie hatte sich inzwischen meine Haut entwickelt? Ich kann nicht behaupten, bis dato einen wirklich konstant stabilen Zustand erreicht zu haben. Als sich nach unserem Umzug die Haut verschlechterte, steckte erneut das Leitungswasser dahinter. Nachdem ich es wegließ, verschwanden die Hautausschläge sofort. Wahrscheinlich war wieder der Nitratgehalt des Wassers zu hoch, weil unsere kleine Gemeinde das Trinkwasser aus dem Grundwasser bezog. Das Wasser meiner Mutter hingegen, welches die Stadt München von den Mangfallquellen schöpfte, vertrug ich hervorragend. So betätigte ich mich einmal wöchentlich als mein privater Wasserkurier und zapfte bei meiner Mutter für den eigenen Verbrauch genügend Wasser ab.

Immer noch plagten mich Bauchweh und Durchfall, wenn ich die falschen Lebensmittel erwischt hatte. Auch meine Haut „blühte" an vielen Stellen auf, wenn ich mich nicht an meine erlaubten Nahrungsmittel hielt. Trotzdem war inzwischen eine Art Normalität eingekehrt.

Unsere Freunde wussten um meine Einschränkungen und stellten sich ohne großes Nachfragen darauf ein. Bewegte ich mich in meinem Umfeld, war mir nicht mehr bewusst, dass ich in einigen Dingen von der „Normalität" abwich. Unbewusst klammerte ich mich sogar an diese Routine, die mir Sicherheit gab.

Trotzdem brachten kleinere Veränderungen oft eine Verschlechterung, die ich nicht sofort zuordnen konnte. In solchen Fällen holte ich mir Rat bei Herrn Bieler, der mit dem Pendel zuverlässig den Übeltäter ermittelte.

Claudio brachte mich schließlich auf die Idee, mich unabhängig zu machen und selber mit dem Pendeln zu beginnen. Bei meinem nächsten Besuch drückte er mir ein Pendelset für Anfänger in die Hand, das ich zunächst misstrauisch beäugte. Verschämt packte ich das Ding in die Tasche. Dennoch schloss ich mich in einem unbeobachteten Augenblick ins stille Kämmerlein, um mich neugierig mit dem neuen Gerät zu beschäftigen. Ich las mir das gesamte Handbuch durch und besorgte mir zusätzliche Informationen im Internet.

Anfangs starrte ich wie hypnotisiert auf das Pendel, das unbeweglich in der Luft hing. Nicht einmal die geballte Kraft meiner Gedanken brachte einen winzigen Ausschlag zustande. Wahrscheinlich war ich einfach ein spiritueller Trampel. Ich war frustriert. Ich heftete meinen argwöhnischen Blick auf das widerspenstige Teil. Irgendwie musste ihm doch eine Bewegung zu entlocken sein. Nach etlichen Versuchen steckte ich das Pendel genervt in seine Schachtel zurück. Natürlich konnte ich jetzt einen Kurs besuchen. Aber das war nicht meine Art. Die Nuss wollte ich selber knacken. Bloß jetzt nicht aufgeben.

Wie war das mit den meisten Dingen im Leben? Je krampfhafter man drangeht, desto weniger klappt es. Also sich nicht auf das Pendel fixieren, sondern das Teil locker in der Hand halten und nicht damit rechnen, dass es sich bewegt. Was soll ich sagen? Auf einmal durchzuckte das Pendel ein sanftes Zittern. Zugegeben, das plötzliche, heftige Geschaukel war meine Hand, die vor Überraschung nach oben schnellte. Trotzdem war das Eis gebrochen. Langsam konnte ich auch kreisende Bewegungen ausmachen. Jetzt war ich auf dem richtigen Weg.

Bald zeigten sich die Ausschläge deutlicher. Kreiste das Pendel in einer Rechtsbewegung über dem zu testenden Nahrungsmittel, war es verträglich für mich. Kreiste es hingegen linksherum, sollte ich besser die Finger davon lassen. Man konnte dem Pendel auch im Geiste eine Frage stellen, die es dann mit „Ja" oder „Nein" beantwortete. Ganz zu Beginn musste man nur ermitteln, welcher Ausschlag „Ja" oder „Nein" bedeutete. Das konnte bei verschiedenen Personen unterschiedlich sein.

Ich räumte die Küchenschränke aus und testete mich durch meinen gesamten Lebensmittelvorrat. In den meisten Fällen hatte ich mit meiner Intuition richtig gelegen. Das Pendel bestätigte in groben Zügen meine eigenen Erfahrungswerte. Trotzdem hatte ich Feuer gefangen. Fortan zog ich mit dem Pendel durch den Supermarkt, um mir die verträglichen Lebensmittel zu erpendeln. Wobei ich mit der Zeit herausbekam, dass das Pendel unbekannte Lebensmittel zunächst freigab, hatte man sie aber dann einmal gegessen, konnte es sein, dass das Pendel auf einmal „Nein" sagte. Offenbar musste erst die dementsprechende „Information" im Körper sein.

Ich machte interessante Entdeckungen. Obwohl ich beispielsweise immer davon ausgegangen war, Karotten gehören zu den erlaubten Lebensmitteln, vertrug ich manchmal das gesamte Karottensortiment im Supermarkt nicht. Sogar im Bioladen vertrug ich von drei angebotenen Sorten nur eine einzige. Bei Äpfeln kam es sogar auf die Tagesform an. Hatte mir das Pendel morgens noch von einer bestimmten Apfelsorte abgeraten, gab es mir am Abend dafür grünes Licht. Bisher hatte ich mich zur Sicherheit immer an unverfälschte Lebensmittel gehalten. Will heißen, ich aß nie irgendwelche Fertiggerichte oder zusammengepanschte Nahrung. Es gab Reis pur, Joghurt pur oder eben nur eine Gemüsesorte ohne den Zusatz von verschiedenen Gewürzen oder Soßen. Auf diese Weise konnte ich immer relativ schnell ausmachen, wo der Übeltäter steckte, wenn es Hautverschlechterungen gab. Bei Joghurt pur konnte ich mir beispielsweise sicher sein, dass ich ihn vertrug. Bei Erdbeerjoghurt hingegen sah es schon ganz anders aus. Da konnte ich die Erdbeeren an sich nicht vertragen, oder die Aufbereitung im Joghurt, den Zucker oder beigefügte Stabilisatoren. Mit dem Pendel öffneten sich mir neue Geschmackswelten. Jetzt entdeckte ich beispielsweise einen Moccajoghurt, den ich tatsächlich vertrug.

Man muss sich vorstellen, MOCCAJOGHURT! Was? Sie finden das nicht sensationell? Dann essen Sie mal dreißig Jahre KEINEN Moccajoghurt und auf einmal steht er wieder auf Ihrem Speiseplan! Welch erhabenes Gefühl, einen Löffel in cremiges Beige zu tauchen, um dann diesen unvergleichlichen Geschmack auf der Zunge schmelzen zu lassen! Ich war überwältigt. Werner lachte sich halb tot, wenn er mich in seliger Verzückung über meinem Joghurtbecher hängen sah. Da war ich für nichts und niemanden zu sprechen. Intime Momente mit meinem Joghurt waren mir heilig.

Natürlich musste ich sichergehen, dass ich mich nicht mit dem Pendeln betrog. Ich führte mich also selber aufs Glatteis und ließ Werner eine Reihe von Lebensmitteln aufreihen, die er mit einem Tuch abdeckte. Dann musste ich jedes Einzelne auspendeln. Das Pendel versagte nie. Mit der Zeit erhöhte sich auch meine Sensibilität. Immer leichter und eindeutiger begann das Pendel zu kreisen.

Jetzt hatte ich auch Werner angesteckt. Anfangs machte er dieselben frustrierenden Erfahrungen wie ich. Ich ermunterte ihn zum Weitermachen. Mit der Zeit zeigten sich auch bei ihm die ersten Fortschritte. Wieder einmal war ich glücklich, in Werner einen Menschen gefunden zu haben, der meine neue Entdeckung nicht lächerlich machte, sondern sich sogar bemühte, selber mit dem Ding zu experimentieren. War ja nicht selbstverständlich. Manch ein Ehemann hätte gar einen professionellen Teufelsaustreiber engagiert, um seine Angetraute im letzten Moment aus den Fängen esoterischer Quacksalber zu befreien.

Werner war einfach wunderbar. Ich konnte immer darauf zählen, dass er unvoreingenommen und neugierig an die Dinge ranging. Was ihn überzeugte, waren Fakten und sichtbare Ergebnisse. Deutlicher allerdings als an meiner Haut konnte man die positiven Ergebnisse nicht sichtbar machen.

Weiterhin verbot mir allerdings das Pendel kategorisch Weizen, Zucker und Alkohol. Neben vielen anderen Dingen wie Nüssen, Zitrusfrüchten, allzu fettem und gewürztem Essen. Ich war trotzdem mit den erlaubten Lebensmitteln mehr als zufrieden. Mit den Jahren hatte sich mein Geschmack äußerst verfeinert. Eine richtig knackige Karotte schmeckt mir inzwischen besser als jedes schlappe Pommes Frites.

Kürzlich entdeckte ich im Bioladen neue Reisfladen. Als ich zu Hause in die Dinger biss, glaubte ich, im Paradies gelandet zu sein. Gegen diese Geschmacksexplosion war gekrönte Gourmetküche fade Knastkost. Als ich Werner am Abend voller Begeisterung von meiner neuen Entdeckung zu kosten gab, verzog er angewidert das Gesicht. Nie könnte er verstehen, dass ich inzwischen für diese Teile jede Schwarzwälder Kirschtorte links liegen gelassen hätte.

In seinem neuen Job blühte Werner auf. All die Monate quälender Selbstzweifel, all die fast depressiven Verstimmungen waren verschwunden. Ich hatte meinen „alten" Werner wieder. Wir freuten uns beide, die Krise so gut gemeistert zu haben, waren dankbar für die intensiven Gespräche, die uns noch enger haben zusammenrücken lassen. Vor allem aber stellte sich als segensreich heraus, dass wir umgehend reagiert hatten.

Wie wichtig ein funktionierendes Arbeitsumfeld für Werner war, hatte sich bei mir nach dieser Erfahrung umso stärker eingeprägt. Ich wusste um seine Bedürfnisse und war froh, ihn zum Stellenwechsel ermutigt zu haben. Umgekehrt schwoll mir von Werner eine Woge inneren Glücks entgegen. In all seiner

Zerrissenheit und seinen Zweifeln hatte er sich von mir verstanden, an- und ernst genommen gefühlt. Hatte man Werner oft ein einseitiges Helfersyndrom attestiert, wussten nur wir beide, was wir aneinander hatten. Insgeheim lachten wir uns sogar oft bei der Vorstellung schlapp, was andere wohl über unsere Beziehung denken mochten.

Eine segensreiche Krise

Wieder in neue berufliche Aufgaben eingebunden zu sein, tat Werner sehr gut. Während der Wintermonate verbrachten wir die Wochenenden meist in Davos; ich mochte die Pendelei zwischen beiden Wohnorten und die spontane Planung und konnte mich dabei ganz auf Werners Bedürfnisse einstellen. Jetzt kam uns voll zugute, dass ich momentan keine andere Beschäftigung hatte, mich keine Verpflichtung in München hielt. Trotzdem streckte ich meine Fühlerchen wieder in Richtung Nachhilfe aus.

Ich versuchte zunächst, mittels einer Zeitungsanzeige private Schüler an Land zu ziehen. Meine Bemühungen verliefen allerdings halbherzig, denn im Grunde war mir klar, dass ich auch den kommenden Sommer auf dem Gemsli arbeiten wollte. Insofern musste ich mir größtmögliche Flexibilität bewahren und konnte mir keine regelmäßigen Schüler ans Bein binden.

Die zweite Saison auf dem Gemsli stand an. Um meinen Pflichten als Ehefrau wenigstens ansatzweise nachzukommen, fungierte ich wiederum als Springerin. Mein Einsatz konzentrierte sich zum überwiegenden Teil auf die Wochenenden, wenn auf der Hütte besonders großer Andrang herrschte. Ich düste also meist donnerstags nach Davos, werkelte dann von Freitag bis Sonntag auf der Hütte und kehrte am Sonntagabend oder Montagmorgen wieder nach München zurück. Werner hingegen war meist wochentags irgendwo außerhalb von München im Einsatz und kehrte nur am Wochenende zurück.

Wollte er mir also über den Weg laufen, musste er nach Davos fahren und mich auf dem Gemsli besuchen. Dort sah er mich dann hin und wieder vorbeiflitzen; für ein längeres Gespräch allerdings blieb keine Zeit. Trotzdem zog es ihn täglich in meine Nähe, auch wenn ich ihn ständig ermunterte, die Tage nach eigenem Gutdünken auf dem Fahrrad oder beim Wandern zu verbringen. Saß er dann auf dem Gemsli, dauerte es natürlich nicht lange und Arbeit lachte ihn von allen Seiten an. Am Abend kippte ich ihm dann völlig ausgepowert vor die Füße. Die Frage nach gemeinsamen Feierabendaktivitäten erübrigte sich.

Kaum war ich wieder auf dem Gemsli engagiert, war ich in meinem Element. Inzwischen waren mir die Abläufe vom letzten Jahr vertraut, ich bewegte mich sicherer und selbstbewusster in meinem Umfeld. War ich im ersten Jahr damit beschäftigt gewesen, mich voll auf Bestellungen, Abrechnungen und Organisatorisches zu konzentrieren, konnte ich mich jetzt eingehender mit den Gästen beschäftigen.

Dazwischen hatte ich mich auf Anregung von Claudio und Herrn Bieler seit Monaten mit spiritueller Lektüre beschäftigt. Keine Angst, ich war nicht in den Fängen von Esoterikgurus gelandet. Die Fragen nach dem Woher und Wohin hatten mich schon zu Schulzeiten beschäftigt und ich hatte bei den alten Philosophen nach Antworten gesucht. Jetzt griff ich diese Suche erneut auf und wählte Titel, die mir Hilfe und Orientierung versprachen.

Ich las etwa Bücher wie *Ich vergebe* von Colin Tipping oder beschäftigte mich mit der *Quantenheilung* von Frank Kinslow. Merkwürdig war, dass mir nach Lektüre eines Buches im Anschluss ein weiteres in die Hände fiel, das dieselbe Thematik fortsetzte und erweiterte. Alles schien im Fluss zu sein, ineinanderzugreifen. Mühelos passte sich ein Mosaiksteinchen ans nächste an, keines kam mir in die Finger, das ich mit Gewalt ins entstehende Bild pressen musste.

Mit den neu gewonnen Erkenntnissen nahm ich meine engeren, privaten Beziehungen ins Visier: zunächst unterzog ich das Verhältnis zu meinem Bruder einer grundlegenden Untersuchung. Da lag immer noch einiges im Argen. Zumindest meinem subjektiven Empfinden nach. Woher kam das quälende Gefühl, nie das zu bekommen, was ich mir von ihm erhoffte? Warum fühlte ich mich stets um etwas betrogen, warum wartete ich permanent auf Gegenleistung, sobald ich etwas für ihn geleistet hatte? Da schien das Buch über die Opferrolle wie gemacht für mich. Warum begriff ich mich noch immer als Opfer?

Die Rolle war unbestritten praktisch. Aber nicht unbedingt hilfreich.

Rudi bot inzwischen auf dem Gemsli Vorträge und Seminare an. Seine Zielgruppe: aussteigewillige Arbeitstiere, denen langsam schwante, dass ihnen ein gut gefülltes Bankkonto und gesellschaftlicher Erfolg keine dauerhafte Befriedigung bescherten.

An anderen Tagen fanden aber auch Lesungen zu Rudis Buch statt, die für jedermann zugänglich waren. Bei schönem Wetter gab es da-

nach einen Umtrunk vor dem Haus, bei dem sich die Gelegenheit bot, ins Gespräch zu kommen.

Heute fand eine Lesung vor heimischem Publikum statt. Wenn ich in Einheitstracht über die Terrasse fegte, wusste natürlich niemand, dass ich mit Rudi in irgendeiner Weise verwandt war.

Zufällig befand ich mich im Seminarraum, als Rudi die ersten einleitenden Worte sprach. Wie hypnotisiert starrte ich ihn an, hing an seinen Lippen, mit flehendem Blick, wann er womöglich mit einem freundlichen Seitenblick bemerken würde: „Ach übrigens, das dort ist meine Schwester. Ich bin so froh, dass sie auch zu unserem Team gehört." Oder zumindest irgendetwas in dieser Richtung.

Die Minuten verstrichen. Während ich immer noch emsig durch den Seminarraum wuselte, hatte sich Rudi schon längst auf sein Thema gestürzt. Ich schluckte trocken. Sich jetzt auf keinen Fall die Blöße geben. Raus hier und schnell auf die Terrasse geflüchtet, wo ich beim Anblick der anderen Gäste rasch meine Fassung wiedergewann.

Nach Beendigung des Vortrages erwischte ich Rudi allein in einem kleinen Nebenraum, wo er freudestrahlend von mir ein paar anerkennende Worte über seinen Vortrag erwartete. Stattdessen brach sich aus mir der angestaute Frust, die Zurückweisung, die Schmach, die ich in meinen Augen soeben erlitten hatte, Bahn. Mit bitteren Vorwürfen fegte ich meinem Bruder die Freude aus dem Gesicht. Anfangs konnte er überhaupt nicht zuordnen, was mich dermaßen in Rage gebracht hatte.

Als mir die Tränen der Enttäuschung über die Wangen liefen, reagierte Rudi völlig hilflos. Unser altes Muster manifestierte sich gerade in seiner ganzen Pracht und Schönheit. Auch wenn er meine Erwartungen überhaupt nicht ahnen konnte, setzte ihm sofort das schlechte Gewissen zu. Vor ihm stand eine unglückliche Schwester. Und offenbar hatte das irgendetwas mit seinem Verhalten zu tun. In diesem Moment zog er sich innerlich in sein Schneckenhaus zurück. Jetzt machte er mir innerlich Vorwürfe, ihm diese Gewissensbisse eingehandelt zu haben. Das Ende vom Lied war, dass Rudi schweigend das Feld räumte. Ich hingegen fühlte mich unverstanden, zurückgestoßen und ungeliebt. Hatte ich doch wieder recht gehabt? Keiner mochte mich!

Ich musste endlich kapieren, dass mir keiner die Anerkennung geben konnte, die ich mir erhoffte. Nicht Werner, nicht eine erfüllende Arbeit und schon gar nicht Rudi. Warum war es verflixt noch mal so schwer, nicht ständig nach Anerkennung zu gieren? Konnte ich nicht endlich in mir selber Zufriedenheit finden? Mich ein klein wenig mit mir selbst anfreunden?

Das schreiben ja all die klugen Lebensratgeber. Bloß, wie sich das praktisch umsetzen lässt, schreibt keiner. Theoretisch hatte ich das alles verinnerlicht. Warum fühlte ich mich trotzdem noch so minderwertig, so unrichtig?

Umgekehrt konnte ich mich aber trotzdem eigentlich glücklich schätzen. Viel tragischer war es doch um diese ganzen Manager in Rudis Kursen bestellt, die nach Jahren der Abrackerei im Job mit ramponierter Gesundheit und einem abgesoffenen Privatleben dastanden und erst dann merkten, dass ihnen der ganze Job und die Anhäufung irgendwelcher Statussymbole keine dauerhafte Befriedigung verschafft hatten. Ich hatte auch Glück im Vergleich zu einer Diva, die sich jahrzehntelang in ihrer Schönheit gesonnt hatte und irgendwann in die Lebenskrise rutschte, weil ihr auch die zehnte Fassadenrenovierung keine bewundernden Blicke mehr einbrachte.

Da boomten Personal Coaching und man buchte teure Seminare, um letztendlich das zu lernen, was uns auf simple Weise unser alter Griechischlehrer vor Augen geführt hatte:

Unser aktuelles Thema beschäftigte sich mit den Prioritäten im Leben. Eines Tages stellte unser alter Griechischlehrer ein leeres Gurkenglas aufs Pult und füllte es bis zum Rand mit großen Steinen. Anschließend fragte er uns, ob das Glas voll sei. Wir nickten zustimmend. Hierauf nahm er eine Schachtel mit Kieselsteinen, schüttete sie in das Glas und schüttelte es leicht. Die Kieselsteine rollten natürlich in die Zwischenräume der größeren Steine. Dann fragte er uns erneut, ob das Glas jetzt voll sei. Wir stimmten wieder lachend zu. Da nahm der Lehrer schließlich eine Schachtel mit Sand und schüttete ihn in das Glas. Natürlich füllte der Sand die letzten Zwischenräume im Glas aus.

„Nun", sagte der Lehrer zu uns, „ich möchte, dass ihr erkennt, dass dieses Glas wie euer Leben ist. Die großen Steine sind die wichtigen Dinge im Leben: Eure Familie, Freunde, die Gesundheit, Zufriedenheit, später der Partner und die Kinder – Dinge, die, wenn alles andere wegfiele und nur sie übrig blieben, euer Leben immer noch ausfüllen würden.

Die Kieselsteine sind andere, weniger wichtige Dinge im Leben, wie zum Beispiel eine erfüllende Arbeit, ein schönes Haus, gelungene Urlaube.

Der Sand symbolisiert die ganz kleinen Dinge im Leben wie Partys oder schöne Kleider. Wenn ihr den Sand zuerst in das Glas füllt, bleibt kein Raum für die Kieselsteine oder die großen Steine. So ist es auch mit eurem Leben: Wenn ihr all eure Energie für die kleinen Dinge im Leben aufwendet, habt ihr für die großen keine mehr. Abgesehen davon, dass die kleinen Dinge nie euer Leben ganz ausfüllen würden.

Nehmt die großen Steine aus dem Glas und es wäre maximal zur Hälfte gefüllt. Achtet daher auf die wichtigen Dinge, nehmt euch Zeit für die Familie und den Partner und achtet auf eure Gesundheit. Es wird noch genug Zeit bleiben für Arbeit, Haushalt, Partys oder anderes. Achtet zuerst auf die großen Steine - sie sind es, die wirklich zählen.

Der Rest ist nur Sand."

Mit dieser altbekannten Geschichte demonstrierte uns der Lehrer auf simple Weise, worauf es im Leben wirklich ankommt.

Bevor ich mir allerdings darüber weitere Gedanken machen konnte, rutschte Werner wieder in eine Krise. Er zog sich vor mir zurück, wurde einsilbig. Symptome, die mich nach der letzten Erfahrung aufhorchen ließen. Damals hatte er sich in seinem Job unwohl gefühlt. Jetzt musste das Übel woanders schlummern, das spürte ich. Trotzdem war ich so beschäftigt, dass ich zunächst die Sache auf sich beruhen ließ. Zum Reden kamen wir seltener, denn das scheiterte am Wochenende an meiner Müdigkeit und wochentags an Werners Abwesenheit. Telefonieren war obendrein nicht meine Passion.

Sogar auf dem Gemsli unterhielt sich Werner immer seltener mit Bekannten. Entweder kam er überhaupt nicht mehr auf die Hütte oder er hing lustlos in irgendeiner Ecke. War er den ganzen Tag nicht erschienen, freute ich mich, in der Annahme er habe das Rad oder die Wanderschuhe ausgepackt und sich voller Tatendrang die Zeit vertrieben. Des Abends allerdings hörte ich, dass er in Davos den Tag unmotiviert vertrödelt hatte. Das verstand ich nun überhaupt nicht.

Mir wäre es recht gewesen, wenn wir abends beide müde, aber zufrieden in Davos zusammengetroffen und uns gemeinsam aufs Sofa gekuschelt hätten. Mir schwante, dass er sich an den Wochenenden in Davos nicht wohl fühlte. Dementsprechend ermunterte ich ihn, dann doch lieber in München zu bleiben und zu versuchen, neue Kontakte zu knüpfen. Mit neuen Freunden könnte er ja dann Rad fahren oder in irgendwelchen Biergärten versacken.

An einem Wochenende kam er erst so spät am Freitagabend in München an, dass es sich für ihn nicht mehr lohnte, nach Davos zu fahren. Er wollte lieber zu Hause bleiben. Ich war froh und begierig darauf, zu erfahren, wie er die Zeit nutzen würde. Am Samstagabend hörte ich durchs Telefon grob heraus, dass irgendetwas nicht stimmte. Werner war niemals unfreundlich oder kurz angebunden. Aber ich spürte seinen unterschwelligen Frust, der mich die ganze Nacht nicht zur Ruhe kommen ließ.

Morgens um 5:30 Uhr meldete ich mich bei Rudi, mit der Erklärung, es handle sich um einen Notfall, vom Dienst ab und rauschte mit dem Auto nach München. Ich musste jetzt sofort und umgehend wissen, was los war. Ich war kein Mensch, der irgendwelche Unstimmigkeiten auf die lange Bank schieben konnte. Ich war jedes Mal erstaunt, wie mein Bruder Diskussionen mit seinen Freundinnen tagelang vor sich herschob, weil seine Agenda gerade keine freie Minute erlaubte. Die Ungewissheit hätte mich in die nächste Tischkante beißen lassen, spätestens nach einer Stunde wäre ich Amok gelaufen. Ich brauchte Gewissheit. Und zwar sofort!

Als mir Werner zu Hause bleich und schweigsam die Haustür öffnete, keineswegs erfreut, mich zu sehen, geriet ich in Panik. Aufgedreht von einer durchwachten Nacht und einer angespannten Autofahrt kratzte ich meine letzten Kräfte zusammen und schleifte Werner in den Wald. Unser Allheilmittel.

Zunächst redete ich selber wie ein Wasserfall. All meine Ängste und Beklemmungen der letzten Wochen sprudelten aus mir hervor. Irgendwann schmolz Werners Erstarrung. Wie zwei Ertrinkende klammerten wir uns aneinander. Bei jedem weiteren Schritt löste sich endlich seine Zunge. Den Rest des Tages liefen wir im Zickzack durch den Wald, heftig gestikulierend und in intensivem Gespräch versunken.

Bei all meiner Begeisterung über das Gemsli war mir völlig entgangen, wie sehr Werner unter der Situation gelitten hatte. Schon unter der Woche alleine in den immer gleichen, sterilen Hotelzimmern. Schmalspurgespräche mit Kollegen, mit denen ihn im besten Fall eine Zweckgemeinschaft verband. Oder mit ausländischen Geschäftspartnern die englische Platte mit einigen

Schwänken aus seinem bewegten Leben aufgelegt. Flughäfen. Schließlich müde nach Hause kommen und wieder gähnende Leere. Drei Stunden Autofahrt antreten, um dann seine Liebste freudestrahlend an sich vorbeizischen zu sehen. Mit anderen Gästen schäkernd.

In den gemeinsamen Gesprächen drehte sich dann alles um Rudis Befindlichkeiten, die neueste Eroberung der Servierdüse oder der Ärger mit dem Zimmermädchen.

Seine eigenen Bedürfnisse hatte er schon viel zu lange Zeit unter den Teppich gekehrt. Trotzdem hatte er tapfer die Klappe gehalten. Immer aus Rücksicht, mir meine augenscheinliche Freude nicht zu vermiesen. Im Bewusstsein, diese Quelle der mir geschenkten Anerkennung nicht versiegen lassen zu dürfen.

Mir hingegen, die ich mit Begeisterung meine Zeit selber einteile und gerne alleine unterwegs bin, kam überhaupt nicht in den Sinn, dass Werner zunehmend in unserer Beziehung vereinsamte. Dass er sich fehl am Platz oder gar überflüssig fühlte. Als ich dies realisierte, war ich entsetzt. Entsetzt über mich und mein übergroßes Ego.

Das Ego ausgebremst

Dieses Ego war mir in unzähligen Büchern nun schon öfter über den Weg gelaufen. Hier schien des Pudels Kern zu liegen. Es wurde Zeit, dass ich dieses Ego näher unter die Lupe nahm.

Ständig säuselte es mir offenbar ein, dass ich anders wäre als Menschen um mich herum. Dass ich mich abgrenzen müsste. Dass ich im Grunde entweder missverstanden oder verkannt werde. Schwankend zwischen quälenden Selbstzweifeln und Selbstüberschätzung. Dieses Ego war unersättlich. Es gaukelte mir vor, ich müsste bloß mein Ziel erreichen und schon würde ich im dauerhaften Glück schwelgen. Kompletter Schwachsinn! Dort lauerte anstatt verdienter Zufriedenheit nur ein neues Ziel. Ein Teufelskreis. Mein Ego gehörte offenbar zum selbstquälerischen Typ. Sprich, ich zweifelte von vornherein, überhaupt irgendwelche Ziele erreichen zu können.

Trotzdem jagte ich von einem unbändigen Drang getrieben umher. Ständig auf der Suche nach neuen Inhalten, neuen Träumen. Dabei war mein Verstand in einer Endlosspirale von Gedanken verdreht. Am Ende hielt ich frustriert in meinen Bemühungen ein, weil ich nie zum Ziel kam. Fast nur auf der Stelle trat. Voll bitterer Selbstvorwürfe, dass ich mich nicht genug angestrengt hätte. In mich zusammensinkend und lamentierend, dass mir überhaupt nie Erfolg vergönnt war. Neidisch die Umstehenden beäugend, die in meinen Augen sämtliche Hürden des Lebens nahmen, reihenweise Pokale einsackten, während ich auf der goldenen Himbeere für die mieseste Performance hocken blieb. Dann setzte der Jammer über die Ungerechtigkeit der Welt erneut ein.

Diese gedanklichen Verrenkungen fraßen obendrein sämtliche Energie, sodass für die Bedürfnisse anderer Menschen schlicht nichts mehr übrig blieb. Da litten nebendran geliebte Menschen wie die Hunde und man registrierte es nicht mal.

Siehe Werner!

Dieses Ego hatte mich zu schulischen Höchstleistungen gepeitscht, mich nach Anerkennung gierend verschiedene Rollen spielen lassen und mich schließlich aufs Gemsli gezogen, um meinem Bruder zu gefallen. Dauerhafte Zufriedenheit hatte ich damit nicht erreicht. Im Gegenteil. Vielmehr hatte ich auch noch meine Beziehung aufs Spiel gesetzt und Werners Bedürfnisse völlig aus den Augen verloren.

Irgendwann stieß ich endlich in einem Buch von Eckhard Tolle auf entscheidende Hinweise, die mich in meinen Überlegungen um Quantensprünge nach vorne katapultierten. Jahrelang war ich ziemlich kopflastig durch die Gegend gerannt. Der Kopf hatte mir ständig diese ganzen Gedanken aufgedrängt, die mein Selbstwertgefühl erfolgreich zernagt hatten. Er hatte mir einerseits ein schlechtes Gewissen eingeredet und mir andererseits die Opferrolle schöngeredet. Dies alles hatte mich von meiner Umwelt „getrennt" und gleichzeitig meinen Pseudo-Individualismus untermauert. Einen Individualismus, der eine reine Illusion war, aber dem Ego sehr zugute kam. Schön brav hatte der Kopf mit dem Ego Hand in Hand gearbeitet.

Dieses Ego wurde zum ziemlich miesen Typen, wenn es die Oberhand gewann. Sicher braucht jeder ein normales Ego zum Überleben. Bläht es sich aber zu unnatürlicher Größe auf, zählt nur noch die Gier nach Anerkennung um jeden Preis. Wenn man nicht aufpasste, konnten einen seine andauernden Einflüsterungen total einlullen und völlig blind machen.

Es gibt allerdings einen genialen Trick, wie man dieses Ego ziemlich schnell entlarven kann: Versuchen, einfach mal gedanklich neben sich zu treten. Sozusagen als Beobachter der eigenen Person. Erstaunlich, welch lächerliche Figur man dann abgibt. Erstaunlich, wie schnell sich Probleme relativieren und die eigene Person an Wichtigkeit verliert.

Für das Ego benutzt Tolle das sehr anschauliche Bild eines Kutschers, der Peitsche schwingend auf seinem Kutschbock hockt und auf die armen Tiere einprügelt. Die Pferde als Sinnbild für den Körper und den Verstand. Das Ego jagt in unablässigem Strom Gedanken durch den Kopf. Gleichzeitig hetzt es den Körper in verschiedene Richtungen, mal ist vermeintlich rechts, dann wieder links der richtige Weg. Oben hockt der Ego-Kutscher und gibt den Takt vor. Unerbittlich, unersättlich und rastlos. Dauerhaft ist kein Ziel zu erreichen. Eher machen vorher die Pferde schlapp, was so viel bedeutet wie psychische oder physische Aussetzer, Krankheit, Burn-Out. Was auch immer. Kein Grund für das Ego, den Kurs zu ändern oder den Gäulen Ruhe zu gönnen. Jetzt aber kommt das Entscheidende: Da hockt noch jemand in der Kutsche drin. Ein ganz gelassener Reisender, die eigentliche Hauptperson. Einer, der sich das ganze Chaos, das der Kutscher da oben verbreitet, gelassen anschaut. Sich in die Polster zurücklehnt und durch nichts in der Welt zu erschüttern ist. Weise lächelnd. Vom ganzen Geschehen außen herum völlig unbeeindruckt. Unverändert. Zeitlos. Dieser Reisende, der bin ICH, das eigentliche ICH. Nicht dieser durchgeknallte, überambitionierte Kutscher. Diesen Reisenden hatte ich bloß im Lauf der Zeit völlig aus den Augen verloren, hatte mich stattdessen ausschließlich auf den Kutscher konzentriert. Mich seinen Launen ausgeliefert. Wer aber ist dieser Reisende? Wer ist dieses „ICH"?

Eigentlich ist es ja nicht ein „ICH", sondern gleichzeitig auch ein „WIR", ein „ALLE" und „ALLES". Ob ich dieses „Ich" jetzt als Seele, Gott, Allah oder Hugo bezeichne, ist eigentlich völlig wurscht. Tatsache ist, dass es etwas Unvergängliches in mir ist. Unzerstörbar. Nicht totzukriegen. Ein ziemlich hartnäckiges Kerlchen also. Im Übrigen voller Humor. Dieser Typ war mir von Grund auf sympathisch. Jeder andere hätte längst lautstark beim Kutscher protestiert. Hätte die Notbremse gezogen oder wäre vom Bock gesprungen. Er aber blieb cool auf seinem Platz hocken, sich über die merkwürdigen Launen des Kutschers amüsierend und dabei geduldig auf seine Stunde wartend. Und endlich WAR seine Stunde gekommen! Endlich war ich mir seiner bewusst geworden! Oder sollte ich besser sagen, ich hatte ihn wiederentdeckt?

Manch einer bekommt ihn allerdings Zeit seines Lebens nicht zu Gesicht, denn dieser Typ drängt sich nicht in den Vordergrund. Meist ist er nämlich vom Gedöns des Lebens überlagert, sozusagen zugemüllt. Dieser Reisende war mein „Bauchgefühl", eine Art Intuition, der ich in meinem Leben schon lange keine Stimme mehr gegeben hatte.

Moment, ich hielt in meiner Begeisterung inne, wer sagte mir denn, dass dieser Reisende nicht eine ebenso große Illusion war wie der Kutscher?

Gegen diese Vorstellung wehrte sich etwas in mir vehement. Dieses „Etwas" sprach allerdings nur in der Stille zu mir. Als Kind hatte ich diese Ahnung, dieses Gefühl stärker empfunden. Ein Gefühl von schwebendem Glück. Ein Gefühl von Geborgenheit und dauerhafter Zufriedenheit. Ein wohliges Gefühl, bei dem kein gedankliches Dauerfeuer die Stille störte. Eine Art Urvertrauen. Die Sicherheit, dass alles seinen Platz und seine Zeit hatte. Augenblicke, in denen die Vergangenheit gleichermaßen egal war wie die Zukunft. All dies verband ich mit dem Bild des Reisenden. Das war keine Illusion. Das waren ganz reale Empfindungen, ganz reale Erfahrungen. Spärlich waren sie gesät, aber umso nachhaltiger in ihrer Wirkung.

Als Kind hatte ich einen engeren Bezug zu diesen Gefühlen gehabt.

Ich überlegte, wann ich dieses Gefühl, diese Ahnung von Tiefe und Getragensein in aktueller Zeit verspürt hatte. Sicherlich waren es Momente, in denen ich sämtliche Gedanken ausgeblendet hatte.

Wann gelang das am besten?

Wenn ich auf etwas völlig konzentriert war. Entweder völlig versunken in die Textarbeit mit einem Nachhilfeschüler oder beim Reiten, wenn ich mich ganz auf das Pferd oder das Erlebnis in der Natur eingelassen hatte. Dann stellte sich auch diese Ruhe und Gelassenheit ein, die im Grunde Voraussetzung für das Gefühl von Geborgenheit und innerem Gleichgewicht war. Der Reisende war gleichzeitig das Symbol für meine innere Stärke und Kraft. Der Kerl war ein Füllhorn des Glücks.

Ich überlegte weiter.

Vielleicht war es möglich, durch gezieltes Üben diesen Zustand auch im Alltag herzustellen?

Ich sah mich auf Dauer weder auf der Yogamatte noch im spirituellen Entspannungsbad. Ich musste mir meine eigene Methode suchen, die in jeder Situation leicht anwendbar war. Vielleicht fing ich erstmal mit einem Perspektivenwechsel an.

In Alltagssituationen, in denen ich in alte Muster zu fallen drohte oder schlechtes Gewissen aufkam, holte ich mir den coolen Reisenden vor mein geistiges Auge. Ich sah, wie er mir milde lächelnd zuzwinkerte. Diese kleine Gedankenbrücke wirkte Wunder. Es war beileibe nicht so, dass ich mich weniger oder seltener aufregte als vorher. Aber diese kleine Vorstellung nahm der Situation die Schärfe, relativierte den Anlass. Diese kleine Unterbrechung meiner Gedanken bewirkte, dass ich nicht wie bei einem Dominoeffekt sämtliche Steine ummähte, sondern vor Umstoßen des ersten Steines kurz innehielt und mir zweimal überlegte, ob ich ihn anstoßen sollte. In den meisten Fällen blieb er stehen und damit die gefürchtete Reaktion aus.

Manchmal musste ich innerlich über mich selber lachen, wenn meine Gedanken in ihre ausgetretenen Bahnen zu gleiten drohten. Wie der trickreiche Verstand mit allen Mitteln versuchte, Vorurteile aufzubauen, Klischees zu bedienen oder Hypothesen aufzustellen, nur, um dann selber umso glanzvoller in der Opferrolle dazustehen. Oder einfach recht zu haben. Wieder wollte dieser unangenehme Kutscher das Ruder an sich reißen. Ein hartnäckiger, unangenehmer Zeitgenosse. Und trotzdem musste er sich warm anziehen. So leicht ließ ich mich nicht mehr von seinem Gequatsche einwickeln.

Manchmal war es ziemlich unbequem, die eigene Schuld einzugestehen. Selten gelang es mir, nach außen irgendwelche Fehler zuzugeben. Immer öfter aber konnte ich sie wenigstens mir selber gegenüber zugeben. Dies allein erfüllte mich mit Befriedigung. Als hätte ich mich soeben selbst überwunden. Ich versuchte, mir gegenüber kritischer und ehrlicher zu werden. Motivation und Hintergründe meiner Entscheidungen nahm ich genauer unter die Lupe. Wie ein Spürhund nahm ich die eigene Fährte auf und bekam dadurch endlich ein Gespür für mich. Nichtsdestotrotz blieb ich streckenweise spontan und hitzig. Gnadenlos direkt obendrein. Aber ich schaffte es, Fehlentscheidungen und emotionale Reaktionen schneller anzusprechen und mich dafür zu entschuldigen.

Im gleichen Maße betrachtete ich mich selber in milderem Licht, nahm meine Gefühle von Versagen und Minderwertigkeit an, ohne mich dafür im selben Augenblick zu hassen. Machte meinen Frieden damit, dass ich mir wohl nie das Temperament einer im Kühlschrank dösenden Blindschleiche antrainieren konnte, sondern in mir einfach das Blut einer Eidechse kochte, die drei Stunden regungslos in der brütenden Hitze geschlummert hatte.

Mein Vorbild blieb der Reisende, der ja auch nie die Geduld mit dem unberechenbaren Kutscher verlor, sondern ihm immer wieder eine neue Chance zugestand.

Verblüfft stellte ich fest, dass nach und nach Menschen in meinem Umfeld anders auf mich reagierten. Während ich oft durch mein aggressives Auftreten sofort eine Verteidigungshaltung ausgelöst hatte, stieß ich jetzt mit meiner Gelassenheit auf viel größeres Verständnis. Beim Gegenüber wuchs die Bereitschaft, mich anzuhören, sich auf mich einzulassen. Umgekehrt verringerte sich zusehends mein anfängliches Misstrauen anderen Menschen gegenüber, denn ich fühlte eine Verbundenheit mit meinem Umfeld, die ich vorher nie gekannt hatte. Vorher hatte ich mich immer als Einzelkämpferin begriffen. Jetzt fühlte ich mich immer mehr in eine Gemeinschaft eingebunden. Alle strebten nach denselben Zielen, kämpften mit ähnlichen Problemen. Jedermann wollte anerkannt und gemocht werden, sein Potenzial ausschöpfen, Befriedigung und Sinn im Leben finden.

Natürlich sind die Herangehensweise, die Methoden und Mittel so unterschiedlich und vielfältig wie die Menschen selber. Natürlich wird da auch mit unlauteren und fiesen Mitteln gekämpft. Natürlich gehen manche dabei auch über Leichen. Aber die Absicht, der Drang und das Bestreben sind doch bei allen gleich. Ich verurteilte nicht mehr die Tat an sich, sondern versuchte für deren Motive Verständnis aufzubringen. Vor diesem Hintergrund erschien mir alles in ein gnädiges Licht getaucht. Zum ersten Mal fühlte ich, dass der Mensch ein zutiefst soziales Wesen ist. Trotz unserer Einzelschicksale hocken wir doch alle irgendwie im selben Boot.

Ich fühlte eine große Ruhe und Gelassenheit bei diesen Gedanken. Endlich konnte ich mich innerlich ein wenig zurücklehnen und auch dem Leben an sich, seinem Verlauf und seiner Bestimmung mit Vertrauen begegnen. Ich machte mich nicht mehr verrückt, wenn etwas nicht auf Anhieb wunschgemäß lief, wenn ich scheinbar in einer Endlosschleife in irgendwelchen Löchern landete. Gewiss musste ich meinen Teil zum Gelingen beitragen, aber letztendlich konnte ich darauf vertrauen, dass es das Schicksal gut mit mir meinte. Im Rückblick bemerkte ich nämlich, dass unterm Strich selbst sämtliche Tiefschläge ihren Sinn hatten.

Eine erstaunliche Rückmeldung erhielt ich auch von meinen Vierbeinern. Anscheinend hatte sich meine gesamte Körperhaltung verändert. Die ganze Erscheinung hatte sich aufgerichtet, die zusammengezogenen Schultern entkrampften, der Oberkörper straffte sich. Ich hockte auf einmal nicht mehr in Fluchthaltung auf dem Pferd, um bei der kleinsten Unsicherheit angstvoll nach vorne zu kippen, sondern nahm in entspannter Haltung tief im Sattel Platz. Zappelige, unsichere Pferde, die sich vorher innerhalb kürzester Zeit unter mir zu Rennsemmeln entwickelt hatten, wurden nun durch meinen geänderten Schwerpunkt und richtigen Kreuzeinsatz von selber entspannter und ruhiger.

Anstatt in kritischen Situationen Ginger hektisch und laut zurückzurufen, schien sie sich jetzt von selber neben mir einzureihen. Ein Blick genügte, eine kurze Aufforderung und schon flitzte sie freudig an ihren Platz. Es schien mich eine völlig neue Energie zu umgeben, auf die Tiere unmittelbar reagierten. Vorher wären mir vielleicht diese Veränderungen gar nicht aufgefallen. Jetzt hatten sich meine Antennen dermaßen verfeinert, dass sie Signale anderer Menschen und auch die eigenen Körpersignale wahrnehmen konnten.

Endlich war es mir möglich, auch die Grenzen meines Körpers besser zu akzeptieren. Ich versuchte zu spüren, wann ich mir Ruhe gönnen, wann ich meine Reserven wieder auftanken musste. In den letzten Jahren hatte ich stets nach dem Prinzip gelebt, all meine Energie bis zum letzten Tropfen auszupressen. Dann hing ich einige Tage völlig kraftlos und von Durchfällen und Schwindel geschüttelt auf dem Sofa, bis die Akkus wieder aufgeladen waren. Anschließend schaufelte ich Reisberge und Datteln in mich hinein, haderte mit dem Schicksal und jammerte Werner die Ohren voll, wenn ich nicht nach einem Tag wieder völlig wiederhergestellt war. Immer und immer wieder war ich über den kritischen Punkt hinausgegangen, ohne den warnenden Vorboten des Körpers Beachtung zu schenken.

Jetzt aber setzte auch in diesem Punkt endlich ein Umdenken ein. Ich hatte die geschundenen Pferde der Kutsche vor mir. So weit wollte ich es nicht mehr kommen lassen. Immerhin trugen sie mich durchs Leben und ermöglichten mir, vielfältige Erfahrungen zu sammeln. Ich wollte ihnen dankbar sein und sie endlich ordentlich versorgen.

Meine Ernährung wurde wiederum einer gründlichen Bestandsaufnahme unterzogen.

Im Grunde hingen all meine Probleme mit dem Darm zusammen. Die Haut war nur die sichtbare Auswirkung, die Ursache aber lag eindeutig im Darm. Deswegen lief übrigens auch meine Leber immer am Rande ihrer Kapazität.

Meine Vorstellung war, dass der Darm gewisse Stoffe nicht filterte, die dann über die Haut als größtem Ausscheidungsorgan „entsorgt" werden mussten. Daher die äußerlichen Entzündungen. Meine Leber kam mit der Entgiftung überhaupt nicht mehr hinterher. Deswegen stabilisierte ich seit Jahren zusätzlich die Leber. Einerseits durch eine konsequente Leberdiät, andererseits durch pflanzliche Mittel wie Mariendistel. Zudem war meine Darmflora nachhaltig gestört, die Zusammensetzung der Darmbakterien stimmte wohl nie, weswegen zu viel Grünzeug verbunden mit Stress sofort Dauerdurchfall auslöste.

Ich startete einen Versuch und verzichtete konsequent ein halbes Jahr lang auf jegliches Grünzeug. Was mir höllisch schwerfiel. Zum einen blieb mir jetzt bei Restaurantbesuchen nur noch der Griff zum Milchkaffee, zum anderen liebte ich das knackige Grün von Herzen. Aber ich wollte wissen, ob der Verzicht eine Besserung für meinen Darm brächte. Das Resultat war eindeutig: Die Darmflora regenerierte sich, die Durchfälle hörten auf. Schweren Herzens entschloss ich mich, von nun an auf Rohkost zu verzichten. Im Sommer gönnte ich mir hin und wieder einen „Festtagssalat", im Winter hingegen hatte der Darm noch größere Schwierigkeiten mit der Verarbeitung des Grünzeugs. Oft schien der Körper so mit Verdauen beschäftigt zu sein, dass mir Energie für sämtliche andere Aktivitäten fehlte. Ich reduzierte also bei Kälte meine Rohkostzufuhr auf Papayas und Äpfel. Je nach Sorte vertrug ich beide ausgezeichnet. Gelegentlich genehmigte ich mir eine Möhre. Mehr kam mir an schwer Verdaulichem nicht in den Darm.

Nach einigen Wochen konsequenter Disziplin und bestem Haut- und Bauchzustand wurde ich leider immer wieder nachlässig. Leicht schlich sich dann das alte Salatschema wieder ein. Im Winter kochte ich mit Begeisterung Rosenkohl und Lauch, den ich ebenfalls in rauen Mengen verdrückte. Immer noch schmeckte mir das Gemüse eindeutig besser als jeder noch so lecker gekochte Reis. Tolerierte die Verdauung einige Zeit Gemüse oder Salatberge, landete ich doch immer wieder beim alten Zustand.

Ich experimentierte mit Heilerdekapseln und Flohsamenschalen, alles brachte keine durchgreifende Besserung. Ernährte ich mich hingegen von Rindfleisch und Reis, ging es mir am besten. Ich erweiterte auf Kartoffeln und Fisch. Fleisch und Fisch wurde mit etwas Olivenöl in der Folie gedünstet. Gewürzt wurde nur mit Salz oder Gemüsebrühe. Dazu kam Soja- und Reismilch. Diese beiden waren besonders feste Bestandteile meiner Ernährung. Ebenso schmeckten mir Frischkäse und Joghurt, die ich ebenfalls in meinen Speiseplan einbaute. Es war mir wichtig, dass mir mein Essen schmeckte. So wenig ich auch vertrug, ich wusste genau, welche Sorte Sojamilch am leckersten war und fuhr auch gerne durch die halbe Stadt, um an sie ranzukommen.

Werner unterstützte mich immer, jammerte nie, wenn er im Restaurant allein am Hühnerbein nagte oder ich in einer fremden Stadt zuallererst die Bioläden checkte. Das war völlig normal. Es gehörte einfach zu unserem Alltag.

Regelmäßig, einmal pro Monat, tagte der berühmt-berüchtigte „Fritigsclub" in der Schweiz. Aus einer bierseligen Stimmung heraus war dieser Club von Schweizer Freunden ins Leben gerufen worden, bei deren abendlichen Sitzungen nur Männer Zutritt hatten. Sooft Werner es einrichten konnte, war er dabei. Nur einmal im Jahr hatten auch die besseren Hälften Zutritt: Beim legendären Weihnachtsessen. Stets wurde eine exquisite Lokalität ausgewählt, um in kulinarischen Genüssen zu schwelgen. Schon einmal hatte ich mir die abgrundtiefe Verachtung des Küchenchefs zugezogen, als ich sein hausgemachtes Salatdressing verschmähte und stattdessen mein Grünzeug mit einer fertigen Supermarktsoße übergoss, die ich gut vertrug. In seinen Augen ein ausgewachsener Skandal!

Als uns diesmal die alljährliche Weihnachtseinladung ins Haus flatterte, umging ich gleichermaßen geschickt wie eiskalt jedwede Diskussionen.

Ich nippte während der Vorspeise genügsam lächelnd an meinem Mineralwasser, um mich dann zur Hauptspeise nach draußen zu verabschieden und mich genüsslich im geparkten Wagen über meine mitgebrachten Reistöpfe herzumachen. Fast überkam mich ein Anflug von Lagerfeuerromantik, als ich im milden Licht der Straßenlaterne andächtig meinen Löffel ins milchige Weiß meines glänzenden Reismeeres tauchte. Mit geradezu mitleidigen Gedanken an die drinnen versammelte Gesellschaft, die in steifer Zeremonie das Essen von ihren silbernen Tellerchen picken musste, während ich mich hier im dunklen Auto, in Werners dicken Mantel gekuschelt, keinerlei Tischetikette befleißigen musste.

Ich suchte immer noch nach einer Möglichkeit, meinen Darm konstanter im Gleichgewicht zu halten. Den Durchbruch brachte ein Buch, das empfahl, gewisse Lebensmittel nur zu bestimmten Tageszeiten zu konsumieren und auch nur in einer bestimmten Reihenfolge. Da hatte ich ja alles völlig falsch gemacht. Salatberge am Abend und noch eine gärende Papaya obendrauf. Und dann so ins Bett. Logisch, dass dann die Darmwinde Polka tanzten. Fortan aß ich nur am Vormittag Obst. Mittags gab es erst den Salat, danach das Gemüse und die Kohlenhydrate in Form von Kartoffeln oder Reis. Nachmittags gab es Milchprodukte, abends Gemüse und Fisch. Wasser trank ich nur noch vor den Mahlzeiten und nicht mehr literweise dazwischen oder danach. Nach kurzer Zeit legten sich mein Darmschlingen in glückliche Kringel und gluksten selig.

In dem Maße, wie sich generell Entspannung in meinem Leben breitmachte, wie sich langsam Gelassenheit in Alltagssituationen einstellte, kreiste ich nicht mehr permanent um meine eigenen Bedürfnisse und Befindlichkeiten.

Während ich mich jahrelang in egoistischer Manier fast ausschließlich mit mir selbst beschäftigt habe, weitete sich jetzt der Blick auf mein Umfeld.

Nach unserer heftigen, aber heilsamen Aussprache waren Werner und ich noch enger zusammengerückt.

Zum Glück stand der Herbst vor der Tür. In wenigen Wochen war die Saison auf dem Gemsli für dieses Jahr gelaufen. Werner wollte an den Wochenenden in München bleiben, ich aber konnte mit gutem Gewissen meine Saison auf der Hütte beenden. Für das nächste Jahr wollten wir erst im Frühjahr über das weitere Vorgehen entscheiden. Wichtig war, dass wir den Herbst und Winter gemeinsam verbringen konnten.

Nachdem sich Werner endlich alle Sorgen von der Seele hatte reden können, trat auch bei ihm eine wohltuende Entspannung ein. Wir wussten nun beide, dass wir gemeinsam immer eine Lösung finden würden, solange wir ständig im Gespräch blieben. Erleichtert stürzte ich mich wieder in meine Arbeit.

Besinnung auf Altbewährtes

Unser neuer Lebensmittelpunkt war München. Hier wollte ich wieder der Beschäftigung als Nachhilfelehrerin nachgehen.

Ziemlich schnell heuerte ich bei einem Nachhilfeinstitut in meiner unmittelbaren Umgebung an. Dort erwartete mich allerdings ein anderer Umgang, als ich aus Nürnberg gewohnt war. Immerhin waren meine zukünftigen Schüler allesamt Kinder aus besserem Hause. Dementsprechend zickig stellten sich die Eltern an. Meine aus dem Ei gepellte Chefin hatte sich allerdings perfekt auf dieses Klientel eingestellt. Da wurden mit ausgefeilten Einstufungstests die verschiedenen Lerntypen eruiert, Lehrkonzepte erstellt und Zielvorgaben erarbeitet. Selbstverständlich stand bestens ausgebildetes Lehrpersonal zur Verfügung. Das waren wir. Ein wild zusammengewürfelter Haufen Studenten und Hausfrauen, die sich nach bestem Gewissen bemühten, Kindern einzutrichtern, was andere Lehrer nicht geschafft hatten. Didaktik und Pädagogik entsprangen einem gesunden Menschenverstand.

Eine Studentin erzählte mir im Vertrauen, dass sie hier doch wesentlich bequemer an Kohle käme als an der Aldikasse. Wie sollte ich dem widersprechen? Allerdings entsprach auch unsere Besoldung Aldikassenniveau.

Trotzdem gefielen mir die Atmosphäre und vor allem meine Chefin, weswegen ich mich motiviert ans Werk machte. Innerhalb kurzer Zeit hatte ich zwei Sechstklässler-Deutschgruppen und diverse Einzelschüler in Latein auf meinem Stundenplan. Nach einem halben Jahr bat ich, mich von den Deutschklassen zu entbinden. Ich war definitiv kein Typ für Gruppenunterricht. Vor Schülern herumzuturnen und mich gleichzeitig auf mehrere Kinder einzustellen, war nicht meine Stärke. Die Resonanz der Schüler war im Übrigen wie in Nürnberg zweigeteilt: Die einen mochten mich wegen meiner schnoddrigen Kommentare und den unkonventionellen Erklärungen. Die anderen fanden mich einfach nur zum Kotzen, autoritär und streng.

Mein Herz schlug nach wie vor für die Benachteiligten und Schüchternen. Gnadenlos stutze ich selbstbewusste Maulhelden, pubertierende Rambos und verzogene Prinzessinnen zurecht. Ich war nicht unbedingt für meinen Kuschelkurs bekannt. Kleine Tyrannen ließ ich ins Leere laufen. Nach kurzer Zeit kamen mir die ersten Klagen über meinen harten Lehrstil zu Ohren. Zum Glück zog meine Chefin am gleichen Strang. Natürlich steckte sie ungeliebte Wahrheiten in eine diplomatische Verpackung. In der Sache selbst gab sie mir allerdings recht. Sie stärkte mir unheimlich den Rücken.

Meine Pädagogik beruhte auf meinen Erfahrungen aus der Hundeerziehung. In der ersten Stunde wurde klargemacht, wer der Chef war. War die Rangordnung festgelegt, konnte ich im weiteren Verlauf die Leine locker lassen. Mit dieser Methode fuhr ich bestens. Zum Glück fragte mich niemand, auf welchem pädagogischen Prinzip meine Lehrmethode beruhte. Ich fürchte, eine aufgeregte Elternschar hätte ihre kostbare Brut schleunigst meinem vernichtenden Einfluss entrissen.

Trotz meines konsequenten Kurses gab es etliche Schüler, mit denen eine engere Bindung entstand. Gerade ältere Jugendliche fanden an mir offenbar Gefallen, weil ich sie als Erwachsene auf gleicher Augenhöhe behandelte, ihnen aber gleichzeitig auch alle damit verbundene Verantwortung aufbürdete. War ein Schüler faul und unmotiviert, war ich die letzte, die ihm mit ständigem Mahnen oder Moralpredigten ins Kreuz stieg. Hatte er dann allerdings die Prüfung versemmelt, konnte er von mir umgekehrt mit keinerlei Mitgefühl rechnen.

Sie denken, das wäre doch völlig normal? Dann haben Sie noch keine Bekanntschaft mit Eltern gemacht, die zwar permanent ihre Kids ermahnten, später aber bei verhauenen Prüfungen keine einzige Sanktion durchsetzten, die sie vorher angedroht hatten. Ganz im Gegenteil: Es wurde auf den Lehrer eingedroschen. Warum sollte also auch nur ein Schüler das elterliche Dauergenörgel ernst nehmen? Die meisten schalteten auf Durchzug.

Aus Sicht der Eltern waren bei Problemen ohnehin immer die Lehrer schuld, die das Genie des Sprösslings nur einfach nicht erkennen wollten. Mit denen musste sich zum Glück meine Chefin rumschlagen.

Wenn ich aber wirkliche Probleme witterte, konnte man mit mir über alles reden. Oft steckten Mobbing, Liebeskummer oder familiäre Probleme hinter plötzlichem Leistungsabfall. Obwohl ich angehalten war, mich ausschließlich auf fachliche Themen zu beschränken, blieb es nicht aus, dass ich in private Bereiche Einblick erhielt. Ich äußerte immer ehrlich meine Meinung. Das kam an. Nie versuchte ich, mich beim Schüler einzuschmeicheln oder ihm nach dem Mund zu reden. Das wurde sofort durchschaut. Das kam meinem Temperament sehr entgegen. Ich musste mich nie verstellen, brauchte nie mit der Wahrheit hinter dem Berg halten. Zumindest war ich so sensibel, dass ich unangenehme Wahrheiten kindgerecht verpackte. Schließlich wollte ich niemanden verletzen. Wusste ich doch selber nur zu gut, wie schnell man Selbstwertgefühle untergräbt.

Vielleicht spürten manche Schüler, dass ich mich wirklich für sie interessierte. Ich schaute dabei nie auf die Uhr, wenn etwas Dringendes unter den Nägeln brannte. Dabei kam mir zugute, dass ich mich auf einen einzelnen Schüler konzentrieren konnte. Für eine normale Lehrkraft musste es frustrierend sein, nicht den Hauch einer Chance zu haben, bei einer Klassenstärke von 25 Schülern auf einzelne Bedürfnisse eingehen zu können.

Ich engagierte mich und kam stets vorbereitet zum Unterricht. Wahrscheinlich hätte ich meine Stunden auch mit einem Bruchteil an Aufwand halten können, aber das ging mir einerseits gegen die Ehre und andererseits machte mir die Vorbereitung Spaß.

Zwischendrin dachte ich oft voller Dankbarkeit an Werner, der mir diese Art von Beschäftigung ermöglichte. Denn sind wir mal ehrlich: Meinen Lebensunterhalt hätte ich mit Nachhilfestunden nicht bestreiten können. Selbst mit vollem Stundenplan hätte ich gerade mal meine Reitstunden finanzieren können. Darüber täuschte ich mich keineswegs hinweg. Finanziell hielt mir Werner den Rücken frei. In diesem Zusammenhang erschien mir die Einführung eines bedingungslosen Grundeinkommens eine charmante Vision. Zumindest in meinem Fall machte diese Idee Sinn. Betrachtete man nämlich mein Engagement, meinen „geistigen Einsatz" und die nötige Qualifikation, war ich bei meinem seichten Siemens-Job mehr als fürstlich entlohnt worden. Hier in der Nachhilfe hingegen wurden meine Dienste mit einem Butterbrot abgespeist. Hätte ich mich also alleine durchschlagen müssen, wäre ich gezwungenermaßen wieder im ungeliebten Sekretariat gelandet.

Obwohl ich wöchentlich nur einige Stunden Nachhilfe gab, geriet ich schnell an meine körperlichen Grenzen. Intensive Konzentration und vor allem ständiges Reden strengten mich unheimlich an. Das kannte ich von früher. Stundenlange Wanderungen, Ritte durch stille Wälder, dies alles brachte mich nie an meine körperlichen Grenzen. Meine nervliche Dünnhäutigkeit hatte sich wenig gebessert.

Abends brauchte ich geraume Zeit, um mich wieder auf Werner einzustellen. Mit Schaudern malte ich mir die Situation aus, wenn zu Hause auch noch eigene Kinder auf mich gewartet hätten. Immer noch wimmerte in solchen Phasen das leise Weh in mir, dass ich so wenig belastbar war. Aber das Weh wurde leiser. Vor allem entwickelte ich als Reaktion keinen Hass mehr auf meinen Körper. Ich schielte nicht mehr nach dem, was nicht ging, sondern erfreute mich an dem, was ich schaffen konnte.

Die richtige Entscheidung und Entspannung
auf ganzer Linie

Im November befiel mich eine Phase körperlicher Schwäche, die mich kraftlos in die Nachhilfestunden wanken ließ. Die kalten Temperaturen im Herbst und Winter waren generell belastend für mich. Ständig fror ich, die Verdauung streikte. Oft stand ich nach einem Spaziergang mit so kalten Händen vor der Haustür, dass ich nicht mehr den Hausschlüssel im Schloss drehen konnte. Meine einzige Zuflucht war der tägliche Saunagang, bei dem ich wieder auf Betriebstemperatur aufheizte.

Gleichzeitig hing auch Werner körperlich im Seil. Die inzwischen altbekannte Schwäche und Antriebslosigkeit befiel auch ihn. Oft lümmelten wir beide an den Wochenenden auf dem Sofa, konnten uns zu keinerlei Aktivität aufraffen. Trotzdem legte ich meinen ganzen Ehrgeiz hinein, nie auch nur eine Stunde Nachhilfe abzusagen. Auch der übrige Freundeskreis bekam nichts von meiner Schwäche mit. Meine wöchentlichen Ausflüge nach Nürnberg schränkte ich mit plausiblen Ausreden ein.

Wenn ich in mich hineinhorchte, was ich inzwischen leidlich gelernt hatte, wusste ich dumpf, worauf unsere Befindlichkeiten zurückzuführen waren. Aber ich konnte mich Werner gegenüber noch nicht artikulieren. Und auch er schnitt den neuralgischen Punkt nicht an.

Es war eine Utopie zu glauben, die Entscheidung über meine Arbeit auf dem Gemsli bis ins Frühjahr vertagen zu können. Wie ein Damoklesschwert hing diese Ungewissheit im Raum, lähmte uns und belastete unsere Beziehung. Dabei hatte ich mich schon längst entschieden. Ich wollte es nur noch nicht wahrhaben.

Wenn ich es realistisch betrachtete, würden sich ab dem Frühjahr drei Tage Nachhilfe in München, drei Tage Arbeit auf dem Gemsli sowie ein Reittag in Nürnberg ohne Verschnaufpause nahtlos aneinanderreihen. Von etlichen Stunden auf der Autobahn zwischendurch ganz zu schweigen.

Zuerst würde das Reiten auf der Strecke bleiben, um wenigstens einen Tag Pause zu haben. Spätestens nach zwei Wochen wäre ich trotzdem im Eimer. Ein Privatleben könnte ich mir obendrein abschminken. Schnell hätten Werner und ich die nächste Krise an der Backe. Mit diesem Konzept musste ich pfeilgerade an die Wand fahren.

Umgekehrt war die Vorstellung, nicht mehr auf dem Gemsli zu arbeiten, fast genauso unerträglich. Das Arbeiten an der frischen Luft, die herrliche Bergkulisse, der Kontakt mit vielen verschiedenen Menschen – wie sollte ich darauf verzichten? Oder auf die Nachhilfe? Dort fühlte ich mich inzwischen so eingebunden und schätzte den engen Kontakt mit meinen Schülern, dass mir dieser Verzicht genauso schrecklich erschien.

Die Entscheidung hatte ich tief in mir drin dennoch längst getroffen. Seit mir bewusst geworden war, wie sehr Werner unter der Situation, als ich auf dem Gemsli gearbeitet habe, gelitten hatte, hatte ich mich von dort innerlich verabschiedet. Es war ein langer Prozess, der jetzt aber endlich abgeschlossen werden musste. Abschließen konnte ich ihn am besten, indem ich ganz offiziell Rudi für die kommende Saison absagte. Das war es, was mich seit Wochen herumtrieb.

Zugleich dachte ich voller Liebe an Werner, der mir während dieser ganzen Zeit nie das Gefühl gab, mich manipulieren zu wollen. Äußerlich ruhig und gelassen wartete er meine Entscheidung ab, ließ mir die volle Entscheidungsfreiheit. Ich bin sicher, kein Vorwurf, nicht einmal ein missbilligender Blick wäre ihm entschlüpft, wenn es mich dennoch wieder aufs Gemsli gezogen hätte. Was konnte man sich mehr von einem Partner wünschen? Er unterstützte mich in all meinen Plänen und Träumen, ließ mich meine eigenen Erfahrungen machen und spannte trotzdem immer die seelische Hängematte unter mir auf, falls ich auf dem harten Boden der Tatsachen aufzuschlagen drohte.

Innerlich jedoch trieb ihn die Vorstellung genauso herum, dass er sich wieder auf einen Sommer als Wochenend-Strohwitwer einzustellen hatte. Sicher waren es genau diese Gedanken, die seine körperlichen Probleme ausgelöst hatten. Ich allein wusste, wie sensibel er war. Nein, mein Lieber, das würde ich dir niemals zumuten! Auch Werner konnte sich auf mich verlassen.

Im selben Prozess, in dem ich mich vom Gemsli löste, löste ich mich parallel auch endlich emotional von meinem Bruder. Zumindest machte ich mein Wohlbefinden nicht mehr von seiner Anerkennung abhängig. Natürlich war auch das kein geradliniger Weg. Immer wieder holte mich das alte Schema ein.

Entgegen kam mir, dass mein Bruder just in diesem Jahr seine Lebenspartnerin gefunden hatte und im Begriff stand, Vater zu werden. Ganz automatisch schränkten sich unsere zahlreichen Telefonate ein, sein Lebensmittelpunkt hatte sich verlagert. Erstaunlicherweise fühlte ich mich nicht an den Rand gedrängt oder abgeschoben. Auch in diesem Bereich schien sich meine veränderte Wahrnehmung positiv auszuwirken.

Da war nicht mehr dieser drängende Wunsch, Beachtung oder Anerkennung zu finden. Es war nicht mehr so wichtig, wie ich in den Augen anderer dastand. Lächerlich erschien es mir auf einmal, mich zu rechtfertigen oder meine Entscheidungen so zu verkaufen, dass es sich für die Ohren anderer plausibel anhörte. All die Spielchen, das Konkurrenzgehabe und die Positionierungen verloren ihre Bedeutung. Ich versöhnte mich endlich innerlich mit dem Gedanken, dass ich mich nie mit einem aufregend klingenden Job schmücken konnte. Die lang schwelende Wunde begann zu verheilen. Jahrelang hatte Werner nie ein Problem damit gehabt, dass er seine Gattin nicht als Ärztin oder Juristin verkaufen konnte. Jetzt endlich hatte ICH kein Problem mehr damit.

Ich verfolgte meine eigene Veränderung mit wachsendem Staunen. Dieser Wandel hatte sicher nicht nur eine Ursache. Wenn ich es mir genau überlegte, waren verschiedene Komponenten zusammengekommen. Sicher hatte die Erfahrung, etwas gerne und vor allem auch gut zu machen, mein grundlegendes Vertrauen in die eigenen Fähigkeiten gestärkt. Komischerweise wusste ich jetzt nämlich tief in mir drinnen, was ich wirklich gut konnte: Wissen vermitteln, Menschen ansprechen, motivieren und begleiten. Auch wenn es nur auf dem winzigen Feld der Nachhilfe war, hatte diese Tätigkeit viel weitere Kreise gezogen. Mich mit Texten beschäftigen, an Formulierungen feilen, das hatte mich von jeher fasziniert. Jetzt konnte ich diese Vorlieben verbinden mit einer Art von Kommunikation, die mir ebenfalls sehr lag: mich mit einer einzelnen Person gezielt auseinandersetzen. Natürlich werden viele verwundert die Stirn runzeln, welch weltbewegende Erkenntnisse das waren, die mich da ereilten. Aber ich war mir selber ein Stückchen näher gekommen. Hatte ein Gefühl für meine Fähigkeiten und Vorlieben entwickelt, etwas, von dem ich vorher völlig abgeschnitten gewesen war. Einhergegangen war dieses Empfinden mit einer Zuversicht in das eigene Schicksal. Zukunftsängste, die mich jahrelang gequält hatten, Ängste vor einem erneuten Ausbrechen der Hautkrankheit oder allgemeine Existenzängste wurden allmählich schwächer. Da war sie, die Gelassenheit, die ich so herbeigesehnt hatte. Es war, als hätte ein kleiner Dominostein, den ich in eine positive Richtung umgestoßen hatte, eine Vielzahl von positiven Ereignissen nach sich gezogen.

Die Beziehung zu meinem Bruder war dabei das beste Beispiel. In dem Augenblick, in dem ich ohne jegliche Erwartungshaltung, ohne Druck und in positiver Grundeinstellung auf ihn zugegangen war, öffnete sich auf einmal die verschlossene Auster, die er einst gewesen war. Zaghaft waren die Ansätze, aber deutlich wahrnehmbar.

Natürlich änderte sich sein Verhalten mir gegenüber nicht grundlegend, aber ich nahm dankbar an, was er mir anbot und hatte nicht mehr das quälende Gefühl, mir würde etwas vorenthalten, auf das ich Anspruch hätte. Trafen wir uns, umschlichen wir uns nicht mehr minutenlang, um die momentane Stimmung des anderen abzuklopfen und uns vor Angriffen zu wappnen, sondern starteten unbefangen eine Konversation. Wir nahmen weiterhin rege am Leben des anderen teil, ohne Bewertungen anzustellen oder manipulierende Ratschläge zu geben.

Endlich schätzte ich auch unsere Verschiedenheit und wertete sie nicht länger als Defizit, was Missverständnisse und gegenseitige Frustration ausgelöst hatte. Vieles an seinem Verhalten, das bei mir Abwehr, ja Aggression ausgelöst hatte, wurde in einer Wolke aus liebevollem Verständnis aufgelöst. Einer Milde, die ich mir endlich selbst und damit auch anderen zugestehen konnte.

Jetzt aber musste ich endlich ein Gespräch mit meinem Bruder führen, um ihm meine Entscheidung mitzuteilen. Auch wenn mir die Worte schwer über die Lippen kamen, sagte ich meinem Bruder unumwunden, dass ich nicht mehr bei ihm arbeiten könnte. Meine Absage stieß bei Rudi einerseits auf ehrliches Bedauern, andererseits aber auch auf großes Verständnis. Beides tat mir gut. Noch war genug Zeit, Ersatz für mich zu finden.

Ich denke, mein Rückzug aus dem Gemsli stieß bei der übrigen Mannschaft auf wenig Bedauern. Hierüber hatte ich mir nie Illusionen gemacht. Schließlich war es für die anderen der Lebensunterhalt, der dort oben verdient wurde. Natürlich hingen auch die übrigen mit Herzblut an der Sache, aber ich war die Einzige, die die Tätigkeit dort oben als Hobby betrachten durfte. Hinzu kam meine Sonderstellung als Schwester.

Im Rückblick war es auch eine Erleichterung für Rudi, denn jetzt stand er nicht mehr im Zwiespalt zwischen Rücksichtnahme auf die Schwester und Interessen des übrigen Teams. Auch für ihn brach eine neue, außergewöhnliche Situation an, denn zum ersten Mal hatte er familiäre und berufliche Bedürfnisse unter einen Hut zu bringen.

Für unser beider Beziehung wirkte sich mein Rückzug vom Gemsli positiv aus. Fortan konnte ich mich dort oben als normaler Gast frei und unbekümmert bewegen. Rudi zog mich nach wie vor in seine Entscheidungen ein, fühlte sich aber nicht mehr verpflichtet, mir dort oben einen Arbeitsplatz freizuhalten. So konnten wir mit dem nötigen Abstand und unabhängig unsere Lebensentwürfe gegenseitig mit Interesse verfolgen und begleiten.

Als ich Werner meine Entscheidung mitteilte, schloss er mich wortlos in die Arme. Eine Zentnerlast fiel von seinen Schultern. Fast ebenso wichtig wie die gewonnene Zeit, die wir im Sommer mit dieser Entscheidung gewinnen würden, war für Werner der Ablösungsprozess von meinem Bruder. Ganz natürlich konzentrierte sich jetzt jedes Geschwisterteil auf seinen jeweiligen Partner.

Inzwischen war meine Haut wunderbar stabil. Zum Glück hatte ich mein Pendel. Ich weiß nicht, wie ich all die Jahre ohne diesen Helfer ausgekommen bin! Ein halbes Jahr verzweifelte ich schier, weil ich mit einer entzündeten Oberlippe herumlief, deren Ursache ich einfach nicht herausfand. Herr Bieler gab mir den entscheidenden Tipp: Ich sollte doch mein Besteck auspendeln.

Seitdem führe ich in meiner Handtasche immer einen Silikon-Babylöffel und eine Silbergabel mit. Anderes Material vertrage ich nämlich nicht. Oder ich knobelte wochenlang an einer Hautverschlechterung, bis ich herausfand, dass ich den Matetee, den ich seit Jahren trank, nur aus dem Bioladen und nicht aus der Drogerie vertrug. Stets begleitet mich auch Notfallproviant in Form von getrockneten Papayas, Äpfeln oder Datteln, die ich immer als Energiespender in der Tasche habe, sollte ich mal nicht rechtzeitig zu meiner nächsten Mahlzeit heimkommen.

Den Sommer über hatte ich nun meine ideale Ernährung gefunden: Sie bestand hauptsächlich aus Äpfeln und Papayas, bestimmten Trockenfrüchten und ausgewählten Milchprodukten. Ich mochte nun mal Frischkäse und Co. am liebsten. Fisch liebte ich ebenfalls. Alle paar Wochen gab es ein Stück Rindfleisch oder Wild. Auch wenn mein Speisezettel inzwischen reichhaltiger geworden war, aß ich bevorzugt, was mir am besten schmeckte. Reis, Reismilch und Sojamilch konsumierte ich täglich. Gemüse gab es in Maßen gedünstet. Im Sommer gönnte ich mir ab und zu meinen heiß geliebten Salat. Auf Säuren und scharfe Gewürze verzichtete ich völlig.

Im Winter musste ich meine Ernährung umstellen, wollte ich nicht ständig frierend und schlapp durch die Gegend taumeln. Besonders beim Skifahren hielt ich phasenweise keine drei Abfahrten durch, bis ich innerlich so schlotterte, dass ich ins warme Bergrestaurant flüchten musste. Ich brauchte wärmende Speisen.

Zunächst entdeckte ich Rinderbouillon. Die vertrug ich hervorragend und sie warf meinen inneren Ofen zuverlässig an.

Eine Freundin brachte mich dann auf Dinkel. Eine Offenbarung! Das Zeug gibt richtig Power. Fortan schlemmte ich mich im Winter durch sämtliche Dinkelvariationen. Angefangen von Dinkelbrei, Dinkelgrießbrei, Dinkelflocken in Gemüsebrühe bis hin zu Schnellkochdinkel mit Reismilch. Musste ich mobil sein, etwa beim Wandern oder Skifahren, versorgte ich mich mit kalten, in der Schale gekochten Kartoffeln. Die hatte ich in einer Tupperdose stets griffbereit. Es gibt nichts Schöneres, als hungrig in so eine dunkle Knolle zu beißen. Herrlich, wenn das mehlige Gelb mit ein paar Krümeln Himalayasalz besprenkelt in der Sonne glänzte. Das hatte was von dem Gefühl, einem Schokonikolaus den Kopf abzubeißen. Ein Schluck Kräutertee aus der Thermoskanne und ein Frischkäse beendete mein lukullisches Mahl.

War ich unterwegs, suchte ich mir möglichst ein einsames Plätzchen in der Natur für meine Brotzeit. Natürlich gönnte ich mir besonders im Winter auch ein kleines Highlight. Nachdem Schoko und Co. immer noch völlig tabu waren, hatte ich eine Leckerei entdeckt, für die ich durchs Feuer ging: Lakritze! So war es der erklärte Höhepunkt jedes Skitages, wenn ich mir aus meinem Rucksack andächtig eine schwarze Lakritzschnecke herausfischte, die ich dann von ihrem einen Ende aufdröselte und das schmale Band, immer weiter aufziehend, langsam lutschte.

Sonnenblumenkerne kaute ich zwischendurch, wenn ich Lust auf etwas Knackiges hatte. Überfiel mich der Heißhunger auf Süßes, lutschte ich zuckerfreie Karamellbonbons. Als Nahrungsergänzung schluckte ich seit Jahren Nachtölkapseln und hohe Dosen eines Vitamin-B-Präparates. Nach und nach hatte ich mir meine feine kleine Lebensmittelwelt zusammengestellt, in der ich mich behaglich fühlte. Ich bewegte mich auf ausgetretenen Pfaden, riskierte keine großen neuen Geschmackserlebnisse. Mir genügte, was auf meinem Speisezettel stand, ich aß mit Genuss und Freude. Das war ausschlaggebend für mich. Ebenso wichtig war, dass sich auch mein Körper mit dieser Kost wohl fühlte.

Mit meiner Ausweitung auf Dinkel stieg auch mein Energielevel beträchtlich. Das ständige Frieren im Winter blieb aus. Dabei zeigte sich meine Haut von ihrer Sonnenseite. Die Kost behagte auch ihr außerordentlich. Bis auf ausgedehnte Sonnenbäder im Sommer, viel Bewegung an der frischen Luft zu jeder Jahreszeit und den täglichen Saunagängen brauchte meine Haut keine zusätzlichen speziellen Schmierereien mehr. Ein Gel aus Aloe Vera genügte. Von außen konnte sowieso keine Creme eine Verschlechterung der Haut stoppen oder Hautflecken zum Verschwinden bringen. Das ist das Trickreiche am Kortison. Man glaubte schnell an ein Wunder, wenn die Flecken über Nacht verschwanden. Das dicke Ende kam bestimmt. Ließ ich hingegen den Auslöser weg, gesundete die Haut von alleine. Mit Kortison wurde zwar der Ausbruch unterdrückt, aber die Haut blieb trotzdem in irgendeiner Form „aufgewühlt". Besser kann ich diesen Zustand schwer beschreiben.

Auch heute noch tigere ich unruhig durchs Haus, finde keine Ruhe, fühle die Spannung auf der Haut, merke das Jucken und Kribbeln, möchte aus der Haut fahren, wenn ich etwas Unbekömmliches gegessen hatte. Dabei läuft es mir stets kalt den Rücken runter, wenn ich in irgendwelchen Magazinen die Ratschläge von Hautärzten lese, die immer wieder gerade in der kalten Jahreszeit bei Neurodermitis eine fettreiche Cremebehandlung empfehlen. Das Schlimmste, was man meiner Haut zumuten könnte! Je fettfreier und feuchtigkeitsreicher die Behandlung, desto gesünder meine Haut.

Immer wieder werde ich gefragt, wie ich es schaffe, diese strenge Diät durchzuhalten. Diese Frage kann nur jemand stellen, der nie die Einschränkungen erlebt hat, die mit einer aufgekratzten Haut einhergehen. DIESE Qual wünsche ich nicht meinem schlimmsten Feind an den Hals. Dagegen ist der vergleichsweise harmlose Verzicht auf ein paar Lebensmittel der reinste Kinderfasching. Stellen Sie sich vor, ich kann wieder am normalen Leben teilnehmen! Ich kann ins Schwimmbad, in die Sauna, ich kann lachen, schwitzen, Sport machen, meine Haut offen zeigen, kurze Kleider tragen, verstecke nicht mehr mein Gesicht hinter einem Pony, muss nicht verschämt meine zerkratzen Hände in Baumwollhandschuhe stecken. Das Beste aber ist, ich spüre meine Haut als angenehme Ummantelung, die ich gerne ansehe und fühle. Kein Gesunder kann dieses Glück ermessen!

Im zweiten Atemzug wird Werner meist die Frage gestellt, wie er auf seine Kosten kommt, wenn ihm im Restaurant nur eine am Milchkaffee nuckelnde Partnerin gegenübersitzt. Keine, mit der man sich mal gepflegt betrinken könnte. Keine, die zum romantischen Candle-Light-Dinner taugt.

Wahrscheinlich würde sich Werner lachend auf die Schenkel klopfen. Um ihnen danach zu verklickern, dass man ganz wunderbar unterhalten wird, wenn jemand nur mit seinem Milchkaffee beschäftigt ist und nicht ständig den Mund voller Pasta hat.

Das Beste aber: Bei uns gibt's niemals Futterneid!

Einen weiteren Meilenstein in Richtung Normalität brachte schließlich ein guter Freund ins Rollen. Als wir in seiner Küche saßen, fielen mir zwei große Geräte ins Auge, deren Funktion mir zunächst schleierhaft war. Das wären ein Wasserfilter und „Energiewirbler", erklärte er mir. Meine Neugier war natürlich sofort auf den Plan gerufen. Immerhin schipperte ich immer noch wöchentlich meine Wasserflaschen von Mutters Zapfstelle zu uns nach Hause. Jetzt erfuhr ich, dass es einen Wasserfilter gab, der zunächst sämtliche Stoffe aus dem Leitungswasser filterte, das danach durch einen zweiten Filter lief, der wieder die richtige Mineralzusammensetzung zuführte. Das zweite Gerät produzierte die richtige Drehung des Wassers. Schon von Herrn Bieler hatte ich gehört, dass jedes Ding eine „gute" oder „schlechte" Drehung aufweist. Hier nun wurde das Wasser rechtsgedreht. Fragen Sie einen Experten, er wird ihnen den Sachverhalt besser erklären können.

Fakt blieb, dass mit diesen zwei Geräten eine deutliche Verbesserung meiner Lebensqualität einzog. Jetzt vertrug ich dank dieser Filteranlage auch das Wasser in Planegg. Am Trinkwasser hing der Großteil meines Hautzustandes. Ich bin sicher, etliche Neurodermitiker hätten keinerlei Beschwerden, wenn sie das richtige Wasser trinken würden. Ich erinnere mich noch lebhaft an meine Hautausbrüche in der Schweiz, die mich und Werner fast an den Rand der Belastbarkeit gebracht hatten. Anstatt mit Kortison zu experimentieren, sollte der eine oder andere einfach mal auf gekauftes Mineralwasser umsteigen. Einen Versuch ist es zumindest wert. Auch wenn man keine sofortigen Wunder erwarten sollte. Es dauert lange, bis sich das Weglassen von Nahrungsmitteln auf der Haut positiv niederschlägt. Oder man lernt das Pendeln! Dies würde ich sowieso jedem Betroffenen wärmstens empfehlen.

Ich erinnere mich gut, dass ich ein paar Wochen schier verzweifelte, weil sich meine Haut an etlichen Stellen nicht beruhigen ließ, bis ich dank des Pendels den Kräuterquark als Übeltäter ausfindig machen konnte.

Natürlich werde ich auch oft mit Menschen konfrontiert, die ganz bewusst Hautausbrüche in Kauf nehmen, weil sie auf lieb gewonnene Lebensmittel nicht verzichten wollen. In unserem Bioladen lief mir letztens eine deutlich von Neurodermitis gezeichnete Verkäuferin über den Weg, die ich daraufhin zaghaft auf ihre Ernährung ansprach. Lachend gab sie mir zur Antwort, dass sie halt ein Schokoladen-Junkie sei und dementsprechend hin und wieder einfach nicht auf ihre Tafel puren Genusses verzichten wolle. Dafür nähme sie gerne diese Konsequenzen in Kauf. Diese Einstellung akzeptiere ich voll und ganz. Als erwachsener Mensch möchte ich auch nicht, dass mir irgendjemand Vorschriften wegen meines Verhaltens macht, auch wenn es für Außenstehende noch so wenig nachvollziehbar scheint. Das kann nur jeder Einzelne für sich selbst entscheiden.

Wogegen ich allerdings etwas habe sind Eltern, die in meinen Augen sträflich die Gesundheit ihrer Kinder aufs Spiel setzen.

Auch diesen Fall berichtete mir eine Freundin. Sie hatte eine Mutter mit Neurodermitiskind an der Hand getroffen, die sie daraufhin auf deren Ernährungsgewohnheiten ansprach. Darauf erwiderte die Mutter, dass ihr Sohn einfach so wahnsinnig gern Süßes esse. Sie brächte es einfach nicht übers Herz, ihrem kleinen Schatz diese Genüsse zu versagen. Wissen Sie was? Wenn ich dieser Mutter über den Weg gelaufen wäre, hätte ich sie ungespitzt in den Boden gerammt.

Wenn ich mir vorstelle, was mir alles erspart geblieben wäre, wenn man mir schlicht und einfach kategorisch gewisse Lebensmittel verboten hätte. Natürlich hat zwar meine Mutter zu Hause den Zucker verbannt, als Kind habe ich mich aber außer Haus darüber hinweggesetzt; ich war damals bereits schon so alt, dass ich mir diese Dinge selber beschaffen konnte.

Ein Kleinkind ist aber auf die Fürsorge seiner Eltern angewiesen und die können sehr wohl steuern, was ihrem Sprössling in den Mund kommt. Und gerade die ersten Lebensjahre sind entscheidend. Fängt man erstmal mit diesem ganzen Kortisoneinschmieren an, kommt man so leicht nicht mehr von dem Zeug los. Dagegen führt eine konsequente Ernährungsumstellung bei Säuglingen und Kleinkindern sehr schnell zum Erfolg. Nach relativ kurzer Zeit lässt sich dann auch das Nahrungsangebot wieder erweitern, ohne dass sich die Haut verschlechtert. Nach einer zwanzigjährigen Kortisonzufuhr lässt sich die Sache hingegen nicht mehr so leicht zurechtbiegen. Das hatte ich ja am eigenen Leib erfahren.

Ich bin sicher, dass gerade die Psyche einen großen Anteil an der ganzen Misere trägt. Wobei ich zwischen zwei Aspekten unterscheide. Wenn man zum einen von Kindesbeinen an als kleiner Zombie durchs Leben stapft, dann ist das sonnigste Gemüt irgendwann mal so nachhaltig irritiert, dass es sich gekränkt und in Selbstzweifeln zermürbt in sich zurückzieht. Außerdem zeige man mir jemanden, der nach durchkratzten Nächten immer noch ausgeglichen und ausgeruht morgens aus dem Bett springt. Da wird jeder automatisch feinfühliger, sensibler und dünnhäutiger.

Der andere Aspekt spielt für mich allerdings die weitaus größere Rolle. Ich war von meinen Eltern sehr früh auf eine bestimmte Rolle konditioniert worden. Setzte ich mich über diese Vorgaben als kindlicher Querkopf hinweg, „bestrafte" ich mich im gleichen Atemzug für dieses Verhalten, indem ich mich blutig kratzte.

Schlechtes Gewissen löste bei mir sofort einen Juckreiz aus, der mich erst einhalten ließ, wenn der Druck gewichen war; sprich, wenn ich mich selbst bestraft hatte. Manchmal kam es mir auch vor, ich wäre förmlich „implodiert", wenn ich mich von meinen Eltern ungerecht behandelt fühlte oder mir der Leistungsdruck besonders zusetzte, ich mich aber nicht durch Aggression nach außen wehren durfte. So hatte sich schlicht sämtliche Aggression gegen mich selbst gerichtet.

Natürlich verstärken Stress und seelische Belastungen zusätzlich eine Haut, die sowieso schon angeschlagen ist. Vor allem, wenn in den Wintermonaten das Immunsystem geschwächt ist. Druck kann ich generell schlecht abfedern. Da wird meine Haut zum Ventil. Ich muss also versuchen, den Druck anderweitig loszuwerden.

Man hat mir in diesen Zeiten zu Entspannungstechniken geraten. Ich würde aber sagen, wenn ich einen Liter „falsches" Wasser getrunken habe, dann kann ich mich stundenlang zu irgendwelchen Meditationen niederlassen und die Haut würde trotzdem zu voller Neuro-Blüte auffahren. Vielleicht kann ich dann durch autogenes Training versuchen, mich nicht allzu sehr darüber aufzuregen. Aber verhindern kann ich den Ausbruch damit sicher nicht.

Generell bin ich einfach der Typ, der aufgestaute Gefühle „abarbeiten" muss.

Das funktioniert am besten über Sport. Jedes Jahr freue ich mich auf mein besonderes Highlight: Wenn im Frühjahr der Schnee im gleißenden Sonnenlicht zur pampigen Masse schmilzt und Otto Normalverbraucher längst das Fahrrad rauskramt, kommt meine Zeit: Dann flutsche ich auf menschenleeren Pisten im Affenzahn über den knöcheltiefen Matsch, bis die Schneesoße nach allen Seiten spritzt. Da rackere und ackere ich wie eine Besessene über die Pisten, bis mir die Zunge wie einem Hund über die Knie baumelt. Da schütteln besorgte Liftmänner den Kopf, wenn ich in einer Endlosschleife oben angekommen, vom Bügel schnelle und ins Tal stürze, während Werner schon längst im Schnee stecken bleiben würde. Der hockt deshalb inzwischen auf der Hütte im Liegestuhl und lässt mich lächelnd gewähren.

Irgendwann holt ihn sicher eine selig lächelnde Lisa ab, die der schönste Klunker der Welt nicht glücklicher machen könnte.

Ich machte mir intensiv Gedanken darüber, wie ich gerade Gefühle wie Ärger, Wut und Enttäuschung effektiver auffangen konnte. Durch meine mentale Umpolung war ich schon ein großes Stück weitergekommen. Der Reisende war mein bester Kumpel geworden. Trotzdem konnte er nicht verhindern, dass ich mich immer noch selbst unter Leistungsdruck setzte oder in zermürbenden Selbstzweifeln versank. Die alten Muster meiner Kindheit waren fest verankert. Besonders im Verhältnis zu meiner Mutter musste ich mich ständig selber daran erinnern, dass ich so angenommen werde, wie ich bin. Ich geriet immer noch durch schlechtes Gewissen und nagende Zweifel leicht in einen Zustand, in dem ich buchstäblich aus der Haut fahren wollte.

Aber ich hatte einmal diesen ruhenden Pol in mir gespürt und seitdem nie mehr die Verbindung zu ihm losgelassen. Weil er im Alltag oft schwer wahrnehmbar war, musste ich versuchen, diesen Pol zu stärken. Hier lag der Schlüssel zu mehr Gelassenheit, zu mehr Harmonie mit mir selbst. Ich war sicher, auf dem richtigen Weg zu sein.

Wiederum griff ich auf meine altbewährten Methoden zurück: Sooft es meine Zeit zuließ, trollte ich mich in die Natur. Hier lag der Grundstock für meine Gesundung, eine umfassende Gesundung, die Körper und Seele umfasste. Wie bin ich meinen Eltern dankbar, dass sie mir mit dem Heranführen an die Schönheit der Natur ein unschätzbar kostbares Werkzeug an die Hand gegeben hatten, mich selber gesund zu machen. Dort draußen fand ich allein durch Schauen und Staunen etwas, was mir tiefe Befriedigung und Geborgenheit schenkte.

Hatte ich mich nicht schon als Kind aufs Fahrrad gesetzt und war ziellos in den Wald geradelt, wenn ich mich unglücklich, zermürbt, zerkratzt und wütend gefühlt hatte? Da saß ich dann auf meiner schattigen Lichtung und fühlte den Schutz der Baumriesen um mich, lehnte mich an die borkige Rinde und wühlte meine Füße ins Laub. Überall krabbelte und kroch es. Der Natur um mich herum war völlig wurscht, wie es mir ging. Alles lief seinen gemächlichen Gang, niemand regte sich auf, jeder hatte seinen Platz und seine Aufgabe, fügte sich ein in ein stimmiges Ganzes.

Natürlich herrschte in der Natur ein Fressen und Gefressenwerden, da hatte allzu große Milde keinen Platz. Trotzdem war es ein Kreislauf von Werden und Vergehen, in den ich mich selber eingebunden fühlte. So wurde ich ein Teil des Waldes, auch wenn ich schniefend unter dem Baum hing und mich selbst bemitleidete. Langsam wurde das Geschniefe dann weniger. Einerseits, weil es keinen Spaß machte zu schniefen, wenn keiner zuhörte, und andererseits, weil es überhaupt keinen Sinn mehr machte. Keinen Sinn angesichts der Ruhe und Stille, die mich umgab.

Im Grunde suchte ich Stille, wenn ich in die Natur flüchtete. So als wären all die Reize im Alltag zu viel, die mich bestürmten. Als suchte ich in der Weite Struktur und Entwirrung, wenn mich Gedankenknäuel wie in einer Endlosschleife umgarnten. Die Gedankenstränge lösten sich in nüchterner Klarheit, unlösbare Probleme relativierten sich.

Oft suchte ich mir für meine Mittagsrast beim Skifahren einen einsamen Holzstadel auf der Piste, wo sich diese wunderbare Ruhe besonders gut einstellte:

Ich sitze in der Sonne vor einem abgelegenen Holzstadel. Meine Skier stecken nebenan im Schnee. Ich lehne mich gegen die ausgebleichte Bretterfassade. Sonne und Wind haben sie wie das hölzerne Gesicht eines alten Weibes verwittern lassen. Rhythmisch tropft schmelzender Schnee vom Dach. Sonst herrscht Stille. Ich richte meine Augen auf die gegenüberliegenden Berggipfel. Gerade vor mir windet sich ein gleißendes Schneefeld bis knapp hinauf zum schroffen Gipfel, der mit seinem dunklen Fels einen imposanten Kontrast zum stahlblauen Himmel bildet.

Wer hat nur dieses gezackte Kunstwerk aus Stein gemeißelt? Wer hat das Schneefeld wie mit flüssigem Wachs übergossen? Liebkosend wandern meine Augen die unterschiedlichen Schattierungen des Felsens ab, bleiben an dunklen Felsbröseln hängen, die vereinzelt im Schnee tupfen. Wenn ich meine Augen halb schließe, verzerrt sich das Bild durch den dunklen Wimpernkranz. Schlieren und Schatten fliegen durch den Fels. Regenbogenfarben umsprenkeln Lichterkränze. Die Perspektiven und Bilder ändern sich, die Schönheit bleibt.

Ich lege meinen Kopf in den Nacken und blase eine weiße Fontäne Atemluft in den Himmel. Versonnen beobachte ich, wie sich die Tröpfchen mit der Luft vermischen, wie sie verschwinden, im großen Ganzen aufgehen.

In diesem Moment bin auch ich ein Teil vom großen Ganzen.
Glücklich lächle ich, das Gesicht der Sonne zugeneigt.

Oft schnappte ich mir nach den Nachhilfestunden die schwanzwedelnde Ginger, die schon auf mich wartete, als ob sie wüsste, wie wohl auch mir ein Spaziergang tun würde. Dann ging es raus in den Wald. Mit Ginger an der Seite traute ich mich in den einsamsten Wald, bei Regen, Dunkelheit oder Kälte. Oft dauerte es lange, bis sich der tobende Gedankenstrom in sanfteren Bahnen bewegte. Alle Unruhe fiel viel schneller von mir ab, wenn ich in eisiger Dunkelheit oder bei peitschendem Wind lostrabte. Irgendwann aber trat immer die wohltuende Stille um mich und vor allem in mir ein, die alle lästigen Gedanken zum Schweigen brachte.

Schaute ich genauer hin, waren es immer dieselben Gedanken, die mich herumtrieben. Völlig nutzloses Alltagsgedöns. Wann ich was einkaufen musste, wann Werner nach Hause kam und was ich dann kochen sollte. Ob ich es schaffte, irgendwelche blöden Termine zu koordinieren. Ob ich morgen den roten oder den blauen Pullover anziehen sollte. Ob mir Mutter böse war, weil ich mich heute nicht gemeldet hatte. Ob ich den Schülern morgen lieber aus dem Übungsbuch oder doch eher aus dem Arbeitsheft Aufgaben stellen sollte. Lauter Krempel, der sich stets in denselben Bahnen bewegte. Keine ergreifend neue Erkenntnis aus all diesen Gedankenschwingungen. Eigentlich völlig vergeudete Zeit.

Wie konnte da in meinem Kopf etwas anderes hochkommen, etwas, das vielleicht viel wichtiger wäre?

Dazu musste ich erstmal Platz schaffen. Auch wenn dann vielleicht auch nichts Neues, Weltbewegendes entstand, zumindest war dann die Möglichkeit geschaffen. Nicht zuletzt verschaffte mir aber diese „Gedankenleere" ein angenehmes Gefühl. Darum ging es schließlich. Das allein zählte. Manchmal hatte ich das Gefühl, ich schwämme in einem See voller Gedanken, in dem ich erst durch eine Schicht Wasser bis auf den Grund tauchen musste, um dort meinen Paradiesgarten zu finden. Einen Ort, an dem ich in ruhigem Wasser dahingleiten konnte.

Seit einiger Zeit hatte ich mit Joggen angefangen. Noch wenige Jahre zuvor wäre ich nach den ersten Metern hechelnd zusammengeklappt. Jetzt trug mich mein Körper zuverlässig. Schon mein Vater war mit Begeisterung durch die Wälder geheizt, als man diese Aktion noch Waldlauf nannte. Schon eine halbe Stunde im nächtlich dunklen Wald wirkte Wunder. Ginger als Bodyguard an der Seite, Stirnlampe am Kopf.

Die endlosen Spaziergänge mit Werner taten ihr Übriges. Nichts bereicherte und befriedigte mich mehr, als diskutierend und die Natur bestaunend mit Werner durch den Wald zu streifen. Eine ziemlich billige Angelegenheit, die jedem jederzeit zur Verfügung steht.

Früher war ich auch laut singend durch die Wälder gestapft. Das half hervorragend gegen schlechte Stimmungen. Ich hatte die halbe Zauberflöte von Mozart im Kopf, sodass ich in schrägem Ton unzählige Arien durch die Baumwipfel schmetterte. Allerdings nur bei wirklich abgelegenen Wegen zu empfehlen.

Ebenso bin ich sicher, dass mir auch Klavier und Cello ein Seelentrost wären, hätte man mir durch Leistungsdruck und stupides Auswendiglernen nicht sämtliche Lust dazu genommen. Aber gut möglich, dass sie sich irgendwann wieder einstellt, die Liebe zum Musizieren. Zumindest gut, diese Alternative in petto zu haben, falls morsche Knochen mir irgendwann den Sport versagen sollten.

Die nächste Übung bestand jetzt darin, nicht nur im Wald oder an stillen Plätzen diese Ruhe und Gelassenheit zu erreichen, sondern auch angesichts einer kreischenden Schülerschar. Diese Disziplin war weitaus komplizierter. Da konnte ich nur wieder mit inneren Bildern arbeiten, die ich mir in der Natur kopiert und in meinem inneren Archiv als Datei abgespeichert hatte.

Sie erinnern sich vielleicht an diese Bilder aus der Kindheit, auf denen zwei verschiedene Motive auf ein und demselben Bild erscheinen, je nachdem, wie man die Karte in Händen hält. So ähnlich versuchte ich jetzt ebenfalls eine Art Perspektivenwechsel, wenn ich in einer unangenehmen Situation steckte, der ich nicht ausweichen konnte.

Da erschienen dann auf einmal über dem mit kreischenden Bremsen einfahrenden Zug lichte Nebelwolken, sanft schwingende Bäume, die Ruhe und Kühle ausströmten. Auf sie lenkte ich mein Bewusstsein, sodass der Lärm an mir vorbeibrandete. Oder ich versuchte, mich nicht gegen den Lärm zu wehren, sondern stellte mir vor, er flöße durch mich hindurch. Als ob ich selbst transparent wäre und dem Lärm keinen Widerstand entgegensetzte. Mit dieser Methode ließ sich Unangenehmes viel leichter ertragen.

Statt angestrengtem Starren auf fixe Ziele beobachtete ich lieber ganz bewusst andere Leute. Beobachten ist überhaupt die sinnvollste Tätigkeit, die man sich vorstellen kann.

Haben Sie schon mal einen Ameisenhaufen beobachtet? Gut, in gehörigem Sicherheitsabstand, versteht sich. Langweilig wird die Sache nie. Automatisch ranken sich in der Vorstellung kleine Geschichten um all die Tierchen, die um einen herumwuseln. Wo schleppt wohl die kleine Ameise die riesige Tannennadel hin? Vielleicht legt sie die ihrem Geliebten gleich unters Kopfkissen. Oder sie versohlt damit einem Küchenjungen den Hintern, der die Milch hat überkochen lassen. Der Fantasie sind keine Grenzen gesetzt.

Mit dem Pendel bewaffnet wagte ich mich dann auch endlich an Schüssler Salze. Schon oft hatten mich Freunde auf diese „Geheimwaffe" hingewiesen. Zwar hatte ich schon vor Jahren ein Buch darüber gelesen, hatte mich aber nie näher damit befasst, weil mir die Auswahl der richtigen Salze allzu zweifelhaft und willkürlich erschien. Bei Neurodermitikern sollten sie jedoch positive Wirkung zeigen. Also besorgte ich mir in der Apotheke eine Vorauswahl.

Nun ging ich täglich daran, mir die richtige Zusammensetzung auszupendeln. Besonders bewährten sich bei mir die Nummern zwei, drei, sieben und acht. Ob sie eine durchgreifende Verbesserung brachten, konnte ich nicht definitiv ausmachen. Trotzdem war meine Haut inzwischen so stabil, dass sich einzelne „Ausrutscher" in der Ernährung nicht mehr negativ auswirkten.

Nicht nur meine Haut, besonders die Reaktionen meines Umfeldes bestärkten mich immer wieder in dem Gefühl, auf dem richtigen Weg zu sein. Ich glitt jetzt viel entspannter durchs Leben, indem ich mir sowohl in der Natur als auch durch meinen Perspektivenwechsel Ausgleich für stressige Situationen schaffte. Relaxter wurde ich jetzt auch in der Einstellung, jedermann ein guter Gesprächspartner sein zu müssen. Wenn ich merkte, dass mich ein verbaler Austausch auslaugte, beendete ich das

Gespräch so schnell wie möglich. Bei professionellen Energieräubern verausgabte ich mich nicht mehr völlig, sondern schob rechtzeitig einen Riegel vor. Hier das richtige Maß zu finden, dabei jedoch die Menschen nicht vor den Kopf zu stoßen, war nicht leicht. Aber sogar ich lernte, ein Gespräch auf taktvolle Weise zu beenden, wenn es mir zu anstrengend wurde. In dieser Disziplin war mir stets Werner ein großes Vorbild, der immer noch ruhig und gelassen reagierte, während ich schon längst unter Hochspannung stand.

Die ultimative Herausforderung und ein kurzer Blick in die Zukunft

Eine große Herausforderung stand uns allerdings noch bevor: Seit ich Werner an besagtem Abend in der Engelibar restlos verfallen war, gab es den großen Traum, mit ihm auf Reisen zu gehen. Bisher waren unsere Auslandtrips ziemlich abgesicherte Aktionen, schließlich hatten meine Hautbedürfnisse immer sowohl das Ziel, als auch die Art des Reisens bestimmt. Sprich, wenn möglich, hatte ich auf eine private Kochgelegenheit gedrängt. Wir waren in Privatwohnungen oder in Hotels abgestiegen, wo zumindest so weit auf meine Wünsche eingegangen wurde, dass ich mich essenstechnisch über Wasser halten konnte. Dies war aber für mich immer ein fauler Kompromiss gewesen.

Ich wollte endlich raus in die Natur! Unter freiem Himmel zelten. Ohne umfangreiche Cremetöpfe oder Lebensmitteldepots. Einfach mit dem Rucksack losziehen.

Was für Otto Normalverbraucher ein völlig unspektakuläres Szenario darstellte, war für mich immer ein unerreichbarer Traum geblieben. Jetzt fühlte ich mich fit und stabil genug, dieses Abenteuer anzupacken. Natürlich nicht nur eine normale Backpacker-Tour. Nein, die verschärfte Version war mein Ziel: Es mussten unbedingt ein paar Tage hoch zu Ross dabei sein.

Wir einigten uns schließlich auf eine dreiwöchige Argentinien-Chile Reise. Erst wollten wir per Rucksack Patagonien unsicher machen, danach war ein mehrtägiger Pferdetreck durch den chilenischen Dschungel vorgesehen. Ein Packpferd sollte unsere mobile Küche und die Zelte mitschleppen. Allein die Vorstellung, mit Klamotten voller Pferdehaare, ungewaschen und ohne verfügbaren Cremetopf auch nur eine Nacht zu verbringen, hätte mir noch vor Kurzem die Schweißperlen auf die Stirn getrieben.

Jetzt aber versorgten wir uns erstmal mit ordentlichen Treckingrucksäcken.

Der nette Verkäufer zog seine Stirn sorgenvoll in Falten, als er mein schmales Kreuz unter dem riesigen Rucksack verschwinden sah. Egal, ich brauchte Stauraum. So ganz wollte ich meine Versorgungslage doch nicht dem Zufall überlassen. Statt Beautycase und Co. bunkerte ich zehn Doppelpackungen eingeschweißte Reisfladen als absoluten Notproviant. Ebenso mussten meine heiß geliebten Karamellbonbons mit, dazu als besonderes Highlight drei Packungen allerfeinste Lakritze. Werner lachte sich schon bei den Vorbereitungen schlapp.

Ausreden ließ ich mir dann nur schweren Herzens meine Reiswaffeln, die wahrscheinlich in Buenos Aires als Puffreis angekommen wären. Als einzige Creme packte ich mein Aloe-Vera-Gel in den Sack. Umständlich waren obendrein die Kontaktlinsen. Aber da hatte ich inzwischen so viel Routine, dass ich die täglichen Wechsel notfalls auch im Sattel bei Sandsturm durchziehen konnte. Zwei kurze „Plopps" und die beiden Teile saßen bombenfest im Auge. Ich versorgte mich seit Jahren mit Tageslinsen, sodass ich mir ganz praktisch täglich ein neues Paar einsetzen konnte, während das alte im Müll landete.

Das Abenteuer konnte beginnen. Von der ersten Minute an erwies sich Werner als routinierter, umsichtiger Reisebegleiter. Am Flughafen erwartete mich das erste Highlight: Als Frequent Traveller schleifte mich Werner in die Business-Lounge der Lufthansa. Etwas unbehaglich in meiner Outdoorkleidung zwischen all den Anzugträgern im Sessel lümmelnd, checkte Werner sofort das Speisenangebot. Freudestrahlend hielt er mir wenig später ein Tellerchen randvoll mit bunten Lakritzteilen unter die Nase.

„Wir müssen an unseren Ressourcen sparen", zwinkerte er mir verschwörerisch zu.

Selbstverständlich hatte ich als mein wichtigstes Utensil mein Pendel in der Hosentasche. Ein paar Teile durfte ich mir genehmigen. Mit zwei weiteren eingesackten Versorgungsrationen schwangen wir uns dann gutgelaunt an Bord. Werner hatte uns durch ein Upgrade einen Platz in der Business Class gesichert. Nach den allgemein üblichen Trockenübungen der Flugbegleiter zu unserer Sicherheitseinweisung wurden von adretten Saftschubsen umfangreiche Speisekarten zur Menüauswahl gereicht. Auf zaghaftes Nachfragen wurden wir informiert, dass wir eventuelle Sonderwünsche im Vorfeld hätten angeben müssen.

Mir knurrte inzwischen der Magen. Mein Zuckerquantum hatte ich mit der Lakritze mehr als ausgereizt. Wollte ich nicht die nächsten Stunden Kohldampf schieben, musste ich versuchen, das kleinste Übel aus der Menüauswahl zu fischen.

Von einer Freundin wusste ich, dass diese Pendelei auch mit Speisekarten funktionierte. Einfach einen Finger auf das betreffende Gericht legen, innerlich die Frage nach der Verträglichkeit stellen und abwarten, in welche Richtung das Pendel kreiste. Auch wenn ich mich spätestens jetzt als völlig schräge Esoteriktante outete, bei der Vorspeise gab mein Pendel grünes Licht. Das Einzige auf der ganzen Karte, womit das Pendel einverstanden war, sollte ein Meeresfrüchtesalat sein. Obwohl ich Meeresfrüchte liebte, war dieser Salat hier mit irgendwelchen exotischen Soßen angemacht.

Meine Entscheidung fiel schnell: Jetzt konnte das Pendel wirklich zeigen, was es konnte. Wenn es diese Feuerprobe bestand, dann konnte ich mich den Rest der Reise getrost auf dieses Teil verlassen. Versagte es jetzt, hatte ich wenigstens gleich zu Beginn der Reise einen verkorksten Darm. Antibiotika hatte ich im Notfall im Gepäck. Unsere erste Station war Buenos Aires. Notfalls konnte ich mich dort im Hotel auskurieren und war noch nicht hoch zu Ross unterwegs. Da wäre ein Darm, der aus dem Ruder lief, ziemlich unpassend. Werner spendierte mir seine Vorspeise, sodass ich zwei von diesen Salaten verzehren konnte. Da ereignete sich zunächst mal eine Geschmacksexplosion im Mund. Ich wusste gar nicht, welche Geschmäcker ich da definieren sollte. Alles schmeckte dermaßen intensiv. Das war ja schon fast aufdringlich. Dann wartete ich auf das erste Grummeln im Bauch. Aber da rührte sich nichts.

Beim angestrengten Lauschen muss ich dann wohl eingenickt sein, denn ich rappelte mich erst wieder hoch, als der erste Kaffeeduft durchs Flugzeug waberte. Ich war einfach nur restlos begeistert. Das Pendel hatte seine Feuertaufe mit Bravour bestanden!

Das Hotel in Buenos Aires stellte uns vor nicht allzu große essenstechnische Probleme. Das Frühstücksbuffet ließ ich mit Schinken, Käse, Eier und Toast links liegen und nippte am Milchkaffee. Dann zog ich meine Reiswaffeln aus der Tasche. Wie gut, dass diese Teile inzwischen fast in jedem Supermarkt im hintersten Winkel der Erde aufzutreiben sind. Dazu ein leckerer Joghurt und der Tag konnte beginnen. Bei unserem Streifzug durch die Stadt leuchtete mir an einer Straßenecke ein verführerischer, grüner Schriftzug entgegen. Werner wusste, was ihm jetzt blühte: Ohne meinen obligatorischen koffeinfreien Starbucks-Soja-Cappuccino war ich zu keinem weiteren Schritt zu bewegen. Manchmal haben internationale Ketten doch ihre Vorteile. Hier wusste ich, was mich erwartete.

Die Herausforderungen begannen erst, als wir uns nach Patagonien aufmachten. Die kleinen Hostels starrten manchmal vor Dreck, außerdem wurde es empfindlich kalt, sodass wir mit qualmendem Ölofen im Zimmer nächtigen mussten. Wenn überhaupt möglich, gab es eine schnelle Katzenwäsche. Meine Haut blieb trotz allem stabil. Wenigstens konnte man dort selber kochen.

Inzwischen hatte ich mich über eingedoste Meeresfrüchte hergemacht, die mir vorzüglich schmeckten. Palmherzen aus der Dose und wenig gekochtes Gemüse komplettierten meinen Menüplan. Abends war das große Fressen angesagt: Da stürzten wir uns auf die argentinischen Fleischtöpfe. Dann säbelte ich dermaßen schwungvoll an einem Stück Steak, bei dem sich überzeugte Vegetarier vor Grausen abgewandt hätten. Mir aber bekam Fleisch hervorragend. Da brauchte ich nicht mal Beilagen dazu. Zu Hause ließ ich es meist links liegen. Alle paar Tage genügte es mir völlig.

Die erste Versorgungskrise ereilte uns in den Nationalparks, wo man gezwungen war, sich in schullandheimähnlichen Massenunterkünften einzuquartieren. Dort wurde man mit Einheitsfraß abgespeist, den man vorher komplett durch die Fritteuse gejagt hatte. Jetzt war wirklich Notstand angesagt. Kein Supermarkt weit und breit.

Als ich der breithüftigen Köchin in einer erbitterten Auseinandersetzung klargemacht hatte, dass ich nicht mit einem dünnen Süppchen und zwei grünen Äpfeln pro Tag überleben konnte, besserte sich die Situation. Sie trieb irgendeinen Kartoffelbrei und Sojabratlinge auf.

Langsam näherten wir uns dem Höhepunkt der Reise; die Pferde scharrten schon mit den Hufen!

Zunächst galt es allerdings eine weitere Hürde zu meistern. Meine bisher eisern gesparten Reisfladen mussten nach Chile geschleust werden. Aus seuchentechnischen Gründen durften keine Lebensmittel aus Argentinien nach Chile eingeführt werden.

Sollte ich meinen Notproviant, den ich nun schon zwei Wochen mitgeschleift hatte, auf so jämmerliche Weise einbüßen? Ich hoffte auf verständnisvolle Zöllner. Vielleicht waren die ja mit einem schmachtenden Augenaufschlag aus blauen Guckerchen weich zu kriegen?

Das Schicksal war mir tatsächlich hold, strahlend sackte ich meine fast schon pulverisierten Fladen nach der Kontrolle wieder ein. Jetzt konnte das Abenteuer beginnen!

Wir hatten uns für einen fünftägigen Ritt durch den chilenischen Dschungel entschieden, den ein Hamburger Aussteiger vor Ort mit einheimischen Guides organisierte. Nach einem halbtägigen Proberitt ging es los. Ich war neugierig, wie sich Werner schlagen würde. Ich wartete ängstlich, wie seine Knochen sieben Stunden hoch zu Ross bekommen würden. Noch lachte er.

Mit Packpferd Pepe, der die Zelte und die Küchenausrüstung schleppte, staksten wir los. Schnell verschluckte uns die Natur. Im dichten Urwald musste man sich dicht an den Schweif des Vordermanns halten, wollte man nicht ziemlich schnell den Anschluss verlieren. Der einheimische Guide hatte den Pfad durch den Urwald vor Jahren mit der Machete gespurt. Dazu machte er sich zweimal pro Jahr auf, um die nachwachsenden Ranken wieder zurechtzustutzen. Unfreiwillige Abgänge empfahlen sich angesichts rechts und links gähnender abgehackter Bambusspieße nicht unbedingt. Etliche Passagen bewältigten wir zu Fuß, die Pferde balancierten hinter uns als umfunktionierte Bergziegen auf großen Felsblöcken. Wir passierten idyllische Seen, die mich an den Schatz im Silbersee erinnerten. Die Gauchohüte tief in die Stirn gezogen, bestaunten wir mächtige Felswände. Auf manchen Pfaden schluckten wir tonnenweise Staub, der noch abends zwischen den Zähnen knirschte. Ich war selig!

Mittags gab es eine kurze Rast, wo sich die anderen ein paar belegte Brote zwischen die Kiemen schoben. Jetzt kamen meine Reisfladen zum Einsatz. Ich schleckte hungrig die letzten Krümel aus der Packung. Kein Festmahl konnte leckerer sein. Bevor sich dann endlich die müden Knochen abends vors Lagerfeuer postieren durften, mussten die Zelte unter fachmännischer Anleitung aufgebaut werden.

Derweil musste sich der Guide um das leibliche Wohl kümmern: An einem riesigen Spieß brieten bereits wuchtige Fleischfetzen, die später Lage für Lage abgesäbelt wurden. Ein chilenischer Kebab sozusagen. Brot wurde von den umliegenden Bauern organisiert. Extra wegen mir hatte man einen Beutel Reis mitgeschleift, der dann in einer gusseisernen Pfanne ins Feuer gestellt wurde. Nach gefühlten Stunden konnte ich mir das fertige Produkt auf den Teller schaufeln. Der Reis hatte Biss. Egal! Nach Stunden im Sattel hätte ich auch die rohen Körner gefuttert. Andächtig schleckte ich als Nachtisch an meinen Lakritzteilen.

Dann krochen wir todmüde in unsere Zelte. Schnell die staubige Reithose abgestreift und rein in den Schlafsack. Mit zwei „Plopps" die Linsen aus den Augen gefischt und schon war ich zum Schlummern bereit. Mein letzter Gedanke war, wie ich wohl des Morgens aus dem Zelt kriechen würde. Mit geschwollenen Augen? Mit juckender Haut? Dann plumpste ich auch schon in Morpheus' Arme.

Ein vorsichtiges Augengeklimper am Morgen und ich fuhr wie eine Rakete aus dem Zelt, peitschte einen völlig verdutzten Werner aus dem Schlafsack, um dann gemeinsam mit ihm ums Zelt zu tanzen: Keine Hautverschlechterung, kein Augenjucken, kein einziger Fleck, kein gar nichts!

Endlich hatte sich mein Traum erfüllt! Abends rein in den Schlafsack, morgens wieder raus, ohne penible Körperpflege, ohne auch nur irgendeinen Gedanken an meine Haut zu verschwenden!

Die nächsten Tage vergingen wie im Rausch. Mein Dauergrinsen konnten keine sengende Sonne, keine Mückenschwärme und auch keine wilden Bienen vom Gesicht fegen. Da hatte Werner um einiges mehr zu leiden. Bereits nach dem zweiten Tag musste ich ihm am Abend das rechte Bein über den Sattel hieven, weil er es aus eigener Kraft nicht mehr schaffte. Aber er schlug sich wacker. Wir waren in einer derartigen Hochstimmung, dass er sich nicht groß mit Gejammer aufhielt. Außerdem gab es überall so viel zu bestaunen, dass man darüber den schmerzenden Hintern und andere Wehwehchen einfach vergaß.

Der Urlaub wurde ein voller Erfolg!

Leicht abgekämpft, aber rappelvoll mit neuen Eindrücken wuchteten wir zu Hause unsere Rucksäcke von den Schultern.

Jetzt musste nur noch an Werners Sozialleben in München gefeilt werden. Mir war es ein echtes Anliegen, dass er sich hier wohl fühlte und neue Freunde gewann. Auch wenn wir nach meiner Absage auf dem Gemsli den Sommer über wieder sehr viel gemeinsame Zeit zur Verfügung hatten, konnte ich ihm doch keine Männerfreundschaften ersetzen. Der wichtigste Punkt war, dass er in seiner eigenen Sprache kommunizieren konnte. Deshalb schieden die meisten Deutschen aus, die schon mit einem Pseudo-Schwyzerdütsch à la Emil Steinberger an ihre Grenzen stießen. Es mussten echte Schweizer her.

Als ich gerade im Begriff stand, eine dementsprechende Anzeige in die Zeitung zu setzen, fiel mir ein Bericht über einen deutsch-schweizer Wirtschaftsclub in die Hände, der regelmäßige Treffen in München organisierte. Mit Vereinen hatte Werner allerdings bisher ziemliche Reinfälle erlebt. Beim Treffen des traditionellen Clubs der Auslandschweizer musste er letztens einen Abend lang zwischen konservativen Biedermännern im Greisenalter ausharren, die zu schunkelnder Handörgelimusik ihr Eidgenössisches Liedgut schmetterten. Das war selbst für Werners Nationalstolz zu harter Tobak.

Trotzdem hängte sich Werner sofort ans Telefon und schon hatte er sich eine Einladung fürs nächste Vereinstreffen gesichert. Voller Erwartung schwirrte er ab. Nachts kam er bestgelaunt wieder: Er hatte einen Volltreffer gelandet.

Bald kristallisierten sich die für ihn passenden Kontakte heraus und er fand muntere Gesprächspartner und aktive Sportsfreunde. Daneben kurvte er mit einem meiner alten Schulfreunde per Mountainbike durchs Umland von München. Auch die bayrische Biergartenkultur und das bergige Voralpenland wuchsen ihm immer mehr ans Herz.

Trotz allem Wohlbehagen in München spürte ich, wie sich langsam bei Werner die alten eidgenössischen Wurzeln bemerkbar machten, die immer stärker in Richtung Heimat zogen. Ich witzelte, dass er langsam alt werde. Insgeheim wusste ich längst, dass wir irgendwann wieder bei seinen alten Freunden in der Schweiz landen würden. Alle Integrationsfortschritte konnten mich nicht darüber hinwegtäuschen, dass Werners geistige Heimat die Schweiz blieb. Mental hatte ich mich längst darauf eingestellt. Seit langem trainierte ich bereits wieder höfliche Zurückhaltung und eine defensive Fahrweise – Dinge, mit denen man als Deutscher in der Schweiz besonders punkten konnte.

Außerdem drängte seine Firma darauf, Werner solle endlich seinen Arbeitsplatz nach Zürich verlegen, wo auch der Rest seiner Belegschaft hockte. Noch immer saß er wie ein versprengter Einzelkämpfer im Münchner Büro, während das eigentliche Business in Zürich lief. Bisher fiel dieser Umstand nicht weiter auf, weil Werner sowieso die meiste Zeit mit anderen Projekten im Ausland beschäftigt war. Auch hier stellte sich eine gewisse Müdigkeit ein. Wem musste er noch etwas beweisen? Ein paar Abende pro Woche am heimischen Herd machten ja nicht gleich einen Pantoffel tragenden Beamten aus ihm.

Nach kurzer Zeit hatten wir in einem gemütlichen Häuschen in Frauenfeld eine neue Heimat gefunden. Um diese Bleibe zu finanzieren, mussten wir uns nach 40 Jahren von unserer Davoser Wohnung verabschieden.

Dies war ein gewaltiger Einschnitt in meinem Leben. Jahrzehntelang hatte mir der Gedanke Sicherheit gegeben, dort immer einen Zufluchtsort zu haben, wo sich jedes Hautproblem in den Griff kriegen ließ. Trotz aller Wehmut überwog die atemberaubende Erkenntnis, dass ich einfach keine Rückversicherung mehr brauchte, weil ich schlicht und ergreifend GESUND WAR!

So, liebe Leser, jetzt haben Sie mich bis hierher tapfer und geduldig durch mein Leben begleitet. Ich hoffe, dass zumindest meine neu gewonnene Lebensfreude bis in Ihr Wohnzimmer geschwappt ist. Wie es weitergeht, finde ich mindestens genauso spannend wie Sie. Zumindest kann ich Ihnen noch einen kleinen Ausblick mit auf den Weg geben:

Inzwischen tobe ich mit zwei Hunden und meinem Pflegepferd durch die Schweizer und Münchner Wälder und starte neben der Nachhilfe nächstens eine Ausbildung zur Sterbebegleiterin. Meine Intuition sagt mir, dass ich diesen Weg einschlagen muss. Irgendwie sollte man dieses Betätigungsfeld nicht allein Geistlichen überlassen, die ihre Schäfchen am Ende ihres Lebensweges mit ernster Miene zur Reue mahnen. Meine Herausforderung und mein Lohn werden darin bestehen, Menschen mit einem Lächeln auf den Lippen über den Jordan begleiten zu dürfen. Nur wer geweint hat, lernt lachen. Nur wer sich mit dem Sterben beschäftigt hat, lernt zu leben.

Oder wie es „mein" alter Seneca so schön beschrieb:
„Wer den Tod ablehnt, lehnt das Leben ab.
Denn das Leben ist uns nur mit der Auflage des To-
des geschenkt, es ist sozusagen der Weg dorthin."

Jetzt aber müssen Sie mich endgültig entschuldigen, der beste
aller Ehemänner wartet schon sehnsüchtig auf mich!

Literaturliste

Bass, Dr. Stanley: *Ideal Health through Sequential Eating*, 1993, Health & Beyonds.

Enderlin, Nino: *Begegnungen*, Selbstverlag 1992.

Kinslow, Frank: *Quantenheilung*, April 2013, Verlag VAK.

Lucius Annaeus Seneca: *Aphorismen über den Tod.*

Tipping, Colin: *Ich vergebe: Der radikale Abschied vom Opferdasein*, Feb. 2004, Kamphausen Verlag.

Tolle, Eckhard: *Eine neue Erde*, 2005, Goldmann.

Tolle, Eckhard: *Jetzt!*, 2011, Kamphausen Verlag.

Die Autorin

Lisa Reiser-Wötzel, in München geboren, machte nach dem Abitur eine Ausbildung zur staatlich geprüften Spanisch-Übersetzerin.
Nach fünfjähriger Anstellung bei Siemens Infineon folgten mehrjährige, durch die berufliche Tätigkeit ihres Mannes bedingte, Auslandsaufenthalte. Seit 2006 gibt sie Lektionen in Nachhilfeinstituten in Nürnberg und München für Latein, Deutsch und Spanisch.

Fragen und Kommentare nimmt Frau Reiser-Wötzel gerne per E-Mail an neurolisa@web.de entgegen.